HELENA MARTEN | Die Porzellanmalerin

Das Buch
Die zwanzigjährige Friederike aus Meißen hat einen großen Traum: Sie will Porzellanmalerin werden. Doch die Eltern drängen sie zur Heirat. In Männerkleidern, hoch zu Ross, flieht sie aus ihrer Geburtsstadt, um in der neugegründeten Manufaktur von Höchst am Main ihr Glück zu versuchen. Durch die Bekanntschaft mit dem ebenso attraktiven wie undurchsichtigen Giovanni Ludovico Bianconi und einen schweren Raubüberfall werden ihre Pläne beinahe noch während der Reise durchkreuzt, doch dank der Hilfe eines unbekannten Reiters erreicht sie schließlich ihr Ziel. Unter dem Namen Friedrich Christian Rütgers genießt sie in Höchst schon bald das volle Vertrauen des Manufakturdirektors – und sie trifft ihren Lebensretter wieder. Gerade als sie befürchten muss, dass ihre Maskierung auffliegt, erhält sie den Auftrag, in der Porzellanmanufaktur des französischen Königs das Geheimnis des *bleu lapis* zu ergründen. Auf einem Ball im Schloss der legendären Madame de Pompadour bringt eine geheimnisvolle Begegnung Friederikes Leben an den alles entscheidenden Wendepunkt.

Die Autorin
Helena Marten ist ein Pseudonym, hinter dem sich zwei Autorinnen verbergen. Beide leben in Frankfurt und sind in der Verlagsbranche tätig. *Die Porzellanmalerin* ist ihr erstes gemeinsam verfasstes Buch, das zweite ist bereits in Arbeit.

HELENA MARTEN

Die Porzellanmalerin

Roman

Diana Verlag

 MIX
Papier aus verantwortungsvollen Quellen
FSC® C014496

Verlagsgruppe Random House FSC-DEU-0100
Das für dieses Buch verwendete
FSC®-zertifizierte Papier *Holmen Book Cream*
liefert Holmen Paper, Hallstavik, Schweden.

Taschenbucherstausgabe 02/2011
Copyright © 2009 und dieser Ausgabe 2011
by Diana Verlag, München,
in der Verlagsgruppe Random House GmbH
Redaktion | Friederike Zeininger
Umschlagmotiv | © Ali Meyer/CORBIS
Umschlaggestaltung | t.mutzenbach design, München
Herstellung | Helga Schörnig
Satz | Leingärtner, Nabburg
Druck und Bindung | GGP Media GmbH, Pößneck
Printed in Germany 2011
Alle Rechte vorbehalten.
978-3-453-35493-7

www.diana-verlag.de

PROLOG

Dresden, 13. Februar 1753

Carissima,
endlich habe ich Dich gefunden! Fast hätte ich meine Suche nach Dir aufgegeben, so viele Steine wurden mir in all den Monaten in den Weg gelegt. Auch kannte ich Deinen neuen Namen nicht, ja wusste nicht einmal, dass Du so »bürgerlich« geworden bist, dass Du geheiratet, eine Familie gegründet hast ...

Ich kann nicht umhin, Dir von meiner Bestürzung zu berichten, mehr noch, von meinem Zorn, anfänglich zumindest, als ich erfuhr, Du seiest die Frau eines anderen geworden. So schnell hat sie mich vergessen!, war mein erster Gedanke, voller Wut und Eifersucht. Aber dann hat die Vernunft in mir gesiegt; natürlich, sagte ich mir, sie konnte ja nicht bis in alle Ewigkeiten auf mich warten, ohne auch nur ein einziges Lebenszeichen von mir erhalten zu haben. Du ahnst bestimmt, wer mir im Wege stand; ich werde Dir berichten, wenn wir uns wiedersehen.

Aber werden wir uns wiedersehen? Mein Brief nun, da ich endlich frei bin, doch Du nicht mehr: Ich habe lange mit mir gerungen, ob ich ihn Dir wirklich senden soll. Wahrscheinlich habe ich nicht das Recht, mich erneut in Dein Leben zu drängen, aber irgendein Gefühl sagt mir, dass ich es tun muss. Jetzt – nicht später. Ich habe oft genug versucht, unsere Begegnung aus meinem Gedächtnis zu löschen, nachdem ich von Deiner Heirat erfahren hatte. Es ist mir nicht gelungen, wie Du merkst. Deine Hingabe, Deine Leidenschaft, sie haben mein Innerstes berührt wie nie etwas zuvor.

Ich habe Dir schon einmal gesagt, dass ich noch nie eine Frau wie Dich kennengelernt habe. Wie machst Du es nur, so ... mir fehlen die Worte ... ja, vielleicht: so unverfälscht, so echt zu sein? Keine Koketterie, nichts Unwahrhaftiges scheint Dein Wesen zu trüben. Und ich spreche hier wohlweislich nur von Deinen inneren Werten, denn sobald ich anfange, mir Deine Schönheit vor Augen zu führen, Deine Sinnlichkeit, drängt alles in mir danach, Dich zu sehen, Dich zu berühren, Dich zu besitzen. Meine Hände wollen über Deinen Körper streichen, meine Lippen Deine Haut liebkosen, meine Lenden ... Ach, Federica, ich schweige lieber, sonst heiße ich umgehend die Rösser anspannen und gen Frankfurt galoppieren, um mich mit Deinem Gatten zu duellieren. (Du liebst ihn doch nicht etwa, oder? Eine Frage, die sich mir aufdrängt, verzeih!)

In wenigen Wochen ist meine Mission in Dresden erfüllt – es geht um Kunst, so viel kann ich Dir an dieser Stelle verraten, um große Kunst –, und dann werde ich meine Zelte hier abbrechen und in der Nähe von Fürstenberg (genauer gesagt: in Corvey) erneut aufschlagen. Du weißt sicher besser als ich, was diesen Ort seit einiger Zeit ausmacht. Man munkelt gar, auch dort stehe der Durchbruch bevor und es werde händeringend gutes Personal gesucht. Zugleich heißt es hier bei Hofe, die glorreichen Tage von Höchst seien gezählt. Meißener Wunschdenken vielleicht, aber in jedem Gerücht steckt doch ein Körnchen Wahrheit, wie wir wissen.

Federica, Du ahnst, was ich Dir damit sagen will. Und mehr als das: In Fürstenberg würde Dich nicht nur eine neue berufliche Herausforderung erwarten, sondern ein Mann, der Dir mehr geben kann als jeder andere auf dieser Welt. Du magst mir meine Arroganz verzeihen, aber so gut kenne ich Dich, um zu wissen, dass ich für Dich der Einzige bin, der Richtige an Deiner Seite.

So wie Du für mich. Beinah täglich wird mir schmerzvoll bewusst: Keine andere Frau wird mein kühles Herz je wieder zum Erweichen bringen. Du hast es geschafft, mich zu öffnen, Du allein.

Federica, amore mio, glaube mir: Wir beide sind füreinander geschaffen. Worauf wartest Du noch?

Ardentissimamente, Giovanni

1. KAPITEL

Meissen, 1750

Es war ein trüber Novembernachmittag. Wie ein grauer Gazevorhang verhängte der Nieselregen die Sicht nach draußen in den Garten. Hin und wieder drückte eine Windböe die kahlen Zweige der Birke vor dem Fenster gegen die Scheibe. Doch Friederike achtete nicht auf das leise kratzende Geräusch. Angestrengt blickte sie auf das bunte Bild mit dem Chinesen in ihrer linken Hand und dann auf die kleine Porzellanfigur auf dem Tisch. Sie tauchte den feinen Pinsel in die Farbpalette. Noch war die Porzellanfigur ganz weiß. Gleich würde das Chinesenkind rote Bäckchen bekommen. Es trug einen lustigen spitzen Hut, der schwarz werden sollte. Sein Anzug auf der Vorlage hatte ein kariertes Muster, und auf seinem linken Unterarm saß ein gelb-grüner Papagei mit gebogenem Schnabel. Ein kleiner Bruder des Chinesen wartete auf ihrem Arbeitspult darauf, ebenfalls ein Gesicht und Kleidung zu bekommen. Er hielt einen zierlichen Sonnenschirm in der Hand.

Friederike seufzte. In diesem Jahr hatte sie deutlich weniger Chinesen bemalt als im Jahr zuvor. Sie schienen allmählich aus der Mode zu kommen. Wie schade, gehörten doch gerade die Chinesen zu ihren Lieblingsfiguren! Sie wusste auch nicht, warum sie ihr so viel besser gefielen als all die Gärtnerinnen, Schäferinnen, Limonadenverkäuferinnen, Winzer und Damen mit Krinoline, die neuerdings von ihr angekleidet werden wollten.

Draußen war es nun fast dunkel. Eben hatte die Dienstmagd

die beiden dreiarmigen Leuchter angezündet. Zum Malen brauchte man Licht. Mehrere Glutbecken sorgten für eine wohlige Wärme im Atelier. Denn obwohl es ein ungewöhnlich milder Herbst war, wurde es gegen Abend schon recht kalt. Sobald sie aber klamme Hände bekam, fiel es ihr schwer, den Pinsel zu halten und zu malen.

Sie hörte Schritte auf der Treppe. Ihr Bruder. Obwohl er, ganz wie es der Mode entsprach, mehr tänzelte als kräftig ausschritt, knarrten die alten Holzdielen unter seinen Füßen. Ohne anzuklopfen, drückte Georg die Türklinke herunter und steckte den Kopf durch den Spalt. Seine Perücke war verrutscht, sein Kragen verknittert. Seine ganze Erscheinung machte einen derangierten Eindruck. Schweigend betrat er den Raum und ließ sich mit einer lässigen Bewegung in den Fauteuil gleiten. Friederike hob die Augenbrauen.

»Liebste Schwester, wie schön du aussiehst, wenn du so in die Kunst vertieft bist!«, hob er schließlich an.

Seine üppigen Lippen hatten sich zu einem strahlenden Lächeln verzogen. Mit einer weit ausholenden Handbewegung und einem gekonnten Augenaufschlag unterstrich er sein Kompliment.

»Ja, ja ...« Friederike war wenig beeindruckt von Georgs Begeisterungsbekundungen. Sie wusste genau, dass ihr Bruder Gestik und Mimik vor dem Spiegel einzustudieren pflegte. Oft genug hatte sie ihn heimlich dabei beobachtet. Einmal hatte er einen halben Vormittag »sich freuen« geübt, indem er sich selbst immer wieder dasselbe Buch als Geschenk überreicht und dabei jedes Mal ein entzücktes Gesicht aufgesetzt hatte. Georg las nie – Bücher langweilten ihn.

»Danke für das Kompliment, Georg. Schön, dass du vorbeischaust.«

»Ich wollte mich nach den Chinesen erkundigen. Sie hätten heute fertig sein müssen.«

Er warf einen gelangweilten Blick auf die nackten Porzellanfigürchen. Sein Tonfall war nicht mehr ganz so herzlich.

»Tut mir leid«, entschuldigte sie sich sofort. »Das wusste ich nicht. Du hättest etwas sagen sollen. Dann hätte ich mich mehr beeilt.«

»Ich habe mein Wort gegeben, dass sie heute fertig sind!«

Ein schmollender Unterton hatte sich in Georgs Stimme geschlichen, wie bei einem Kind, dem Unrecht widerfahren ist.

»Ich werde mich beeilen«, besänftigte ihn Friederike. »Aber ich will es auch gut machen«, fügte sie hinzu. »In den letzten Tagen war einfach zu viel los. Noch dazu musste ich heute mit Maman Tante Amalie besuchen ...«

Sie hätte gern noch mehr von ihrem Besuch bei Tante Amalie erzählt, der Schwester ihrer Mutter, die mit einem Weinhändler verheiratet war. Zusammen mit ihrer dreizehnjährigen Tochter lebten sie in einem prächtigen Haus vor dem Stadttor inmitten der Weinhänge. Doch Georg ließ sie gar nicht erst zu Wort kommen.

»Deinetwegen gerate ich nun in eine so unangenehme Situation! Ich habe versprochen, dass sie heute fertig sein würden!«

Friederike fühlte, wie der Ärger in ihr hochstieg. Warum hatte sie sich eigentlich bei ihm entschuldigt? Es war doch seine Schuld! Er hatte ihr nicht Bescheid gesagt. Woher hätte sie wissen sollen, dass die Figuren so schnell fertig sein mussten?

»Wo kommst du eigentlich gerade her, Georg?«, fragte sie betont beiläufig. Sie hatte beschlossen, zum Gegenangriff überzugehen. Es bestand kein Zweifel, wo ihr Bruder herkam. Die Dunstwolke, die er mit ins Zimmer gebracht hatte, roch eindeutig nach Rauch und Alkohol. Er hatte sicher wieder einmal mit seinen Freunden in der Schänke gesessen, Karten gespielt und den Schankmägden auf den Hintern geklatscht.

Georg ignorierte ihre Frage.

»Jetzt sitze ich schön in der Patsche! Und heute Abend kommt auch noch Kommerzienrat Helbig. Was soll ich ihm bitte schön sagen, wenn er nach den Chinesen fragt?«

Kommerzienrat Helbig war der Direktor der Porzellanmanufaktur in Meißen. Er war regelmäßig zu Gast im Salon von Constanze Simons, Georgs und Friederikes Mutter. Mit den großen Abendgesellschaften in Dresden, Berlin oder Paris konnte Constanze Simons zwar nicht mithalten, dafür war ihr Salon der Erste vor Ort und so etwas wie der gesellschaftliche Mittelpunkt von Meißen.

»Woher soll Kommerzienrat Helbig wissen, womit du dich gerade beschäftigst oder was für Termine du hast?«, setzte Friederike nach.

»Dann muss ich morgen mit Höroldt sprechen. Das ist viel schlimmer. Du weißt, wie er ist!«

Georg runzelte die Stirn. Johann Gregorius Höroldt leitete die Porzellanmalerei. Der Hofmaler war sehr auf Disziplin bedacht und konnte Schlamperei nicht ausstehen.

»Wenn es so eilig ist, dann mach dich doch selbst an die Arbeit!«

»Ich habe mich auf dich verlassen, liebe Schwester!«

Der drohende Unterton sollte offenbar die Wirkung von Georgs Worten untermalen. Doch Friederike entschied, sich von ihm nicht einschüchtern zu lassen. Ruhig begann sie, ihre Arbeitsutensilien zu säubern. Nacheinander kamen der Pinsel, der kleine Spachtel, den sie zum Anmischen der Farben verwendet hatte, und die Palette an die Reihe.

»Du kannst das viel schöner. Das weißt du genau«, änderte ihr Bruder seine Taktik. Er lächelte nun.

Georg Simons war nicht nur faul, er war zudem kein besonders talentierter Porzellanmaler. Dafür, musste Friederike zugeben, sah er recht gut aus und konnte durchaus charmant sein, wenn er wollte. Das war wohl auch der Grund, weshalb ihm seine Umgebung alles durchgehen ließ, sie selbst eingeschlossen.

»Bitte, bitte! Tut mir leid, dass ich so aufbrausend war. Mach die Figuren einfach so schnell wie möglich fertig. Mir wird schon eine Ausrede einfallen«, fügte er hinzu.

Es war mehr als deutlich, dass Georg wieder einmal keine Lust verspürte, sich an die Arbeit zu machen. Er malte nur selten. Und wenn, dann waren es meist einfache Motive, die Friederike verfeinerte. Zwar hatte er ihr alles beigebracht, was er wusste, anschließend hatte sie aber bald begriffen, dass sie die Begabtere und Fleißigere der beiden Geschwister war. Schon als Vierzehnjährige war sie ihrem Bruder weit voraus gewesen. Georg war allerdings perfekt darin, den Künstler zu mimen. Er verdiente als freischaffender Porzellanmaler eine ordentliche Stange Geld. Trotzdem wunderte sie sich, dass er mit diesem Spiel schon so lange durchgekommen war. Als Georg sechzehn geworden war und so gar keine beruflichen Interessen jenseits des gepflegten Nichtstuns gezeigt hatte, war dem Vater klar geworden, was auf ihn zukommen würde. Bei seiner Frau hatte er wenig Verständnis für seine Sorgen gefunden. Constanze Simons, eine noch immer schöne, schlanke Mittvierzigerin, die aus weit vornehmeren Verhältnissen als ihr Mann stammte, verachtete jede Art von Arbeit und machte deshalb aus Georgs Bequemlichkeit kein Drama. Es hatte Streit gegeben zwischen den Eltern. Für einen kaufmännischen Beruf fehlte Georg die Ausdauer. Er hatte den Vater fast in den Wahnsinn getrieben, als er für ein paar Wochen in seiner Verlagsbuchhandlung mitgearbeitet hatte. Um zu studieren, hätte er wenigstens ein Minimum an Engagement für die unterrichteten Fächer zeigen müssen. Irgendwann war es Konrad Simons schließlich gelungen, seinen Sohn als Lehrling bei Johann Höroldt unterzubringen. Porzellanmaler waren in Meißen hoch angesehen. Einen einfachen Handwerker hätte die Mutter auch kaum in der Familie geduldet. Dem Vater wäre alles recht gewesen, solange sein Sohn ihm nicht bis ans Ende seiner Tage auf der Tasche liegen und seine Zeit verplempern würde.

Auf diese Weise war Georg Porzellanmaler geworden. Kaum jemand wusste, dass er kein zeichnerisches Talent besaß. Bei dem Gedanken musste Friederike beinah lachen. Kein Wunder, sinnierte sie, spezialisiert, wie die Künstler heutzutage waren! Der eine malte nur Insekten, der andere die goldenen Verzierungen, der dritte Chinesen. Georg bekam immerhin recht passable Hunde und Katzen zustande. Sie hingegen konnte alles malen, und sie malte für ihr Leben gern. Am liebsten hätte sie ihre gesamte Zeit damit zugebracht. Sie hatte Leoparden und Affen gemalt, Kraniche, Delfine, Schmetterlinge und Drachen, Nymphen, Faune und Harlekine, Jäger und Sultaninnen. Sogar die beliebten Watteau-Szenen mit den Liebespaaren in der Natur oder in Gesellschaft, vor deren Kleinteiligkeit sie immer zurückgescheut war, machten ihr mittlerweile keine Angst mehr. Vor Kurzem hatte sie auch die vier Jahreszeiten gemalt und die neun Musen – Letztere waren ihr besonders gut gelungen, wie sie fand.

Natürlich war es manchmal amüsant, im Salon der Mutter geistreichen Gesprächen zu lauschen und jungen Männern zuzublinzeln. Sie liebte es, in der Bibliothek des Vaters zu sitzen. Ein alter Hauslehrer hatte Georg und sie in Geschichte, Geografie, Grammatik, Algebra, Geometrie, Religion und Latein unterrichtet. Dann war irgendwann Mademoiselle Duplessis aufgetaucht, bei der sie Singen, Spinettspielen, Zeichnen und Sticken gelernt hatte. Dabei hatte man auf Französisch parliert. Um mehr über die Botanik zu lernen, hatte sie irgendwann ein Herbarium angelegt und angefangen, Pflanzen zu sammeln und zu trocknen. Vor dem Trocknen pflegte sie all die Anemonen, Glockenblumen, Butterblumen und Margeriten abzuzeichnen.

Vor allem aber interessierte sie sich für Farben. Sie las nicht nur gern darüber oder kleidete sich in herrlich schillernde Stoffe und dekorierte ihr Zimmer mit bunten Kissen und Überwürfen, sondern sie arbeitete auch mit Farben. Kein Pigment, das in ihrem Atelier noch nicht zur Anwendung gekommen wäre. Außer Indischgelb.

Friederike gluckste in sich hinein. In einem der Naturkundebücher ihres Vaters hatte sie gelesen, dass in Indien aus dem Urin von Kühen ein bestimmter Gelbton gewonnen wurde, ein dunkles, tiefes, rötliches Gelb. Vielleicht sollte sie den Apotheker tatsächlich einmal darauf ansprechen. Doch ansonsten hatte sie wohl schon alles ausprobiert, was man anmischen konnte.

Zum Glück duldeten die Eltern ihre Leidenschaft, weil sie Malen und Zeichnen für eine charmante Beschäftigung hielten. Einige junge Damen konnten nett sticken, sie konnte eben malen. Wenn die Eltern gewusst hätten, wie ernst sie es mit ihrer Kunst meinte, wären sie wohl sicher weniger tolerant gewesen. Nur Georg bekam mit, dass Friederike fast ihre ganze freie Zeit im Atelier verbrachte. Der einzige Grund, vermutete sie, weshalb er sie noch nicht verpetzt hatte, war sein ureigenes Interesse an ihrer Malerei. Doch weil sie so viel Zeit mit Malen zubrachte, musste sie sich bei all den anderen Aufgaben stets beeilen. Irgendwann war sie auf die Idee gekommen, die Magd mit kleinen Geschenken zu bestechen, damit sie das Sticken übernahm. Und außerdem hatte sie eine Technik entwickelt, sich aus sämtlichen Teegesellschaften, Kaffeekränzchen, Picknicks, Soireen, Maskenbällen, Spiel- und Tanzabenden der Mutter davonzuschleichen, ohne dass man ihr Fehlen bemerkte. Sie war immer rechtzeitig wieder da, bevor jemand stutzte. Sogar ohne Farbkleckse an Händen oder Kleidung. Wenn nur Georg sie nicht immer so anzüglich ansehen würde! Einmal hatte die Mutter seinen Blick bei einer solchen Gelegenheit aufgefangen und ihn vor allen Umstehenden gefragt, ob seine Schwester etwas ausgefressen habe, von dem sie nichts wissen dürfe, oder was sein Grinsen zu bedeuten habe. Friederike hatte sich nicht entscheiden können, wem sie lieber den Hals umgedreht hätte – ihm oder der Mutter.

»Schwesterherz, wenn man dich so ansieht, kann man sich fast einen Theaterbesuch sparen. Erst schaust du böse, dann kicherst du in dich hinein und scheinst völlig verzückt, und dann hat man den Eindruck, als wolltest du gleich jemanden umbringen – ständig wechselt dein Mienenspiel! Woran denkst du, um Himmels willen?«

Fast ein wenig erschrocken stand Georg plötzlich vor ihr und sah sie durchdringend an. Friederike hatte gar nicht bemerkt, dass er aufgestanden und an ihren Tisch getreten war. Sein alkoholgeschwängerter Atem schlug ihr entgegen. Instinktiv wich sie zurück.

»Lieber Bruder, du magst mich zwar wie eine Leibeigene für dich arbeiten lassen, aber mein Geist ist noch immer frei. Du willst doch nicht wirklich wissen, worüber ich gerade nachgedacht habe, oder?«

Ein freundliches Lächeln sollte ihren Worten die Schärfe nehmen, doch Georgs Reaktion verriet, dass sie ihn offenbar gekränkt hatte.

»Nun, Friederike, ich lasse dich jetzt lieber allein. Mir scheint, du hast genug zu tun. Ich erwarte, dass du dich bis morgen von nichts und niemandem mehr von deiner Arbeit ablenken lässt. Um sechs Uhr abends müssen die Figuren fertig sein, keine Minute später.«

Mit einer knappen Verbeugung verabschiedete er sich und verließ mit flatternden Rockschößen den Raum.

»Puh«, stöhnte Friederike und trat ans Fenster, vor dem es noch immer leise nieselte. Wenigstens hatte der Wind sich gelegt. Sie drehte an dem verschnörkelten Eisengriff und öffnete den rechten Fensterflügel. Luft, sie brauchte Luft! Ihr lieber Bruder schaffte es immer wieder, ihr einen Dämpfer zu versetzen und den ganzen Elan zu nehmen. Noch dazu hatte er gestunken wie ein Wiedehopf. Aber egal, was er von ihr wollte und wie eilig die kleinen Chinesen fertig werden mussten: Sie würde heute nicht mehr weiterarbeiten! Keinen einzigen Pinselstrich würde sie mehr machen. Es war an der Zeit, sich umzukleiden. Nicht, dass sie sich sonderlich auf den Abend im Salon der Mutter freute, aber immerhin versprach er etwas Abwechslung. Und vielleicht würde ja auch Caspar Ebersberg kommen …

Constanze Simons war gesellschaftlich sehr ambitioniert. Sie stammte aus einer Familie, die viel Geld mit den Silberminen im Erzgebirge verdient hatte. Sie hätte einen ebenso vermögenden böhmischen Glasfabrikanten heiraten sollen, hatte sich aber unsterblich in Friederikes Vater verliebt und war zum Entsetzen ihrer Eltern eine Mesalliance eingegangen. Soweit Friederike wusste, hatte sie ihre Entscheidung nie bereut, zumal ihr Vater als Buchhändler und Verleger über eine umfassende Allgemeinbildung verfügte, die er sich selbst angeeignet hatte. In seiner Anwesenheit hatte sich ihre Mutter bestimmt noch nie gelangweilt. Zudem sah er ausnehmend gut aus, wie Friederike fand. Sie wusste, dass Töchter gemeinhin dazu neigten, den Vater zu verherrlichen und jeden zukünftigen Bewerber an ihm zu messen. Aber in ihrem Fall entsprach ihr töchterliches Urteil einer objektiven Wahrheit, das stand fest. Friederike musste über sich selbst lachen: Wer auch immer eines Tages kommen und um ihre Hand anhalten würde – ihr Vater hatte die Messlatte ziemlich hoch gelegt.

Doch eines hatte Konrad Simons trotz all seiner herausragenden Qualitäten nicht vermocht: seiner Frau das Gefühl zu nehmen, in gesellschaftlicher Hinsicht in Meißen etwas zu verpassen. Meißen war nicht Dresden und schon gar nicht Paris, das war auch ihrer Mutter klar. Dennoch wusste Friederike, dass ihr seelisches Gleichgewicht aus diesem Grund mitunter gefährlichen Schwankungen ausgesetzt war. Constanze Simons tat ihr Bestes, sich nichts anmerken zu lassen und jedes aufkeimende Gefühl von Missmut schleunigst wieder zu unterdrücken. Irgendwann war sie glücklicherweise auf die Idee gekommen, aus der Not eine Tugend zu machen. Sie hatte einen Salon eröffnet und sich von da an die große weite Welt einfach nach Meißen geholt. Mit Erfolg, was sowohl ihr Mann als auch die Kinder zu schätzen wussten, wenngleich aus unterschiedlichen Gründen. Für Friederike war die Mutter in ihrer unermüdlichen und selbstbewussten Art ein großes Vorbild, während Georg vor allem die Annehmlichkeiten genoss, die ihr gesellschaftliches Engagement für ihre Familie mit sich brachte. Und ihr Vater, dachte Friederike mit einem nachsichtigen Lächeln, liebte sie einmal mehr, wenn sie so eifrig war. Er hätte sicher nie eine

Frau um sich ertragen, die den ganzen Tag die Hände in den Schoß legte.

Apropos »Hände in den Schoß legen«: Es war bestimmt schon furchtbar spät, und sie vertrödelte hier ihre Zeit! Gewaltsam riss sie sich aus ihren Gedanken und eilte, immer zwei Stufen auf einmal nehmend, die Treppe hinunter in ihr Schlafzimmer. Hektisch klingelte sie nach der Magd.

»Lilli, bring mir für heute Abend das blaue Kleid mit den Rosen, ja?«

Friederike wusste, dass das blaue Kleid auf äußerst vorteilhafte Weise die Farbe ihrer Augen unterstrich. Nur in diesem Kleid leuchteten sie wirklich blau. Sonst wirkten ihre Augen nämlich fast grau.

»Natürlich, gnädiges Fräulein«, knickste Lilli.

Die Magd war mollig, niedlich und insgesamt ziemlich ungeschickt. Ihre Mutter beklagte sich ständig über sie. Doch Friederike mochte das einfache Mädchen. Sie war wenigstens keine Heuchlerin und ihr aufrichtig ergeben.

Vorsichtig stieg sie aus ihrem Arbeitskleid und nahm, nur mit Leibchen und Unterrock bekleidet, an ihrem Toilettentisch Platz. Aufmerksam betrachtete sie ihr Spiegelbild. Ganz passabel, dachte sie zufrieden. Um nicht zu sagen: sehr passabel. Vielleicht ja sogar schön ... Sie lächelte.

Sie konnte sich noch bestens an die Zeiten erinnern, als sie bei gesellschaftlichen Ereignissen ständig den Eindruck gehabt hatte, durchsichtig zu sein, weil nie jemand sie zu bemerken schien. Aber seit einigen Monaten war das anders geworden: Auf einmal starrten alle sie an. Sie war sich noch immer nicht ganz sicher, ob sie das, was sie in dem holzumrahmten Kristallglas sah, richtig interpretierte. Ihr Gesicht war vollkommen ebenmäßig. Wie modelliert. Ein Madonnengesicht, hatte ihr Vater einmal scherzhaft zu ihr gesagt. Eher Magdalena als Maria, hatte sie ihn im Stillen korrigiert. Etwas Herbes umwehte ihre Züge, kein Zweifel. Für ihren Geschmack hatten ihre Wangenknochen jedoch genau den richtigen kühnen Bogen. Sie wollte kein Püppchen sein, lieber eine Amazone. Die Wangenknochen und auch die großen Augen mit den langen Wimpern hatte sie von der Mutter geerbt, an deren Gesicht sie zu ihrer heimlichen Genugtuung ablesen konnte, dass auch sie wohl im Alter nur wenig von ihrer strengen Anmut verlieren würde.

Friederike löste die Nadeln, mit denen sie ihr langes, dunkles Haar eng an den Kopf gesteckt hatte. In sanften Wellen legte es sich auf ihre blassen Schultern und umschmeichelte ihr Gesicht. Meine Haut ist wie das Porzellan, das ich bemale, dachte sie, schimmernd und glatt. Sehr hell. Wenn nur diese Sommersprossen nicht wären! Sie hatte mehrere Tinkturen ausprobiert, die ihr der Apotheker empfohlen hatte, eigens für sie hergestellt, nach Rezepten, die man auch in Dresden und am französischen Hof benutzte. Geholfen hatte keine Einzige.

Abgesehen von den Sommersprossen war da noch etwas anderes, das Friederike an ihrem neuen Gesicht nicht ganz überzeugte: Es schien ihr irgendwie banal zu sein. Etwas zu nichtssagend, so wie die Gesichter der kleinen Figuren, bevor sie ihnen mithilfe der Farben Ausdruck verlieh. Ein unbeschriebenes Blatt, wie man so sagte. Sie hatte nur mit Charlotte, ihrer besten Freundin, darüber gesprochen. »Hauptsache, schön«, hatte Charlotte gesagt, »banal, das interessiert doch keinen.« Sie hatte den Kopf geschüttelt und gelacht. Noch Tage später hatte Friederike darüber nachgegrübelt, was Charlotte an ihrem Gespräch wohl so lustig gefunden hatte.

»Mademoiselle ...«

Das blaue Kleid über die ausgestreckten Arme drapiert, stand Lilli in der Türschwelle. Wie lange sie dort wohl schon gestanden und sie beobachtet hatte, überlegte Friederike. Egal, vor Lilli musste sie sich nicht verstecken.

»Leg es hier über den Stuhl, und kämm mir erst mal die Haare, bist du so lieb? Und waschen sollte ich mich wohl auch noch«, fügte sie lachend hinzu, als sie die roten Farbkleckse an ihrem Hals und auf dem rechten Unterarm entdeckte. »Holst du mir rasch warmes Wasser aus der Küche?«

Andächtig betrachtete sie die blaue Contouche und den dazugehörigen Reifrock. Das Ensemble war dem derzeitigen Lieblingsgewand der Madame Pompadour nachempfunden, der Mätresse des französischen Königs. Der Dresdner Schneider, ein eitler Zeitgenosse angeblich Pariser Herkunft, hatte genau aufzählen können, wann sie es immer getragen hatte. Monsieur Baierle hatte das Mieder etwas weniger eng geschnitten, als es der Mode in Paris entsprach. Dafür war das Dekolleté ausgesprochen gewagt. Es zeigte gerade so viel von ihren Brüsten, dass Friederike sich noch wohlfühlte.

»Mademoiselle, Sie müssen sich beeilen, die ersten Gäste sind bereits eingetroffen!«

Atemlos wuchtete Lilli den schweren Wasserkrug auf die Marmorplatte des Toilettentischs, nachdem sie das kleine Keramikbecken in dem schmiedeeisernen Gestell nachgefüllt hatte.

»Immer mit der Ruhe«, murmelte Friederike und tauchte langsam den weißen Waschlappen in das kühle Nass. Vorsichtig rieb sie sich damit über Gesicht und Arme, um sich dann mit einem Tuch trockenzutupfen. Anschließend nahm sie etwas weiße Schminke aus einem kleinen Töpfchen, die sie gleichmäßig auf ihrem Gesicht verteilte. Eine vornehme Blässe war das oberste Gebot der Mode. Zumindest kurzfristig würde sie mittels der Schminke ihre Sommersprossen übertünchen können. Sie griff zum Rougetiegel und verrieb etwas Rot auf ihren Wangenknochen, puderte sich anschließend das Gesicht ab und tupfte einige Tropfen *Danse à Versailles* auf Hals und Handgelenke. Das Parfum stammte aus Grasse und roch nach Vanille, Orangenblüten und Gewürzen. Einen Augenblick lang erwog sie, ein kleines schwarzes Schönheitspflaster auf ihr Dekolleté zu kleben, aber das erschien ihr dann doch zu gewagt, sodass sie sich für die linke Wange entschied.

Sie hatte nicht mitbekommen, dass Lilli das Zimmer in der Zwischenzeit verlassen und wieder betreten hatte, freute sich nun aber umso mehr, als ihre Nase ihr verriet, dass die Magd frischen Kaffee für sie geholt hatte.

»Was für ein Duft!«, lachte sie dem jungen Mädchen zu, das behutsam das kleine silberne Kaffeetablett zwischen den Schminktöpfchen und Tiegeln auf dem Toilettentisch platzierte.

Die gesamte Familie Simons war der Kaffeesucht erlegen. Bevor sie morgens aufstand, ließ sich Friederike als Erstes eine Tasse Kaffee ans Bett bringen. Die Kanne, die Zuckerdose, den Sahnegießer, die Tasse, die Untertasse: Sie hatte alles selbst bemalt. Es war eine ihrer ersten gelungenen Arbeiten gewesen. Bunte exotische Vögelchen flatterten auf dem Geschirr herum. Zarte Zweige bewegten sich im Wind. Sie war sehr stolz auf dieses Geschirr. Lange genug hatte sie in der Bibliothek gesessen und die Vögel aus wissenschaftlichen Werken und Reiseberichten von fernen Ländern abgemalt.

»Au!« Fast hätte sie die Tasse fallen lassen, als die Magd ihr mit dem Kamm durch die Haare fuhr. Sie hatte gerade den Kaffee von der Tasse in die Untertasse gießen wollen, aus der sie ihn dann getrunken hätte.

»Eigentlich müssten wir Ihr Haar noch waschen, Mademoiselle«, seufzte Lilli. »Was haben Sie bloß angestellt, dass es schon wieder so verfilzt ist?«

Friederike lachte leise in sich hinein. Zum Glück, dachte sie, war ihre Mutter in den seltensten Fällen Zeugin der Wortgeplänkel zwischen Dienstherrin und Magd – sie hätte das vertrauliche Verhältnis auf keinen Fall gutgeheißen. Wie sie überhaupt immer wieder auf ihre vornehme Herkunft verwies und Standesunterschieden die größte Bedeutung beimaß. Plötzlich fiel ihr Georg wieder ein. Die Szene mit ihm war natürlich sehr unangenehm gewesen, sinnierte sie, während Lilli ihr künstliche Locken ins Haar steckte. Aber er würde es sicher längst schon wieder vergessen haben. Ihr Bruder war nicht nachtragend, und sie war es auch nicht. Nachher würde ihr Disput vergessen sein. Dennoch sah sie dem Abend mit gemischten Gefühlen entgegen. Sie hatte keine großen Erwartungen an das Ereignis. Es würde alles so sein wie immer. Die feine Gesellschaft von Meißen würde sich einfinden und vielleicht auch ein Brieffreund ihres Vaters oder ein entfernter Verwandter der Mutter auf der Durchreise nach Dresden. Und – ihr Herz machte einen kleinen Sprung – ja, vielleicht oder ganz bestimmt auch Caspar!

»Und jetzt die Luft anhalten, Mademoiselle!«

Unter großer Anstrengung machte sich das Mädchen an Friederikes Korsett zu schaffen, das diese inzwischen gegen das unverstärkte Leibchen eingetauscht hatte. Mit beiden Händen zog und zerrte Lilli an den Schnüren, die das raffinierte Gebilde mit seinen Stäben aus Eisen und Fischbein zusammenhielten. Sie schnürt mich so eng, als würde sie mir die köstlichen Speisen, mit denen Mutter ihre Gäste bewirtet, nicht gönnen, dachte Friederike belustigt. Wie sollte all das gute Essen noch Platz in ihrem Bauch finden?

Nachdem sie mit Lillis Hilfe auch Mieder, Rock und Contouche angelegt hatte, verteilte sie noch einmal kräftig Puder auf Gesicht und Haaren. Dann schlüpfte sie in ihre bestickten Seidenpantoffeln. Wegen des breiten Reifrocks musste sie seitwärts aus der Tür zu ihrem Zimmer hinausgehen. Sie schaffte es, ohne zu stolpern die Treppe hinunterzulaufen, und betrat nach einem letzten tiefen Atemzug endlich den Salon.

Dort waren tatsächlich die meisten Gäste bereits versammelt. Die drei Repräsentierräume der Familie Simons lagen im ersten Stock des Wohnhauses und gingen nach vorne auf den Marktplatz hinaus. Alles war hell erleuchtet. Sämtliche Kerzen in den großen Kronleuchtern waren angezündet.

Im Grünen Salon, der ganz nach der neuesten Mode eingerichtet war, saß Constanze Simons in der Mitte des Raumes mit zwei Unbekannten um ein graziles langbeiniges Kirschbaumtischchen gruppiert. Ihre Haltung war wie immer tadellos; sie strahlte Anmut, aber auch eine gewisse Strenge aus.

Friederike konnte ein Lächeln nicht unterdrücken, obwohl sie doch genau wusste, dass die Mutter aus den Augenwinkeln jeden ihrer Schritte beobachtete. Wer die beiden Fremden wohl waren? Es war unglaublich, wie die Mutter es immer wieder schaffte, neue Kontakte aufzutun!

Die zu dem Tischchen gehörigen Lehnsessel waren mit grüner Seide bespannt. Auch sie hatten zierlich geschwungene Beine, die man vergoldet hatte. Die Damasttapete mit dem kleinen Rankenmuster war in einem zart türkisfarbenen Ton gehalten und mit Gemälden behängt, die galante Szenen darstellten: Frauen in luftigen Kleidern mit Körben unter dem Arm blickten auf schöne junge Männer, die Schafe hüteten oder in die Saiten einer Laute oder Gambe griffen. Es gab mehrere Spiegel mit verschnörkelten Rahmen, und in der Ecke verströmte ein Ofen aus Delfter Kacheln eine gemütliche Wärme. Nur die Salons, in denen die Mutter ihre Gäste empfing, waren modern und prächtig eingerichtet; sogar die Fenster hatte sie vergrößern lassen, damit mehr Licht in die Räume eindringen konnte. In den anderen Zimmern befanden sich noch immer die schweren, dunklen Möbel von früher. Die riesigen Eichentruhen, die mit pompösen Schnitzereien versehenen Schränke, die schon Generationen vor ihnen benutzt hatten. Die Decke des Grünen Salons war mit Stuck verziert. Aber als die Mutter einen Freskenmaler aus Italien hatte kommen lassen wollen, war ein Streit zwischen den Eltern entbrannt. Friederike konnte sich noch gut erinnern, es war um Geld gegangen. Aber es war dem Vater auch daran gelegen, dass seine Frau sich nicht zum Gespött machte. »Wann werden Sie uns eine künstliche Grotte anlegen lassen, Madame?«, hatte er gescherzt. »Werden Eure Königliche Hoheit uns demnächst also auf die Hirschjagd einladen?«, hatte er sie ein anderes Mal aufgezogen.

»Komm zu uns, Friederike!«, riss Frau Simons sie aus ihren Gedanken.

Fast unwillig blickte Friederike auf, um sich wenige Sekunden später bewundernd einzugestehen, dass ihre Mutter in dem dämmerigen Kerzenlicht in der Tat mehr wie ihre Schwester als wie ihre Erzeugerin aussah. Die weiße Schminke und die grau gepuderten Haare, die alle Frauen gleich welcher Generation trugen, verbargen geschickt die Spuren des Alters. Sie verspürte dennoch keine Lust, sich zu ihrer Mutter zu setzen. Im Nebenraum hatte sie Charlotte entdeckt. Georg saß dort mit seinen Freunden am Spieltisch, und die Freundin schaute zu, wie sie Karten spielten. Bei dem Mann zu ihrer Rechten schien es sich ziemlich eindeutig um Caspar Ebersberg zu handeln.

»Lass mich dir Henriette Hansen aus Hamburg vorstellen, Friederike«, vernahm sie die leicht ungeduldige Stimme der Mutter, »und ihren Bruder Per Hansen. Sie sind auf der Durchreise nach Dresden, wo Herr Hansen ein neues Kontor aufmachen will.«

Constanze Simons deutete auf ihre beiden Tischnachbarn.

Friederike hatte das Gefühl, selten weniger elegante und weltmännische Gäste in den Räumen ihrer Mutter gesichtet zu haben. Was nur in sie gefahren war, dass sie so viel Aufhebens um diese Leute machte?

»Meine Tochter Friederike«, fügte Constanze Simons an die Hansens gewandt hinzu.

Das Hamburger Geschwisterpaar wirkte außerordentlich erfreut, ihre Bekanntschaft zu machen, jedenfalls hatte Friederike nicht sehr oft erlebt, dass sie im Salon ihrer Mutter derart euphorisch begrüßt wurde. Per Hansen war etwa dreißig Jahre alt und hatte ein beeindruckend schwammiges Gesicht. Seine Konturlosigkeit war das Augenfälligste an ihm. Seine ganze Gestalt schien auseinanderzulaufen. Er war nicht dick, stellte sie fest, sondern nur unförmig. Sein Teint hatte eine rötliche Färbung. Seine Perücke und auch die Kleidung und die Schnallenschuhe waren zwar sicher teuer gewesen, dennoch vermochten sie nicht, dem Mann darin eine Form zu verleihen. Friederike fühlte sich bei seinem Anblick an die gemütlichen rotgesichtigen Bürger auf alten holländischen Bildern erinnert, die gerade ein großes Stück Schinken verspeisten.

Auch Henriette Hansen war nicht gerade eine Schönheit. Sie wirkte eher unauffällig, untersetzt und ein wenig steif. Für Friederike zählte sie zu der Sorte Menschen, die man nicht wiedererkannte, wenn man ihnen ein zweites Mal begegnete, die sich selbst aber immer an einen erinnerten. Sie hatte schon ein paarmal die peinliche Erfahrung machen müssen, dass ihr bei den Festivitäten der Mutter jemand freudig entgegengetreten war, der offenbar ganz genau wusste, wer sie war, während sie sich an das Gesicht des anderen partout nicht erinnern konnte, geschweige denn, dass sie seinen Namen parat gehabt hätte. Hastig entschuldigte sie sich bei ihrer Mutter und den Hansens und versprach, wiederzukommen, sobald sie ihre Begrüßungsrunde hinter sich gebracht hatte.

In dem sogenannten Orientalischen Salon waren die Wände bunt gekachelt. Der Besucher sollte den Eindruck erhalten, er befände sich in einer Moschee. Die Sitzmöbel waren niedrig und mit unzähligen Kissen in sämtlichen Regenbogenfarben belegt. Dicke Kerzen in verschnörkelten Haltern waren überall im Raum verteilt. Friederike meinte sogar, einen exotisch-fremden Duft wahrzunehmen, als sie das Zimmer betrat.

Überschwänglich begrüßte sie zunächst Charlotte Winkler, die dicht hinter ihrem Bruder Georg saß, um ihm über die Schultern in die Karten zu sehen. Alles an Charlotte war strahlend und sinnlich. Wie jedes Mal, wenn sie die Freundin länger nicht gesehen hatte, war Friederike überwältigt von ihrer Anziehungskraft. Charlotte hatte blitzende, sehr lebendige Augen und glänzende goldene Haare. Sie war ein bisschen üppiger, als es der Mode entsprach, egal wie eng sie ihr Korsett auch schnürte. Aber die Männerwelt schien das nicht weiter zu stören – Charlotte besaß eine enorme Wirkung auf das andere Geschlecht. Friederike fühlte sich oft unscheinbar neben ihr, fast als existierte sie gar nicht.

Gerade flüsterte die Freundin Georg etwas ins Ohr, woraufhin dieser in schallendes Gelächter ausbrach. In katzenhafter Anmut zog Charlotte sich in ihren Sessel zurück, als könnte sie kein Wässerchen trüben. Ihre Ohrringe schaukelten kokett hin und her.

»Wir wollen auch lachen!«, rief Sophie Thalheimer, Friederikes und Georgs dreizehnjährige Cousine, die Tochter von Tante Amalie und Onkel Gustav. Sophie hatte von ihrer überaus attraktiven Mutter nur die glänzenden dunklen Locken geerbt, ansonsten kam sie eher auf ihren Vater, der Friederike mit seinen spitzen Ohren und dem gedrungenen Oberkörper schon immer an einen Terrier erinnert hatte. Aber Sophie war, kaum den Kinderschuhen entwachsen, bereits vertraut damit, das Beste aus sich zu machen. Sie war so gepflegt und so bemüht zu gefallen, dass man kaum bemerkte, wie wenig Liebreiz sie eigentlich besaß. Für ihr Alter war sie erstaunlich tief dekolletiert, und ihre winzigen Füße steckten in über und über bestickten Pantöffelchen. Nur ihre Stimme war noch ganz mädchenhaft.

Die Runde um den Kartentisch wurde vervollständigt durch Caspar Ebersberg, der als Modelleur in der Porzellanmanufaktur arbeitete. Er war der uneheliche Sohn eines Barons und einer Bäckerstochter aus Dresden. Friederike war ihm erstmals vor zwei Jahren begegnet, bei einem Ball, den ihre Tante Amalie anlässlich ihres zwanzigsten Hochzeitstages gegeben hatte. Sie hatte für den glutäugigen Beau mit dem dunklen Teint auf Anhieb eine kleine, ihr selbst unerklärliche Schwäche entwickelt. Dabei wusste sie instinktiv, dass sie sich vor dieser Art Männer besser in Acht nehmen sollte. Doch immer wieder war sie bei ihren sporadischen Begegnungen auf sein charmantes Getändel hereingefallen und hatte sich jedes Mal gewundert, dass darauf nichts weiter gefolgt war. Ich darf sein Gerede einfach nicht ernst nehmen, redete sie sich wieder einmal gut zu. Noch einfacher wäre es allerdings gewesen, wenn sie ihn erst gar nicht beachtet hätte, aber das wäre unhöflich und zudem höchst verräterisch gewesen.

Auch jetzt hatte Caspar Ebersberg sie zur Begrüßung wieder angestrahlt, als gäbe es nichts in seinem Leben, das ihm eine solche Freude bereiten könnte wie ihr Anblick. Er war groß und stattlich, und seine schwarzen, dichten Augenbrauen verliehen seinem Aussehen etwas Grimmiges. Doch wenn er lächelte, sah er plötzlich sehr gewinnend aus.

»Wie schön Sie heute Abend sind, bezaubernde Freundin!«

Friederike senkte die Augen und lächelte verlegen. Wie dumm, dass sie keine schlagfertige Antwort parat hatte! Zum Glück hatte sie genug weiße Schminke aufgetragen, sonst hätte er vielleicht bemerkt, wie ihr das Blut in die Wangen geschossen war. Zur Sicherheit schob sie ihren Fächer vors Gesicht.

Caspar war aufgestanden, um ihr die Hand zu küssen. Er sah ihr tief in die Augen, als er sich über ihre Rechte beugte.

»Setzen Sie sich zu mir, Friederike, so wie Fräulein Charlotte bei Ihrem Bruder sitzt. Sonst ist er im Vorteil, weil nur er von einer schönen Frau unterstützt wird.«

»Von zwei schönen Frauen, lieber Caspar! Du vergisst, dass Sophie kein Kind mehr ist – beileibe nicht!«, schaltete sich ihr Bruder ein.

Er warf seiner Cousine einen Blick zu, der selbst einen Eisberg zum Schmelzen gebracht hätte. Kein Wunder, dass die Kleine ihn anhimmelt, dachte Friederike. Ihr gegenüber war Georg weniger zuvorkommend. »Setz dich, Friederike!«, hatte er sie in ruppigem Tonfall aufgefordert. Um im nächsten Augenblick, als wäre nichts gewesen, mit neutraler Stimme fortzufahren:

»Ich gewinne nämlich gerade, und Caspar will nur ablenken ... Lasst uns weitermachen, meine Damen«, wandte er sich an die beiden Frauen.

»Ja, nehmen Sie Platz, Friederike! Neben mir!«, stimmte Caspar begeistert und so emphatisch zu, als würde sein Leben von ihr abhängen. Aus dunklen Augen starrte er sie an. Sein bedeutungsschwerer samtiger Blick schien ihr sagen zu wollen, es sei etwas zwischen ihnen, das man nur noch nicht ausgesprochen habe. Als hinge da etwas in der Luft. Etwas Wichtiges und Schönes, dessen er sich aber noch nicht ganz sicher sei. »Ich bin für dich zu haben«, signalisierten seine Augen.

Nein, sie würde nicht auf ihn hereinfallen! Nicht schon wieder! Jenes eine Mal, das sie auf seine Avancen reagiert hatte, saß ihr noch immer in den Knochen. Es war nach einem dieser Salonabende gewesen, die ihre Mutter ausrichtete. Den ganzen Abend hatten sie miteinander geflirtet. Auch ein wenig getrunken – sie, Friederike, deutlich mehr als sonst. Rotwein, den einer der Gäste ihrer Mutter aus Paris mitgebracht hatte. Er komme aus dem Süden Frankreichs, aus der Provence, hatte der Mann gesagt. Die Pariser und insbesondere die Höflinge in Versailles seien ganz verrückt danach. Caspar und sie hatten sich einen Spaß daraus gemacht, die verschiedenen Sorten und Jahrgänge zu probieren. Schon nach einer halben Stunde hatte sie einen derartigen Schwips gehabt, dass sie kaum mehr gerade gehen konnte. Immer wieder hatte Caspar sie stützen müssen, damit sie das Gleichgewicht nicht verlor. Irgendwann war ihr übel geworden, und er hatte sich angeboten, sie nach draußen an die frische Luft zu begleiten. Dort hatte sie sich schlagartig besser gefühlt, und als sie im Herzen des kleinen Irrgartens angelangt waren, hatte er sie geküsst. Und sie hatte zurückgeküsst. Stocknüchtern mit einem Mal, aber dennoch wie berauscht. Noch nie zuvor hatte ein fremder Mann sie berührt – erst recht nicht auf diese Weise –, aber sie hatte das Gefühl gehabt, für die Liebe geradezu geboren zu sein. Hätten Georg und ihre Mutter nicht irgendwann besorgt nach ihr gerufen, wäre wahrscheinlich noch viel mehr passiert, als dass sie Caspar erlaubt hätte, ihre Brust anzufassen. Danach hatte er sich wochenlang nicht mehr im

Hause Simons gezeigt. Friederike hatte ihm einen Brief geschrieben, auf den er nicht reagiert hatte. War sie zu schnell auf ihn eingegangen? Hatte er bemerkt, dass sie ernsthaft an ihm interessiert war? Hatte sie das kokette Spiel nicht richtig beherrscht oder etwas missverstanden? Friederike war zutiefst verunsichert und gekränkt gewesen. Was für eine peinliche Situation! Sie hatte das Gefühl gehabt, einem Mann hinterherzurennen, der sie verschmähte. Dabei hatte er doch angefangen! Wie eine tölpelhafte, übereifrige Anfängerin hatte sie sich benommen. Außer Charlotte hatte sie niemandem etwas davon erzählt, und auch die Freundin hatte sich Caspars Verhalten nicht erklären können.

Friederike war froh, dass sie einen triftigen Grund hatte, sich nicht zu ihm und den anderen an den Kartentisch setzen zu müssen.

»Ich habe versprochen, dass ich mich um Mutters Gäste kümmere, die Hansens aus Hamburg. Ich muss gleich wieder rüber.«

Georg verdrehte die Augen, als der Name fiel. Offenbar hatte die Mutter auch ihm das unattraktive Geschwisterpaar schon vorgestellt.

»Wer sind denn diese Hansens?«, fragte Caspar neugierig.

»Kaufleute aus Hamburg, die auf der Durchreise sind. Maman stürzt sich ja auf jeden, den sie irgendwie zu ihren Empfängen einladen kann. Es ist nicht einfach für sie, in Meißen einen Salon zu führen. Möglicherweise sind sie auch gelehrt oder sehr vermögend, oder sie kennen jemanden, der wichtig ist oder jemand Wichtigen kennt. Irgendeinen Grund gibt es immer, weshalb sie die Leute einlädt.«

Mit einem Achselzucken blickte Georg wieder in seine Karten.

Wortlos drehte Friederike sich um und kehrte zurück in den Grünen Salon, in dem inzwischen noch weitere Gäste eingetroffen waren. Im Hinausgehen hatte sie geglaubt, Caspars Blick auf ihrem Rücken zu spüren. Nun begrüßte sie die Neuankömmlinge höflich und gesellte sich dann zu den Hansens, die jetzt allein an dem Kirschbaumtischchen saßen.

»Was für eine schöne alte Stadt Meißen doch ist!«, eröffnete Per Hansen das Gespräch.

Friederike fiel auf, wie krumm er sich hielt, seine schmalen Schultern fielen nach vorne, sein Rücken war fast zu einem Buckel gewölbt.

»Sehr schön, unbedingt.«

Sie war in ihrem Leben bisher kaum herumgekommen, es fehlte ihr der Vergleich. Im Gegensatz zu Dresden mit seinen 52 000 Einwohnern war Meißen auf jeden Fall relativ klein, so viel wusste sie. Kein Wunder, dass die Mutter beträchtliche Schwierigkeiten hatte, bei so wenig Auswahl einen einigermaßen interessanten Salon zu führen. Sie selbst fuhren oft genug zum Einkaufen nach Dresden, oder um die Familie von Constanze Simons, Ballettabende und Opernaufführungen zu besuchen. Dresden gefiel ihr eigentlich besser als Meißen, dafür war ihr Heimatort ruhiger und behaglicher. In Dresden käme ich sicher gar nicht zum Arbeiten, bei all den Ablenkungen, dachte sie. Auch nach Leipzig zur Messe hatte sie ihren Vater mehrmals begleitet. Die Stadt war dann immer voller Buden und Stände, überall sah man Gaukler, Feuerschlucker und Wahrsager. Interessant, durchaus, aber zugleich hatten ihr diese Menschenmengen immer ein wenig Angst eingejagt.

»Die Reise hierher war sehr beschwerlich«, ergriff jetzt Henriette Hansen das Wort. »Zweimal ist unsere Kutsche umgekippt, weil die Wege so schlecht waren. Ein schreckliches Geholpere! Noch dazu hat der Kutscher ständig aus seiner Schnapsflasche getrunken. Morgen fahren wir nach Dresden weiter. Wenn wir wieder zu Hause sind, setze ich erst mal keinen Fuß mehr vor die Tür. Ich hätte nie gedacht, dass Reisen so beschwerlich ist!«, nörgelte sie. Ihre Stimme klang gepresst.

»So schlimm war es nun auch wieder nicht, Henriette! Wir haben unterwegs viele interessante Dinge entdeckt und eine ganze Reihe neuer Geschäftsideen entwickelt, vergiss das nicht! Es ist immer schön zu sehen, wie es in der Fremde ist«, wandte sich Per Hansen nun begeistert an Friederike. »Ich bin nach der Lehre im Kontor meines Vaters fünf Jahre lang herumgereist. Ich habe in Amsterdam, London, Danzig, Basel, Frankfurt, Mailand und Turin mit unseren Geschäftspartnern gearbeitet. Reisen bildet ungemein. In dieser Zeit habe ich äußerst viel gelernt.«

»Das glaube ich gern.« Friederike war aufrichtig beeindruckt, auch wenn sie noch immer fand, dass ihr Gegenüber in seiner schlaffen Haltung an eine freundliche Made erinnerte.

Inzwischen waren die Musiker eingetroffen. Ein Streichquartett und ein Flötist spielten heitere Stücke von Telemann und Vivaldi. Am liebsten hätte Constanze Simons ihren Gästen auch einmal die Flötenkonzerte von Friedrich dem Großen geboten, die man in Potsdam jetzt immer aufführte, aber leider ließ der preußische König nicht zu, dass seine Kompositionen veröffentlicht wurden.

Friederike ließ sich auf das Gespräch mit Per Hansen ein, der eine Geschichte nach der anderen zu erzählen wusste, sich allerdings mit keinem Wort nach ihren Interessen erkundigte. Sie war nicht unglücklich, als die Mutter ihre Gäste schließlich zum Souper rief. Das Esszimmer war ganz in Weiß und Gold gehalten. Cremefarbene Damasttischtücher bedeckten bis zum Boden die in einer Reihe aufgestellten langen Tische, die mit edlem Porzellan, böhmischen Gläsern und silbernem Besteck eingedeckt waren. Der schmückende Tischaufsatz stellte die Götter des Olymps dar. Zum Essen sollte es ein Flusskrebssüppchen, Wachteleier mit Salat und französisches Weißbrot geben. Wahlweise wurden Rehrücken oder Rebhuhn an Petersilienwurzelpüree und Pilzragout angeboten. Den krönenden Abschluss würde ein Dessert aus verschiedenen hausgemachten Eissorten mit Waldbeerenkompott bilden. Dazu wurden leichte ungarische Weine gereicht.

Friederike saß zwischen Per Hansen und Wilhelm Schadt, einem Weinbauern mittleren Alters, der eine beträchtliche Leibesfülle aufwies. Er kam aus dem Rheingau, fuhr regelmäßig zur Messe nach Leipzig und traf in Meißen befreundete Kollegen. Vis-à-vis von ihnen hatten Charlotte, Georg und Caspar Ebersberg Platz genommen. Seiner Miene zufolge lauschte Georg Charlottes Geplapper mit höchster Aufmerksamkeit. Caspar versuchte vergeblich, sich in das Gespräch der beiden einzumischen.

Am unteren Ende des Tisches residierte Constanze Simons. Zu ihrer Rechten war Apotheker Schmiedebauer platziert, der in seinem Labor zusammen mit seiner Frau alchemistische Experimente durchzuführen pflegte. Die beiden waren ruhige, ernsthafte Menschen, deren ehrgeiziges Ziel in der Herstellung von Gold bestand, wie sie Friederike in einer schwachen Stunde anvertraut hatten. Nach außen hin wurden in ihrem Labor jedoch vor allem Arzneien und Drogerieartikel hergestellt. Besonders hervorgetan hatten sich die Schmiedebauers mit neuartigen Mitteln gegen Gicht und Warzen. Am besten verkaufte sich allerdings ein Fleckentferner.

Lisbeth Schmiedebauer saß ihrem Mann schräg gegenüber, zu ihrer Rechten hatte Friedrich Everding Platz genommen, ein Autor von Konrad Simons. Dieser war Ingenieur, und sein Buch über Wasserbautechnik hatte sich auf der Michaelismesse in Leipzig so gut verkauft, dass der Vater schon zweimal hatte nachdrucken müssen.

Sie wird ihn hoffentlich nicht dazu bringen, eine Fontäne in unserem Garten anzulegen, schoss es Friederike durch den Kopf, als sie die Mutter ins Gespräch mit dem Wasserbauingenieur vertieft sah. Wenn die das in Potsdam machen, ist das ja schön und gut, aber hier bei uns würde es wohl nur lächerlich wirken ...

Die Gruppe am unteren Tischende lauschte Professor Mehler, der an der Fürsten- und Landesschule Sankt Afra Mathematik lehrte. Der Professor war ein verhuschtes Genie und lispelte ein wenig. Er unterhielt seine Tischnachbarn mit einem Rätsel.

»Wenn Sie bedenken, wie die Beziehung zwischen der Kante

eines Würfels und der eines zweiten Würfels mit doppeltem Volumen ist...«, hörte Friederike ihn sagen.

Dann aber wurde das Gespräch am anderen Ende des Tisches so lebhaft, dass sie den Professor nicht mehr verstand und die Auflösung verpasste. Dort saß ihr Vater mit Kommerzienrat Helbig von der Porzellanmanufaktur, Ratsherrn Hofmeister, der Frau Rat, die wohlklingende Gedichte auf Französisch schrieb, und Henriette Hansen. Helbig verbreitete schlechte Stimmung.

»Die Pompadour kümmert sich persönlich um die Manufaktur in Vincennes. Wie sollen wir dagegen ankommen? Alles, was die Dame macht, wird sofort überall imitiert. Sie bestimmt, was Mode ist. Sie hat Boucher geholt, der ihr Lieblingsmaler ist und die Fabrique berät. Und sie haben Hellot. Der ist ein Genie. Er mischt die schönsten Farben zusammen, weiß der Teufel, wie er dieses Leuchten erzeugt. Wie man hört, ist er einem Blau auf der Spur, von dem wir hier nur träumen können«, schimpfte er.

»Gegen Meißen werden sie schon nicht ankommen. Ihr seid doch immer noch am Expandieren, wenn ich das richtig sehe. Jedes Jahr werden mehr Leute eingestellt, oder etwa nicht?«, versuchte Hofmeister zu beschwichtigen.

»Und wir haben Kaendler und Höroldt! Den besten Modellmeister und den besten Porzellanmaler.«

Auch Konrad Simons verstand nicht, warum der Kommerzienrat ein so düsteres Bild zeichnete.

»Ach, Kaendler und Höroldt! Die beiden können sich auf den Tod nicht ausstehen. Seit Jahren reden sie nicht miteinander! Sie mögen Genies sein, aber sie sind auch extrem schwierig. Vor allem Höroldt. Ständig laufen ihm die Maler davon. Und wo gehen sie hin? Natürlich zu einer der anderen Manufakturen! Wir bilden die Leute aus und versorgen dann die Konkurrenz mit ihnen. Auch die Modelleure laufen uns weg, immerhin nicht ganz so oft. Natürlich werden sie in Wien sofort mit Kusshand genommen. Aber über Wien oder auch Chelsea und Bow mache ich mir nicht solche Sorgen wie über Vincennes, wo die Pompadour ihre Finger im Spiel hat. Der König macht ja auch nur, was sie will, dieses Teufelsweib ...« Er kräuselte missmutig die Nase. »Wenn der alte August noch König von Sachsen wäre, dann würde ich ja nichts sagen! Aber so bleibt uns niemand anders als Graf Brühl. Sie wissen ja, dass der Premierminister ein leidenschaftlicher Porzellansammler ist ... Unser jetziger König interessiert sich doch nur für die Oper und die Jagd. Und vielleicht ein bisschen für Kunst. Von Porzellan hat er keine Ahnung. Und es interessiert ihn auch nicht im Entferntesten! Höchst, Berlin, Nymphenburg, Fürstenberg – lauter Namen, die einen das Fürchten lehren sollten! Und der König? Steckt den Kopf in den Sand. Wir haben dort natürlich überall unsere Leute, die uns über die jeweiligen Entwicklungen auf dem Laufenden halten«, erklärte er eilfertig, als hätte jemand seine strategische Weitsicht in Frage gestellt. »So wissen wir zum Beispiel: Auch der preußische König will unbedingt eigenes Porzellan herstellen. Aber noch sind sie nicht so weit, zum Glück! Selbst Höchst hat noch Probleme: Adam Friedrich von Löwenfinck, der natürlich aus Meißen stammt, hat zu viel versprochen und war nicht in der Lage, echtes Porzellan zu produzieren. Jetzt sind Ringler und Benckgraff dort am Zug, die wissen, wie's geht. Sie haben das Arkanum aus Wien mit an den Main genommen. Während unsere Marktanteile in Paris stetig sinken. Dort kauft man jetzt heimisches Porzellan. Bald macht jeder sein eigenes Zeug, und wir können sehen, wo wir bleiben! Egal, wie sehr man das Arkanum auch zu hüten versucht, irgendwann wird das Geheimnis doch gelüftet! Man kann es einfach nicht über einen längeren Zeitraum wahren.«

Helbig hatte sich so in Rage geredet, dass keiner seiner Gesprächspartner auch nur einen Ton hatte erwidern können. Seine Stirn glänzte, als er in die Runde blickte, um sich Zustimmung für den miserablen Zustand der Welt im Allgemeinen und der Situation auf dem Porzellanmarkt im Besonderen zu holen. Konrad Simons und Ratsherr Hofmeister wussten natürlich genau, wovon Helbig redete, zumal sie sein Klagelied schon des Öfteren vernommen hatten, wenn auch nicht in dieser Heftigkeit, aber die beiden Hansens schienen höchst verwirrt.

»Verstehe ich das richtig, Herr Kommerzienrat«, versuchte Per Hansen vorsichtig, den Gesprächsfaden aufzugreifen, »dass Sie geschäftliche Probleme in der Porzellanmanufaktur haben?«

»Noch nicht, aber bald werden wir sie haben, wenn das so weitergeht, darauf können Sie Gift nehmen!«, fauchte Helbig, der vor lauter Empörung über die Pompadour und all die anderen Arkanumverräter sämtliche Regeln der Höflichkeit zu vergessen schien. »Wir tun selbstverständlich alles, um der Probleme Herr zu werden. Aber das ein oder andere macht mir doch schwer zu schaffen.«

Er legte die Stirn in tiefe Falten und sah nun eher verzweifelt als wütend aus.

»Aber das Meißener Porzellan ist doch das beste von allen! Jeder will Meißener Porzellan kaufen. Ihre Ware hat einen exzellenten Ruf in ganz Europa. Überall, wohin mich meine Reisen geführt haben, hat man mir von Ihrem Porzellan vorgeschwärmt.«

»Noch! Noch ist es so!«, unkte Helbig. »Aber wir hören ständig von allen Seiten, dass irgendwo neue Manufakturen gegründet werden und die Kollegen da und dort fleißig herumexperimentieren. Wenn es auch nur einigen wenigen dieser Manufakturen gelingt, echtes Porzellan herzustellen, dann werden sie unseres nicht mehr brauchen. Warum auch? Wir sind nicht gerade preisgünstig, und außerdem müssen Sie die Transportwege mit einberechnen. Ist doch klar, was das für unsere Umsätze bedeuten wird, wenn erst einmal jeder kleine Fürstenhof seine eigene Porzellanmanufaktur hat! Sie werden nicht nur nicht mehr bei uns einkaufen, sie werden auch überall sonst in Konkurrenz zu uns treten.«

»Die Konkurrenz ist in der Tat ein Problem, nicht nur in der Porzellanherstellung. Das ist wohl wahr.« Per Hansen nickte bedächtig. »Und warum ist gerade Vincennes so bedrohlich für Sie? Das ist doch weit weg, bei Paris, wenn ich mich nicht irre ...«

»Die kleineren Fürstenhöfe mit ihren Porzellanexperimenten sind eine Bedrohung für uns, gerade weil es so furchtbar viele sind. Irgendjemand wird der Rezeptur eines Tages schon auf die Spur kommen, und dann haben wir Konkurrenz. Aber Vincennes ist trotzdem etwas anderes: Dort nehmen sie die Sache nämlich wirklich ernst. Man lässt ein einmal begonnenes Experiment nicht für die nächsten fünf Jahre ruhen, nur weil es nicht auf Anhieb so gelingt, wie man sich das vorgestellt hat. Das mag am preußischen Hofe Sitte sein, wo der König zwischendurch ein paar kleine Kriege führen muss, bis ihm einfällt, dass er sich nach den Fortschritten seiner Porzellanproduktion erkundigen könnte.« Helbig schnaubte vor Verachtung. »Nein, nein, in Vincennes sind sie mit Herz und Verstand bei der Sache. Noch stellen sie nur Frittenporzellan her. Aber, wie ich eben schon sagte: Hinter der Manufaktur steht die Pompadour, die Mätresse des Königs. Das ist eine intelligente Frau, die Energie und Geschäftssinn hat und sich leidenschaftlich für Mode interessiert – und eben für Porzellan. Jedes Jahr veranstaltet sie einen Porzellanverkauf im Schloss von Versailles, bei dem sogar Louis XV. höchstpersönlich mithilft. Ich brauche Ihnen ja wohl nicht zu sagen, was für ein Andrang dann dort herrscht! Jeder will vom König bedient werden. Und dann dieser Jean Hellot, der Chemiker, der die Farben entwickelt! Seine Farben sind viel schöner und leuchtender als unsere, warum auch immer. Vincennes muss man ernst nehmen, keine Frage!«

Friederike hatte die Ohren gespitzt. Die Pompadour, eine Frau, die sich um die Belange der Manufaktur von Louis XV. kümmerte! Sie sah, dass auch Henriette Hansen das Gespräch interessiert verfolgte.

»Aber wir haben Kaendler und Höroldt!«, mischte sich jetzt der Herr Rat wieder ein. »Wir haben den besten Modellmeister und den besten Porzellanmaler. Die Farben allein machen den Kohl auch nicht fett. So etwas wie das Schwanenservice sollen die Franzosen uns erst mal nachmachen! Die Formen sind wichtig! Und natürlich die Kunst der Malerei.«

»Und was machen wir, wenn unsere Kunden irgendwann andere Formen wünschen?«, fragte Helbig missmutig zurück. »Die Mode wird sich ändern, das spüren wir ja jetzt schon, aber das ist erst der Anfang. Von den Schnörkeln und Verzierungen wird man früher oder später völlig ablassen. Eine ganz neue Mode hält Einzug, das ist bereits abzusehen. Damit muss Kaendler erst mal zurechtkommen! Außerdem liegen erhebliche Nachteile darin, dass unsere beiden besten Leute sich nicht ausstehen können: Sie arbeiten gegeneinander, verstehen Sie, nicht miteinander!«

Friederike hörte mit einem Ohr, wie der Professor am anderen Tischende mal wieder von seiner Korrespondenz mit der Marquise du Châtelet erzählte, der im vergangenen Jahr verstorbenen Geliebten Voltaires. Bis auf den Wasserbauingenieur kannten alle Anwesenden die Geschichten bereits. Immer, wenn Professor Mehler einen Brief der Marquise erhalten hatte, war er im Salon von Constanze Simons verlesen worden, damit an den intelligenten Ausführungen Madame du Châtelets auch seine sämtlichen Bekannten hatten teilhaben können.

»Den ganzen Tag saß sie an ihrem Schreibtisch und übersetzte Newton ins Französische. Ein hochinteressantes Werk, diese ›Principia Mathematica‹« – der Professor sandte einen bedeutungsschweren Blick zum Wasserbauingenieur hinüber –, »und abends führten sie für Monsieur Voltaire ein Theaterstück auf, damit ihm nicht langweilig wurde. Er ist ja immer irgendwo im Exil und kann nicht an den Hof, da wird ihm leicht fad ums Gemüt.«

»Zur Zeit weilt er in Potsdam bei König Friedrich – dort wird er sich bestimmt nicht langweilen«, seufzte Constanze Simons sehnsüchtig.

Friederike seufzte ebenfalls, allerdings nur innerlich. Sie fühlte sich ganz und gar nicht in Bestform an diesem Abend. Die Auseinandersetzung mit Georg hatte sie doch stärker in Bedrängnis gebracht, als sie zunächst hatte wahrhaben wollen. Sie mochte ihren Bruder, egal wie sehr sie sich immer wieder mit ihm zankte, und konnte es gar nicht gut haben, im Unfrieden mit ihm zu sein. Abgesehen davon gaben ihr Helbigs düstere Ausführungen sehr zu denken; sie wusste nicht, was sie von seiner Lagebeschreibung halten sollte, da sie zu wenig Einblick in die Meißener Porzellanmanufaktur hatte und nicht einschätzen konnte, ob die Zustände wirklich so dramatisch waren, wie ihr aufgebrachter Direktor sie eben erst geschildert hatte. Ein wenig hatte sie Helbig im Verdacht, dass er sich nur interessant machen wollte. Andererseits war die Tatsache, dass in allen möglichen kleinen Fürstentümern und auch im benachbarten Ausland ständig neue Fabriken gegründet wurden, wohl wirklich nicht auf die leichte Schulter zu nehmen ...

Gerade wollte sie sich pflichtbewusst ihrem Tischnachbarn Per Hansen zuwenden, als Wilhelm Schadt neben ihr unversehens das Wort an den Hamburger richtete. Er war viel gereist und schien sich sehr für Politik zu interessieren.

»Was denken Sie, Herr Hansen«, fragte der Weinbauer, »wann werden wir endlich diese Vielstaaterei hinter uns lassen und eine vereinte deutsche Nation gründen können?«

Er verlieh seinen Worten erstaunlich viel Leidenschaft und Pathos, und für jedermann wurde erkennbar, dass er sich schon länger mit dem Sachverhalt beschäftigt hatte. Ihm konnte es mit der Abschaffung der vielen kleinen Fürstentümer offensichtlich gar nicht schnell genug gehen.

»Uns Kaufleuten ist es nur recht, wenn es keine Zollschranken mehr gibt. Das kostet uns nur Geld und verzögert die Lieferungen«, war die prompte Reaktion von Per Hansen.

Aus den Augenwinkeln beobachtete Friederike, wie Caspar, Georg und Charlotte sich miteinander unterhielten, während die kleine Sophie andächtig von einem zum anderen blickte. Sie sprachen so leise, dass Friederike kein Wort verstand. Nur ihr ständiges Lachen verriet, dass sie sich blendend amüsierten. Obwohl sie sich fest vorgenommen hatte, Caspar gar nicht zu beachten, bewirkte irgendetwas in ihrem Inneren, dass sie ihn ansehen musste. Einen Moment lang trafen sich ihre Blicke. Schnell sah sie wieder weg und tat erneut, als hörte sie Per Hansen und Wilhelm Schadt bei ihrer immer angeregter werdenden Diskussion zu.

Später beim Mokka im Grünen Salon, als sie von einer Gruppe zur anderen schlenderte, bemüht, ihre töchterlichen Gastgeberpflichten zu erfüllen und mit jedem Geladenen ein paar Worte zu wechseln, kam sie mit dem Weinbauern ins Gespräch. Wilhelm Schadt hatte seine Unterhaltung mit Per Hansen beendet und sich der Frau Rat, der Apothekersgattin und Cousine Sophie zugesellt, die sich vor dem Kachelofen zusammengefunden hatten.

»Der Rheingau, man hört ja einiges über diese Gegend … Es muss wunderschön dort sein, habe ich mir sagen lassen. Wo liegt das eigentlich genau?«, fragte sie neugierig.

»Der Rheingau ist in der Tat ein Paradies, meine Liebe.« Herr Schadt lächelte nachsichtig, weil Friederike offenbar so wenig über seine Heimat wusste. »Nicht, dass es hier bei Ihnen in Meißen nicht auch herrlich wäre, aber der Rheingau, dort ist der Süden, dort sind Sonne, Wärme, Licht!« Sein Gesicht strahlte, er wirkte aufrichtig begeistert. »Ich komme aus Walluf«, fuhr er fort, »auch ›die Pforte des Rheingaus‹ genannt, müssen Sie wissen. Ein winziger Ort, direkt am Rhein, und gleich dahinter geht es steil die Hänge hinauf: ein Weinberg neben dem anderen, so weit das Auge reicht. Von Walluf bis zur Mainmündung, also bis nach Mainz, ist es nicht weit. Ich fahre diese Strecke am liebsten mit dem Schiff. Wenn ich nach Leipzig zur Messe reise, um dort meinen Wein zu verkaufen, nehme ich meistens ab Mainz die Postkutsche über die Via Regia. Diesen Namen haben Sie doch sicher schon mal gehört, nicht wahr?«

Friederike hatte eine vage Ahnung, was damit gemeint sein könnte, wollte ihn aber nicht des Vergnügens berauben, sie zu belehren. Lächelnd verneinte sie seine Frage.

»Also« – mit einem gewichtigen Gesichtsausdruck hob Wilhelm Schadt den Zeigefinger – »die Via Regia wird auch gern die ›Hohe Straße‹ genannt. Zwischen Mainz und Höchst heißt sie allerdings noch ›alte Elisabethenstraße‹ – immer am Main entlang, wunderschön! Die Poststationen sind natürlich sehr unkomfortabel, man schläft mit Leuten in einer Kammer, die man gar nicht kennt. Und ehrlich gesagt auch nicht unbedingt kennenlernen möchte«, sagte er schmunzelnd. »Was mir in diesen Nächten schon alles gestohlen wurde! Und noch dazu sind die Wege so schlecht. An manchen Stellen sieht man noch die alte Römerstraße. Die Römer hatten gepflasterte Straßen, die viel besser waren als unsere heute. Das muss man sich mal vorstellen! Damals ist einem sicher nicht ständig die Achse gebrochen. Man verplempert ungeheuer viel Zeit auf diesen Reisen: Man steht beim Wagner rum, weil die Kutsche repariert werden muss, dann beim Hufschmied, weil ein Pferd seine Hufe verloren hat. Immerzu warten Sie!«

Er nippte an seinem Mokka. Auch die anderen drei Damen lauschten seinen Worten mit zunehmendem Interesse.

»Und meinen Sie, die Postkutsche sei in all den Jahren, die ich diese Strecke jetzt schon fahre, ein einziges Mal pünktlich abgefahren? Mitnichten! Über eine Woche war ich diesmal von Walluf nach Leipzig unterwegs.«

In dem Moment bemerkte Friederike, wie ihre Mutter ihr unauffällig ein Zeichen zu geben versuchte, sich zu Per Hansen zu begeben, der allein am Kirschbaumtischchen saß und der Kammermusik lauschte. Bedauernd verabschiedete sie sich von der kleinen Runde, um der Anordnung ihrer Mutter Folge zu leisten.

»Einen ausgezeichneten Mokka haben Sie da!«, begann der Kaufmann die Konversation.

Er lächelte erfreut, als sie sich zu ihm auf einen der grün bespannten Lehnsessel setzte.

»Wir handeln auch mit Kaffee. Wir bekommen ihn aus Java und seit dem vergangenen Jahr auch aus Brasilien. Ein riesiger Fortschritt, dass man den Kaffee jetzt auch in Südamerika anpflanzt! Die Nachfrage ist so groß, die bisherigen Anbaugebiete reichen nicht mehr aus. Alle wollen jetzt Kaffee trinken. Ihr Mokka scheint mir übrigens echt zu sein, bestimmt kommt er direkt aus Mokka am Roten Meer.«

»Wir kaufen ihn in Dresden, soweit ich weiß. Haben Sie Mokka oder Java schon bereist?«, fragte Friederike höflich.

»Nein, wir haben Handelspartner, vor allem in Amsterdam, die die Waren vor Ort einkaufen. Wir vertreiben sie dann weiter. Aber in Europa bin ich natürlich viel umhergereist, davon hatte ich ja bereits berichtet.«

Begeistert erzählte Per Hansen wieder von seinen Reisen, die ihn in die Kontore befreundeter Kaufleute geführt hatten. Es war nicht zu übersehen, dass er ihr Interesse für seine Arbeit sehr genoss.

»In Turin herrscht eine sehr gepflegte Kaffeekultur mit wunderschönen Kaffeehäusern. Das ist überhaupt eine angenehme Stadt! Man sitzt dort praktisch den ganzen Tag im Kaffeehaus – was natürlich gut für unser Geschäft ist. Diese Italiener sind wirklich ein Völkchen für sich. Man hört ja immer wieder, dass sie faul seien und den lieben langen Tag nichts tun würden. Und ich sage Ihnen, meine Verehrte, es stimmt! Wie heißt es so schön? Das süße Nichtstun, *il dolce far niente* ...«

Gereizt stellte Friederike fest, dass er eine furchtbare Aussprache des Italienischen hatte, doch sie beschloss, ihm weiterhin ihre ganze Aufmerksamkeit zu schenken. Das war immer noch besser, als sich vor Caspar Ebersberg eine weitere Blöße zu geben. Sie hatte aus den Augenwinkeln heraus beobachtet, wie er, ins Gespräch mit Charlotte vertieft, an ihrem Tisch vorbei in den Orientalischen Salon gelaufen war, ohne sie auch nur eines

Blickes zu würdigen. Georg war mit der kleinen Sophie am Arm wenig später nachgefolgt; das Mädchen hatte ganz verzückt zu ihm aufgeschaut und sich fast ungebührlich dicht an seine Seite geschmiegt.

»Wenn ich uns Deutsche dagegen nehme«, fuhr Per Hansen ungerührt fort: »Hier regiert der Fleiß, hier wird gearbeitet, geschafft, etwas vollbracht und nicht bloß Kaffee getrunken und geschwätzt ...«

Der Mann hatte keinen Witz, erkannte Friederike plötzlich, das war das eigentlich Unattraktive an ihm. Nicht sein schwammiges Gesicht oder seine schlechte Haltung. Nein, es war seine Humorlosigkeit, diese mangelnde Selbstironie und Fähigkeit, die Dinge aus einer anderen Perspektive als der eigenen zu betrachten. Per Hansen hatte vielleicht viel von der Welt gesehen, aber das hatte nichts in ihm bewirkt. Nicht einen Funken Witz besaß er! Zugegeben, auch sie selbst hatte an diesem Abend nicht gerade vor Esprit geschäumt, aber das lag daran, dass sie einfach nicht bei der Sache gewesen war. Zu sehr belastete sie noch immer die Auseinandersetzung mit Georg. Immer wieder hatte sie seinen vorwurfsvollen Blick aufgefangen. Einmal hatte er ihr im Vorbeigehen sogar zugeraunt, sie solle zusehen, dass sie endlich nach oben ins Atelier komme, um die Chinesen fertig zu malen, statt hier im Salon den anwesenden Herren schöne Augen zu machen. Sie war sprachlos gewesen. Was bildete ihr Bruder sich eigentlich ein? Schließlich tat sie nichts anderes, als ihren Gastgeberpflichten nachzukommen. Wenn sie überhaupt irgendjemandem schöne Augen gemacht hatte, dann war das lediglich ein einziger Herr gewesen, der sich aber leider kaum dafür zu interessieren schien.

Während Hansen ausholte, um ihr von seinen Schwierigkeiten im Tabakhandel zu erzählen, schaute Friederike immer wieder unauffällig durch die offene Flügeltür in den Orientalischen Salon hinüber, in dem sich am Kartentisch nicht nur Georg, Charlotte, Cousine Sophie und Caspar Ebersberg, sondern überraschenderweise auch Henriette Hansen versammelt hatten. Mit ihren erhitzten Wangen und den lebhaften Gesten wirkte auch sie plötzlich viel weniger graumäusig als zu Beginn des Abends. Ihr schrilles Kichern war quer durch den ganzen Raum zu vernehmen.

Als Friederike sich schließlich gegen Mitternacht von den Gästen verabschieden wollte, um zu Bett zu gehen – in Wirklichkeit war es allerhöchste Zeit, sich endlich den kleinen Chinesen zu widmen, wenn sie den Streit mit Georg nicht noch verschärfen wollte –, sagte Caspar zu ihr:

»*Ma chère*, den ganzen Abend haben Sie nur mit Herrn Hansen geredet. Nun setzen Sie sich noch ein wenig zu uns, sonst fühlen wir uns wirklich vernachlässigt.«

Für einen winzigen Moment war sie versucht, seiner Aufforderung nachzukommen und die Chinesen Chinesen sein zu lassen. Doch dann siegte ihr Pflichtgefühl.

»Lieber Caspar, ich bin schrecklich müde. Die letzte Nacht habe ich kein Auge zugetan«, log sie. »Außerdem haben Sie hier doch die allerbeste Gesellschaft, wie ich sehe ...«

Henriette Hansen lächelte geschmeichelt und legte den Kopf schief, um Caspar anzustrahlen. Auch Charlotte schien keinen größeren Wert darauf zu legen, dass Friederike sich zu ihnen setzte. Abwechselnd schaute sie von Caspar zu Georg und von Georg zu Caspar. Ihre Augen funkelten, und ihr üppiges Dekolleté leuchtete milchweiß im Kerzenschein. Die kleine Sophie wirkte ohnehin nicht mehr ansprechbar; ständig klappten ihr die Lider zu, so sehr musste sie gegen den Schlaf ankämpfen.

Friederike gab sich einen Ruck. Es war sicher besser so, wenn sie jetzt schnellstmöglich nach oben ging. Schon wieder hatte Georgs vorwurfsvoller Blick sie gestreift. Und außerdem: Sie wollte gar nicht neben Caspar Ebersberg sitzen und ihm in die Augen schauen. Sie wusste schließlich nur allzu gut, wohin das führen konnte.

☙

»Na, was hältst du von den Hansens?«, fragte ihr Vater sie am nächsten Tag beim Mittagessen. Sie saßen noch beim Dessert, nur Georg hatte es eilig gehabt und war schon wieder aufgebrochen.

Friederike wandte sich ihrem Vater zu. Er hatte seine kleine runde Brille auf, und sein dunkler Teint, den ihm seine südfranzösische Großmutter vererbt hatte, wirkte in der fahlen Novembersonne, die müde durch die großen Fenster blinzelte, noch olivfarbener als sonst. Er schien oft ein wenig abwesend, als ginge ihn das, was um ihn herum passierte, nichts an. Dabei rechnete er im Stillen Kalkulationen durch oder formulierte in Gedanken Briefe an seine Autoren, wie Friederike wusste.

Sie wunderte sich über die Frage. Böses ahnend erwiderte sie betont beiläufig:

»Falls du *Per* Hansen meinst: Er scheint ganz nett zu sein.«

Ihr Vater blickte amüsiert auf.

»Nun, eigentlich meinte ich alle beide. Aber wenn du schon so direkt auf ihn anspielst: Dieser Mann ist wirklich bewundernswert! Er leistet hervorragende Arbeit. Er hat das Kontor seines Vaters noch ausgebaut – und dieser war schon gut im Geschäft. Bald werden sie eine Filiale in Dresden eröffnen. Er beliefert den König und den Grafen Brühl. Und wer mit Brühl im Geschäft ist, der hat fast schon ausgesorgt.«

Darüber lachten alle, denn es war bekannt, dass der sächsische Premierminister ein großer Verschwender war.

Obwohl Friederike sich innerlich dagegen gewappnet hatte, den einleitenden Worten des Vaters könnte womöglich noch etwas Unangenehmes nachfolgen, fühlte sie sich überrumpelt, als er scheinbar beiläufig fortfuhr:

»Er ist eine gute Partie, Friederike ...«

»Aber keine gute Partie für mich, Vater!«, entgegnete sie schärfer als beabsichtigt.

Sie konnte dieses Thema einfach nicht mehr hören. Ständig

präsentierten ihr die Eltern mehr oder weniger offensichtlich irgendwelche Heiratskandidaten. Einer langweiliger und unattraktiver als der andere. Oder uralt. So wie dieser Doktor Brettschneider aus Leipzig. Was sollte sie mit einem Mann, der dreißig Jahre älter war als sie? Und noch dazu Witwer! Mit einer greisen Mutter, die gepflegt werden wollte! Als ihr Vater vor ein paar Monaten mit diesem Vorschlag angekommen war, hatte sie drei Tage nicht mit ihm gesprochen, so tief verletzt hatte sie sich gefühlt. Dabei hatte sie gewusst, dass ihr Vater es nur gut mit ihr meinte, zumal er selbst große Stücke auf Brettschneider hielt. Der Arzt hatte eine bedeutende Erfindung im Bereich der Chirurgie gemacht; was genau es war, hatte sie vergessen. Auf jeden Fall hatte ihr Vater eine Weile hin und her überlegt, ob er ein Buch über Brettschneider und seine revolutionäre Operationstechnik herausbringen sollte, die Idee aber dann wieder fallen lassen, weil ihm die potenzielle Leserschaft zu klein erschienen war. Brettschneider sah noch nicht einmal übel aus. Zumindest hatte er trotz seiner fast sechzig Lebensjahre weitaus markantere Züge als Per Hansen. Diese selbstzufriedene Made! Niemals würde sie einen solchen Mann heiraten. Allein bei der Vorstellung, wie seine patschige Hand sich auf ihren Körper legte, wurde ihr ganz anders. Und darauf würde es im Falle einer Ehe ja wohl hinauslaufen – spätestens. Was ihre Eltern sich bloß dabei dachten, Hansen als Ehemann für sie auszuspähen! Sie würde es gleich Charlotte erzählen müssen. Wenn sie gemeinsam darüber lachten, wäre es vielleicht nicht mehr ganz so schlimm.

»Er hat sich nach dir erkundigt«, sprang jetzt Constanze Simons mit sanfter Stimme ihrem Mann zur Seite.

»Kommt überhaupt nicht in Frage! Wir müssen gar nicht weiter darüber reden, Maman, ich bin mir ganz sicher: Diesen Mann heirate ich nie im Leben!«

»Offen gesagt, Friederike, die Geschäfte gehen im Moment alles andere als gut«, ergriff nun ihr Vater wieder das Wort. »Wir brauchen Geld. Und du bist alt genug, um zu heiraten. Bald sogar zu alt. Du bist zwanzig, vergiss das nicht. Worauf willst du noch warten? Eine bessere Partie als Hansen wird sich dir nicht so schnell wieder bieten. Ich stehe schon länger in Kontakt mit ihm. Er ist nicht nur vermögend – er ist auch solide. Ein durch und durch ehrlicher hanseatischer Kaufmann.«

»Wir können nicht noch bescheidener leben«, ergänzte die Mutter. »Das würden die Leute merken, und das sähe nicht gut aus. Wir haben auch eine gewisse Repräsentierpflicht.«

»Wir haben überhaupt keine Repräsentierpflicht! Du willst nur repräsentieren! Weil du nicht dazu stehen kannst, einen armen Buchdrucker geheiratet zu haben statt eines vermögenden Fabrikanten. Und jetzt soll ich ausbaden, was du dir eingebrockt hast!«

»Friederike!«

Die Mutter war aufgestanden. Zwei rote Flecken zeichneten sich auf ihren weiß gepuderten Wangen ab. Sie hatte den Arm leicht erhoben und die Hand ausgestreckt, als wollte sie ihrer Tochter am liebsten eine Ohrfeige verpassen. Ihr Kinn zitterte.

Friederike wusste, dass sie zu weit gegangen war. Aber es war ihr egal. Sie war schließlich kein Stück Vieh, das man auf dem Heiratsmarkt verschachern konnte. Trotzig erwiderte sie den Blick der Mutter.

»Liebes Kind«, ertönte die tiefe Stimme ihres Vaters. Er nickte seiner Frau beruhigend zu, als wollte er ihr sagen: Ich mach das schon, beruhige dich!

»Wir haben Schulden«, fuhr er, an Friederike gewandt, fort. »Ich rechne zwar mit einem größeren Auftrag für die Bibliothek des Grafen Brühl in den nächsten Wochen – mit diesem Geld werden wir einiges bezahlen können. Aber bis dahin müssen wir anschreiben lassen. Und zwar für Dinge, die wir für unser tägliches Leben brauchen. Auf keinen Fall können wir weiter Geld für all diesen Tand ausgeben.«

Konrad Simons' Blick war wieder zu seiner Frau gewandert.

»Die Hansens sind doch ganz nett, Friederike.«

Ihre Mutter hatte sich wieder in der Gewalt, was Friederike auch daran erkennen konnte, dass sie den Einwand ihres Mannes einfach überging.

»Ich gebe zu, sie sind nicht besonders kultiviert. Kaufleute eben. Noch dazu ein wenig langweilig. Und schön ist der junge Mann auch nicht gerade. Aber sehr, sehr reich!«

»Das ist mir egal, Mutter. Dieser Mann kommt für mich nicht in Frage!«

Insgeheim war Friederike sich gar nicht so sicher, ob es wirklich klug war, das Angebot des reichen Hamburgers auszuschlagen. Es hätte tatsächlich einige Vorteile, sich zu verheiraten, noch dazu gut und wohlhabend. Nicht zuletzt den, dass ihre Eltern sie dann endlich mit diesem Thema in Ruhe lassen würden. So wie sie Hansen einschätzte, hätte er wahrscheinlich nicht einmal etwas dagegen, wenn sie als seine Frau weiterhin ihrer Malerei nachging und diese vielleicht sogar professionell betrieb. Als echter Kaufmann, der er war, hieß er bestimmt jede Gelegenheit willkommen, bei der Geld zu verdienen war. Aber waren das nicht alles Pietisten dort oben im Norden? Den ganzen Tag mit nichts anderem als Beten und Arbeiten beschäftigt? Menschen mit schmalen, verkniffenen Lippen, gekleidet in schlichtes Schwarz? Nein, sie schüttelte sich, das war eine andere Welt, nicht die ihre. Ganz abgesehen davon, dass sie sich einen Mann wünschte, mit dem sie mehr verband als nur ein Geschäft. Liebe nämlich – das erwartete sie von einer Ehe.

Nachdem die Tafel aufgehoben worden war, ging Friederike nicht zurück ins Atelier. Sie nahm einen leichten Umhang aus dem Garderobenschrank, setzte eine Haube auf und vertauschte die Seidenpantoffeln mit groben Holzpantinen. Durch die Geschäftsräume des Vaters lief sie auf den Marktplatz hinaus. Dort herrschte geschäftiges Treiben. Sie lehnte erst die Dienste eines Scherenschleifers ab, den sie an die Köchin weiterverwies, und nickte dann dem Apotheker Schmiedebauer zu, der einer

Kundin die Tür zu seinem Laden aufhielt. Vor dem Rathaus waren ein paar Ratsherren in ein hitziges Gespräch verwickelt, verneigten sich dann aber alle gleichzeitig wie in einem Ballett, als der Vierspänner des Bischofs vorbeirauschte. Die Mägde mit den Körben am Arm versanken in einen tiefen Knicks.

Am Elbufer angekommen, ließ Friederike sich im trockenen Gras nieder, um in Ruhe nachdenken zu können. Nein, sie würde diesen rotgesichtigen Kaufmann auf keinen Fall heiraten! Es musste schlimm um die Geschäfte des Vaters bestellt sein, wenn er auf die Idee kam, die eigene Tochter zu verhökern. Der Verlag und die Buchhandlung Konrad Simons' waren aus der Mitgift seiner Frau finanziert worden. Der Vater hatte nur die Druckerei geerbt, die nun samt Setzerei, Korrektorenstube und Papierlager im Nachbarhaus untergebracht war, denn die Buchhandlung und der Verlag beanspruchten den ganzen Platz im Erdgeschoss des Simons'schen Hauses. Die Druckerei produzierte ebenfalls Visitenkarten sowie Vermählungs- und Geschäftsanzeigen. Der Bischof ließ Gesangsbücher drucken, und auch die Porzellanmanufaktur gab ihre Werbeaufträge hierher. Die Buchhandlung belieferte regelmäßig den sächsischen Premierminister Graf Brühl und die Bibliothek des Bischofs von Meißen. Auch die Universitätsbibliotheken von Leipzig, Halle und Jena waren gute Kunden. Das Verlagsgeschäft war allerdings ein Problem. Es gab einige Bücher, die seit Jahren gut liefen, wie »Die neue Medizin für den Hausgebrauch«, »Die Tier- und Pflanzenwelt Afrikas«, »Meine erste Mineraliensammlung«, »Der kleine Naturforscher« oder »Experimente mit Gewitterelektrizität«. Bei diesen Büchern waren die Gehilfen des Vaters kaum mit dem Verpacken nachgekommen, so viele Bestellungen waren in den letzten Monaten eingegangen. Aber es gab eben auch zu viele Bände, die nur an die großen Bibliotheken verkauft wurden, die die allgemeine Leserschaft hingegen kalt ließen. Nun hoffte Konrad Simons auf das Buch des Wasserbauingenieurs, das ein echter Erfolg zu werden versprach.

Friederike schlang die Arme um ihre Beine, die sie unter dem weiten Rock angezogen hatte, und legte das Kinn auf die Knie. Ein leichter Wind strich über die Grashalme und löste ein paar Strähnen aus ihrer Frisur. Ein Frösteln ergriff ihren Körper. Sie hätte doch das dickere Cape nehmen sollen, ärgerte sie sich. Die warmen Tage waren vorbei, kein Zweifel. Nun würde die trübe Jahreszeit kommen, alles würde braun und grau und trist werden – wie ihre Stimmung. Sie seufzte, als sie an das zurückliegende Mittagessen mit den Eltern dachte. Es ging ihr nicht nur um den Hamburger Kaufmann, den sie ihr als Ehemann verordnen wollten, ohne sich auch nur im Geringsten um ihre Gefühle zu scheren – nein, viel mehr noch ging es ihr um ihre Unabhängigkeit. Gut, sie war zwanzig Jahre alt und damit schon fast das, was man ein »spätes Mädchen« nannte. In ihren Kreisen pflegten die Frauen früh zu heiraten. Die Eltern hatten ja auch schon vor ein paar Jahren damit begonnen, sie mit dem Gedanken an die Ehe vertraut zu machen. Sie hatte jedoch nie etwas davon hören wollen, zumal der einzige Mann, den sie je attraktiv gefunden hatte – Caspar Ebersberg –, wegen seiner Herkunft als Heiratskandidat ohnehin ausgeschieden war. Nein, sie wollte das tun, was ihren eigenen Vorstellungen und Neigungen entsprach, und sich nicht danach richten, was Eltern oder Ehemann ihr vorgaben. Sie wollte malen. Malen, malen, malen! Und zwar nicht nur zu ihrem Vergnügen, sondern als Beruf. Wie die Pompadour. Die vielleicht nicht selbst malte, aber die Beschäftigung mit Porzellan zu ihrer Sache gemacht hatte, indem sie die Manufaktur des französischen Köngis leitete. Niemand sollte ihr mehr erzählen, dass Frauen von solchen Dingen weniger verstanden als Männer! Im Gegenteil wahrscheinlich. Frauen hatten viel mehr Ausdauer und im Zweifelsfall auch mehr Geschick als Männer. Wie man an ihr und Georg sehen konnte. Dieser Nichtsnutz! Friederike schnaubte. Was der sich einbildete! Die verfluchten Chinesen waren noch immer nicht fertig ...

Um wirklich gut zu sein, brauchte sie zunächst einmal unbedingt einen Lehrer, rief sie sich zur Räson. Alles, was Georg konnte, beherrschte sie auch, keine Frage, aber sie wusste, dass es noch mehr zu lernen gab. Sie konnte sich nicht alles selbst beibringen. Sie brauchte jemanden, der sie anleitete und beurteilte. Wenn sie Georg fragte, wie man in der Manufaktur die von ihr bemalten Stücken beurteilte, murmelte er stets irgendetwas Unverbindliches, statt ihr eine befriedigende Antwort zu geben. Sie hatte schon ein paarmal mit dem Gedanken gespielt, ein Gespräch mit Obermaler Höroldt zu suchen. Sie sollte vielleicht endlich zur Tat schreiten. Eigentlich konnten sie in der Manufaktur doch nur froh sein über jemanden, der so viel Talent besaß wie sie. Natürlich war es nicht üblich, dass junge Damen ihres Standes in einem handwerklichen Betrieb arbeiteten. Es gab in der Porzellanmanufaktur keine Frauen, schon gar keine Fräuleins. Sie sah allerdings keinen Grund, warum das nicht möglich sein sollte. Natürlich war es nicht üblich – aber war das ein Argument? Verboten war es schließlich nicht. Höroldt galt als ausgesprochen schwierig. Niemand konnte ihn leiden. Er beutete seine eigenen Mitarbeiter aus, das wusste jeder. Er intrigierte gegen Kaendler, den Modellmeister. Er war verärgert, weil es bei den neuen plastischen Dekors weniger freie Flächen gab, die bemalt werden konnten. Er fühlte sich von Kaendler gegängelt. Der Maler wollte eigenständige Kunstwerke schaffen, nicht die von einem anderen entworfenen Stücke einfach nur verzieren. Obwohl es hieß, dass er nie etwas selbst machte. Höroldt ließ arbeiten. Er war kein angenehmer Zeitgenosse, das war allseits bekannt.

Friederike hob den Kopf. Vor ihr auf dem Fluss wurde ein Lastkahn von Pferden in Richtung Dresden gezogen. Flöße lagen am Ufer, auf denen das Holz für die Brennöfen der Manufaktur transportiert wurde. Die Elbe führte nur wenig Wasser, weil in diesem Herbst kaum Regen gefallen war. Der langsam nach Norden fließende Strom erinnerte sie wieder an den Kaufmann Hansen und Hamburg. Vor ihrem geistigen Auge ließ sie Bilder von hochmütigen Handelsherren Revue passieren, die durch die regennassen Fenster ihrer Kontore auf die im Sturm ankernden Schiffe blickten. Kapitänswitwen saßen beim Fischessen in zugigen Backsteinhäusern. Spitznasige Pastorentöchter in wetterfesten Schuhen teilten Almosen an die Armenhäusler aus. Alles war freudlos und kalt ...

Das Läuten der Kirchturmglocke riss sie aus ihren Gedanken. Sie würde gerade rechtzeitig zum Tee zu den Winklers kommen. Sie musste Charlotte unbedingt von Per Hansen erzählen! Friederike sprang auf und klopfte sich das Gras von der Kleidung. Sie zog eine Haarnadel aus ihrem Knoten und steckte sich die losen Strähnen wieder fest. Mit großen Schritten eilte sie in Richtung Marktplatz.

Der Weg zum Haus des Advokaten Winkler führte sie am »Roten Hirschen« vorbei, einem der besten Quartiere der Stadt, in dem selbst Friedrich der Große schon logiert hatte. Vor dem Gasthof stand eine Reisekutsche, auf die Gepäck geladen wurde.

»Mademoiselle Friederike!«

Strahlend kam Per Hansen, der sie schon von Weitem erkannt haben musste, ihr entgegen. Er hatte die Arme ausgebreitet, als wollte er sie umarmen, und rief:

»Welch eine Fortune, Sie noch einmal zu sehen! Wir wollten uns gerade auf die Weiterreise nach Dresden aufmachen.«

»Herr Hansen, guten Tag!«

Ob er ihr aufgelauert hatte, fragte sie sich leicht alarmiert. Aber das konnte ja nicht sein! Er und seine Schwester standen doch wohl kaum den ganzen Tag vor dem Gasthaus herum und ließen die Kutsche warten.

Per Hansen war in einen einfachen Rock aus Tuch gekleidet, sehr schlicht, wie es offenbar den Gepflogenheiten in Hamburg entsprach. Er trug keine Perücke, was sein lichter werdendes Haar betonte. Auch bei Tageslicht sah er nicht besser aus als am Abend zuvor. Ihr fiel nichts Gescheites ein, was sie sagen konnte.

»Wir werden etwa eine Woche in Dresden zu tun haben. Auf dem Rückweg kommen wir wieder hier vorbei. Meiner Schwester gefällt es in Meißen sehr gut. Wir haben uns blendend amüsiert gestern Abend.«

»Wie schön! Dann müssen Sie uns unbedingt wieder besuchen kommen«, erwiderte Friederike lahm.

»O, das werden wir auf jeden Fall tun, Mademoiselle«, freute sich Hansen.

»Dann also auf bald!«

Förmlich lächelnd streckte sie ihm ihre Hand entgegen.

Er ergriff sie und sah ihr erwartungsfroh in die Augen:

»Auf bald, meine Liebe. Und grüßen Sie bitte Ihre Eltern! Ich habe Ihrer Mutter ein kleines Billett geschrieben, um mich für den gestrigen Abend zu bedanken. Grüßen Sie sie trotzdem noch einmal.«

Friederike wusste, dass sein Blick ihr folgte, als sie den Marktplatz überquerte. In Gedanken schalt sie sich selbst. Sie musste besser darauf achten, was sie sagte. In ihrer voreiligen Art hatte sie ihn auch noch selbst eingeladen! Wenn das keine Aufforderung gewesen war, ihr weiterhin den Hof zu machen. Auf keinen Fall wollte sie Per Hansen zu irgendetwas ermuntern oder falsche Hoffnungen in ihm wecken.

Das Haus der Winklers lag hinter dem Rathaus in der Burgstraße. Jedes Mal, wenn sie Charlotte besuchte, wurde sie von leichtem Neid erfüllt. Bei den Winklers war alles so normal. Charlotte hatte keine verschwenderische Mutter, die den ganzen Tag Modezeitschriften las und Geselligkeiten organisierte. Charlotte hatte auch keinen Vater, der am liebsten eine Wissenschaftsakademie gegründet hätte und sich immer in seinen Büchern vergrub, wenn er nicht mit den Geschäften zu tun hatte oder sich seinen Autoren widmete. Bei den Winklers war alles, wie es sein sollte. Zurückhaltend und elegant. Man war der Mode freilich ein wenig hinterher. Und ob in der Kanzlei des Advokaten Winkler alles mit rechten Dingen zuging, mochte Friederike auch dahingestellt sein lassen. Ihr Vater hatte bereits mehrfach Andeutungen gemacht, dass August Winklers eigentlicher Vorzug seine Verbindungen zur Demimonde von Dresden und nicht unbedingt seine Geschicke als Rechtsanwalt seien. Aber das waren alles nur böswillige Spekulationen, wies sie sich in Gedanken selbst zurecht.

Das Dienstmädchen brachte sie in den Salon. Auch der war genau richtig ausgestattet, nicht zu üppig und nicht zu bescheiden. Charlotte lag mit einem Buch bäuchlings auf der Chaiselongue. Ihr hochgerutschtes weißes Kleid mit den rosafarbenen Rüschen ließ ihre kräftigen Waden sehen. Sie waren der – zum Glück selten sichtbare – einzige Makel an Charlottes wunderschönem Körper.

»Wie nett, dich zu sehen! Das war ein reizender Abend gestern. Setz dich doch!«, begrüßte Charlotte, die leichtfüßig aufgesprungen war, ihre Freundin. Sie deutete auf einen Sessel.

»Freut mich, dass es dir gefallen hat.«

Das Dienstmädchen kam mit einem Teetablett herein. Die Kanne war wie ein Schwan geformt und die Tassen mit den Reliefs kleiner Krebse, Muscheln und Seejungfrauen verziert. Alle Porzellanstücke standen auf zierlichen Füßchen. Charlotte schenkte den Tee ein.

»Ich muss dir was erzählen!«

»Ich dir auch!«

Beide mussten lachen und wussten nicht recht, wer zuerst das Wort ergreifen sollte. Schließlich ließ Charlotte Friederike den Vortritt.

»Stell dir vor, mein Vater will mich verheiraten! Anscheinend ist dieser Per Hansen an mir interessiert. Du weißt, der rotgesichtige Kaufmann aus Hamburg, der mit seiner Schwester gestern Abend da war.«

»Und?«

»Das werde ich natürlich auf gar keinen Fall tun! Ich bitte dich – was für ein Langweiler!«

»Ja, ein bisschen langweilig kam er mir auch vor.«

»Meine Eltern finden, er ist eine gute Partie. Anscheinend haben die Hansens viel Geld.«

»Das hätte ich nicht von deinen Eltern gedacht, dass sie so denken ...«

Auf Charlottes hübschem Gesicht zeichnete sich ehrliches Mitgefühl ab. Doch Friederike hatte jetzt nicht die Absicht, ihr die schwierige Geschäftslage ihres Vaters zu erläutern. Auch wenn Charlotte ihre beste Freundin war: Meißen war klein, und wie leicht plauderten die Leute etwas aus, ohne es zu merken.

»Sie hätten eben gern einen reichen Schwiegersohn«, erklärte sie missmutig.

»Das kann man ja auch irgendwie verstehen.« Charlotte nickte. »Na ja, und sooo schlecht sieht er nun auch wieder nicht aus. Und wenn er so viel Geld hat ... Du musst dich doch nicht gleich entscheiden, oder? Ich würde erst mal abwarten. Ein bisschen Interesse signalisieren. Nur ein bisschen. Sodass er nicht genau weiß, was er davon halten soll. Auf diese Weise gewinnst du Zeit, ihn dir genauer anzusehen.«

»Ich weiß nicht ... Das kommt mir so unnatürlich, so falsch vor.«

»Mein Gott, Friederike! Du tust hinterher einfach ganz überrascht und weigerst dich, ihn zu heiraten, wenn du am Ende wirklich immer noch nicht willst! Das ist doch erst mal ganz unverbindlich. Vielleicht magst du ihn ja. Dein Vater wird schon nichts ohne dein Einverständnis unternehmen. Meine Eltern würden so etwas machen, aber deine doch nicht!«

»Da wäre ich mir nicht so sicher«, knurrte Friederike. »Aber eins steht fest: Meine Meinung werde ich bestimmt nicht ändern.«

»*Mon Dieu*, Friederike, sei nicht so kategorisch! Verhalte dich einfach ein wenig geschickt. Hansen hat doch einiges vorzuweisen. Er handelt mit Kolonialwaren, die von überall her kommen: Gewürze und Tee aus Ostindien und Ceylon. Zucker aus Westindien, Kaffee aus Brasilien, Kakao aus Westafrika und Tabak aus Virginia. Das klingt doch sehr aufregend. Er hat mir davon erzählt.«

»Ich habe gar nicht gemerkt, dass du mit ihm geredet hast!«
»Ich fand ihn nicht so uninteressant.«

Charlotte fand reiche Leute nie uninteressant. Vielleicht sollte sie Hansen heiraten! Friederike musste unwillkürlich schmunzeln.

Ohne sich um das eindeutige Mienenspiel der Freundin zu scheren, plapperte Charlotte weiter:

»Du redest über etwas, das noch gar nicht passiert ist. Warte einfach ab und sei ein bisschen nett. Da vergibst du dir nichts, wirklich nicht. Kaufmannsgattin zu werden ist sicher nicht das Verkehrteste für eine Frau wie dich und mich.«

»Ich will keine Kaufmannsgattin werden. Ich will malen!«
»Wenn du so einen vermögenden Mann hast wie Hansen, kannst du den ganzen Tag malen. Er ist so reich, er kann dir gleich noch deine eigene Porzellanmanufaktur kaufen.«

»Das glaube ich nicht!« Friederike hatte völlig vergessen, dass sie schon ganz ähnliche Gedanken gehegt hatte. »Er wird erwarten, dass ich mich für sein Geschäft interessiere, repräsentiere, Geselligkeiten organisiere und mit ihm verreise.«

»Na und? Vielleicht macht dir das alles ja Spaß, und du hast immer noch genug Zeit, deine eigenen Services zu bemalen. Und das viele Reisen würde dir bestimmt gut gefallen, ich kenne dich doch! Ach, wenn wir hier wenigstens in Dresden wären oder in Leipzig! Meißen ist so klein. Ich würde nichts lieber, als von hier wegziehen.«

»Charlotte, begreifst du nicht? Ich will meinen eigenen Weg gehen! Ich bin Malerin! Ich will nicht von einem Mann abhängig sein und mein Schicksal von ihm bestimmen lassen. Ich will mein eigenes Leben führen.«

»Das wird nicht gehen, meine Liebe.« Charlottes Stimme klang nun beinah streng. »Du musst auch ein wenig Kompromissbereitschaft zeigen! Sei doch einfach realistisch. Und schau dir vor allem erst einmal an, was mit Hansen und dir passiert! Aber jetzt muss ich dir etwas erzählen!«, fügte sie nach einer winzigen Atempause aufgeregt hinzu.

Schon während des gesamten Gesprächs war Friederike das Gefühl nicht losgeworden, dass Charlotte nur halb bei der Sache war. Tatsächlich schien sie die ganze Zeit ungeduldig darauf gewartet zu haben, endlich zu ihrem Thema zu kommen.

»Ja, erzähl, Charlotte, ich bin sehr gespannt«, zwang sie sich, einen munteren Ton anzuschlagen.

»Ich habe mich verliebt!« Charlotte strahlte sie an, als hätte sie ihr soeben ein wunderschönes Geschenk überreicht. »In Georg, stell dir das vor!«

»In Georg?«, wiederholte Friederike begriffsstutzig.

»In Georg, deinen Bruder, ja.«

Friederike war sprachlos. Damit hatte sie nicht gerechnet. Was würde heute noch alles passieren? Sie sollte sich am besten für den Rest des Tages einschließen und ins Bett legen, damit ihr niemand mehr irgendwelche schauerlichen Dinge erzählen konnte. Dass ausgerechnet Charlotte auf Georg hereinfiel! Hundert Mal schon hätte sie sich verheiraten können, aber sie hatte immer auf den Richtigen warten wollen. Nun war sie in Georg verliebt! Friederike konnte es nicht fassen.

»Aber du kennst Georg doch schon immer! Wie kannst du dich auf einmal in ihn verlieben? In Georg! Ausgerechnet in Georg! Du weißt doch, wie er ist!«

»Und du weißt, wie so etwas passiert«, erwiderte Charlotte fröhlich. »Man kann nichts dagegen machen. Wo die Liebe hinfällt ... Er sieht einfach zu gut aus und ist so nett und so witzig. Er hat Fantasie und viele Ideen – ach, ich liebe diesen Mann!«

»Charlotte! Du weißt nicht, was du sagst!«, rief Friederike

aufgebracht. »Lass dich auf keinen Fall näher mit Georg ein, Charlotte! Das wird garantiert auf eine Enttäuschung hinauslaufen, und zwar ganz schnell!«, eiferte sie sich.

»Na, so schlimm ist er doch gar nicht!« Charlotte klang beleidigt. »Du sprichst von deinem Bruder, deinem eigen Fleisch und Blut, Friederike. Wie kannst du ihn nur so niedermachen?«

Ihr Gesicht bekam plötzlich einen schwärmerischen Ausdruck.

»Und, was denkst du? Wie findet er mich?«

Mit Verliebten konnte man nicht diskutieren, das wusste Friederike. Ihr war klar, was Charlotte jetzt hören wollte. Aber sie musste die Freundin doch warnen! Allerdings kannte Charlotte Georg ja bereits. Es war noch gar nicht so lange her, dass sie sich ständig bei ihr beschwert hatte, weil Georg unverschämt zu ihr gewesen sei oder sie sonst wie geärgert habe.

»Keine Ahnung, wie er dich findet, Charlotte«, erwiderte sie trocken. Sie wusste es wirklich nicht. Georg fand alle Frauen reizend. Und alle Männer waren immer von Charlotte begeistert. Es war absehbar, was passieren würde.

»Es war so lustig mit ihm, gestern Abend!«

Träumerisch blickte Charlotte aus dem Fenster. Ihr Busen hob und senkte sich unter den rosafarbenen Rüschen.

Friederike runzelte die Stirn. Sie würde sich auf keinen Fall von ihrer besten Freundin von Georg vorschwärmen lassen. Andererseits wollte und konnte sie auch nicht zu viel Schlechtes über ihn sagen; immerhin war er ihr Bruder.

»Ich kann nicht verstehen, was du in ihm siehst«, erklärte sie schließlich bemüht sachlich.

»Er ist ein Künstler ...«

»Er ist kein Künstler!«

»Aber gewiss ist er das! Sieh dir doch all die schönen Sachen an, die er bemalt hat!«

Natürlich wusste Charlotte, dass Friederike ebenfalls malte. Aber nicht einmal die beste Freundin wusste, dass es in Wirklichkeit sie war, die in Georgs Namen für den Hofmaler Höroldt arbeitete, dass Georg selbst gar nichts tat und stattdessen seine Kenntnisse verkümmern ließ.

»Du darfst das niemandem weitersagen, Charlotte: Aber alles, was angeblich Georg malt, ist von mir.«

Den letzten Halbsatz hatte sie fast geflüstert.

»Was? Das kann nicht sein! Selbstverständlich ist Georg ein Maler!«, rief Charlotte empört aus.

»Natürlich ist Georg ein Maler, aber er malt nicht. Das, was die Manufaktur von uns bekommt, ist alles von mir!«

Aus zusammengekniffenen Augen blickte Charlotte die Freundin an.

»Du willst mich nur von Georg fernhalten, Friederike!«, entgegnete sie langsam. »Das glaube ich nicht, was du da erzählst. Das kann nicht sein! Du willst ihn mir nur madig machen.«

»Das ist die Wahrheit! Wir haben es nur niemandem gesagt, Charlotte. Nicht einmal unsere Eltern wissen davon.«

»Das hätte mir Georg doch erzählt! Er kann doch sonst nichts für sich behalten!« Wieder lächelte sie verklärt. »Zum Glück behält er nichts für sich, das macht ihn ja gerade so amüsant. Weißt du, gestern hat er ...«

»Ich habe ihm versprechen müssen, mit niemandem darüber zu reden«, unterbrach Friederike sie ungeduldig. »Dafür hat er mir das Malen beigebracht. Nur über ihn komme ich an all die Porzellanstücke zum Bemalen ran. Das Arrangement ist für uns beide von Vorteil. Ich habe es nur dir anvertraut, und du darfst es auf keinen Fall weitererzählen.«

Charlotte schwieg. Friederike merkte, dass die Freundin überhaupt nicht mehr wusste, wem sie glauben sollte, ihr oder Georg. Beide nahmen sie sich ein Stückchen Konfekt und versanken in unbehagliches Schweigen. Sie hatten sich auf einmal nichts mehr zu sagen. Friederike konnte nur hoffen, dass diese peinliche Stille einmalig war und sie schon am nächsten Tag alles wieder wie immer zu besprechen vermochten. Obwohl Charlotte zu ihrem heimlichen Groll bei Männern besser ankam als sie selbst, hatte sie sich immer als treue Freundin erwiesen. Stets hatten sie zueinander gehalten und über alles reden können.

»Nun, dann gehe ich mal wieder.« Friederike stand auf. »Wir sehen uns später im Salon von Frau Eisenstädt!«

Aber in diesem Moment wusste sie bereits, dass sie sich für den Abend entschuldigen lassen würde. Ihr war nicht nach Plaudern zumute. Mit Charlotte hatte sie Mitleid. Das würde nicht gut gehen, so viel war klar.

༺

Am nächsten Morgen machte sich Friederike auf den Weg zur Albrechtsburg in die Porzellanmanufaktur, um mit Direktor Helbig zu sprechen. Er war ihr vertrauter als Höroldt, deshalb wollte sie ihn und nicht den Obermaler um eine offizielle Lehrstelle bitten.

Es war ein wunderschöner Herbstmorgen. Die Luft in den engen, dunklen Gassen war kühl, aber die Sonne zeigte sich noch einmal vor ihrem langen Winterschlaf, sodass es gegen Mittag sicher warm sein würde. Man konnte fast meinen, es wäre September und nicht November. An einem solchen Tag musste alles gelingen, was man anpackte, dachte Friederike. Obwohl der Vortag von unangenehmen Ereignissen überschattet gewesen war, blickte sie zuversichtlich in die Zukunft. So schnell ließ sie sich nicht entmutigen. Sie würde einfach darauf bauen, dass alles gut werden würde. Für das Gespräch mit dem Kommerzienrat fühlte sie sich bestens gewappnet, fast freute sie sich darauf.

Als sie völlig außer Atem den Burgberg erklommen hatte und auf dem Domplatz stand, der sich innerhalb der hohen Schlossmauern befand, schielte sie unauffällig zu dem Haus hinüber, in dem Caspar Ebersberg wohnte. Niemand war zu sehen. Von hier aus hatte sie einen guten Blick auf die umliegenden Weinberge.

Die kahlen Reben reckten ihre knorrigen Zweige der Novembersonne entgegen. Noch unter August dem Starken war die Porzellanmanufaktur 1710 absichtlich vom großen, geschwätzigen Dresden ins kleine Meißen verlegt worden. Hier würde man jeden Spion sofort als solchen erkennen, hatte der König gehofft. Eigentlich hatte der flüchtige Berliner Apothekergeselle Johann Friedrich Böttger mithilfe des Chemikers Ehrenfried Walther von Tschirnhaus für den sächsischen Kurfürsten und polnischen König Gold herstellen sollen, erinnerte sich Friederike an die Erzählungen des Vaters. Die unzähligen Kriege, Feste und Mätressen kosteten viel Geld, das August der Starke nicht hatte. Dreizehn Jahre hatte der Kurfürst Böttger gefangen gehalten, weil dieser behauptet hatte, er könne unedle Metalle in Gold umwandeln. Doch den Stein der Weisen, jene geheimnisvolle Substanz, die er für seine Bestrebungen benötigte, sollte und sollte er nicht finden. Schließlich gelang es Tschirnhaus, den Alchemisten Böttger in seine Versuche zur Porzellanherstellung einzubinden. Im Dezember 1707 schafften es die beiden unermüdlichen Forscher, erstmals ein einfaches Gefäß aus Hartporzellan zu brennen. Das war fast genauso gut wie Gold. Bis zu diesem Zeitpunkt hatte man Porzellan nämlich nur in China und zu hohen Preisen kaufen können.

Friederike lächelte. Wer in der Geburtsstätte des europäischen Porzellans aufgewachsen war, konnte sich doch eigentlich nur mit dem »weißen Gold« beschäftigen! Noch dazu wenn er mit so viel Freude und Geschick am Werk war wie sie. Helbig musste sie einfach mit offenen Armen empfangen!

Noch immer leicht außer Atem erreichte sie schließlich den Eingang zu den prächtigen Gewölben des Schlosses. Ein Wachposten trat ihr in den Weg. Nur Manufakturangehörige durften die Innenräume betreten, das wusste sie. Doch trotz der strengen Geheimhaltungsvorschriften hatte sich das Arkanum, das Rezept zur richtigen Mischung der Rohmassen, inzwischen weit über die Grenzen Meißens hinaus verbreitet. Nicht die fremden

Spione hatten es mitgenommen, sondern die eigenen Manufakturmitarbeiter.

»Mademoiselle, Sie dürfen hier nicht rein!«

»Mein Name ist Friederike Simons. Mein Bruder Georg arbeitet für die Manufaktur. Und meine Eltern sind bestens bekannt mit Kommerzienrat Helbig. Lassen Sie mich bitte durch!«

Der Soldat schaute sie belustigt an. Er war viel größer als sie, was seinem Blick auf sie herab etwas Hochmütiges verlieh.

»Ich habe meine Vorschriften, Fräulein Simons.«

Friederike ertappte sich dabei, dass sie vor Entrüstung fast mit dem Fuß aufgestampft hätte. In letzter Sekunde erinnerte sie sich an ihre gute Erziehung.

»Lassen Sie sofort Herrn Helbig holen! Ich muss mit ihm sprechen. Und wenn ich den ganzen Tag vor diesem Tor stehen bleibe!«

Achselzuckend gab der Mann einem weiteren Wachposten, der die Szene mit einem breiten Grinsen beobachtet hatte, ein Zeichen. Schon nach wenigen Minuten kam Helbig ihr lächelnd entgegengeeilt.

»Mein liebes Fräulein Simons, welch eine Ehre! Wir dürfen hier niemanden hereinlassen, wie Sie sicherlich wissen. Aber weil Sie es sind und weil mein Bureau im Erdgeschoss liegt, weit weg von den Bereichen, in denen wir unser Porzellan fabrizieren, mache ich gern eine Ausnahme. Aber erzählen Sie es nicht dem Kurfürsten, falls Sie ihn treffen sollten!«, scherzte er schon im Gehen.

Sie folgte dem Direktor durch mehrere Bureaus zu seinem Kabinett. Wie schade, dass sie so wenig von der eigentlichen Betriebsstätte sah! Aber bald würde sie ja genug Zeit haben, das riesige Schloss mit seinen zahllosen verschiedenen Arbeitsplätzen zu erkunden, tröstete sie sich, von der Brennerei und Schlämmerei im Souterrain über die Säle der Maler, Vergolder und Dreher sowie die Arkanistenlabore in den mittleren Stockwerken bis zu den Dachräumen, die als Lager für Formen und fertige Waren dienten. Georg hatte ihr oft genug von der verwinkelten Architektur des Schlosses erzählt. In die eigentlich großzügig geschnittenen Räume waren mit dem wachsenden Erfolg der Manufaktur aus Platznot etliche Zwischenwände und -decken eingezogen worden. Höroldt wohnte sogar im Schloss, recht herrschaftlich, wie sie wusste, desgleichen Kaendler, der sich laut Georg jedoch mit einer kleinen Stube im Kapellenturm begnügte.

»Machen Sie es sich bequem, meine Liebe«, forderte Helbig sie auf, als sie endlich sein Bureau erreicht hatten. »Darf ich Ihnen einen Kaffee anbieten?«

Er wartete ihre Antwort gar nicht erst ab, sondern schickte seinen Diener los, zwei Tassen Mokka und Gebäck zu holen.

»Monsieur, vielen Dank, dass Sie mich empfangen haben«, begann Friederike zögernd. Sie wusste nicht recht, wie sie ihr Anliegen am geschicktesten zur Sprache bringen sollte.

»Aber gern, Mademoiselle, es ist so ein schöner Tag, und durch Ihre Anwesenheit ist er noch viel schöner geworden. Also, was kann ich für Sie tun?«, kam der Manufakturdirektor nun selbst zur Sache.

»Nun, Herr Direktor, mir liegt da etwas auf der Seele, ein Herzenswunsch sozusagen, über den ich gern mit Ihnen sprechen würde. Es wäre mir allerdings lieb, wenn das alles *entre nous* bleiben könnte.«

»Absolut, Mademoiselle, Sie können mir uneingeschränkt vertrauen, keine Sorge.«

»Sie müssen wissen, mein Anliegen ist ein wenig ungewöhnlich. Ich hoffe, dass ich Sie nicht allzu sehr befremde oder in Erstaunen versetze.«

»Haben Sie keine Scheu, Mademoiselle. Ich bin sicher, dass Sie mich erfreuen werden.«

»Sicher bin ich nicht, aber ich hoffe es.«

Den Grund ihres Kommens zu nennen fiel ihr weniger leicht, als sie gedacht hätte. Sollte sie einen Rückzieher machen, etwas erfinden, um das es gar nicht ging? Doch so schnell wollte ihr keine glaubhafte Geschichte einfallen. Außerdem wollte sie ja auch etwas bei Helbig erreichen, es ging schließlich um ihre Zukunft, ihre Zukunft als Porzellanmalerin. Nein, sie würde einfach drauflos reden.

»Mein Bruder Georg hat mir, wie Ihnen vielleicht zu Ohren gekommen ist, das Malen beigebracht. Schon als Kind habe ich eine große Leidenschaft für diese Kunst empfunden, mehr als andere Mädchen in meinem Alter. In den vergangenen Jahren habe ich sehr viel geübt, sowohl auf Papier als auch auf Porzellan: Inzwischen kann ich guten Gewissens behaupten, besser malen zu können als Georg selbst. Natürlich ist mir klar, dass sich meine Kenntnisse noch vertiefen lassen dürften, aber ich denke doch, dass ich bereits jetzt in der Lage bin, bei Ihnen als Porzellanmalerin anzufangen. Zusätzlichen Unterricht würde ich natürlich jederzeit gern nehmen. Was meinen Sie, Herr Direktor, wäre es möglich, dass Sie bei Obermaler Höroldt ein gutes Wort für mich einlegten?«

Friederike war nicht entgangen, dass sich Helbigs Miene bei ihren Worten mehr und mehr verdüstert hatte. Je finsterer sein Ausdruck geworden war, umso schneller hatte sie weitergeredet. Der Direktor der Manufaktur schien alles andere als erfreut über ihren Vorschlag zu sein, versuchte aber offenbar, die Contenance zu wahren. Sie hatte ihn in eine unangenehme Situation gebracht, so viel war klar.

»Ist das Ihr Ernst, Fräulein Simons? Oder belieben Sie zu scherzen?«

Seine Stimme klang jetzt streng und gar nicht mehr gefällig.

»Nein, nein, das ist mein absoluter Ernst, Herr Direktor!«

»Was für ein charmantes Anliegen – aber doch sehr ungewöhnlich für eine junge Dame. Was sagen Ihre Eltern denn dazu, wenn ich fragen darf?«

Mit einer ungeduldigen Handbewegung schickte Helbig den Diener aus dem Zimmer, der zwei zierliche Mokkatassen in

»Ordinair Blau« sowie ein dazugehöriges Konfekttellerchen mit Pralinés gebracht hatte.

»Noch gar nichts«, erwiderte Friederike wahrheitsgemäß. »Ich wollte zuerst mit Ihnen reden.«

»Nun, selbst wenn Ihre Eltern nichts dagegen hätten, was ich mir aber gar nicht vorstellen kann: Die Malerei ist, wie Sie selbst sagen, eine Kunst – sie ist kein Beruf für Frauen.« Er blickte sie eindringlich an und legte ihr die Hand auf den Arm. »Fräulein Simons, das schöne Geschlecht ist dazu da, an der Seite eines Mannes durchs Leben zu gehen. Als Maler muss man seinen eigenen Weg beschreiten. Alle unsere Künstler sind kreativ. Haben Sie schon einmal von einer Malerin gehört? Von einer Bildhauerin? Einer Komponistin? Einer Schriftstellerin? Ihr entzückendes Geschlecht *wird* gemalt – es malt nicht selbst. Seien Sie froh, dass Sie nicht arbeiten müssen, Mademoiselle! Niemand hat etwas dagegen, wenn Sie zu Hause ein bisschen Malerei betreiben. Aber doch nicht als Beruf! Wir Männer wollen die Frauen beschützen. Wir wollen nicht zusehen müssen, wie sie hart arbeiten. Auch wenn es nur ein Pinsel ist, den man beim Malen halten muss: Tut man den lieben langen Tag nichts anderes, kann das sehr anstrengend sein. Auf jeden Fall viel zu anstrengend für ein so zartes, junges Geschöpf, wie Sie es sind.«

Er schenkte ihr ein väterliches Lächeln, das jedoch nur aufgesetzt war, wie Friederike gleich erkannte.

»Ich würde meinen Töchtern auf keinen Fall erlauben, hier in der Manufaktur tätig zu werden. Ihr Herr Vater wird das nicht anders sehen, wiewohl er in einigen Dingen ja eine sehr fortschrittliche Meinung vertritt. Sie werden bald heiraten und Kinder bekommen, Fräulein Simons. Unsere Lehrzeit beträgt sechs Jahre. Wie wollen Sie das anstellen? Wollen Sie sich den ganzen Tag in einer Fabrique aufhalten, während Ihre Kinder zu Hause nach ihrer Mutter schreien?«

Mit einer so vehementen Ablehnung hatte sie nicht gerechnet. Kommerzienrat Helbig war ihr immer als ein sehr freigeistiger, weltoffener Mann erschienen. Jetzt machte er einen geradezu angewiderten Eindruck auf sie.

»Wo sollen denn die Malerinnen, Schriftstellerinnen, Komponistinnen und Bildhauerinnen herkommen, wenn man uns Frauen den Unterricht versagt?«

Sie hatte keineswegs vorgehabt, so etwas zu sagen. Jede Art von Widerspruch würde ihn wohl nur noch mehr verärgern. Dennoch bereute sie nicht, dass ihr diese aufrührerischen Worte herausgerutscht waren – so war es nun einmal, Frauen hatten einfach keine Möglichkeiten, ihre Talente wirklich zu entfalten.

»Wir wollen nicht ausgerechnet hier in Meißen mit so etwas Neumodischem anfangen, Fräulein Simons. Natürlich gibt es überall arme Frauen, die zum Unterhalt der Familie beitragen müssen. Aber doch nicht Sie! Es wäre ganz und gar unpassend für eine junge Dame Ihres Standes.«

Er lächelte jetzt wieder, aber Friederike wusste, es war ein Lächeln, mit dem man ein Geschäftsgespräch beendete. Es besagte: Wir beide sind fertig miteinander.

»Natürlich, Herr Direktor, und danke für die Zeit, die Sie mir geopfert haben. Bitte erzählen Sie meinen Eltern oder meinem Bruder nicht von unserem Gespräch! Es wäre besser, es bliebe alles unter uns.«

»Sie können sich ganz auf mich verlassen, Mademoiselle«, erwiderte Helbig in jovialem Ton. »Zeigen Sie mir bei Gelegenheit, was Sie gemalt haben. Ich bin sicher, dass Sie das ganz entzückend machen.«

Weil sie nicht insistiert hatte, fühlte er sich offenbar nicht mehr in Bedrängnis. Er war wieder so nett und freundlich wie zu Anfang des Gesprächs. Plaudernd geleitete er sie zum Ausgang.

»Auf Wiedersehen, meine Liebe! Grüßen Sie Ihren Herrn Vater und Ihre Frau Mutter von mir!«

»Das werde ich, Herr Direktor! Vielen Dank, dass Sie mir Ihre wertvolle Zeit geschenkt haben.«

Friederike hatte Mühe, ihre Stimme nicht erstickt klingen zu lassen. Ihre Enttäuschung war grenzenlos. Ohne den Wachsoldaten eines Blickes zu würdigen, raffte sie ihre Röcke und rannte fast aus dem Burghof hinaus.

Beim Torhaus blieb sie stehen. Ihr Herz raste, ihre Knie zitterten. Tief ein- und ausatmen. Sie erinnerte sich an die Worte von Georgs Fechtlehrer: »Bei Erregung gilt es vor allem, Ruhe zu bewahren. Ein steter Atem ist der beste Weg dorthin.« Sie hatte ein paarmal zugeschaut, wenn Georg Fechtunterricht genommen hatte und hätte Maître Alphonse am liebsten gebeten, sie ebenfalls als Schülerin zu akzeptieren. Einmal, als sie eine scherzhafte Bemerkung in diese Richtung gemacht hatte, war er im Spaß darauf eingegangen und hatte ihr angeboten, am nächsten Morgen eine Probestunde zu nehmen. Doch natürlich hatte sie sein Angebot ausschlagen müssen, was der charmante Franzose offenbar ebenso bedauernswert gefunden hatte wie sie selbst.

Langsam bekam sie ihre Wut in den Griff. Sie musste sich wieder beruhigen, mit der Absage zurechtkommen. Sie war wohl sehr naiv gewesen. Natürlich arbeiteten Frauen ihrer Gesellschaftsschicht nicht in einer Manufaktur! Sie würde nach Hause gehen und im Atelier über alles nachdenken. Beim Malen konnte sie immer am besten klare Gedanken fassen.

Sie wollte gerade über die Schlossbrücke in Richtung Marktplatz gehen, als sie eilige Schritte hinter sich hörte. Erstaunt drehte sie sich um: Es war Caspar Ebersberg.

»Was machen Sie denn hier, Friederike?«, keuchte er atemlos.

In seiner Arbeitskleidung sah er aus wie ein ganz gewöhnlicher Handwerker. Er trug keine Perücke, und eine Strähne seines dunklen Haares, das er mit einem Samtband im Nacken zusammengebunden hatte, fiel ihm ins Gesicht. Ohne die feine Kleidung wirkte er energischer und weniger geziert. Wieso war er ihr nachgelaufen? Woher wusste er, dass sie in der Albrechtsburg war? Hatte es sich in der Manufaktur so schnell herumgesprochen, dass sie bei Helbig gewesen war? Oder hatte Helbig Caspar losgeschickt, damit er ihr die fixen Ideen ausredete? Verwirrt blickte sie ihrem Gegenüber ins Gesicht. Irrte sie sich, wenn sie Caspars plötzlichem Auftauchen eine Bedeutung zumaß? Sie wollte nicht schon wieder damit anfangen, sich seinetwegen den Kopf zu zerbrechen, aber so ganz abwegig erschien ihr die Vermutung nicht.

»Mein Vater hat mich mit einem Auftrag zu Direktor Helbig geschickt«, log sie. Ein vages Gefühl sagte ihr, dass sie Caspar besser nicht bedingungslos vertraute.

»Helbig? Das ist ein schlechter Tag, um mit dem Kommerzienrat zu sprechen. Hat er Ihnen nichts von Höchst erzählt?«

»Von Höchst?«

»Sie haben es geschafft! Sie haben richtiges Porzellan hergestellt. Bald werden sie uns Konkurrenz machen. Wir haben es gestern von einem unserer Informanten gehört.«

»Ach, wirklich? Das ist ja interessant. Ich meine natürlich, das ist sicher sehr bedauerlich für Meißen ... Aber wo liegt dieses Höchst eigentlich?«

»Im Kurfürstentum Mainz. Eine Stunde hinter Frankfurt am Main. Joseph Jakob Ringler, auch ›der wandernde Arkanist‹ genannt, hat den Höchstern gezeigt, wie man Porzellan herstellt. Er kennt nicht nur das Porzellangeheimnis, er weiß auch, wie die Brennöfen beschaffen sein müssen. Jetzt zieht er von einer Manufaktur zur nächsten und bietet überall sein Wissen an. Ich wette, wir werden in Zukunft noch öfter von ihm hören.«

Caspar schob sich die gelöste Haarsträhne hinters Ohr. So etwas wie Bewunderung oder Neid hatte in seiner Stimme mitgeschwungen.

»Ringler?« Friederike hatte den Namen schon öfter gehört, aber Genaueres wusste sie nicht über den Mann. »Was ist mit diesem Ringler?«

Doch Caspar ging nicht weiter auf ihre Frage ein. »Sie müssen mich jetzt bitte entschuldigen, Friederike. Ich muss zurück an meinen Arbeitsplatz. Wir unterhalten uns ein anderes Mal weiter. Ach, um wie viel lieber würde ich diesen schönen Tag jetzt mit Ihnen verbringen!«, ergänzte er mit bedeutungsvollem Blick und drückte ihr einen innigen Kuss auf die Hand. Dann eilte er davon, ohne sich noch einmal umzusehen.

Zu Hause angelangt, legte Friederike Cape und Straßenschuhe ab und ging in die Bibliothek, die in einem der hinteren Räume des ersten Stockwerks untergebracht war. Manchmal bedurfte es mehrerer Hinweise, bis man auf eine Idee kam, dachte sie. Wenn man zum ersten Mal von einer Sache hörte, nahm man sie zwar auf, maß ihr aber noch nicht unbedingt größere Bedeutung bei. So wie sie, die sie Herrn Helbig bereits vor zwei Tagen von den Höchster Erfolgen hatte reden hören. Sie hatte einfach seinen Worten gelauscht, aber die Nachricht hatte nichts in ihr ausgelöst. Nun war es ganz anders, nun hatte sie die Dimension dieser Neuigkeit begriffen: In Höchst machten sie Porzellan! Und wo würden die Höchster so schnell all die ausgebildeten Porzellanmaler herbekommen, die sie jetzt dringend brauchten? Gewiss benötigten sie dort noch gute Leute. Ja, Höchst – das war ihre Chance! Niemand kannte sie dort. Sie würde keine Rücksicht auf irgendwelche gesellschaftlichen Konventionen nehmen müssen; in Höchst würde es vollkommen egal sein, dass sie das Fräulein Simons war. Ihre Eltern wiederum konnten nicht empört sein, weil sie von alldem nichts mitbekommen würden. Und das leidige Heiratsproblem, und damit der Fall Per Hansen, wäre auf einen Schlag gleich miterledigt. Zwei Fliegen mit einer Klappe, dachte sie. Es kam ihr plötzlich so vor, als hätte der Gedanke, nach Höchst zu gehen, schon lange in ihr geschlummert. Das Gespräch mit Helbig, so unerfreulich es auch verlaufen war, hatte diesen Gedanken in ihr endlich geweckt.

Die Bibliothek bestand aus einem düsteren, lang gestreckten Raum, der betont schlicht eingerichtet war. Alle Wände waren mit hohen Regalen voller Bücher zugebaut, die nach Größen, nach Fachgebieten und alphabetisch sortiert waren. Selbst zwischen den schmalen Fenstern standen Regale. Die Tapete war fast nirgendwo zu sehen. Auf dem Schreibpult lagen mehrere Briefe, die ihr Vater wohl gestern Abend geschrieben und noch nicht aufgegeben hatte. Er korrespondierte mit Gott und der Welt. Mit Wissenschaftlern und Gelehrten aus ganz Europa, sogar nach Amerika und Alexandria schrieb er Briefe. Auch mit seinen Verlagsbuchhändlerkollegen hatte er sich viel zu sagen. Dazu kam die Korrespondenz mit den zahlreichen Autoren. Jeden Tag verbrachte er mehrere Stunden damit, Briefe zu schreiben.

Zuoberst auf dem kleinen Stapel Umschläge lag ein an Herrn Kaufmann Per Hansen in Dresden adressierter Brief. Friederike stutzte. Was der Vater ihm wohl mitzuteilen hatte? Garantiert nichts Gutes, so viel war sicher. Ob er ihm schon ihren »Kaufpreis« genannt hatte? Wie hoch die Schulden des Vaters wohl sein mochten? Würde sie Hansen so viel wert sein, dass er ein kleines Vermögen für ihre Hand ausgab? Egal, es spielte alles keine Rolle mehr. Ihr Plan stand fest: Sie würde nach Höchst gehen, koste es, was es wolle.

Die Bibliothek von Konrad Simons enthielt Werke zu den klassischen Gebieten Medizin, Theologie und Jurisprudenz. Es waren mächtige, in braunes Kalbsleder gebundene Bände, in die fast nie jemand hineinsah. Die Naturwissenschaften und die Naturphilosophie, allen voran Carl von Linnés »Einteilung der Pflanzen«, stellten die Lieblingsabteilung des Vaters dar. Hier gab es auch die neuesten Werke über mechanische Erfindungen oder die Mathematik. Außerdem standen die großen Denker hier Seite an Seite: Newton, Leibniz, Descartes, Hume, Locke und Pope. Mehrere Regale enthielten die Klassiker der Antike: Platon, Homer, Cicero, Cäsar, Seneca, Sueton und ihre Zeitgenossen hatten wie die Naturwissenschaftler und Philosophen braune kalbslederne Einbände.

Die Regale, mit denen sich Friederike bisher beschäftigt hatte, befanden sich auf der anderen Seite des Raums. Hier waren die Komödien von Molière und Marivaux versammelt, die Tragödien von Racine und Corneille, die Schriften des jungen Diderot, die Pamphlete von Voltaire. Shakespeare war mit sämtlichen Werken vertreten, ebenso der Professor Gottsched aus Leipzig. Es gab sogar eine Novität von Herrn Lessing, der noch bis vor Kurzem die Fürstenschule Sankt Afra besucht hatte und einmal in Begleitung Professor Mehlers im Simons'schen Salon erschienen war. Zu Friederikes Lieblingsbüchern zählten die illustrierten Ausgaben von »Tausendundeine Nacht« und »Don Quixote«. Die zierlichen Abbildungen hatten ihr als Vorlage für eigene Zeichnungen gedient. Auch »Gullivers Reisen« und »Robinson Crusoe« sowie Boccaccios »Dekameron«, das sie natürlich nur heimlich gelesen hatte, waren Quellen der Inspiration für sie gewesen.

Friederike schritt die Regale ab, bis sie zu einigen Bänden in vornehmem rotem Maroquinleder kam: Diese Bücher waren noch hübscher und eleganter anzusehen als die anderen. Passend zu ihren Urheberinnen, Mademoiselle de Scudéry, Madame de Sévigné und Madame de La Fayette.

»Und es gibt doch Frauen, die Bücher schreiben!«, schimpfte sie laut. Helbig hatte unrecht gehabt mit seiner Bemerkung, Frauen könnten nicht künstlerisch tätig sein, sondern wären lediglich dazu da, den männlichen Künstler zu inspirieren. Wenn es schreibende Frauen gab, dann gab es sicher auch Malerinnen, Komponistinnen oder Bildhauerinnen, die irgendwo im Verborgenen unsterbliche Werke schufen. Friederike hielt inne: Im Verborgenen, überlegte sie, ja, natürlich, entweder diese Künstlerinnen arbeiteten im Verborgenen, indem sie anonym blieben, sich Pseudonyme zulegten oder ihre Arbeit als die ihrer Brüder oder Ehemänner ausgaben – wie die Scudéry oder auch Madame de La Fayette am Anfang ihrer Karriere. Oder aber sie waren durchaus im Licht der Öffentlichkeit tätig, nur wusste niemand davon, denn sie blieben unerkannt. Weil sie sich verkleideten – als Männer.

Gedankenverloren blieb sie vor dem Regal mit den Reisebeschreibungen stehen. Die Berichte aus fernen Ländern las sie am liebsten. Sie hatte alles verschlungen, was sie an Erfahrungsberichten von irgendwelchen Entdeckern, Abenteurern oder Diplomaten in die Finger bekommen konnte. Waren da nicht auch jede Menge Frauen dabei gewesen, die ihre gefährlichen Reisen einfach in Männerverkleidung angetreten hatten, weil sie sonst zu Hause hätten bleiben müssen?

Da, die »Metamorphosis insectorum Surinamensium«, noch eins ihrer Lieblingsbücher. Die Kupferstiche Maria Sibylla Merians von den Insekten aus Surinam hatte sie schon vor einiger Zeit als Vorlage für das geplante Frühstückskaffeeservice ausgewählt, sie hatte nur noch nicht die Ruhe gefunden, ihr Vorhaben in die Tat umzusetzen. Auch Maria Sibylla Merian hatte heimlich, in der Dachkammer, angefangen zu malen, wusste Friederike, weil ihre strenge Mutter es nicht gutgeheißen hatte, dass eine Frau sich schöpferisch betätigte.

Endlich erreichte sie das letzte Regal, in dem die Atlanten standen, die mit Abstand größten Bände. Mühsam wuchtete sie den Band mit den Buchstaben E bis F aus der elfbändigen Serie des »Atlas Maior Germania« aus dem Regal und legte ihn auf das Lesepult. Es dauerte nicht lange, bis sie Frankfurt und damit auch Höchst gefunden hatte. Nach Höchst war es weit. Sicherlich über fünfzig Postmeilen. Aber weit weg war auch gut, dachte sie, denn je weiter sie sich von Meißen entfernte, umso größer war die Chance, dass niemand sie finden würde. Sie musste nur irgendwie dorthin gelangen. Es gab mehrere Grenzen zwischen Meißen und Höchst. Sie war noch nie über Sachsen hinausgekommen. Die Entfernung zwischen Meißen und Höchst war sicher vergleichbar mit der zwischen Meißen und Hamburg. Sie erinnerte sich nicht mehr, ob die Hansens erzählt hatten, wie lange sie unterwegs gewesen waren. Aber hatte nicht dieser Weinbauer aus dem Rheingau, dieser Herr Schadt, irgendetwas von einer alten Römerstraße gesagt, die von Mainz nach Leipzig führte? Wie hieß sie noch gleich? Friederike ärgerte sich, dass sie dem Mann nicht besser zugehört hatte. Aber sie meinte sich zu entsinnen, dass er von einer Woche Fahrtzeit gesprochen hatte. Ja, genau, etwa eine Woche hatte er mit der Postkutsche auf der Via Regia von Mainz bis Leipzig gebraucht – jetzt war ihr der Name der Straße wieder eingefallen. Und mit dem Schiff war er auch ein Stück gefahren.

»Friederike, Liebling, kommst du bitte zum Essen?«, schreckte eine Stimme sie aus ihren Studien auf. Ihre Mutter hatte den Kopf zur Tür hereingesteckt, um sie ins Esszimmer nach nebenan zu rufen. Sie hatte ein kleines Déjeuner anrichten lassen. Nur drei Gänge, denn abends würden sie zu Tante Amalie zum Souper gehen.

Kaum saß Friederike am Tisch, merkte sie auch schon, dass mit Georg etwas nicht stimmte. Dauernd warf er ihr zornige Blicke zu, versuchte aber gleichzeitig, diese vor den Eltern zu verbergen. Seine Gesprächsbeiträge wirkten seltsam gezwungen, als müsste er sich sehr bemühen, Konversation zu betreiben. Dabei war Georg normalerweise jemand, der stundenlang über ein x-beliebiges Thema reden konnte, ohne auch nur die geringsten Kenntnisse auf dem Gebiet zu haben. Nicht einmal mehr in Ruhe essen kann man, ohne dass Georg schlechte Laune wegen der Chinesen verbreitet, dachte sie, das griesgrämige Gesicht ihres Bruders vor Augen.

Nach dem Kaffee und ein wenig Konfekt entschuldigte sie sich bei den Eltern und lief hastig die Treppe zu ihrem Atelier hinauf. Erst als sie schon fast auf dem oberen Absatz angekommen war, bemerkte sie, dass Georg ihr gefolgt war.

»Ich muss sofort mit dir reden, Friederike!«

Seine Stimme klang drängend.

Wortlos öffnete sie die Tür zum Atelier und machte eine einladende Handbewegung. Kaum war die Tür hinter ihnen zugefallen, schlug Georg ihr ohne Vorwarnung mit der flachen Hand ins Gesicht. Friederike hätte fast das Gleichgewicht verloren. Im ersten Moment war sie sprachlos. Dann wich sie instinktiv ein paar Schritte zurück, für den Fall, dass ihr Bruder ein weiteres Mal zuschlagen wollte.

»Bist du verrückt geworden, Georg?«, schrie sie empört.

»Du bist die Verrückte von uns beiden, Friederike! Wie kannst du Charlotte nur einen solchen Blödsinn erzählen?«

Georgs übliches Näseln, das er für besonders raffiniert hielt, wie er ihr einmal in einer schwachen Stunde gestanden hatte, war einem gefährlichen Unterton gewichen.

»Welchen Blödsinn?«

»Tu doch nicht so! Du hast ihr erzählt, du würdest alle Porzellanfiguren bemalen, und ich würde gar nichts tun und wäre auch gar kein echter Künstler.«

»Das stimmt ja wohl auch! Charlotte ist meine Freundin: Ich will nicht, dass sie dich für einen großen Künstler hält, wenn dem gar nicht so ist. Du solltest eben nicht mit Dingen angeben, die gar nicht stimmen.«

»Jetzt hör mir mal gut zu, liebe Friederike!« Georgs Ton wurde immer drohender. »Ich kann sehr wohl malen. Ich lasse dich nur einige Arbeiten übernehmen, weil es dir so viel Spaß macht. Bilde dir bloß nichts auf dein dummes Gemale ein. So besonders bist du auch wieder nicht. Es gibt viel bessere Maler als dich. Viel, viel bessere! Du wirst jetzt sofort zu Charlotte gehen und ihr sagen, dass das alles nur ein Missverständnis war!«

»Das werde ich nicht tun, Georg!«

Langsam trat der Bruder auf sie zu. Dadurch war der Weg hinaus nicht mehr versperrt. So schnell sie konnte, duckte sich Friederike an ihm vorbei zur Tür und lief die Treppe hinunter in ihr Schlafzimmer. Mit zitternden Händen drehte sie den Schlüssel im Schloss herum. Das Ohr an die Tür gepresst, lauschte sie auf seine Schritte. Aber Georg machte erst gar nicht vor ihrem Zimmer halt, sondern sprang die Stufen ganz hinunter bis ins Erdgeschoss.

Nach weiteren zehn Minuten vorsorglichen Wartens zog sie sich schließlich ihr Hauskleid und darüber zwei Morgenmäntel an. Es war zwar noch nicht sehr kalt, aber wenn man stundenlang im Atelier still saß, fing man schnell an zu frieren. Vorsichtig öffnete sie die Tür, um zu sehen, ob Georg ihr vielleicht doch irgendwo auflauerte. Aber er war nicht da, niemand war im Hausflur zu sehen. Aus dem Musikzimmer konnte sie die Mutter die »Goldberg-Variationen« des kürzlich verstorbenen Johann Sebastian Bach aus Leipzig auf dem Spinett spielen hören.

Zurück im Atelier, packte Friederike ihre Malutensilien aus. Sie mischte die Farben an, die sie für die kleinen Chinesen brauchte. Ihr Puls raste noch immer, und ihre Hände hörten erst jetzt auf zu zittern. Aber die hässliche Szene mit Georg regte sie weniger auf als Charlottes Verrat. Hätte sie nicht einfach den Mund halten können? Sie hatte die Freundin warnen wollen, und diese plapperte einfach alles weiter. Verliebte waren schlimm! Sie sahen den angehimmelten Menschen völlig verklärt, legten alles zu seinen Gunsten aus. Friederike schüttelte den Kopf: Für dieses unglaubliche Fehlverhalten fand sie auch noch eine Entschuldigung...

Der erste Chinese war fertig. Sie setzte nur noch die zwei gekreuzten Schwerter auf die Unterseite der kleinen Figur, das Markenzeichen der Meißener Porzellanmanufaktur. Dann malte sie die Initialen daneben: GAS für Georg Armin Simons.

Wie sie das hasste, für ihren Bruder zu arbeiten! Einmal mehr unter solchen Umständen. Dass er ihr kein Geld für ihre Dienste gab, mochte ja noch angehen, aber seine ständigen Vorhaltungen waren wirklich kaum mehr zu ertragen. Und dann noch diese Ohrfeige! Unglaublich! Wenn sie sich doch wenigstens bei ihrem Vater über Georgs unverschämtes Betragen hätte beschweren können, so wie sie es früher als Kind immer getan hatte, wenn der große Bruder wieder frech zu ihr gewesen war.

»Bald werde ich ein anderes Markenzeichen und ein anderes Kürzel malen«, tröstete sie sich laut. »Ich werde als FCR zeichnen: Friedrich Christian Rütgers. Denn aus der Bürgerstochter Friederike Simons, Heiratskandidatin wider Willen, wird ein freier und unabhängiger Künstler werden. Ein Mann, wohlgemerkt!«, schloss sie triumphierend.

Ihre gute Laune war schlagartig zurückgekehrt. Der Plan war perfekt. Je länger sie darüber nachdachte, desto überzeugter war sie. Ein breites Lächeln erhellte ihre Züge. Sie hatte sich alles genau überlegt: Als alleinreisende Frau würde sie nie im Leben bis nach Höchst kommen. Sie wollte es auch nicht riskieren, dass man sie dort aus den gleichen dummen Gründen wie in der Albrechtsburg als Mitarbeiterin ablehnte, zumal sie niemanden in der Manufaktur kannte, der ein gutes Wort für sie hätte einlegen können. Und wer sagte ihr, dass man im Erzbistum Mainz fortschrittlicher als in Sachsen dachte? Wahrscheinlich traf sie da auf einen Kommerzienrat Helbig von Höchst und würde sich den Vortrag des Meißener Manufakturdirektors noch einmal in Grün anhören müssen. Nein, darauf würde sie es gar nicht erst ankommen lassen. Sie würde ein Mann werden, ganz einfach, das war jetzt beschlossene Sache. Sich den Namen Friedrich zu geben wäre dabei nur logisch, denn als ihr Vater sie vor zwanzig Jahren Friederike taufte, hatte er sie ganz bewusst nach dem aufgeklärten preußischen Thronfolger benannt, der jetzt König war. Christian als Zweitname klang einfach gut und griffig, und den Nachnamen Rütgers wählte sie, weil es sich dabei um den Mädchennamen ihrer Mutter handelte.

»Fried-rich Chris-tian Rüt-gers.« Genüsslich zog sie die Silben in die Länge. Ja, das hörte sich nach einer vielversprechenden Zukunft an.

In dieser Nacht lag sie lange wach. Es wurde schon wieder hell, und sie hatte noch immer keinen Schlaf gefunden. Ihr Fluchtplan wies mehrere Schwachpunkte auf, das war ihr in den schier endlos erscheinenden Stunden der Schlaflosigkeit klar geworden: Sie würde Caspar Ebersberg nie wiedersehen, sie würde weit weg von ihren Eltern leben, sie würde ohne Charlotte auskommen müssen. Zugegeben, sie war derzeit auf niemanden aus ihrer Umgebung gut zu sprechen, aber ohne die vertrauten Gesichter um sich herum würde sie sicher manches Mal von Einsamkeit und Heimweh geplagt werden. Dafür würde sie endlich Georg los sein, wenn sie Meißen verließ. Und Per Hansen! Sie würde sich ohne fremde Hilfe durchschlagen müssen und ganz allein auf sich gestellt sein. Aber irgendwann würde sie als gefeierte Künstlerin in ihre Heimat zurückkehren. Alle würden ihr zu Füßen liegen: Caspar würde um ihre Hand anhalten, Charlotte ihren Verrat zutiefst bedauern, die Eltern wären heilfroh, sie wiederzusehen, und vor lauter Stolz auf ihre Tochter beinah platzen. Georg würde in Sack und Asche gehen und sich ihr gegenüber endlich wie ein netter großer Bruder verhalten.

Sie könnte eins der Pferde aus dem Stall nehmen, überlegte sie weiter. Am besten Tamerlano, den Rotfuchs. Der war ausdauernd und stark. Dem Apfelschimmel konnte sie eine solche Reise nicht zumuten. Sie war keine besonders gute Reiterin – aber gut genug für eine Reise von Meißen nach Höchst, beschloss sie. Sie würde Georg ein paar Kleidungsstücke und Geld stehlen; es war sowieso Geld, das sie verdient hatte. Ein offizielles Reisedokument würde sie aus dem Lager der Druckerei entwenden, wo die von ihrem Vater für das Kurfürstentum Sachsen gedruckten Dokumente lagen. Vor allem musste sie schnell handeln. Es würde schon bald sehr kalt werden. Wenn es erst einmal zu regnen anfing, würde sie sich nur noch im Schlamm fortbewegen können, und die Flüsse würden bei Hochwasser unpassierbar sein. An Frost und Schnee mochte sie erst gar nicht denken. Es wurde schon jetzt früh dunkel. Die Landstraßen waren gefährlich, besonders für einen einsamen Reiter. Bei Dunkelheit war es noch gefährlicher.

Das Wetter machte ihr am meisten Angst. Sie war keine mutige Frau. Unerschrocken, das ja, was wahrscheinlich mit ihrer Unerfahrenheit zusammenhing, wie sie sich eingestehen musste. In ihrem bisherigen Leben hatte sie noch keine schlimmen Erfahrungen gemacht. Ihr war vieles erspart geblieben. Georgs Ohrfeige war die einzige Form von Gewalt, die ihr jemals angetan worden war. Sie war sehr behütet aufgewachsen, hatte keinerlei Vorstellungen von dem, was einer jungen Frau allein auf Reisen so alles passieren konnte. Zum Glück!, dachte sie mit einem Anflug von Galgenhumor. Deshalb machte ihr auch nur das Wetter wirklich Angst. Aber konnte sie es sich erlauben, bis zum Frühjahr zu warten? Nein, sie würde Per Hansen bestimmt nicht so lange hinhalten können. Abgesehen davon wollte sie auch das Risiko nicht eingehen, dass man in Höchst dann möglicherweise schon genug Maler engagiert hätte. Es würde sich schnell herumsprechen, dass dort jetzt auch Porzellan hergestellt wurde. Keine Frage, sie musste sofort los. Noch vor dem ersten Kälteeinbruch.

Morgen würde ihre Mutter für einige Tage nach Dresden zu ihrem Bruder fahren, um mit ihm eine italienische Oper zu besuchen und ein paar alte Kontakte wieder aufzuwärmen. Damit würde sich eine Person weniger im Haus befinden, die ihre Pläne durchkreuzen konnte. Sie musste tagsüber aufbrechen, fiel ihr plötzlich ein, solange die Stadttore noch offen waren.

Sie versuchte, sämtliche Einzelheiten ihres Plans noch einmal vor ihrem geistigen Auge aufscheinen zu lassen, weil sie zu müde war, aufzustehen und sich Feder, Tinte und Papier zu holen. Vor lauter Grübelei, was sie alles vergessen haben mochte, fiel sie schließlich in einen tiefen, traumlosen Schlaf.

৩

Nach dem Frühstück wollte Constanze Simons, bevor sie nach Dresden aufbrach, noch kurz mit ihrer Tochter reden. Sie war schon im Reisekleid, das Gepäck wurde gerade verladen.

Gut, dass ich mich für den Rotfuchs entschieden habe, freute sich Friederike, als sie im Vorbeigehen durch die offene Hoftür sah, wie der Pferdeknecht die beiden Braunen vor die Kutsche spannte.

»Ich werde die Hansens in Dresden sehen«, begann ihre Mutter das Gespräch, das im Grünen Salon stattfand. Vor ihr auf dem Kirschbaumtischchen lag das Reisedokument für ihre Fahrt in die sächsische Hauptstadt.

»Die Hansens interessieren mich nicht, Maman.«

Friederike, die nur auf der Stuhlkante des grün bezogenen Sesselchens Platz genommen hatte, kippelte leicht mit dem zierlichen Möbel, eine Angewohnheit, die ihre Mutter in Rage bringen konnte, wie sie wusste.

»Bist du dir da ganz sicher? Du machst einen Fehler, liebe Tochter!« Constanze Simons hatte ihren Pass ergriffen und fächelte sich Luft damit zu.

»Du bist zwanzig. Das ist nicht mehr so jung! Überhaupt nicht jung für eine unverheiratete Frau. Du musst dich beeilen, wenn du noch einen halbwegs anständigen Ehemann finden willst. Man kann nicht bis in alle Zeiten so wählerisch sein. Wer weiß, was noch kommt. Per Hansen ist wirklich eine gute Partie. Du darfst nicht darauf warten, dass eines Tages der perfekte Prinz hier vorreitet. Einer, bei dem einfach alles richtig ist. Solche Männer gibt es nicht.« Sie lächelte begütigend. »Zumindest ist mir noch keiner begegnet.«

»Hansen kommt als Mann für mich nicht in Frage, wie oft soll ich das noch sagen!«

Friederike war aufgesprungen. Sie zitterte vor unterdrückter Wut, so ärgerte sie sich über die aufdringliche Art der Mutter.

Constanze Simons zuckte resigniert mit den Schultern, als hätte sie eingesehen, dass es zwecklos war, ihre Tochter weiter zu bedrängen.

»Also gut, ich werde mich bedeckt halten, wenn er fragt. Aber ich werde ihm auch nicht sagen, dass du nicht willst! Schließlich ist ja nicht ausgeschlossen, dass du deine Meinung noch ändern wirst.«

»Auf keinen Fall, Maman! Ich weiß gar nicht, warum du in dieser Sache so hartnäckig bist!« Friederike hatte sich wieder hingesetzt und blickte ihre Mutter eindringlich an. »Du selbst hast dir doch auch deinen Mann ausgesucht! Jetzt wollt ihr mich mit jemandem verkuppeln, den ich nicht heiraten will. Mir gefällt dieser Per Hansen einfach kein Stück!«

»Du siehst doch, was eine reine Liebesheirat mit sich bringt, Kind: vor allem Geldsorgen!« Die Stimme der Mutter hatte einen resignierten Tonfall angenommen. »Natürlich würde ich deinen Vater jederzeit wieder heiraten«, beeilte sie sich nach kurzem Zögern hinzuzufügen. »Aber unsere finanziellen Probleme sind wirklich sehr, sehr ernst.«

Sie lehnte sich vor, um Friederike die behandschuhte Rechte aufs Knie zu legen.

»Wir wollen nicht, dass du unglücklich wirst, Friederike. Ich nicht, und dein Vater auch nicht. Wenn du Per Hansen wirklich nicht heiraten möchtest, werden wir das akzeptieren müssen. Aber dann muss beizeiten eine Alternative gefunden werden. Eine echte Alternative, wohlgemerkt! Ein Bastard wie Caspar Ebersberg scheidet von vorneherein aus, das ist dir hoffentlich klar. Ich weiß, dass er charmant ist und gut aussieht, auch scheinen mir eure Interessen in dieselbe Richtung zu gehen. Aber erstens ist seine Herkunft ganz und gar indiskutabel, und zweitens verfügt er nicht über den notwendigen finanziellen Rückhalt.«

Constanze Simons war aufgestanden. Eine elegant gekleidete, imposante Erscheinung, eine Dame von Welt, musste Friederike fast gegen ihren Willen zugeben. Abwartend schaute sie zu ihrer Mutter hoch, als sie plötzlich hinter ihr die Köchin im Türrahmen stehen sah. Sie hatte keine Ahnung, wie lange die Frau mit dem toten Hasen in der Hand dort schon gewartet hatte, jedenfalls machte die sonst so selbstgewisse Ernestine Voß einen ungewohnt betretenen Eindruck auf sie.

»Äh, Madame«, stotterte die Köchin auch sogleich, als sie

Friederikes aufmerksamen Blick registrierte, »können Sie sich das hier bitte mal anschauen?«

Wie um ihren Worten mehr Dramatik zu verleihen, schwenkte sie das Tier an seinen Löffeln hin und her. Ein paar wässrige Blutstropfen spritzten auf den Fußboden.

»Was ist denn jetzt schon wieder?« Mit missmutigem Gesichtsausdruck drehte Constanze Simons sich zu ihr um. »Kann man denn in diesem Haus nie mal in Ruhe ein paar Stunden seinem Vergnügen nachgehen, ohne gleich ein schlechtes Gewissen eingeredet zu bekommen?« Doch sie folgte Ernestine auf dem Fuße in die Küche, so sehr schien sie von deren ungewohnt hilflosem Verhalten alarmiert.

Gedankenverloren griff Friederike nach dem Reisedokument ihrer Mutter, das vor ihr auf dem Tischchen lag. Plötzlich stutzte sie. Ein Siegel! Natürlich, auf den Gedanken hätte sie eigentlich schon früher kommen können. Kein Ausweis ohne offizielles Siegel! Woher sollte sie das nun wieder besorgen? Sie musste versuchen, das Siegel zu kopieren, erkannte sie nach kurzem Überlegen, und anschließend irgendwie die Prägung hinbekommen.

Rasch riss sie eine halbleere Seite aus einem Modejournal der Mutter heraus, das in einem Zeitschriftenständer steckte, und wühlte in ihrer Rocktasche nach einem Griffel. Mit ein paar Strichen warf sie das Motiv aufs Papier. Ob ihre Flucht womöglich beendet war, bevor sie überhaupt angefangen hatte?, fragte sie sich beklommen. So ein Siegel zu fälschen war alles andere als ein Kinderspiel!

»Nach meiner Rückkehr aus Dresden will ich eine Entscheidung von dir haben, liebe Tochter«, erklang da die wieder geschäftsmäßig nüchterne Stimme von Constanze Simons, die mit langen Schritten auf das Kirschbaumtischchen zueilte, um ihr Reisedokument an sich zu nehmen.

Im letzten Moment hatte Friederike die Skizze mit dem Siegel in ihrem Ärmel verschwinden lassen und blätterte nun scheinbar gelangweilt in dem Journal herum.

»Was war denn mit dem Hasen?«, fragte sie unschuldig.

»Wieder mal eine völlige Bagatelle!«, schimpfte ihre Mutter. »Das Vieh hatte lauter Kugeln im Bauch – wohl irgendein Stümper, der ihn da abgeschossen hat. Ich habe ja Ernestines Mann im Verdacht, diesen Nichtsnutz, der sich als Jäger ausgibt, aber sie behauptet steif und fest, das Tier auf dem Markt gekauft zu haben. Ach, wie mich das ärgert, mich ständig mit einem solchen Unfug beschäftigen zu müssen!«

Mit einem flüchtigen Kuss auf die Stirn ihrer Tochter verließ Constanze Simons den Grünen Salon und hastete nach unten, um die wartende Kutsche zu besteigen.

Friederike war ans Fenster getreten und hatte dem Zweispänner nachgeschaut, bis er in einer Kurve verschwunden war. Sie konnte es noch immer nicht glauben: Ihre Mutter schien sie mit aller Macht unter die Haube bringen zu wollen. Es war wirklich höchste Zeit, dass sie von hier wegkam.

Das Haus war still, nachdem die Mutter abgereist war. Georg war ausgegangen, der Vater arbeitete unten in seinem Kontor. Vorsichtig schlich Friederike in das Zimmer ihres Bruders, das gleich neben dem ihren lag. Sie überlegte, welche Ausrede sie gebrauchen könnte, falls er oder einer der Dienstboten unerwartet den Raum beträte. Langsam, um ein Quietschen der Scharniere zu vermeiden, öffnete sie die Tür des alten Holzschranks. Sie entnahm ihm eine Kniebundhose, die Georg schon lange nicht mehr getragen hatte, ein Hemd, eine Weste und den dicksten Rock, den sie finden konnte. Einen Dreispitz, in dem sie Georg noch nie gesehen hatte, weiße Kniestrümpfe und schwere Stiefel. Für eine Frau hatte sie ziemlich große Füße, worunter sie immer gelitten hatte, was aber jetzt eindeutig von Vorteil war. Nach längerem Wühlen in der Schrankschublade entdeckte sie endlich auch Georgs Perücken und entschied sich für eine, die nicht mehr ganz der Mode entsprach, weshalb er sie bestimmt nicht vermissen würde.

Hastig brachte sie die Sachen in ihr Zimmer und stopfte sie in eine Truhe, in der Hoffnung, dass Lilli nicht ausgerechnet an dem Tag auf die Idee kam, bei ihr aufzuräumen. Sie würde noch einmal zu Georg gehen müssen, um nach Geld zu suchen. Ihr Bruder bewahrte nämlich seine Ersparnisse bei sich im Zimmer auf und nicht im Familientresor, das wusste nicht nur sie, das wussten alle im Hause Simons, einschließlich der Dienstboten.

Als sie aus der Tür trat, konnte sie über das Geländer hinweg ihren Bruder die Treppe herauftänzeln sehen. Gerade noch rechtzeitig, bevor er sie entdeckte, machte sie kehrt und tat so, als wäre sie in Richtung Atelier unterwegs.

»Friederike, du bist so herzlos!«, rief Georg ihr zu. »Du hast noch immer nicht mit Charlotte gesprochen. Wann wirst du das endlich tun?«

Er hatte wohl beabsichtigt, seine Worte leicht dahinplätschern zu lassen, doch an seinem Gesichtsausdruck erkannte Friederike, dass ihm ganz und gar nicht zum Scherzen zumute war.

»Heute Nachmittag, versprochen!« Sie lächelte entschuldigend und eilte weiter zur Speichertreppe. »Ich muss den zweiten Chinesen fertig machen, Georg. Ich habe jetzt keine Zeit.«

»Bis später dann, wir sehen uns beim Mittagessen!«

Der letzte Halbsatz hatte wie ein Todesurteil geklungen. Scharfrichter Georg Armin Simons: Auf zum Schafott mit diesem Weibe!

Bedeutete das etwa, dass ihr Bruder bis zum Mittagessen in seinem Zimmer bleiben wollte?, überlegte sie panisch. Sie musste doch noch einmal dort hinein! Sie hatte kein Geld. Und ohne Geld konnte sie nicht aufbrechen. Sie wollte nicht bis nachmittags oder abends warten, denn sie wusste nicht, ob Georg dann nicht vielleicht auch zu Hause sein würde. Wie auf glühenden Kohlen saß sie in ihrem kalten Atelier und wartete darauf, dass die Zeit verstrich. Vor lauter Aufregung konnte sie nicht arbeiten und hoffte nur, dass ihr Bruder nicht ins Atelier kommen würde, um sich nach den Chinesen zu erkundigen. Er hätte mit einem Blick erfasst, dass sie keinen Handschlag mehr gerührt hatte.

Ihre Malutensilien sollte sie besser nicht mit auf die Reise nehmen, überlegte sie weiter, die wären nur im Weg. Was sie brauchte, war ein Messer. Eine Waffe! Doch aus der Küche konnte sie keines entwenden. Zu viele Leute dort würden sich wundern, wenn das Fräulein sich auf einmal für Besteck interessierte. Und wenn sie einfach beim Mittagessen ein Messer mitnahm? Nein, das würden alle mitbekommen. Selbst wenn keiner sah, wie sie mit einem Messer im Haus herumlief, würde die Köchin sofort merken, dass das Silber nicht vollständig war. Dauernd zählte sie alles nach. Ihre Mutter achtete streng darauf, dass ja nichts von ihrer Aussteuer wegkam. Abgesehen davon war ein Küchenmesser wahrscheinlich wirklich nicht geeignet, irgendwelche Wegelagerer in Angst und Schrecken zu versetzen.

Da, ein Geräusch im Flur! Vorsichtig öffnete Friederike die Tür des Ateliers. Durch den schmalen Spalt sah sie einen Schatten die Treppe nach unten huschen. Das musste Georg sein. Leise schlich sie die Stufen bis zu seinem Zimmer herab und lauschte. Die Dienstboten waren nirgends zu sehen. Sie drückte die Türklinke hinunter: Das Zimmer war leer. Es war also tatsächlich Georg gewesen, den sie auf der Treppe gehört hatte.

Vom Fenster ihres Bruders aus konnte man zum Marktplatz hinübersehen. Gewohnheitsmäßig warf sie einen flüchtigen Blick hinaus auf die Gassen. Nein, das gab's doch nicht – Georg und Charlotte! Der Anblick ihres Bruders und ihrer besten Freundin, die mitten im Gewimmel kichernd miteinander turtelten, war nur schwer zu ertragen. Nie wieder würde sie mit Charlotte über Georg lästern können! Stattdessen würde sie sich endlose Schwärmereien über ihn anhören müssen.

Friederike atmete tief durch. Ein Glück, dass ihr all das jetzt erspart bleiben würde! Rasch trat sie vom Fenster zurück, um endlich nach dem Geld zu suchen. Sie hatte keine Ahnung, wo genau ihr Bruder seine Ersparnisse aufbewahrte, und begann mit dem Bett: Unter der Matratze war nichts zu entdecken. In dem kleinen Nachtschrank fand sie auch kein Geld, dafür einen Stoß Briefe, die interessant aussahen. Sie erkannte Charlottes Handschrift. Auch die Schrift auf den anderen Umschlägen wirkte sehr weiblich. Ein zarter Fliederduft entströmte den Briefen. Wer wohl die Absenderin war? Noch eine, die auf ihren Bruder hereingefallen war? Doch dann riss sie sich zusammen, es war einfach keine Zeit, um hinter Georg herzuschnüffeln. Im Geheimfach des Schreibkabinetts, von dem natürlich jeder im Hause Simons wusste, fand sie schließlich fünfzig Taler, siebzehn Groschen und einige Pfennige. Georg hatte Glück, dass bisher noch niemand sein Geld an sich genommen hatte, so offen, wie er es herumliegen ließ!

In dem sogenannten Geheimfach lag außerdem ein kleines Stilett. Was ihr Bruder wohl damit vorgehabt hatte? Das Stilett war zwar wirklich sehr klein, wie für eine zierliche Frauenhand geschaffen, aber es war besser als nichts. Und ein anderes Messer würde sie sowieso nicht von zu Hause mitnehmen können.

Sie warf einen Blick auf die Porzellanuhr, die auf dem Kaminsims stand. Kurz nach zwölf: Zeit zum Mittagessen. Durch das Fenster sah sie, wie Georg sich von Charlotte verabschiedete. Verliebt lächelten die beiden sich an. Gleich würde Georg ins Haus zurückkommen. Sie eilte in ihr Zimmer und legte Geld und Stilett zu den Kleidern in die Truhe.

*B*eim Mittagessen bestätigten sich Konrad und Georg Simons gegenseitig darin, wie interessant die Begegnung mit dem Kaufmann Per Hansen aus Hamburg gewesen sei. Der Abend war doch jetzt schon ein paar Tage her, wunderte sich Friederike im Stillen. Warum sie wohl immer noch davon sprachen? Aber sie wollte das Thema nicht weiter vertiefen, deshalb behielt sie ihre Verwunderung für sich. Erst beim Nachtisch kam ihr plötzlich ein Verdacht in den Sinn: Ob Georg den Namen Hansen mit Absicht wieder ins Spiel gebracht hatte? Zuzutrauen wäre es ihm durchaus. Oder hatte die Mutter den Bruder etwa in die Heiratspläne miteinbezogen? Benutzte sie ihn vielleicht, um einmal mehr Druck auf den aus ihrer Sicht allzu nachgiebigen Vater und damit natürlich auch auf sie, Friederike, auszuüben? Sie wagte kaum, den Gedanken zu Ende zu denken, so abgefeimt kam ihr das Ganze vor.

Den Nachmittag verbrachte sie im Atelier, um dem zweiten kleinen Chinesen eine gemusterte Hose zu verpassen. Malen war noch immer die beste Art, die Zeit totzuschlagen! Sie musste warten, bis es dunkel war, wenn sie sich unbemerkt in die Druckerei schleichen wollte, wo sie die Vorlage für ihr Reisedokument herzubekommen hoffte.

Endlich war die Sonne hinter den Dächern verschwunden. Schnell zog sie ihre flachen Schuhe an und holte den Schlüssel zur rückwärtigen Tür der Druckerei aus dem Sekretär in der Bibliothek. Die Arbeiter hatten bereits Feierabend gemacht. Das Risiko, dass es ihrem Vater einfiel, sich aus seinem Kabinett zu entfernen und die Druckereiräume aufzusuchen, musste sie eingehen.

Vorsichtig blickte sie sich um, als sie das Haus durch den Küchenausgang verließ und die hintere Tür des Nachbargebäudes aufschloss. Sie hatte sie gerade hinter sich zugezogen und stand im Halbdunkel des Korridors, als vorne das Tor aufging: die Nachbarin mit ihren Kindern, die sofort im Treppenhaus herumzutoben begannen. Friederike presste sich dicht gegen die Wand und versuchte nicht zu atmen. Sie musste ganze zehn Minuten ausharren, bis die Familie lärmend in ihrer Wohnung im zweiten Stock verschwunden war.

Im Lagerraum der Druckerei konnte man bereits kaum mehr die Hand vor Augen sehen, zumal sie, um keine Aufmerksamkeit zu erregen, auf eine Kerze verzichtet hatte. Zum Glück wusste sie jedoch, wo die Kisten mit den gedruckten Reiseformularen standen. Ihr Vater hatte sich erst kürzlich bei einem der Drucker darüber beschwert, dass sie ihm ständig im Wege seien. Zufälligerweise war Friederike dabei gewesen, als er den Mann ausgeschimpft hatte. Mit zwei Handgriffen öffnete sie nun die oberste Kiste, zog einen ganzen Stapel Formulare aus einem Bündel heraus – für den Fall, dass sie sich verschreiben sollte – und verschloss die Kiste wieder. Als sie auf ihrem Weg zurück ins Haus die Küchentür öffnete, lief sie geradewegs Lilli in die Arme, die einen Eimer in der Hand hielt und in dem Moment nach draußen gehen wollte. Um ein Haar wären ihr vor Schreck die Papiere aus der Hand gefallen. Verblüfft schaute die Magd ihr nach, als Friederike wortlos an ihr vorbei nach oben ins Atelier hastete.

Kaum oben angekommen, wurde ihr klar, dass sie noch einmal zurück in die Küche musste. Ohne Kartoffeln kein Stempel! Hoffentlich war Lilli lange genug draußen beschäftigt! So unbedarft das Dienstmädchen auch war: Sie hätte sich bestimmt gewundert, ihrer Herrin innerhalb kürzester Zeit gleich zwei Mal in der Küche zu begegnen. Immerhin würde Ernestine ihr nicht in die Quere kommen. Die Köchin hatte heute Ausgang, das wusste Friederike genau. Mit beiden Händen nahm sie sich so viele Kartoffeln aus dem Korb in der Vorratskammer, wie sie tragen konnte, und hastete zurück in ihr Atelier.

Was für ein Wahnsinn! Nie im Leben würde sie mit einer so notdürftigen Fälschung über die Grenze kommen! Hektisch schnitt sie die erste Kartoffel in zwei Hälften. Aber aufgeben wollte sie auf keinen Fall – sie musste es einfach darauf ankommen lassen, sonst wäre gleich von Anfang alles verloren. Sie versuchte ihrer Aufregung Herr zu werden, während sie das abkopierte Siegel in die Kartoffel schnitzte und die winzigen Flächen zwischen den Strichen und Balken wegzuritzen begann.

Nach drei Anläufen war sie mit dem Ergebnis endlich halbwegs zufrieden. Schnell füllte sie das Dokument mit ihren Daten aus. Mit ihrem neuen Männernamen und einer erfundenen Adresse in der Barfüßergasse. Über einer Kerze erhitzte sie ein wenig Siegellack, gab ein paar Tropfen auf das Dokument und drückte ihr »Siegel« hinein. Als sie die Kartoffelhälfte wieder aus der Siegelmasse herausnehmen wollte, blieb prompt ein kleiner

Rückstand in dem zähen Brei hängen. Sie unterdrückte einen Fluch. Was half es, wenn sie jetzt die Nerven verlor? Vorsichtig kratzte sie mit dem Messer in dem härter werdenden Lack herum, bis sie endlich jegliche Kartoffelreste beseitigt hatte.

So, das war geschafft! Zufrieden hielt sie ihr nagelneues Reisedokument in den Lichtschein der Kerze, um es noch einmal zu begutachten. Alles in allem war ihre Arbeit ganz passabel. Ob man damit wirklich die Grenzkontrollen passieren konnte, würde sie sehen. Aber ganz ohne Papiere aufzubrechen, wäre in jedem Fall ein zu großes Risiko. Was für eine Blamage, wenn man sie gleich an der ersten Grenze wieder zurück nach Hause geschickt hätte, weil sie sich nicht ausweisen konnte!

☙

Beim Frühstück am nächsten Morgen erzählte sie ihrem Vater und Georg, dass sie ausreiten und danach Charlotte treffen wolle. Ihr Vater war nicht sehr erbaut von der Vorstellung, seine Tochter ohne Begleitung ausreiten zu sehen.

»Georg wird dich begleiten«, bestimmte er.

»Das ist doch nicht nötig, Papa«, wiegelte Friederike ab, »ich reite nur ein wenig am Fluss entlang, das kann ich wirklich auch allein.«

Das hatte ihr gerade noch gefehlt – ausgerechnet Georg als Chaperon! Zu ihrer Erleichterung schien jedoch auch ihr Bruder wenig Neigung zu verspüren, den Vormittag mit ihr zu verbringen.

»Wie gern würde ich mit dir ausreiten, liebe Friederike«, flötete er mit einem Ausdruck tiefsten Bedauerns im Gesicht, »aber leider habe ich heute Vormittag ein paar wichtige Erledigungen zu machen.«

Konrad Simons runzelte die Stirn. Doch ihm war anzusehen, dass er gedanklich schon längst wieder bei seinen Geschäften war.

»Na ja, es wird schon nichts passieren. Reite aber nicht zu weit, bleib in Sichtweite der Wachposten, und nimm den Apfelschimmel!«

Friederike lächelte zustimmend. Wenn ihr Vater erst einmal in seine Bücher vertieft war, würde er nicht mitbekommen, dass sie den Rotfuchs und nicht den Apfelschimmel satteln ließ.

*E*ndlich war wieder alles still im Haus, und Familienmitglieder und Dienstboten gingen ihrem Tagwerk nach. In ihrem Zimmer entkleidete Friederike sich rasch und wickelte sich als Erstes ein langes Stoffband fest um den Oberkörper, das ihre Brüste verbergen sollte. Es saß stramm, war aber weniger unangenehm als das Mieder. Sie würde sich daran gewöhnen.

Dann probierte sie Georgs Kleidung an. Sie war etwas zu groß, aber das würde niemandem auffallen. Sie legte den Gehrock wieder ab und trennte einige Nähte ihres Reitkleides auf, um es über die Männerkleidung ziehen zu können. Darüber zog sie den Gehrock. Um die Beine würde sie ihren Umhang drapieren, sodass auf keinen Fall Stiefel oder Culotte zu sehen sein würden. Falls sich jemand über ihren Aufzug wundern sollte: Sie war einfach dick angezogen, schließlich war Winter. Vorne in die Stiefel stopfte sie ein paar Stoffreste, und das Stilett steckte sie in den Schaft. Sehr verwegen – wie ein echter Räuberhauptmann! Den Dreispitz, die Perücke und das Geld packte sie in ein Bündel, das sie unter ihrem Umhang verbarg.

Sie begegnete keiner Menschenseele, als sie das Haus verließ. Im Stall bat sie den Knecht, Tamerlano einen Herrensattel aufzulegen. Verwundert blickte Heinrich auf, sagte aber nichts.

»Ich sehe, Sie haben die Stiefel von Herrn Georg an, Fräulein«, bemerkte er, als er ihr vor dem Stall beim Aufsteigen half. »Darin werden Sie besser reiten können als in Ihren eigenen Schuhen.«

»Das hoffe ich sehr. Deshalb habe ich sie ja auch angezogen. Vielen Dank fürs Satteln«, verabschiedete sie sich.

Um nicht an den Fenstern des Kontors vorbei zu müssen und womöglich die Aufmerksamkeit ihres Vaters zu erregen, wendete sie das Pferd und ritt langsam stadtauswärts. Sie wollte erst einmal ein Stück in Richtung Dresden reiten, um eine falsche Fährte zu legen. Falls man sie suchte, dann besser in Dresden. Als sie durch das Tor kam, winkte sie dem Wachtposten zu.

Auf der Landstraße ließ sie den Rotfuchs in einen leichten Trab fallen. Außer einigen Bauernkarren, die sie rasch überholt hatte, war auf der Straße niemand zu sehen. Es war ein schöner Tag, warm und sonnig. Sie war viel zu dick angezogen, stellte sie fest. Hoffentlich erreichte sie bald den Wald, um endlich ihr Kleid ablegen zu können. Gemächlich trabte sie in den Vormittag hinein. Es sollte nicht so aussehen, als ob sie sich in Eile befände. Noch eine Biegung auf der Landstraße, dann würde man sie von Meißen aus nicht mehr sehen können. Dann würde sie querfeldein reiten, bis sie die Stadt halb umrundet hätte und auf die Landstraße in die entgegengesetzte Richtung stoßen würde, die Straße nach Leipzig.

Sie sah vor sich schon das kleine Wäldchen, an dem sie die Landstraße verlassen wollte, als eine Kutsche auf sie zukam. Die würde sie wohl noch passieren lassen müssen. Niemand sollte schließlich mitbekommen, wohin sie ritt. Doch schon der erste Blick auf die heranrollende Karosse ließ sie Ungutes ahnen. Je mehr sich der Wagen näherte, umso größer wurde ihre Gewissheit: Sie kannte diese Kutsche, keine Frage! Noch war sie ja in Richtung Dresden unterwegs, versuchte sie sich zu beruhigen, was machte es da schon, wenn jemand Bekanntes sie sah? Immerhin war es nicht die Simons'sche Kutsche, so viel war gewiss, also konnte es auch nicht ihre Mutter sein, die etwas vergessen hatte und zurückgekehrt war. Das wäre tatsächlich eine Katastrophe gewesen, ihr wäre bestimmt nicht entgangen, dass ihre Tochter etwas im Schilde führte.

Zwischen ihr und der fremden Karosse lagen jetzt nur noch

wenige Schritte. Friederike erkannte den Kutscher der Familie Thalheimer. War das ihr Onkel, der da auf dem Weg nach Meißen war, oder ihre Tante?

Jetzt erkannte sie auch der Kutscher, hob grüßend die Mütze und zog die Zügel an, sodass der Wagen stehen blieb.

In der Kutsche saß ganz allein und in großer Garderobe ihre kleine Cousine Sophie. Mit einem vergnügten Lächeln lehnte sie sich aus dem Fenster.

»Wohin des Weges, Friederike?«

»Liebe Cousine, das könnte ich dich auch fragen!«

»Ich habe zuerst gefragt!«

»Es ist so ein schöner Tag, ich reite einfach ein wenig aus. Und du?«

»Ich fahre Georg besuchen. Aber du darfst es niemandem verraten. Vor allem nicht meinen Eltern!« Sophie lachte wieder. »Komm doch mit mir nach Meißen zurück!«

»Ich werde noch ein Stückchen weiterreiten. Es ist so schön heute!«, erwiderte Friederike betont unbefangen. »Übrigens, Sophie« – ihre Miene wurde ernst – »nimm dich in Acht vor Georg! Ich weiß, dass er dir gefällt. Aber du bist einfach noch zu jung, um es mit ihm aufzunehmen.«

Sie fühlte sich wie eine Spielverderberin, ständig darauf aus, ihrem Bruder die Tour zu vermasseln. Aber was machte Georg auch schon wieder für einen Unsinn – offenbar hatte er die Kleine in ihrer Schwärmerei für ihn noch ermuntert und sie eingeladen, ihn zu besuchen. Ganz vermochte sie sich allerdings des Gefühls nicht zu verwehren, dass Sophie trotz ihres jugendlichen Alters sehr wohl auf sich selbst aufpassen konnte. Sie machte nicht den Eindruck, ein leicht verführbares, wehrloses Geschöpf zu sein.

»Ja, ja, Cousinchen, ich pass schon auf. Aber was ist mit dir los: Du siehst so komisch aus, Friederike!«, entgegnete Sophie. »Was hast du da unter deinem Mantel?«

»Ich war mir nicht sicher, wie kalt es sein würde. Deshalb habe ich mir mehrere Schichten übereinander angezogen. Ich habe einfach zu viel an, deswegen sehe ich so unförmig aus.«

Friederike wollte das Thema nicht weiter vertiefen, sondern wünschte Sophie eilig einen schönen Tag und gab ihrem Pferd die Sporen. Ein Glück, dass sie nicht mehr da sein würde, wenn man herausfand, dass Sophie allein zu Georg gefahren und sie als die Ältere und Vernünftigere nicht eingeschritten war! Im Hause Simons würde die Hölle los sein – aber das ging sie alles nichts mehr an.

Immer wieder drehte sie sich im Reiten um, weil sie überprüfen wollte, ob ihre Cousine sie noch sehen konnte. Aber Sophie würde ohnehin niemandem etwas von ihrer Begegnung erzählen, beruhigte sie sich schließlich, denn sie war ja selbst in geheimer Mission unterwegs. Und der Kutscher würde auch nichts erzählen, weil Sophie ihn bestochen hatte. Erst jetzt fiel ihr auf, dass sie ihre kleine Cousine eigentlich ganz gern mochte.

Als sie sich wieder umblickte, war die Thalheimer'sche Kutsche hinter einer Kurve verschwunden. Nur die Albrechtsburg mit dem Dom hob sich imposant gegen den blauen Himmel ab. Schnell lenkte sie Tamerlano von der Landstraße weg auf das kleine Wäldchen zu und setzte ihn in Galopp. Sie verspürte keinerlei Gefühlsregung. Das würde erst später kommen.

2. KAPITEL

Friederike hatte beschlossen, die großen Städte wie Leipzig, Weimar, Gera auf ihrer Route nach Höchst links liegen zu lassen und sich lieber an den kleinen und mittelgroßen Ortschaften zu orientieren. Dass sie nicht planlos querfeldein reiten durfte, war ihr schnell klar geworden, hatte sie sich doch innerhalb kürzester Zeit in dem dunklen Wald hinter Meißen hoffnungslos verirrt und war nur dank der freundlichen Auskunft eines zufällig ihren Weg kreuzenden Försters wieder auf den richtigen Pfad gelangt. Der Mann hatte ihr auch geraten, sich in Richtung Rochlitz zu halten, dort fände sie am ehesten ein Quartier für die Nacht.

Sie würde ihr vorläufiges Ziel kaum noch zu einer anständigen Uhrzeit erreichen, das ahnte sie mehr, als dass sie es wirklich wahrhaben wollte. Abgesehen davon, dass ihr auf dem harten Männersattel bereits nach drei Stunden Ritt schrecklich die Knochen weh taten, hatte sie fürchterlichen Hunger und trotz der dicken Handschuhe steif gefrorene Finger. Sie bedauerte nun, dass sie ihre über Georgs Reitdress gezogenen Frauenkleider in dem Wald hinter Meißen abgelegt und in einer Fuchshöhle versteckt hatte. War ihr bei Beginn der Reise noch viel zu warm gewesen, kroch ihr nun die Kälte in die Knochen. Vielleicht war es auch die Müdigkeit, die sie so zittern ließ. Und die Angst, wie sie sich zähneknirschend eingestand. Am liebsten hätte sie an Ort und Stelle ihr Pferd gewendet und wäre wieder in ihr warmes, gemütliches Zuhause zurückgekehrt. Aber das kam nicht in Frage. Nicht nach dem, was vorgefallen war: Charlottes Verrat, Georgs Ohrfeige, die Abfuhr von Helbig und nicht zuletzt die drohende Zwangsvermählung mit diesem aufgeschwemmten Hamburger Kaufmann.

Was ihre Eltern sich dabei wohl gedacht hatten? Gerade sie, die sie doch am besten wissen mussten, wie erfüllend eine Liebesheirat sein konnte! Friederike schnaubte. Obwohl, korrigierte sie sich dann, in letzter Zeit war der Ton zwischen den beiden auch nicht mehr so liebevoll gewesen. Gewiss, die finanziellen Schwierigkeiten des Vaters trugen nicht gerade dazu bei, die Stimmung im Hause Simons zu heben. Ihr war nicht verborgen geblieben, dass die Mutter schon des Öfteren Andeutungen gemacht hatte, ihr Mann solle lieber weniger Geld in seine unzuverlässigen Autoren als in die Sicherung des gemeinsamen Besitzstandes investieren. Was in diesem Falle hieß: in den Ausbau der Buchhandlung. Konrad Simons kümmerte sich einfach nicht genug um das Geschäft. Der Verkauf interessierte ihn nicht. Er wollte lieber inhaltlich arbeiten, neue Ideen ausbrüten und zusammen mit seinen Autoren umsetzen. Was ihm fehlte, war eine vertrauenswürdige Person an seiner Seite, die ihm all die Dinge abnahm, von denen er nichts verstand. Idealerweise hätte Georg diese Rolle ausfüllen müssen, aber daran war natürlich nicht im Entferntesten zu denken.

Was der Vater wohl dazu gesagt hätte, wenn sie als seine Tochter ihm plötzlich erklärt hätte, Buchhändlerin werden zu wollen, überlegte sie. Wahrscheinlich hätte er alle seine Bedenken hinsichtlich berufstätiger Frauen über Bord geworfen und sie mit offenen Armen als seine Mitarbeiterin empfangen. So ganz abwegig war der Gedanke gar nicht, schließlich hatte sie schon immer gern gelesen und andere Menschen mit ihrer Begeisterung für Bücher anzustecken vermocht. Doch die Malerei lag ihr einfach näher; nie war sie so mit sich im Reinen wie bei dieser schöpferischen Tätigkeit, die sowohl handwerkliches Geschick als auch eine gehörige Portion künstlerisches Talent verlangte. Es war richtig, dass sie diese gefährliche Reise angetreten hatte, das stand fest. Und so gefährlich war sie ja vielleicht auch gar nicht. Immerhin schien der Förster nicht eine Sekunde an ihrer männlichen Identität gezweifelt zu haben. Er hatte sie mehrmals mit »junger Herr« angesprochen und sich mit einem ordentlichen Klaps auf Tamerlanos Kruppe von ihr verabschiedet.

Ein Rascheln schreckte Friederike, die ihr Pferd schon seit einer guten Meile eine ruhigere Gangart gehen ließ, aus ihren Träumereien auf. Es schien aus dem Gebüsch am Wegesrand gekommen zu sein. Die Dämmerung war längst hereingebrochen, und obwohl der üppige Vollmond ihr wie eine riesige runde Laterne zuverlässig den Weg leuchtete, hatte sie Schwierigkeiten, die Umrisse der Bäume voneinander zu unterscheiden.

Der Rote scheute, als eine dunkle Gestalt sich langsam aus einem der Büsche schälte. Das Herz schlug ihr bis zum Hals. In dem diffusen Licht konnte sie nicht erkennen, ob es sich um ein Tier oder um einen Menschen handelte. Sie gab ihrem Pferd die Sporen, doch der Rote rührte sich nicht von der Stelle. Stattdessen legte er die Ohren an und schnaubte laut.

»Mach schon, Tamerlano, beweg dich!«

Ihre Stimme überschlug sich fast vor Angst. Nun klang sie wirklich nicht mehr wie ein junger Mann, sondern eher wie eine hysterische Marktfrau. Immer wieder trommelten ihre Hacken in den schweren Reitstiefeln gegen die verschwitzten Flanken des Wallachs. Doch der bewegte sich gerade einmal zwei Schritte rückwärts, statt nach vorne loszugaloppieren.

»Na, wen haben wir denn da?«

Ein Furcht einflößendes Lachen ertönte, als die schwarze Gestalt sich langsam aus dem Schatten löste und zu ihrer vollen Größe aufrichtete.

Kein Zweifel, ein Mensch! Auch wenn der Kerl mit seinem wuchernden Bart, den struppigen Haaren und dem zahnlosen Grinsen nicht viel Ähnlichkeit mit den Männern aufwies, die sie in den zwanzig Jahren ihres jungen Lebens bisher zu Gesicht bekommen hatte. Ein strenger Geruch ging von ihm aus; die wenigen Kleider, die er am Leib trug, hingen ihm in Fetzen herunter. Ein Fuß war unbeschuht, der andere steckte in einem alten Soldatenstiefel.

Die Hand des Mannes legte sich schwer auf Tamerlanos Zaumzeug. Nur mühsam konnte Friederike sich auf dem Rücken des scheuenden Tieres halten. Doch seltsamerweise war ihre Panik mit einem Mal fast so etwas wie Amüsement gewichen.

»Nehmen Sie bitte Ihre Hand vom Kopf meines Pferdes«, forderte sie ihn liebenswürdig auf. »Sie sehen doch, das Tier hat Angst.«

»Und Sie, junger Mann? Sie etwa nicht?«, dröhnte ihr Gegenüber.

»Seltsamerweise nicht, Monsieur, ich wundere mich selbst«, gab sie lächelnd zurück. »Aber ... vielleicht verraten Sie mir, wer Sie sind und wie ich Ihnen helfen kann – das würde uns beiden eine Menge Zeit ersparen. Sie müssen wissen, ich habe es furchtbar eilig, ich wollte eigentlich heute noch bis Altenburg. Oder wenigstens bis Rochlitz.«

»Bis Altenburg?« Der Mann brach in schallendes Gelächter aus. »Wissen Sie, wo Sie hier sind? Etwa fünf Meilen hinter Meißen; da vorne liegt Döbeln! Bis Altenburg ist's noch mal so weit. Wenn Sie schnell sind – und ich Sie hier weglasse, hahaha –, schaffen Sie es bis Mitternacht vielleicht bis Rochlitz.«

Mutlosigkeit überkam Friederike. Sie hatte zwar noch immer keine Angst vor dem hässlichen Waldschrat, aber sie musste die Zähne fest zusammenbeißen, um nicht wie ein kleines Kind vor lauter Enttäuschung laut loszuheulen.

»Was denn, was denn«, brummte der Alte plötzlich in einem fast sanften Ton. »So'n junger Kerl wie Sie lässt sich doch von so was nicht ins Bockshorn jagen. Oder ...« – er warf ihr einen listigen Blick zu – »bist du vielleicht gar kein Kerl? Irgendwas stimmt doch nicht mit dir ...«

Wieder hatte sich seine grobe Hand mit den krallenartigen Fingernägeln auf die Trense des Roten gelegt, der nervös mit den Hufen scharrte.

»Lassen Sie sofort mein Pferd los! Und überhaupt – was fällt Ihnen ein, mich zu duzen? Mein Name ist Friedrich Christian Rütgers, Hofmaler an der Königlichen Porzellanmanufaktur Meißen. Falls Sie damit überhaupt etwas anzufangen wissen!«

Dieses Mal hatte sich ihre Stimme nicht überschlagen, als sie laut geworden war. Sichtlich beeindruckt nahm der Alte die Hand vom Kopf des Wallachs. Offenbar wusste er ganz genau, welche gesellschaftliche Stellung die Meißener Porzellanmaler genossen. Er schien fast so etwas wie Haltung anzunehmen.

»Ich mein ja nur ... Heute Nachmittag hab ich zwei Landjäger in Döbeln gesehen. Die haben nach einem jungen Mädchen gesucht, einer Ausreißerin, etwa in Ihrem Alter. Hätt' ja sein können ...«, murmelte er in seinen Bart.

Friederike erschrak. So schnell! Das war bestimmt Georg gewesen, der die Polizei auf sie gehetzt hatte. Wahrscheinlich hatte der Stallbursche ihm erzählt, dass sie seine Stiefel angehabt hatte. Georg musste eins und eins zusammengezählt und ihr Vorhaben erraten haben, zumal er sicher auch gleich den Diebstahl seines Geldes bemerkt hatte. Hoffentlich kam er nicht auf die Idee, dass sie nach Höchst unterwegs war!

Ein Räuspern holte sie in die Gegenwart zurück. Diesen Alten hatte sie ja auch noch am Hals! Fieberhaft überlegte sie, wie sie sich am besten aus der drohenden Falle befreien konnte, als sie seine krächzende Stimme vernahm:

»Am besten nehmen Sie die Abkürzung hinter der großen Eiche da vorne. Sehen Sie den Baum? Wenn Sie dahinter links abbiegen und etwa drei Meilen querfeldein in südwestliche Richtung reiten, kommen Sie direkt nach Rochlitz. Die Poststation dort nimmt auch spätabends noch Gäste auf – falls die Wachen Sie überhaupt noch in die Stadt lassen. Im Galopp brauchen Sie vielleicht eine Stunde, höchstens zwei.«

Der Mann hatte plötzlich klar und deutlich gesprochen, ohne eine Spur von Akzent oder Nuscheln. Auch sein Gesicht erschien ihr nicht mehr so abstoßend. Sie war fest davon überzeugt, dass er die Wahrheit sprach und sie nicht in die Irre führen wollte. Schnell bedankte sie sich bei dem Fremden und gab ihrem Pferd die Sporen.

Als sie schon halb bei der alten Eiche angekommen war, fiel ihr etwas ein:

»Wer sind Sie überhaupt?«, rief sie über ihre Schulter zurück.

Doch der Mann war längst verschwunden.

Dichter Rauch quoll ihr entgegen, als sie die Tür zum Schankraum aufstieß. Der seltsame Alte hatte recht behalten: Noch vor Mitternacht hatte sie Rochlitz erreicht. Sie hatte Glück gehabt, dass der Wachposten sich bestechlich gezeigt und sie gegen zwei Taler noch in die Stadt hineingelassen hatte. Schnell hatte sie die Poststation gefunden, ihr Pferd in den Stall gebracht, abgerieben und gefüttert und eine winzige Kammer über der Scheune bezogen. Eigentlich war sie viel zu müde, um noch einmal vor die Tür zu gehen, doch der Hunger hatte sie getrieben. Nun stand sie mitten in der verqualmten, nach ranzigem Fett und Männerschweiß riechenden Gastwirtschaft und versuchte, ihre Augen an das plötzliche Licht zu gewöhnen.

»Bisschen spät, junger Mann! Zu essen gibt es nichts mehr«, keifte eine Frauenstimme, die von hinter der langen Theke zu kommen schien.

»Nu mach mal halblang, Elfriede, so 'nen schmucken Jüngling sieht man hier nicht alle Tage! Was soll's denn sein, der Herr? Ein kühles Helles und ein Teller Saure Flecken mit Kraut? Ich fürchte, viel mehr kann ich Ihnen um diese nachtschlafende Zeit nicht bieten.«

Der gemütliche Kahlkopf schien der Wirt zu sein, schlussfolgerte Friederike, die begonnen hatte, ihren Blick durch den Raum schweifen zu lassen. Die Schenke war erstaunlich voll dafür, dass es bereits so spät und Rochlitz nicht gerade der Nabel der Welt war. Hier musste sich tatsächlich die einzige Poststation weit und breit befinden. Ohne ihre merkwürdige Begegnung auf der Landstraße wäre sie jetzt nicht hier. Danke, Waldschrat, dachte sie im Stillen, wer immer du gewesen bist!

In einer Ecke des holzgetäfelten, eigentlich recht gemütlichen Lokals mit den zahlreichen Stichen an den Wänden und den alten Krügen auf einem Bord saß eine Gestalt, die sich von allen anderen im Raum deutlich abhob. Nicht nur war der Mann um einiges besser gekleidet als die meisten anderen Gäste im Raum, auch war sein Gesicht trotz der großen, leicht gebogenen Nase viel feiner geschnitten und seine Hautfarbe um einige Nuancen dunkler. Seine Augen waren tiefbraun, das wellige schwarze Haar im Nacken zu einem lockeren Zopf gebunden. Friederike fühlte sich instinktiv zu ihm hingezogen.

»*Ma che bel giovanotto!*«, ertönte in dem Moment eine amüsierte Stimme in ihrem Rücken.

Friederike fuhr herum. Vor ihr stand die schönste Frau, die sie je gesehen hatte: mit langen roten Locken, großen grünen Augen, die sich von dem blassen Teint abhoben, und einem atemberaubenden Dekolleté in einem rostfarbenen Negligékleid, das bei jeder Bewegung unter dem kurzen Jäckchen hervorblitzte. Obwohl die Frau direkt vor ihr stehen geblieben war, hatte Friederike das Gefühl, dass sie nicht still stand. Die Energie, die von ihr ausging, schien sie vibrieren zu lassen. Sie mochte etwas älter als sie selbst sein und kam ganz offensichtlich aus Italien.

»*Contessa, La prego, è appena arrivato! Lo lasci in pace, per favore, almeno per un momento!*«

Der Mann war von der langen Sitzbank in der Ecke aufgestanden. Halb lachend, halb entrüstet versuchte er, die Rothaarige mit beschwichtigenden Gesten zur Räson zu bringen. Dann wandte er sich an Friederike.

»Sie müssen sie entschuldigen, sie ist Italienerin! Manchmal gelingt es uns Südländern einfach nicht, unser Temperament im Zaum zu halten.« Er lächelte charmant, um nach kurzem Innehalten fortzufahren: »Darf ich vorstellen: Contessa Emilia Di

Marzo aus Venedig. Und mein Name ist Giovanni Ludovico Bianconi, gebürtiger Bologneser und Sekretär der Contessa. Wir sind auf der Durchreise von Dresden nach Weimar, wo die Contessa eine alte Freundin besuchen will. Und Sie, Monsieur, wenn ich fragen darf? Was führt Sie zu später Stunde an diesen ... nun ja, ich würde sagen: diesen eher unwirtlichen Ort?«

Nur wenn man ganz genau hinhörte, konnte man erahnen, dass Deutsch nicht die Muttersprache des eleganten Fremden war. Friederike war von seiner ganzen Erscheinung dermaßen fasziniert, dass sie sich regelrecht einen Ruck geben musste, um nicht unhöflich zu erscheinen und seine Fragen zu beantworten. Eine plötzliche Befangenheit hatte sie überfallen. Stockend erwiderte sie:

»Friedrich Christian Rütgers, Porzellanmaler aus Meißen. Ich bin auf der Durchreise nach Höchst.«

»La porcellana di Meißen! Bellissima! E Lei fa il pittore?«

»Emilia denkt immer, alle Leute müssten Italienisch sprechen«, lachte Bianconi beschwichtigend. »Dabei spricht sie selbst ziemlich gut Deutsch – immerhin kam ihre Mutter aus Wien. Aber in der Sache hat sie natürlich recht: Einen Porzellanmaler und noch dazu aus Meißen trifft man nicht alle Tage. Und nun wollen Sie zur Konkurrenz überwechseln, wenn ich das richtig sehe?«

Friederike spürte, wie ihr die Röte in die Wangen stieg. Dieser Mann überforderte sie. Nicht nur, dass er ihr weiche Knie machte, weil sie ihn so ungemein attraktiv fand, nein, jetzt hatte er auch noch die Überläuferin in ihr entlarvt. Fehlte nur noch, dass er ihr auf den Kopf zusagte, sie sei in Wirklichkeit eine Frau!

Bianconi lachte leise. Seine dunklen Augen funkelten belustigt.

»Sie müssen nicht antworten, *caro mio*, niemand ist in diesem schönen Land dazu verpflichtet, gegen seine Überzeugung irgendwelche Aussagen zu tätigen. Ist es nicht so, Monsieur?

Noch ein Grund, warum ich euch und euer herrliches Land so liebe! Wir haben Florenz, die Franzosen Paris, aber ihr habt Dresden und Leipzig – Elbflorenz und das »Paris des Ostens« –, noch dazu in unmittelbarer Nähe! Ganz zu schweigen von Weimar, Jena und all diesen anderen bezaubernden Städtchen ... Aber eins müssen Sie mir doch noch verraten: Reisen Sie allein oder in Gesellschaft?«

»Allein«, brachte Friederike hervor und wappnete sich innerlich schon auf die nächste Frage – ob das nicht viel zu gefährlich für einen jungen Mann aus gutem Hause sei.

»*Allora venga con noi!*«, mischte sich die Contessa in ihre Unterhaltung ein und schob eine Hand unter Friederikes Arm.

Zielstrebig steuerte sie auf den Ecktisch zu und ließ sich mit einer aufreizenden Hüftdrehung seitlich auf die Holzbank sinken. Kokett drapierte sie ihre Contouche über dem schmalen Reifrock und legte beide Unterarme vor sich auf dem Tisch ab, sodass ihre Sitznachbarn einen noch besseren Einblick in ihren Ausschnitt bekamen.

Friederike nahm so Platz, dass sie bequem den ganzen Raum überschauen konnte. Jetzt erst fiel ihr auf, dass sich außer der Contessa, der mürrischen Wirtin und ihr keine einzige Frau in der Schenke befand. Die anwesenden Männer schienen überwiegend auf der Durchreise zu sein: Handwerker, Kaufleute und einige wenige Adelige, die ihrer distinguierten Kleidung und ihrer Perücken wegen sofort ins Auge fielen. Keiner konnte jedoch mit Bianconi wetteifern, der nicht einmal besonders stattlich war, aber in seiner ganzen sehnigen Männlichkeit und dem gut geschnittenen Justaucorps über der knapp sitzenden Culotte einfach umwerfend aussah.

Er hatte sich noch nicht wieder hingesetzt, sondern mit dem Wirt ein Gespräch begonnen, das sich offenbar um seine noch ausstehende Bestellung drehte. Friederike konnte nur einzelne Wortfetzen auffangen – »Kaldaunen«, »Blinsen«, »Gose«. Erneut wunderte sie sich, dass der Italiener so bewandert in ihrer

Sprache war. Immer wieder schweiften ihre Blicke zu Bianconi, während die Contessa in einem Gemisch aus Italienisch und Deutsch munter auf sie einplapperte.

»*E a Dresda ci siamo sentiti benissimo.* So eine schöne Stadt – *come la mia bella Venezia!* Wie schade, dass Giovanni unbedingt schon abreisen wollte. Aber Weimar soll ja auch *un posto meraviglioso sein, vero,* Federico? Ich darf doch ›Federico‹ sagen, nicht wahr? ›Friedrich‹ ist sooo schwierig für eine Italienerin wie mich ...«

Ein süßlich-herber Parfumgeruch stieg aus dem Dekolleté der Contessa direkt in Friederikes Nase. Die Italienerin hatte die Hand auf ihren Arm gelegt. Unter dem Tisch stießen ihre Knie gegeneinander.

»Natürlich, Contessa, natürlich«, beeilte sie sich zu erwidern. Unter dem Dauergeplapper der Venezianerin fühlte sie eine satte Migräne herannahen, zumal die Stimmen am Nachbartisch immer lauter und erregter wurden.

Der Mann, der unmittelbar neben ihr auf der Bank saß, ein grobschlächtiger Hüne, hatte schon mit der Faust auf den Tisch gehauen und in einem Dialekt, der in ihren Ohren hessisch klang, aufgebracht auf seine beiden Gefährten eingeredet: Einen Hanauer Brotdieb habe man ihn genannt! Dabei hätten er und sein Sattlerkollege Wallner doch nichts anderes getan, als dem Herrn Oberstleutnant aus Baden-Baden für sein Regiment Leder und Sattlerwaren zu liefern. Nur eben leider in einem Frankfurter Gasthaus und nicht im heimischen Hanau. Das habe die Frankfurter Konkurrenz so aufgebracht, dass ihm der Gürtlermeister Vetter sogar mit dem Pallasch gekommen sei!

»Mein Leben hätte ich gelassen, wenn der Brentano mir nicht geholfen hätte. Ausgerechnet einem Italiener hab ich's zu verdanken, dass ich heute hier bei euch hocken tu!«

»Noch immer besser als einem Jud!«, widersprach ihm sein Gegenüber, ein hagerer Greis mit vergilbter Perücke. »Die machen uns Frankfurtern das Leben ja noch saurer als ihr aus Hanau oder Offenbach! Der Fettmilch, Gott hab ihn selig, der wusste schon, was er getan hat, als er die Juddegass hat plündern lassen. Hat nicht viel genützt, wenn man bedenkt, dass diese Juddekrämer heute noch immer so viel Geld scheffeln tun, wie sie lustig sind. Und die Welschen – auch so ein Pack! Alle wollen sie uns ans Leder und uns die sauer verdienten Kröten streitig machen ...«

Friederike hatte wohl bemerkt, dass die Contessa zusammengezuckt war, als der Name Brentano fiel, und auch Bianconi hatte einen merkwürdigen Blick zu ihren Tischnachbarn geworfen. Er schien sein Gespräch mit dem Wirt endlich beendet zu haben und trat zurück an ihren Tisch. Mit einer lässigen Handbewegung zog er den Stuhl ein Stück zurück und setzte sich Friederike gegenüber.

»*E allora*, was bekommen wir zu essen? Ich habe Hunger – fürchterlichen Hunger«, fügte die Contessa mit einem anzüglichen Seitenblick auf Friederike hinzu.

Diese wand sich unbehaglich auf der harten Holzbank. Was sollte das? Konnte diese aufdringliche Femme fatale sie nicht einfach in Ruhe lassen? Mit den Fingerspitzen begann sie ihre Schläfen zu massieren.

»Kopfschmerzen?«, fragte Bianconi mitfühlend.

Friederike hob den Blick und sah direkt in seine Augen. Tiefdunkel und unergründlich. Hilfe, dachte sie, ich falle! Wieder wurde ihr Gesicht ganz heiß. Sicher glühte sie schon wie ein paar Kohlen im Kamin. Zum Glück brachte die Wirtsfrau in dem Moment drei Krüge Bier an ihren Tisch.

Friederike nahm einen großen Schluck und wollte gerade mit der Serviette ihren Bierbart abtupfen, als ihr einfiel, dass dies wohl nicht sehr männlich war. In einer großspurigen Geste fuhr sie sich mit dem Ärmel über den Mund. Sie spürte, wie Bianconi in sich hineingrinste, sie brauchte gar nicht erst in sein Gesicht zu sehen. Das war auch sicherlich klüger so, stellte sie fest, wenn man bedachte, dass er sie just schon zum zweiten Mal zum Erröten gebracht hatte. So etwas kannte sie gar nicht von sich. Sicher, Caspar hatte sie auch als anziehend empfunden und jedes Mal Herzklopfen bekommen, wenn sie ihm begegnet war. Aber das war kein Vergleich zu jetzt!

Unter den gesenkten Lidern starrte sie auf Bianconis Hände, die schmal, aber dennoch zupackend wirkten. Die feinen schwarzen Härchen überzogen die gebräunte Haut bis zu den Fingerknöcheln. Ob er wohl auch auf der Brust so viele Haare hatte? Sie versuchte unauffällig in seinen Hemdkragen zu schielen, doch ein schlichtes Spitzenjabot verhinderte jeglichen Einblick.

»Was habt ihr so lange besprochen, Giovanni?«, unterbrach die Contessa ihre Träumereien.

»Über unser Essen, das gerade aus der Küche getragen wird, Contessa.« Mit einem maliziösen Lächeln fragte er: »Wissen Sie eigentlich, was saure Flecken sind?«

No, non mi dire che siano trippa!

Die junge Frau verzog angeekelt das hübsche Gesicht.

»Genau, Kutteln, Ihre Leibspeise, wenn ich mich recht erinnere! Hier gibt's nichts anderes zu essen, Verehrteste, ich bedaure zutiefst.«

Friederike hatte fast Mitleid mit Emilia, zumal sie selbst auch nicht gern Innereien aß. Aber vor Hunger war ihr mittlerweile fast schlecht, außerdem war sie todmüde und wollte sich schnellstmöglich in ihre Kammer zurückziehen.

»Und dieser Brentano ist doch ein Ganove!«, ertönte es plötzlich laut vom Nachbartisch. »Ein Betrüger und Halsabschneider, das sag ich dir!«

»Was soll man von diesen Italienern auch anderes erwarten?«, erwiderte der dritte Mann im Bunde. »Die Bolongaros sind auch nicht viel besser. Wusstet ihr, dass dieser Giuseppe, der älteste von den Tabakbrüdern, schon seit über zehn Jahren versucht, das Frankfurter Bürgerrecht zu kriegen? Bei allem, was man diesen arroganten freien Reichsstädtern ja nachsagen kann: Das lob ich mir, dass sie diesen dahergelaufenen Papisten am langen Arm verhungern lassen!«

Bianconi hatte die Stirn gerunzelt. Friederike konnte sehen, dass er seine Wut nur mühsam im Zaum hielt. In dem Moment stellte der Wirt drei dampfende Teller auf ihren Tisch.

»*Trippa* – meine Leibspeise!«, stöhnte die Contessa in gespielter Verzweiflung.

»Hauptsache, wir haben etwas im Bauch, würde ich sagen. Der morgige Tag wird anstrengend genug, vergessen Sie das nicht, meine Liebe. Bis Jena oder gar Weimar werden wir es nicht schaffen, doch morgen Altenburg und übermorgen Köstritz sollte schon möglich sein.« Er wandte sich an Friederike: »Sie als Maler, Friedrich, sind zwar von einem anderen Fach, aber mit dem Namen Heinrich Schütz können Sie doch sicher etwas anfangen, nicht wahr?«

Friederike dankte im Stillen ihrer Mutter, die während ihrer Salonabende stets allergrößten Wert auf eine gepflegte musikalische Untermalung gelegt und die Konzerte im Hause Simons hin und wieder sogar mit einem eigens ausgearbeiteten kleinen Vortrag zu Leben und Werk des jeweiligen Komponisten eingeführt hatte. Von Heinrich Schütz hatte sie allerdings nur behalten, dass er in einer Schänke in Köstritz geboren worden war und eine Zeitlang in Italien gelebt hatte. Genau das gab sie nun zum Besten, was ihr ein anerkennendes Nicken von Bianconi und einen entzückten Augenaufschlag der Contessa einbrachte.

»Und wissen Sie auch, in welcher italienischen Stadt er gelebt hat?«, fragte Bianconi in dem strengen Tonfall eines Schulmeisters.

»Venedig?«, riet Friederike aufs Geratewohl.

»*Che bello, come me!*«, rief die Contessa aus. »Federico, Sie müssen mit uns kommen, Sie sind bestimmt ein ganz wunderbarer Reiseführer!«

»Ja, warum schließen Sie sich uns nicht einfach an, Friedrich?«, pflichtete Bianconi ihr bei. »Allein zu reisen ist in diesen Zeiten nicht ganz ungefährlich, scheint mir, und auch nicht eben angenehm, wenn man es mit Reisegefährten wie diesen Herren dort« – er wies mit dem Kinn in Richtung Nachbartisch – »zu tun bekommt. Und für uns wäre es natürlich ungleich amüsanter, eine solch charmante Begleitung wie Sie zu haben, die noch dazu wertvolle landeskundliche Hinweise zu geben weiß. Also, was ist, Herr Rütgers, kommen Sie mit? Wir können Ihnen einen Platz in unserer Kutsche anbieten, oder Sie reiten nebenher, so wie ich es die meiste Zeit tue, während die Contessa lieber in ihren Kissen döst und sich irgendwelchen Fantasien hingibt, statt sich die Landschaft anzuschauen.«

Wieder hatten seine Lippen sich zu einem boshaften Lächeln verzogen.

»O, ich wüsste auch, wie ich meine Fantasien Realität werden lassen könnte«, fiel die Contessa ihm eifrig ins Wort. »*Vero*, Federico?«

Ihr Oberschenkel hatte sich gegen Friederikes Bein gepresst.

»Nun ...«

Friederike war hin und her gerissen. Auf die Contessa konnte sie gut verzichten, aber ein, zwei weitere Tage in Biancos Gesellschaft zu verbringen war mehr als verlockend.

»Nun?«

Der Italiener hatte eine Miene aufgesetzt, die sie nicht zu deuten vermochte. Wollte er wirklich, dass sie mitkam? Um seinetwillen, oder damit die Contessa sich nicht langweilte?

»Sie scheinen Bedenken zu haben, lieber Friedrich. Sagen Sie nicht, Sie setzen genauso wenig Vertrauen in das italienische Volk wie die diese Bauerntölpel neben uns!«

Er hatte absichtlich die Stimme erhoben, mit dem Effekt, dass die drei Männer am Nachbartisch ihr Gespräch unterbrachen und misstrauisch zu ihnen herüberschauten.

»Ich komme mit.« Friederike schob ihren halb aufgegessenen Teller von sich weg und stand auf. »Aber jetzt muss ich dringend ins Bett, sonst wird meine Begleitung morgen sicher kein Vergnügen für Sie beide sein. Abfahrt bei Sonnenaufgang? Und nun gute Nacht, Contessa« – sie ergriff Emilias Hand und deutete einen flüchtigen Handkuss an – »und auch Ihnen eine gesegnete Nachtruhe, Monsieur.«

Sie nickte ihrem Gegenüber kurz zu und versuchte sich zwischen den beiden Tischen hindurchzuquetschen, als Bianconi sie unversehens am Arm packte. Langsam erhob er sich von seinem Stuhl, ohne den Griff um ihren Arm auch nur eine Sekunde zu lockern. Er ist ja kaum größer als ich, dachte Friederike verwundert, als er dicht vor ihr zu stehen kam.

Bianconi nahm die Hand von ihrem Arm und streckte sie ihr entgegen. Friederike schlug ein. Seine Hand war fest und warm.

»Gute Nacht, mein Lieber!«

Ohne einen Funken Spott in den Augen blickte er sie an. Sein Mund war ernst. Dann ließ er sie gehen.

○

»*Ma adesso basta*, Federico, jetzt steigen Sie endlich von Ihrem Pferd herunter und setzen sich zu mir in die Kutsche!«

Die Contessa hatte ihren hübschen rotgelockten Kopf aus dem Karossenfenster gesteckt und einen Schmollmund aufgesetzt. Fast der ganze Morgen war vergangen, ohne dass Friederike sich besonders um sie gekümmert hätte. Kopf an Kopf mit dem Falben Bianconis war Tamerlano munter ausgeschritten, während ihre beiden Besitzer sich angeregt unterhalten hatten.

Friederike hatte erfahren, dass der Bologneser von Hause aus Mediziner und noch nicht lange im Dienst der Contessa war. Er war ein großer Bewunderer und Freund Scipione Maffeis, dessen Drama »Merope« auch Friederike vom Hörensagen kannte, nicht zuletzt weil Voltaire bei seiner rund zwanzig Jahre später erschienenen Fassung der antiken Tragödie angeblich von ihm abgeschrieben hatte. Auch er selbst, vertraute Bianconi ihr an, habe sich gelegentlich in der Schriftstellerei versucht, aber mehr als ein paar gelehrte Texte habe er bisher nicht zustande gebracht.

»Nun, seit die Contessa meine Dienste beansprucht, habe ich

kaum mehr eine Feder in der Hand gehalten, Sekretär hin oder her«, lachte er plötzlich, und Friederike meinte, eine Spur Bitterkeit in seiner Stimme vernommen zu haben. Doch sie wagte nicht nachzufragen, was es mit dem Verhältnis zwischen ihm und Emilia auf sich hatte, sondern erzählte von Meißen, der Porzellanmanufaktur und ihrem Zerwürfnis mit Georg, der sie nur ausgenutzt und für sich habe arbeiten lassen, während er die Lorbeeren für ihre Kunst erntete.

»Warum haben Sie denn nicht versucht, unter eigenem Namen zu arbeiten?«, fragte Bianconi sanft.

»Habe ich doch!«, erwiderte Friederike aufgebracht. »Aber dieser feige Helbig hat mich nicht einstellen wollen, weil ich ...«

Sie verstummte plötzlich.

»Weil Sie ...?«

Der Blick des Italieners hatte etwas Drängendes angenommen, sein Mund war schmal. Friederike sah, wie der Falbe den Kopf hochwarf, weil der Zug in seinem Maul plötzlich härter geworden war.

»Weil ich ... weil ... Ach, er hat mir eben einfach nicht geglaubt. Georg ist der Ältere von uns beiden und schon länger im Geschäft, deshalb«, entgegnete sie trotzig und drehte das Gesicht zur Seite.

Wie dumm sie war! Fast hätte sie sich verraten. Und das nur, weil sie auf diesen Mann hereinzufallen drohte. Die ganze Nacht hatte sie an nichts anderes gedacht als an ihre Hand in seinem Griff. Die dunklen Augen, die auf den Grund ihres Körpers schauten. Die sinnlichen Lippen, die fast immer spöttisch verzogen waren, aber manchmal wie zum Küssen einluden. Was war bloß los mit ihr? Noch ein Tag in Anwesenheit dieses Mannes, und ich werfe mich ihm tatsächlich zu Füßen, dachte sie.

Tamerlano musste ihre Erregung gespürt haben, denn er war in einen leichten Trab gefallen.

»Komm, mein Alter, diesen Italienern werden wir es jetzt mal zeigen!«, flüsterte sie ihm ins Ohr und tätschelte seinen Hals.

Wie auf Kommando preschte der Wallach los. Doch es dauerte nicht lange, und Friederike hörte unmittelbar hinter sich Hufe auf dem weichen Feldweg aufschlagen.

»Was ist los, Federico? Wovor laufen Sie weg?«

Bianconi hatte mit der Hand in ihre Zügel gegriffen und Tamerlano zum Stehen gezwungen. Sein Oberschenkel presste sich gegen ihren, so dicht standen die beiden Pferde nebeneinander. Ein Zittern lief über Tamerlanos Körper.

»Ich heiße nicht Federico! Und außerdem laufe ich nicht weg!«

Friederike hatte sich bemüht, einen besonders schnippischen Ton in ihre Stimme zu legen, doch eigentlich war ihr viel mehr nach Heulen zumute.

»Ich ... ich dachte nur, wir sollten uns ein wenig beeilen – schließlich wollen wir doch heute noch bis Köstritz!«

Für einen winzigen Moment schaute Bianconi sie verdutzt an, dann brach er in schallendes Gelächter aus.

»Ja, das ist wohl wahr«, ächzte er nach einer Weile und fing wieder an zu lachen, bis auch sie schließlich einstimmte. »Na, dann wollen wir mal, oder? Aber wenn die Contessa ›Federico‹ sagen darf, möchte ich das auch tun dürfen. *Va bene?*«

»*Va bene*«, erwiderte Friederike leise.

*D*ie Contessa hatte so lange gequengelt, bis Friederike sich nach zwei weiteren Wegstunden, die sie in angenehmem Schweigen neben Bianconi her geritten war, schließlich zu ihr in die enge Karosse gezwängt hatte. Ihre Zofe Marie, eine ältliche magere Französin mit einem miesepetrigen Gesichtsausdruck, hatte sie nach vorne auf den Kutschbock geschickt, was die Laune des Kutschers mit einem Schlag sichtbar verschlechtert hatte.

Ernesto kam aus der Gegend von Neapel und machte dem Ruf seiner Landsleute alle Ehre: Ständig hatte er ein Lied auf den Lippen und schien auch sonst ein äußerst munterer Zeitgenosse zu sein. Er sprach weder Deutsch noch Französisch, und

Friederike hatte das Gefühl, dass sogar sein Italienisch ebenfalls eher rudimentär war, aber irgendwie hatte Bianconi seine gutturalen Laute – wahrscheinlich der Dialekt aus Ernestos Dorf, mutmaßte sie – zu deuten gewusst und ihm begreiflich gemacht, welche Route er zu nehmen hatte.

Ernesto verstand offenbar tatsächlich sein Handwerk: Die Rösser hatten über weite Strecken ein zügiges Tempo an den Tag gelegt. Friederike und Bianconi waren immer wieder ein paar Meilen im Galopp vorangeritten und hatten sich rechts und links der Landstraße umgesehen. Einmal hatten sie einen verlassenen Gutshof entdeckt, ein anderes Mal waren sie mit einem Bauern ins Gespräch gekommen, der zusammen mit seinen Söhnen bei der Rübenernte war, jedoch die Gelegenheit zu einem kleinen Schwatz und einer kurzen Pause von der schweren Arbeit gern zu nutzen schien.

Um die Mittagszeit war die Sonne durchgebrochen, sodass fast ein Hauch von Frühling in der Luft lag. Friederike bedauerte, dass sie bei der Contessa in der muffigen Kutsche hocken musste, durch deren winzige Fenster man gerade einmal die seitlich vorbeifliegenden Bäume sah, statt hoch zu Ross die malerische Landschaft auf sich wirken zu lassen. Hin und wieder rief Bianconi, der auf seinem Falben die Vorhut bildete, ihnen fröhlich zu, was er wieder alles Neues entdeckt hatte. Sogar Ernestos Stimmung hatte sich gebessert, was an der Tonlage seines kräftigen Gesangs zu hören war, während Marie weiterhin ihr eisernes Schweigen beibehielt und lediglich ihren kleinen Sonnenschirm aufgeklappt hatte und wie einen Schutzschild vor sich hielt. Im Übrigen hatte sie genug damit zu tun, sich an das Geländer des Kutschbocks zu klammern, weil die Straßenverhältnisse in Sachsen nicht gerade die besten waren, wie sie knurrend in ihrem eleganten Französisch monierte, und der Wagen zeitweilig buchstäblich von Schlagloch zu Schlagloch holperte.

Die Contessa schien all das nicht die Spur zu interessieren.

Sie wirkte fest entschlossen, ihren Willen durchzusetzen, und der bestand ganz offensichtlich darin, »Federico zu verführen«. Kurz nachdem Friederike sich neben ihr auf der samtbezogenen Sitzbank niedergelassen hatte, hatte sie mit der Begründung, es sei so fürchterlich heiß im Wagen, ihr Mieder fast vollständig aufgeknöpft und ihre großen weißen Brüste entblößt. Nur die Brustwarzen waren noch von der kostbaren Spitze bedeckt. Auch ihre Röcke hatte sie hochgezogen, und auf eine Krinoline hatte sie von vornherein verzichtet. Ihre Füße waren unbeschuht und in ungebührlich weitem Abstand auf dem gegenüberliegenden Notsitz abgelegt. Mehrere Strähnen hatten sich aus ihrer Hochsteckfrisur gelöst, und Friederike musste zugeben, dass sie ganz entzückend aussah.

Die Kunst der Verführung – hier kannst du etwas lernen, dachte sie bei sich. In einer Mischung aus Abscheu und Faszination schaute sie der Contessa zu, wie diese in gespielter Unachtsamkeit über Minuten hinweg ganz langsam ihre Röcke so weit hochzog, dass ihr linkes Strumpfband und ein Stück nackte Haut zu sehen waren. Ihre Hand ließ sie wie zufällig auf ihrer Scham ruhen.

Als das Objekt ihrer Begierde nach einer guten Weile noch immer nicht auf ihre Offensive reagiert hatte und weit davon entfernt schien, über sie herzufallen, stöhnte Emilia:

»Ah, dieses fürchterliche Strumpfband, es ist mir viel zu eng! Federico, bitte, hilf mir, es zu lockern.«

Friederike hätte am liebsten laut aufgelacht, wenn ihr nicht gleichzeitig so elend zumute gewesen wäre. Giovanni, wo bist du, warum befreist du mich nicht aus dieser grässlichen Situation?, dachte sie mit einem Anflug von Panik. Oder, stieg plötzlich ein unguter Verdacht in ihr auf, wusste der Angeflehte vielleicht ganz genau, was sich im Inneren der Kutsche abspielte, und ließ sie absichtlich in die Falle der Contessa tappen?

»Federico, was ist? *Ma che diavolo aspetti?*«

Die Contessa hatte sich aufgesetzt und zu ihr umgedreht.

Ihre Augen blitzten vor Zorn, und ihre linke Brust war nun vollständig aus dem Mieder gefallen.

»*Ouh!*«, schimpfte sie und packte Friederikes Hand, um sie auf ihren Busen zu legen.

Friederike konnte den Herzschlag unter der pfirsichweichen Haut spüren. Wie magisch angezogen umfasste sie das Fleisch, bis ihre Handfläche ganz ausgefüllt war. Was für ein seltsames Gefühl, eine fremde Brust zu berühren, dachte sie.

Die Contessa legte ihr linkes Bein auf Friederikes Schoß. Der roséfarbene Strumpf war ihr bis auf den Knöchel hinuntergerutscht. Irgendwie musste sie das Strumpfband gelöst haben, stellte Friederike fest.

»*E adesso toccami!*«

Die Italienerin hatte ihren Unterkörper so weit in ihre Richtung vorgeschoben und sich mit dem Rücken nach hinten fallen lassen, dass Friederike ihre entblößte Scham wie eine offene Frucht dargeboten bekam.

Verzweiflung packte sie. Ich will das nicht!, Ich will das nicht!, hämmerte es in ihrem Kopf.

Mit einer ruckartigen Bewegung schob sie das Bein ihrer Verführerin zur Seite und stand auf, um sich prompt den Kopf an der niedrigen Kutschendecke zu stoßen. Sie griff nach der Klinke und versuchte hektisch, die kleine Tür zu öffnen. Doch ausgerechnet jetzt waren die beiden Kaltblüter, die den Wagen zogen, in einen leichten Galopp gefallen. Schon spürte sie, wie sich zwei nackte Arme um ihre Hüften legten und zwei fingerfertige Hände am Bund ihrer Kniehose zu nesteln begannen. In dem schaukelnden Gefährt drohte sie das Gleichgewicht zu verlieren, als sie sich aus der Umklammerung befreien wollte.

»Jetzt reicht's!«, brüllte sie plötzlich in einer Lautstärke, die sie selbst erschreckte. »Lassen Sie mich sofort los, sonst schreie ich um Hilfe!«

Die Contessa zuckte zusammen, als ob sie geschlagen worden wäre. Hastig raffte sie ihr Mieder und zog sich in die hinterste Ecke der Kutsche zurück. Schon verlangsamten die Pferde ihr Tempo, und Friederike konnte Bianconis Stimme neben der Karosse hören:

»*Ragazzi*, aussteigen! Zeit für ein kleines Mittagessen!«

*N*ach dem Souper, das aus einem vorzüglichen Picknick unter einer alten Eiche bestanden hatte, nahm Friederike dankbar Bianconis Angebot an, sich neben ihn auf den Kutschbock zu setzen, während Ernesto seinen Falben ritt und Tamerlano hinten am Gestänge angebunden war. Die Contessa hatte Friederike nach dem erotischen Missverständnis keines Blickes mehr gewürdigt und lediglich ihrem Sekretär gegenüber bemerkt, sie sei müde und könne nur noch ihre Zofe um sich ertragen, damit diese ihr Frisur und Nägel mache.

Sie waren schon gut zwei Stunden gefahren, als auch Friederike von einer plötzlichen Müdigkeit überwältigt wurde. Die ganze Zeit hatte sie nur wenig gesprochen und abwechselnd auf Bianconis Hände gestarrt, der die Zügel des Zweispänners mit einer Selbstverständlichkeit hielt, als hätte er sein Lebtag nichts anderes getan, und die Landschaft betrachtet, die von bunten Wäldern und kleinen Lichtungen mit silbern dahinplätschernden Flüsschen geprägt war. Am Himmel hatte sich die Sonne hin und wieder ihren Weg durch die dichter gewordene Wolkendecke gebahnt, und einige Male wiederum hatte Friederike befürchtet, dass es gleich zu regnen anfangen würde. Der Kutschbock war zwar überdacht und das zu ihren Füßen eingerollte schwere Lederplaid sicher einigermaßen wasserdicht, dennoch konnte sie auf diese weitere Unwägbarkeit während ihrer Reise nach Höchst gut verzichten.

Höchst!, durchfuhr es sie. Natürlich, sie war unterwegs nach Höchst! Fast hätte sie den eigentlichen Sinn ihrer Reise vergessen, so eingenommen war ihr ganzes Denken von den beiden Italienern, die sie doch erst so kurze Zeit kannte. Sie hatte ein Ziel vor Augen, und zwar ein ganz konkretes. Sie wollte Porzellanmalerin in Höchst werden, sich dort ein neues Leben aufbauen, als freie, unabhängige Frau, wenngleich auch in der Verkleidung eines Jünglings. Es kam ihr so vor, als wäre sie schon Tage unterwegs, dabei war sie erst gestern aufgebrochen.

Die Intensität ihres Zusammenseins mit der Contessa und mit Bianconi wurde ihr schlagartig bewusst. Was die Venezianerin mit ihr in der Kutsche angestellt hatte, rumorte noch immer in ihr, über den ersten Ärger hinaus. Sie hatte die Brust einer fremden Frau in der Hand gehalten. Und ihr Geschlecht gesehen. Das dunkelrote, feucht schimmernde Fleisch unter den orangefarbenen Locken. Die Contessa hatte einen Geruch ausgeströmt, der ihr nach wie vor in der Nase brannte. Herb, aber nicht unangenehm. Wie Bianconi sich wohl in einer solchen Situation verhalten hätte? Besser gesagt: Wie oft Bianconi sich wohl bereits in einer solchen Situation befunden hatte? Er war zwar nur der Sekretär der Contessa und damit ihr Bediensteter, aber er wirkte mitnichten wie ein typischer Untergebener. Eher war er der Herr und Emilia seine Gespielin, über die er nach Lust und Laune verfügen und die er durchaus auch maßregeln konnte, wenn ihm danach war.

Verstohlen blickte Friederike zur Seite, auf das Profil des Mannes, der neben ihr saß. Zu gern hätte sie gewusst, wer er wirklich war. Zum ersten Mal bemerkte sie, wie groß seine Nase war. Im oberen Drittel des weit nach vorne ragenden Nasenbeins befand sich ein kleiner Höcker, als wäre ein Bruch schlecht verheilt, dann fiel sie gerade nach unten ab, um in zwei geweiteten Nasenflügeln auszulaufen. Majestätisch, dachte Friederike. Ihr Blick blieb an seinen Lippen hängen: Im Vergleich zur Unterlippe war die obere schmal, dafür führte sie in den Mundwinkeln wieder leicht nach oben. Das Kinn war stark und kantig.

Sie musste an Hansen denken, den Mann, mit dem ihre Eltern sie verheiraten wollten. Wenn er überhaupt so etwas wie ein Kinn besaß, dann war es mit Sicherheit ein fliehendes. Sie konnte sich nicht erinnern, in dem schwammigen Gesicht einzelne Züge voneinander unterschieden zu haben. Allerdings hatte er trotz seiner fehlenden Männlichkeit einen netten Eindruck auf sie gemacht, freundlich und ehrlich. Daran war nichts zu rütteln, wie sie auch jetzt, mit ein paar Tagen Abstand wieder feststellen musste. Von Caspar Ebersberg konnt man das nicht gerade behaupten. Irgendwie haftete ihm etwas extrem Unverbindliches an, das sich nicht nur in seinem schwer einzuordnenden Verhalten ihr gegenüber, sondern auch in seiner Physiognomie äußerte. Oder in seinem Gesichtsausdruck – sie wusste es nicht genau. Auf jeden Fall hatte sie ihn vom ersten Moment an als unaufrichtig empfunden. Und trotzdem hatte sie sich von ihm küssen lassen, war ganz verrückt nach ihm und seinen Berührungen gewesen. Und umso mehr enttäuscht worden, als er sich nach ihrem Techtelmechtel im Irrgarten wochenlang nicht mehr bei ihr gemeldet hatte.

Der Mann neben ihr auf dem Kutschbock war weder schwammig, noch wirkte er verlogen auf sie. Im Gegenteil – je länger sie mit ihm zusammen war, umso näher schien er dem Ideal ihrer Jungmädchenträume zu kommen. Ein Edelmann, ein Kavalier, ein Ritter, der die Frau seines Herzens auf Händen trug. Aber so war Bianconi gar nicht, wies sie sich in Gedanken zurecht, sie hatte in den wenigen Stunden ihrer Bekanntschaft schon oft genug seine spöttische Ader erlebt, seinen Zynismus der Contessa gegenüber. Und auch sie selbst hatte bereits die ein oder andere Spitze zu spüren bekommen. Aber sie war ja auch ein Mann und keine Frau, der er den Hof machte. Ja, das durfte sie nicht vergessen, auf keinen Fall! Sie hatte schließlich ein Ziel vor Augen, das es zu erreichen galt. Und das hieß Höchst. Nichts und niemand durfte sie daran hindern. Auch nicht Bianconi. Selbst wenn sie ihm noch so gern anvertraut hätte, dass sie eine Frau war. Eine verliebte Frau, wie sie sich eingestehen musste.

*F*riederike erwachte, als die Pferde zum Stehen kamen. Verwirrt schlug sie die Augen auf, um sich einen Moment später ruckartig aufzusetzen: O Gott, sie war doch nicht etwa eingeschlafen?

Nicht nur das, wurde ihr klar, als sie einen ziehenden Schmerz im Nacken verspürte und bemerkte, dass ihre Perücke verrutscht war: Nein, zu allem Überfluss musste sie während der Fahrt mit dem Kopf auf Biancanis Schulter gerutscht sein.

»Na, Federico, gut geschlafen?«, grinste der Italiener prompt zu ihr herunter. Er stand neben ihr auf dem Kutschbock und machte sich am Hintergeschirr zu schaffen.

»Ja, ich glaube schon«, erwiderte sie ein wenig verlegen.

»Sie haben im Schlaf gelächelt und vor sich hingeredet. Machen Sie das öfter?«

»Was habe ich?«, rief Friederike erschrocken. »Geredet? Um Himmels willen, was habe ich denn gesagt?«

»Nichts Schlimmes«, beruhigte sie Bianconi. »Nur etwas von Höchst und ...«

»Und?« Ihr schwante Böses.

»Ich glaube, das Wort ›verliebt‹ ist auch zweimal gefallen. Mir scheint, Sie werden in Höchst erwartet ...«

Statt ihm zu antworten, sprang Friederike vom Kutschbock. Sie musste etwas tun, um sich ihre immer größer werdende Verlegenheit nicht anmerken zu lassen. Als sie auf den Roten zutrat, der noch immer am hinteren Ende der Kutsche angebunden war und an den wenigen Grasbüscheln vor seinen Hufen zupfte, wurde sie von einem freudigen Schnauben begrüßt.

Sie hatte nicht bemerkt, dass auch Bianconi um die Kutsche herumgekommen war. In der Hand hielt er ein seltsam anmutendes Werkzeug, mit dem er nun am linken Hinterrad zu schrauben begann. Sie wunderte sich, dass ein Mann seines Standes keine Angst davor hatte, sich die Hände schmutzig zu machen. Ernesto hatte sich ihm zugesellt, und ihrer auf Italienisch geführten Unterhaltung meinte Friederike zu entnehmen, dass es Probleme mit der hinteren Achse gab.

»Was ist denn passiert?«, fragte sie beunruhigt.

»Ach, alles bestens, keine Sorge. Ich hatte bloß das Gefühl, dass mit der Achse etwas nicht stimmt. Aber es hatte sich nur ein Rad gelockert. Wahrscheinlich weil die Wege hier so holperig sind. Da vorne ist übrigens schon Altenburg – ich nehme an, danach werden die Straßen wieder befahrbarer. Spätestens hinter Jena, wenn wir auf die Hohe Straße kommen. Ich denke sowieso, dass es das Beste ist, Sie nehmen ab Weimar nur noch diese Route, lieber Friedrich. So kommen Sie ohne große Umwege und vor allem relativ sicher nach Frankfurt, auch wenn es natürlich keine Garantie gibt, dass nicht doch ein paar Strauchdiebe Ihren Weg kreuzen werden.« Mit einem Achselzucken fügte er hinzu: »Leider werden wir ja dann nicht mehr mit von der Partie sein.«

»Wie lange werden Sie denn in Weimar Station machen, wissen Sie das schon?«, erwiderte Friederike etwas befangen. »Und danach geht's direkt zurück nach Italien?«

»Wenn ich das wüsste ...« Bianconis Gesicht hatte sich verdüstert. »Sie wissen ja, die Contessa ist ein wenig sprunghaft, um nicht zu sagen: kapriziös. Heute so, morgen so. Und je nachdem, wer ihr unterwegs begegnet, werden sowieso wieder alle Pläne über den Haufen geworfen. Vielleicht führt es uns ja auch in Richtung Frankfurt ... Ich nehme an, Ihr Einfluss auf meinen weiteren Verbleib ist nicht zu unterschätzen.«

»Mein Einfluss auf Ihren weiteren Verbleib – wie darf ich das verstehen?«

»Es wird Ihnen doch nicht entgangen sein, dass Sie einen gewissen Eindruck bei der Contessa hinterlassen haben, lieber Friedrich!«

Bianconi stand nun auf der anderen Seite des Roten, dicht an seinem Kopf. In der einen Hand hielt er noch immer den seltsamen Schraubenschlüssel, die andere lag locker auf dem Widerrist des Pferdes. Forschend blickte er sie an.

Wie viel er wohl von den Geschehnissen in der Kutsche mitbekommen hatte, fragte sie sich erschrocken. Selbst wenn er überhaupt keine Ahnung von dem missglückten Verführungsversuch seiner Dienstherrin hatte, so konnte ihm kaum das Verhalten der Contessa am Vorabend in der Rochlitzer Schänke entgangen sein. Oder war das normal gewesen? Friederike verfluchte sich, dass sie so wenig bewandert in diesen Dingen war. Sie hätte sich mehr an Charlotte halten sollen, die immer genau wusste, wie die Reaktionen des anderen Geschlechts zu deuten waren, und auch selbst hemmungslos flirtete, wenn ihr danach zumute war.

»Ich glaube, die Contessa braucht ein wenig Abwechslung«, begann sie zögernd. »So eine lange Reise ist nicht unbedingt ein Vergnügen für eine junge Frau. Vielleicht hofft sie ja auch, dass ich ihr etwas über die Orte erzähle, die auf unserem Weg liegen.«

»Das glauben Sie doch wohl selbst nicht, Friedrich! Sind Sie wirklich so naiv, oder tun Sie nur so? Vor mir brauchen Sie sich jedenfalls nicht zu zieren, ich habe genug von der Welt gesehen«, erwiderte Bianconi fast zornig.

Behände war er unter dem Hals des Pferdes hindurchgetaucht und stand nun unmittelbar vor ihr. Es war ihm anzusehen, dass er sie am liebsten geschüttelt hätte. Doch er hatte die Hände tief in den Taschen seines Redingotes vergraben und wippte mit den Fußspitzen auf und ab. Friederike wich instinktiv einen Schritt zurück.

»Vielleicht«, sagte er lauernd, »gefällt Ihnen die Contessa ja ganz einfach nicht. So eine *rousse naturelle* ist nicht jedermanns Sache, ausladend und überbordend, wie sie ist. Ich nehme an, Ihre kleine Freundin in Höchst ist da ein wenig ... wie soll ich sagen ... vielleicht: ein wenig zurückhaltender ...«

»Nun hören Sie aber auf, Bianconi!«

Friederike hatte der Zorn gepackt. Was bildete sich dieser Kerl eigentlich ein? Irgendwo gab es Grenzen, auch für einen Giovanni Ludovico Bianconi.

»Wenn Sie es genau wissen wollen: Ihre Contessa hat versucht, mich zu verführen. Ziemlich unmissverständlich. In der Kutsche. Während Sie, der Sie ja wohl ganz offensichtlich Ihr

Liebhaber sind oder waren, gerade mal zwei Schritt neben uns her geritten sind. In Venedig oder Versailles mag so etwas vielleicht an der Tagesordnung sein, meinetwegen sogar in Dresden, aber da, wo ich herkomme, da ... da werden Gefühle anders gelebt. Weniger ...« – Friederike suchte nach dem richtigen Wort – »weniger ... fleischlich! Für mich ist Liebe vor allem ein Zustand, der sich auf einer höheren Ebene abspielt. Erst die Seele, dann der Körper. Bei der Contessa habe ich nicht den Eindruck, als wüsste sie überhaupt, dass es so etwas wie Seele gibt. Oder Charakter – nennen Sie es, wie Sie wollen.«

Sie erhob die Stimme, um ihren Worten noch mehr Emphase zu geben: »Und noch eins: Ihretwegen ändere ich meine Reisepläne ganz bestimmt nicht! Wie Sie wissen, will ich nach Höchst. Und zwar so schnell wie möglich!«

Sie wollte sich bücken, um nach Tamerlanos Sattel zu greifen, der vor ihr auf dem Boden lag, aber wie bereits am Abend zuvor in der Rochlitzer Poststation war Bianconi schneller. Mit beiden Händen umfasste er ihre Oberarme und hielt sie auf Armesbreite von sich. Seine Augen funkelten, seine Mundwinkel kräuselten sich in einem Lächeln, für das Friederike nur das Wort »gefährlich« einfiel.

»Friedrich Christian Rütgers, Sie beeindrucken mich! ›Seele‹, ›Charakter‹ – solche Worte dürften sich im Wortschatz der Contessa tatsächlich nicht befinden. Möglicherweise ist das aber auch mein Versagen: Als ihr Sekretär gehört es gewissermaßen mit zu meinen Pflichten, ihr ein wenig Bildung nahezubringen, und sei es nur Herzensbildung. Offenbar fehlt es mir selbst daran, sonst hätte ich bei der Contessa mehr Wert darauf gelegt ... Aber nun verzeihen Sie einem unwissenden Fremden, der Ihre schöne Sprache zwar spricht, aber nicht bis in all ihre Feinheiten versteht: Sie sagten, ›Ihretwegen ändere ich meine Reisepläne ganz bestimmt nicht‹ – wen meinten Sie da: Emilia oder mich?«

Ihre Nasenspitzen berührten sich fast, als sich sein Griff noch ein wenig festigte. Friederike wusste nicht, was sie sagen sollte.

Schweigend starrten sie einander an – bis Bianconi sie so plötzlich losließ, dass sie fast ins Wanken kam. Wortlos drehte er sich auf dem Absatz um und ließ sie stehen.

Am frühen Abend hatten sie endlich die Pleiße erreicht. Friederike, die nach dem merkwürdigen Zerwürfnis mit Bianconi keine Lust mehr auf Konversation gehabt hatte, war allein auf ihrem Wallach vorausgeritten. Marie und Giovanni hatten abwechselnd auf dem Kutschbock und im Inneren des Wagens zugebracht. Einmal, als die Straße breiter wurde, hatte Friederike Tamerlano wie zufällig in eine langsamere Gangart wechseln und die Kutsche an sich vorbeifahren lassen. Durch den Spalt zwischen den beiden Hälften des dunkelroten Samtvorhangs hatte sie versucht, unauffällig durch das Fenster zu spähen. Alles, was sie gesehen hatte, war Giovannis Hinterkopf gewesen. Sein Zopf hatte sich gelöst, die dunklen Locken fielen ihm auf die Schultern. Er hatte seine Jacke ausgezogen, nicht aber sein Hemd, wie Friederike mit einer gewissen Erleichterung festgestellt hatte.

Erst auf der Brücke hatten sie wieder miteinander gesprochen, als der Italiener ausgestiegen war und die Zugpferde über die Holzplanken geführt hatte, unter denen das Wasser schäumte. Ernesto hatte den Tieren vom Kutschbock aus mit seinen seltsamen kehligen Lauten beruhigend zugeredet, während Friederike die Nachhut bildete, rechts und links von sich Giovannis Falben und ihren Roten, die sie fest unterhalb der Kandare gepackt hielt.

Auf der anderen Seite des Ufers angekommen, übergab sie dem Italiener, als wäre nie etwas zwischen ihnen vorgefallen, wie selbstverständlich sein Pferd. Sofort schwang sich dieser in den Sattel und galoppierte mit einem fröhlichen »Kommen Sie, Federico, auf nach Altenburg!« auf die Residenzstadt zu.

Friederike folgte ihm langsam. Sie konnte sich nicht satt sehen, an dem wunderbaren Panorama, das sich vor ihr auftat: das herrschaftliche Schloss auf dem hoch aufragenden Porphyrfelsen, die Wachtürme der Stadtmauer und nicht zuletzt das Wahrzeichen der Stadt, die beiden Backsteintürme des Augustinerklosters.

»Altenburg hat eine sehr wechselvolle Geschichte, wussten Sie das, Federico?«, fragte Bianconi, als sie auf das nördliche Stadttor zuritten.

»Nun, dass Friedrich Barbarossa hier immer wieder einkehrte, dass wusste ich wohl. Und die Geschichte mit dem Prinzenraub kenne ich aus einem Volkslied, das mein Vater mir als kleines ...«

Friederike unterbrach sich hastig. Fast hätte sie sich verraten und »kleines Mädchen« gesagt. »... als kleines Kind immer vorgesungen hat«, brachte sie ihren Satz stockend zu Ende.

Glücklicherweise wurde Bianconi just in dem Moment von einem der Wachmänner abgelenkt, die sich entlang der Stadtmauer postiert hatten, und nach dem Grund und der Dauer ihres Aufenthalts in Altenburg gefragt. Erst als sie auf dem Neuen Markt standen, vor sich die reich verzierte Fassade des Rathauses, wo sie im Ratskeller ihr Abendessen einzunehmen gedachten, kam er wieder auf das Thema zurück.

»So, Ihr Vater hat Ihnen also als kleines Kind immer das Lied vom Prinzenraub vorgesungen? Ich kenne es gar nicht; würden Sie es mir auch vorsingen?«

Friederike nickte stumm. »*Wir wollen ein liedel heben an, was sich hat angesponnen, wies in dem Pleißnerland gar schlecht war bestalt, als sein jungen fürsten geschach groß gewalt ...*«, erklang die Melodie in ihrem Kopf.

Wenn sie jetzt zu singen anfing, wäre definitiv alles zu spät. Sie hatte eine gute Stimme, aber unbestreitbar eine Frauenstimme, einen volltönenden Alt, mit dem sie allerhöchstens als Kastratensänger hätte durchgehen können.

»Aber nicht jetzt«, brachte sie hervor. »Die Contessa ist sicherlich hungrig und möchte den Ratskeller aufsuchen.«

Während sie an einem langen Holztisch zusammen mit einem Altenburger Ehepaar und ihren halbwüchsigen Kindern speisten, entspann sich zwischen Bianconi und dem Familienvater ein angeregtes Gespräch. Der Offizier hatte unter Generalfeldmarschall Friedrich Heinrich von Seckendorff im russisch-österreichischen Türkenkrieg gekämpft und war dann im diplomatischen Dienst gelandet und in dieser Eigenschaft auch bis nach Italien gekommen. Er war ähnlich begeistert von diesem Land seiner Träume, wie er es nannte, wie umgekehrt der Italiener von des Offiziers Heimat, und wieder staunte Friederike über die Kenntnis und das Einfühlungsvermögen Bianconis, wenn die Rede auf das deutsche Volk und das Problem der Vielstaaterei kam. Auch die Contessa beteiligte sich an der Unterhaltung, aber ganz offensichtlich war ihr mehr daran gelegen, bei dem Sohn des Offiziers als bei diesem selbst Eindruck zu schinden.

Der Junge mochte etwa fünfzehn Jahre alt sein und befand sich auf der Schwelle zum Mannsein. Noch war seine Stimme nicht gebrochen, und noch war der Schatten über seiner geschwungenen Oberlippe nicht mehr als ein zarter Flaum. Doch der Betrachter konnte erahnen, wie es in ihm brodelte, vor allem, als die Contessa, die ihm direkt gegenübersaß, wie spielerisch seine Hand nahm und sie an ihren halb geöffneten Mund führte, um ihm »die Kunst des Handkusses *all'italiana*« nahezubringen. Friederike hatte schon öfter gehört, dass in Frankreich und wohl auch in Italien höhergestellte Frauen sich gern mit schönen Knaben umgaben, die sie Schoßhunden gleich verhätschelten und zu reizenden kleinen Kavalieren heranzüchteten. Manchmal eben auch zu mehr, wie sie mutmaßte, und fast verspürte sie einen Stich der Eifersucht, dass die Contessa sich so schnell von »Federicos« Abfuhr erholt zu haben schien.

»Wenn wir heute noch ein Dach über dem Kopf haben wollen, müssen wir jetzt los«, drängte Bianconi plötzlich, der von dem aufreizend lauten Gelächter seiner Dienstherrin aus dem

Gespräch mit dem Offizier gerissen worden war und ihrem Treiben eine Weile mit hochgezogenen Augenbrauen zugesehen hatte. Auch die Eltern des Knaben schienen wenig angetan von dem Verführungsszenario, während die kleine Schwester und auch Friederike dem Schauspiel fasziniert folgten.

Der Abschied von der Altenburger Familie war vergleichsweise kühl, und rasch rollte der Zweispänner mit den beiden Reitern als Vorhut die Kopfsteinpflastergassen entlang in Richtung westliches Stadttor, wo man Bianconi eine ruhige Herberge empfohlen hatte. Dort angekommen, begab sich die Contessa mit Marie im Schlepptau sogleich auf ihr Zimmer, während die anderen drei Reisenden sich noch um die Pferde kümmerten.

Wie zufällig war Bianconi zum selben Zeitpunkt mit dem Putzen und Füttern seines Falben fertig wie Friederike, die Tamerlano noch eine wärmende Decke auf das rotbraune Fell gelegt hatte. Gemeinsam stiegen sie die Treppe zu ihren Zimmern im ersten Stock empor.

»Gute Nacht, Giovanni«, sagte Friederike. Ihre Stimme klang belegt.

»›Giovanni‹ – welch eine Ehre, lieber Federico! Ich glaube, es ist das erste Mal, dass Sie mich beim Vornamen nennen. Darf ich dies als Zeichen Ihrer Wertschätzung betrachten – trotz unserer kleinen Auseinandersetzung von heute Nachmittag?«

Unsicher blickte Friederike ihm ins Gesicht, um schnell wieder den Blick zu senken und auf ihre abgeschabten Stiefelspitzen zu schauen. Warum bloß immer dieser spöttische Unterton? Was hatte sie ihm getan?

Plötzlich schoss ihr ein Gedanke durch den Kopf: Er war doch nicht etwa eifersüchtig auf sie? Zu gern hätte sie gewusst, was die Contessa mit ihm am Nachmittag in der Kutsche angestellt hatte. Ob er Emilia heute Nacht in ihrem Zimmer besuchte? Im Zweifelsfall würde sie es mitbekommen, durch die Wände des alten Fachwerkhauses drang sicher jedes noch so dezente Geräusch.

»Federico, träumen Sie schon? Ich habe Ihnen eine Frage gestellt!«

Mit der rechten Hand hatte er ihr Kinn angehoben, um sie zu zwingen, ihm ihre volle Aufmerksamkeit zu schenken.

Friederike spürte, wie ihr ganzer Körper erstarrte. Genauso hatte Caspar es gemacht, als er sie zum ersten Mal geküsst hatte. Damals war sie jedoch eine Frau gewesen, wenn auch schüchtern und furchtbar verklemmt, aber immerhin hatte sie nach kurzem Zieren zugelassen, dass er sie küsste. Aber jetzt war sie ein Mann, und selbst wenn sie nichts sehnlicher wünschte, als Bianconis Kuss entgegenzunehmen, würde sie sich doch mit Händen und Füßen dagegen sträuben müssen, um die Fassade aufrechtzuerhalten und ihre Pläne nicht zu zerstören.

Heftiger als beabsichtigt schlug sie seine Hand weg.

»Giovanni, Ihr Südländer scheint eine gewisse Vorliebe für ... wie soll ich sagen? ... Handgreiflichkeiten zu haben. In unseren Landen pflegen die Menschen ein wenig mehr Zurückhaltung zu wahren, wie ich Ihnen heute Nachmittag schon erklärte. Und nun gute Nacht – ich denke, auch der morgige Tag wird alles andere als eine Spazierfahrt werden.«

Als sie sich umdrehte, um ihre Zimmertür aufzuschließen, konnte sie einen flüchtigen Blick auf sein Gesicht erhaschen. Es sah aus, als hätte man eine Maske abgezogen: nackt und verletzt.

∽

Der dritte Reisetag Friederikes stand von Anfang an unter keinem guten Stern. Alles begann damit, dass sie verschlafen hatte. Obwohl der Hahn pünktlich bei Sonnenaufgang zu krähen begann, wie es die Herbergsmutter am Vorabend versprochen hatte, wurde sie erst wach, als schwere Schritte durch ihr Zimmer polterten. Der Vorhang vor dem kleinen Fenster wurde aufgerissen, und das helle Morgenlicht blendete sie so sehr, dass sie den Kopf zur Wand drehen musste.

»Es ist acht Uhr, lieber Friedrich, seit gut einer Stunde sind die Pferde angespannt. Sogar die Contessa war heute morgen pünktlich im Frühstückssaal. Ich dachte, Sie wollten unsere kleine Reisegesellschaft noch einen weiteren Tag mit Ihrer werten Anwesenheit beehren.«

Giovannis Stimme klang streng. Beide Hände in die Hüften gestützt, stand er direkt vor ihrem Bett und schaute auf sie herunter.

Friederike wollte sich aufsetzen, um sich zu rechtfertigen, als ihr einfiel, dass sie am Vorabend ihr Brustband abgewickelt hatte und unter dem dünnen Batisthemd nichts weiter trug. Das Band lag zuoberst auf dem Kleiderhaufen, den sie über die Rückenlehne des einzigen Stuhls im Zimmer gelegt hatte. Schnell zog sie sich das Leintuch bis zum Hals. Ihre offenen Haare fielen ihr ins Gesicht.

Giovanni starrte sie an. Fasziniert konnte sie beobachten, wie sich auf seiner Stirn winzige Schweißperlen bildeten. Erst als aus dem Flur die empörte Stimme der Contessa ertönte, die vom Treppenabsatz aus nach ihrem Verbleib fragte, schien er sich zu fassen.

»Wir fahren in zehn Minuten ab. Ihr Pferd ist bereits gesattelt, Sie brauchen sich also nur um sich selbst zu kümmern.« Er griff nach ihrer Perücke, die auf dem Nachttisch lag, und warf sie zu ihr aufs Bett. »Und vergessen Sie die hier nicht! Obwohl ...« – sein maliziöses Lächeln war zurückgekehrt – »Ihre echte Frisur steht Ihnen eigentlich viel besser!«

Mit langen Schritten eilte er zur Tür hinaus.

Friederike war noch nie in ihrem Leben so schnell aus dem Bett und in ihre Kleidung gesprungen. Einen Moment lang hatte sie erwogen, auf das Brustband zu verzichten, das zu wickeln sie Zeit kosten würde, dann aber hatte sie beschlossen, Vorsicht walten zu lassen und kein unnötiges Risiko einzugehen. Im Gegensatz zu Emilia hatte sie zwar keinen besonders großen Busen, aber für einen jungen Mann war er auf jeden Fall immer noch zu üppig.

Als sie endlich vor dem Gasthaus auf die Straße trat, hatte die Contessa bereits ihren angestammten Platz im Wageninneren eingenommen. Giovanni saß auf dem Kutschbock, Ernesto auf dem Falben. Marie stand neben Tamerlano, dessen Zügel sie mit einem Ausdruck der Missbilligung in der Hand hielt.

»Nun, mein lieber Friedrich, Sie haben die Wahl: Wo möchten Sie sitzen? Bei der Contessa hinter dem roten Vorhang, bei mir auf dem engen Kutschbock oder hoch zu Ross? Marie ist so freundlich, Ihnen den Vortritt zu lassen.«

Friederike fühlte sich in der Klemme. Welche Entscheidung sie auch treffen würde, sie wäre auf jeden Fall falsch. Sich auf Tamerlano abzusondern, wäre ein Affront gegenüber ihren »Gastgebern«. Neben der Contessa in der stickigen Kutsche zu sitzen stellte ein nicht zu kalkulierendes Wagnis dar, doch die allergrößte Gefahr schien ihr von Bianconi auszugehen. Er hatte seine Zynikermaske aufgesetzt und wirkte verschlossen und unausgeglichen.

»Ich denke, ich werde Emilia ein wenig Gesellschaft leisten«, sagte sie förmlich und öffnete den Wagenschlag, um in die Kutsche zu klettern.

Die Contessa war unerwartet herzlich und natürlich. Zwar redete sie auch während der nächsten zwei Stunden wieder ohne Punkt und Komma auf Friederike ein, aber dieses Mal erzählte sie von ihrer Heimatstadt Venedig, ein Thema, das Friedrike wenigstens interessierte, sowie den Umständen, wie »*il famoso* Bianconi« in ihre Dienste getreten war. Jedenfalls war ihrer Beziehung, wie auch immer sie geartet war – in diesem Punkt schwieg die Contessa sich zu Friederikes Bedauern konsequent aus –, eine enge Freundschaft mit Emilias Vater vorausgegangen, die jedoch an Giovannis Verhältnis zu ihrer Mutter zerbrochen war. Der junge Medizinstudent war bei dem Duell mit dem viel älteren Conte schwer verwundet worden, aber dies schien nichts im Vergleich zu dem Schaden gewesen zu sein, den Emilias Mutter davongetragen hatte. Sie war kurz nach dem Vorfall nach Wien zu ihrer Familie zurückgekehrt und hatte das kleine Mädchen allein in der Obhut des Vaters zurückgelassen. Wenig später war sie, noch keine dreißig Jahre alt, einem Herzleiden erlegen. Als der Conte vor nunmehr sechs Monaten sein Ende herannahen fühlte, hatte er sich an seinen alten Widersacher erinnert, der ihm zugleich der treueste Freund gewesen war. Mithilfe eines Geheimagenten hatte er seinen Verbleib ausgemacht und ihn an sein Sterbebett bestellt, um ihm seine unverheiratete Tochter anzuvertrauen. So war Giovanni Ludovico Bianconi, der von einem Tag auf den nächsten alles hatte stehen und liegen lassen, Emilias Sekretär geworden, um seine alte Schuld an ihren Eltern zu begleichen.

»Und seit diesem Tag hat er keine Zeile mehr geschrieben, *neanche una parola*«, kicherte die Contessa. »Nur noch für mich.«

»Was hat er denn vorher so getrieben?«, fragte Friederike neugierig.

»*Che ne so io*, wahrscheinlich hat er den ganzen Tag lang kluge Dinge von sich gegeben, ach ja, und ein Journal über Wissenschaftler ediert ... Ich kenne mich mit solchen Sachen nicht so gut aus. Auf jeden Fall hatte er berühmte Freunde im Theater und in der Kirche. Sogar Benedetto XIV, unser *papa*, schätzt ihn sehr. Ich glaube, bevor mein Vater ihn auftrieb, war er auch schon irgendwo hier in der Gegend, *in Baviera, se non mi sbaglio*, wo er eine unglückliche Liebe zu einem jungen Mädchen hatte. Er war ihr Hauslehrer. Aber der Vater wollte keinen *genero cattolico* ...«

Die Contessa setzte eine bekümmerte Miene auf, um Friederike gleich darauf beherzt die Hand aufs Knie zu legen und ihr mit rauchiger Stimme ins Ohr zu flüstern:

»Aber jetzt erzählen Sie von sich, Federico! Ich will alles von Ihnen wissen – *tutto*!«

Friederike wagte es nicht, ihre Hand abzuschütteln, weil sie nicht schon wieder unhöflich erscheinen wollte. Als wäre eine solch vertrauliche Geste unter Fremden völlig normal, begann sie von Meißen zu erzählen. Insbesondere ihre Schilderungen von Georg, die sie so neutral wie möglich zu formulieren trachtete, schienen die Contessa zu interessieren.

»*E così bello come Lei*, Federico? Nein, bestimmt kann Ihr Bruder Ihnen nicht ... wie sagt man? ... das Wasser reichen.«

Sie war ein Stück näher an Friederike herangerutscht und hatte die Hand auf ihrem Bein ein wenig höher wandern lassen. Schließlich legte sie den Kopf auf ihre Schulter und hob erwartungsvoll das Gesicht. Friederike schaute tapfer geradeaus.

»Ach, was für wunderschöne Ohrläppchen Sie haben, Federico!«, schnurrte die Contessa nach einer Weile und begann, erst sanft und dann immer fester an Friederikes linkem Ohr zu knabbern, während sie mit den Fingern ihren Oberschenkel knetete.

»Au! Sie tun mir weh!«, entfuhr es Friederike, nachdem sie sich einen kurzen Moment bemüht hatte, gute Miene zum bösen Spiel zu machen. Sie versuchte sich aus dem Zangengriff der Contessa zu befreien, was aber gar nicht so einfach war, da diese nunmehr ihre halbe Ohrmuschel im Mund hatte und vor lauter Eifer ihren Aufschrei überhört hatte.

»Lassen Sie mich los, Emilia!«, brüllte Friederike nun.

Mit der linken Hand versuchte sie ihre Angreiferin von sich zu schubsen, landete jedoch mitten in deren Dekolleté, was wiederum als zärtlicher Vorstoß aufgefasst wurde. Mit der freien Hand riss die Contessa die Schnürung ihres Korsetts auf. Die andere näherte sich bedrohlich Friederikes Schritt.

In diesem Moment war von draußen ein gewaltiges Rumpeln zu vernehmen, dann ein Knirschen und schließlich ein lautes Krachen. Abrupt kam die Kutsche zum Stehen, sodass die beiden Insassen nach vorn gegen die holzvergitterte Scheibe geschleudert wurden. Pferdegewieher ertönte, dann Giovannis Stimme:

»Contessa, Federico, sind Sie verletzt?«

Er riss die Kutschentür auf. Sein Gesicht hatte einen Ausdruck ernster Besorgnis getragen, doch als er jetzt die halbnackte Contessa gewahrte, pressten sich seine Lippen zu einem schmalen Strich zusammen.

»Na, so schlecht scheint es Ihnen ja nicht zu gehen, meine Herrschaften!«, fauchte er und knallte die Tür wieder zu.

Friederike rappelte sich hoch, um durch die andere Tür ins Freie zu gelangen. Draußen sah sie Ernesto, der bäuchlings unter der Kutsche lag und den Schaden zu begutachten schien. Achsenbruch – so viel verstand sogar sie von Technik.

Da erst entdeckte sie Marie, die ein paar Schritte weiter schluchzend im Gras hockte. Ein großer brauner Fleck zierte ihre Stirn, und unter ihrer Haube quoll Blut hervor. Erschrocken eilte Friederike zu ihr. Doch Giovanni kam ihr zuvor. Mit einem Zartgefühl, dessen sie ihn gar nicht fähig gehalten hatte, nahm er der Zofe die Kopfbedeckung ab und untersuchte ihre Wunde.

»Nur eine kleine Schramme.« Er blickte auf. »Sie ist bei dem plötzlichen Halt über die Reling des Kutschbocks geflogen. Zum Glück haben die Hinterbacken von unserem treuen Gaul hier« – er zeigte mit dem Kinn auf den größeren der beiden Kaltblüter – »den Sturz abgefangen. Sonst hätte es böse ausgehen können.«

Er reichte der Zofe den Arm, um ihr beim Aufstehen behilflich zu sein, und führte sie auf die Kutsche zu, die durch die gebrochene Hinterachse in eine groteske Schieflage geraten war.

»Emilia, venga fuori! Adesso basta con queste sciocchezze! La Marie si è fatta male, ha bisogno del Suo aiuto!«

An seinem harschen Tonfall konnte Friederike erkennen, dass er die junge Frau gemaßregelt hatte. Prompt öffnete sich die Wagentür von innen, und heraus kam eine vollständig bekleidete, allerdings sichtlich erzürnte Contessa.

Wütend herrschte sie Bianconi an, dass sie sich eine solche Behandlung nicht länger gefallen lassen wolle, weder von ihm noch von sonst wem. Ein giftiger Seitenblick streifte Friederike. Von echten Männern würde sie mehr erwarten, und zwar in jeder Hinsicht.

»Nicht mal Kutsche fahren könnt Ihr – *incapaci come siete!*«, brüllte sie. »Den erstbesten Wagen, der vorbeikommt, halte ich an – *questo Ve lo garantisco!* Wenn Ihr denkt, ich harre hier bei diesem Wrack auch nur eine Sekunde länger aus als unbedingt nötig, dann täuscht Ihr Euch aber gewaltig! *E adesso venga, Marie!*«

Sie packte die verdutzte Zofe beim Arm und zog sie mit sich die Straße hinunter. Die beiden Frauen waren schon etwa hundert Schritt vorangekommen, als die Contessa sich noch einmal umdrehte und rief:

»*Ci vediamo a Köstritz, al ›Kranich‹!*«

Und tatsächlich dauerte es keine zwanzig Minuten, bis sich aus der Gegenrichtung eine prächtige Berline mit Vierergespann näherte. Staunend konnten Friederike und die beiden Italiener beobachten, wie Emilia die Karosse anhielt. Nach einem kurzen Wortwechsel mit dem Kutscher sprang dieser vom Bock und öffnete den Seitenschlag. Eine behandschuhte Hand streckte sich von innen der Contessa entgegen, um ihr beim Einsteigen behilflich zu sein. Diese machte ihrer Zofe ein Zeichen, auf der Dienstbotenbank hinter dem Wagenkasten Platz zu nehmen, und leichtfüßig und ohne sich noch einmal nach ihren zurückgebliebenen Weggefährten umzudrehen, bestieg sie die fremde Kutsche. Mit einem aufwändigen Manöver wendete die Berline auf der engen Straße, die von zwei tiefen Gräben gesäumt war, und fuhr in Richtung Köstritz davon.

Nachdem die Contessa sie mit der fahruntüchtigen Karosse zurückgelassen hatte, machte sich sowohl bei Bianconi als auch bei Friederike Erleichterung breit. Er sei, erklärte Bianconi, ohne seine kapriziöse Reisebegleitung weitaus handlungsfähiger und könne eher dafür sorgen, dass die gebrochene Achse zügig repariert oder ausgewechselt werden würde.

Friederike hingegen war einfach nur froh, Emilia vorerst nicht mehr unter die Augen treten zu müssen. Wie hatte sie nur so naiv sein können, ein zweites Mal zu ihr in die Kutsche zu steigen! Sie hätte doch wissen müssen, dass die Contessa so schnell nicht aufgeben und einen zweiten Versuch starten würde, sie zu verführen. Spätestens das Schauspiel mit dem Jüngling in Altenburg hätte ihr bedeuten müssen, dass sie in solchen zwischengeschlechtlichen Dingen kein Halten kannte und einfach nur darauf aus war, ihre Weiblichkeit bestätigt zu wissen und ihre Triebe zu befriedigen. Friederike war zugleich angewidert von dem Verhalten der Venezianerin als auch erschüttert über sich selbst und ihre Unbedarftheit. Ich muss noch viel lernen, dachte sie. Egal, ob ich ein Mann oder eine Frau bin.

Mit Bianconi war sie übereingekommen, dass sie beide auf ihren Pferden nach Köstritz reiten und Hilfe schicken wollten. Ernesto würde bei der Kutsche Wache halten und mit dem reparierten Wagen so schnell wie möglich wieder zu ihnen stoßen. Es war davon auszugehen, dass sich ihre Weiterfahrt durch diesen Zwischenfall um mindestens einen Tag verzögern würde.

Die Sonne hatte ihren höchsten Punkt am Himmel erreicht, als Friederike und Bianconi endlich von der Unfallstelle loskamen. Während der ersten zwei Stunden sprachen sie kaum miteinander – zu sehr hing jeder seinen eigenen Gedanken nach.

Friederike war mittlerweile fest entschlossen, ihre Reise ab Köstritz allein fortzusetzen. Sie konnte es sich nicht erlauben, noch mehr Zeit zu verlieren, zumal nicht davon auszugehen war, dass das Wetter weiterhin so gut mitspielen würde. Normalerweise regnete es um diese Jahreszeit stark oder schneite sogar. Was das für sie und Tamerlano bedeuten würde, wagte sie sich gar nicht erst auszumalen. Und abgesehen von derlei praktischen Überlegungen war da noch die Sache mit der Contessa. Sie hatte keine Lust, sich von dieser hysterischen Nymphomanin weiterhin terrorisieren zu lassen. Es konnte nur schlimmer kommen mit ihr; die Hoffnung, dass sich ihr Verhältnis normalisieren würde, war vollkommen aussichtslos.

Und Giovanni? Sie ließ ihren Blick zu dem Reiter an ihrer Seite wandern. Seine Miene war finster, die Augenbrauen zusammengezogen. Er schaute starr geradeaus; entweder hatte er ihren Versuch, Kontakt aufzunehmen, nicht bemerkt oder ihn absichtlich ignoriert. Es war vielleicht auch besser so. Friederike seufzte. Sie würde diesen Mann so schnell wie möglich vergessen müssen und einfach nie mehr an ihn denken. Er hatte sie berührt wie kein Mensch je zuvor, an einer Stelle in ihrem Herzen – oder irgendwo sonst in ihrem Körper –, deren Existenz sie bis dahin nicht einmal geahnt hatte. Aber selbst wenn sie ihn unter anderen Umständen kennengelernt hätte, als junge heiratswillige Frau aus bürgerlichem Hause: Er war einfach nicht gut für sie! So oder so würde es das Klügste sein, schleunigst Reißaus vor ihm zu nehmen. Wieder kam ihr das Wort »gefährlich« in den Sinn. Die Contessa hatte ihr sicher nur die Hälfte dessen erzählt, was seine Persönlichkeit ausmachte. Er war garantiert mehr als ein einfacher Arzt oder Hauslehrer, wenn er so berühmte Freunde hatte und offensichtlich sogar den Papst persönlich kannte. Friederike wusste über Benedikt XIV nur, dass er ein entschiedener Gegner der Freimaurer war, aber ansonsten als liberaler, aufgeklärter Mann galt, der sich der Unterstützung der Künste und Wissenschaften verschrieben hatte. Ihr Vater schätzte ihn vor allem dafür, dass er zur Gründung einiger ausländischer Akademien beigetragen und zahlreiche Bibliotheken ausgebaut hatte. Auch den Theatern und Universitäten hatte er neue Möglichkeiten verschafft. Vielleicht hatte Giovanni ihm bei der Umsetzung seiner Reformen zur Seite gestanden und ihm als Berater gedient? Was für ein Journal das wohl war, von dem die Contessa geredet hatte? Und warum sprach Giovanni so gut Deutsch? Hatte ihm seine ehemalige Wiener Geliebte, Emilias Mutter, ihre Sprache beigebracht? Oder war er vielleicht sogar selbst ein Geheimagent, der im Dienste des Vatikans stand?

Wieder suchte ihr Blick das Profil ihres Mitreisenden. Doch der war längst ein gutes Stück vorausgeritten. Friederike hatte gar nicht mitbekommen, dass Tamerlano sein Tempo gedrosselt und in einen gemächlichen Schritt gefallen war. Offenbar war das arme Tier erschöpft – was ja auch kein Wunder war, nachdem sie fast zwei Stunden ohne Pause durchgaloppiert waren. Er brauchte dringend eine Pause. Sie nahm sich vor, die erstbeste geeignete Stelle für eine Rast zu nutzen, und trieb den armen Roten ein weiteres Mal zu einer schnelleren Gangart an.

Als sie Bianconi endlich erreicht hatte, tat sich direkt vor ihnen, etwas abseits der Straße, eine kleine Lichtung mit einem schmalen Bach auf. In stillschweigender Übereinkunft lenkten sie die Pferde vom Weg ab und schwangen sich aus den Sätteln. Friederike führte Tamerlano sofort zum Wasser, damit er seinen Durst löschen konnte. Auch sie selbst kniete sich vor dem Bächlein nieder, um mit beiden Händen einen Kelch zu formen und ein paar Schlucke zu trinken und ihr erhitztes Gesicht zu benetzen.

Als sie sich wieder aufrichtete, stieß sie mit dem Kopf gegen einen überhängenden Erlenzweig, der sich in ihrer Perücke verfing. Rasch trat sie zurück, in der Hoffnung, sich durch einen einfachen Ruck aus dem natürlichen Klammergriff befreien zu können. Doch vergebens: Der Zweig schnellte zurück und mit ihm die Perücke, die durch die heftige Ziehbewegung sogar noch ein Stück weiter nach oben katapultiert wurde. Lustig schaukelte sie an einem dünnen Ast etwa eine Elle über ihrem Kopf hin und her.

»Verdammt!«, entfuhr es ihr. Sie stellte sich auf Zehenspitzen, um nach der Perücke zu angeln, doch da war Bianconi bereits mit zwei großen Schritten hinter sie getreten, hatte die Arme rechts und links von ihrem Kopf in die Höhe gereckt, sodass die Spitzenmanschetten seines Hemdes und des darüber getragenen Redingotes seine schlanken Handgelenke freigaben, und pflückte das widerspenstige Haarteil vorsichtig vom Baum.

Langsam ließ er die Arme sinken. Sonst tat er nichts: Weder überreichte er ihr die Perücke, noch rührte er sich von der Stelle. Friederike hielt den Atem an. Fast meinte sie, sein Herz klopfen zu fühlen. Kaum einen Fingerbreit waren ihre Körper mehr voneinander entfernt. Wenn ich mich jetzt umdrehe ..., dachte sie.

Die Zeit schien stillzustehen. Hitze stieg ihr von unten den Körper hinauf. Sie hörte ihn atmen, spürte an ihrem Rücken, wie sein Brustkorb sich hob und senkte. Tamerlano wieherte leise. Friederike sah, wie die Perücke ins Gras fiel, als hätten sich Giovannis Finger einfach geöffnet.

Plötzlich spürte sie seine Hände an ihrem Nacken, die ihren Zopf lösten, dann seine Lippen an ihrem Hals, die sich einen Weg durch das dichte Haar zu ihrer nackten Haut gruben.

»Federica«, murmelte er an ihrem Ohr. »So heißt du doch, oder? Federica – Friederike ...«

Sanft fasste er sie bei den Schultern und drehte sie zu sich herum. Ihre Gesichter waren fast auf einer Höhe. Nun erschreckte sein Blick sie überhaupt nicht mehr. Fast gleichzeitig legten sie die Arme umeinander. Und dann trafen sich ihre Münder, ihre Zungen, ihre Körper, und Friederike schien es, als wäre sie genau dafür geboren: diesen dahergelaufenen Italiener, von dem sie nichts wusste, außer dass er der Sekretär und mutmaßliche Liebhaber einer hemmungslosen venezianischen Adeligen war, diesen unverschämten Charmeur und Zyniker, diesen Giovanni Ludovico Bianconi aus Bologna zu küssen, bis ihr die Sinne schwanden.

»*M*eine liebe Friederike«, hatte Giovanni lachend bemerkt, als sie sich nach einer Ewigkeit voneinander gelöst, ihre Pferde bestiegen und sich erneut auf den Weg gemacht hatten, »das Erste, was ich tun werde, wenn wir unsere Zimmer in Köstritz bezogen haben, ist, dir dein Haar abzuschneiden. So kommst du nie als Mann durch, jedenfalls nicht ohne Perücke! Und wie nachlässig du mit diesem so notwendigen Utensil für deine Männlichkeit umgehst, haben wir ja gesehen, *carissima mia*. Zumindest mir war in dem Moment, als ich dich in der Altenburger Herberge erstmals ohne das Ding auf dem Kopf sah, vollkommen klar, dass du eine Frau bist: Dein wunderschönes Haar hat dich verraten. Ich hatte zwar von Anfang an das Gefühl, das mit diesem Friedrich Christian Rütgers irgendetwas nicht stimmt, aber spätestens ab dem Zeitpunkt wusste ich genau, was mit dir los ist.« Er grinste spitzbübisch. »Was nicht heißt, dass deine Kutschfahrt mit der Contessa mich nicht beunruhigt, um nicht zu sagen: geärgert hätte! Du schienst mir heute Morgen allzu bereitwillig zu ihr in die Karosse gestiegen zu sein – vor allem nach dem, was ganz offensichtlich bereits am Vortag zwischen euch vorgefallen war.«

»Ach ...«

Friederike beschloss, die Naive zu spielen. Sie war zwar noch immer vollkommen erfüllt von der zurückliegenden Stunde der Zärtlichkeit und Leidenschaft und mehr denn je fest davon überzeugt, Giovanni für den Rest ihres Lebens hoffnungslos verfallen zu sein, aber eine solche Gelegenheit, weitere Hinweise zum Verhältnis zwischen ihm und der Contessa zu erhalten, würde sich wahrscheinlich so schnell nicht wieder bieten.

»Zwischen uns vorgefallen? Wir haben uns unterhalten ...«

Giovanni musterte sie mit hochgezogenen Augenbrauen. Sie ritten im Schritt, die Köpfe ihrer Pferde berührten sich beinah.

»Nun, ich kenne die gute Emilia seit einer ganzen Weile – recht intensiv, muss ich sagen. Ich weiß, wie sie ist. Sie kann nicht anders: Sie nimmt sich, was sie haben will. Ohne Rücksicht auf Verluste. Und vor allem ohne Rücksicht auf den Willen desjenigen, den sie besitzen will«, fügte er finster hinzu. »Wenn du nicht aufpasst, wirst du, ehe du dich's versiehst, zu ihrem Sklaven. Sie frisst dich mit Haut und Haaren. Aber du wirst ihr nie genügen. Sie ist immer auf der Suche nach neuem Fleisch, das sie verschlingen kann ...«

Er lachte leise und böse. Dann hellte sich seine Miene wieder auf. Mit der rechten Hand griff er in Tamerlanos Zügel und beugte sich zu ihr herüber. Sein Kuss war so heftig, dass sie fast vom Sattel gerutscht wäre.

»Deshalb gefällst du mir auch so sehr. Du bist anders – rein, unverdorben, naiv. Eine Jungfrau. – Oder?«

Friederike glaubte, etwas Lauerndes in seinem Blick zu entdecken. Da war es wieder, dieses andere Gesicht Giovannis, das dunkle, undurchsichtige, das ihr beinah so etwas wie Furcht einjagte. Von dem sanften, gefühlvollen Liebhaber, den sie unten am Bach kennengelernt hatte, war keine Spur mehr zu erkennen. Sie verspürte nicht die geringste Lust, sich auf ein Gespräch über ihre Jungfernschaft einzulassen, und gab Tamerlano einfach die Sporen.

Eine Stunde ritten sie schweigend nebeneinander her, bis sie zu einem Dorf kamen, in dem es sowohl einen Schmied als auch einen Schreinermeister gab. Bianconi händigte beiden eine ordentliche Handvoll Dukaten aus und nahm ihnen das hochheilige Versprechen ab, Ernesto samt reparierter Kutsche so schnell wie möglich nach Köstritz zu geleiten. Er schien seinem Kutscher gegenüber ein schlechtes Gewissen zu haben, weil er ihn so lange in der Kälte warten ließ. Noch dazu, wo man nie wusste, welchen Unholden man so allein in der freien Wildbahn begegnen konnte.

Es dunkelte bereits, als sie in Köstritz ankamen. Die letzte Meile waren sie an der Weißen Elster entlanggeritten, und hätte Bianconi nicht auch den Fährmann mit ein paar Dukaten bestochen, wäre es ihnen wohl kaum gelungen, ihr Ziel, die Schänke »Zum Güldenen Kranich«, noch an diesem Tag zu erreichen.

Als sie die Pferde versorgt und den Schankraum betreten hatten, begrüßte die Wirtin sie mit einem betretenen Lächeln. Von der Contessa fehlte jede Spur. Die »edle Dame«, wie die Wirtin sich ausdrückte, sei etwa anderthalb Stunden vor ihnen eingetroffen, in Begleitung zweier Herren von Stand, die sie als ihre Begleiter vorgestellt habe. Erst nachdem sie den Herrschaften die Zimmer gezeigt und anschließend ihre Dokumente kontrolliert habe, sei ihr aufgefallen, dass der Name Bianconi nicht dabei gewesen sei. Die Dame und ihr Begleiter seien direkt wieder ausgefahren, sodass sie nun leider keine Möglichkeit habe, das Missverständnis ...

»Was soll das heißen?«, unterbrach Giovanni sie barsch. »Ich lasse Ihnen extra ein Reservierungsschreiben zukommen, und Sie haben kein Zimmer mehr für uns, weil die ›Herren von Stand‹ sich in den uns zugedachten Räumlichkeiten einquartiert haben?«

»Doch, Monsieur«, stammelte die Wirtin, »ich habe durchaus noch ein Zimmer für Sie, aber nur ein einziges. Und das ist sehr klein und liegt direkt unter dem Dach. Es steht leider nur ein Bett darin.«

Giovanni war die Erleichterung deutlich anzusehen. Mit einem kaum merklichen Grinsen wandte er sich an Friederike:

»Lieber Friedrich, wir werden uns dieses Bett wohl teilen müssen. Ich hoffe, das ist auch in Ihrem Sinne und stellt Sie nicht vor unüberwindliche Schwierigkeiten ...«

Friederikes Herzschlag hatte für einen Moment ausgesetzt. Mühsam sammelte sie sich, um mit ruhiger Stimme an die verunsicherte Wirtin gewandt zu erwidern:

»Das ist schon in Ordnung so, gute Frau. Wenn Sie uns etwas zu essen und zu trinken aufs Zimmer bringen könnten und außerdem eine große Schere, wären wir Ihnen sehr verbunden.«

Giovannis Grinsen war bei dem Wort »Schere« noch breiter geworden, während die Wirtin Friederike eilfertig zusicherte, das Gewünschte sofort nach oben zu bringen. Ob sie wüssten, dass Köstritz für sein Schwarzbier berühmt sei, begehrte sie noch zu wissen. Sie wolle ihnen gern zwei Krüge davon bringen.

»Ja, und sagen Sie der Contessa Bescheid, dass wir eingetroffen sind und sie morgen früh im Schankraum erwarten!«, rief Bianconi ihr vom Treppenabsatz noch hinterher, als sie schon halb durch die Küchentür verschwunden war.

Friederike hatte wackelige Knie, während sie hinter dem Italiener die engen Stiegen zum Dachgeschoss hinaufkletterte. Sie wusste nicht, ob die Anstrengungen des zurückliegenden Tages dafür verantwortlich waren oder die Aussicht auf die kommende Nacht. Zumindest würde sie der Contessa für die nächsten zehn, zwölf Stunden nicht begegnen müssen; sicher hatte diese sich mit ihren neuen potenziellen Opfern direkt in die Brauerei begeben, wo zur Freude der Studenten aus dem nahegelegenen Jena das Schwarzbier gleich an Ort und Stelle genossen werden konnte. Was das wohl für Männer waren, die Emilia da so zufällig aufgegabelt hatte? Die Wirtsfrau schien mächtig beeindruckt von den »Herren von Stand« gewesen zu sein. Kein Wunder bei einer solchen Berline! Mit einer Karosse wie dieser wäre ihnen sicher das Malheur mit dem Achsenbruch erspart geblieben. Aber eigentlich konnte es ihr egal sein, wann Ernesto mit der reparierten Kutsche in Köstritz ankommen würde – sie hatte ja ohnehin die Absicht, ihre Reise ab morgen allein fortzusetzen. Nach dem Frühstück würde sie sich ordnungsgemäß von der Contessa – und leider auch von Giovanni – verabschieden und Tamerlano kräftig die Sporen geben, sodass sie es bis zum Abend vielleicht sogar bis Rudolstadt schaffte.

»Eccoci, caro Federico!«

Mit einer einladenden Geste hielt Giovanni ihr die Tür zu der Dachkammer auf. Er ließ sie nicht aus den Augen, während sie den Raum betrat und sich umschaute. Die Wirtin hatte nicht übertrieben: Das Zimmer war wirklich sehr bescheiden. Gerade einmal ein Bett, zwei Stühle und ein einfacher Holztisch passten hinein. Direkt neben der Tür befand sich außerdem ein Toilettentisch mit einer Waschschüssel auf der Marmorplatte. Sogar ein kleiner Spiegel in einem geschnitzten Rahmen war mittels eines verstellbaren Holzarms an dem Waschtisch befestigt. Das schmale Bett erschien ihr selbst für eine Person reichlich schmal.

Sie hatten kaum ihre Redingotes über die Stuhllehnen gehängt und ihre schweren Stiefel ausgezogen, als es auch schon an der Zimmertür klopfte. Draußen stand die Wirtin mit einem Tablett in den Händen, auf dem sich die zwei versprochenen Krüge Schwarzbier sowie zwei Teller mit verschiedenen Wurstsorten und deftigem Bauernbrot befanden. In ihrer linken Schürzentasche steckte eine gewaltige Schere.

»Erst die Arbeit? Oder erst das Vergnügen?«, fragte Giovanni mit einem harmlosen Lächeln, nachdem er die Tür hinter der Wirtin geschlossen hatte.

Friederike war sich nicht ganz sicher, was er unter Arbeit und, vor allem, was er unter Vergnügen verstand, und entschied sich vorsichtshalber dafür, erst einmal eine Stärkung zu sich zu nehmen. Durch das kleine Dachfenster schien hell der Mond. Zwei dicke Kerzen auf Waschkommode und Holztisch beleuchteten ebenfalls das Zimmer. Eine lockere Unterhaltung über die zahlreichen italienischen Künstler, die es in den letzten Jahren nach Dresden verschlagen hatte, entspann sich zwischen ihr und Giovanni, während sie aßen, unterbrochen nur von der Wirtin, die ihnen nach einer halben Stunde unaufgefordert zwei weitere Maß Schwarzbier brachte. Friederike hatte das Gefühl, dass nicht nur sie, sondern auch Giovanni den Moment des Zubettgehens absichtlich hinauszögerte.

»Wollen wir?«, fragte der Italiener schließlich nach einem letzten großen Schluck Bier und schob seinen Stuhl nach hinten.

Friederike wurde blass. Wieder wusste sie nicht, was genau er meinte. Er schafft es immer wieder, mich zu verunsichern!, dachte sie fast wütend. Alles scheint wunderbar harmonisch und fließend, und dann kommt plötzlich eine Bemerkung von ihm, die das Ganze ins Wanken bringt.

Giovanni war hinter sie getreten. Aus den Augenwinkeln hatte sie beobachten können, wie er die große eiserne Schere von der Waschkommode genommen hatte. Sanft nahm er ihr die Perücke ab und öffnete ihren Zopf.

»Zieh deine Weste aus, Friederike«, sagte er scheinbar beiläufig, »sonst hast du nachher überall Haare kleben. Und am besten setzt du dich vor den Waschtisch, dann kannst du besser sehen, was ich mit dir anstelle.«

Friederike gehorchte. Sie fröstelte in ihrem Batisthemd und schlang sich die Arme um die Brust.

»Stillhalten, Friederike!«, ermahnte Giovanni sie. »Wie lang möchten Monsieur sein Haar tragen?«, fragte er dann mit gespieltem Ernst. »Schulterlang?«

»Ich ... ich habe keine Ahnung«, erwiderte sie hilflos. Die ganze Situation überforderte sie. Ihr war noch immer kalt, aber sie bemühte sich, nicht mehr zu zittern und ihrer Nervosität Herr zu werden. »Wie trägt man denn sein Haar als Mann? Ich meine, so wie ... Sie?«

Ihre Blicke trafen sich im Spiegel. Friederike hatte es nicht über sich gebracht, ihn zu duzen. Den ganzen Abend hatte sie es geschafft, diese Klippe zu umschiffen, zu intim erschien ihr das vertraute »Du«.

Giovanni, dem ihre Verrenkungen nicht entgangen waren, hatte sich von ihrer Zurückhaltung nicht abschrecken lassen. Er blieb bei seinem betont formellen Ton:

»Nun, dann werden wir mal, der Herr.«

Er nahm eine Strähne von ihrem Hinterkopf, hielt sie waagerecht in die Luft, und – schnipp – fiel eine Elle dunkler Locken zu Boden. Zügig kürzte er ihr gesamtes Haar auf knappe Schulterlänge, um erst bei den beiden letzten dicken Strähnen vorn an ihren Schläfen innezuhalten. Langsam strich er ihr das Haar hinter die Ohren und drapierte es dann über ihrer Brust. Mit den Händen folgte er der seidigen schwarzen Spur auf dem weißen Stoff.

»Die bleiben dran«, erklärte er ernst. »Zunächst. Ich möchte mit einer Frau schlafen, nicht mit einem Jüngling.«

Friederike nickte stumm. Im Spiegel beobachtete sie, wie seine schlanken gebräunten Finger entlang der Knopfleiste ihres

Hemdes nach unten wanderten. Vorsichtig schob er das aufgeknöpfte Hemd über ihre Schultern. Er lachte leise, als er das unordentlich gewickelte Brustband über ihrem Busen sah.

»Na, keine Zeit gehabt, heute morgen?«, fragte er mit mildem Spott.

Friederike gelang ein Lächeln, doch sie vermochte noch immer keinen Ton herauszubringen. Geschickt wickelte Giovanni das Band ab, bis sie mit nacktem Oberkörper vor dem Spiegel saß.

Auch er sagte kein Wort, sondern schaute sie nur an. Als sich ihre Blicke in dem Kristallglas trafen, konnte sie sehen, wie eine milde Röte ganz allmählich ihren Hals und ihre Wangen überzog. Doch es war ihr nicht mehr peinlich. Gefühle gehörten dazu, dachte sie, er konnte ruhig sehen, was mit ihr passierte.

Sie stand auf und ging um den Stuhl herum. Während Giovanni sie noch immer anstarrte, setzte sie sich aufs Bett, zog ohne jede Eile ihre langen weißen Strümpfe aus und knotete ihren Hosenlatz auf. Vollkommen nackt stand sie schließlich vor ihm. Die beiden langen Haarsträhnen bedeckten ihre Brüste.

Giovanni trat auf sie zu, die Schere noch immer in der Hand.

»Ich habe meine Meinung geändert, *bellissima mia*: Du bist auch ohne dein Haar Frau genug«, sagte er rau. »Ich will dich anschauen können.«

Die beiden Strähnen ringelten sich zu ihren Füßen, als er die Schere endlich auf dem Waschtisch ablegte und mit den Händen über ihre Schultern, Brüste und Hüften glitt. Sein Mund presste sich auf den ihren, während er sie vorsichtig auf das Bett legte und ihren ganzen Körper mit Küssen bedeckte.

Friederike konnte es kaum erwarten, auch seine Haut zu spüren. Sie half ihm, sich ebenfalls zu entkleiden. Die Köpfe in die Hände gestützt und einander gegenüber auf der Seite liegend, jedoch ohne sich zu berühren, betrachteten sie sich gegenseitig. Sie sah seine Brust mit der dichten schwarzen Behaarung, den flachen, muskulösen Bauch und den aufragenden Penis, der sie in seiner Fremdheit im ersten Moment erschreckte.

Giovanni schien ihre Gedanken erraten zu haben. Er nahm ihre Hand und legte sie sanft auf sein Geschlecht.

»Du musst keine Angst haben, Federica. Ich werde auf dich aufpassen. Vertrau mir.«

Mit großen Augen schaute sie ihn an. Sie merkte, wie eine tiefe Ruhe sie überkam. Es war richtig, was sie tat. Auch wenn sie ihn nie mehr wiedersehen würde. Auch wenn er vor ihr mit etlichen anderen Frauen geschlafen hatte und sie noch Jungfrau war.

»Federica, ich weiß, es hört sich in deinen Ohren bestimmt seltsam an, aber ich habe noch nie eine Frau so begehrt wie dich. Ich meine das noch nicht einmal im eigentlichen Sinne des Wortes«, fügte er nach einer kurzen Pause mit einem Lächeln hinzu, »wenngleich ich nichts mehr herbeisehne, als mit dir zu schlafen.« Seine Hand zeichnete die Spalte zwischen ihren Brüsten nach. »Nein, das Begehren, das ich meine, bewegt sich auf einer anderen Ebene. Du kannst es mir glauben oder nicht, aber das, was ich für dich empfinde, unterscheidet sich von dem, was die anderen Frauen in mir ausgelöst haben. Vielleicht ist es Achtung, vielleicht ist es auch Liebe, ich weiß es nicht. Du bist die Erste, die mir ebenbürtig ist, die Erste, bei der ich ahne, dass ich mich so geben kann, wie ich wirklich bin. Du kennst mich nicht, du weißt nicht, was für ein Mensch ich bin, wie viel Schuld ich auf mich geladen habe, und doch scheint das alles keine Rolle für dich zu spielen. Das werde ich dir nie vergessen, Friederike, egal was da kommen, was sich vielleicht auch zwischen uns stellen wird.«

Sein Blick war ernst, als er fortfuhr: »Denk daran, wenn du mein Handeln vielleicht eines Tages nicht begreifen solltest.«

Er legte die Hand auf ihren Nacken und zog sie an sich. Ihre Münder verschmolzen, ihre Arme und Beine umschlangen einander, ihre Körper wurden eins.

*M*itten in der Nacht, es mochte zwischen vier und fünf Uhr sein, wurde Friederike von einem lauten Poltern geweckt. Sie schreckte hoch, musste sich einen Moment lang besinnen, merkte, dass sie nackt war, sah den ebenfalls nackten schlafenden Mann an ihrer Seite, dessen linker Arm über ihrem Bauch lag – und wurde von einem hellen Fackelschein geblendet.

»*Ma che puttana!*«, hörte sie die rauchige Stimme der Contessa rufen. Ihrem Lallen nach zu urteilen, schien sie stark angetrunken zu sein.

Ein dreckiges Männerlachen ertönte, in das eine dritte Stimme einfiel:

»Na, wen haben wir denn da? Noch so ein kleines Früchtchen! Hübsch, hübsch – ja, ich möchte meinen, ganz allerliebst!«

Mit ausgestreckten Armen trat der Mann auf sie zu. Er schwankte leicht, sein Atem roch nach Bier. Friederike schrie auf.

In dem Moment öffnete Giovanni die Augen und sprang nackt, wie er war, aus dem Bett – gerade noch rechtzeitig, um dem Mann einen Stoß gegen die Brust zu versetzen, sodass dieser zu Boden stürzte, und die Contessa abzufangen, die sich mit der Fackel in der Hand auf unsicheren Beinen Friederike näherte.

»Mir hast du vorgespielt, du wärst ein Mann, *impudente*, und mich gedemütigt, wie noch nie jemand in meinem ganzen Leben!«, schrie sie. »Und jetzt besitzt du auch noch die Frechheit, mir meinen Verlobten wegzunehmen! *Sfacciata! Una bestia sei!*«

»Friederike, pack deine Kleider und lauf weg! Zieh dich im Stall an! Reite davon, so schnell du kannst! Bitte, es muss sein, es ist das Beste für uns alle ...«

Giovannis Stimme brach ab. Als Friederike sich nicht von der Stelle rührte, fügte er fast flehend hinzu:

»Glaub mir, ich weiß, was ich sage! Bitte, Federica, geh! Bitte!«

Er hatte einen Arm um die Taille der Contessa geschlungen und versuchte mit der anderen Hand, ihr die Fackel zu entreißen, mit der sie dramatisch herumfuchtelte.

Während Emilias einer Begleiter bei Friederikes Schrei direkt die Flucht ergriffen hatte, noch bevor sie ihn in dem dämmerigen Raum richtig hatte sehen können, kam der andere auf dem Boden zum Sitzen und rieb sich das schmerzende Schienbein, mit dem er bei seinem Sturz gegen die Bettkante gestoßen war. Er war auffallend elegant gekleidet, schon etwas älter und hatte ein gut geschnittenes Gesicht, das weder der zweifellos in Übermaßen genossene Alkohol noch der Schmerz entstellten. Aus zusammengekniffenen Augen stierte er sie an.

Mit zwei großen Schritten sprang Friederike über ihn hinweg, riss ihre Kleider von der Stuhllehne und hastete nach einem letzten Blick auf Giovanni, in dessen Gesicht sie abgrundtiefe Verzweiflung las, in den Treppenflur. Schnell schlüpfte sie in die Ärmel ihres Redingotes, und während sie die Stufen hinab zum Stall eilte, konnte sie noch hören, wie er ihr nachrief:

»Federica, denk an meine Worte von gestern Abend! Ich werde dich finden! Wir sehen uns wieder – das verspreche ich dir!«

Tamerlano wieherte, als er sie kommen sah, und stupste ihr sanft mit der Nase gegen die Schulter. Tränen rannen ihr übers Gesicht, während sie in ihre Kleider fuhr. In der Eile hatte sie sowohl ihre Perücke als auch das Brustband oben im Zimmer vergessen. Egal, sie würde schon etwas anderes finden, um sich den Busen abzuschnüren. Es gab Wichtigeres zu tun. Vor allem musste sie hier weg, bevor die Contessa oder einer ihrer beiden Verehrer sie aufhalten konnten.

Oder der Verlobte der Contessa! Friederike lachte höhnisch auf, als sie den schweren Sattel auf Tamerlanos Rücken warf. Mit einer heftigen Bewegung zog sie den Gurt unter seinem Bauch fest und schob ihm die Trense ins Maul. Hastig zerrte sie den Wallach aus dem Stall.

Draußen lag Schnee. Der Mond stand hoch über der ausgestorbenen Stadt, die von einem dünnen weißen Tuch bedeckt schien. In der kalten Luft gefroren ihr die Tränen auf den

Wangen. Sie trat in den Steigbügel und zog sich hoch aufs Pferd.

Die Kirchturmuhr zeigte wenige Minuten vor fünf, als sie auf die Stadtmauer zuritt. Sie hatte Glück, die Wachposten waren gerade dabei, das Tor zu öffnen. Der Wind pfiff ihr um die Ohren, während sie, ohne sich noch einmal umzuschauen, Köstritz verließ, und verwehte ihre Spuren.

3. KAPITEL

Es war nicht mehr weit bis nach Höchst. Sie würde in einigen Stunden in Hanau ankommen, wo sie noch einmal übernachten wollte. Am nächsten Tag sollte sie es dann bis an ihren Zielort geschafft haben. Das Wetter war grau und unfreundlich, die Temperatur deutlich gesunken – sie war froh, dass die Reise nach über zwei Wochen nun allmählich dem Ende entgegenging.

Aus Köstritz war sie einfach weggelaufen. Aber kaum hatte sie die ersten Meilen zwischen sich und die Stadt gebracht und sich von ihrem Schock halbwegs erholt, hatten die widersprüchlichsten Gefühle sie gepackt. Sie war traurig, weil sie Giovanni hatte verlassen müssen – und das auf eine solche Weise, nachdem die Nacht so wundervoll gewesen war. Sie hatten keine Verabredung treffen können, vielleicht würde sie ihn nie mehr in ihrem Leben wiedersehen. Er hatte es ihr zwar versprochen, aber was hieß das schon? Zugleich verspürte sie Erleichterung, dass sie noch einmal davongekommen war: nicht etwa vor der Contessa und ihren merkwürdigen Freunden, sondern vor ihm, vor Giovanni. So konnte sie ihren Weg fortsetzen und ungehindert ihren großen Plan weiterverfolgen. Sie war nicht sicher, ob sie sich zu einer Trennung hätte durchringen können, wenn sie noch ein paar Tage länger, ja noch ein paar Stunden länger mit dem Italiener verbracht hätte. Aber wie hätte sie ihn weiter begleiten können? Was hätte die Contessa dazu gesagt? Und hätte Giovanni das überhaupt gewollt?

Sie gab ihrem Pferd die Sporen. Ein eisiger Wind blies ihr ins Gesicht. Raureif lag auf den Feldern und den Baumwipfeln. Tamerlano prustete, als er in einen leichten Galopp fiel. Auch er schien es plötzlich eilig zu haben und endlich ans Ziel kommen zu wollen. Erneut schweiften ihre Gedanken zurück zu Giovanni, während die Bäume und Sträucher rechts und links am Wegesrand an ihr vorbeiflogen. Kurz hinter Köstritz hatte sie sich zum ersten Mal gefragt, warum seine Stimme so panisch geklungen hatte, als er ihr zu fliehen befahl. Natürlich war die Contessa unberechenbar, das hatte sie in den allerersten Minuten ihrer Bekanntschaft schon festgestellt. Aber Giovanni war schließlich ihr Vormund und konnte damit über sie bestimmen – was hätte also schon passieren sollen? Mit Emilias Trinkkumpanen wären sie ja wohl noch fertig geworden.

Wieder und wieder hatte sie die letzten Minuten in dem engen Zimmer im »Güldenen Kranich« Revue passieren lassen, bis sie irgendwann zu der Überzeugung gelangt war, dass wohl auch Giovanni nur den Wunsch verspürt haben konnte, sie so schnell wie möglich loszuwerden. Wahrscheinlich hatte er – so wie sie – instinktiv gewusst, dass eine Trennung, je länger sie beieinander blieben, umso schwieriger für sie beide würde. Konnte das sein? Es war dieser Gedanke gewesen, der sie davon abgehalten hatte, ihr Pferd zu wenden und kurz entschlossen nach Köstritz zurückzureiten.

Die Weiterreise war ruhig verlaufen, auch wenn das Wetter die meiste Zeit über eher unangenehm gewesen war. Einmal hatte es mehrere Tage am Stück so stark geregnet, dass sie beschlossen hatte, sich eine Unterbrechung zu gönnen. Sie hatte bei einer alten Bäuerin gewohnt, die allein auf ihrem kleinen Hof lebte. Es hatte tagelang nur Kohleintopf und Brotsuppe gegeben. Sie war meistens hungrig gewesen. Die Bäuerin hatte gefunden, dass ein kräftiger junger Mann ruhig ein wenig Holz hacken könne. Friederike, die sich auf diese Weise das Geld für Kost und Logis sparte, hatte das Holz in einem Schuppen gehackt und in der Küche vor dem Feuer aufgestapelt, damit es trocknen konnte. Von der ungewohnten Arbeit hatten ihr schon nach kurzer

Zeit höllisch die Arme geschmerzt, und sie hatte oft eine Pause einlegen müssen. Abends zur Dämmerung war sie gemeinsam mit der Alten in den Wald gegangen, um Holz zu stehlen, das sie dann am nächsten Tag zerkleinern sollte. Die Bäuerin hatte Angst gehabt, ein Förster des Grafen, dem der Wald gehörte, könnte sie erwischen, aber zur Erleichterung auch Friederikes, die noch immer befürchtete, dass ihre falsche Identität entlarvt würde, war alles gut gegangen. Geschlafen hatte sie im Stall im Stroh, zusammen mit zwei mageren Kühen und Tamerlano, der die verdiente Erholung nach der langen Reise sichtlich genoss. Sie hatte endlich auch ihre Kleider waschen können und sie zum Trocknen vors Feuer gehängt. Der Geruch nach Rauch war freilich nicht mehr weggegangen.

Als sie sich nach einer guten Woche am ersten halbwegs sonnigen Morgen wieder auf den Weg machen wollte, hatte der Rotfuchs ihr jedoch einen Strich durch die Rechnung gemacht. Jedes Mal, wenn sie versucht hatte, ihm den Sattel aufzulegen, hatte er sich so lange geschüttelt und mit den Hinterbeinen ausgeschlagen, bis der schwere Ledersattel ihm wieder vom Rücken geglitten war. Auch das Zaumzeug hatte er sich nicht anlegen lassen. Tamerlano hatte einfach nicht mehr hinaus in die Kälte und den zu erwartenden Regen gewollt. Fast einen halben Tag hatte sie verloren, bis sie ihn endlich dazu gebracht hatte, sie nicht kurz vor Schluss noch im Stich zu lassen. Das stundenlange Zureden hatte sie fast mehr Kraft gekostet als der anstrengende Ritt einige Tage zuvor, aber irgendwie konnte sie dem armen Gaul auch nicht verdenken, dass er den warmen, gemütlichen Stall der feuchten Kälte draußen vorzog. Die Wege waren von dem ewigen Regen ganz aufgeweicht, und noch schlimmer sah es in den Wäldern und auf den Äckern aus. Zum Glück fror es mittlerweile nachts, sodass der Boden zumindest nach Einbruch der Dunkelheit etwas weniger schlammig war. Allerdings war es dafür auch schon so frisch, dass sie kaum wusste, wie sie ihre klammen Finger und Füße vor dem Erfrieren bewahren sollte.

In Eisenach war sie schließlich auf die alte Handelsstraße gestoßen, die schon die Römer benutzt hatten – ganz wie Giovanni es ihr empfohlen hatte. In einer Schenke hatte sie die Bekanntschaft eines Schauspielertrupps gemacht, der mit mehreren Kutschen und Fuhrwagen von Gotha nach Fulda zum nächsten Engagement unterwegs war. Die Theaterleute hatten sie schon nach wenigen Minuten nachdrücklich aufgefordert, sich ihrem Tross anzuschließen, was Friederike spontan und dankbar angenommen hatte. Ihr Vater hatte ihr schon, als sie noch ein kleines Mädchen war, immer wieder begeistert von der Neuberin erzählt, die in Leipzig eine Bühne gegründet und später auch mehrfach in Dresden gastiert hatte, sodass sie allem, was mit Theater zu tun hatte, grundsätzlich erst einmal Sympathie entgegenbrachte. Sie war froh, in den Wanderkomödianten eine lustige und vor allem unauffällige Begleitung gefunden zu haben – einmal mehr, weil sie dem bevorstehenden Grenzübertritt von Thüringen nach Hessen-Kassel doch mit einigem Bangen entgegenblickte. Aber die Zöllner hatten nur einen gelangweilten Blick auf ihr Reisedokument geworfen und die übliche Gebühr verlangt. Dafür wurden die Schauspieler und ihr Gepäck umso gründlicher durchsucht, weil ihre Papiere offenbar überhaupt nicht den Erfordernissen entsprachen. Sie hatten ihre ganzen Habseligkeiten inklusive aller Kostüme und Kulissen abladen und auspacken müssen. Und das bei einem nicht enden wollenden Nieselregen.

Als sie ihren Reisegefährten abends beim Kaminfeuer in einem heruntergekommenen kleinen Gasthof in den westlichen Ausläufern der Rhön beiläufig erzählte, dass sie Porzellanmaler und nach Höchst unterwegs sei, war der Direktor der Wanderbühne, ein untersetzter Mittfünfziger mit einem gewaltigen schwarz gefärbten Schnurrbart, in einen wahren Begeisterungssturm ausgebrochen.

»Aber das ist ja wunderbar, Verehrtester, wenn Sie Maler sind, dann können Sie uns doch ein paar Bühnenbilder malen!«, hatte Ernesto Montezuma lauthals gerufen und ihr schwer auf die Schulter geklopft. »Wissen Sie, unser Theatermeister ist uns abhanden gekommen – ja, er ist einfach in Gotha geblieben, hat eine hübsche junge Frau kennengelernt und uns, die wir doch eigentlich seine Familie sind, einfach fallen lassen wie eine heiße Kartoffel, der Schuft! Und jetzt haben wir keinen mehr, der uns die Staffage malt. Wissen Sie, wir spielen eine Komödie, ein ganz neues Stück aus Italien – Sie kennen doch Italien, nicht wahr, mein Lieber: *amore, amore* ...« – sein Augenzwinkern und die ausladende Geste, mit der er einen überdimensionierten weiblichen Oberkörper in die Luft malte, irritierten Friederike einen Augenblick – »in einer Übersetzung von mir selbst übrigens, Goldoni heißt der Schreiber dieses Stückes, ein brillanter Kopf, aber da brauchen wir doch ein Bühnenbild, nicht wahr, Herr Friedrich – ich darf Sie doch so nennen, wo Sie ja unsere Rettung sind – *fantastico*, ich bin begeistert. Ein Geschenk des Himmels dieser junge Mann, stimmt's, meine Freunde?«

Um Zustimmung heischend blickte er in die Runde. Die anderen Komödianten, ein bunt zusammengewürfelter Haufen aus Männern, Frauen und Kindern lachten, klatschten in die Hände oder redeten in verschiedenen Sprachen alle durcheinander auf Friederike ein. Darüber, dass Ernesto Montezuma kein echter Italiener war, hatten sie auch seine rollenden »r« und sein exzentrisches Gehabe nicht hinwegtäuschen können, sie hielt ihn eher für einen Schweizer, aber eine der Frauen, eine nicht mehr ganz junge, freilich noch immer sehr ansehnliche, stolze Blondine mit verhangenem Blick und einem mindestens zwei Jahre alten Kleinkind am Busen, das immer wieder gierig nach ihrer geröteten Brustwarze schnappte, erinnerte sie doch sehr an die Contessa.

Nicht zuletzt aus diesem Grund hatte sie den ganzen Abend, der im Übrigen sehr vergnüglich und feuchtfröhlich verlaufen war, immer wieder versucht, den unerwünschten und zeitraubenden Auftrag abzuwehren, doch als sie am nächsten Morgen früh in den Schankraum hinunterkam, standen schon mehrere große Pappen, Pinsel und Farben bereit, bewacht vom langen Gustav, dem die Rolle des Hanswursts auch im wahren Leben wie auf den Leib geschneidert schien. Friederike hatte sich geschlagen gegeben und nicht nur eine traumhafte Venedigkulisse mit zahlreichen Kanälen und Gondolieri, sondern auf Montezumas inständiges Flehen hin ebenfalls einen griechischen Hintergrund für eine noch von ihm zu verfassende Tragödie gemalt: einen Tempel mit dorischen Säulen, Berge, das Meer mit kleinen Inseln, bärtige Männer in Toga und Sandalen, Frauen mit fließenden weißen Gewändern. Beide Bühnenbilder waren dafür, dass sie eigentlich nur die kleine Form beherrschte und noch dazu keinerlei Vorlage zur Verfügung gehabt hatte, erstaunlich gut geworden, und unter heftigem Applaus der restlichen Truppe hatte der Prinzipal ihr schließlich zum Abschied einen Taler in die Hand gedrückt – ihr erstes selbst verdientes Geld.

☉

Sie war noch nicht sehr weit gekommen, als sie vor einem heftigen Hagelschauer eine ganze Weile Unterschlupf in einer Felshöhle in einem kleinen Wäldchen hatte suchen müssen. Die Gegend war zunehmend flacher geworden, und Tamerlano, der nicht mehr bergauf und bergab laufen musste, hatte seine alte Munterkeit wiedergefunden und schritt zügig aus. Bereits kurz hinter Gelnhausen war ihr die letzte Reisekutsche begegnet, und selbst die ortsansässigen Bauern und Jäger schienen die einsame Straße eher zu meiden.

Doch Friederike verspürte keine Angst, sie war ja nicht allein. Wenigstens nicht im Geiste. Wieder einmal wanderten ihre Gedanken zu Giovanni, zu ihren Gesprächen und zu der plötzlichen Leidenschaft, die der Italiener in ihr geweckt hatte. Sie war sich nicht sicher, was er wirklich für sie bedeutet hatte. Auf jeden Fall hatte er eine starke körperliche Anziehung auf sie ausgeübt. Sie hätte nie vermutet, dass jemals ein Mann in der Lage sein würde, ihr eine solche Hingabe zu entlocken. Sie hatte sich in Gefühlsdingen selbst immer eher als nüchtern eingeschätzt, erst recht in sexueller Hinsicht – obwohl sie natürlich nie genau gewusst hatte, was sie sich darunter vorstellen sollte. Wenn Charlotte ihr nicht eines Tages kichernd etwas von der »Vereinigung von Mann und Weib« erzählt hätte, als die beiden zufällig Zeuginnen wurden, wie ein Straßenköter eine Hündin begattet hatte, und Caspars Kuss im Irrgarten ihr nicht eine Ahnung davon vermittelt hätte, was die Berührungen eines Mannes in ihr auszulösen vermochten, hätte sie sich Giovanni gegenüber noch unbedarfter angestellt. Aber offenbar war sie für die Liebe geboren – wie sonst wäre zu erklären, dass sie sich letztlich kaum damenhafter als die Contessa benommen hatte? Von wegen »Seele geht über Körper!«

Friederike lachte leise, als sie an die flammende Rede zurückdachte, die sie Giovanni nach Emilias erotischer Attacke in der Kutsche gehalten hatte. Schade, dass er jetzt nicht hier war – er hätte sicher Sinn für diese Art von Humor gehabt.

Sie schreckte aus ihren Gedanken auf: Tamerlano hatte die Ohren angelegt und tänzelte, statt weiter zügig auszuschreiten, mit einem Mal auf der Stelle herum. Sie hörte ein Rascheln im Unterholz, dann ein Knacken. Plötzlich sprangen zwei Männer aus dem Gebüsch. Der eine stürzte zielstrebig auf das Pferd zu, um es an der Trense zu packen, während der andere sich im Hintergrund hielt, jedoch eine schwere Eisenpistole auf sie richtete.

»Steigen Sie sofort ab!«, befahl er mit leiser Stimme, in der ein drohender Unterton mitschwang.

Sein Dialekt klang so fremd, dass sie nicht sicher war, ob sie ihn überhaupt richtig verstanden hatte. Doch seine Miene ließ keinen Zweifel an seinen Absichten aufkommen. Der Mann hatte eine Narbe über dem rechten Auge und war in schmutzige Lumpen gekleidet. Seine Haare waren struppig und verfilzt.

Sie wollte schreien, aber es kam kein Ton aus ihrer Kehle. Im ersten Moment war sie vor Schreck wie gelähmt. Dann begann ihr Körper zu zittern, sodass sie befürchten musste, vom Pferd zu fallen, zumal Tamerlano ebenfalls wie Espenlaub zitterte. Todesangst überkam sie, während sie verzweifelt versuchte, das Pferd mit den Hacken anzutreiben und gleichzeitig seinen Kopf aus der Umklammerung des zweiten Mannes zu befreien, indem sie hektisch an den Zügeln riss.

»Steig sofort ab!«

Der Wegelagerer mit der Narbe im Gesicht war nun ebenfalls zu ihr vorgetreten und packte sie am Arm, um sie vom Pferd zu zerren, während der andere noch immer Tamerlanos Trense umklammert hielt. Er grinste hämisch, als er plötzlich ebenfalls eine Pistole hervorzog und mit der Waffe vor ihrer Nase herumfuchtelte.

Auf einmal gab es einen lauten Knall.

»Du Idiot!«, schrie der Narbige seinen Kompagnon an.

Das war das Letzte, was Friederike von den beiden Männern hörte, bevor Tamerlano mit einem heftigen Ruck den Kopf nach oben warf und sich vor Schreck auf die Hinterbeine stellte.

Sie hatte ihren Sturz kaum mitbekommen. Sie merkte nur, dass sie auf einmal am Boden lag und völlig benommen war. Der Geruch nach Schießpulver hing in der Luft. Sie versuchte aufzustehen, aber schaffte es lediglich, sich so weit aufzurichten, dass sie auf allen vieren hockte.

Ihr ganzer Körper schmerzte. Ob der Schuss sie getroffen hatte? Mit der Hand tastete sie über ihre rechte Hüfte, die ihr besonders wehtat. Kein Blut, nur ein wenig Matsch, erkannte sie. Aber was war mit den beiden Männern?

Trotz ihrer Schmerzen und der noch immer währenden Todesangst bemerkte sie, dass nicht allein der Schuss die beiden Räuber aufgescheucht haben konnte. Im fliegenden Galopp kam ein Reiter aus der Richtung auf sie zugeritten, in die sie unterwegs gewesen war.

Wieder wurde ihr schwarz vor Augen, diesmal, weil die Schmerzen sie überwältigten. Ihr ganzer Körper brannte. Sie konnte sich noch immer nicht aufrichten. Als sie stöhnend die Augen öffnete, sah sie, dass der fremde Reiter eine Pistole in der Hand hielt. Er war jetzt nur noch wenige Schritt von ihnen entfernt und rief etwas, das sie nicht verstehen konnte.

Doch offenbar hatten seine Worte die beabsichtigte Wirkung: Nachdem sie vergeblich versucht hatten, Tamerlano mit sich ins Unterholz zu zerren, der jedoch nach allen Seiten ausgeschlagen und die Zähne gebleckt hatte, nahmen die Männer fluchend Reißaus.

Noch im Trab war der Reiter von seinem Pferd abgesprungen, um sich zu ihr hinunterzubeugen.

»Sind Sie verletzt? Haben Sie sich etwas gebrochen?«

Er hatte ihr zwar das Leben gerettet und noch dazu eine angenehme Stimme, aber seine Fragen lösten lediglich ein unwirsches Knurren bei Friederike aus. Woher sollte sie das denn wissen? Woran merkte man, dass man verletzt war, wenn einem alles wehtat und man den Eindruck hatte, nicht mehr von dieser Welt zu sein? Wahrscheinlich hatte sie sich nicht nur »etwas«, sondern alles gebrochen.

Kraftlos ließ sie sich zur Seite fallen. Sie schaffte es gerade noch, den Fremden einer kurzen Musterung zu unterziehen, dann fühlte sie, wie die Ohnmacht sie erneut zu überwältigen drohte.

Der Mann hatte offenbar eingesehen, dass von ihr in diesem Zustand keine vernünftige Antwort zu erwarten war.

»Wir müssen hier weg«, sagte er bestimmt, »und zwar sofort! Egal, wie verletzt Sie sind, Sie müssen aufs Pferd steigen! Die beiden können jeden Augenblick zurückkommen, wenn sie sehen, dass ich allein bin. Los, stehen Sie auf!«

Seine warme Stimme beruhigte sie ein wenig. Bereitwillig ließ sie sich von ihm unter den Achseln packen und vorsichtig auf beide Beine stellen.

»Geht's? Kommen Sie, legen Sie mir die Arme um den Nacken, damit ich Sie besser tragen kann.«

Friederike nickte stumm. Sie tat alles, was man ihr sagte. Sie hatte keinen eigenen Willen mehr.

Ihr Retter trug sie mühelos zu Tamerlano, der ein paar Schritt vom Unfallort entfernt auf sie wartete und leise schnaubte. Seine Pistole hielt der Mann noch immer in der Hand. Er stellte Friederike behutsam neben dem Pferd ab und hielt sie dabei fest umfasst. Dann schob er ihren linken Fuß in den Steigbügel und hievte sie auf Tamerlanos Rücken. Immer wieder warf er prüfende Blicke in alle Richtungen.

Als sie schließlich wie ein nasser Sack im Sattel saß, machte der Reiter einige Schritte in den Wald, um zu überprüfen, ob die Räuber wirklich verschwunden waren. Erst dann bestieg er sein eigenes Pferd, nahm Tamerlanos Zügel in die Linke, und langsam brachen sie in die Richtung auf, aus der er gekommen war.

Die ganze Zeit, während sie durch den Wald ritten, hatte ihr Retter sich immer wieder nervös umgeblickt, das war Friederike, die sich in ihrer Benommenheit nur mühsam auf dem Rücken des Rotfuchses halten konnte, immerhin aufgefallen. Sie hatte auch registriert, dass sich die Landschaft um sie herum verändert hatte und städtischer geworden war.

Ein paar Worte miteinander gewechselt hatten der Fremde und sie erst in dem Moment wieder, als sie vor einem Gasthof anhielten. Mehrere Leute kamen herbeigeeilt, um ihr vom Pferd zu helfen und sie eine steile dunkle Treppe hinauf in ein kleines Zimmerchen zu tragen, wo sie ermattet aufs Bett niedersank.

»Sollen wir einen Wundarzt holen?«, fragte eine weibliche Stimme besorgt, die einer älteren Frau zu gehören schien.

»Nicht nötig«, antwortete Friederike in einem letzten Akt der Selbstbeherrschung. »Ich muss mich nur etwas ausruhen, dann wird es schon wieder gehen«, fügte sie noch hinzu.

Sie war nicht so benebelt, zu vergessen, dass ein Arzt ihr wahrscheinlich sofort auf die Schliche gekommen wäre und ihre Kostümierung durchschaut hätte. Anscheinend klang ihre Stimme einigermaßen normal und sahen auch ihre Verletzungen nicht so gravierend aus, wie sie sich anfühlten, sonst hätte die alte Frau sich sicher nicht so schnell abwimmeln lassen.

»Dann lassen wir Sie jetzt allein«, erklang in dem Moment die Stimme des fremden Reiters. »Ich bin unten in der Gaststube, falls Sie mich brauchen«, waren die letzten Worte, die sie hörte, bevor die Erschöpfung sie übermannte.

Ein Klopfen an der Tür weckte sie. Um sie herum war alles stockdunkel. Sie wusste weder, wo sie sich befand, noch wie lange sie geschlafen hatte.

»Herein«, krächzte sie mit belegter Stimme. Allmählich wurde die Erinnerung an den Überfall und auch an ihre wundersame Rettung wieder in ihr wach. Ja, sie befand sich in einem Gasthaus, ein Fremder hatte sie vor zwei Wegelagerern gerettet und hierhergebracht.

Eine Frau, wohl die Wirtin, kam mit einer Kerze und einem Tablett schlurfend ins Zimmer herein. Die mit Leberflecken übersäte Hand, mit der sie die Kerze auf dem Nachttisch abstellte, zitterte ein wenig.

»Ihr Freund hat mich gebeten, nach Ihnen zu sehen und Ihnen ein Glas Wasser und gepökeltes Fleisch mit Brot zu bringen. Er hat uns erzählt, was passiert ist, und redet jetzt unten mit dem Gendarmen. Leider passiert so was häufig hier in der Gegend. Wie fühlen Sie sich?«

Sie hatte mit merkwürdig schleppender Stimme gesprochen und erinnerte Friederike an die böse Hexe aus den alten Märchen, die ihre Großmutter ihr früher immer erzählt hatte. Fast meinte sie, einen schwarzen Raben auf der Schulter der Alten zu sehen.

Doch einen noch größeren Schreck als ihre Erscheinung jagte Friederike das Wort »Gendarm« ein. Zwei Wochen lang hatte sie es geschafft, ihre wahre Identität zu verbergen und bis über die Grenze zu kommen, nur noch wenige Tagesritte dürften sie von ihrem Zielort trennen. Das alles wollte sie auf gar keinen Fall aufs Spiel setzen, indem sie mit irgendeinem Gendarmen sprach, der ihr nur neugierige Fragen stellen würde. Schlagartig war aller Nebel aus ihrem Kopf verschwunden. Sie fühlte sich auch nicht mehr unter Schock. Nur die Schmerzen waren noch da, und selbst ohne bisher einen Schritt aus dem Bett getan zu haben, wusste sie mit ernüchternder Sicherheit, dass ihr linkes Knie steif war.

»Ich fühle mich nicht besonders gut«, murmelte sie, um Zeit zu gewinnen. Sie durfte auf keinen Fall den Eindruck vermitteln, sie sei in der Lage, den Wachtmeister in ihrem Zimmer zu empfangen oder gar aufzustehen und zu ihm nach unten zu gehen.

»Aber lassen Sie ruhig das Tablett und die Kerze hier. Ich werde versuchen, etwas zu essen.«

»Sollen wir nicht doch lieber den Doktor holen, junger Herr?«

»Nein, nein, bitte machen Sie sich keine Umstände, das wird schon wieder.«

»Ich lasse vorsichtshalber die Tür angelehnt. Rufen Sie, wenn Sie noch etwas brauchen!«

Kaum war die Alte den ersten Treppenabsatz hinuntergepoltert, stürzte Friederike sich auf das Essen und das Wasser. Sie hatte einen Bärenhunger und, auch nachdem sie das Glas Wasser hinuntergekippt hatte, riesigen Durst. Wie gern wäre sie jetzt nach unten in die Gaststube gegangen! Sie sehnte sich nach Menschen und hätte außerdem gern ihren Retter näher in Augenschein genommen.

Vorsichtig erhob sie sich aus dem Bett, um zu überprüfen, ob ihr Körper noch funktionierte. Selbst bei dem schwachen Kerzenlicht konnte sie erkennen, dass sich auf ihren Gliedern ein Bluterguss an den anderen reihte. In den nächsten Tagen würden wahrscheinlich lauter blaue Flecken daraus werden. Sie hatte mehrere große Schürfwunden, die brannten, wenn man sie berührte. Aber vor allem ihr linkes Knie fühlte sich überhaupt nicht gut an. Es war riskant, keinen Arzt zu holen. Die aufgeschürften Stellen konnten sich entzünden, und was aus dem Knie werden mochte, wollte sie sich gar nicht erst ausmalen. Behutsam auftretend tat sie ein paar Schritte im Zimmer. Sie konnte immerhin laufen, wenn auch unter Schmerzen und nicht gerade leichtfüßig.

Sie beschloss, erst einmal abzuwarten, und legte sich wieder ins Bett. Der Schlaf hatte sie fast schon wieder eingeholt, als ihr einfiel, dass auch ihr Retter eine gewisse Gefahr für sie darstellte. Zumal er sicher das Recht für sich beanspruchte, mehr über sie zu erfahren, nachdem er sein Leben eingesetzt hatte, um das ihre zu retten …

Aber sie war zu schwach, ihre Gedanken weiterzuspinnen, und wachte erst wieder auf, als sie das scharrende Geräusch von Stuhlbeinen vernahm, die über einen Holzboden gezogen wurden.

»Ich sehe, Sie haben alles gegessen – das ist gut!«, sagte eine Stimme dicht an ihrem Ohr.

Friederike öffnete die Augen. Neben ihrem Bett saß der unbekannte Reiter und blickte ihr interessiert ins Gesicht.

»Ich … ich muss mich bei Ihnen bedanken«, brachte sie stotternd hervor. »Sie haben mir das Leben gerettet.«

»Möglicherweise, aber wahrscheinlich wollten die Männer Sie nur ausrauben«, wiegelte er ab.

Er schien sich mit seiner Tat nicht brüsten zu wollen. Oder er hielt das, was er getan hatte, für nichts Besonderes, überlegte Friederike, als er die Frage nachschob, vor der sie sich die ganze Zeit gefürchtet hatte:

»Aber eins müssen Sie mir verraten: Warum um Himmels willen sind Sie allein und unbewaffnet auf einer solchen Straße unterwegs gewesen?«

Seine Stimme klang fast ein wenig ungehalten. Er hatte seinen Stuhl ein Stück zurückgeschoben, die Beine ausgestreckt und die Arme vor der Brust verschränkt.

Friederike musterte ihn verstohlen. Im Schein der Kerze sah er einige Jahre älter aus als sie, wenngleich seine hoch gewachsene, eher schlaksige Gestalt ihm etwas Jungenhaftes verlieh. Das dunkelblonde Haar war hinten am Kopf mit einem Lederband zusammengehalten. Sein Gesicht war eher sympathisch als gut aussehend zu nennen, und dem Klang seiner Stimme nach musste er aus der Gegend von Frankfurt stammen. Das Einzige, was sie irritierte, war seine merkwürdige Art, ihr nicht direkt in die Augen zu sehen, wenn er mit ihr sprach. Es wirkte aber nicht verschlagen, sondern eher scheu. Als hätte er einen leichten Tick.

»Und?«

Sie wurde aus ihren Betrachtungen gerissen.

»Was, ›und‹?«, fragte sie schärfer als beabsichtigt zurück. »Sagen Sie mir lieber erst mal, was mit meinem Pferd ist!«

Der Mann schob seinen Stuhl zurück und stand auf. Er war einfach, aber elegant gekleidet und begann langsam, seinen Degen abzuschnallen.

»Was soll mit Ihrem Pferd sein? Es steht im Stall und hat zu fressen und zu trinken bekommen. Es geht ihm besser als Ihnen, denke ich.« Er nestelte noch immer an seinem Portepee herum. »Sie schulden mir noch eine Antwort«, fuhr er fort. »Warum waren Sie allein und unbewaffnet in diesem Wald unterwegs?«

Dieses Mal bohrte sich sein Blick direkt in ihre Augen.

»Meine Waffen sind mir gestohlen worden«, erwiderte sie ausweichend. Sie wusste selbst, dass ihre Worte nicht sonderlich überzeugend klangen.

»Und wie ist das passiert?«, hakte er prompt nach.

Er hatte ihr den Rücken zugedreht und seinen Degen auf dem kleinen Tischchen mit dem Tablett abgelegt, auf dem auch schon seine Pistole lag.

»In einem Gasthof. Während ich geschlafen habe.«

»Aber Ihr Geld haben Sie noch?« Er wandte den Kopf zu ihr um.

»Das hatte ich besser versteckt.«

Sie fand es anstrengend zu lügen, jeden Moment konnte sie einen Fehler machen.

»Aber warum reisen Sie allein? Das ist immer gefährlich! Gerade hier in der Gegend sind zur Zeit mehrere Räuberbanden unterwegs. Von hier bis Fulda ist es am schlimmsten. Wir haben noch Glück gehabt, diese beiden Männer waren offenbar Anfänger. Haben Sie die Galgen gesehen, als wir nach Hanau reinkamen? Die Polizei lässt die Leichen, von denen, die sie erwischt hat, absichtlich hängen, um die anderen Räuber abzuschrecken. Trotzdem werden es nicht weniger.«

Friederike war viel zu benommen gewesen, um die Galgen am Ortseingang zu bemerken. Immerhin wusste sie jetzt, dass sie sich in Hanau befand. Sie nahm sich vor, nach ihrer Ankunft in Höchst gleich Schießen und Fechten zu lernen. Als Mann konnte sie problemlos Unterricht nehmen, man würde sich höchstens wundern, dass sie diese Fähigkeiten nicht schon früher erworben hatte. Sie wollte nie wieder in eine Situation kommen, in der sie sich nicht verteidigen konnte. Das Messer in ihrem Stiefel: lächerlich! Selbst wenn sie in dem Moment des Überfalls mehr Geistesgegenwart besessen hätte, wäre sie gar nicht an ihren Stiefel herangekommen. Und dann hätte sie nicht gewusst, wie sie das Messer hätte benutzen sollen. Der Gebrauch von Waffen musste geübt werden, sonst war man im Notfall nicht in der Lage, sie einzusetzen. Das war ihr jetzt klar. Das nächste Mal würde sie sich besser verteidigen können, schwor sie sich.

»Es war mein Reisekamerad, der mir die Waffen gestohlen hat«, log sie weiter.

Sie hatte ein schlechtes Gewissen, weil sie nicht gern die Unwahrheit sagte und diesem Mann, dem sie instinktiv vertraute, lieber erzählt hätte, was wirklich passiert war. Aber irgendetwas hielt sie davon ab. Sie spürte, dass er ihr sowieso nicht glaubte.

»Und Sie?«, ging sie nun zum Gegenangriff über. »Warum sind Sie allein unterwegs?«

»Ich reise nur eine kurze Strecke allein. Für mich ist das nicht so gefährlich«, antwortete er in einer Weise, die keine weiteren Fragen zuließ.

»Ich habe mich noch gar nicht vorgestellt«, sagte Friederike nach einem kurzen, unbehaglichen Schweigen und streckte die rechte Hand aus dem Bett. »Friedrich Christian Rütgers. Ich bin Porzellanmaler und auf dem Weg nach Höchst am Main.«

Ihr Retter war mit seinen langen Beinen in einem großen Schritt ans Bett getreten und hatte ihre Hand ergriffen. Wieder schaute er an ihr vorbei, als er sich vorstellte:

»Sehr erfreut! Richard Hollweg ist mein Name.«

Was hat er bloß zu verbergen, dass er mir nicht ins Gesicht schaut?, überlegte Friederike. Auch war ihr das kurze Zögern nicht entgangen, als er ihr seinen Namen genannt hatte.

»Warum sind Sie in die Richtung zurückgeritten, aus der Sie gekommen sind?«, fragte sie schließlich.

»Na, um Sie zu begleiten natürlich! Allein hätten Sie das nicht geschafft!« Hollweg – falls das sein wirklicher Name war – zeigte eine erstaunte Miene.

»Und wohin sind Sie unterwegs?«

Jemand anderen ins Kreuzverhör zu nehmen gefiel ihr besser, als sich selbst Lügen ausdenken zu müssen.

»Nach Norden«, sagte er vage und begann gemächlich, seine Stiefel auszuziehen.

Erst in dem Moment wurde ihr klar, dass sie schon wieder die Nacht mit einem fremden Mann in einem Bett würde verbringen müssen. Das erste und bisher einzige Mal war in Köstritz mit Giovanni gewesen. Sie schluckte. Ganz ruhig bleiben, ermahnte sie sich, es war völlig normal, dass mehrere Reisende sich ein Zimmer teilten, außerdem waren sie ja beide Männer. Fieberhaft ging sie im Geiste die Möglichkeiten durch, wie sie doch noch aus dieser Situation herauskommen könnte. Aber es wollte ihr partout keine einleuchtende Begründung einfallen, mit der sie jetzt noch ein eigenes Zimmer hätte verlangen können. Ein solches Ansinnen würde nur zu weiteren Fragen führen, die sie auf jeden Fall vermeiden wollte. Abgesehen davon würde Richard Hollweg sie beschützen können, falls in der Nacht jemand in den Raum einbrechen sollte. Sie mochte seine ruhige und kompetente Art, die Dinge zu regeln, ohne irgendetwas zu dramatisieren. Alles schien ihm leicht von der Hand zu gehen. Und auch, dass er nicht weiter in sie gedrungen war, obwohl er ihr ihre Geschichte ganz offensichtlich nicht abgenommen hatte – so wie sie ihm ja ebenfalls nicht geglaubt hatte –, gefiel ihr.

Friederike, die am äußeren Bettrand lag, Rücken an Rücken mit dem bloß mit einem Hemd bekleideten Hollweg, hatte längst die Kerze ausgeblasen, als sie beschloss, das Schweigen zu brechen. Sie wusste, dass ihr Bettnachbar genauso wenig schlief wie sie.

»Würden Sie einen Brief von mir mitnehmen und ihn nördlich von Kassel aufgeben?«

Beinah gleichzeitig hatten sie die Köpfe einander zugewandt. Selbst im Dunkeln konnte sie sein Profil erkennen.

»Nördlich von Kassel?«, fragte er verwirrt.

»Ja – natürlich nur, falls Sie überhaupt vorhaben, so weit nach Norden vorzudringen. Es müsste nördlich von Kassel sein. Besser noch wäre Braunschweig, Hannover, Magdeburg, Hamburg oder Berlin – wohin immer Sie unterwegs sind.«

»Kein Problem, geben Sie mir den Brief«, erwiderte er, ohne weitere Fragen zu stellen.

»Ich muss ihn allerdings erst noch schreiben ...«

Ihre Stimme hatte kleinlauter geklungen als beabsichtigt. Sie konnte sich vorstellen, dass Richard Hollweg nach der durch sie verursachten Verzögerung seine Reise am nächsten Morgen so schnell wie möglich fortsetzen wollte. Was sie vorhatte, war, endlich ihren Eltern zu schreiben, damit sie sich keine unnötigen Sorgen mehr um sie machten. Aber um zu vermeiden, dass sie Rückschlüsse auf ihren Aufenthaltsort hätten ziehen können, brauchte sie unbedingt einen Boten, der den Brief irgendwo anders aufgab – idealerweise einen, der so verschwiegen war wie Hollweg. Schon seit Beginn ihrer Flucht plagte sie sich mit einem schlechten Gewissen gegenüber ihren Eltern herum. Trotz allem, was vorgefallen war: Sie hatten es nicht verdient, sich ihretwegen weiter grämen zu müssen, abgesehen davon, dass ihre Sehnsucht nach ihnen schon längst der Verärgerung über die Heiratspläne Platz gemacht hatte.

»Sie können sich denken, dass ich es ziemlich eilig habe, um die heute verlorene Zeit aufzuholen«, hörte sie es prompt neben sich aus der Dunkelheit tönen. »Schreiben Sie ihn gleich morgen früh. Während ich mein Pferd sattle.«

Der Gedanke, dass sich Hollwegs und ihre Wege so bald schon wieder trennen würden und sie nicht einmal seinen richtigen Namen kannte, betrübte sie ein wenig. Doch ihr Stolz erlaubte es nicht, ihrer Neugier freien Lauf zu lassen. Wenn er ihr seine wahre Identität hätte enthüllen wollen, dann hätte er es getan.

»Kikeriki!«, drang es durch das offene Fenster. Kurz darauf war Hufgetrappel zu vernehmen, als ritte jemand in höchster Eile vom Hof.

Friederike fuhr hoch: War das etwa Richard Hollweg, hatte er nicht auf sie gewartet? Noch immer war es stockdunkel, man konnte kaum die Hand vor Augen sehen. Erschöpft ließ sie sich zurück aufs Kissen fallen. Sie hatte die ganze Nacht kaum geschlafen. Immer wieder war sie schweißgebadet aufgewacht – die Erlebnisse der letzten 48 Stunden waren einfach zu überwältigend gewesen, im guten wie im schlechten Sinne, um sie eine geruhsame Nacht verbringen zu lassen.

Das gleichmäßige Atmen dicht neben ihrem Kopf beruhigte sie: Hollweg schlief noch, tief und fest. Sie zog die Decke über ihre Schultern. Es war kalt, der eisige Wind pfiff durch das Fenster. Etwas Haariges streifte ihr Gesicht. Sie schreckte zurück. Doch dann hätte sie beinah laut aufgelacht: Über der Decke lag

Richard Hollwegs warmer Mantel mit dem breiten Pelzkragen, den er, während sie schon schlief, über ihr ausgebreitet haben musste. Begleitet von dem Gefühl, dass gut für sie gesorgt wurde, versank sie endlich in einen traumlosen Schlaf.

Als wieder ein Hahn krähte und aus der Ferne das Läuten der Kirchenglocken erklang, konnte sie spüren, wie Richard Hollweg vorsichtig über ihren ausgestreckten Körper kletterte, um aus dem Bett zu gelangen. Sie fühlte sie sein Gewicht auf sich lasten, als er für einen Moment die Balance verlor, stellte sich aber schlafend, während sie lauschte, wie er seine Kleidungsstücke zusammensuchte und leise den Raum verließ.

Es war schon hell, als die Zimmertür sich öffnete.

»Rütgers, sind Sie wach? Wenn Sie wollen, dass ich Ihren Brief mitnehme, müssen Sie ihn jetzt sofort schreiben. Ich breche in spätestens einer halben Stunde auf. Gefrühstückt habe ich schon.«

Ohne sie eines Blickes zu würdigen, trat er zu dem Tischchen, auf dem seine Waffen lagen.

Friederike richtete sich auf. An der Tür stand die alte Zimmerwirtin. Um ihren Hals war ein dicker Wollschal geschlungen, im Mundwinkel hatte sie eine qualmende Pfeife hängen. Wortlos reichte sie ihr ein Tablett mit Papier, Tinte und Feder.

»Soll ich Ihnen das Frühstück vorbereiten, Monsieur?«, krächzte sie, als sie den Raum schon fast wieder verlassen hatte. »Fühlen Sie sich besser? Dann können Sie ja auch nach unten in die Stube kommen ...«

»Bringen Sie mir bitte das Frühstück aufs Zimmer«, beeilte sich Friederike zu erwidern. »Ich ziehe es vor, noch einen Tag im Bett zu bleiben.«

Sie hatte das Gefühl, überhaupt nie wieder aufstehen zu können: Alle ihre Glieder schmerzten, am meisten ihr Knie.

Umständlich stopfte sie sich das Kopfkissen in den Rücken und warf in großen Schwüngen ein paar Zeilen an ihre Eltern aufs Papier. Dann faltete sie das Blatt zusammen, schrieb die

Meißener Adresse darauf und ließ ein wenig Kerzenwachs auf die Ränder tröpfeln, um den Brief zu versiegeln.

Hollweg hatte die ganze Zeit wortlos aus dem Fenster gestarrt. Erst auf ihr »Ich bin so weit« hatte er sich zu ihr umgedreht und den Brief entgegengenommen.

»Auf Wiedersehen, Herr Rütgers« – er betonte ihren Namen auf merkwürdige Weise –, »seien Sie vorsichtig in Zukunft! Sie sollten besser die Postkutsche oder das Schiff nehmen, um wohlbehalten und gesund nach Höchst zu kommen. Glauben Sie mir, das ist sicherer!«

Er hatte ihr keine Zeit gelassen zu reagieren, sondern war geradewegs aus dem Zimmer gestürmt.

Unter großer Anstrengung hatte sie sich aus dem Bett gequält und war ans Fenster gehumpelt, um ihm nachzusehen. Er war schon halb aus der Toreinfahrt hinausgeritten, als er sich im Sattel umdrehte und zu ihrem Fenster hinaufblickte. War das ein Lächeln auf seinen Lippen? Oder bildete sie sich das nur ein?

Mit einem kräftigen Tritt in die Flanken setzte Richard Hollweg seinen Rappen in einen leichten Galopp. Eine Staubwolke war das Letzte, was sie von ihm sah.

○

Erst am nächsten Tag um die Mittagszeit fühlte Friederike sich so weit wiederhergestellt, dass sie es wagte, ihre Dachkammer zu verlassen. Fast zwei Tage hatte sie in diesem Zimmer verbracht – und entweder an Giovanni gedacht oder über den geheimnisvollen Richard Hollweg gegrübelt. Sie konnte sich keinen Reim auf sein seltsames Verhalten machen. Was ihn wohl umtrieb? Wohin er wohl tatsächlich unterwegs war? Ob er den Brief an ihre Eltern auch aufgab? Aber eigentlich hatte er einen zuverlässigen Eindruck auf sie gemacht, trotz seines Versteckspiels.

Auf der steilen Treppe konnte sie kaum etwas sehen, so düster war es um sie herum. Wegen ihres steifen Knies brauchte sie

Ewigkeiten, bis sie unten angekommen war. Die niedrige Decke der Gaststube wurde von dunklen Balken getragen. Im Kamin, an dessen Sims ein paar Kräuterbüschel zum Trocknen hingen, knisterte ein Feuer. Hinter der Theke stand die Wirtin und mischte aus mehreren Krügen ein Gebräu zusammen, das einen intensiven Geruch verströmte. Eine abgehärmte Magd saß an einem Spinnrad mit dem Rücken zum Feuer.

»Ich bringe Ihnen erst mal einen schönen heißen Wein!«, begrüßte die alte Frau Friederike. Sie schien ehrlich erfreut, sie zu sehen.

Friederike nickte dankbar und nahm an dem Holztisch Platz, der dem Feuer am nächsten war. Ihr steifes Bein streckte sie weit von sich.

Gerade als sie die Wirtin nach der besten Verbindung Richtung Höchst fragen wollte, flog die Tür auf. Drei Handwerksburschen betraten laut polternd die Gaststube. Weiße Schneeflocken zierten ihre schwarzen Schlapphüte und Umhänge.

Die Wirtin eilte den Neuankömmlingen entgegen, um ihnen die nassen Kleidungsstücke abzunehmen.

»Setzen Sie sich ans Feuer, meine Herren! Herr Rütgers wird sicher gern ein Stückchen aufrücken ...«

Auffordernd blickte sie Friederike an, die pflichtschuldig ihre breitbeinige Haltung aufgab.

»Friedrich Christian Rütgers«, stellte sie sich vor, nachdem die Männer es sich polternd an ihrem Tisch bequem gemacht hatten. »Ich bin Porzellanmaler und unterwegs nach Höchst.«

»Na, da werden Sie aber nicht so schnell hinkommen, fürchte ich. Bei den Schneemassen da draußen ...«, brummte der älteste der drei Gesellen. Er hatte ein auffallend stumpfes Gesicht und nur noch wenige Haare auf dem Kopf.

»Ach, Wilhelm, was unkst du da wieder rum?«, erwiderte sein Kollege, den Friederike schon wegen seiner Statur für den Anführer des Trios hielt. Er hatte als Erster den Schankraum betreten und war gleich auf den besten Platz zugesteuert.

»Michael Aubach mein Name«, sagte er nun an sie gewandt. »Und das sind Johann Müller und Wilhelm Ostler. Wir sind Schreinergesellen auf Wanderschaft. Wir sind heute von Frankfurt hierhergelaufen und wollen weiter nach Fulda, dort wird zur Zeit viel gebaut. Da braucht man immer Schreiner. Aber jetzt hat uns das Wetter einen Strich durch die Rechnung gemacht. Sieht ganz so aus, als müssten wir heute hier übernachten.«

Die Wirtin brachte nun auch den Handwerkern heißen Gewürzwein. Alle drei hatten sie vor Kälte gerötete Gesichter und blaue Hände. Leichter Dampf stieg von ihrer Kleidung auf.

»Wir sollten hier gar nicht erst lange rumsitzen«, sagte der Ältere, der Wilhelm hieß, zu seinen Freunden. »Gehen wir besser gleich zur Gesellenherberge und melden uns dort an. Nachher ist der Schnee so hoch, dass gar nichts mehr geht.«

Seine Kumpane waren offenbar anderer Meinung.

»Erst mal warm werden! Wird schon nicht so schlimm sein mit dem Schnee, das bisschen Pulver, was da runterkommt ...«

Der riesige Michael gähnte ausgiebig.

Johann, der Jüngste in der Runde, sah den übereifrigen Wilhelm empört an.

»Wwwwir sind sssseit vier Uhr heute ffffrüh gelaufen. Bei Ddddunkelheit sind wir los. In dem Wwwwetter. Ddddu spinnst wohl! Ddddie werden uns ja nicht gleich mit der Ppppolizei oder der Zzzzunft kommen, nur weil wir eine Ppppause machen.«

Sein Stottern war so stark, dass Friederike sich gefragt hatte, ob er jemals am Ende seiner langen Rede ankommen würde. Für die besonders schwierigen Buchstaben hatte er mehrere Anläufe gebraucht, bis sie aus seinem Mund herausstießen. Sein glattes Kindergesicht war vor Anstrengung noch röter geworden als ohnehin schon.

»Sind die bei euch in der Zunft auch so streng?«, fragte Michael Friederike und räkelte sich entspannt. Sein schmutzigweißes Hemd war aus der Hose gerutscht und gab den Blick auf seinen behaarten Bauch frei. Gierig nahm er noch einen Schluck heißen Gewürzwein.

»Wir haben gar keine Zunft.«

Die Handwerker starrten sie an.

»Keine Zunft?«

»Nein, mein Vater ist Drucker, der hat mit seiner Zunft ständig zu tun. Aber wir Porzellanmaler sind nicht organisiert.«

Sie hoffte inständig, dass sie sich nicht irrte. Gab es womöglich doch eine Zunft, von der sie nur noch nie gehört hatte, die ihr aber, sobald sie in Höchst ankam, Scherereien machen würde?

»Ich wünschte, das wäre bei uns auch so!«, rief Michael begeistert. »Keine Zunft! Das wär was. Die mischen sich in alles ein, schreiben einem alles vor!«

»Für uns als Meistersöhne hat die Zunft nur gute Seiten«, widersprach Wilhelm ihm streng. »Und sie kümmern sich auch um uns, während wir auf Wanderschaft sind.«

»Darauf könnte ich gut verzichten«, lachte Michael. Er schien den Einwurf seines Freundes nicht sehr ernst zu nehmen.

»Und wo würden wir dann wohnen?« Wilhelm drehte sich zu Friederike um. »Solange wir unterwegs sind, können wir in den Gesellenunterkünften leben. Dort vermittelt man uns auch Arbeit.«

»Arbeit?«, hakte sie nach. »Wer gibt euch Arbeit?«

Je nachdem wie das Wetter sich entwickeln würde, müsste wohl auch sie sich früher oder später mit dem Gedanken anfreunden, in Hanau nach Arbeit zu suchen, dämmerte es ihr.

»Ach, Arbeit zu finden ist kein Problem. Für uns gibt es immer was zu tun!« Wilhelm strahlte sie an. »Falls wir hier wirklich im Schnee stecken bleiben sollten, gehen wir eben einfach zum Hackl Ferdi. Das ist unser alter Schreinermeister, der wohnt seit ein paar Jahren in Hanau. Ich habe gehört, er hat den Auftrag, das Palais von einem Tuchhändler drüben in der Neustadt zu renovieren. Derivaux oder so ähnlich heißt der Mann. Der schmeißt scheinbar einfach seinen ganzen alten Krempel raus und lässt sich vom Ferdi neue Möbel machen!« Missbilligend schüttelte er den Kopf. »So eine Verschwendung!«

»Neu-Stadt, neu-reich ... Ddddie Leute haben eben einfach zu vvvviel Geld!«, trumpfte der kleine Johann auf.

Friederike dachte an ihre Mutter: Sie wäre auch zu so etwas in der Lage ... Sie schüttelte den Kopf. Nein, was sie jetzt viel mehr beschäftigen sollte als ihre verwöhnte Mutter, war die Frage, welchem der beiden Schreinergesellen sie in Sachen Witterung eher Glauben schenken sollte, Wilhelm oder Michael. Wenn es wirklich so schlimm war, wie Wilhelm angedeutet hatte, würde sie in der Tat nicht so schnell nach Höchst weiterreisen können wie geplant.

Michael, der vergeblich versucht hatte, mit der Magd zu schäkern und ihrer Unterhaltung nur mit halbem Ohr zugehört hatte, hob sein Glas.

»Lasst uns anstoßen auf die Familie Derivaux! Danken wir ihnen, dass sie uns hier in Hanau überwintern lassen, Freunde!«

»Vielleicht brauchen die auch noch einen Maler?«, fragte Friederike hoffnungsvoll. »Ich kann auch große Flächen gestalten, Wandmalerei und so, habe ich alles schon gemacht.«

Friederike glaubte nicht wirklich an diese Möglichkeit, aber fragen konnte man ja mal. Sicher war sicher.

Die Magd blickte endlich von ihrem Spinnrad hoch.

»Sie sind doch Porzellanmaler, oder nicht? Probieren Sie's mal drüben in der Fayencemanufaktur! Die suchen auch Leute, habe ich gehört. Die Herrschaften, für die mein Bruder als Kutscher arbeitet, wollten ein Service bestellen, und man hat ihnen gesagt, im Moment könnten sie keine neuen Aufträge annehmen, weil sie zu wenig Maler hätten.«

Ein Stein fiel Friederike vom Herzen, am liebsten wäre sie der Überbringerin dieser wunderbaren Nachricht vor aller Augen um den Hals gefallen. Mit etwas Glück und Geschick würde also auch sie in Hanau bleiben können, ohne verhungern zu müssen. Obwohl: Fayence war natürlich das Allerletzte. Ein grobes, unmodernes Material. Nicht zu vergleichen mit Porzellan, dem »weißen Gold«.

Überschwänglich bedankte sie sich bei der Magd für den Hinweis und ließ sich von ihr auch noch den Weg zur Manufaktur beschreiben und den Namen des Direktors nennen. Henrich van Alphen sei Flame, erfuhr sie, aber seine Familie lebe schon seit über hundertfünfzig Jahren in Hanau.

Die Wirtin kam mit dem Weinkrug an ihren Tisch, um die Becher nachzufüllen. Friederike merkte, dass ihr der Alkohol allmählich zu Kopf stieg. Eine wohlige Wärme hatte sich in ihr ausgebreitet. Sie wollte nicht vom Tisch aufstehen müssen. Sie wollte ewig mit ihren neuen Freunden in der Schänke herumsitzen, Wein trinken und sich warm und sicher fühlen. Warum nur war sie so dumm gewesen, mitten im Winter allein auf einem Pferd eine so weite, gefährliche Reise anzutreten?

»Die Postkutsche ist im Schnee stecken geblieben«, wechselte Michael das Thema. Seine Stimme klang belustigt. »Mitten auf der Strecke zwischen Dörnigheim und Kesselstadt. Die feinen Herrschaften mussten in ihren Schläppchen durch Tiefschnee stapfen.«

Er sprang auf und machte, spitze Schreie ausstoßend, ein paar tänzelnde Schritte um den Tisch. Nicht schlecht, schmunzelte Friederike. Ihre Mutter oder Charlotte würden sich wahrscheinlich genau so verhalten, wenn sie in eine solche Situation gerieten.

»Wir haben versucht, die Kutsche aus der Schneeverwehung rauszuschieben, aber da war nichts zu machen«, fügte Wilhelm hinzu.

»Das sieht nicht gut aus für Sie, Herr Rütgers!«, rief die Wirtin Friederike zu. Sie hatte ihre Pfeife aus dem Mund genommen, weil offenbar sogar sie selbst einsehen musste, dass es sich damit nicht gut sprechen ließ. »Und ob der arme Hollweg weit kommt, frage ich mich auch ...«

Sensationslust und ernste Besorgnis spiegelten sich auf ihrer Miene, als sie den Handwerkern von dem Überfall auf Friederike zu erzählen begann. Die Männer schienen aufrichtig beeindruckt.

»Mensch, Friedrich!«, grölte Michael und klopfte ihr auf den Rücken, dass sie zusammenzuckte. »Da hast du ja ganz schön was mitgemacht!«

Mit großen Schlucken trank er sein Glas aus und machte der Wirtin ein Zeichen, dass sie ihm nachschenken sollte.

Wilhelm rutschte jetzt unruhig auf der Bank hin und her.

»Wir sollten aufbrechen. Wir sind verpflichtet, uns sofort bei Ankunft zu melden.«

»Ach, vergiss es, Wilhelm!«, murmelte Michael und nahm einen weiteren großen Schluck aus seinem Glas.

Johann lächelte nur selig vor sich hin und machte ebenfalls keine Anstalten aufzustehen.

»In der Nähe von Straßburg sind wir auch mal überfallen worden«, tönte Michael nun. »Aber das ging nicht so glimpflich aus. Einer aus unserer Gruppe war den Räubern zu frech. Und zack – haben sie ihn erschlagen.«

Der kalte Luftschwall, der durch die geöffnete Tür kam, als ein neuer Gast die Stube betrat, brachte Friederike wieder zur Besinnung.

»Wo ist denn die Poststation?«, wandte sie sich an die Wirtin. »Ich möchte nachfragen, ob morgen wieder eine Kutsche fährt. Vielleicht hört es ja heute Nacht auf zu schneien.«

»Da müssen Sie in die Neustadt rüber.« Während sie Friederike den Weg erklärte, nahm die alte Frau dem Neuankömmling den Mantel ab und wies ihm einen Tisch zu. »Sie gehen erst nach links, dann nach rechts. Dann überqueren Sie den Rathausplatz und laufen geradeaus weiter. Wenn Sie bei der Stadtmauer sind, gehen Sie vor zum Tor, und schon sind Sie in der Neustadt.«

»Vielleicht sollte ich eine Portechaise nehmen?«, überlegte Friederike laut.

Für einen Moment fühlte sie lauter erstaunte Blicke auf sich ruhen. Dann brach die versammelte Mannschaft in schallendes Gelächter aus. Sogar die längst wieder in ihre Arbeit vertiefte Magd sah belustigt von ihrem Spinnrad auf. Wieder sprang Michael aus der Bank und tänzelte, mit dem Hintern wackelnd, in der Stube herum.

»*Oui*, Monsieur, eine Chaise für den feinen Herrn!«, rief er geziert.

Ein bisschen wie Georg, grinste Friederike. Sie hatte lange nicht mehr an ihn gedacht, fiel ihr auf.

Die Wirtin wischte sich eine Lachträne aus dem Auge. Mit einem Satz war Michael neben ihr, klatschte ihr fest auf den Hintern und säuselte:

»Kommen Mademoiselle mit in meine Chaise?«

»Das reicht, Michael! Wir brechen jetzt auf«, meinte Wilhelm bestimmt und zog Johann mit hoch.

»Friedrich, du musst für uns zahlen! Wir haben noch kein Geld umgetauscht. Mit unseren Frankfurter Talern kommen wir hier nicht weiter«, dröhnte Michael.

»Heute Abend sind wir wieder hier, dann laden wir dich auf ein Glas ein«, fügte Wilhelm entschuldigend hinzu.

Zähneknirschend zählte Friederike der Wirtin die verlangten Münzen in die Hand. Es waren nicht mehr allzu viele da. Aber wenn sie Glück hatte, verdiente sie ja bald neues Geld. Sie musste sehen, dass sie diesen flämischen Fayencefabrikanten so schnell wie möglich zu fassen bekam. Hoffentlich würde er ihr Arbeit geben, damit sie bald wieder bei Kasse war. Denn dass sie so schnell aus Hanau weg kam, daran glaubte sie allmählich selbst nicht mehr. Aber einen letzten Versuch wollte sie noch unternehmen und zur Poststation in die Neustadt laufen, um sich nach der nächsten Kutsche in Richtung Frankfurt zu erkundigen.

Draußen wehten ihr dichte Schneeflocken ins Gesicht. Sie hatte von ihrem Sturz von Tamerlano an beiden Knien Löcher in der

Hose, durch die eine beißende Kälte drang. Mühsam bahnte sie sich ihren Weg durch die Schneemassen Richtung Stadtmauer.

Am Pranger vor dem Rathaus war ein älterer Mann angekettet. Er zitterte am ganzen Körper, und seine Haut, die an mehreren Stellen unter der zerrissenen Kleidung hervorblitzte, war blau gefroren. Ein paar Markthändler bauten, laut auf das Wetter fluchend, ihre Stände ab. Eine der Frauen zeigte Friederike den Weg in die Neustadt.

Kaum hatte sie das Tor durchschritten, hatte sie den Eindruck, sich an einem anderen Ort zu befinden. Gleich neben der Mauer standen zwei Träger mit einer Chaise, die auf Kundschaft warteten. Aus dem kleinen Heizofen zu ihren Füßen stieg bullige Hitze auf.

»Bringen Sie mich bitte zur Poststation«, sagte Friederike an den jüngeren der beiden Männer gewandt.

»Heute werden Sie nirgendwo mehr hinkommen«, brummte der andere. »Wir sind vollkommen eingeschneit. Die Post aus Frankfurt ist gar nicht erst gekommen, die aus Fulda mit stundenlanger Verspätung. Das wird heute nichts mehr.«

Er schüttelte missmutig den Kopf.

Der Jüngere, der offenbar befürchtete, ihm könnte ein Geschäft durch die Lappen gehen, fügte eilfertig hinzu:

»Wir bringen Sie natürlich trotzdem hin, Monsieur.«

»Ich will mich nur erkundigen, wann – und ob – morgen die nächste Post geht.«

Dankbar nahm Friederike den kleinen Ofen entgegen, den ihr einer der beiden Träger in die Sänfte hineinreichte, und ließ sich gegen die samtbezogene Rückenlehne fallen. Sie fühlte, wie die Chaise sachte angehoben wurde, und schon ging es los. Durch das kleine Seitenfenster hatte sie einen guten Ausblick auf ihre Umgebung. Dieser Teil Hanaus war weitaus prächtiger als die Altstadt. Die Häuser waren neu und geräumig. Auf einem steinernen Erdgeschoss thronten zwei Stockwerke aus Fachwerk, darüber ein hohes Dach mit reich verzierten Giebeln.

Die Häuser hatten keine Türen, sondern Eingangsportale. Alle Straßen waren breit und gerade. Sie verliefen rechtwinklig zueinander, wie auf einem Reißbrett angelegt. Eine solche Stadt mit einem derart zur Schau gestellten Wohlstand hatte sie noch nie gesehen.

Als sie die Poststation betrat und aus den benachbarten Ställen ein Pferd wiehern hörte, fiel ihr siedendheiß ein, dass sie sich den ganzen Tag noch nicht um Tamerlano gekümmert hatte. Wie konnte ihr so etwas passieren? Vor allem, nachdem er sie so treu und brav fast bis an ihren Zielort gebracht hatte! Wenigstens würde es das arme Pferd bei ihrer nächsten Reiseetappe etwas leichter haben, wenn es nur neben der Kutsche entlangtraben musste, statt ihr schweres Gewicht auf seinem Rücken bis nach Höchst zu tragen.

Im Hof der Poststation stand eine Gruppe Reisender frierend und aufgeregt schimpfend im Schneematsch herum. Das Gepäck stapelte sich auf dem durchweichten Boden. Ein älterer Mann, der nur der Postmeister sein konnte, schüttelte immerzu den Kopf und rief:

»Gehen Sie wieder nach Hause, meine Herrschaften, gehen Sie! Heute fährt gar nichts mehr, und für morgen sieht es auch nicht viel besser aus.«

Das Gleiche sagte er auf Französisch und in einer Sprache, die Friederike noch nie gehört hatte.

Eine Frau mit einer Frisur nach der allerletzten Mode und einem prächtigen Pelzcape machte ihrer Empörung Luft:

»Was heißt ›nach Hause gehen‹? Wir sind aus Würzburg gekommen und wollen nach Frankfurt. Wie sollen wir nach Hause gehen?« Beifall heischend blickte sie sich in der Menge um.

»Sie können zur Anlegestelle am Main gehen und fragen, ob morgen das Marktschiff nach Frankfurt fährt.«

Dem Postmeister war anzusehen, dass er mit den Nerven am Ende war, aber trotz seines hochroten Kopfes bemühte er sich, die Form zu wahren.

»Hätten wir nur von Anfang an das Schiff genommen! Ich hab's doch gesagt, Edouard!«

Die vornehme Dame fiel jetzt über ihren Ehemann her.

»Das mit dem Marktschiff können Sie auch vergessen. Der Fluss ist schon halb zugefroren«, bemerkte ein Mann, der seine Gepäckstücke aus dem Matsch zu räumen versuchte. »Ich komme gerade vom Ufer: Die haben auch keine Ahnung, wie es weitergehen soll.«

Ein Teil der Herumstehenden verließ unter Murren den Posthof. Eine Händlerin mit einem großen Korb am Arm wollte so schnell nicht aufgeben.

»*Wij moeten naar* Frankfurt«, rief sie aufgeregt.

Ein Mann, dessen Beine in der eng anliegenden Kniehose Friederike unwillkürlich an einen Storch denken ließen, trat mit vorgewölbter Brust auf den Postmeister zu.

»*Merde alors!*«, brüllte er. »*Qu'est-ce que ça veut dire: Rien ne va plus? Il nous faut aller à Francfort. Allez-y, essayez votre meilleur!*«

Hier ist nichts zu machen, dachte sie enttäuscht und lief zurück zu ihrer Chaise, die glücklicherweise noch immer wartete. Auf dem Weg in die Altstadt bemerkte sie an mehreren Stellen, wie die Natur das von Menschenhand Geschaffene wieder zunichte gemacht hatte. Ein Dach war unter den Schneemassen zusammengebrochen, bei einem anderen Haus kletterte fluchend ein Mann aus dem Fenster im Obergeschoss, weil er seine Eingangstür nicht mehr öffnen konnte. Ein Fuhrknecht tat ihr besonders leid, dessen Pferd auf dem glatten Boden ausgerutscht war, sodass die schweren Weinfässer von dem umgekippten Karren hinuntergerollt waren. Der Fuhrmann stand bis zu den Knien in einem seitlich der Straße aufgetürmten Schneehaufen und heulte fast vor ohnmächtiger Wut.

»Was ist das für eine Sprache, die sie hier alle sprechen?«, fragte sie den Träger, als sie ihm ihre letzten Münzen in die Hand drückte. Es war ihr nicht gelungen, den Sprachmischmasch zu entwirren.

»Niederländisch, Monsieur«, lautete die Antwort. »In Neu-Hanau wird Niederländisch und Französisch gesprochen. Sie sind hier unter Refugianten, wussten Sie das nicht? Unsere Vorfahren sind Glaubensflüchtlinge aus den spanischen Niederlanden.«

Auf dem Weg vom Rathaus zum Gasthof sah Friederike in der beinah menschenleeren Altstadt plötzlich eine elegante Gestalt aus dem Nichts auftauchen, deren Silhouette sich dunkel von dem alles überdeckenden Weiß abhob.

Giovanni!, durchzuckte es sie. Ihr Herzschlag setzte für ein paar Sekunden aus. Ohne nachzudenken, lief sie humpelnd hinter dem Mann her, der in eine enge Gasse eingebogen war. Ein warmes Gefühl durchflutete sie: Er hatte sein Versprechen wahr gemacht! Er hatte sie gesucht, war ihr bis nach Hanau hinterhergefahren, weil er sie unbedingt wiedersehen wollte. Giovanni – nun wurde alles gut! Er würde ihr Geld geben, damit sie hier nicht ewig festsitzen musste, er würde eine Lösung finden, wie sie am schnellsten nach Höchst kam. Oder – sie wagte kaum, den Gedanken zu Ende zu denken – er würde ihr gleich einen ganz anderen Vorschlag machen: ob sie mit ihm weiterreisen, ob sie anstelle der Contessa ihn begleiten, ja, vielleicht sogar, ob sie seine Frau werden wolle, weil er sie aus tiefstem Herzen liebe und begehre und sie einfach nicht vergessen könne … Ihr Knie schmerzte, ihre Lungen brannten, während sie versuchte, in dem tiefen Schneematsch voranzukommen.

»Giovanni!«

Obwohl ihr Schreien in den dicht vom Himmel fallenden Flocken beinah unterging, drehten sich die wenigen Menschen auf der Straße neugierig nach ihr um. Nur Giovanni lief ungerührt weiter. Ein Leiterwagen wurde vor ihr aus einem Hoftor geschoben und blockierte die Gasse. Hastig quetschte sie sich an der Hauswand vorbei. Doch als sie den Mann endlich eingeholt hatte, musste sie feststellen, dass er keinerlei Ähnlichkeit mit dem Italiener aufwies.

»Entschuldigen Sie, Monsieur! Ich habe Sie verwechselt«, stammelte sie.

Wie hatte sie diesen bäuerlich gekleideten Mann bloß mit Giovanni verwechseln können? Sie musste sich beherrschen, um nicht in Tränen auszubrechen, so abgrundtief war ihre Enttäuschung, als sie sich weiter durch das Schneegestöber vorankämpfte.

Durch das offene Hoftor des »Ankers« sah sie schon von Weitem, dass die Wirtin und die Magd sich an der Pumpe zu schaffen machten. Um sie herum standen Eimer und Schüsseln.

»Die Pumpe ist eingefroren«, keuchte die Wirtin und wischte sich den Schweiß von der Stirn. Schwer atmend stützte sie sich auf den Pumpschwengel.

»Und auf den Brunnen am Rathausplatz kann man sich genauso wenig verlassen«, fügte die Magd anklagend hinzu. Auch ihr tropfte der Schweiß von der Stirn.

Ein Wiehern ertönte aus dem Stall, das Friederike wie eine Begrüßung erschien. Tamerlano!

Mit schmerzverzerrtem Gesicht hinkte sie auf den kleinen Anbau zu, aus dem das Wiehern gekommen war, und schlang die Arme um den warmen Hals des Tieres.

○

»Sie können sofort hier anfangen, Mijnheer.« Henrich van Alphens Deutsch klang hart und ungelenk. Er sprach mit einem starken Akzent. »Einer unserer Maler liegt im Spital.«

Erwartungsvoll blickte er sie an.

Die Manufaktur war in einem prächtigen Haus in der Nähe des Marktplatzes untergebracht. Die Sonne schien hell in das Kontor herein. Friederike, die direkt neben dem Fenster saß, konnte beobachten, wie ein paar Männer versuchten, den gefrorenen Schnee auf dem Platz mit Hacken und Schaufeln zu beseitigen. Immer wieder rutschten Menschen und Tiere auf der eisigen Oberfläche aus.

Ein Gefühl der Erleichterung durchströmte sie. Ohne länger nachzudenken oder gar eine Erhöhung des angebotenen Lohns zu verlangen – ein glatter Rückschritt im Verhältnis zu den Meißener Salären, aber sie fühlte sich einfach nicht in der Lage zu feilschen –, nahm sie das Angebot an, das der Besitzer der Hanauer Fayencefabrik ihr unterbreitet hatte. Ihr kam es so vor, als wäre ihr ein zweites Mal das Leben gerettet worden, nur war sie diesmal dem sicheren Hunger- oder vielmehr Kältetod entgangen. Sie hatte niemanden, den sie um Hilfe bitten konnte, jetzt, da sie ohne Geld in der fremden Stadt festsaß und weder Giovanni noch Richard Hollweg zur Stelle waren, um ihr unter die Arme zu greifen. Ihre neuen Freunde, die drei Handwerksburschen, hatten sich natürlich nicht mehr im Gasthof blicken lassen, um ihre Schulden bei ihr zu begleichen und ihr noch ein wenig Gesellschaft zu leisten. Sie hätte sich eigentlich denken können, dass auf sie kein Verlass war, allen voran auf den windigen Michael. In ihrem ganzen Leben war Friederike immer mit allem Nötigen versorgt worden – und weit mehr als das, wenn sie ehrlich war. Nun war sie ganz auf sich allein gestellt. Aber ich habe es geschafft, dachte sie stolz, ich habe Arbeit gefunden, kann mein eigenes Geld verdienen.

»Sie malen heute probeweise. Ab morgen bekommen Sie dann Ihr Geld.«

Der Holländer war stämmig und hatte enorm kräftige Waden. Solche Waden hatte Friederike noch nie gesehen. Sie steckten in feinen weißen Seidenstrümpfen und liefen in zierlichen Knöcheln aus. Derbe Schnallenschuhe steckten an den für einen Mann viel zu kleinen Füßen.

Henrich van Alphen war ihrem Blick gefolgt.

»Wir haben hier in Hanau die besten Strumpfwirker in der ganzen Landgrafschaft. Sie sollten sich auch neu einkleiden«, ergänzte er und deutete missbilligend auf ihre zerrissene, von Schmutz überzogene Kleidung. »Unser Schneider macht Ihnen auch was Modischeres als das da.«

Kopfschüttelnd betrachtete er Georgs alte Jacke.

»Gehen Sie gleich heute Nachmittag zu Toussaint & Fuchs und lassen Sie sich etwas Neues anpassen. Nach so einer langen Reise, wie Sie sie hinter sich haben, muss man sich einfach neu einkleiden!«

Als wollte er seinen Worten die Strenge nehmen, breitete er schließlich mit einem entwaffnenden Lächeln die Arme aus.

»Willkommen in Hanau, Mijnheer Rütgers! Und jetzt zeige ich Ihnen die Manufaktur.«

Er legte ihr die Hand auf den Rücken und steuerte sie sanft in Richtung Tür. Im Nebenraum standen etwa fünf Maler an langen Tischen. Eine Ladung derber Wappenkrüge aus Steingut stapelte sich in einem Regal direkt am Eingang. Die Krüge sahen so aus, als hätten sie den ersten Brenngang bereits hinter sich und sollten nun mit weiteren Farben bemalt werden. Friederike versuchte sich das Befremden, das sie beim Anblick der grob geformten Teile verspürte, nicht anmerken zu lassen. Aus Meißen war sie wahrlich anderes gewohnt.

Sie bekam einen Platz am Fenster zugewiesen, zwischen dem Obermaler Merckx und einem strohblonden Jüngling, der Pierre gerufen wurde und wohl ein Lehrling war.

Mijnheer van Alphen ließ einen Schwall niederländischer Worte auf seinen Obermaler herabregnen, von denen Friederike nur ein einziges verstand: Meißen.

»*Alors, très bien*«, wandte sich Monsieur Merckx an seinen neuen Untergebenen. »*Vous êtes de Meißen? Et vous ne parlez pas notre langue?*«

Sowohl die Tatsache, dass sie aus Meißen kam, als auch ihre mangelnden Niederländischkenntnisse schienen für den schmallippigen Merckx unvorstellbar zu sein. Wie kam er nur auf die Idee, dass die ganze Welt Niederländisch sprach?, dachte Friederike mit einem Anflug von Entsetzen. Wo war sie hier nur hingeraten? Im Stillen dankte sie ihrer Französischlehrerin Mademoiselle Duplessis noch einmal für ihre unerbittliche

Strenge. Wenn sie schon kein Niederländisch sprach, würde sie sich in Hanau wenigstens mit ihren Französischkenntnissen durchschlagen können. Allerdings würde es wohl kaum reichen, nur ein paar vornehm klingende französische Vokabeln in die Sätze einzustreuen, wie man es im Salon ihrer Mutter zu tun pflegte.

Pierre reichte ihr wortlos einen cremefarbenen Teller.

»Dafür brauchen wir eine schöne galante Szene«, erklärte Monsieur Merckx, »etwas Saftiges sozusagen.« Er schob seine kleine Brille zurecht und sah sie forschend an. »*Vous comprenez?* Am Rand ein paar Verzierungen und in der Mitte *quelque chose d'érotique*. Man muss sehen können, dass diese beiden Leute ineinander verliebt sind. Das sollen Sie malen. *L'amour, vous voyez?*«

Bei seinem letzten Satz hatte er bedeutungsvoll die Augenbrauen hochgezogen.

Pierre reichte ihr einen Kohlestift und einen Stapel Papier herüber, damit sie sich eine Skizze machen konnte. Anscheinend wurde hier ohne Vorlagen gemalt, erkannte Friederike. Nun, dann musste sie eben ihre Fantasie spielen lassen – mittlerweile wusste sie ja aus eigener Anschauung, was man sich unter einer Liebesszene vorzustellen hatte. Da sie allerdings nicht einschätzen konnte, was der Obermaler unter »saftig« verstand, beschloss sie, sich lieber an ein traditionelles Motiv zu halten: Ein Kavalier beugte sich über eine junge Dame, die auf einer Wiese ruhte. Das fliederfarbene Kleid war ihr bis zu den Knien hochgerutscht. Schmachtend hielt sie dem Kavalier ihre vollen Lippen entgegen. Gleich würden sich die beiden küssen. Das Bild würde den Titel »Le baiser« tragen. Und der Kavalier pechschwarze Haare und eine große, gebogene Nase bekommen ...

Während sie, ohne etwas zu sehen, aus dem Fenster starrte, versuchte sie sich Giovannis Gesichtszüge und seine Gestalt ins Gedächtnis zurückzurufen. Ob er auch an sie dachte? Oder lag er vielleicht gerade mit der Contessa im Bett? Würde es jemals ein Wiedersehen zwischen ihnen geben?

Friederike seufzte. Ihre Gedanken schweiften in die Ferne, in eine andere Zeit, an einen unbekannten Ort. Er hatte nach ihr gesucht, überall, und sie nach langen Strapazen, die er ihretwegen auf sich genommen hatte, endlich gefunden. Sie war wieder eine Frau, in ein wunderschönes, tief dekolletiertes Gewand gehüllt, und Giovanni warf sich vor ihr auf die Knie: »Seit du in mein Leben getreten bist, habe ich keine andere mehr begehrt. Nur dich kann ich noch lieben. Komm zu mir zurück, *bellissima* ...«

»*Très joli! Vraiment, très joli!*«

Die näselnde Stimme von Monsieur Merckx riss sie jäh aus ihren Träumen.

»Wunderbar!«, pflichtete der eilends herbeigelaufene Mijnheer van Alphen ihm bei. »Ich glaube, wir werden es nicht bereuen, dass wir Sie eingestellt haben, mein lieber Rütgers.«

☙

Schreie ertönten von irgendwo her, laut und gellend. Was war das, ein böser Traum?

Friederike schnupperte. Ein merkwürdiger Geruch drang in ihre Nase: Rauch, in ihrer Kammer roch es nach Rauch! Schlagartig war sie hellwach und stürzte, ohne Rücksicht auf ihr Knie zu nehmen, zum Fenster. Draußen war es erstaunlich hell. Sie erkannte zwei Männer, die, mit Laternen und Eimern bewaffnet, auf das Gasthaus zurannten. Doch alles, was hinter ihnen lag, wurde von der Dunkelheit verschluckt. Es war ja auch noch Nacht, besann sie sich, sie konnte nur wenige Stunden geschlafen haben. Bei diesem hellen Licht musste es sich also um Feuerschein handeln. Mit zwei Sätzen war sie bei der Tür. Behutsam drückte sie die Klinke nieder. Qualm schlug ihr entgegen. Hustend schlug sie die Tür wieder zu. Sie hatte das Feuer weder sehen noch hören können, aber das gesamte Treppenhaus war mit dichten Rauchschwaden erfüllt.

Panik stieg in ihr auf. Sie war eingesperrt in dieser Dachkammer, sie würde bei lebendigem Leib entweder verbrennen oder ersticken. Wie sollte sie ins Freie gelangen? Sie konnte ja schlecht aus dem Fenster springen. Wenn sie überhaupt durch die enge Luke passte, dann hätte sie noch immer eine Höhe von mindestens acht Schritt zu bewältigen.

Hastig schlüpfte sie in Jacke und Hose. Von draußen ertönten die Schreie immer drängender. Die Hitze in der kleinen Kammer nahm zu. Schon drang der Rauch unter der Türritze hindurch. Ohne länger zu überlegen, schob Friederike den Schemel vors Fenster und versuchte die Luke zu öffnen. Das Holz des Rahmens musste sich verzogen haben, denn die untere Scheibe ließ sich nicht vor die obere schieben. Kurz entschlossen wickelte sie sich ihr Brusttuch, das anzulegen sie in der Eile verzichtet hatte, um die rechte Faust und zerschmetterte das Glas. Sofort schlug ihr auch von draußen dichter Qualm entgegen, der in schwarzen Wolken unten aus der Haustür quoll. Er versperrte ihr fast die Sicht auf die Helfer unten auf der Straße. Ohne mehr die Hand vor Augen zu sehen, schlängelte sie sich mit den Beinen zuerst aus dem engen Fenster. Die Füße auf die Regenrinne gestützt, lehnte sie sich mit dem Rücken gegen die Dachschindeln und hielt sich nur noch mit beiden Händen an der Fensterbank fest. Die Reste des zerbrochenen Fensterglases schnitten in ihre Finger.

»Spring!«, hörte sie eine heisere Männerstimme von unten rufen.

Friederike zögerte. Ob es nicht doch besser war, wenn sie auf die andere Seite des Dachfirstes kletterte und versuchte, von dort auf den Pferdestall zu gelangen? Immerhin wären es dann nur noch etwa sieben Schritt, die sie zu überwinden hätte.

»Spring!«, erklang es noch einmal. »Du hast keine andere Chance!«

Mit letzter Kraft stieß Friederike sich mit den Füßen von der Regenrinne ab und ließ sich ins Ungewisse fallen.

Ein Schneehaufen! Es kam ihr wie eine Ewigkeit vor, dass sie aus dem Fenster gesprungen war. Ob sie ohnmächtig gewesen war? Zitternd rappelte sie sich auf. Der heftige Aufprall hatte ihrem Knie endgültig den Rest gegeben, dennoch schien der Sprung ihrem Körper wundersamerweise keinen größeren Schaden zugefügt zu haben. Schwer stützte sie sich auf die beiden herbeigeeilten Helfer, die sie mit vereinten Kräften von dem brennenden Haus wegschleiften.

Jemand legte ihr einen Mantel über die Schultern und reichte ihr ein Glas Wasser, das sie in gierigen Schlucken leerte. Allmählich beruhigte sich ihr Husten. Auch das Zittern nahm ab. Nur ihr Knie schmerzte weiterhin, als würde es von Tausenden von Nadeln durchbohrt. Von der anderen Straßenseite aus konnte sie sehen, wie der Dachstuhl langsam in sich zusammenbrach. Lodernde Flammen, die aus der neu geschaffenen Öffnung leckten, hoben sich gegen den dunklen Nachthimmel ab. Keine Sekunde zu früh, dachte sie. Was für ein Glück sie gehabt hatte! Wieder einmal!

Plötzlich drang ein Wiehern an ihre Ohren.

Tamerlano! Wie konnte sie ihn nur vergessen haben! Er befand sich sicher noch im Stall. Und der lag hinter dem Haus, also jenseits der Feuerfront. Sie musste ihn retten!

Mit einer einzigen Bewegung schüttelte sie den Mantel von ihren Schultern und rannte humpelnd los. Doch sie kam nur ein paar Schritte voran: Jemand hielt sie von hinten fest umfasst. Es war Michael, der eine lange, gebogene Eisenstange in der Hand hielt.

»Friedrich, bist du verrückt geworden? Wo willst du denn hin? Willst du dich umbringen?«

»Ich will zu Tamerlano, meinem Pferd. Ich muss ihn retten!«

Keuchend versuchte sie sich aus der Umklammerung des Schreinergesellen zu befreien. Es war ihr egal, dass sie sich höchstwahrscheinlich schwerste Verbrennungen zuziehen würde, wenn sie sich erneut der Feuersbrunst näherte. Sie musste zu ihrem Pferd, das sie die ganze Zeit so treu begleitet hatte und nun in seinem brennenden Stall dem sicheren Tod entgegensah.

Ein Mann in Uniform kam auf sie zu. Auch er hielt eine Eisenstange in der Hand. Mit der anderen packte er sie am Arm.

»Gehen Sie da weg! Wir müssen das Dach einreißen!«

»Ist mir egal, ich will zu meinem Pferd!«

Wild um sich schlagend wollte Friederike die beiden Männer von sich abschütteln.

»Hören Sie auf!«, brüllte der Mann sie an. »Sie behindern nur die Löscharbeiten, wenn Sie sich hier so aufführen! Ihrem Pferd können Sie eh nicht mehr helfen. Lassen Sie sich lieber einen Eimer geben, und packen Sie mit an, damit wir das Feuer in den Griff kriegen!«

Ohne ihre Reaktion abzuwarten, wandte der Mann sich von ihr ab, um weiter Kommandos zu erteilen.

Michael klopfte ihr tröstend auf den Rücken.

»Na, na«, stammelte er unbeholfen. Dann hatte auch er sich wieder unter die Helfer gemischt.

Friederike ließ zu, dass eine junge Frau sie in ein Haus am Anfang der Gasse führte. Dort saßen bereits einige ebenfalls obdachlos gewordene Bewohner des »Ankers« – alles Frauen oder Greise, wie sie mit einem Blick feststellte – bei einer Tasse Tee und warteten schweigend. Immer wieder wachte eines der Kinder ihrer Gastgeberin von dem Geschrei draußen auf.

Friederike stützte den Kopf in die Hände. Nicht nur, dass sie den anderen Männern nicht beim Löschen half, nein, sie musste auch noch wie ein Marktweib Rotz und Wasser heulen. Ein toller Held, dieser Friedrich Christian Rütgers! Mit der Hand klopfte sie die Taschen ihres Rocks ab, um nach einem ihrer eigens von Toussaint & Fuchs gefertigten Batisttücher zu suchen. Ein Schluchzen entfuhr ihrer Kehle. Wenn sie doch nur ihre Gefühle besser unter Kontrolle hätte! Der arme Tamerlano! Wie könnte sie sich je verzeihen, ihren treuesten Gefährten im Stich gelassen zu haben?

Plötzlich wurde die Haustür aufgerissen. Aufgeregte Stimmen erfüllten den Flur.

»Wir müssen hier raus!«, rief die junge Frau den Wartenden zu. »Das Feuer greift über. Gehen Sie zum Stall und holen Sie die Kühe raus!«, ergänzte sie an Friederike gewandt.

Sie rannte die Treppe zum ersten Stock hinauf, um ihre Kinder in Sicherheit zu bringen.

Wie mechanisch lief Friederike zur Hoftür hinaus. Was gingen sie diese Kühe an? Warum sollten sie leben, nachdem Tamerlano so jämmerlich verendet war? Sie hatte keine Ahnung von Kühen, sie wusste nur, dass Kühe groß waren und man sie nicht einfach hinter sich her ziehen oder tragen konnte.

Die Kälte drang ihr durch Mark und Bein. Immerhin war der Hof bis auf einen großen Haufen an der hinteren Mauer von Schnee befreit. Ihr neuer warmer Umhang fiel ihr ein. Der war jetzt sicher auch verbrannt. So wie Tamerlano. Nein, sie durfte jetzt nicht an ihr treues Pferd denken. Sie musste sich um die Kühe kümmern. Wahrscheinlich lebten die junge Frau und ihre Kinder von deren Milch und Fleisch.

Sie stellte die Kerze, die sie aus der Stube mitgenommen hatte, auf dem Boden ab und schob den schweren Riegel der Stalltür zurück. Die Kühe brüllten vor Angst. Durch den Feuerschein, der mittlerweile die ganze Nachbarschaft erhellte, war das Innere der Baracke gut ausgeleuchtet. Das Erste, was sie erblickte, war ein riesiger Bulle mit gefährlichen Hörnern, der sie herausfordernd anstierte. Sie unterdrückte ihre aufsteigende Angst und sah sich nach etwas um, mit dem sie das schwere Tier aus dem Stall hinausbugsieren konnte. Aber der Bulle wusste anscheinend, was eine offene Stalltür ihm signalisieren sollte, und so setzte er sich ganz von allein in Gang. Rasch entriegelte sie die anderen Stalltüren, sodass auch die restlichen Kühe laut muhend ins Freie drängten.

Am Hoftor stand ungeduldig wartend die Hausbesitzerin, auf jedem Arm ein Kind, und trieb die Kühe mit kehligen Lauten weg von der Feuerfront. Friederike, die fast über ein aufgeregtes Huhn gestolpert wäre, schnappte sich das zappelnde Federvieh und lief hinter der Frau her. Immer wieder hackte das Huhn mit dem Schnabel nach ihr und krallte sich in ihrem Arm fest, doch sie unterdrückte den Schmerz. Diese Leute würden noch viel mehr verlieren als sie, wenn ihr Haus und damit ihr ganzes Hab und Gut in den Flammen aufging, versuchte sie sich einzureden. Doch dann dachte sie wieder an Tamerlano, und alles Elend der Welt erschien ihr ein Nichts gegen ihren Verlust.

○

Die Uhr am Rathaus hatte bereits zwölf geschlagen und das Glockenspiel zu einem heiteren Menuett angesetzt, als Friederike am nächsten Tag in die Manufaktur kam. Er musste ihre Schritte im Flur gehört haben, denn kaum hatte sie den Raum betreten, drehte Monsieur Merckx sich auch schon zu ihr um.

»Das ist ungeheuerlich!«, brüllte er mit gerötetem Gesicht. »*Vous trouvez ça normal?* Macht man das bei Ihnen in Meißen etwa so? Mittags erst zur Arbeit gehen? Was bilden Sie sich ein? Nur weil Sie aus Meißen kommen, denken Sie, dass Sie hier machen können, was Sie wollen?«

Mit stolzgeblähter Brust fügte er hinzu:

»Unsere Fabrique ist die älteste Fayencemanufaktur im ganzen Reich. Sie brauchen sich auf Ihr Meißen gar nichts einzubilden!«

Sie fühlte die Blicke sämtlicher Kollegen auf sich gerichtet. Der kleine Pierre, der einen mit hebräischen Inschriften verzierten Krug in der Hand hielt, lächelte sie entschuldigend an, als wollte er den Zornesausbruch des Obermalers irgendwie abmildern.

Dieser hielt sich theatralisch die Nase zu:

»Und wie Sie stinken!«, rief er angeekelt. »*C'est vraiment dégôutant ça!* Aber so geht es wohl zu bei Ihnen in Sachsen. Das hört man ja immer wieder, dass die Leute dort gern bis in die Morgenstunden feiern und es mit allem nicht so genau nehmen!«

Mijnheer van Alphen war durch den Lärm herbeigerufen worden. Wie angewurzelt blieb er vor Friederike stehen und starrte sie an. Sein Blick glitt über ihre Stiefel, an denen noch der Stallmist klebte, ihre zerrissene Hose und die rußgeschwärzte Jacke. Ein weißlich-gelber Fleck mit schwarzen Einsprengseln, den das verängstigte Huhn dort hinterlassen hatte, zierte ihren Ärmel.

»Das Haus ist abgebrannt«, brachte sie endlich hervor. Mit der Hand rieb sie sich über die Augen.

»*Mon Dieu!*«, entfuhr es dem Obermaler. »Das war bei Ihnen?«

Binnen Sekunden hatte sich sein Zorn gelegt. Mitleid machte sich in seinem Gesicht breit.

»Mein Pferd ist verbrannt.«

Sie musste sich zusammenreißen – sie durfte auf keinen Fall in Tränen ausbrechen.

»Wie entsetzlich!«, bemerkte der Manufakturdirektor und fügte nach kurzem Nachdenken hinzu: »Sie kommen jetzt erst mal mit zu mir nach Hause. Wir werden schon was für Sie zum Anziehen finden. So können Sie jedenfalls nicht weiter rumlaufen. Wir gehen gleich los; ich war sowieso gerade auf dem Weg zum Mittagessen.«

Das Haus der van Alphens lag an dem riesigen rechteckigen Rathausplatz der Hanauer Neustadt.

»Meine Familie stammt aus Antwerpen. Da gibt es auch so einen großen Rathausplatz«, erklärte der Manufakturbesitzer, während sie die mächtige Eingangstreppe mit dem schmiedeeisernen Geländer hochstiegen.

Schon im Hausflur war es angenehm warm. Friederike wurde in ein prächtig ausgestattetes Esszimmer geführt, wo Madame van Alphen sie herzlich begrüßte.

»Ihr armes Pferd!«, sagte die dralle, sommersprossige Dame voller Mitgefühl, nachdem Friederike in allen Einzelheiten von dem Brand berichtet hatte. Dass auch die alte Wirtin samt ihrer Magd sowie einige Gäste in den Flammen umgekommen waren, schien die Hausherrin nicht weiter zu bekümmern. Sie schickte das Dienstmädchen, für Friederike ein heißes Bad herzurichten, und ging selbst nach oben ins Zimmer ihres Sohnes, um einige passende Kleidungsstücke für sie herauszusuchen.

»Es sind natürlich nur alte Sachen, lieber Herr Rütgers. Laurent ist zum Studium in Paris und hat alles mitgenommen, was gut und teuer ist. Aber wir werden schon was für Sie finden, das nicht allzu sehr aus der Mode gekommen ist.«

Ein Diener nahm ihr die verdreckte Jacke ab und stellte ein Paar Hausschuhe für sie bereit. Die Pantoffeln waren ihr viel zu groß, Laurent musste riesige Füße haben, aber Friederike ließ sich nichts anmerken, um keine Aufmerksamkeit auf ihre für einen Mann ungewöhnliche Zierlichkeit zu lenken. Sie genoss einfach die Wärme und die Herzlichkeit, mit der man sich um sie kümmerte.

Die Köchin begann sofort aufzutragen, als sie sauber gebadet und gekleidet wieder zu ihren Gastgebern stieß. Drei kichernde pausbäckige Mädchen im Alter ihrer Cousine Sophie, die Drillingstöchter der van Alphens, hatten sich ebenfalls um den Tisch versammelt. Kaum waren alle Teller mit den dampfenden wohlriechenden Speisen gefüllt, fasste die Familie sich bei den Händen, senkte die Köpfe, und Mijnheer van Alphen sprach ein Tischgebet.

»Komm, Herr Jesu, sei unser Gast und segne, was du uns bescheret hast. Amen.«

Friederike machte einfach alles nach. Die Familie Simons hatte ein sehr distanziertes Verhältnis zu Gott, nie hatten sie zu Hause gebetet. Ihr Vater hielt die Institution Kirche für hoffnungslos rückständig, und ihre Mutter interessierte sich einfach nicht für religiöse Angelegenheiten. Natürlich hatten sie das nie in der Öffentlichkeit durchblicken lassen – schließlich ließ der Bischof bei ihnen drucken.

»Und Sie wollen wirklich weiter nach Höchst?«

Friederike hatte eins der in heißem Fett gebackenen Kartoffelstückchen im Mund und konnte die Frage der Direktorengattin nicht sofort beantworten.

»Das sollten Sie sich gut überlegen!«, fuhr diese deshalb sogleich fort.

»Antoinette, bitte!«, mischte sich der Direktor ein. Er schien genau zu wissen, was als Nächstes kommen würde, und wollte seine Frau offenbar bremsen.

»Aber man muss den jungen Mann doch warnen!« Madame van Alphen ließ sich nicht beirren.

»Wovor warnen?«

Friederike spießte ein weiteres Kartoffelstäbchen auf die vergoldete Gabel und tauchte es in die braune Soße. Ungefragt löffelte ihr das Stubenmädchen eine zweite Kelle Hirschragout auf den Teller.

Antoinette van Alphens Augen funkelten jetzt. Ihre Miene hatte sich verzogen, und auch die Drillinge blickten empört.

»Das sind alles Katholiken dort in Höchst. Da gibt es sogar noch Scheiterhaufen! Jeder, der kein Papist ist, wird gnadenlos verfolgt. Passen Sie bloß gut auf sich auf, lieber Friedrich!«

»Antoinette!«, unternahm ihr Mann einen weiteren Anlauf.

»Meine ganze Familie ist auf den Scheiterhaufen der Spanier elendig zugrunde gegangen. Gefoltert hat man sie! Wir haben in Lille alles verloren, alles. Diesen Leuten kann man nicht trauen! Die sind verrückt. Die glauben an Hexen, als würden wir noch im Mittelalter leben!«

Scheiterhaufen in Höchst? Friederike konnte sich das nicht vorstellen. Die Zeiten der Religionskriege und der Hexenverfolgung waren lange vorbei. Aber scheinbar gab es Leute wie Frau van Alphen, die die Schrecken dieser Zeit noch immer nicht verwunden hatten, egal, ob sie selbst davon betroffen waren oder nicht.

»Deine Familie ist im Jahr 1560 aus Lille vertrieben worden, Antoinette.«

Mijnheer van Alphen warf Friederike einen beredten Blick zu.

»Mehr muss ich dazu wohl nicht sagen, oder, meine Liebe? Ich kenne übrigens Benckgraff von der Höchster Manufaktur ganz gut«, wechselte er schließlich an Friederike gewandt das Thema. »Wenn Sie wollen, gebe ich Ihnen gern ein Empfehlungsschreiben mit. Aber erst malen Sie ein paar Sachen für uns! Wir wissen nämlich gerade gar nicht, wie wir bis Weihnachten mit all den Bestellungen fertig werden sollen.« Sein Gesichtsausdruck hatte etwas Lauerndes angenommen. »Zum Glück sind die Wetterverhältnisse ja noch immer so, dass Sie sowieso nicht hier wegkommen würden«, kicherte er dann.

»Sie werden natürlich bei uns wohnen!«, mischte sich Madame nun wieder ein. »Jetzt, wo Ihre Herberge abgebrannt ist.«

Bei diesem Stichwort ließen die drei Schwestern unisono ein Schluchzen vernehmen: Auch sie hatte das Schicksal des treuen Tamerlano tief mitgenommen.

»Das ist sehr nett von Ihnen«, schaffte es Friederike schließlich, mit fester Stimme zu antworten. »Ich nehme Ihr Angebot gerne an.«

Die Schreinergesellen hatten vorgeschlagen, sie in ihre Herberge einzuschmuggeln, nachdem sie kein Dach mehr über dem Kopf hatte, aber das Angebot, in dem gemütlichen, warmen Haus der Refugiés zu wohnen, schien ihr dann doch zu verlockend. Sie musste nur aufpassen, sich nicht allzu sehr von den van Alphens abhängig zu machen, nahm sie sich im Stillen vor, sie wollte schließlich weiter nach Höchst, sobald die Kutsche oder das Marktschiff wieder fuhren und sie ihren ersten Lohn bekommen hatte. Hin zu den Scheiterhaufen, dachte sie und musste schon fast wieder lachen.

Mit einem angenehmen Völlegefühl im Bauch überquerte sie eine gute Stunde später zusammen mit dem Manufakturdirektor den großen Rathausplatz, als sie von fern das Schmettern eines Posthorns vernahm.

»Die Kutsche scheint doch wieder zu fahren«, bemerkte Mijnheer van Alphen verwundert.

Vor der Manufaktur stand Monsieur Merckx und wedelte aufgeregt mit den Händen. Er half einer vornehmen Dame, ihren Schlitten zu besteigen. Als er sie herannahen sah, rief er:

»Ah, Madame de Briers, da kommt *monsieur le directeur* persönlich. Und bei ihm ist unser neuer Maler aus Meißen, Friedrich Christian Rütgers, der Ihr Service bemalen wird.« Er zwinkerte Friederike zu. »Sie werden ein erstklassiges, originales Meißener Service bekommen, *chère madame*.«

Die eilends von ihrem Kutscher in dicke Decken gehüllte Dame ließ die Begrüßung durch Monsieur van Alphen huldvoll über sich ergehen.

»*Merci beaucoup*«, hauchte sie dann in Friederikes Richtung. »*C'est très joli, ce que Vous faites* – Sie sind ein echter Künstler!«

Der Kutscher ließ die Peitsche knallen, und langsam setzte sich der Schlitten in Bewegung. Der Schnee knirschte unter den Kufen, als die beiden Zugpferde in ein schnelleres Tempo verfielen.

»Und grüßen Sie Ihren Gatten, den Ratsherrn!«, rief Mijnheer van Alphen der Scheidenden nach.

☙

Etwas an der Haltung der Frau, die als Letzte über die Planken zwischen Anlegesteg und Schiff stakte, kam Friederike bekannt vor. Sie trug einen groben braunen Umhang und hatte die Kapuze tief ins Gesicht gezogen, um sich gegen den Wind zu schützen.

»Leinen los!«

Die Stimme des Kapitäns klang rau. Ein barfüßiger Junge machte das schwere Tau los, mit dem der Kahn an den Pöller gebunden war, und warf es an Deck. Das Schiff wurde sofort von der Strömung erfasst und trieb langsam vom Ufer weg. Die Treidelpferde setzten sich in Bewegung: Sie würden es bis Frankfurt ziehen.

Am Steg stand das Ehepaar van Alphen mitsamt den drei Töchtern und winkte. Auch Monsieur Merckx und Pierre waren gekommen, um sich, drei Tage vor Weihnachten, von Friederike zu verabschieden. Selbst aus der Ferne konnte sie erkennen, wie ihre beiden Kollegen vor Kälte schlotterten.

»Wenn es Ihnen in Höchst nicht gefällt, kommen Sie einfach zu uns zurück!«

Mijnheer van Alphen hatte die Hände wie einen Trichter um den Mund gelegt. Madame van Alphen rief ihr ebenfalls etwas hinterher. Friederike konnte nur noch das Wort »Katholiken« heraushören, sie waren schon zu weit von der Anlegestelle entfernt.

Eine Böe brachte den Kahn zum Schaukeln. Sie musste sich an der Reling festhalten, um nicht das Gleichgewicht zu verlieren.

Durch den Eisregen war das Deck so glitschig geworden, dass sie fast ausgerutscht wäre, als sie die kleine Treppe hinunter in den Aufenthaltsraum stieg. Die meisten Passagiere saßen dicht um den Ofen gedrängt. Alle starrten in ihre Richtung, weil der Wind die Tür hinter ihr mit einem lauten Knall zugeworfen hatte.

Mit zurückgeschlagener Kapuze sah die Frau, die ihr gleich bekannt vorgekommen war, genauso aus wie immer: miesepetrig und verdrossen.

Aber warum war Marie nicht bei der Contessa? Sie und Giovanni hatten doch vorgehabt, eine Zeit lang in Weimar zu bleiben … Der Gedanke, dass auch Giovanni und Emilia sich an Bord aufhalten könnten, durchfuhr Friederike wie ein Blitz. Ihre Knie wurden weich, ihr Puls beschleunigte sich. Aber nein, beruhigte sie sich sofort wieder, das Schiff war viel zu klein, als dass die Anwesenheit eines so glamourösen Paares unbemerkt geblieben wäre. Aber eine winzige Hoffnung keimte dennoch in ihr auf, als sie auf die Zofe zutrat, um ihr die Hand zum Gruß zu reichen.

»Monsieur, welch ein Zufall!«

Es war das erste Mal, dass Friederike die Französin lächeln sah.

»Sind Sie allein unterwegs?«

Diese Frage hatte Friederike schon die ganze Zeit auf der Zunge gebrannt, doch sie hatte es für klüger gehalten, zunächst ein wenig Konversation mit Emilias Zofe zu betreiben und sich ihre Ungeduld nicht anmerken zu lassen. Es gab keine freien Sitzplätze mehr unter Deck, sodass sie neben Marie stehen bleiben musste. Sie konnte es nicht verhindern, dass sie während ihres Gesprächs einem ständigen Schwanken ausgesetzt war.

»Ich fahre zurück nach Frankreich.« Marie strahlte sie an. »Ich habe es nicht mehr ausgehalten mit den beiden. Es war mir einfach zu viel. Die beiden haben nur noch gestritten.«

Ein junges Mädchen hielt ihnen ein Tablett mit randvoll gefüllten Kaffeebechern hin, und sowohl Friederike als auch Marie griffen dankbar zu.

»Als wir in Weimar ankamen, wollte die Contessa sofort wieder abfahren. Sie war schockiert, wie klein die Stadt war. Sie hatte sich vorgestellt, Weimar sei ähnlich herrschaftlich wie Dresden, *naïve comme elle est*. Auf einmal wollte sie unbedingt nach Prag oder Wien reisen!«

Marie kicherte in sich hinein. Doch plötzlich erhob sie sich und raunte, sich argwöhnisch umblickend, ob ihnen jemand lauschte, in Friederikes Ohr:

»In Wirklichkeit haben ihr die Männer dort einfach nicht gefallen! Sie hat auf Anhieb keinen gesehen, den zu erobern es sich ihrer Meinung nach gelohnt hätte. Also hat sie sofort schlechte Laune bekommen. Und Sie wissen ja, wie sie ist, wenn sie schlechte Laune hat...«

Friederike musste lachen. Schnell setzte die Französin eine tugendhafte Miene auf, als gäbe es nicht den geringsten Anlass für einen Heiterkeitsausbruch, und fügte hinzu:

»Natürlich steht es mir nicht zu, so über meine Herrschaft zu reden, aber Sie haben ja selbst erlebt, wie die Contessa sein kann, *n'est-ce pas?*«

Neugierig musterte sie ihr Gegenüber.

Friederike hatte wenig Neigung, ihre Kutschenerlebnisse mit der Italienerin weiter auszuführen; ihre Unbedarftheit war ihr noch immer peinlich, und überhaupt kannte sie Marie ja kaum.

Die Zofe war weniger zurückhaltend und fuhr mit ihrem Bericht über die Contessa fort:

»Schon am nächsten Tag wollte sie weg. Da habe ich ihr gesagt, dass ich kündige. Sie hat auf mich eingeschlagen, und wenn nicht Monsieur dazugekommen wäre ...« Sie zuckte mit den Schultern. »Dann hat sie geweint und geschrien und mir gedroht, dass ich nie wieder eine Anstellung bekommen würde.«

Friederike konnte sich die Situation genau vorstellen. Sie selbst hätte sich an Maries Stelle sicherlich still und heimlich aus dem Staub gemacht. Die Französin kam ihr geradezu mutig vor. Der Contessa kündigen!

»Dann hat sich wieder Monsieur eingemischt. Er hat die Contessa beruhigt und ihr versprochen, dass in Weimar sofort eine neue Zofe eingestellt würde. *La pauvre!*«

Wieder lachte Marie wie befreit auf. Mit Staunen erkannte Friederike, dass sie weder ältlich noch hässlich war. Die Französin schien ein völlig anderer Mensch zu sein, seit sie nicht mehr den Launen des rothaarigen Teufelsweibs ausgesetzt war.

»Und dann hat man Sie einfach gehen lassen?«

Friederikes Zunge schmerzte beim Sprechen – der Kaffee, den das Mädchen gereicht hatte, war viel zu heiß gewesen. Aber sie wollte um jeden Preis, dass Marie weiterredete. Die Contessa interessierte sie dabei nur bedingt, aber vielleicht konnte sie ja etwas über Giovanni herausbekommen.

»Sogar ein gutes Zeugnis hat mir Madame geschrieben, *oui, oui*«, triumphierte Marie.

»Haben die beiden denn wieder miteinander geredet?«

»Ja, aber nur für ein paar Tage. Dann hat Monsieur ein Auge

auf ein hübsches Weimarer Fräulein geworfen. Sie können sich vorstellen, wie die Contessa da wieder getobt hat!«

Das saß! Mühsam rang Friederike um Fassung. Bloß nichts anmerken lassen! Es gab keine Möglichkeit herauszufinden, ob das, was Marie erzählte, der Wahrheit entsprach oder nicht. Aber warum sollte die Französin sie anlügen? Sie schalt sich selbst, weil sie so dumm gewesen war zu glauben, dass Giovanni genau so viel Sehnsucht nach ihr verspüren würde wie sie nach ihm.

Es war heiß geworden in dem kleinen Raum. Sie hatte ihren Mantel ausgezogen und sich über den Arm gelegt. Zwei Männer, die wie wohlhabende Kaufleute gekleidet waren, erhoben sich von der Bank in der Mitte des Raumes, um an Deck zu gehen. Friederike nickte der Zofe zu, und gemeinsam begaben sie sich zu den frei gewordenen Plätzen. Je geschäftiger sie tat, umso besser würde sie ihre Fassungslosigkeit verbergen können.

»In Paris werde ich mir eine richtig gute Herrschaft suchen! Eine verheiratete Dame aus bester Gesellschaft, die immer zu Hause bleibt und nie unterwegs ist. Das wäre mein Traum, *mon rêve, vous comprenez?* Ich bin schließlich genug gereist im Leben«, wechselte Marie dann auch das Thema.

»Wie sind Sie eigentlich hierhergekommen?«

Friederike hörte selbst, dass ihre Stimme ziemlich dünn klang.

»Ich habe die Postkutsche genommen. Unterwegs bin ich in einen Schneesturm geraten. Über eine Woche musste ich in Fulda in einem Gasthof ausharren, bevor wir weiterfahren konnten, *plus d'une semaine!*«

Ein ärmlich gekleideter Junge hatte sich neben sie gestellt und versuchte, mit ihnen Bekanntschaft zu schließen. Mit seinen Patschehändchen griff er ungeschickt nach ihren Kaffeebechern. Er gehörte offenbar zu einer der Händlerinnen, deren Gepäck den größten Teil des Beiboots beanspruchte, das der Treidelkahn hinter sich herzog.

Marie machte Anstalten, den Kleinen auf ihren Schoß zu ziehen, was sich dieser zu Friederikes Erstaunen klaglos gefallen ließ. Sie konnte hören, wie die Zofe ihm einen französischen Spielreim ins Ohr flüsterte.

»*Et vous?*«, fragte Marie dann übergangslos. »Wie ist es Ihnen ergangen? Ich hätte Sie längst in Höchst vermutet!«

Friederike begann von ihrer Reise zu erzählen, von dem Überfall durch die Wegelagerer, dem Brand in Hanau und Tamerlanos Tod und von ihrer Arbeit in der Fayencemanufaktur.

»Hanau scheint ein sehr zivilisierter Ort zu sein.« Marie hatte wieder ihre frömmelnde Miene aufgesetzt. »Gegen Hugenotten habe ich überhaupt nichts«, fügte sie hinzu.

Der kleine Junge zerrte an ihrer Hand. Er schien unbedingt an Deck zu wollen, um seiner neuen Freundin etwas zu zeigen. Seine Mutter warf ihm einen strengen Blick zu, aber Marie beruhigte die Frau und stand mit dem Jungen auf.

Auch Friederike zog ihren Mantel wieder an. Ein wenig frische Luft würde ihr gut tun. Als sie die Tür zur Treppe hin öffnete, bereute sie jedoch gleich, ihren warmen Platz verlassen zu haben. Kalte Regentropfen peitschten ihr ins Gesicht.

Der Junge wollte nach den Pferden schauen, die vor das Boot gespannt waren. Sie standen still am Ufer und warteten, dass die Fähre vor ihnen den Main überquerte.

Marie hielt ihr Gesicht in den feuchten Wind.

»Was bin ich froh, dass ich diese Leute los bin!«, rief sie vergnügt. »Sie können sich gar nicht vorstellen, Monsieur Rütgers, wie es ist, auf Gedeih und Verderb solchen Abenteurern ausgeliefert zu sein. Die Contessa macht jedem dahergelaufenen Mann schöne Augen, und Monsieur ... *Et oui, Monsieur* ...«

Friederike setzte ein interessiertes Gesicht auf. Zugleich bemühte sie sich, nicht allzu neugierig zu wirken.

»Und Monsieur? Was ist mit ihm?«

»*Donc* ... Also bei ihm war ich mir nie sicher, ob er wirklich der ist, für den er sich ausgibt – *jamais, vous comprenez?*«

»Aber wer ist er dann?«, hakte Friederike betont unbefangen

nach. Wer dieser Giovanni Ludovico Bianconi wirklich war, das fragte sie sich auch.

»*Ça, je ne sais pas.* Ich habe wirklich keine Ahnung, wer er sein könnte, aber eins steht fest: So viele Rätsel wie dieser Mann hat mir selten jemand aufgegeben. Allein sein Verhältnis zur Contessa! Angeblich sind die beiden ja verlobt. Aber das kann ich mir nur schwerlich vorstellen, bei dem Männerverschleiß, den Emilia allein in den letzten Wochen hatte. Er selbst ist natürlich auch nicht von schlechten Eltern ... *Mais*, einen ihrer letzten Streite vor meiner Abreise habe ich zufällig mitbekommen. Sie hat ihn angebrüllt und irgendwas von einer Hure, *una puttana* – in Frankreich sagen wir *putaine, vous comprenez?* – geschrien. Ich glaube, sie meinte damit eine Dame aus Köstritz – Sie erinnern sich doch sicher an diese Stadt mit dem schwarzen Bier, *n'est-ce pas?* Oder waren Sie da schon nicht mehr bei uns? Sie waren ja so plötzlich verschwunden ... *En tous cas*, man konnte sehen, am liebsten hätte Bianconi sie geschlagen.«

Die Zofe schauderte in der Erinnerung.

»Aber er hat die Zähne zusammengebissen und sie nur fest am Handgelenk gepackt: ›Das war keine Hure, du dummes Weib‹, hat er ganz kühl gesagt, ›das war die Frau, auf die ich mein Leben lang gewartet habe – und du hast sie vertrieben!‹ Ja, das waren in etwa seine Worte gewesen, *plus ou moins. C'est drôle, n'est-ce pas?*«, sagte sie und drehte sich zu Friederike um.

Diese war froh, dass in dem Moment am linken Flussufer eine Mühle auftauchte. Direkt vor ihnen lag majestätisch die Mainbrücke mit ihren dreizehn geschwungenen Sandsteinbögen und dem goldenen Hahn auf dem Kreuzbogen.

»Kennen Sie die Geschichte vom Frankfurter Brickegickel?«, lenkte sie die Zofe schnell vom Thema ab. Dankbar um die willkommene Gelegenheit, holte sie aus:

»Sie sehen doch das Kruzifix da oben am Geländer, mit dem goldenen Hahn als krönendem Abschluss, nicht wahr? Der markiert die Stelle, an der früher die Hinrichtungen stattgefunden haben. Die Verurteilten wurden vom Brückenturm, in dem sie inhaftiert waren, auf die Mitte der Brücke geführt, wo man ihnen Arme und Beine zusammenschnürte und sie über ein Brett auf dem Geländer runter in die Fluten stürzte.«

Marie hüllte sich fester in ihren Mantel. Ihre spitze Nase war ganz weiß geworden.

»*C'est affreux ça*«, murmelte sie schwach.

»Sie kennen sich aber gut mit unserer Geschichte aus!«, bemerkte einer der beiden Kaufleute, der neben ihnen an der Reling stand und ihre Unterhaltung mitbekommen hatte.

»Mein Vater hat mir davon erzählt«, entgegnete Friederike stolz.

»Dann wissen Sie sicher auch, dass das bereits unser vierter Brickegickel ist. Die anderen sind uns irgendwie abhanden gekommen, im Krieg oder wegen des Hochwassers. Diesen Gickel da haben wir erst seit einem Jahr.«

Ein lang gezogenes, helles »Hallooo!!« ließ ihre Erwiderung untergehen. Ein Lächeln breitete sich auf ihrem Gesicht aus. Sie konnte den kleinen Jungen gut verstehen, der unbedingt gegen die hohen Gewölbewände hatte anrufen müssen, als sie unter der Brücke hindurchfuhren. Schon kamen auf der Stadtseite des Flusses der mächtige Turm des Kaiserdoms und die ersten Wohnhäuser in Sicht.

Am Kai wimmelte es nur so von Leuten: Hafenarbeiter, Fischverkäufer, schwer bepackte Reisende, flanierende Bürgerpaare mit ihren Kindern, Bettler, Bauern, Fuhrleute, die ihre Ackergäule durch die quirlige Menge zu lenken versuchten. Ein Kran hob riesige Fässer aus den am Ufer ankernden Lastkähnen, um sie mit einem gewaltigen Schwenk auf die wartenden Fuhrwerke zu heben. Kleine Fischernachen wuselten an der Anlegestelle hin und her. Friederike sah, wie einer der Leinreiter dem Kapitän ihres Schiffes etwas zurief, weil die Treidelpferde zu scheuen begannen. Der Mann hatte eine verzweifelte Miene aufgesetzt. Er schien sein eigenes Wort nicht mehr zu verstehen und wirkte aufrichtig besorgt, dass sie das Schiff nicht wie geplant auf der Höhe des Fahrtors festmachen konnten.

Schließlich hatten sie es geschafft. Das Mainzer Marktschiff, mit dem sie nach Höchst weiterfahren wollte, lag direkt hinter ihnen am Kai und wartete auf Kundschaft. Sie verabschiedete sich von Marie, die in Frankfurt bei Verwandten Station machen wollte, und war nun doch froh, die Französin los zu sein. Sie konnte es kaum mehr erwarten, endlich in Ruhe über Giovanni nachzudenken. Maries letzte Bemerkung über seinen Streit mit der Contessa und die »*puttana*« hatten das Blatt wieder gewendet. Kein Zweifel, damit war ja wohl sie gemeint gewesen! Sie lächelte. Eine Hure, ja, so hatte die Contessa sie in jener Nacht in Köstritz genannt, eine *puttana*, eine *strega* oder so ähnlich ...

Plötzlich stutzte sie. Aber was, wenn Marie sich vertan und die Contessa gar nicht von einer Frau aus Köstritz, sondern von dem hübschen Fräulein aus Weimar gesprochen hatte? Immerhin war sie Französin, und Giovanni und Emilia hatten garantiert auf Italienisch gestritten – gut möglich also, dass die Zofe nicht alles richtig verstanden hatte! Abgesehen davon lagen Weimar und Köstritz relativ dicht beieinander; wahrscheinlich waren die Italiener am Tag nach ihrem, Friederikes, überstürzten Aufbruch bereits in Weimar angelangt, sodass Marie auch die zeitliche Abfolge durcheinandergebracht haben konnte. Es lag ja mittlerweile alles eine ganze Weile zurück.

Jetzt wusste sie überhaupt nicht mehr, was sie denken sollte. Hatte Giovanni im Streit mit der Contessa sie gemeint mit der Frau, auf die er sein Leben lang gewartet hätte, oder eine andere? Liebte er sie, nur sie, und würde nach ihr suchen, damit sie sich eines Tages tatsächlich wiedersähen, so wie er es versprochen hatte? Oder war sie für ihn bloß eine von vielen gewesen, ein nettes kleines Abenteuer zwischen der wilden Contessa und dem hübschen Weimarer Fräulein?

Nein, so konnte das nicht weitergehen! Friederike schüttelte den Kopf. Diese ewigen Grübeleien, dieser ständige Wechsel von Hochgefühl und tiefer Bedrückung, dem wollte sie sich nicht länger aussetzen. Sie musste sich diesen Mann aus dem Kopf schlagen, ein für alle Mal! Und wenn er noch so sehr ihre große Liebe hätte sein können. Aus und vorbei. Ein neues Kapitel würde beginnen, jede Erinnerung an das vorangegangene gehörte ausgelöscht.

»Könne Se net uffpasse? Ei, wo simmä dann mit unsere Gedanke?«

Ihren Fischbottich auf dem Kopf balancierend, schaute ihr die Magd, die sie offenbar angerempelt hatte, belustigt ins Gesicht.

Friederike blieb stehen. Prompt wurde ihr von hinten eine Schubkarre in die Kniekehlen geschoben.

»Net stehe bleibe!«, brüllte der Besitzer der mit Steckrüben beladenen Karre sogleich, während er kopfschüttelnd einen Bogen um sie lenkte. Auch er schien eher amüsiert als aufgebracht.

Ein Schiffssignal ertönte. Das Marktschiff! Wenn sie heute noch nach Höchst wollte, musste sie sich beeilen. Die Leinen waren bereits losgemacht, die Treidelpferde scharrten mit den Hufen.

Friederike schaute hinüber auf die andere Mainseite und ließ ihre Blicke über die Silhouette des alten Dorfes schweifen: die Stadtmauer, der Brückenturm, die Dreikönigskirche. Während der Fahrt von Hanau nach Frankfurt hatte sie mitbekommen, wie zwei Mitreisende sich über den Stadtteil »dribb de Bach« und seine berühmten Apfelweinschenken unterhalten hatten. »Ei, des Stöffsche sollst aach emol versuche«, hatte ihr einer der beiden älteren Herrschaften fröhlich zugerufen, als er ihr Interesse an dem Gespräch bemerkt hatte.

Sie nickte in Gedanken. Genau, das würde sie tun. Und zwar sofort. Höchst konnte warten. Noch ein paar Stunden. Was gab es Besseres, als sich einen Rausch anzutrinken, wenn man seinen Liebeskummer vergessen – oder zumindest betäuben – wollte? Sie würde einen kleinen Rundgang durch die Stadt machen und den Abend in Sachsenhausen ausklingen lassen. Schließlich war sie in Frankfurt, der Krönungs- und Messestadt. So einen Ort konnte man nicht einfach mit Nichtachtung strafen, so ein Ort gehörte erobert.

Und sei es nur für eine einzige Nacht.

4. KAPITEL

Sie hatte beschlossen, sich erst einmal ein Quartier zu suchen, bevor sie sich nach Sachsenhausen zu den Apfelweinschänken aufmachte. Von ihrem Vater, der als junger Mann mehrfach zur Messe in Frankfurt gewesen war, wusste sie, dass es in der Hasengasse einen Gasthof gab, in dem man preisgünstig Zimmer mieten konnte. Er hatte ihr auch von dem großen Brand erzählt, bei dem im Juni 1719 über vierhundert Familien ihr Zuhause verloren hatten und vierzehn Menschen gestorben waren. Ein betrunkener Italiener, der in der Bockgasse bei einem Bierwirt logiert hatte, war mit brennender Pfeife in seinem Bett eingeschlafen, hatten die Gendarmen später rekonstruiert. Auch die Hasengasse mit ihren Fachwerkbauten war vollkommen heruntergebrannt gewesen, und die Eltern des Zimmerwirts hatten nicht nur ihr Haus verloren, sondern auch den jüngsten Sohn, der in den Flammen umgekommen war. Da haben wir es mal wieder, dachte sie traurig, als sie sich die Geschichten vom »Christenbrand« in Erinnerung rief, immer diese Italiener ...

Auf dem Römerberg waren die Bauern und Händler gerade dabei, ihre Stände vom Wochenmarkt abzubauen und die restlichen Waren auf Lastkarren zu hieven. In den Rinnsalen lagen vereinzelte Äpfel und Gemüseknollen, die aus den breiten Holzladen und Körben gefallen waren. Streunende Hunde wühlten mit ihren Schnauzen in den Abfallhaufen entlang der Fassaden, die darauf warteten, vom Stadtkehrer beseitigt zu werden. Ein paar Katzen machten sich am Fischstand zu schaffen, dessen Betreiber so betrunken war, dass er gar nicht mitbekam, wie sie mit ihren Tatzen die Flusskrebse, Muscheln und Fische aus den Bottichen angelten und unter eifersüchtigem Fauchen in die nächste Ecke schleppten.

Friederike fragte eins der Marktweiber nach dem Weg in die Hasengasse.

»Geradeaus hoch bis zum Liebfrauenberg und dann rechts«, lautete die Antwort.

Und tatsächlich, kurz darauf stand sie vor dem Gasthof, von dem ihr Vater gesprochen hatte. Kaum hatte sie dem Hausherrn ihr Anliegen geschildert und dazu gesagt, dass sie erstens den Beruf des Porzellanmalers ausübe und zweitens aus Meißen komme, wurde ihr auch schon das Tor geöffnet und mit ausnehmender Herzlichkeit ein einfaches, aber freundliches Zimmer im zweiten Stock zugewiesen. Herr Peters hatte ihr ebenfalls erklärt, wie sie am besten nach Sachsenhausen gelange – »über die Brücke, am Deutschordenshaus vorbei und dann immer der Nase nach« – und welche Lokalitäten sie dort aufsuchen solle. Wenn sie echten Frankfurter Apfelwein probieren wolle, hatte er empfohlen, müsse sie nach den Schenken Ausschau halten, die ein Abzeichen mit einem grünen Busch oder Zweig an der Tür hängen hätten.

»Den Bierbrauern sind diese Straußwirtschaften zwar ein Dorn im Auge, aber jedermann weiß, dass es dort am lustigsten zugeht. Wenn irgendwo gelacht und gefeiert wird, dann da!«, hatte er mit einem Augenzwinkern nachgeschoben.

Eine halbe Stunde später hatte sie kaum den Kuhhirtenturm passiert, als sie auch schon lauten Gesang durch die Gassen schallen hörte. Sie nahm sich vor, die erstbeste Schenke zu betreten, an deren Eingangstür sie etwas Grünes entdecken würde, ein Glas des berühmten »Stöffsche« zu trinken und dann schnell wieder in ihren Gasthof zurückzukehren. Mittlerweile war die Dunkelheit vollends hereingebrochen, und sie spürte die Müdigkeit bleischwer auf ihren Knochen lasten. Aber am meisten setzte ihr noch immer Maries Bemerkung über Giovannis Tändeleien mit anderen Frauen zu. Bestimmt hatte die Contessa mit ihrem »*puttana*«-Gezeter das Fräulein aus Weimar oder noch eine ganz andere Gespielin gemeint. Maries Italienisch war mit Sicherheit nicht so gut, als dass sie den Wortwechsel zwischen den beiden Streithähnen richtig verstanden haben konnte. Sie musste Köstritz mit irgendeinem anderen Ort verwechselt haben, oder die ganze Geschichte entsprach sowieso nicht der Wirklichkeit. Am wahrscheinlichsten war immer noch, dass Giovanni und die Contessa miteinander verlobt waren, wie Emilia in Köstritz ja ihr, Friederike, gegenüber behauptet hatte, und dass Giovanni sich einfach dieselben Rechte wie seine hemmungslose Braut herausnahm und mit jeder halbwegs attraktiven Frau anbändelte, die ihm über den Weg lief. So eben auch mit ihr und gleich danach mit dem Weimarer Fräulein. Aber dass er sie so schnell vergessen haben konnte! Sie hatte keine Sekunde daran gezweifelt, dass seine Gefühle für sie aufrichtig gewesen waren. Gut, sie hatte bisher kaum Erfahrungen mit Männern gemacht, aber sie besaß doch eine gewisse Menschenkenntnis! Oder vielleicht auch nicht, korrigierte sie sich mit einem traurigen Lächeln. In Charlotte hatte sie sich schließlich auch getäuscht. Einmal ganz zu schweigen von Caspar Ebersberg, und natürlich auch von Georg! Sogar ihre Mutter hatte sie am Ende im Stich gelassen und einfach über ihren Kopf hinweg einen Ehemann für sie ausgesucht. Nein, das war alles nicht sehr glücklich verlaufen! Blieb nur zu hoffen, dass sie wenigstens in Höchst keine weiteren Unannehmlichkeiten mehr erwarteten. Friederike schluckte. Selten hatte sie sich so einsam gefühlt.

Ein paar betrunkene Burschen tauchten schwankend hinter einem Häuserblock auf. »Drum vivat hoch de Eppelwei, un vivat Sachsehause!«, hörte sie sie noch grölen, als sie schon längst in die nächste Gasse eingebogen war. Direkt vor ihr befand sich eine Weinwirtschaft, an deren grün gestrichener Eingangstür tatsächlich ein vertrocknetes Zweiglein steckte. Sie schob die Tür auf. Schon draußen hatte sie das Stimmengewirr, das durch die geschlossenen Fenster drang, deutlich vernommen. Nun wurde sie beinah erschlagen von dem Lärm, der ihr entgegenschallte. Rasch überschaute sie den rauchgeschwängerten Raum. An der rechten Seite, am Ende einer langen Tafel war noch ein Plätzchen frei. Sie schob sich an den mitten im Raum stehenden Grüppchen schwatzender und trinkender Gäste vorbei, ging den Kellnern mit ihren schweren Tabletts aus dem Weg, und ließ sich aufatmend auf der Holzbank nieder. Ein Blick in die Runde sagte ihr, dass es sich bei ihren Tischnachbarn um besser gestellte Bürger handeln musste. Sogar ein paar Frauen saßen zwischen den wohlgenährten Herren, die ihren Gesprächen und der gediegenen Kleidung zufolge Händler und Kaufleute waren. Direkt gegenüber von Friederike saß ein jüngerer Mann ohne Perücke, aber mit einem umso schmuckeren Justeaucorps, der sie neugierig musterte.

»Neu hier?«, fragte er nach einer Weile freundlich und hob sein Glas, um ihr zuzuprosten.

»Auf der Durchreise«, antwortete sie wahrheitsgemäß und nahm einen großen Schluck aus ihrem Apfelweinglas, das ihr der Kellner unaufgefordert hingestellt hatte. Sie hatte ihm gerade noch zurufen können, dass er ihr etwas Warmes zu essen bringen solle, bevor er wieder im Getümmel verschwunden war.

»Aus Sachsen, was?«, bemerkte ihr Gegenüber mit einem listigen Grinsen.

»Woher wollen Sie das denn wissen?«, fragte sie halb verunsichert, halb empört. Sie bemühte sich, ihre Stimme möglichst tief klingen zu lassen, damit er ihr nicht noch mehr Wahrheiten auf den Kopf zusagen konnte.

»Na, das hör ich doch!«, antwortete der Mann belustigt. »Bei all den Leipzigern, mit denen wir hier ständig zu tun haben ... Und außerdem: Man sieht es auch«, fügte er, etwas ernsthafter geworden, hinzu. »Weiß der Himmel, woran. Die Kleidung, das Gesicht ... Aber nichts für ungut, ich mag die Sachsen!«

»Ich komme übrigens aus Meißen, nicht aus Leipzig«, korrigierte sie ihn eine Spur zu spitz.

»Ach! Sie wollen bestimmt nach Höchst, was?«

Ein selbstzufriedenes Lächeln hatte sich auf das Gesicht ihres Tischnachbarn gestohlen, der sich über die Treffsicherheit seiner Bemerkungen diebisch zu freuen schien.

»Woher wissen Sie das denn?«, fragte sie erschrocken.

»Nun, Sie sind kein Einzelfall, Herr... äh, wie war doch gleich Ihr Name?« Neugierig blickte er ihr ins Gesicht.

»Rütgers. Friedrich Christian Rütgers. Ich bin Porzellanmaler. Und in der Tat auf dem Weg nach Höchst.«

»Philipp Jacob Beyer, Apothekengehilfe«, entgegnete der Mann. »Ich stamme aus Höchst. Und das sind alles Freunde von mir.« Er machte eine ausladende Armbewegung in die Runde. »Sie handeln mit Medikamenten und sonstigen unverzichtbaren Waren für das leibliche Wohl.« Er zwinkerte anzüglich. »Aber nichts für ungut, wie ich kommen die meisten von ihnen aus Höchst.« Er nahm einen großen Schluck aus seinem Glas. »Ein trauriges Kaff«, fügte er nach einer Weile mit einem bedauernden Achselzucken hinzu. »Wenn man nicht gerade in der Porcellaine-Fabrique arbeitet... Und da wollen Sie ja wohl hin, oder nicht?«

»Nun ...« Friederike zögerte. Sie wusste nicht recht, ob sie diesem gänzlich Unbekannten Vertrauen schenken konnte.

»Da wollt ihr doch alle hin, die ihr aus Meißen kommt!«, mischte sich ein älterer Herr ins Gespräch. Er saß zwei Plätze weiter links von Beyer und hatte ihrem Geplänkel schon länger zugehört.

»Sie scheinen sich ja gut in der Porzellanbranche auszukennen«, versuchte sie von ihrer Person abzulenken. Dankbar nickte sie dem Kellner zu, der eben einen großen Teller Spundekäs mit einer riesigen Laugenbrezel vor ihr abgestellt hatte.

»Wissen Sie, wir Höchster, wir kriegen halt mit, was bei uns so abläuft! Seit Kommerzienrat Benckgraff und sein Ofenbauer –

wie heißt er noch gleich? – ja, genau, seit dieser Ringler und er da sind, weht ein anderer Wind bei uns im Ort. Nicht zuletzt wegen euch! Ihr Sachsen, ihr seid halt tüchtige Leut', keine Frage! Ohne euch würden wir doch immer noch Fayencen backen. So wie die Hanauer...«, lachte er meckernd.

Wieder hob Beyer sein Glas, um ihr zuzuprosten. Auch der Alte schien mit ihr anstoßen zu wollen. Kaum hatte sie die Geste erwidert und ihr Glas abgestellt, stand auch schon ein neues vor ihr, das randvoll mit der trübgelben Flüssigkeit gefüllt war.

Als Friederike sich nach mindestens fünf Gläsern Apfelwein schließlich ziemlich wackelig auf den Beinen von ihren beiden neuen Bekannten verabschiedete, hatte sie nicht nur jede Menge Wissenswertes über die Verhältnisse in der Höchster Porzellanmanufaktur erfahren, sondern auch noch die Anschrift von Beyers älterer Schwester Josefine in der Tasche, einer kinderlosen Witwe, die immer wieder gern Zimmer an Künstler von auswärts vermietete.

Sie war froh, als sie nach einer halben Stunde Fußmarsch auf einigen Umwegen den Main überquert und die Hasengasse gefunden hatte, um todmüde in ihr Bett zu fallen – nicht ohne sowohl ihres Vaters zu gedenken, der gewiss manch eine Nacht im selben Bett verbracht hatte, als auch Giovannis, der sich wahrscheinlich längst wieder eine neue Gespielin für sein Nachtquartier gesucht hatte. Mit diesen zwiespältigen Gefühlen schlief sie weit nach Mitternacht endlich ein.

∞

Am nächsten Morgen wurde sie von dem lauten Getöse, das unten auf der Gasse herrschte, zeitig geweckt. Noch war am Horizont erst ein winziger Streifen Blau zu erkennen, wie ein Blick aus dem Fenster ihr verriet. Der Tag versprach schön zu werden. Umso besser für die Schifffahrt, die ihr bevorstand. Von Frankfurt bis Höchst war es zwar nicht ganz so weit wie von Hanau bis Frankfurt, aber bei Sonnenschein hatte sie sicher mehr davon als bei nasskaltem Wetter. Schließlich wollte sie auch gern etwas sehen von ihrer künftigen Heimat. Die Fahrt mit dem Schiff würde hoffentlich nicht allzu lange dauern. Sie wollte ja auch noch in der Manufaktur vorstellig werden. Und Josefine Heller, die Zimmerwirtin, sollte sie wohl ebenfalls besser zu einer anständigen Tageszeit aufsuchen, wenn sie bei ihr Quartier zu nehmen gedachte.

Friederike sprang in ihre Kleider, band sich einen halbwegs passablen Zopf und schnürte ihr Bündel. Der Kopf tat ihr weh vom übermäßigen Apfelweingenuss, aber damit konnte sie sich jetzt nicht aufhalten. Rasch verabschiedete sie sich bei ihren Wirtsleuten und machte sich auf zum Fahrtor.

Das Mainzer Marktschiff lag bereits abfahrbereit. Außer ihr waren zu dieser frühen Morgenstunde nur wenige Passagiere an Bord, offenbar Fremde wie sie. Der Kapitän ließ es sich nicht nehmen, ihnen eine kleine Einführung in die Frankfurter Stadtgeschichte zu geben. Kaum waren sie so weit mainabwärts gefahren, dass sie die Begrenzung durch die Stadtmauer passiert hatten, wurden auch schon die ersten Gärten mit den Sommervillen der reichen Frankfurter Bürger am rechten und linken Mainufer sichtbar.

»Hier sehen Sie die Gartenvilla der Familie von Loën mit den Statuen und Prunkvasen des Andreas Donett, meine Herrschaften, Schauplatz nicht weniger hochbrisanter diplomatischer Ereignisse«, gluckste der Kapitän in sich hinein. »Und dieses nette kleine Häuschen«, fuhr er nach einer Weile, auf die gegenüberliegende Flussseite deutend, fort, an der hinter hohen Bäumen eine hochherrschaftliche Villa samt Wirtschaftsgebäuden und Stallungen auftauchte, »gehört der Familie Wiesenhütten-Barckhaus, die, wie Sie sehen können, nicht gerade zu den ärmsten unserer Stadt zählt.«

Friederike fragte sich, ob sie wohl jemals Gelegenheit haben würde, in diese Frankfurter Kreise vorzudringen. Ihrer Mutter mit ihrem unnachahmlichen gesellschaftlichen Talent wäre das zweifellos innerhalb weniger Wochen gelungen. Mit Sicherheit hätte sie auch hier über kurz oder lang den passenden Bräutigam für ihre Tochter aus dem Hut zu zaubern vermocht. Friederike schüttelte sich, als ihr das konturlose Gesicht von Per Hansen vor Augen erschien. Wäre sie nicht rechtzeitig von zu Hause weggelaufen, wäre sie jetzt wahrscheinlich schon verlobt.

Sie ließ den Blick über die Uferböschung schweifen. An manchen Stellen schien der Fluss weniger tief als an anderen, was sie den hektischen Armbewegungen des Kapitäns in Richtung Leinreiter entnahm, der die Treidelpferde daraufhin zu einer langsameren Gangart anhielt. Plötzlich sah sie am rechten Mainufer ein Grüppchen mit Gestalten stehen, die seltsam zerlumpt auf sie wirkten. Als sie genauer hinschaute, erkannte sie, dass die Gesichter der ärmlich gekleideten Männer und Frauen mit eitrigen Beulen und roten Flecken überzogen waren. Erschrocken senkte sie die Augen, um sogleich wieder verstohlen zu den Aussätzigen hin zu spähen. Der Kapitän hatte ihren Blick bemerkt.

»Das sind unsere ›guten Leute‹, die letzten, die wir hier noch haben«, erklärte er. »Leprakranke. Früher, als der Gutleuthof noch von Mönchen betrieben wurde, gab es hier jede Menge davon. Seit etwa hundert Jahren gehört der Hof jetzt dem Almosenkasten, einer Stiftung, die sich den Ärmsten der Armen annimmt, aber noch immer treibt es die Leprakranken aus dem ganzen Land hierher, weil sie hoffen, auf dem Gutleuthof von ihrem Leiden geheilt zu werden. Ja, ja, das ist schon schlimm! Aber so hat jeder sein Päckchen zu tragen – heute haben wir's dafür eher mit der Schwindsucht ...«

Seine Miene hatte sich verdüstert. Friederike wagte nicht weiter nachzufragen, worauf er anspielte. Sicher ein ihm nahestehender Mensch, der an Tuberkulose erkrankt war. Im Bekanntenkreis ihrer Eltern hatte es auch schon einige Todesopfer gegeben. Besonders schlimm waren ihr immer die Fälle erschienen, in denen kleine Kinder betroffen waren. Was für eine schreckliche Vorstellung, ein geliebtes Kind zu verlieren!

Den Rest der Fahrt sprach kaum jemand mehr auf dem Schiff. Auch den anderen Reisenden schien es die Stimmung verdorben zu haben, was vielleicht ebenso an der aufkommenden Wolkenfront lag. Als nach einer Flussbiegung der hohe Turm des Höchster Schlosses in Sichtweite kam, dessen grauer Stein sich kaum von dem plötzlich verdüsterten Himmel abhob, und schließlich der Fähranleger mit der Mainmühle und dem Zolltor hinter der Festungsmauer vor ihr auftauchten, wurde es Friederike ganz beklommen ums Herz.

Das war nun ihr Ziel – Höchst! Hier würde sie die nächsten Jahre verbringen. Und zwar nicht gerade unter einfachen Bedingungen, wenn man bedachte, dass sie unaufhörlich Komödie würde spielen müssen. Sie konnte schließlich nicht einfach eines Tages die Katze aus dem Sack lassen und allen verkünden, dass sie eigentlich eine Frau war – vorausgesetzt, sie würde in der »Porcellaine-Fabrique«, wie ihr Apothekerfreund aus der Sachsenhäuser Schenke sich so schön ausgedrückt hatte, überhaupt eine Anstellung bekommen. Nein, sollte nicht irgendwann etwas Unerwartetes geschehen, würde sie Friedrich Christian Rütgers' weibliches Alter Ego für die nächsten Jahre erst einmal unter Verschluss halten müssen. Was hatte sie sich da bloß eingebrockt! Nie mehr Kleider tragen! Nie mehr mit jungen Männern schäkern! Nie mehr Schwäche zeigen!

Eines der Treidelpferde stieß ein schrilles Wiehern aus, als der Leinreiter die Zügel wohl etwas zu hart anzog. Es half nichts, rief sie sich zur Besinnung: Sie hatte sich diese Suppe eingebrockt und musste sie jetzt auslöffeln, alles Weitere würde sich zeigen. Sie straffte die Schultern. Per Handschlag verabschiedete sie sich von dem Kapitän. Den übrigen Reisenden, die auf dem Schiff blieben, um nach Mainz weiterzufahren, nickte sie kurz zu. Mit federnden Schritten lief sie über den hölzernen Steg ans Ufer.

Eine unbändige Freude durchströmte sie urplötzlich, kaum dass sie festen Boden unter den Füßen spürte. Sie war in Höchst, sie hatte ihr Ziel erreicht! Was auch immer die nächste Zeit bringen würde: Es war richtig, dass sie aus Meißen geflohen war!

Friederike blieb stehen und ließ die kalte Winterluft in ihre Lungen strömen. Langsam atmete sie aus und wandte den Blick vom Fluss zu der steil aufragenden Festungsmauer. Sie hatte alles versucht, um ihren Traum zu verwirklichen, mehr konnte sie nicht tun. Nun würde das Schicksal entscheiden müssen, ob wirklich eine Künstlerin aus ihr wurde.

Die Kronengasse zu finden, in der Josefine Heller, geborene Beyer, laut Schilderung ihres jüngeren Bruders in einem schmalen Fachwerkhäuschen logierte, war nicht weiter schwierig gewesen. Staunend hatte Friederike vor dem handtuchbreiten Gebäude mit dem schiefen Querbalken über der Eingangstür gestanden und sich gefragt, wie hier mehr als eine Person wohnen konnte, als sich auch schon ein blonder Lockenkopf in einem der beiden oberen Fenster zeigte.

»Guten Tag, junger Mann. Kann ich Ihnen weiterhelfen?«

Die Stimme klang hell und freundlich, mit einer leichten hessischen Einfärbung.

»Ihr Bruder schickt mich, gnädige Frau.«

Friederike legte den Kopf in den Nacken und hielt sich die Hand wie einen Schirm vor die Augen, um ihre künftige Wirtin besser betrachten zu können.

»Friedrich Christian Rütgers ist mein Name. Ich bin Porzellanmaler und komme geradewegs aus Meißen, um hier in Höchst Anstellung zu finden. Aber zunächst brauche ich ein Quartier ...«

Josefine zeigte zwei Reihen spitzer weißer Zähne und ein ebenso milchfarbenes, vollendet geformtes Dekolleté, während sie sich noch ein Stückchen weiter aus dem Fenster beugte.

»Sie haben Glück, Herr Rütgers«, lachte sie auf Friederike herab, »mein letzter Untermieter, ein Kollege von Ihnen – ich

glaube sogar, ein recht berühmter – hat sich bei den Höchstern ziemlich unbeliebt gemacht, indem er eins unserer Mädchen nicht nur geschwängert, sondern sie auch noch sitzen lassen hat. Von einem Tag auf den anderen war der verschwunden ...«
Sie kicherte. »Immerhin hat er wenigstens mir gegenüber Anstand gewahrt und mir den halben Dezember ausbezahlt, bevor er sich auf sein Pferd geschwungen hat und davongeprescht ist, als wäre der Teufel persönlich hinter ihm her. Grad ein paar Tage ist er weg ...«

Wer das wohl gewesen sein mochte, fragte sich Friederike und stimmte in Josefine Hellers fröhliches Gelächter ein. Sie ließ sich die frei gewordene Dachkammer zeigen, dankte Gott, dass sie keinen Fingerbreit größer gewachsen war, weil sie in dem winzigen Zimmerchen sonst bestimmt Zustände bekommen hätte, und drückte der lustigen Witwe fünf Taler als Anzahlung für die Miete in die Hand.

Weniger als eine Stunde später stand sie vor den Toren der Höchster Porzellanfabrik, die sich unmittelbar an der Stadtmauer befand. Das ehemalige Wohnhaus war zwar vergleichsweise herrschaftlich mit seinem großen Speicher, dem Brauhaus und dem Kellergewölbe, aber gegen die Produktionsstätte in der Meißener Albrechtsburg kam es beileibe nicht an.

Friederike schmunzelte. Sie musste an die Worte ihres Vaters denken, der sich erst vor wenigen Monaten bei einem Essen im Kreise der erweiterten Familie über den Mainzer Kurfürsten Johann Friedrich Carl von Ostein und seinen merkantilen Ehrgeiz lustig gemacht hatte. Dieser hatte 1746 in Erwartung nennenswerter wirtschaftlicher Erfolge für sein Land und unter großem Pomp und formalem Aufwand dem aus Meißen stammenden Porzellanmaler Adam Friedrich von Löwenfinck das Privileg erteilt, in Höchst eine Porzellanmanufaktur zu errichten. Statt auf der Stelle »weißes Gold« zu produzieren und seine alten Kollegen in Meißen das Fürchten zu lehren, hatte von Löwenfinck sich erst einmal in einige amouröse Abenteuer verstrickt, bis er schließlich ausgerechnet eine Fayencemalerin geehelicht hatte, die noch dazu Tochter des fürstäbtlichen Kammerherrn und Hoflackierers von Fulda war. Nachdem zwei von Adam Friedrich von Löwenfincks Malern sich im Gasthaus »Zur Krone« offenbar ebenfalls um die Gunst eines schönen Frauenzimmers bis aufs Blut gestritten hatten und es zu einem Duell mit beinah tödlichem Ausgang gekommen war, hatte auch das Ansehen des Manufakturgründers starken Schaden genommen, zumal er noch immer kein Porzellan zustande gebracht hatte. Zwei Jahre später war er auf Betreiben seines Kompagnons, des Frankfurter Kaufmanns Christoph Göltz, endgültig von der Bildfläche verschwunden, und erst der aus Wien herbeigeeilte Arkanist Johann Kilian Benckgraff hatte zusammen mit seinem Ofenbauer Josef Ringler den porzellanlüsternen Kurfürsten wieder Mut schöpfen lassen, dass auch er sich eines Tages als großer Förderer der Künste und schönen Dinge im Ausland würde hervortun können.

Ob der Kurfürst nun endlich zufrieden war?, fragte Friederike sich, während sie neugierig das zweistöckige Haus mit den beiden vorgelagerten Anbauten musterte. Immerhin hatte Benckgraff wenige Wochen zuvor gezeigt, dass er sein Geld wert war, indem er tatsächlich schon nach kurzer Zeit auch in Höchst echtes Porzellan hergestellt hatte. Sie ließ ihren Blick über das Anwesen schweifen. In den beiden niedrigen Gebäuden konnten sich nur die Brennöfen befinden, schloss sie anhand der hoch aufragenden Schornsteine. Ihre Vermutung wurde von einem Mann in Arbeitskluft bestätigt, der mit einem Stapel Holzscheite auf der Schulter aus dem Schuppen trat und zielstrebig auf den linken Anbau zuging. Auf der Türschwelle drehte er sich plötzlich zu ihr um.

»Kann man etwas für Sie tun, werter Herr?«

»Äh, ja … Guten Tag. Mein Name ist Friedrich Christian Rütgers. Ich bin …«

»Ach, Sie sind bestimmt aus Meißen und wollen sich vorstellen, was? Da gehen Sie am besten gleich zu Benckgraff. Er sitzt im ersten Stock, dritte Tür rechts. Da vorne ist die Treppe.«

Aufmunternd nickte der Mann ihr zu und deutete mit dem Kinn in Richtung Haupthaus. Sie hatte ihn für einen Holzhacker gehalten, der für die Befeuerung der Öfen zuständig war, aber weder seine Sprache noch die formvollendete Geste, mit der er ihr nun die Tür aufhielt, deutete auf eine einfache Herkunft hin.

Ihr Gegenüber schien ihre Unsicherheit bemerkt zu haben.

»Ich bin übrigens Johannes Zeschinger, Maler und Staffierer. Wir werden bestimmt noch öfter das Vergnügen haben…«

Er war schon fast in der Brennerstube verschwunden, als er sich noch einmal umdrehte und ihr über die Schulter zurief:

»Übrigens viel Glück! Der Alte hat heute keinen guten Tag…«

Zögernd stieg sie die knarrenden Holzstufen hinauf in den ersten Stock. Der lange Flur führte an einer offenen Tür vorbei, die den Blick auf einen Dreher an einer Töpferscheibe freigab. Der Mann sah und hörte sie nicht, so vertieft war er in seine Arbeit. In der benachbarten Kammer befanden sich mehrere Tische mit roh gebranntem Geschirr, das auf seine Bemalung und Glasierung wartete. Stapelweise Teller standen auf dem Fußboden herum, während die beiden breiten Fensterbänke von nackten Figürchen in den unterschiedlichsten Ausformungen bevölkert waren. Friederike meinte sogar, einen kleinen Chinesen erkannt zu haben, der den von ihr bemalten aus Meißen täuschend ähnlich sah.

»Der wartet wohl auf mich!«, sagte sie halblaut zu sich selbst, als eine Stimme in ihrem Rücken knurrte:

»Wer wartet hier auf Sie, junger Mann?«

Friederike fuhr herum. Dicht hinter ihr stand eine Gestalt, die auf den ersten Blick nur abstoßend auf sie wirkte: wirres graues Haar, das sich fast vollständig aus dem Zopf gelöst hatte, Knollennase, funkelnde kleine Augen.

»Was haben Sie überhaupt hier zu suchen?«, fuhr der Mann unwirsch fort. »Unbefugte haben in der Porcellaine-Fabrique keinen Zutritt!«

Das konnte nur Benckgraff sein! Ihre Gedanken überschlugen sich. Der herrische Ton, das Alter des Mannes, die offenkundig schlechte Laune ... Wie es aussah, war sie vom Regen in die Traufe gekommen. Gegen diesen mürrischen Waldschrat war Helbig geradezu ein Ausbund an Charme gewesen.

Der Mann schien das Entsetzen in ihrem Blick bemerkt zu haben. In etwas versöhnlicherem Tonfall erklärte er:

»Sie müssen wissen, wir haben es hier ständig mit ungebetenen Gästen zu tun, Leuten, die uns ausspionieren wollen. Alle sind sie darauf aus, das große Geheimnis zu lüften. Arkanum, Arkanum – als wäre es eine Zauberformel! Na ja, ist es in gewisser Weise ja auch ...«, brummte er vor sich hin. »Wobei – sicher nicht mehr lange. Jetzt, wo Ringler ... Aber was rede ich da?!«

Er schüttelte sich, als wollte er sich besinnen. Friederike sah ihm an, dass er sich über sich selbst ärgerte, weil er einem völlig Fremden Einblick in seine Gemütslage gestattet hatte.

»Womit kann ich dienen, junger Mann?«

Seine Stimme klang jetzt nur noch geschäftsmäßig.

»Ich komme aus Meißen, Friedrich Christian Rütgers ist mein Name, ich bin Porzellanmaler ...«

Eine halbe Stunde hatte ihre Unterredung gedauert. Benckgraff hatte alles wissen wollen: für wen sie in Meißen gearbeitet, welche Motive sie vorzugsweise gemalt, was sie von diesem oder jenem Kollegen gehalten hatte. Nicht nur ein Mal hatte sie befürchtet, er würde ihr die mehr oder weniger zurechtgeflunkerte Erwiderung nicht abnehmen, schließlich konnte sie in den meisten Fällen lediglich auf Georgs Erzählungen zurückgreifen und seine Erlebnisse als die ihren ausgeben.

»Nun, dann wollen wir uns mal Ihr Zeugnis anschauen«, hatte der Meister schließlich geknurrt, als sie das Verhör schon fast für überstanden gehalten hatte.

»Mein Zeugnis?« Friederike wurde blass. »Ich ... äh ... ich ... Wissen Sie, mein Zeugnis ...«

»Sie wollen mir doch nicht erzählen, dass die Kollegen in Meißen Ihnen kein Empfehlungsschreiben ausgestellt haben? Ich kenne Höroldt – bei dem muss doch immer alles höchst korrekt zugehen!«

Missmutig trommelte Benckgraff mit den Fingern auf der Tischplatte herum.

»Also, was ist? Zeigen Sie mir jetzt Ihre Papiere oder nicht?«

Friederike schluckte. So kurz vor dem Ziel – und jetzt sollte die Erfüllung ihres Lebenstraums an einer Formalie scheitern? Warum hatte sie nicht daran gedacht, sich selbst ein Zeugnis zu schreiben? Genauso wie sie den Stempel des Landes Sachsen nachgemacht hatte, um ein gültiges Reisedokument vorweisen zu können, hätte sie ein Empfehlungsschreiben Höroldts fälschen sollen. Allerdings wäre Benckgraff mit Sicherheit nicht so leicht hinters Licht zu führen gewesen wie die Grenzbeamten ...

»Nun?« Auf seiner Miene spiegelten sich Ungeduld und Gereiztheit wider.

Gleich war es vorbei. Nur noch wenige Sekunden, dann flog sie hier hochkant hinaus, und all die Strapazen, die sie auf sich genommen hatte, ja auch Tamerlanos Tod waren umsonst gewesen. Sie spürte, wie sich ihre Kehle zuzuschnüren begann.

Plötzlich hatte sie eine Eingebung: Tamerlano! Der liebe, gute, wundervolle Tamerlano, er würde ihr ein letztes Mal zu Hilfe eilen.

»Wissen Sie, Herr Benckgraff« – jetzt kam ihr das Zittern in ihrer Stimme sogar ganz gelegen – »ich bin Opfer eines schrecklichen Unglücks geworden.« Sie legte eine Pause ein, um ihren Worten mehr Wirkung zu verleihen. »Ein Feuer hat das Gasthaus, in dem ich logiert habe, vollkommen niedergebrannt. Mein Reisebündel ist verbrannt. Und mit ihm mein Zeugnis, wie Sie sich vorstellen können. Ein schreckliches Unglück: Mein treuer Rotfuchs, aber auch einige Gäste und sogar die Wirtin, sie alle sind in den Flammen zu Tode gekommen! Ja, es hätte nicht viel gefehlt, und ich selbst wäre ebenfalls verbrannt. Nur ein Sprung aus der Dachluke hat mich in letzter Sekunde noch vor der Feuersbrunst gerettet.«

Mit treuherzigem Augenaufschlag blickte sie Benckgraff an.

»So«, knurrte dieser, offenbar nur mäßig überzeugt. »Da scheinen Sie ja noch mal mächtig Glück gehabt zu haben. Was stand denn drin in dem Zeugnis?«

»Äh ... nun ... dass ich ein ausgezeichneter Porzellanmaler bin, natürlich. Mit einer besonderen Qualifikation als Figurenmaler«, schloss sie erleichtert.

Geschafft, seufzte sie in Gedanken, das war knapp! Tamerlano hatte sie gerettet.

»Figurenmaler?« Benckgraffs Tonfall klang gedehnt. »Also Figurenmaler brauchen wir eigentlich keine mehr, Herr Rütgers. Ein weiterer Blumenmaler hätte uns gut angestanden, das ja. Landschaftsmaler sind auch recht begehrt, aber Figurenmaler ...«

Aus zusammengekniffenen Augen starrte er sie an. Sie meinte plötzlich, etwas Listiges in seinem Blick zu erhaschen. Was bildete sich dieser Benckgraff eigentlich ein? Es war ja wohl kaum so, dass die guten Porzellanmaler bei ihm Schlange standen! Warum stellte er sich so an? Sie merkte, wie der Zorn in ihr hochstieg.

»Also wissen Sie ...«, entfuhr es ihr. »Wenn Sie mich nicht anstellen wollen, dann lassen Sie es eben bleiben! Entweder Sie vertrauen mir, oder unsere Wege trennen sich hier und jetzt. Ich bin nicht darauf angewiesen, in Höchst zu arbeiten. Es gibt auch noch andere Manufakturen auf der Welt. Ihr Kollege van Alphen aus Hanau zum Beispiel hat mich kaum mehr ziehen lassen, so begeistert war er von meiner Arbeit. Das hat er mir sogar schriftlich gegeben.«

»Warum haben Sie das nicht gleich gesagt, werter Herr Rütgers?« Benckgraffs Stimme klang nun ganz sanft. »Wie Sie wissen, besteht zwischen Fayence und Porcellaine zwar ein gewaltiger Unterschied, aber van Alphen ist ein guter Mann. Er weiß, was er tut.« Er stand auf und schob seinen Stuhl zurück. »Dann zeigen Sie mal, was Sie können ...«

Drei Stunden Zeit hatte ihr der Meister zur Verfügung gestellt, um einen kleinen Teller mit Streublumen und eine Poseidon-Figur zu bemalen. Außerdem sollte sie eine Landschaftsskizze anfertigen. Mindestens zehn Mal war Benckgraff in das kleine Zimmer neben dem Töpferraum gekommen, in dem er sie zum Malen abgestellt hatte, um sich von ihren Fortschritten zu überzeugen. Seine Stimmung hatte sich mit jeder Viertelstunde sichtlich gebessert. Auch Johannes Zeschinger hatte sich mehrmals scheinbar zufällig blicken lassen.

Es dämmerte bereits, als der Manufakturdirektor und Friederike sich endlich handelseinig geworden waren: Sie würde drei Tage später in der Porcellaine-Fabrique zu Höchst ihre erste Stelle antreten. Vorerst würde sie als Blumenmaler beginnen, jedoch mit der Aussicht auf mehr. Je nachdem, wie zufriedenstellend ihre Arbeit war, könnte sie später auch Figuren oder Landschaften malen. Ihr Gehalt würde 160 Reichstaler betragen. Für Logis müsste sie selbst sorgen, aber verköstigt würde sie während des zwölfstündigen Arbeitstages im Betrieb. Und – so lautete das strenge Gebot – kein Wort zu niemandem über ihre Tätigkeit! Sollte sie ihrer Verschwiegenheitspflicht nachweislich nicht nachkommen, würde dies mit sofortiger Kündigung sowie einer Geldbuße geahndet werden.

Per Handschlag besiegelten sie ihre Vereinbarung. Fast meinte Friederike, eine Art Lächeln auf den Lippen ihres künftigen Arbeitgebers gewahrt zu haben. Er war zwar ein alter Griesgram – ganz wie man ihr bereits in Meißen erzählt hatte –, aber gewiss kein Unmensch. Und er verstand etwas von seinem Fach.

Sie hatte das Gefühl, nicht das schlechteste Los gezogen zu haben, als die Tür der Manufaktur endlich hinter ihr ins Schloss fiel.

Kaum stand sie auf der Straße, bemerkte sie, dass ihr fast schlecht vor Hunger war. Und vor Aufregung, wie sie sich eingestehen musste – nun, da alles überstanden war. Aber wo sollte sie jetzt etwas zu essen herbekommen? Zumal sie nur noch zwei Taler in der Tasche hatte und es bereits ziemlich spät am Abend war. Mit wackeligen Knien und flauem Magen lief Friederike orientierungslos durch die engen Gassen, bis sie irgendwann wie durch ein Wunder vor ihrem neuen Domizil stand. Hinter dem Fenster im Erdgeschoss flackerte noch Licht. Auf ihr Klopfen hin öffnete Josefine Heller im Schlafrock die Haustür.

»Friedrich! Da sind Sie ja endlich! Eigentlich wollte ich mit dem Essen auf Sie warten, aber irgendwann war ich so hungrig, dass ich mich nicht mehr zurückhalten konnte. Natürlich habe ich Ihnen etwas übrig gelassen: eine Höchster Spezialität, Rinderbraten in Apfelweinsauce. Es gibt auch noch ein Glas Rotwein, wenn Sie mögen.«

Dankbar strahlte Friederike ihre neue Wirtin an, nachdem sie in der gemütlichen kleinen Küche an dem Holztisch Platz genommen und die ersten Bissen hinuntergeschlungen hatte.

Hier ließ es sich leben, kein Zweifel. Endlich war sie am Ziel ihrer Wünsche angelangt: Sie hatte ihre Leidenschaft zu ihrem rechtmäßigen Beruf gemacht, bekam für ihre Lieblingstätigkeit ein ehrliches Gehalt – wenn auch kein üppiges –, und noch dazu schien sie in ihrer neuen Heimat ein hübsches Zuhause mit einer überaus angenehmen Wirtin gefunden zu haben, die obendrein eine gute Köchin war. Jetzt musste es ihr nur noch gelingen, diesen Giovanni aus ihrem Hirn zu vertreiben ...

Ihre Züge verdüsterten sich. Hastig nahm sie einen Schluck aus ihrem Rotweinglas. Josefine, der ihr plötzlicher Stimmungswandel offenbar nicht entgangen war, blickte sie fragend an.

Nein, sie durfte nicht zulassen, dass die Erinnerung an den Italiener ihre Zukunft belastete, rief Friederike sich zurecht. Sie musste diesen unzuverlässigen Hasardeur so schnell wie möglich vergessen. Kurz flackerte das Bild Richard Hollwegs vor ihrem inneren Auge auf. Auf ihn war bestimmt mehr Verlass als auf Giovanni. Aber um Hollweg ging es ihr ja gar nicht, abgesehen davon würde sie ihn wohl kaum je wiedersehen.

Sie führte die Gabel zum Mund. Vergiss die Männer, verordnete sie sich energisch kauend, du brauchst sie nicht! Du hast die weite Reise bis nach Höchst ganz allein durchgestanden. Jetzt, wo du dein Ziel erreicht hast, wirst du auch deinen weiteren Weg ganz allein gehen können. Niemand wird dich mehr daran hindern, das zu tun, wovon du immer geträumt hast.

»Genau!«, unterbrach Josefine die Gedanken ihres Gastes. »Ich habe zwar nicht die geringste Ahnung, welche Laus Ihnen da gerade über die Leber gelaufen ist, lieber Friedrich, aber man konnte Ihnen deutlich ansehen, dass Sie beschlossen haben, sich von ihr nicht kleinkriegen zu lassen. Ich helfe Ihnen gern dabei.«

Aufmunternd hob sie ihr Glas, in dem nur noch der Boden von der sattroten Flüssigkeit bedeckt war.

»Sie müssen mir nur ein Zeichen geben, wenn Sie meine Hilfe brauchen.«

Die späte Stunde und der gute Tropfen hatten die üppige Blondine leicht die Contenance verlieren lassen. Sie lallte ein wenig, und ihre Wangen glühten. Friederike konnte tief in den verrutschten Ausschnitt ihres Negligés blicken, doch anders als bei der Contessa hatte sie nicht das Gefühl, mit irgendwelchen Übergriffen rechnen zu müssen.

»Danke, Josefine, ich danke Ihnen sehr. Ich komme darauf zurück, wenn es so weit ist«, sagte sie mit einem kleinen Lächeln.

☙

Friederike hatte sich in ihrem ersten Eindruck von ihrer Wirtin nicht getäuscht: Josefine war ebenso herzlich und großzügig geblieben wie am Anfang ihrer Bekanntschaft und hatte auch nie Anstalten gemacht, irgendwelche Grenzen zu überschreiten.

Nur das Du hatte sie ihr irgendwann aufgenötigt, was Friederike nach kurzem Zögern aber gern angenommen hatte. Wenn sie abends nach einem langen Tag in der Manufaktur todmüde in ihr Quartier in der Kronengasse gewankt kam, wartete die junge Witwe meist mit einem warmen Abendessen auf sie. Wie Mann und Frau setzten sie sich dann an den Küchentisch und ließen die vergangenen Stunden bei einem nahrhaften Mahl und einem Gläschen Wein Revue passieren. Friederike liebte es, Josefine von ihrem Arbeitsalltag in der Manufaktur zu berichten. Sie hatte sich gut in die dortigen Abläufe eingefunden, mit den meisten Kollegen Freundschaft geschlossen und, wie es schien, sogar Benckgraffs Respekt erworben. Unter der fürsorglichen Anleitung seines Schwiegersohns Johannes Zeschinger hatte sie inzwischen alle möglichen Muster und Motive ausprobiert und auch mit den unterschiedlichsten Farben und Maltechniken experimentiert. Sie war glücklich: Genauso hatte sie sich die Tätigkeit eines Porzellanmalers vorgestellt, der in einer bedeutenden Manufaktur tätig war. Jeden Morgen wachte sie in froher Erwartung des kommenden Tages auf und eilte nach einem schnellen Frühstück in die Fabrique, um endlich wieder ihrem geliebten Handwerk nachzugehen. Das Ganze hätte sie zwar auch in Meißen haben können, dachte sie manchmal, wenn Helbig nicht so verstockt gewesen wäre, aber dann wieder gelangte sie zu der Überzeugung, dass es nur gut war, das Elternhaus als junger Mensch zu verlassen und sein Glück in der Ferne zu suchen. In Höchst war sie viel freier, als sie in Meißen jemals gewesen wäre. Nicht nur, weil sie jetzt ein Mann war. Sondern auch, weil sie in Höchst ein unbeschriebenes Blatt war. Niemand kannte sie näher, niemand erwartete irgendetwas von ihr, nein, sie konnte einfach tun und lassen, was sie wollte. Und das war: malen, malen, malen – wie sie es sich immer erträumt hatte.

Josefine hingegen liebte es, sie mit dem neuesten Klatsch und Tratsch aus Höchst zu unterhalten. Sie hatte ihr ganzes Leben in der kleinen Stadt verbracht, kannte sämtliche Einwohner und wusste zu jedem eine mehr oder weniger vertrauliche Geschichte zu erzählen. Auch die Mitarbeiter der Porzellanmanufaktur vermochten ihrem wachsamen Auge und Ohr nicht zu entgehen.

»Dieser Ringler«, begann sie eines Abends, »das war vielleicht ein seltsamer Knabe! Erst hat er es bei mir versucht – war ja auch keine Kunst, schließlich wohnte er in meinem Haus. Und ich bin ja immer erst mal nett zu meinen Gästen ...« Sie lachte ein wenig kokett und prostete Friederike zu. »Aber mir war schnell klar, dass er keine ernsthaften Absichten hatte. Außerdem gefiel er mir nicht, sein Blick war so ... ja, so unstet. Eines Tages hat er die Anna kennengelernt, eine Freundin von mir, die wegen ihres Verlobten aus Frankfurt hierhergekommen war. Nur dass der Franz schon vor der Heirat gestorben ist, ein paar Wochen nach ihrem Umzug. Da stand sie nun: Kannte keine Menschenseele außer ihrer Freundin Josefine, die aber gerade in den Flitterwochen schwelgte. Und der Versprochene ist tot. Vor lauter Unglück hat sie sich auf den Ringler eingelassen, diesen Wiener, diesen Ofenbauer, diesen ...«

Sie hatte die Stimme um eine halbe Tonlage erhoben, so sehr schien der Gedanke an Friedrikes Vormieter sie zu erzürnen.

»Na, und eines Tages treff ich sie beim Brunnen, sie schöpft Wasser, dreht sich zur Seite – und übergibt sich vor der ganzen Schlange Weiber, die wie wir beide zum Wasserholen anstehen. ›Ja, Anna‹, sag ich, ›hast wohl gestern zu viel Martinsgans gegessen!‹ In Wirklichkeit hab ich mit einem Blick gesehen, was los ist, aber ich wollt ja die anderen Frauen in die Irre führen, um jedes dumme Gerede im Keim zu ersticken. Und kaum hatte ich die Anna nach Hause begleitet und ins Bett gesteckt, hab ich mir hier gleich den Ringler vorgeknöpft. Aber wie diese Wiener so sind: Gewunden hat der sich, wie ein Aal!«

Josefine wirkte so empört, dass Friederike lachen musste.

»Was hast du nur gegen die Wiener?«, fragte sie amüsiert. »Die sind doch so charmant ...«

Erst in dem Moment fiel ihr ein, dass auch die Contessa eine halbe Wienerin war. Emilia hatte ihr doch von ihrer Mutter erzählt, Giovannis Jugendliebe, die mit nicht einmal dreißig Jahren an gebrochenem Herzen gestorben war. Diese Phase hatte sie, Friederike, immerhin hinter sich! Sie schluckte. Was hatte sie nicht alles versucht, sich Giovanni aus dem Kopf zu schlagen! Ja, eine richtige Technik hatte sie entwickelt, wie sie ihre Gedanken sofort in eine andere Richtung lenken konnte, sobald sich das Bild des Italieners dazwischendrängte. Trotzdem erschien er ihr noch immer regelmäßig im Traum. Hatte er vor urlanger Zeit nicht behauptet, er würde nach ihr suchen?, fragte sie sich unwillkürlich. Er wusste doch, wo sie war – warum hatte er ihr dann nicht wenigstens geschrieben?

»Friedrich, hörst du mir überhaupt zu?«, riss Josefine sie aus ihren Gedanken. Erst als Friederike schuldbewusst nickte, fuhr sie in ihrem Bericht fort.

»Am Anfang hat der Ringler noch versucht, alles abzustreiten, dann hat er der Anna ein paar andere Verehrer angedichtet, und am Schluss hat er endlich zugegeben, dass nur er der Kindsvater sein könnte. Und gejammert hat er: Wenn der Benckgraff das erfahren würde, der sei doch so streng, sogar mit ihm, der er ja recht eigentlich sein Kompagnon wär, aber eben wohl doch erst wirklich würde, wenn er seine ältere Tochter ehelichte, dieses hagere Weibsstück, nie und nimmer würde er das übers Herz bringen, erschießen würde er sich eher, als sich dieser ledernen Ziege freiwillig auszuliefern, man brauche sich ja nur die Mutter anzusehen, kein Wunder, dass der Benckgraff immer so mürrisch sei, bei dieser Frau, nein, so enden wolle er auf keinen Fall ... ›Ja, und was ist mit der Anna, was hat die damit zu tun?‹, habe ich ihn ganz streng gefragt. ›Ach, die Anna‹, hat er gestöhnt und ist nach oben in sein Zimmer gegangen – dein Zimmer, Friedrich, in deiner Kammer hat er geschlafen, gute anderthalb Jahre lang – ja, und am nächsten Morgen war er weg.«

Mit einer dramatischen Geste griff sie nach dem scharfen

Messer vor sich auf dem Tisch und säbelte eine dicke Scheibe Geselchtes ab.

Friederike nickte langsam, sie war gedanklich wieder ganz im Hier und Jetzt angelangt.

»Benckgraff hat mal so eine Andeutung gemacht, dass er eine große menschliche Enttäuschung erlebt hätte ... Und seine Tochter, die habe ich neulich gesehen: ein schreckliches Weib, das kann ich nur bestätigen! Kein Wunder, dass er die nicht verheiratet kriegt. Schon komisch, weil die Jüngere, die Frau vom Zeschinger, doch ganz reizend ist. Aber was ist denn aus Anna geworden?«

»Ist im sechsten Monat und weiß nicht mehr ein noch aus«, lautete die düster vorgetragene Antwort. »Jeden Tag, den ich sie lebend antreff, mach ich 'nen Freudensprung, so sehr fürcht ich, dass sie ins Wasser gehen könnt.«

Josefine schluckte ihren Bissen herunter. Hoffnung trat in ihren Blick.

»Sag mal, Friedrich, könntest du nicht ...?«

Friederike hätte sich auf die Zunge beißen können, dass sie sich so interessiert nach dem Verbleib der ledigen Mutter erkundigt hatte. Ein schreckliches Los hatte dieses arme Mädchen gezogen, kein Zweifel, und dieser Ringler schien ganz gewiss ein feiger Schurke gewesen zu sein, aber dass sie sich jetzt auch noch eine schwangere Ehefrau aufhalste, die sie obendrein nie gesehen hatte, das führte wirklich zu weit.

»Nichts für ungut, Josefine, aber das geht wirklich nicht«, erwiderte sie ungewöhnlich barsch.

»Was ist denn mit deinem Bruder?«, fügte sie nach einem unbehaglichen Schweigen hinzu. »Mag der nicht einspringen?«

Sie hatte den jungen Apothekergehilfen, den sie kurz vor Weihnachten in Sachsenhausen kennengelernt hatte, zu Neujahr bereits wiedergesehen, denn Josefine hatte ihren Bruder und eine Handvoll gemeinsamer Freunde, zu denen wie selbstverständlich auch »Friedrich« zählte, zum Silvesterabend in ihre engen vier Wände eingeladen und aufs Köstlichste bewirtet.

Josefine war die plötzliche Schärfe in Friederikes Ton nicht entgangen. Sie hatte nur die Augenbrauen hochgezogen und war mit ihrem Geplänkel über den Bruder fortgefahren, der sich einfach nicht binden wolle und überhaupt in den Apfelweinschenken sein wahres Zuhause gefunden zu haben schien. Doch als Friederike sich kurze Zeit später für die Nacht verabschiedete, hatte auch sie – ganz im Gegensatz zu sonst – keine weiteren Vorwände hervorgebracht, das gemütliche Beisammensein am Küchentisch noch ein wenig zu verlängern.

In den nächsten Tagen waren sie einander aus dem Weg gegangen, zum ersten Mal, seit Friederike bei Josefine Unterkunft gefunden hatte. Sie hatte sich vor lauter schlechter Laune noch mehr als sonst in ihre Arbeit gestürzt. Benckgraff hatte sie gefragt, ob sie sich nicht einmal daran versuchen wolle, einen Teller im Purpurdekor zu bemalen – nachdem er sie eines Abends in der Glasurmühle dabei erwischt hatte, wie sie ein von Johannes Zeschinger in der Ton-in-Ton-Technik gestaltetes rotes Streublumenmuster auf einer Kaffeekanne ausgiebig studierte. Sie hatte die Herausforderung angenommen, aber schon nach kurzer Zeit feststellen müssen, dass das »*en camaieu*«-Malen sie doch mehr Mühe und Nerven kostete als angenommen.

Immer wieder schweiften ihre Gedanken ab, während sie den Pinsel in die Farbpalette mit dem schwärzlich-braunen Manganpurpur tunkte, ihn in feinen Strichen über den welligen Rand des Desserttellers gleiten und auf diese Weise die elegantesten Girlanden entstehen ließ. Von dem fahnenflüchtigen Kindsvater Josef Ringler, dem Erfinder des echten Purpurs, das aus Gold gewonnen wurde und viel leuchtender war als die von ihr zum Üben benutzte Ersatzfarbe, wanderten ihre Gedanken wieder einmal zu dem kaum ehrenvolleren Giovanni, bis sie für einen Augenblick ihren Hanauer Retter Richard Hollweg streiften, um schließlich bei ihren Eltern und ihrem Bruder Georg zu landen.

Sie vermisste ihre Familie. Besonders ihr Vater und die guten

Gespräche, die sie mit ihm immer geführt hatte, fehlten ihr. Aber auch mit der Mutter hätte sie gern einmal wieder geplaudert, und sogar Georg wäre ihr als Gesprächspartner jetzt durchaus recht gewesen. Bei aller Liebe zu Josefine: Ständig nur die alten Höchster Geschichten aufgewärmt zu bekommen war doch etwas dürftig. Josefine erlebte einfach zu wenig, um interessante Dinge erzählen zu können. Ähnlich war es mit Johannes und den anderen Kollegen, ja wahrscheinlich auch mit ihr selbst. Immer nur Höchst, immer nur die Arbeit war einfach nicht besonders aufregend. Wie anders war doch das Gesellschaftsleben in Meißen gewesen, die Salons ihrer Mutter, die Bibliothek ihres Vaters, die Treffen mit Charlotte ...

Sie hatte Heimweh. Anders konnte man ihre melancholische Stimmung wohl nicht bezeichnen, gestand sie sich ein. Die Tatsache, dass der Frühling sich partout nicht blicken lassen wollte, trug ein Übriges dazu bei, jedes Gefühl von Fröhlichkeit und Hoffnung in ihr im Keim zu ersticken.

Besonders stark wurde ihr Heimweh, als sie eines Morgens von heftigen Unterleibsschmerzen geweckt wurde. Unter Krämpfen zog sie sich an und schleppte sich in die Fabrique. Zwei Mal wurde ihr auf dem kurzen Weg dorthin derart übel, dass sie glaubte, sich übergeben zu müssen. Den ganzen Vormittag pinselte sie lustlos an einer Schokoladenkanne in Form eines Eichenstrunks herum, die sie ohnehin für eine grobe Geschmacksverletzung hielt. Aber Benckgraff hatte sie gebeten, die Kanne so schnell wie möglich fertig zu stellen, da sie ein Auftragswerk sei. Den Namen des Auftraggebers hatte er ihr wohlweislich verschwiegen, aber alle wussten, dass es für die Nichte des Kurfürsten bestimmt war, ein aufgeblasenes ältliches Frauenzimmer, das bei seinen diversen Besuchen in der Manufaktur nicht nur mit seinen Verbindungen zu dem einflussreichen Onkel anzugeben pflegte, sondern noch dazu liebend gern einen Kunstverstand heraushängen ließ, der so gut wie jeder Grundlage entbehrte.

Hier ein Zweiglein, da ein Blättchen, und zum krönenden Abschluss die wollüstig hervorragende Eichel, die sie unter den feixenden Blicken ihrer Malerkollegen mit besonderer Inbrunst in ein zartes Hellgelb tauchte. Fertig war die Eichenstrunkkanne. Und sie selbst derart ausgelaugt und am Ende ihrer Kräfte, dass Benckgraff persönlich sie nach Hause schickte, kaum war der letzte Pinselstrich getan.

»Friedrich, Sie sehen wirklich aus wie eine Leiche. Ich will nicht, dass Sie mir hier gleich aus den Latschen kippen«, hatte er mit einem Anflug von Besorgnis in der Stimme gesagt. »Gehen Sie lieber nach Hause und ruhen sich bis morgen aus. Nicht, dass Sie mir hier noch ernsthaft krank werden!«

Sie hatte ihm aufs Wort gehorcht und sich in ihrer Dachkammer sogleich zu Bett begeben. Doch als sie am nächsten Morgen aus den Federn steigen wollte, gaben ihr die Knie nach, als bestünden sie aus ungebranntem Ton. Sie versuchte noch, sich an dem eisernen Gestell abzustützen, auf dem die Waschschüssel samt Wasserkrug stand – mit dem Erfolg, dass sie beides mit sich zu Boden riss.

Benommen schaute sie der emaillierten Kanne nach, die scheppernd auf dem Holzboden aufkam und unter den Schrank rollte. Aber als ihr Blick auf das Bett mit dem zurückgeschlagenen Plumeau fiel, fuhr ihr erst recht der Schreck in die Glieder: Ein großer purpurfarbener Fleck zierte das Laken.

Noch bevor sie sich das Malheur erklären konnte, wurde auch schon ihre Zimmertür aufgerissen. Ohne anzuklopfen war Josefine in den Raum gestürzt.

»Friedrich, was ist passiert? Warum polterst du so in der Gegend herum? – O je, du Arme!«

Mit einem Blick hatte sie die Situation erfasst, Friederike vorsichtig unter der Achsel gepackt und auf den Bettrand gehievt. Dann hatte sie die Kanne unter dem Schrank hervorgeangelt, die letzten verbliebenen Schluck Wasser in eine angeschlagene Fayencetasse geschüttet und ihr an die trockenen Lippen gesetzt.

»Ich werde dir eine heiße Wanne zubereiten, der Kessel steht schon auf dem Feuer. Bis es heiß genug ist, wickelst du dich in deine Bettdecke und setzt dich auf den Sessel da.«

Sie zeigte zum Fenster, vor dem ein großer Ohrensessel stand.

»Solange du in der Wanne bist, beziehe ich dein Bett neu, bringe dir ein paar anständige Monatsbinden und mache dir einen schönen Tee, einverstanden?«

Sie hielt einen Moment inne und blickte ihren sprachlosen Gast prüfend an.

»Ich nehme an, du heißt in Wirklichkeit Friederike, oder? Was hältst du davon, wenn du mir gleich bei einem warmen Teller Suppe in Ruhe erzählst, wer du wirklich bist und vor wem du davonläufst?«

Friederike nickte schwach. Das Lächeln, mit dem Josefine sie bedachte, hatte etwas Mütterliches und Verschwörerisches zugleich. So elend ihr auch zumute war, so wusste sie doch, dass sie – vielleicht zum ersten Mal in ihrem Leben – eine echte Freundin gefunden hatte.

5. KAPITEL

»Guten Morgen, lieber Friederich!«, tönte es ihr fröhlich von der Türschwelle entgegen. Vorsichtig stellte Josefine die Kerze und die dampfende Kaffeetasse auf dem wackeligen Hocker neben ihrem Bett ab.

»Morgen«, murmelte Friederike. Am liebsten hätte sie sich das warme Federbett über die Ohren gezogen und sich noch einmal umgedreht. Es war morgens noch immer ungemütlich kalt in der kleinen Dachkammer, und nur die Kerze spendete eine Ahnung von Helligkeit. Sie goss ein wenig von dem heißen Getränk in die Untertasse, ließ den Kaffee etwas abkühlen und nahm einen großen Schluck. Hoffentlich würde die Freundin jetzt kein Gespräch anfangen!

Aber die Frühaufsteherin Josefine, die um diese Uhrzeit immer schon die Messe in der Justinuskirche besucht hatte, wusste inzwischen, dass Friederike nicht zu den Menschen gehörte, die morgens frisch und munter aus dem Bett sprangen. Auf ihrem Rückweg hinunter in die Küche gurrte sie nur:

»Deine Kleider hängen vor dem Feuer und werden wunderbar warm sein. Auf die kannst du dich richtig freuen.«

Statt einer Antwort setzte Friederike sich auf, um sich sofort das Federbett bis zum Kinn hochzuziehen. Bibbernd nahm sie noch einen Schluck des wärmenden Gebräus. Dann hörte sie auch schon wieder Josefine die Leiter heraufklettern. In der einen Hand hielt sie Friederikes Kleider, in der anderen einen Krug mit heißem Wasser.

»Ich habe ein bisschen vom Waschwasser für dich abgezweigt, damit du dich nicht mit der kalten Brühe aus deinem Waschkrug waschen musst.«

Seufzend schlug Friederike die Bettdecke zurück und kletterte umständlich aus dem Bett. Seit die Freundin wusste, dass sie eine Frau war, schien sie noch mehr darauf bedacht, sie nach Strich und Faden zu verwöhnen. Das war zum Glück auch das Einzige, was sich in Josefines Verhalten seit jenem Morgen verändert hatte, als ihre Periode so heftig eingesetzt hatte, dass sie ihre wahre Identität nicht länger hatte verbergen können. Natürlich hatte Josefine sich immer wieder einmal nach ihren Eltern, Georg und den Freunden erkundigt oder belanglose Kleinigkeiten aus ihrem Alltag als Meißener Bürgerstochter wissen wollen. Vielleicht gab sie sich auch deshalb so viel Mühe, ihre Untermieterin zu umsorgen, weil sie irgendwann einmal von ihrem Dienstmädchen Lilli erzählt hatte, das längst schon ein Feuer entfacht hatte, wenn sie morgens geweckt wurde, was im Übrigen nicht ein einziges Mal vor Sonnenaufgang geschehen war.

Allmorgendlich bemitleidete Friederike sich zutiefst, weil sie in aller Herrgottsfrühe aufstehen musste. Leider ließ der erhoffte Gewöhnungseffekt, dass sie eines Morgens genauso energiegeladen aus dem Bett springen würde wie Josefine, noch immer auf sich warten. Vielleicht brauche ich einfach noch etwas Zeit, sagte sie sich immer wieder und kämpfte gegen den unangenehmen Gedanken an, möglicherweise bis ans Ende ihrer Tage im tiefsten Inneren eine verwöhnte Bürgerstochter zu bleiben. Dabei verdiente sie nun schon seit ein paar Monaten ihren eigenen Lebensunterhalt und würde gleich zu ihrer ersten Fechtstunde aufbrechen. Und verdiente sie nicht auch Josefines Lebensunterhalt mit? Die Freundin lebte von dem Geld, das sie ihr für die Überlassung der Dachkammer gab. Ab und zu verkaufte sie auch einen der fetten Hasen, die draußen im Hof in ihrem Stall saßen und ständig gefüttert werden wollten.

Mit der Kerze in der Hand kletterte Friederike vorsichtig ins Erdgeschoss hinunter. Die leere Kaffeetasse hatte sie in der

Kammer gelassen, weil sie im Gegensatz zu Josefine eine freie Hand brauchte, um sich an der Leiter festzuhalten. Drei Sprossen fehlten, und sie hatte noch immer Angst, in einem Moment der Unachtsamkeit womöglich abzurutschen.

In der mollig warmen Küche setzte sie sich vor das Feuer auf den abgesägten Buchenstamm, der ihnen als Schemel diente.

»Und vergiss nicht, ihn gleich für diese Woche noch zum Essen einzuladen!«, mahnte Josefine, für die mit ihrem Eintritt in die Küche auch das morgendliche Stillschweigen beendet war.

Friederike nickte nur und hielt den Eisenspieß mit dem Stück Brot zum Rösten über die Glut.

»Er hat heute morgen in der Kirche auf der anderen Seite vom Gang gesessen. Vor uns. Die Anna und ich konnten ihn die ganze Zeit beobachten.«

Josefine hatte ein in Friederikes Augen unbegreifliches Interesse an dem Wiener Fechtmeister entwickelt, der eigens nach Höchst geholt worden war, um den ins alte Schloss verbannten mutmaßlichen Sohn des Kurfürsten und Erzbischofs von Mainz zu unterrichten.

»Auch der Anna gefällt er ...«

Friederike schnaubte. Die Anna! Anfangs hatte sie noch Mitleid mit der ungewollt Schwangeren gehabt. Aber inzwischen erschien ihr die Geschichte von dem armen unschuldigen Mädchen, das in die Fänge eines rücksichtslosen Frauenhelden geraten war, immer weniger glaubwürdig. Jedem neuen Mann, der sich in Höchst blicken ließ, machte die Anna schöne Augen.

»Wann kommt das Kind?«, fragte sie, während sie vorsichtig an ihrem frisch gerösteten Brot knabberte.

»Es sollte nicht mehr lange dauern.«

Josefine schien sich nicht festlegen zu wollen. Sie zog ihre Wolljacke aus und bedeutete Friederike, ein Stück zur Seite zu rücken. Mit einer einzigen schwungvollen Bewegung nahm sie den großen Kupferkessel über dem Feuer vom Haken und goss das heiße Waschwasser in den Holzzuber.

Friederike war plötzlich gar nicht mehr kalt. Ihr Gesicht glühte. Sie erhob sich, um in ihre ebenfalls vorgewärmten Stiefel zu schlüpfen, als die Freundin erneut auf den Fechtlehrer zu sprechen kam.

»Der Kurfürst persönlich hat ihn engagiert.«

Energisch schrubbelte Josefine ein paar lange Unterhosen über die breiten Rillen des Waschbretts.

»Er soll ausgezeichnete Referenzen haben.«

»Ach ja?«

Friederike schüttelte den Kopf. Als ob sie das nicht gewusst hätte! Schließlich hatte sie ihn ja auch engagiert. Sie schlüpfte in den gefütterten Rock, den ihr die van Alphens geschenkt hatten. Die Weste ließ sie weg. Sie saß zwar weniger stramm als das Schnürmieder, das sie in ihrem Leben als Frau hatte tragen müssen, aber sie engte doch ein, und beim Fechten wollte sie möglichst viel Bewegungsfreiheit haben. Sie wickelte auch schon lange kein Tuch mehr um ihre Brüste. Kein Mensch hatte jemals irgendetwas gemerkt. Man musste einfach nur Hosen tragen und sich einen Männergang zulegen, schon war man ein Mann. Es war viel einfacher, als sie anfangs befürchtet hatte.

»Anna weiß nicht, wo sie mit dem Kind hin soll, wenn es erst mal da ist. Sie kann es ja nicht den ganzen Tag allein zu Hause lassen. Die Putzmacherin, bei der sie arbeitet, hat sie zwar nicht auf die Straße gesetzt, aber dass sie das Kind mit zur Arbeit nimmt, das will die Dörflerin auf keinen Fall.«

Josefine wischte sich die seifigen Hände an der Schürze ab und griff in ihre Tasche.

»Hier ist übrigens dein Haarband, Friedrich!«

Sie warf das helle Lederbändchen zu Friederike hinüber, die ganz ohne Spiegel und Kamm ihre Haare zu einem Zopf flocht und das Band darum befestigte.

»Also habe ich mir überlegt«, setzte Josefine ihren Gedankengang fort und rubbelte so sehr an einem von Friederikes Hemden herum, dass der Schaum aufspritzte, »ich könnte doch auf das Kind aufpassen. Gut brauchen kann ich das Geld allemal. Schließlich muss das Dach neu gedeckt werden. Das kann nicht so weitergehen, dass es bei dir in die Kammer reinregnet! Außerdem brauchen wir einen neuen Hasenstall, einen mit einem besseren Schloss, das die Katze nicht aufkriegt.«

Dass Josefines graue Katze Semiramis mit ihren geschickten Pfoten immer wieder den Hasenstall öffnete und dann die Hasen durch den Garten jagte, bis sie fast einen Herzschlag erlitten, war in der Tat ein Problem. Genauso wie das durchlässige Dach, an das sich Friederike gezwungenermaßen schon fast gewöhnt hatte, obwohl es dazu führte, dass es in der Dachkammer ständig klammfeucht war.

»Eine gute Idee«, stimmte sie der Freundin bei. »Meinen Segen hast du. So ein Kleinkind hier zu haben ist sicher auch für mich ganz spaßig, selbst wenn ich es wahrscheinlich nicht sehr oft zu Gesicht bekommen werde.«

Sie nahm ihren Mantel vom Haken und verabschiedete sich von der Freundin. Sie verspürte Erleichterung über Josefines Pläne, hatte sie doch fest damit gerechnet, die neuen Dachschindeln und den Hasenstall selbst bezahlen zu müssen. Das hätte bedeutet, dass sie den Fechtunterricht nicht hätte fortführen können. Die einzige andere Sparmaßnahme, die zu ergreifen ihrer Ansicht nach möglich gewesen wäre, hätte aus einer drastischen Kürzung der Zutaten zu Josefines üppigen Mahlzeiten bestanden. Aber Kochen war nun einmal die absolute Leidenschaft ihrer Wirtin. Und auf den ebenfalls teuren Kaffee wollte wiederum sie selbst nicht verzichten. Annas Notlage war also für sie beide ein Glücksfall. Hoffentlich überlegte sie es sich nicht anders und nahm am Ende gar nichts, weil die Anna ihre Freundin war ... Das Thema Geld hatte natürlich auch in ihrem Elternhaus immer mal auf der Tagesordnung gestanden. Aber doch auf einem ganz anderen Niveau. Man hatte überlegt, ob man einen Salon neu gestalten solle, sich die eigene Kutsche halten könne, oder ob man sich noch eine weitere Reise nach Dresden leisten wolle. Dass auch das Brennholz oder die Nahrungsmittel Geld kosteten, war nie diskutiert worden. Zumindest bis zu dem Tag nicht, dachte sie grimmig, an dem plötzlich Per Hansen auf den Plan getreten und ihre Eltern zu der absurden Überzeugung gelangt waren, eine enge verwandtschaftliche Verbindung mit dem Hamburger Kaufmann könne das Allheilmittel schlechthin bedeuten.

Schnell schob sie den Gedanken an ihre gerade noch durch Flucht vereitelte Zwangsverheiratung wieder zur Seite. Nun, da der schlimmste Teil des Tages – das Aufstehen – hinter ihr lag und die Aussicht bestand, dass ihre finanzielle Situation sich bald bessern würde, hatte sie eigentlich allen Grund, neuen Mut zu fassen. Fröhlich erwiderte sie den Gruß des Milchmädchens und legte voller Elan die wenigen Schritte zum alten Schloss zurück. Im Schlossgraben paddelte bereits ein Entenpaar herum. Die Schwäne standen am Ufer und steckten noch die Köpfe ins Gefieder. Eine einzelne kreischende Möwe hatte sich vom Mainufer zum Schlossgraben verirrt.

Schon kam ihr ein riesiger Mann mit einer schwarzen Klappe über dem linken Auge entgegengeeilt. Die zu kurzen Ärmel und Hosenbeine, aus denen enorme Pranken und Stiefel herausragten, erinnerten sie an die Kleidung eines Schuljungen, der zu schnell gewachsen war. Der Mann hatte den unnatürlichen watschelnden Gang einer Balletttänzerin. Seine fleischige Nase zeigte steil nach oben, und seine linke Wange zierte ein langer Schmiss. Mit den weißesten Zähnen, die sie je gesehen hatte, strahlte er sie an.

»Ja, der Herr Rütgers! Willkommen zur ersten Fechtstunde!«

Friederike verbeugte sich ebenfalls.

»Vielen Dank, dass Sie mich unterrichten wollen, Herr Schlosser! Es ist mir eine große Ehre, Ihr Schüler zu sein – ich habe schon viel Gutes über Sie gehört.«

»Danke, danke. Dann wollen wir mal schauen, ob dieser Ruhm auch gerechtfertigt ist...« Trotz des militärischen Schnarrens in seiner Stimme gestattete sich Alexander Schlosser ein kurzes stolzes Grinsen.

»Umso erstaunlicher, dass ein junger Herr wie Sie gar nicht zu kämpfen gelernt hat«, fügte er dann wieder betont knapp hinzu.

Sie hatte sich eine Geschichte von einer überängstlichen Mutter zurechtgelegt, die sie jetzt zum Besten gab.

»Und nun bin ich ihr entkommen und kann endlich machen, was ich will. Natürlich möchte ich so schnell wie möglich alles Versäumte nachholen«, schloss sie.

»Dann mal los! Sie können Ihren Mantel da hinten ablegen.« Er zeigte auf ein paar Fässer, die entlang der Hofmauer aufgereiht waren. »Sonst können Sie sich ja gar nicht richtig bewegen.« Er drückte ihr ein plumpes Holzschwert in die Hand. »Das nächste Mal üben wir mit echten Waffen. Aber sicher ist sicher am Anfang! Sie haben ja gesagt, dass Sie überhaupt noch nie eine Waffe in der Hand gehalten haben.«

Den letzten Teil des Satzes hatte er wie eine Frage betont. Noch einmal rechtfertigte Friederike sich mit der Geschichte von der überängstlichen Mutter. Ihr neuer Lehrer machte keinen besonders hellen Eindruck auf sie.

»Ja ja, die Frauen, immer ängstlich ... Aber jetzt lernen wir erst mal die Ausgangsposition. Die Fechtstellung. Stellen Sie Ihr rechtes Bein nach vorne! So.« Er rückte so lange an ihren Beinen herum, bis die Füße in einer Art Neunzig-Grad-Winkel standen. »Jetzt den Arm mit dem Schwert nach vorne! Und den anderen Arm ...« Wieder brachte er ihre Glieder rücksichtslos in die gewünschte Stellung. »So bleiben Sie jetzt stehen.«

Der Wiener trat zurück, um sein Werk zu begutachten. Seine Miene spiegelte alles andere als Zufriedenheit wider.

Auch Friederike fühlte sich nicht wohl in ihrer Haut. Hoffentlich entdeckt mich keiner!, dachte sie. Bestimmt sehe ich fürchterlich albern aus, so ungelenk wie ich mich hier anstelle. Vor allem ihr rechter Arm, mit dem sie das Holzschwert weit von sich gestreckt in die Waagerechte gebracht hatte, machte ihr

Sorgen. Lange würde sie diese Position nicht mehr wahren können, das stand fest. Ein Holzschwert zu halten war entschieden etwas anderes, als einen Pinsel zu halten. Wie würde das erst mit einer Waffe aus Eisen werden?

Sie versuchte, ihren Arm möglichst unauffällig ein Stück sinken zu lassen.

»Den Arm höher!«, drang es erbarmungslos an ihr Ohr.

»Sehr schön!«, schnarrte Schlosser schließlich, nachdem sie noch ein wenig mehr in die Knie gegangen war. »Sehen Sie, es geht doch – man muss nur wollen, sag ich immer.«

Er ließ sein seltsam gequetscht klingendes Lachen ertönen und schlug die Hacken zusammen.

»Aber jetzt stellen Sie sich normal hin«, fuhr er fort, »und dann wieder in die Ausgangsposition.«

Erschöpft ließ sie den Arm sinken. Dass sie so schwach war! Sie hatte überhaupt nicht daran gedacht, dass sie keinerlei Muskulatur in den Armen hatte und womöglich körperlich gar nicht imstande war, das Fechten zu erlernen. Aber es half nichts, sie musste durchhalten. Zähneknirschend stellte sie ihre Füße erneut im rechten Winkel zueinander und streckte den Arm nach vorne. Wahrscheinlich würde ihr nachher in der Manufaktur kein gerader Pinselstrich mehr gelingen, weil ihr Arm so zitterte.

»Jetzt üben wir einen Ausfall. Machen Sie mir jede meiner Bewegungen genau nach!«

Wieder und wieder übten sie dieselben Schritte, bis Friederike sie ganz allmählich auch von allein beherrschte. Sie spürte kaum mehr ihren rechten Arm, so erschöpft war sie von dem ungewohnten Bewegungsablauf.

»Erschöpft?«, fragte Alexander Schlosser nach einer Ewigkeit fast mitleidig. »Dann wollen wir für heute mal zum Schluss kommen. Also ...«

Mit feierlichem Gesichtsausdruck legte er sein Holzschwert zur Seite. Den breiten Brustkorb hervorgestreckt, zog er erwartungsvoll die Augenbrauen hoch.

»Und nun stechen Sie mir Ihren Degen in die Brust!

Hatte sie richtig gehört? Sie sollte ihm ihre Waffe in den Körper rammen? Abwechselnd blickte sie auf das stumpfe Schwert in ihrer rechten Hand und die gewaltige Männerbrust vor ihren Augen. Würde sie ihm nicht furchtbar wehtun, wenn sie ihm das Ding gegen den Körper rammte?

»Nur keine Hemmungen!« Der Wiener schien ihre Gedanken zu erraten.

Umständlich brachte sie ihre Füße in die Ausgangsposition, machte ein paar Ausfallschritte und tippte schließlich leicht mit der Schwertspitze gegen die Brust des Fechtmeisters.

»Fester! Sie müssen richtig zustechen, Herr Rütgers! Von dem bisserl gibt's ja nicht einmal einen Kratzer!«

Doch er schien ihr nicht wirklich bei der Sache zu sein. Sie hatte bemerkt, dass er nicht sie angeschaut, sondern seinen Blick an ihr vorbei hatte schweifen lassen. Ein Kichern erhärtete ihren Verdacht, dass sie nicht länger allein im Schlosshof waren. Als sie sich umwandte, sah sie zwei Mägde in der Tür zum Marstall verschwinden, die in jeder Hand einen Wassereimer trugen. So ein Angeber, dachte sie erbost, dir werd ich's zeigen!

»Schon besser, Herr Rütgers, schon sehr viel besser, aber mit etwas mehr Kraft, wenn ich bitten darf! Und höher den Arm! Und jetzt noch einmal.«

Schlosser hatte die rechte Hand lässig in die Hüfte gestützt, schien aber jetzt wieder hochkonzentriert zu sein.

Die nächsten Attacken gelangen ihr tatsächlich viel besser, und als sie sich voneinander verabschiedeten und für die nächste Woche verabredeten, gab ihr der Lehrer den Rat, die frisch erlernten Stellungen und Schritte jeden Tag beharrlich zu üben.

»Damit wir nächste Woche etwas Neues lernen können. Dann zeige ich Ihnen, wie man eine Waffe richtig hält.«

Als sie in ihren Mantel schlüpfen wollte, konnte sie kaum mehr die Arme heben. Eine Bewegung hoch über ihrem Kopf lenkte ihren Blick zum Schlossturm hinauf. Eine dunkle Silhouette hob sich von dem lichten Halbrund der Fensteröffnung ab. Ob der Mann schon länger dort gestanden hatte? Irgendwie sehnsuchtsvoll hatte seine Körperhaltung auf sie gewirkt. Als beneidete er sie um ihre Bewegungsfreiheit, während er selbst in dem engen Turm eingesperrt war. Wie ihre Fantasie mal wieder mit ihr durchging! Warum dachte sie jetzt an einen Gefangenen? Das war sicher nur der junge Herr, der Sohn des Erzbischofs, den Alexander Schlosser ebenfalls unterrichtete.

Erst als sie die Manufaktur schon betreten hatte, fiel ihr wieder ein, dass Josefine ihr aufgetragen hatte, den Wiener Fechtmeister zum Essen einzuladen. Das würde sie nun leider auf die nächste Woche verschieben müssen, so lange hatte sich ihre Wirtin jetzt zu gedulden. Sie konnte noch immer nicht verstehen, warum Josefine so versessen auf Schlossers Bekanntschaft war. Aber nachdem selbst Charlotte, die sie in und auswendig zu kennen geglaubt hatte, sich in ihren intriganten Bruder Georg hatte verlieben können, wunderte sie sich über gar nichts mehr. Trotzdem vermutete sie, dass Josefine sich für den Wiener Kraftprotz nur interessierte, weil sie noch nie mit ihm geredet hatte. Sie mochte sich gar nicht ausmalen, was für ein entsetzlicher Abend das werden würde, wenn dieser muskelbepackte Aufschneider bei ihnen soupierte.

Johannes Zeschinger legte den großen Teller aus der Hand, auf dem er gerade ein Deutsches Blumenbukett angebracht hatte, als sie die Blaue Malerstube betrat. Mit einem mokanten Lächeln auf den Lippen drehte er sich auf seinem Stuhl um.

»Guten Morgen, der Herr! Sind Sie jetzt nicht etwas zu fein für uns?«

Sie hatte nur ihm und Benckgraff erzählt, dass sie Fechten lernen wollte. Beide hatten sich über sie lustig gemacht, als hätte sie mit ihrer Entscheidung beabsichtigt, sich über ihren Stand zu erheben und die Attitüden eines vornehmen Herrn anzunehmen. Dabei wollte sie nur in der Lage sein, sich im Notfall zu verteidigen. »Warum lernen Sie dann nicht Schießen oder Boxen?«, hatte Benckgraff gefragt. Sie hatte darauf keine Antwort gewusst, dachte aber mittlerweile, dass sie wahrscheinlich auch besser Schießen und Boxen lernen sollte. Es konnte nichts schaden, alles zu beherrschen.

Sie wollte sich gerade eine kluge Erwiderung zurechtlegen, als ihr ein seltsamer Geruch in die Nase stieg. Schnuppernd durchschritt sie den Raum.

»Hier riecht's doch komisch! Was ist passiert, Johannes? Ich kenne diesen Geruch: So riecht es, wenn ein Haus abbrennt ...«

Panik stieg in ihr auf. Zu gut hatte sie noch den Brand von Hanau in Erinnerung, bei dem ihr geliebter Tamerlano umgekommen war und auch sie selbst um ein Haar den Tod gefunden hatte.

»Tja, mein Lieber, wer nicht kommt zur rechten Zeit, sondern sich lieber in der Kunst des Fechtens übt, während andere Leute ihrer Arbeit nachgehen, der verpasst eben das eigentlich Wichtige ... Vergangene Nacht«, fuhr er in theatralischem Tonfall fort, »hat es in der Manufaktur gebrannt!«

»Gebrannt?« Sie wusste nicht, wie sie reagieren sollte. Große Beklommenheit erfüllte sie plötzlich.

Zeschinger schien ihre Unruhe zu spüren.

»Keine Sorge, ist alles nicht so dramatisch, wie es klingt! Eigentlich ist es sogar ziemlich glimpflich abgelaufen. Allerdings hat die Sache womöglich Konsequenzen ...«

Mit knappen Worten berichtete er von dem Brand, der vor allem im Schreib- und Packraum gewütet und wichtige Notizen vernichtet hatte. Bevor die Flammen in die anderen Räume hatten übergreifen können, waren dem Nachwächter bei seinem Rundgang durch die Stadt die dicken Rauchschwaden aufgefallen, die aus dem geöffneten Fenster im Erdgeschoss aufgestiegen und in der mondhellen Nacht von außen gut zu erkennen gewesen waren. Schnell hatte der Mann einige Nachbarn aus dem Schlaf geklingelt und mit ihrer Hilfe den Brand gelöscht.

»Benckgraff geht von Brandstiftung aus«, beendete Zeschinger seine Schilderung der Ereignisse. »Er hat auch einen ganz bestimmten Verdacht.« Mit einem vielsagenden Augenaufschlag deutete er auf den Teller in seiner Hand.

Die kleine blaue Blume, die verloren und ganz allein am Rand des Tellers saß, fiel ihr sofort ins Auge.

»Wieso malst du die Blume denn da hin, Johannes? Da ist doch sonst nichts«, bemerkte sie verwirrt. Laut Vorlage, die ausgebreitet auf dem Arbeitstisch lag, war die Glockenblume gar nicht vorgesehen.

»Tja, weil die lieben Kollegen mal wieder gepfuscht haben, deshalb!« Er zeigte mit dem Kinn in Richtung Brennofen. »Ständig müssen wir ausbaden, was die verbockt haben!« Der sonst so zurückgenommene Zeschinger klang wütend. »Bald ist Messe. Wir haben jede Menge Arbeit zu erledigen, und die da« – wieder nickte er in Richtung Ofen – »liefern uns lauter Zeug mit Blasen ab. Sieh dir das an!«

Er wies sie auf eine weitere Unebenheit in der Glasur hin.

Auch sie konnte jetzt eine ganze Reihe kleiner Fehler im Material erkennen. Johannes hatte sie hervorragend retuschiert.

»Weißt du, wie man so etwas nennt: Sabotage! Und der Brand passt genau ins Konzept!«, eiferte er sich.

Sicher hörte Johannes mal wieder die Flöhe husten. Sie konnte sich nicht vorstellen, dass irgendjemand absichtlich die Arbeit in der Manufaktur behinderte oder mit einer solch brachialen Methode wie Brandstiftung unterlief. Erst recht nicht einer der Mitarbeiter. Schon öfter hatte sie gedacht, dass Johannes mit seiner schwarzseherischen Art übers Ziel hinausschoss.

»Aber willst du wirklich die Blume so allein am Rand stehen lassen?«, fragte sie, um ihr Streitgespräch wieder auf eine sachlichere Ebene zurückzulenken. »Sieht das nicht seltsam aus?«

»Mal sehen, was der Alte dazu sagt ... Ich habe hier nur so einen Mist rumstehen, der mir zusätzlich Arbeit macht. Weil die Brenner unfähig sind! Seit Ringler weg ist, bekommen die ihre

Fehlbrände überhaupt nicht mehr in den Griff.« Er runzelte die Stirn. »Apropos: Du sollst gleich zu Benckgraff hochgehen, er hat einen Auftrag für dich.«

Hatte da ein Hauch von Eifersucht in seiner Stimme mitgeschwungen? Oder bildete sie sich das nur ein? Immerhin war Zeschinger mit Benckgraffs Lieblingstochter verheiratet und hatte ihn mehrfach zum Großvater gemacht. Doch in den letzten Wochen hatte sich ein immer stärkeres Vertrauensverhältnis zwischen dem alten Griesgram, der die Manufaktur leitete, und ihr herausgebildet. Sie hatte hart und viel gearbeitet, weshalb ihr auch genehmigt wurde, einmal in der Woche während der Arbeitszeit Fechtstunden zu nehmen, obwohl Benckgraff diese Art von »Leibesübungen«, wie er sich ausdrückte, eigentlich lächerlich fand. Johannes Zeschinger war nicht zuletzt in seiner Eigenschaft als Schwiegersohn ein Vertrauter des Direktors, zumindest war er das bis zu ihrer Ankunft in Höchst gewesen. Hatte er womöglich Angst um seine Position?

Benckgraff trat hinter seinem Schreibtisch hervor, kaum dass sie angeklopft und die Tür aufgestoßen hatte. Umständlich räumte er einen Stapel Papiere von einem Stuhl und stellte ihn vor den Schreibtisch.

»Setzen Sie sich!«, sagte er mit einer auffordernden Handbewegung. »Weshalb ich Sie sprechen wollte ...«

Über den Rand seiner kleinen Brille musterte er sie prüfend, bevor er fortfuhr:

»Sie haben sicher schon von dem Feuer in der Schreibstube gehört. Zum Glück habe ich von sämtlichen Unterlagen, die verbrannt sind, schon vor ein paar Monaten Abschriften anfertigen lassen.« Er lächelte müde. »Ich habe ja schon selbst geglaubt, unter Wahnvorstellungen zu leiden, zumal Johannes mich mit seiner Unkerei fast verrückt gemacht hat. ›Vorsicht ist die Mutter der Porzellankiste‹, habe ich mir irgendwann gesagt und in weiser Voraussicht die ganzen Dokumente zur Abschrift gegeben. Ein Heidengeld hat mich das gekostet. Aber wie man sieht, es hat sich gelohnt. Der Brand ist also letztlich keine Katastrophe für uns, aber nehmen wir ihn als Warnung.« Mit ernstem Gesicht blickte er sie an. »Hier stimmt was nicht, irgendjemand treibt hier ein böses Spiel mit uns! Bitte seien daher auch Sie in Zukunft einmal mehr auf der Hut! Und unterrichten Sie mich, wann immer Ihnen etwas Ungewöhnliches auffällt!«

Friederike nickte eifrig. Sie wollte etwas erwidern, aber Benckgraff ließ sie nicht zu Wort kommen.

»Wie Sie wissen, steht die Ostermesse vor der Tür. Unsere Anwesenheit dort ist natürlich mehr als gefragt. Wir müssen uns präsentieren, der Welt zeigen, was in dem kleinen, unbekannten Höchst für Kunstwerke entstehen. Bisher weiß das ja noch niemand.«

Vor Ungeduld hielt sie es kaum mehr aus:

»Herr Benckgraff, darüber wollte ich auch mit Ihnen sprechen!«

»So?« Wieder warf der Manufakturdirektor ihr einen prüfenden Blick zu. »Sie wollten mit mir über die Messe sprechen?«

»Ja, ich wollte Ihnen sagen, dass ich unbedingt mit auf die Messe kommen möchte. Zum einen natürlich, um unsere Waren zu präsentieren und zu verkaufen. Aber zum anderen wäre es sicher nicht verkehrt, wenn wir uns ein wenig bei der Konkurrenz umschauten.«

Sie hatte das Blitzen in Benckgraffs Blick bemerkt, aber sie wollte sich nicht schon wieder von ihm unterbrechen lassen.

»Was mich besonders interessieren würde, wären die Produkte aus Vincennes. Die Kollegen in Meißen haben schon vor Monaten davon gesprochen, dass die Pompadour nicht zu unterschätzen sei. Ich glaube, vor allem was die Farben betrifft, sind die Franzosen uns um Längen voraus!«

»Da könnten Sie recht haben«, brummte ihr Gegenüber vor sich hin. Er starrte düster auf das Chaos auf seinem Schreibtisch.

»So, Sie wollen mich also nach Frankfurt begleiten?« Er blickte wieder auf. »Eigentlich wollte ich ja Zeschinger mitnehmen, er hat sozusagen die älteren Rechte und hätte ein wenig Abwechslung wahrlich verdient. Aber vielleicht ist es wirklich besser, wenn er hier bleibt und aufpasst, dass keine neuen Brände gelegt werden oder dergleichen Übel. Und einer muss mich ja wohl begleiten. Also gut: Dieser eine sollen dieses Jahr Sie sein.«

Er wehrte mit der Hand ab, als Friederike sich überglücklich bedanken wollte.

»Freuen Sie sich nicht zu früh, mein Lieber! So eine Messe ist kein Vergnügen, das ist harte Arbeit. Wenn Sie sich schon die Konkurrenzprodukte anschauen wollen, dann müssen Sie mir hinterher auch genau Bericht erstatten: Ich will wissen, welche neuen Formen, Farben und Dekore es gibt. Und natürlich interessiert mich auch, wie weit die anderen mit ihren Versuchen sind, Hartporzellan herzustellen. Die Wittelsbacher in München, die Württemberger in Ludwigsburg, Fürstenberg, Kassel, Berlin ... Ich will wissen, wie es in Wien läuft, und wo sich Ringler und von Löwenfinck zur Zeit herumtreiben. Da, wo Ringler ist, wird es zweifellos demnächst echtes Porzellan geben, er weiß einfach zu viel. Von Löwenfinck traue ich weniger zu, aber trotzdem muss man ihn im Auge behalten ...«

»Herr Benckgraff, Sie werden es nicht bereuen, mich mit dieser ehrenvollen Aufgabe betraut zu haben! Ich werde alles herausfinden, was Sie wissen wollen«, sagte Friederike feierlich.

Nur nichts über die aktuelle Meißener Produktion, fügte sie in Gedanken hinzu, denn am Stand der Meißener konnte sie sich natürlich nicht sehen lassen. Zu groß war die Gefahr, dass Georg oder irgendjemand anders da war, der sie erkennen konnte. Aber das musste sie Benckgraff ja nicht gleich auf die Nase binden.

*A*uf dem Rückweg an ihren Arbeitsplatz machte sie fast Luftsprünge, so sehr freute sie sich auf die Aussicht, in wenigen Tagen nach Frankfurt zur Messe fahren zu dürfen. Hoffentlich nahm Zeschinger ihr nicht übel, dass sie an seiner Stelle die

Messe besuchte, dachte sie kurz. Aber schließlich hätte der Vorschlag genauso gut von Benckgraff persönlich stammen können, beruhigte sie gleich darauf ihr schlechtes Gewissen, und außerdem war Johannes ja schon in der Vergangenheit häufiger dort gewesen. Man muss Anfängern eine Chance geben, sonst wird nie etwas aus ihnen, lächelte sie in sich hinein, die in ihrer Familie vielfach zitierten Worte ihres weitblickenden Vaters erinnernd. Obwohl man sie trotz ihres jugendlichen Alters natürlich längst nicht mehr als Anfänger bezeichnen konnte! Im Gegenteil, wie allen in der Manufaktur deutlich bewusst war. Immer öfter kam es jetzt vor, dass der Lehrjunge nicht mehr Johannes, sondern sie um ihre Meinung bat, und auch die meisten Stammkunden wollten am liebsten sie für ihre anspruchsvollen Projekte einspannen. So wie dieser reiche Frankfurter Kaufmann, der erst kürzlich bei Benckgraff ein chinesisches Teeservice in Auftrag gegeben hatte und ausdrücklich nach »dem neuen Maler aus Meißen« verlangt hatte. Die rechteckige Teedose hatte sie vorhin erst aus der Kammer mit den gebrannten Scherben geholt, und die Skizze mit den Mandarinenten und weiteren chinesischen Wasservögeln auf einem Teich inmitten von Lotusblüten lag schon an ihrem Platz bereit. Bisher war die veränderte Situation zwischen ihr und Johannes noch nicht zur Sprache gekommen. Sie hielt Benckgraffs Schwiegersohn für integer, er war alles andere als ein Intrigant und spielte sich auch nicht besonders auf. Trotzdem durfte sie die Sorge um ihr künftiges Verhältnis zu ihm nicht aus dem Auge verlieren. Er sollte ihr Freund bleiben und nicht irgendwann eifersüchtig auf sie sein. Sie würde sich am Abend mit Josefine beratschlagen, wie sie sich Johannes gegenüber am besten verhalten konnte, das war eine gute Idee! Darüber würde die Freundin vielleicht sogar vergessen, dass sie den Fechtmeister nicht zum Essen eingeladen hatte.

☙

Der Ochse hing in einem Gurt an dem großen Kran über dem Mainkai und brüllte wie am Spieß. Er ließ einen dicken gelben Urinstrahl auf den heranfahrenden Planwagen niederregnen und zappelte wild mit den Beinen. Der Fuhrknecht schüttelte drohend die Faust in Richtung Kranmeister und fluchte. Der alte Klepper, der ganz allein vor dem Gefährt angespannt war, bockte und wieherte aufbegehrend. Genau unter dem Ochsen, der weiter herabgelassen wurde, blieb der Planwagen stehen.

»Halt!«, schrie in dem Moment der Kranmeister. Sofort hörten die Kranknechte auf, das Rad zu drehen. Mit einem metallischen Ächzen kam der Kran zum Stillstand. Nur wenige Zoll lagen noch zwischen Planwagen und Ochsenhufen. Die Schaulustigen klatschten, als befänden sie sich im Theater.

Friederike stand schon seit einer guten Viertelstunde in dem dichten Gedränge auf dem Marktschiff aus Höchst und beobachtete das Geschehen. Am Frankfurter Ufer in Höhe des Fahrtors herrschte ein solcher Betrieb, dass das Schiff nicht anlegen konnte. Kaum war die abgerundete Spitze des Doms hinter der Flussbiegung zu sehen gewesen, hatten die Fahrgäste sich ausstiegsbereit gemacht. Das Marktschiff war prompt beängstigend auf die Seite gekippt. Die Frau hinter Friederike hatte ein kleines Zicklein dabei, das sie nun auf dem Arm hielt, damit es nicht totgetrampelt würde. Die Ziege meckerte ungeduldig, um schließlich resigniert am Kragen von Friederikes neuem Samtrock mit den silbernen Knöpfen herumzuknabbern.

Endlich ruderten ein paar Fischer ihre Nachen zur Seite, sodass das Marktschiff am Kai anlegen konnte. Kaum hatte der Ochse wieder festen Boden unter den Hufen, legte ein bärtiger Mann auf einem schaukelnden Lastkahn schon dem nächsten Ochsen den Gurt um den Bauch.

Zwischen aufgestapelten Holzstämmen, herumstehenden Fässern und Fuhrwerken hindurch bahnte Friederike sich an diesem wunderbaren Frühlingstag ihren Weg. Frankfurt – wie gut sich das anfühlte! Nach all den Monaten in Höchst war sie froh, wieder einmal in einer echten Stadt zu sein. Ein wenig erinnerte sie die Situation an Meißener Zeiten: Auch damals hatte sie sich gefreut, hin und wieder nach Dresden fahren zu können, um den Duft der großen weiten Welt zu atmen.

Noch bevor sie die ersten Messebuden erreicht hatte, war ein kleingewachsener Mann mit einer Kiepe auf dem Rücken auf sie zugetreten. Sein spitzes Gesicht und die strähnigen schwarzen Haare ließen sie unwillkürlich an einen Raben denken. Weiße Schuppen lagen wie Schnee auf den Schultern seines Rockes.

»Monsieur«, flüsterte er heiser, »wir haben alles, wovon Sie träumen. Chinesische Potenzpillen, orientalische Lustkugeln, Kondome ...«

Ohne ihn eines weiteren Blickes zu würdigen, ließ sie den Mann stehen, der sich gleich auf den nächsten Kunden stürzte. Hinter dem Fahrtor drückte ihr eine Frau mit tief ausgeschnittenem Mieder einen Zettel in die Hand: »Die Sensation: das dreiköpfige Kalb! Besichtigung zu jeder vollen Stunde auf dem Rossmarkt. Eintritt 1 Kreuzer«, las sie. Soweit sie sehen konnte, war der ganze Römerberg voller Buden und Menschen. Ein Bürstenmacher redete auf sie ein, um sie für seinen Stand zu interessieren. Als sie sich endlich zu den traditionell für die Stände der Luxusgüter reservierten Römerhallen durchgekämpft hatte, fühlte sie sich ganz erschlagen, obwohl sie nur wenige Schritte zurückgelegt hatte. Sie drängelte sich vorbei an Buden mit Diamanten, Perlen, Gold- und Silberschmuck, Schweizer Uhren, kostbaren Tapisserien, Brokat- und Seidenstoffen. In einem kleinen Hof hinter der Römerhalle fand sie endlich die Porzellanstände. Sie musste blinzeln, als sie aus der Dunkelheit der Halle in den sonnigen Hof trat.

»Herr Rütgers!«, scholl ihr ein herzlicher Willkommensgruß entgegen. Erstaunlich schnell für seine untersetzte Gestalt stürzte Mijnheer van Alphen auf sie zu und schüttelte mit beiden Händen ihre Rechte.

»Wie schön, dass wir uns endlich wiedersehen! Ich hatte so gehofft, Sie hier zu treffen! Was meinen Sie, was meine Frau und die Mädchen mich die ganze Zeit gelöchert haben: Was macht Herr Rütgers? Warum kommt er uns nicht mal besuchen? Warum hast du ihn überhaupt gehen lassen? So ein netter junger Herr ...«

Die Wiedersehensfreude war gegenseitig. Auch sie war froh, gleich nach ihrer Ankunft ein bekanntes Gesicht entdeckt zu haben, zumal sie immer wieder gern an die Wochen in der Hanauer Fayencemanufaktur zurückdachte. Kaum hatten sie sich darüber ausgetauscht, was sich seither ereignet hatte, ergriff Mijnheer van Alphen auch schon ihren Arm und zog sie mit sich.

»Und nun müssen Sie meinen Neffen kennenlernen!«

Er führte sie zu einem Stand, der sich gleich am Eingang der Schwanenhalle befand.

»Leider ist der Junge immer so beschäftigt ...«, murmelte er enttäuscht, als sie das dichte Gedränge vor dem Verkaufstresen sahen.

Mehrere prächtig gekleidete Herren, die auf Friederike den Eindruck machten, als wären sie die Abgeordneten eines großen Fürstenhauses, schienen jedoch in dem Moment ihr Geschäftsgespräch beendet zu haben. Die Dreispitze unter den Arm geklemmt, zogen sie sich unter mehrfachen Verbeugungen zurück und mischten sich unter die Menge.

»Jan, lass mich dir meinen lieben Freund Friedrich Christian Rütgers vorstellen, einen ganz besonders begnadeten Porzellanmaler aus Meißen. Leider sind wir nur kurz in den Genuss seiner Mitarbeit gekommen, weil der Herr es vorzog, für die Höchster Porcellaine-Fabrique zu arbeiten ...«

Der dunkelhaarige Standinhaber in dem pflaumenfarbenen Rock hatte sich interessiert zu Friederike umgewandt. Er hielt eine blau-weiße chinesische Bodenvase in der Hand, die er vorsichtig auf ein Regal zurückstellte. Mit einem breiten Lächeln streckte er ihr die Hand entgegen. Vor ihr stand ein echter Chinese!

»Jan van Alphen. Schön, Sie kennenzulernen! Mein Onkel hat mir schon viel von Ihnen erzählt. Sie haben die Bibelteller gemalt, die so gut weggehen«, sagte er leise mit leicht niederländischem Akzent.

»Mein Bruder, Jans Vater, ist in Kanton mit einer Chinesin verheiratet. Er leitet die dortige Niederlassung der Ostindisch-Niederländischen Kompagnie«, beeilte Mijnheer van Alphen sich, Friederike die Verwandtschaftsverhältnisse zu erklären.

Ein echter Chinese! Sie konnte es noch immer nicht glauben. Am liebsten hätte sie sofort ihren Zeichenstift gezückt. Jan van Alphen sah zwar lange nicht so exotisch aus wie die porzellanenen Figuren, denen sie in Meißen immer die lustig gemusterten Seidenkleider und spitzen Hütchen gemalt hatte, aber trotz seiner europäischen Kleidung und seiner westlich geprägten Art hatte er zumindest Mandelaugen und asiatische Gesichtszüge.

»Jan ist die Hauptattraktion der Messe. Die Kinder wollen ihn anfassen, die Männer mit ihm ein Bier trinken gehen und die Frauen mit ihm schlafen.« Mijnheer van Alphen lachte dröhnend.

»Sie denken alle, da könnten sie wer weiß was erleben.« Sein Neffe klang eher verwundert.

»Und? Ist das tatsächlich so?«

Vielleicht war ihre Frage ein wenig taktlos, aber sie hatte ihr dennoch auf der Zunge gebrannt.

»Natürlich!« Trotz seines Augenzwinkerns war der Blick des Chinesen ernst und sein Tonfall bescheiden.

»Entschuldigen Sie!« Eine Frau hinter Friederike hatte sich unter Einsatz beider Ellbogen bis zu dem exotischen Fremden vorgekämpft. »Würden Sie dem Kleinen vielleicht mal die Hand geben?«

Die Dränglerin war elegant gekleidet, machte aber insgesamt einen eher zwiespältigen Eindruck. Sie hatte einen etwa fünfjährigen Knirps vor sich hergeschoben, der mit großen Augen sein Gegenüber anstarrte und die Hand, die der Chinese ihm reichte, gar nicht mehr loslassen wollte.

»Wir sind extra vorbeigekommen, als wir gehört haben, dass Sie hier sind«, kicherte die Dame lasziv.

Während Jan van Alphen sich noch bemühte, Mutter und Kind auf möglichst höfliche Art wieder loszuwerden, schaute Friederike sich unauffällig zwischen den großen Prunkvasen um. Blau-weiße Ming-Imitationen, Famille Rose, Famille Verte. Kakiemon und Imari. Sie kannte die unterschiedlichen chinesischen und japanischen Dekore, hatte aber noch nie so viele Deckelvasen auf einmal gesehen.

»Wir beziehen alles direkt von der Kaiserlichen Manufaktur in Jingdezhen und aus Arita in Japan.«

Endlich hatte der junge Chinese seine Bewunderer abgewimmelt. Sein Onkel war zu seinem Stand zurückgeeilt, um einen Geschäftspartner zu begrüßen. Friederike betrachtete eine Jardinière mit Päonien, Chrysanthemen, Grashüpfern und Schmetterlingen. Die dominierende Farbe war das leuchtende Rosa des Famille-Rose-Stils. Plötzlich entdeckte sie ein Dekor, das sie noch nie zuvor gesehen hatte.

»Diese Sachen kommen aus Korea«, beantwortete Jan van Alphen beflissen ihre Frage, noch bevor sie sie hatte stellen können. »So etwas haben wir leider nur sehr selten. Wir haben extra für einen unserer Kunden nach koreanischem Porzellan gesucht.«

Zu gern hätte sie gewusst, wer der Auftraggeber war, aber Jan schien sich nicht weiter dazu äußern zu wollen.

»Diese Technik nennt man Sanggam«, fuhr er fort. »Vor der Glasierung werden die Vertiefungen im Dekor mit weißem oder schwarzem Schlicker aufgefüllt.« Er hatte eine grünliche Schale mit dunklen Ranken in die Hand genommen. »Das ist typisch koreanisch. Eine sehr kostbare Schale aus der Koryu-Zeit.« Dann zeigte er auf eine weiße Vase mit eisenroter Unterglasurmalerei: »Die kommt auch aus Korea. Yi-Dynastie.«

Was für eine Eleganz in den Formen! Was für eine präzise Pinselführung! Welch ungewöhnliche Farbzusammenstellung! Friederike wusste kaum, wie sie ihrer Begeisterung Herr werden sollte, so fasziniert war sie von der Perfektion, mit der diese asiatischen Meisterstücke hergestellt waren. Und dabei wirkten sie nicht im Entferntesten künstlich oder nicht von Menschenhand geschaffen. Man konnte die Liebe, die die Kollegen aus Fernost bei der Arbeit beflügelt haben musste, förmlich durch das zarte Porzellan hindurchschimmern sehen. Als besäßen die Schalen, Vasen, Jardinièren selbst eine Art Seele! Sie hatte geglaubt, schon einiges an Fachwissen über die Kunst der Porzellanmalerei angehäuft zu haben. Während der letzten Monate hatte sie manche Stunde »Nachhilfeunterricht« bei Johannes Zeschinger genossen, und auch Benckgraff persönlich hatte sich immer wieder dazu hinreißen lassen, ihr von seinen langjährigen Erfahrungen in seinem Beruf zu berichten. Aber was der junge Chinese ihr nun so ganz en passant erklärte, gab ihr das Gefühl, lediglich ein blutiger Anfänger zu sein.

»In Asien werden übrigens dringend europäische Maler gesucht. Falls Sie sich irgendwann mal verändern wollen…«, wechselte Jan van Alphen diskret das Thema.

»Wo genau?«, fragte Friederike sogleich und versuchte sich ihr Interesse nicht anmerken zu lassen. Sie hielt den Blick fest auf die koreanische Vase geheftet.

»In Jingdezhen. Das liegt in China. Wenn Sie so wollen: die Hochburg des chinesischen Porzellans. Wissen Sie, Europa ist ein guter Absatzmarkt für asiatische Ware. Bis auf die koreanischen Teile ist alles, was Sie hier sehen, speziell für den Export angefertigt. Aber leider haben die chinesischen Maler meistens Schwierigkeiten, die Bestellungen aus Europa richtig umzusetzen. Sie können weder europäische Gesichter noch europäische Tiere oder Blumen malen.«

Bevor sie etwas erwidern konnte, hatte Mijnheer van Alphen sich wieder zu ihnen gesellt. Schweißperlen standen ihm auf der Stirn, und sein Atem ging keuchend, als hätte er sich beeilt.

»Jan bekommt natürlich eine Provision, wenn er Maler nach Jingdezhen vermittelt«, sagte er mit einem breiten Grinsen an

Friederike gewandt. »Nichts für ungut, alter Knabe, aber so ist es doch, oder?« Er schlug seinem Neffen, der bescheiden auf seine Fußspitzen starrte, herzhaft auf den Rücken. »Aber bevor wir uns jetzt um die Gunst des Meißener Kollegen streiten, sollten wir lieber eine gute Tasse Kaffee trinken, meint ihr nicht auch, liebe Freunde?« Fragend blickte er von einem zum anderen. »Jedes Jahr versprechen uns nun schon die Frankfurter Kaffeehauswirte, dass die Bedienung im nächsten Jahr besser würde und wir die Getränke dann endlich an den Stand gebracht bekämen. Nie hat das bisher geklappt! Deshalb schlage ich vor: Lasst uns einfach in den ›Lachenden Abessinier‹ gehen und dort eine Tasse echt afrikanischen Kaffee zu uns nehmen. Ihr werdet entzückt sein! Und könnt eure Geschäfte wohlgestärkt fortführen ...«

Doch sein Neffe schien entweder tatsächlich keine Zeit oder aber kein Bedürfnis zu haben, das Gespräch fortzusetzen. Friederike hingegen lehnte nie eine Tasse Kaffee ab. Bemüht, Mijnheer van Alphen in dem dichten Gedränge auf den Fersen zu bleiben, folgte sie ihm aus dem Hof auf die andere Seite des Rathauses, wo sich die endlosen hölzernen Budenreihen trotz der immer enger werdenden Gassen fortsetzten. Sie musste aufpassen, nicht in das kleine Rinnsal in der Mitte der Straße zu treten – nicht auszudenken, was alles darin herumschwimmen konnte! Endlich hatten sie die etwas breitere Buchgasse erreicht, was sie an den überall herumstehenden Fässern mit Rohbögen und den bebrillten Herren erkannte, die in gebundenen Ansichtsexemplaren blätterten. Einige Stände boten außerdem Landkarten und Kupferstiche an.

»Zum Lachenden Abessinier« stand auf einem Schild, das an einem besonders prächtigen Fachwerkhaus angebracht war. Ein dunkelhäutiger Krieger mit Turban und Umhang war darauf zu sehen, dessen Speer in den Flanken des Löwen zu seinen Füßen steckte. Genießerisch hielt der Schwarze sich ein kleines Kaffeetässchen an die Lippen. Einige Gäste hatten sich vor dem Lokal um ein großes Fass versammelt, das ihnen als Tisch diente. Ein junger Mann hielt ein Tablett voller dampfender Tassen über seinen Kopf und eilte die Stufen hinunter. Mijnheer van Alphen schob, dicht gefolgt von Friederike, das Zebrafell in der Eingangstür zur Seite und drängte sich an den Billardspielern vorbei in den hintersten Raum. Kaum hatten sie sich an den äußersten Rand der langen Sitzbank gequetscht, stand auch schon ein livrierter Kellner neben ihnen und nahm ihre Bestellung auf.

Noch immer erzählte Friederike von ihrem neuen Leben in Höchst, als ein hoch gewachsener Mann den Raum betrat und sich mit dem Rücken zu ihnen an den Nachbartisch setzte, direkt unter das riesige Ölgemälde mit dem beeindruckenden Wasserfall. Obwohl der Mann eine tadellos sitzende Perücke trug und viel vornehmer gekleidet war als bei ihrer letzten Begegnung, erkannte sie ihn sofort: Richard Hollweg.

Was für ein Zufall! Richard Hollweg hier, damit hätte sie wirklich nicht gerechnet. Ihre Überraschung mischte sich mit echter Freude über das Wiedersehen. So konnte sie ihm endlich für sein mutiges Einschreiten gegen die beiden Wegelagerer aus dem Hanauer Wald danken. Schon seltsam, dass der Mann, an den sie in den vergangenen Monaten immer mal wieder mit tiefer Dankbarkeit und Sympathie gedacht hatte, plötzlich nur wenige Ellen von ihr entfernt an einem Tisch saß, vor sich einen Stapel Kurszettel und einen Rechenschieber. Der livrierte Kellner brachte auch ihm einen Kaffee sowie Feder und Tinte.

»Kann ich sonst noch mit etwas dienen, Herr Bogenhausen?«, hörte sie den Kellner voller Ehrfurcht fragen. Er verbeugte sich so tief vor seinem Gast, dass sein Rücken wie eine Verlängerung der Tischplatte wirkte.

Der Mann, den sie unter dem Namen Richard Hollweg kennengelernt hatte, schüttelte den Kopf. Unter Kratzfüßen entfernte sich der Kellner.

Herr Bogenhausen? Hatte sie richtig gehört? War das sein echter Name? Also hatte sie mit ihrer Annahme ins Schwarze getroffen, dass er unter falscher Identität reiste. Ob er auch zur Messe in Frankfurt weilte? So wie er jetzt aussah, konnte man kaum glauben, dass er sich noch vor wenigen Monaten todesmutig und ganz allein auf zwei Räuber gestürzt und sie vertrieben hatte. Er schien in diesem Kaffeehaus Stammgast zu sein. Sie versuchte, Mijnheer van Alphen wenigstens mit einem halben Ohr zuzuhören, der sich mittlerweile genüsslich über die von Löwenfinck'schen Experimente in Straßburg ausließ. In Wirklichkeit drehten sich ihre Gedanken so schnell wie ein Karussell.

»Hier finde ich dich, Carl!«

Ein sehr junger Mann, fast noch ein Knabe, in einem weiten Rock, der seine schwarzen Locken offen trug, war im Türrahmen des Lokals aufgetaucht. Sämtliche Augenpaare folgten ihm, während er mit fliegenden Rockschößen den Raum durcheilte und vor dem Tisch des Mannes stehen blieb, den sie als Richard Hollweg kennengelernt hatte. Umständlich holte er eine dicke Kladde aus der Innentasche seines Rocks, um dann ebenfalls eine Feder, ein kleines Tintenfass und einen Sandstreuer daraus hervorzuzaubern.

Die Standuhr mit dem Löwenkopf schlug zwölf. Erschrocken starrte Mijnheer van Alphen auf seine Taschenuhr.

»Schon so spät!«, rief er aus. »Ich bin mit ein paar Hamburger Kaufleuten im ›Haus zum Grimvogel‹ verabredet. Sie wollen unsere Sachen in Kommission nehmen. Ich muss los. Man kommt ja kaum vom Fleck bei dem Andrang. Wir sehen uns später!«

Im Hinausgehen drückte er dem Kellner eine Münze in die Hand.

Als hinge sein Leben davon ab, dass Hollweg alias Bogenhausen jede einzelne Silbe seiner Rede mitbekam, sprach der schwarzlockige Jüngling auf diesen ein. Mit dem Gänsekiel, den er wie einen Wurfspieß in der Hand hielt, zielte er immer wieder auf sein Gegenüber.

Beide Männer verstummten, als Friederike an ihren Tisch trat.

»Sie wünschen?«, fragte ihr Retter höflich, aber alles andere als einladend. Nichts in seinem Gesicht deutete darauf hin, dass er sie wiedererkannte. Seine Miene war glatt und höflich, wie einem Fremden gegenüber.

Warum erkannte er sie nicht? Wie konnte er sie so schnell vergessen haben? Schließlich rettete man nicht alle Tage jemandem das Leben und teilte anschließend mit ihm Zimmer und Bett! Oder wollte er einfach nicht, dass sie ihn ansprach und sich womöglich auf seinen falschen Namen bezog?

»Entschuldigen Sie, Herr ... äh, Herr Bogenhausen, aber sind wir uns nicht kürzlich in Hanau begegnet?«, fragte sie unsicher.

»In Hanau?« Der Angesprochene runzelte die Stirn, als müsste er sich besinnen. »Aber natürlich – Friedrich Christian Rütgers«, lächelte er dann, »der Porzellanmaler!«

Erfreut ergriff er ihre Hand und deutete auf den Platz ihm gegenüber.

»Josef Kornfeld vom *L'Avant Coureur*«, stellte sich der Mann mit den wilden Locken unaufgefordert vor. »Und – was gibt's Neues im Porzellangeschäft?« Aus seinen tief liegenden schwarzen Augen sah er sie durchdringend an. »Wissen Sie, ich brauche noch ein bisschen Klatsch für meinen Bericht. Das mögen unsere Leser nämlich besonders gern. Der gute Herr Bogenhausen liefert mir leider mal wieder so gar nichts Interessantes!«

Halb empört, halb belustigt schien Carl Bogenhausen etwas entgegnen zu wollen, doch der Journalist schenkte ihm keine Beachtung, sondern drang ungerührt weiter in Friederike ein.

»Wer ist in der teuersten Kalesche angereist? Wer hat die prächtigste Kleidung? Wer gibt die größten Empfänge? So etwas wollen die Leute wissen!« Die ganze Zeit, während er sprach, wanderten seine Augen unruhig durch den Raum, als hätte er Angst, etwas Wichtiges zu verpassen. »Also, Herr Rütgers, was haben Sie mir zu berichten? Denken Sie gut nach, ich brauche Fakten. Spektakuläre Fakten wohlgemerkt, keine Belanglosigkeiten!«, fügte er mit einem kleinen Grinsen in Bogenhausens Richtung hinzu.

Was wollte dieser Mann von ihr? Konnte er sie nicht in Ruhe lassen? Sie wollte ihr Wiedersehen mit Richard Hollweg alias Carl Bogenhausen feiern und keine indiskreten Fragen beantworten.

»Ich habe heute mit einem Chinesen gesprochen«, erwiderte sie zögernd, um den Journalisten zum Schweigen zu bringen.

»Ein Chinese? Das klingt in der Tat nicht uninteressant ...« Kornfeld schien zu überlegen. »Hatte er einen Hofstaat dabei? Konkubinen? Sanfte Knaben? Wilde Tiere?«

»Das weiß ich nicht!« So eine Unverfrorenheit! Jetzt reichte es aber! Am meisten ärgerte sie sich über sich selbst, dass sie sich überhaupt aus der Reserve hatte locken lassen. »Er ist Kaufmann und heißt Jan van Alphen«, bemerkte sie kurz und abschließend.

»Jan van Alphen?« Josef Kornfeld sah schlagartig gelangweilt aus. »Das klingt kein bisschen chinesisch. So was können wir nicht bringen. Da ist nichts Besonderes dran.« Enttäuscht knabberte er an seinem Federkiel herum.

»Am besten erzählen Sie ihm gar nichts!«, mischte sich nun Carl Bogenhausen amüsiert in ihr Gespräch. »Er verdreht sowieso immer alle Tatsachen.«

Plötzlich sprang der Journalist wie von der Tarantel gestochen auf: Er schien im Nebenraum jemanden entdeckt zu haben.

»Entschuldigen Sie mich«, murmelte er vor sich hin, leerte hastig seine Kaffeetasse, stopfte seine Utensilien wieder in seinen Rock und stürzte dem Mann hinterher.

Lachend lehnte Carl Bogenhausen sich zurück.

»Nehmen Sie es nicht persönlich«, beruhigte er die noch immer fassungslose Friederike, »er ist einfach so. Das ist schlicht seine Art. Oder sein Beruf. Oder beides. Aber jetzt erzählen Sie doch, wie es Ihnen in den letzten Monaten ergangen ist.«

Dankbar für die Gunst des Augenblicks begann sie, ihm von ihrem Durchhänger in Hanau zu erzählen, als sie am liebsten gar nicht mehr das Bett verlassen hätte, von ihrer Arbeit in der Fayencemanufaktur, dem Brand und von Tamerlano. Wie immer, wenn sie von dem grausamen Tod ihres geliebten Pferdes berichtete, drohte ihr auch jetzt wieder die Stimme zu versagen.

Aus seinen dunklen Augen blickte Carl Bogenhausen sie mitfühlend an.

»Mein Gott, da haben Sie ja was mitgemacht!«, bemerkte er nur.

»Aber jetzt habe ich es geschafft!«, nickte sie, schon wieder bester Dinge. »Jetzt darf ich den ganzen Tag malen, so lange wie ich den Pinsel halten kann, und noch dazu habe ich eine gemütliche Stube bei einer sehr netten Vermieterin gefunden.«

»Gratuliere! Das freut mich für Sie! Wovor auch immer Sie damals davongelaufen sind: Es scheint sich gelohnt zu haben.«

Seine Miene hatte einen nachdenklichen Ausdruck angenommen, so als wollte er dem Gespräch eine andere Wendung geben, doch das Hüsteln des livrierten Kellners, der unbemerkt an ihren Tisch getreten war, ließ ihn nicht zu Wort kommen.

»Entschuldigen Sie bitte die Unterbrechung, werter Herr Bogenhausen. Wir servieren gleich das Mittagessen. Wir könnten Ihnen heute frisch gefangenen Mainbarsch mit Bratkartoffeln anbieten.« Wieder sprach er mit ihm, als handelte es sich bei Carl Bogenhausen um eine hochgestellte Persönlichkeit.

»Sie bleiben doch noch zum Essen, nicht wahr, Herr Rütgers?«

Friederike bejahte. Sie hatte inzwischen großen Hunger.

»Das stelle ich mir wunderbar vor, seinen eigenen Weg zu gehen«, bemerkte Carl Bogenhausen, nachdem sie ihre Bestellung aufgegeben hatten. »Sie sind das, was man einen freien Menschen nennen würde.« In seiner Stimme schwang Bewunderung mit. Er hob sein Weinglas. »Auf Sie, Herr Rütgers!«

»Ich arbeite bis zu zwölf Stunden am Tag. Da ist man nicht so frei!«, beeilte sie sich, seiner Begeisterung einen Dämpfer zu versetzen.

»Aber Sie müssen auf niemanden Rücksicht nehmen. Wie viele Menschen auf der Welt haben dieses Glück?« Gedankenverloren sprach er weiter, ohne ihre Antwort abzuwarten: »Wahrscheinlich muss man tatsächlich seine Heimatstadt verlassen, um frei zu sein. Sämtliche Bindungen hinter sich lassen. Wir haben ja alle einen festen Platz in der Gesellschaft. Alles ist für uns geregelt. Welche Kleidung wir tragen, welchen Beruf wir ergreifen, wen wir heiraten – alles ist festgelegt. Sie können sich das vielleicht nicht vorstellen, wie das ist, von seinem Stand und seiner Familie eingeengt zu werden. Oder doch?«

Forschend betrachtete er ihr Gesicht.

»Natürlich kann ich mir das vorstellen! Deshalb bin ich ja weg aus Meißen. Ich wollte mir nicht von meiner Familie vorschreiben lassen, was ich zu tun und zu lassen habe.«

»Ach ... Was macht denn Ihre Familie?«

Sie hatten sich beide vorgebeugt, sodass ihre Köpfe fast zusammenstießen. Im Hintergrund war Stimmengewirr, das Klappern des Bestecks auf den Zinntellern und das Aneinanderklicken der Billardkugeln zu hören.

»Mein Vater hat eine Verlagsbuchhandlung und eine Druckerei.«

»Wie interessant! Aber wieso sind Sie davor weggelaufen? In so einer reizvollen Branche würde ich liebend gerne arbeiten.«

»Aber ich wollte malen! Verstehen Sie? Und ...«, fügte sie nach kurzem Stocken hinzu, »meine Eltern haben erwartet, dass ich die Tochter eines Kollegen meines Vaters aus Leipzig heirate.«

»Dann verstehe ich in der Tat, dass Sie weg wollten!«

Seine Miene hatte sich schlagartig verdüstert. Schweigend filettierte er seinen Fisch und blickte erst wieder auf, als er sah, dass Friederike Unmengen von Pfeffer auf ihren Barsch rieseln ließ.

»Wie können Sie das noch essen?«

Verblüfft starrte er auf ihren Teller.

»Ich liebe es, scharf zu essen! Endlich habe ich einmal Gelegenheit dazu. Mit meinem kleinen Malergehalt kann ich mir teure Gewürze nämlich nicht mehr leisten.«

Ob sie vor lauter Begeisterung nicht doch etwas übertrieben hatte? Zweifelnd blickte sie auf das schwarz gesprenkelte Fischfilet. Egal, da musste sie jetzt durch. Todesmutig schob sie ihre Gabel in den Mund.

»Genau richtig!«, teilte sie dem staunenden Carl Bogenhausen zwischen zwei Bissen mit. »Und welche Geschäfte macht Ihre Familie?«, erkundigte sie sich dann.

»Gewürzhandel. Wir sind sozusagen Pfeffersäcke, wie die Holländer sagen.« Er lachte.

»Wirklich?« Sie verschluckte sich fast an einer Gräte, so verblüfft war sie.

»Der Pfeffer auf Ihrem Barsch kommt aus unserem Spezereienlager. Wir beliefern den ›Lachenden Abessinier‹. Nicht nur mit Gewürzen, sondern auch mit Kaffee, Kakao und Tee. Dazu kommen Wechsel- und Anleihengeschäfte. In den Bankgeschäften liegt die Zukunft, wissen Sie?«

»Aber der Gewürzhandel muss doch eine aufregende Sache sein!« Sie spülte den scharfen Fisch mit fast genauso würzigem Wein herunter. »Sie können in fremde Länder reisen. Ständig etwas Neues sehen…«

»Sie sind ein großer Romantiker, Herr Rütgers! Das machen natürlich alles unsere Lieferanten für uns. Wir beziehen die Waren von der Ostindisch-Niederländischen Kompagnie und verkaufen sie weiter. Vor allem nach Bayern und ins Schwabenland. Nach London und Italien haben wir auch direkte Verbindungen. Dort war ich während meiner Lehrzeit bei Geschäftsfreunden. Mailand, London, Amsterdam. Aber sonst führen unsere Reisen eher nach Basel, Nürnberg oder Straßburg, wo wir eine Dependance haben.«

»Aber wenn Sie wollten, könnten Sie nach China segeln!«, ließ Friederike nicht locker.

Verträumt starrte sie vor sich hin. Plötzlich fiel ihr ein, dass auch sie die Möglichkeit hatte, nach China zu fahren, schließlich hatte man ihr soeben ein Angebot gemacht.

»Mir ist lieber, wenn die ganze Welt zu uns zur Messe nach Frankfurt kommt. Das erspart mir das anstrengende Reisen. Ich bin oft genug unterwegs.«

Sein Gesicht verdüsterte sich noch ein wenig mehr, als ein livrierter Bote vom Kellner an ihren Tisch geleitet wurde und Bogenhausen einen Brief mit einem eindrucksvollen Siegel überreichte. Nach einem flüchtigen Blick auf das Siegel legte er den Brief seufzend beiseite.

»Wir müssen eine Anleihe für das württembergische Königshaus herausgeben. Immerzu brauchen diese Höfe Geld! Aber davon leben wir natürlich sehr gut, keine Frage.«

Auch wenn im Leben ihres Retters nicht alles so reibungslos zu verlaufen schien, wie sie es bei einem gut situierten Frankfurter Bürger vorausgesetzt hätte, hatte sie dennoch den Eindruck, dass auch er ihre Anwesenheit genoss. Sie jedenfalls hätte noch Stunden so dasitzen, dem Rauschen des künstlichen Wasserfalls in der Ecke lauschen und sich über Gott und die Welt unterhalten können. Dieser Nachmittag sollte am besten nie zu Ende gehen! Endlich konnte sie wieder einmal ein wirklich interessantes Gespräch führen, das über Höchst und die Arbeit hinausging, noch dazu mit einem so vornehmen und offensichtlich wichtigen Menschen wie Carl Bogenhausen. Zwar brannte ihr noch immer die Frage auf den Lippen, warum er ihr nicht gleich von Anfang an seine wahre Identität enthüllt hatte, aber sie beschloss, die angenehme Stimmung lieber nicht zu zerstören. *Carl Bogenhausen wird seine Gründe gehabt haben, sich als Richard Hollweg auszugeben,* dachte sie, *so wie ich meine, ihm die Wahrheit zu verschweigen.*

Der Lärm von den anderen Tischen war allmählich abgeebbt. Ein Blick in den Gastraum sagte ihr, dass die meisten Händler wohl schon aufgebrochen waren, um ihren Geschäften an den Messeständen wieder nachzugehen. Auch sie sollte sich besser langsam auf den Weg machen und die Waren der Konkurrenz unter die Lupe nehmen. Um die Stände mit Meißener Ware würde sie natürlich einen Bogen machen. Sie konnte nur hoffen, dass sie Georg nicht irgendwo über den Weg lief.

»Ich würde Ihnen gern ein wenig Pfeffer mitgeben«, riss Carl Bogenhausen sie aus ihren Gedanken.

»Was möchten Sie?«

Sie merkte erst jetzt, dass der Alkohol ihr bereits kräftig zugesetzt hatte. Immerhin war sie jetzt schon bei ihrem dritten Glas Würzwein angelangt.

»Sie wollen mir Pfeffer schenken?«, bemühte sie sich, ihre Worte deutlich auszusprechen. »Weil ich gesagt habe, so einen Luxus kann ich mir nicht mehr leisten? Danke, sehr freundlich von Ihnen, aber das ist wirklich nicht nötig.«

Sie würde doch keine Almosen annehmen! So weit war es noch nicht mit ihr gekommen. Was bildete sich dieser reiche Kaufmannssohn ein? Ein Gefühl der Kränkung stieg in ihr auf.

»Aber warum denn nicht?« Carl Bogenhausen schien ihren Stimmungswandel nicht mitbekommen zu haben. »Ich würde Ihnen gern etwas schenken. Unsere Lagerhäuser sind voll davon.«

Josefine würde ihr nie verzeihen, wenn sie ein solches Angebot ablehnte, dachte sie und unterdrückte ihren Stolz.

»Also gut, ich nehme ein wenig Pfeffer mit. Aber nur eine winzige Portion!« Ihr Ärger war genauso schnell wieder verflogen, wie er gekommen war. »Aber müssen Sie sich denn nicht Ihren Geschäften widmen?«

»Ach, die Württemberger sollen ruhig noch einen Moment auf ihr Geld warten. Die geben sowieso zu viel aus. Obwohl sie Schwaben sind ... Kommen Sie mit!«

Schwungvoll erhob er sich, klemmte seinen Dreispitz unter den Arm und steuerte auf den Ausgang des Lokals zu. Sie kamen nur langsam vorwärts, weil er immer wieder von anderen Gästen aufgehalten wurde, die ein paar Worte mit ihm wechseln wollten. Kein Sonnenstrahl drang in die enge Gasse, als sie endlich im Freien standen. Zwischen den Messeständen hantierte ein Barbier mit einer großen Zange im Mund eines an einen

Stuhl gefesselten Mannes herum, dessen linke Wange stark angeschwollen war. Gern hätte sie sich einen Moment zu den Schaulustigen dazugesellt, aber sie hatte Angst, Carl Bogenhausen aus den Augen zu verlieren, der sich flott seinen Weg durch die Menge bahnte.

Vor einem prachtvollen Haus am Großen Kornmarkt blieb er schließlich stehen.

»Da wären wir!« Er strahlte sie an.

Sie versuchte, sich nicht anmerken zu lassen, wie beeindruckt sie von den Ausmaßen des Hauses war. Der Fachwerkbau stand auf einem steinernen Sockel, auf dem zwei weitere Stockwerke thronten. Gekrönt wurde er von einem prächtigen Giebel. Die Fensterfront zählte neun Fenster. Sie hatte gehört, dass die Frankfurter so viele Fenster in ihre Häuser einbauten wie möglich, um bei den zahlreichen Krönungsfeierlichkeiten Fensterplätze vermieten zu können. Fenster waren in Frankfurt bares Geld wert, hatte man ihr erzählt.

»Kommen Sie?« Er machte ihr ein Zeichen, ihm zu folgen.

Doch statt die mächtige Eingangstreppe hinaufsteigen, lief er auf den danebenliegenden Torbogen zu, aus dem just in dem Moment ein mit Säcken voll beladener Leiterwagen ratterte. Sie konnte sich gerade noch gegen die Hauswand drücken, um nicht überrollt zu werden. Schließlich stand sie mitten in einem weitläufigen Hof, umgeben von Wirtschaftsgebäuden, Ställen und Lagerhäusern. Mehrere Männer machten sich an einem Fuhrwerk zu schaffen und luden Fässer ab, die sie an dicken Seilen durch eine große Luke ins Kellergeschoss hinabließen. Weiter hinten standen drei Pferde angebunden, die darauf warteten, dass ihnen die Sättel abgenommen und Wasser gebracht wurde. Ein Stallknecht, der in jeder Hand einen schweren Eimer schleppte, trat aus einer Holztür. Auf den Ziehbrunnen und die zart knospende Kastanie in der Mitte des Hofes fielen die ersten Sonnenstrahlen des Jahres. Ein Windhauch wehte ihr eine Brise entgegen, die nach ostindischen Gewürzen duftete.

Wilder Wein rankte sich an dem Gebäude empor, in dem sie das Comptoir vermutete. Durch das große Fenster, das auf den Hof hinausging, konnte sie den dicken Commis und einen semmelblonden Jungen sehen, offenbar den Lehrling. Der Commis hatte die Beine auf dem plumpen Eichentisch abgelegt und balancierte auf den Oberschenkeln ein riesiges Kontenbuch. Kleine Rauchkringel stiegen aus der Pfeife in seinem Mund. Die Haare standen dem Mann wirr in alle Himmelsrichtungen ab, seine Perücke lag vor ihm auf dem Schreibtisch.

»Schauen Sie sich diese Rechnung bitte noch mal an, Herr Alessi!«, hörte sie den Lehrjungen sagen, als sie hinter Carl Bogenhausen das Comptoir betrat.

Für seine Korpulenz erstaunlich behände hatte der Commis die Füße vom Tisch genommen und war aufgesprungen. Das Kontenbuch in der Linken, streckte er die rechte Hand vor, um seinen Herrn zu begrüßen.

»Herr Bogenhausen, wie schön, Sie wieder einmal bei uns zu sehen! Sie wollen sicher schauen, ob alles beim Rechten ist, aber seien Sie unbesorgt: Wir haben die Sache hier im Griff!«

Er lachte wiehernd, sodass sein dicker Bauch über dem engen Hosenbund auf und ab hüpfte. Auch der semmelblonde Junge hatte sich erhoben und eine Art Begrüßung vor sich hingemurmelt. Aus den Augenwinkeln sah sie, dass sich die beiden Schreiber im Nebenzimmer ebenfalls respektvoll erhoben hatten. Sie blickte die hohen Wände hinauf: überall Regale mit Büchern und Akten oder Schrankwände mit unzähligen schmalen Schubladen. Vor dem Lehrling stand ein großer Abakus auf dem Tisch.

»Guten Tag, Alessi! Machen Sie es sich ruhig wieder bequem. Ich wollte Herrn Rütgers bloß unser Handlager zeigen.«

An den Gehilfen vorbei ging Carl Bogenhausen auf eine kleine Tür zu. Ein schwerer exotischer Geruch quoll ihnen entgegen, als er den Riegel zurückschob und ihr bedeutete, ihm in den halbdunklen Raum zu folgen.

Wie in einem Basar im Morgenland, dachte sie verzückt. Sie sah die hohen Kuppeldächer über sich, die inmitten von Körben mit bunten Gewürzen hockenden Männer mit ihren Turbanen und Wasserpfeifen. Tief verschleierte schwarz gekleidete Frauen drängten durch die engen Basargassen und feilschten mit den Händlern in einer fremden Sprache. Nur ihre kajalumrandeten Augen funkelten zwischen den Sehschlitzen hervor. Eine Karawane zog an ihr vorbei: Die hoch mit Weihrauch, Elfenbein und Palmblättern beladenen Kamele schritten majestätisch in den Hof der Karawanserei. Im Hamam ließen sich üppige nackte Schönheiten von ihren Sklavinnen mit parfümierten Ölen massieren. Nur unscharf konnte man ihre Silhouetten durch den dichten Dampf des Bades noch erkennen ...

»Herr Rütgers, alles in Ordnung mit Ihnen? Sie sehen plötzlich so bleich aus!«

Carl Bogenhausen stand direkt vor ihr auf der obersten Stufe einer einfachen Holztreppe, die ins Lager führte. Seine eine Hand lag auf dem Geländer, mit der anderen hatte er ihren Arm umfasst. Sein Gesicht war nur wenige Fingerbreit von ihr entfernt.

Sie war eine Prinzessin aus »Tausendundeine Nacht«, sie war Scheherazade, die den Sultan mit ihren Geschichten unterhielt. Der Sultan war schlank, aber muskulös, er hatte eine olivfarbene Haut, dunkle Locken, eine leicht gebogene große Nase und einen Blick voller Glut und Leidenschaft, der sie ganz schwindelig werden ließ. Schwarzes Brusthaar quoll aus seinem weit ausgeschnittenen Kaftan hervor, und auch seine schlanken Finger, die sich ihr sehnsuchtsvoll entgegenstreckten, waren von zarten schwarzen Härchen bedeckt. Gleich würde sie einen Schleiertanz vollführen, nur für ihn. Und danach würde sie ihren Mund auf seine Lippen legen und ihn küssen ...

»Herr Rütgers! Ist Ihnen nicht gut? ... Herr Rütgers, so sagen Sie doch was!«

Was hatte der Sultan gesagt? Aber wieso sprach er sie nicht mit ihrem richtigen Namen an? Und wieso verschwamm alles vor ihren Augen? All diese Farben, diese Gerüche … Wie sonderbar sie sich doch fühlte!

»Hier, nehmen Sie das, und kauen Sie darauf herum! Das bringt den Kreislauf wieder in Schwung.«

Carl Bogenhausen hatte dem hohen Jutesack hinter sich eine Art Kaffeebohne entnommen und ihr einfach zwischen die Lippen geschoben.

»Danke, danke«, murmelte Friederike, nachdem sie eine Weile auf der schwarzen Bohne herumgekaut hatte. Sie rieb sich mit der Hand übers Stirn und Wangen. Zumindest der Schwindel hatte sich ein wenig gelegt. »Mir ist tatsächlich etwas blümerant. Diese ganzen Gerüche hier …«

Erleichtert lachte Carl Bogenhausen auf. Die Besorgnis war aus seinem Gesicht gewichen.

»Ja, ja, die Gerüche hier – die haben schon so manch einen zum Schwanken gebracht. Wenn man diese intensiven Aromen nicht gewöhnt ist, kann man durchaus auf seltsame Gedanken verfallen. Die Wirkung ist ähnlich wie bei einer Droge, wenn Sie so wollen. Aber jetzt kommen Sie, ich zeige Ihnen, wo sie herrühren.«

Wie selbstverständlich nahm er ihre Hand und führte sie die schmalen Stufen nach unten in die große Lagerhalle. Die Wände waren mit hohen Apothekerschränken verkleidet, die Hunderte von kleinen Schubladen enthielten.

»Hier finden Sie die Schätze der ganzen Welt.« Er zog eine der Schubladen auf. »Sehen Sie? Safran.«

Staunend blickte sie auf die winzigen roten Fäden.

»Muskatnuss.«

Er zog eine andere Schublade auf und drückte ihr eine Nuss in die Hand. Die Schale fühlte sich glatt und sanft an. Prall.

»Und hier haben wir dasselbe noch als Pulver.«

Neugierig tunkte sie ihren Finger in das hellbraune Pulver und leckte daran. Es schmeckte würzig und ein wenig staubig.

»Das sind Gewürznelken von den Molukken«, fuhr Carl Bogenhausen fort. »Und hier haben Sie Anis. Vanilleschoten aus Mexiko. Zimt, Kardamom, Sandelholz. Koriander…«

Er hatte wahllos eine Schublade nach der anderen herausgezogen und zeigte nun auf mehrere Körbe mit unterschiedlich farbigen Teeblättern, die auf dem Boden standen.

»Ein First Flush Flowery Orange Pekoe. Und das ist Lapsang Souchong, eine chinesische Teespezialität, ein sogenannter Rauchtee. Er kommt aus dem Wuyi-Gebirge in der Provinz Fujian und ist relativ selten zu bekommen.«

Friederike trat an einen Tisch, auf dem eine große Schale mit Seifenstücken lag. Sie beugte sich über die Schale und sog tief den Duft ein. Sie rochen nach Zitrone, Orange und Lavendel.

»Und das hier sind Olivenseifen, die importieren wir direkt aus Nyons in der Provence. Oder aus Ligurien…«

Ligurien, kam da nicht Giovanni her? Nein, das konnte nicht sein, Ligurien war im Nordwesten Italiens, und er kam aus dem Osten. Bologna, Venedig… Sie wusste es nicht mehr genau. Ihr schwirrte der Kopf von all den Reichtümern um sie herum, sie fühlte sich wie verzaubert. Ob das tatsächlich an den Gerüchen lag, die den Raum beherrschten? Sie hatte den Verdacht, dass die seltsame Bohne, die Bogenhausen ihr gegen den Schwindel gegeben hatte, oder das Muskatnusspulver dieses Gefühl noch verstärkten.

Ihr Begleiter hatte ein Stück Seife aus der Schale genommen, um es genauer zu betrachten. Die Magie des Ortes schien ihn nicht zu berühren.

»Wieder Ausschussware!«, brummte er verärgert und steckte die Seife in die Tasche, um den Rundgang fortzusetzen. »Und hier haben wir das wichtigste aller Gewürze!«

Mit zwei Schritten war er an ein bis unter die Decke reichendes grob gezimmertes Regal getreten, in dem lauter flache Körbe standen. Schwarze, weiße, kleine, große…

Friederike starrte auf die Berge von Pfefferkörnern. Eine winzige Menge davon würde genügen, damit sie für den

Rest ihres Lebens ausgiebig ihre Mahlzeiten würde verfeinern können.

»Was wollen Sie haben?«

Seine kreisende Armbewegung umfasste auch die anderen Regale mit den Körben, Schalen, Säcken voller Kakaobohnen, Reis, Tee oder Zucker. Er lachte, als er ihre Unentschlossenheit bemerkte. Am liebsten hätte sie von allem etwas mitgenommen, um die Atmosphäre dieser Wunderkammer später in Höchst tagtäglich um sich zu haben.

»Ich gebe Alessi Bescheid, dass er Ihnen von allem etwas einpackt«, schien er ihre Gedanken zu erraten. Seine Stimme klang, als wäre das für ihn keine große Sache und erst recht kein unendlich wertvolles Geschenk.

Friederike wollte sich für die großzügige Geste bei ihm bedanken, als erneut der seltsame Schwindel Besitz von ihr ergriff. Sie wankte ein wenig, fing sich jedoch gleich wieder.

Ein ungewohntes Geräusch war zu hören, ein Trommelschlag. Sie spitzte die Ohren. Ja, nun konnte sie es ganz deutlich vernehmen, ein immer schneller werdendes rhythmisches Trommeln, begleitet von zarten Schellenklängen. Unwillkürlich fing ihr Körper an, sich leise im Takt zu wiegen. Der Schleiertanz, gewiss, das war die Aufforderung zum Schleiertanz! Mit fiebrigen Augen starrte der Sultan sie an. Jetzt wusste sie, an wen er sie erinnerte: Giovanni, der Sultan sah aus wie Giovanni! Sie begann, ihr Wiegen zu verstärken und mit den Hüften zu kreisen. Nun öffnete der Sultan leicht den Mund. Er sah nicht nur aus wie Giovanni, er war Giovanni! Giovanni, der auf ihren Kuss wartete ...

Sie versank in seinem Blick. Ihr war heiß. Sie spürte, wie ihr die Röte bis unter die Haarwurzeln kroch. Tänzelnd trat sie einen Schritt vor, legte die Hände auf die Schultern des Mannes, hob sich auf die Zehenspitzen – und küsste ihn auf den Mund.

»Herr Rütgers! Sind Sie wahnsinnig geworden?«

Ruckartig, als hätte man ihn geschlagen, war Carl Bogenhausen zurückgewichen. Fassungslosigkeit hatte sich auf seinen

Zügen ausgebreitet. Sein Gesicht war kalkweiß, seine Augen schreckgeweitet.

»Ich ... Herr Bogenhausen, entschuldigen Sie, aber ...«

Was hatte sie getan, was war da in sie gefahren? Wo war das Loch, in dem sie versinken konnte? Aller Schwindel, aller Zauber war mit einem Mal von ihr abgefallen, ihr Kopf war vollkommen klar. O Gott, was hatte sie bloß getan? Wie konnte sie nur? Einen wildfremden Mann küssen, einfach so, ohne die geringste Aufforderung! Einen Mann, der zu allem Überfluss auch noch davon ausging, dass sie ebenfalls männlichen Geschlechts war! Wie furchtbar, wie unglaublich peinlich!

Fieberhaft überlegte sie, wie sie die Situation retten konnte. Ja, es gab nur eins: Wenn sie es sich nicht für alle Zeiten mit Carl Bogenhausen verderben wollte, musste sie ihm jetzt auf der Stelle sagen, dass sie eine Frau war. Es war die einzige Lösung, einen anderen Weg gab es nicht. Vielleicht würde das noch helfen, ihn wieder halbwegs milde zu stimmen.

Sie streckte die Hand aus, um ihn am Arm zu berühren.

»Herr Bogenhausen, ich bin ... ich bin eine ...«

»Wagen Sie es bloß nicht, mich anzufassen! Unterstehen Sie sich!«

Er hatte seinen Arm so hastig zurückgezogen, als fürchtete er, von einer Schlange gebissen zu werden.

»Es ist besser, wenn Sie jetzt gehen, Herr Rütgers«, fügte er nach einem kurzen Moment etwas freundlicher hinzu. »Ich lasse Ihnen die Sachen gleich morgen nach Höchst bringen. Und jetzt entschuldigen Sie mich bitte ...«

Immer zwei Stufen auf einmal nehmend, stürzte er die schmale Holztreppe hinauf und verschwand im Comptoir. Die Zwischentür hatte er offen gelassen. Wie vor den Kopf gestoßen kletterte auch sie nach oben und schlich an dem verblüfften Alessi und dem feixenden Lehrjungen vorbei ins Freie.

»Du Idiot! Du alter Idiot!«

Sie war kaum auf den sonnendurchfluteten Hof hinausgetreten, als sie quer über das Gelände eine wutverzerrte Stimme brüllen hörte. Ein Mann, der fast genauso aussah wie Carl Bogenhausen, aber schon etwas in die Breite gegangen war, sprang aus einem gerade einfahrenden Einspänner.

»Das machst du mit Absicht! Nur um mich zu ärgern! Drei Leute haben mich auf dem Weg vom Römer bis hierher angesprochen, um mir zu erzählen, dass du schon wieder mit diesem jüdischen Schmierenschreiber im Kaffeehaus zusammengehockt hast!«

Seine Kleidung war an vornehmer Schlichtheit nicht zu überbieten. Dunkel und drohend stand er mit der Peitsche in der Hand vor seinem Bruder. In seiner Raserei hatte er Friederike, die sich gegen die Hauswand drückte, gar nicht bemerkt.

»Drei Leute, alle aus dem Rat!«, fuhr er mit seiner Schimpftirade fort. »Du bist derart rücksichtslos, Carl! Ich beantrage beim Kaiser unsere Nobilitierung, und du treibst dich in der Gosse herum. Es kostet einen Haufen Geld, uns adeln zu lassen! Das soll unsere Familie voranbringen, begreifst du das nicht? Ausgerechnet mit Kornfeld zeigst du dich in der Öffentlichkeit! Den sollte man überhaupt nie rauslassen aus der Judengasse! Und seine Gazette gehört sowieso verboten! Wie kann der Rat ein so aufrührerisches und verlogenes Dreckblatt zulassen, frage ich mich!«

»Es reicht, Emanuel«, unterbrach ihn sein jüngerer Bruder.

Auch er hatte Friederike nicht bemerkt. Sein Gesicht war noch immer kalkweiß.

»Es reicht nicht!«, schrie Emanuel Bogenhausen aufgebracht. »Es befinden sich Gesandte des Kaisers in der Stadt. Erst im vergangenen Jahr hat der Kaiser den *L'Avant Coureur* verboten, wie du dich vielleicht erinnerst. Jetzt drucken sie wieder, aber das wird nicht lange gut gehen. Du bringst Schande über unsere Familie, Carl! Ist dir das eigentlich klar?«

Ein scharfer Knall ertönte, als er mit der Peitsche gegen seinen Reitstiefel hieb.

Wie zwei Kampfhähne, bevor sie einander an die Gurgel gehen, dachte Friederike beim Anblick der Brüder. Sie überlegte, ob sie sich von Carl Bogenhausen verabschieden sollte. Nein, sie würde ihn nur noch mehr demütigen, wenn sie sich als Zeuge des Familienzwists zu erkennen gab. Im Schatten der Hauswand huschte sie rasch vom Hof.

»Dieser Kornfeld ist doch nichts anderes als der Sohn eines Schrotthändlers, der die Nase zu hoch trägt ...«, war das Letzte, was sie hörte, als sie durch den Torbogen auf die Straße trat.

Über eine Stunde war sie vom Großen Kornmarkt aus durch die verwinkelten Gassen geirrt, bis sie am Leonhardstor unten am Main angekommen war. Sie hatte sich in der wärmenden Nachmittagssonne auf ein Fass gesetzt, das zum Stand eines Benders gehörte und etwas ins Abseits gerollt war. Vor dem Stand stritt eine rotbäckige Winzerin mit dem Bender darüber, ob sie ihre Fässer in Naturalien, also in Wein, bezahlen könne oder nicht. Um die beiden herum standen in wildem Durcheinander Eimer, Zuber, Kübel, Bottiche und Fässer jeder Größe. Ein paar rotznäsige Kinder und frei laufende Schweine vervollständigten das Tohuwabohu. Friederike schüttelte den Kopf. Hatte der Mann keine Frau, die ein wenig Ordnung in sein Leben brachte? Wie wollte der Bender unter solchen Umständen seinen Geschäften nachgehen? So konnte das doch nichts werden ...

Aber das sollte nicht ihre Sorge sein: Mit ihren eigenen Problemen hatte sie genug zu tun. Sie holte tief Luft. Ihr war noch immer fürchterlich zumute. Wie dumm sie sich benommen hatte, wie abgrundtief dumm! Bei dem Gedanken an den Kuss im Lager schoss ihr erneut die Schamesröte in die Wangen. Ein Glück, dass die Leute um sie herum sie nicht kannten und nicht wussten, was sie Erbärmliches getan hatte. Was war bloß in sie gefahren, wie hatte sie nur Carl Bogenhausen mit Giovanni verwechseln und ihn küssen können? Wie war sie überhaupt auf diese völlig hirnrissige Haremsgeschichte gekommen? Getanzt hatte sie, sich in den Hüften gewiegt, sich diesem fremden Mann buchstäblich an den Hals geworfen! Es hätte nur noch gefehlt, dass sie wirklich eine Art Schleiertanz vollführt und langsam Kleidungsstück für Kleidungsstück abgelegt hätte. Fast musste sie lachen, so absurd erschien ihr die ganze Situation. Wenn das alles nur nicht so peinlich gewesen wäre! Darüber, dass ihr Verhältnis zu Carl Bogenhausen alias Richard Hollweg jemals wieder ein freundschaftliches sein könnte, brauchte sie sich wohl keine Illusionen zu machen. Bei ihm war sie unten durch, so viel war sicher. Kaum vorstellbar, dass er eine Entschuldigung annehmen würde, falls sie überhaupt irgendwann die Gelegenheit dazu bekommen sollte. Sie würde es natürlich versuchen, keine Frage, und wenn sie ihre Identität dafür preisgeben müsste. Immerhin hatte er ihr das Leben gerettet – eine Aufklärung dieser abscheulichen Kussangelegenheit war das Mindeste, was sie ihm schuldig war.

Plötzlich fiel ihr das Versprechen ein, das Carl Bogenhausen ihr wenige Minuten vor dem Eklat gegeben hatte. Die Gewürze, die er ihr schicken lassen wollte! Na, die konnte sie jetzt vergessen. All diese Reichtümer – dahin mit einem einzigen Kuss! Verzweifelt stöhnte sie auf. Auch das noch! Wie hatte sie sich darauf gefreut, Josefine mit all den Schätzen zu überraschen, die sie im Bogenhausen'schen Magazin entdeckt hatte!

Selten hatte sie sich so elend gefühlt. Sie hatte so viel Spannendes erlebt an diesem Tag: Sie hatte das schönste Porzellan ihres Lebens gesehen, eine Arbeitsstelle in China angeboten bekommen, sie hatte ihren Hanauer Lebensretter wiedergetroffen, bei anregender Unterhaltung hervorragend gegessen und dazu köstlichen Wein getrunken, und fast wäre sie reich beschenkt worden. Und dann musste alles in einem solchen Desaster enden! Abgesehen davon, dass sie keine Ahnung hatte, wie sie Benckgraff unter die Augen treten sollte, wenn er von ihr wissen wollte, was die Konkurrenz an Neuerungen auf den Markt gebracht hatte. Na ja, wenigstens war sie Georg nicht über den Weg gelaufen.

Bedrückt lauschte sie den melancholischen Weisen einer Zigeunerkapelle, deren Klänge vom Fahrtor bis zu ihr herüberwehten. Ein Bettler mit einer Krücke näherte sich ihr humpelnd. Schon sah sie ihren Platz auf dem Fass bedroht, als sich zwei Stadtbüttel an den Mann heranpirschten und ihn zu einem Karren zerrten, auf dem vor lauter anderen Bettlern und Huren kaum mehr ein Stehplatz war. Sie würden das Gesindel vor den Toren der Stadt aussetzen – um am nächsten Tag die gleiche Prozedur zu vollziehen.

Als es von Sankt Leonhard vier Uhr schlug, beschloss sie, für heute gar nicht mehr zur Messe zu gehen, sondern auf ihrem sonnenbeschienenen Fass die Ankunft des Marktschiffs abzuwarten und direkt zurück nach Höchst zu fahren. Sie ließ die Beine baumeln und versuchte, jeden Gedanken an die vergangenen Stunden zu verdrängen. Vor ihr tanzte das weiße Segel eines Kahns auf dem Main. Die Dächer von Sachsenhausen glänzten im Gegenlicht. Direkt an der Stadtmauer, nur wenige Schritt hinter ihr, briet ein Mann über einem Feuer ein Schaf. Doch trotz des köstlichen Dufts verspürte sie keinerlei Appetit. Sie hatte das Gefühl, nie wieder etwas zu sich nehmen zu können.

»Wie konntest du nur, Friedrich? Erst am helllichten Tag drei Gläser Wein trinken, statt deinen Messepflichten nachzukommen, und dann auch noch irgendwelche Drogen nehmen! Kein Wunder, dass man dann nicht mehr weiß, was man tut.«

Josefines Lachen hatte fast ein wenig überheblich geklungen, ärgerte sich Friederike. Sie hatte sich Trost und Zuspruch von der Freundin erhofft, aber keine Kritik.

»Na ja, vielleicht wäre ich in einer solchen Situation auch auf komische Ideen gekommen«, beeilte sich Josefine, ihren Worten ein wenig die Schärfe zu nehmen, als Friederike nach einer ganzen Weile noch immer nichts erwidert hatte.

Obwohl es um diese Jahreszeit in den Abendstunden draußen noch nicht wirklich angenehm war, suchten die beiden Frauen jede Gelegenheit, die zunehmende Helligkeit zu nutzen und vor einem kleinen Lagerfeuer im Hof letzte Hausarbeiten zu erledigen oder einfach nur beieinanderzusitzen und zu schwatzen.

»Ich habe wohl wirklich zu viel getrunken«, brachte Friederike schließlich hervor. »Aber es waren vor allem die Gerüche von diesen unendlich vielen Gewürzen und Tees, die mich verwirrt haben. Na ja, und die Bohne, die er mir gegeben hat. Oder das Muskatnusspulver. An einem bestimmten Punkt wollte ich den Mann da vor mir einfach küssen, um jeden Preis, verstehst du? Also habe ich es getan«, versuchte sie Josefine ihr Verhalten zu erklären.

Ihre Vision von dem Sultan, der Giovanni war, verschwieg sie der Freundin wohlweislich, wie sie ihr auch den Schleiertanz unterschlug – zu peinlich war ihr das Ganze. Sie war noch immer überrascht, wie präsent der Italiener ihr in jenem Moment im Gewürzlager erschienen war. Sie hatte wirklich geglaubt, ihn vor sich zu haben. Giovanni, der sein Versprechen, sie zu suchen, endlich wahrgemacht hatte! Immerhin hatte die seltsame Szene bewirkt, dass er ihr jetzt wieder viel näher war als in den Wochen davor. Zu lange lag ihre Begegnung schon zurück. Aber nun hatte sie dank Carl Bogenhausen, ja dank seiner Schatzhöhle mit den wunderbaren Gewürzen wieder Stoff genug, von Giovanni zu träumen. Wenigstens das, dachte sie und lächelte, schon fast wieder versöhnt mit der Situation.

»Hast du so was schon mal gemacht?«, nahm Josefine den Gesprächsfaden wieder auf.

»Was gemacht?«

»Na, einen Mann, den du kaum kennst, einfach geküsst?«

»Natürlich nicht! Auch keinen, den ich gut kenne, übrigens«, erwiderte Friederike entrüstet.

»Denn selbst wenn er dich nicht für einen Mann gehalten hätte: Es empfiehlt sich nicht, Männer von sich aus zu küssen. Als Frau sollte man lieber darauf warten, dass man geküsst wird!«

Josefine klang wie eine Lehrerin. Hielt sie sie etwa für eine Dreijährige? Manchmal kam ihr die Freundin wirklich ziemlich schlicht vor. Charlotte hätte sich anders verhalten, dachte Friederike mit einem Anflug von Sehnsucht, die hatte ebenso viel Erfahrung mit Männern wie Josefine, war aber irgendwie raffinierter im Umgang mit ihnen.

»Ich kann es dir wirklich nicht erklären, Josefine«, versuchte sie, ihre Stimme nicht allzu gereizt klingen zu lassen. »Keine Ahnung, warum ich das gemacht habe. Du hast natürlich vollkommen recht, eine Frau sollte sich so nicht verhalten.«

»Du bist doch auch gar nicht der Typ für so was! Du bist eher rational. Du hast dich gut unter Kontrolle ...«

Rücksichtslos hackte Josefine weiter auf dem Thema herum, bis Friederike die graue Katze zu Hilfe kam, die die ganze Zeit vor ihren Füßen mit dem Wollknäuel Fangen gespielt und sich nun restlos darin verheddert hatte.

»Aber was dem Fass natürlich den Boden ausschlägt«, fuhr die Freundin ungerührt fort, nachdem sie Katze und Wollknäuel voneinander gelöst und ihren Platz wieder eingenommen hatte, »ist ja, dass er denkt, er wäre von einem Mann geküsst worden!«

Prustend nahm Josefine ihr Strickzeug wieder auf. Sie würde sich nicht mehr lange zusammennehmen können, merkte Friederike. Lauthals fing Josefine nach einem letzten Schweigeversuch tasächlich an zu lachen. Tränen standen ihr in den Augen. Es schüttelte sie geradezu, sie wimmerte fast vor Lachen.

»Ach, wenn ich das nur der Anna erzählen könnte!«, japste sie und hielt sich den Bauch.

Friederike wusste, dass ihre Zimmerwirtin es nicht böse meinte. Trotzdem fühlte sie sich nicht ernst genommen. Wenigstens hatte Josefine die Sache mit den Gewürzen, die sie nun nicht bekommen würden, leicht verschmerzt. Sie war eben eine Frohnatur, hier zeigte sich der Vorteil ihrer manchmal enervierenden Oberflächlichkeit. Etwas Komisches konnte sie der ganzen Sache trotzdem nicht abgewinnen. Auf keinen Fall wollte sie, dass irgendjemand davon erfuhr, schon gleich gar nicht die Klatschbase Anna.

»Keine Sorge, ich schweige wie ein Grab!« Noch immer glucksend wischte Josefine sich eine Träne aus dem Augenwinkel. »Übrigens, über diese ganze Geschichte habe ich ganz vergessen, dir zu erzählen, was mir heute passiert ist«, fügte sie schließlich grinsend hinzu. »Stell dir vor: Ich habe deinen Fechtmeister kennengelernt! Die Anna kennt ja die Mägde vom Schloss, und mit denen standen wir zusammen am Brunnen, als Herr Schlosser vorbeikam, und so sind wir ins Gespräch gekommen. Und du glaubst ja nicht, wie er sich von mir verabschiedet hat!«

Friederike sah, dass sie schon wieder kurz davor war, einen Lachkrampf zu bekommen.

»Wie denn?«, fragte sie betont sachlich.

»›Grüßen Sie Ihren Herrn Gemahl!‹, hat er gesagt und mir dabei zugezwinkert. Er denkt…« – Josefine konnte nicht mehr an sich halten – »er denkt…«

Sie hatte die eine Hand vor den Mund geschlagen und die andere auf ihren Bauch gelegt. Ihre Schultern zuckten. Ab und zu entwich ihrer Kehle ein beinah tierischer Laut.

»Er denkt«, beendete Friederike an ihrer Stelle ihren Satz, »dass du meine Geliebte bist, was?«

Auch sie konnte sich irgendwann nicht mehr gegen Josefines ansteckendes Kichern erwehren und stimmte herzhaft in ihr Gelächter ein.

Was für ein Durcheinander!, dachte sie, als sie der Freundin zwei Stunden später schließlich eine gute Nacht wünschte.

☙

Am nächsten Morgen – es war ihr zweiter Messetag, den sie etwas professioneller anzugehen gedachte als den vorangegangenen – studierte Friederike gerade das Wachtelmuster auf einer Kakiemon-Vase am Stand von Jan van Alphen, als eine Sänfte in den Hof getragen wurde. Kaum hatte der vordere Träger den

Schlag geöffnet, zeigte sich auch schon ein zierlicher Fuß in einem roséfarbenen Pantoffel in der Türluke, dann ein wohlgeformter Knöchel in einem hellen Seidenstrumpf. Sämtliche Geschäfte in dem kleinen Hof kamen zum Erliegen. Gebannt starrten die anwesenden Männer auf die Sänfte, alle hielten den Atem an. Schließlich kam die ganze Frau zum Vorschein.

Wie der Frühling von Botticelli, dachte Friederike verblüfft. Schmale Schultern, blasse Haut, zarte Glieder. Und blond, sehr blond. Ein kleiner Page in einer roten Uniform mit goldenen Tressen, der hinter seiner Herrin aus der Sänfte geklettert war, spannte einen Sonnenschirm über ihr auf, obwohl der gesamte Hof im Schatten lag. Schutzsuchend sah sich das Feenwesen nach allen Seiten um. Doch kein Kavalier zeigte sich bereit, es durch das wilde Getümmel zu geleiten. Einen Moment war Friederike versucht, der verunsichert wirkenden jungen Dame zur Seite zu springen – sie konnte sich gut erinnern, wie unwohl sie sich selbst immer in solchen Situationen gefühlt hatte. Aber irgendetwas störte sie an der Frau. Soll sie sich allein durchkämpfen, dachte sie, ein bisschen Gedränge wird diesem Püppchen schon nicht schaden.

Langsam schritt die Besucherin die Stände ab. Eine frische Brise, die nach Zitrone und Pfefferminze roch, ging von ihr aus. Am Höchster Stand blieb sie lange vor einem Leuchter stehen, der eine Kussszene zwischen einem Schäferpärchen darstellte.

»*Très chique!*«, hauchte sie schließlich, um dann zu Jan van Alphen und den großen chinesischen Prunkvasen hinüberzuschweben. Doch erst die Hanauer Fayencen schienen sie wirklich zu überzeugen. Mit schlafwandlerischer Sicherheit pickte sie die Stücke heraus, die auch Friederike für die gelungensten hielt – das ein oder andere erkannte sie noch als ihr eigenes Werk – und gab ihre Bestellung bei Mijnheer van Alphen auf.

Die junge Frau hatte schon fast ihre Sänfte wieder bestiegen, als sie sich zu besinnen schien und erneut auf Friederike zusteuerte.

»Dieser Leuchter will mir nicht mehr aus dem Kopf. Wollen Sie ihn für mich zurücklegen?«, fragte sie mit ihrer mädchenhaften Stimme. »Mein Verlobter soll ihn sich auch ansehen. Ich denke, er wird ihm gefallen.«

Sie klappte ihren Sonnenschirm zusammen, ließ sich von einem ihrer Sänftenträger den Schlag öffnen und segelte davon. Der frische Duft ihres Parfums hatte sich über den ganzen Hof gelegt.

»Die war gestern schon mal da!«

Benckgraff hatte die ganze Zeit schweigend an der gewundenen Treppe gelehnt, die zum Kaisersaal hinaufführte. Als wäre er mit den Gedanken ganz woanders, blickte er Friederike über die Schulter, die dabei war, das Wachtelmuster abzuzeichnen.

»Die haben Geld wie Heu, diese Leclercs!«

Tiefe Befriedigung über das gerade abgeschlossene Geschäft zeichnete sich auf Mijnheer van Alphens Zügen ab.

»Holzhandel. Und neuerdings wohl auch Wechselgeschäfte. Das machen sie inzwischen alle.«

Der livrierte Kellner aus dem »Lachenden Abessinier« drängelte in den Hof herein. Über dem Kopf hielt er ein Tablett mit einer Teekanne und vielen kleinen Schalen, das er auf einer großen Ming-Vase vor Jan van Alphen abstellte.

Mijnheer van Alphen fiel fast der Messkatalog aus der Hand.

»Wie hast du das denn hingekriegt?«, wollte er von seinem Neffen wissen.

Aber dieser lächelte nur fein und schenkte allen Anwesenden eine Schale Jasmintee ein.

Dankbar nahm Friederike einen Schluck von dem durstlöschenden Getränk, als sie die Sänfte von Fräulein Leclerc auch schon wieder zurückkehren sah. Erneut konnten die Anwesenden beobachten, wie erst der rosabeschuhte Fuß, dann der hellbestrumpfte Knöchel und schließlich die ganze zierliche Frauengestalt anmutig der Sänfte entstieg. Aber dieses Mal sprang nicht der kleine Page seiner Herrin mit dem Sonnenschirmchen bei, sondern ein Mann, dessen Umrisse Friederike in dem Dämmerlicht des Hofs erschreckend bekannt vorkamen. Am liebsten wäre sie geradewegs im Boden versunken. Fieberhaft überlegte sie, wo sie sich verstecken konnte. Aber wie hätte sie Benckgraff, Jan und Mijnheer van Alphen ihre plötzliche Flucht erklären sollen? Sie konnte sich ja nicht einfach umdrehen und davonrennen.

Auch Carl Bogenhausen blieb abrupt stehen, als er sie hinter dem Höchster Stand erkannte. Als hätte sich eine schwarze Gewitterwolke über die Sonne gelegt, verfinsterte sich seine Miene. Doch sofort hatte er sich wieder in der Gewalt. Gleichgültigkeit trat in sein Gesicht, und mit einer betont liebevollen Geste wandte er sich der jungen Frau an seiner Seite zu.

»Ist das nicht wunderschön, Schatz?«

Die kleine Leclerc schien nichts von der kurzzeitigen Verwirrung ihres Verlobten mitbekommen zu haben. Ihre großen, blassen Augen waren weit aufgerissen, ihr Lächeln verzückt. Sie zeigte auf den Kussleuchter. Die einander zugewandten Liebenden sahen sich voller Sehnsucht tief in die Augen. Der Hirte hatte den rechten Arm auf die Schulter seiner Geliebten gelegt, um sie zu sich heranzuziehen. Der Hund und die Schafe zu ihren Füßen blickten erwartungsvoll zu ihnen auf. Gleich würden sie sich küssen.

Kaum mehr als eine Armlänge trennte Friederike von Carl Bogenhausen, der auf der anderen Seite des Tisches mit den ausgestellten Erzeugnissen der Höchster Porzellanmanufaktur stand. Sie versuchte, seinen Blick einzufangen, doch er tat so, als hätte er sie noch nie in seinem Leben gesehen. Hartnäckig starrte er auf den Leuchter.

Mathilde Leclerc zog ihren Spitzenhandschuh aus und legte die zarte, weiße Hand mit den polierten Fingernägeln auf seinen Arm. Graziös stellte sie sich auf die Zehenspitzen und flüsterte ihm etwas ins Ohr. Fast hätte sie das Gleichgewicht verloren und musste sich an seiner Schulter abstützen. Sie blinzelte heftig, als wären ihr in beide Augen gleichzeitig winzige Staubkörnchen geflogen. Carl Bogenhausen lächelte auf sie herunter.

»Wie kann ein Mann, der von Freiheit redet, mit einem solchen Püppchen verlobt sein?«, hätte Friederike ihn am liebsten angebrüllt. War er nicht selbst reich genug, um auf das Geld dieser albernen Person pfeifen zu können? Eine Frau, die den Anschein erweckte, zu ihrem Schutz ein ganzes Regiment von Soldaten zu brauchen, eine Frau, die sich bestimmt vom leisesten Windhauch umblasen ließ, die nicht einmal ihren Sonnenschirm allein aufklappen konnte! Was wollte er bloß mit dieser dummen Pute?

Sie spürte, wie sie sich innerlich immer mehr ereiferte. Schon hatte Benckgraff verwundert seinen Kopf in ihre Richtung gedreht. Ob man ihr die Entrüstung etwa ansehen konnte? Das Schlimmste war, dass sie sich wegen eines solchen Nichts so aufregte! Eine Frau, die ihr niemals das Wasser würde reichen können, die mit Sicherheit weder eine eigene Meinung hatte noch mit irgendwelchen besonderen Talenten gesegnet war! Ganz zu schweigen von Reiten oder Fechten. Aber sie war eben eine Frau – und was für eine! Hoffentlich würde das Spektakel bald ein Ende haben. Die Messe war ihr nach dem gestrigen Vorfall sowieso schon verdorben gewesen – aber jetzt auch noch das!

Endlich, nach langem Hinundhergeflüster mit seiner Verlobten, wandte sich Bogenhausen, ohne Friederike auch nur eines Blickes zu würdigen, an Benckgraff:

»Wir nehmen den Leuchter. Liefern Sie ihn bitte in das Haus ›Zum Roten Widder‹ in der Großen Eschenheimer Gasse, und schicken Sie die Rechnung an mich. Hier ist meine Karte.«

Benckgraff schien etwas zu erwidern zu wollen, doch Mathilde Leclerc ließ ihm keine Gelegenheit.

»Lass uns noch zum Schmuck gehen, Carl«, dirigierte sie ihren Verlobten in Richtung Schwanenhalle.

Wie eine Schildkröte, dachte Friederike, während ihr Blick dem Abzug des seltsamen Paares folgte. Er zieht den Kopf ein, als wollte er sich am liebsten in seinem Panzer verkriechen ... Fast hatte sie Mitleid mit Carl Bogenhausen, der so offensichtlich unter der Fuchtel seiner Botticelli-Schönheit stand.

»Schade, dass ausgerechnet diese alberne Gans Ihren wunderbaren Leuchter bekommt!«, brummte Benckgraff in ihrem Rücken.

»Ist doch wahr!«, ergänzte er, als er ihr ungläubiges Staunen bemerkte.

Sie hatte noch immer denkbar schlechte Laune, als sie vom Bootsanleger nach Hause lief. Doch kaum hatte sie die Türklinke heruntergedrückt, glaubte sie ihrer Nase nicht zu trauen: Der Duft der großen weiten Welt war auch in Josefines Hütte eingekehrt. In der Küche, im Flur, ja selbst in ihrer Dachkammer roch es eindeutig nach ostindischen Gewürzinseln!

Josefine kam sofort aus der Küche geschossen, noch bevor Friederike ihre Stiefel hatte ausziehen können.

»Stell dir vor, Friedrich!« rief sie atemlos. »Ein ganzes Fass mit Gewürzen, Kaffee, Tee und Kakao ist heute Morgen angeliefert worden. Einer der Fuhrleute, die für die Bogenhausens arbeiten, hat es gebracht. Komm mit in die Küche! Das musst du dir unbedingt anschauen, was wir alles bekommen haben!«

Ihre Stimme überschlug sich fast vor Aufregung.

Josefine hatte das Fass schon halb ausgepackt. Der ganze Küchentisch lag voll mit kleinen, ordentlich etikettierten Säckchen. Noch immer war das Fass bis zur Hälfte gefüllt. Daneben saß lauernd die graue Katze Semiramis.

Friederike nahm eins der Säckchen in die Hand. »Grüner Tee«, las sie. »Ingwerknollen, Malabar« stand auf einem anderen Etikett. »Piment, Jamaika«. Und: »Pfefferkörner«. Das war der größte Sack. Das Ganze musste ein Vermögen wert sein. Ein einziges der kleinen Säckchen kostete wahrscheinlich genau so viel wie die Dachschindeln, die sie benötigten, damit es nicht mehr in ihre Kammer hereinregnete.

Josefine hielt ihr eine nach Mandeln duftende weiße Seife unter die Nase.

»Riech mal!«, lachte sie hingerissen. »Fehlt nur noch der passende Verehrer dazu ...«

Wieso hatte Bogenhausen ihr all diese Sachen geschickt, obwohl sie ihn mit ihrem Fauxpas so schrecklich vor den Kopf gestoßen hatte? Friederike verstand die Welt nicht mehr. Warum schickte er ihr Gewürze, Tees und Seifen, die ein Vermögen wert waren, aber grüßte sie nicht einmal mehr?

»Verstehst du das?«

Josefine schüttelte den Kopf.

»Vielleicht ist er einfach so ein Mensch, der auf jeden Fall tut, was er angekündigt hat, egal, was in der Zwischenzeit passiert ist«, sinnierte Friederike.

»Solche Männer gibt es nicht!« Josefine schüttelte den Kopf so heftig, dass sich die Haarnadeln aus ihrem Knoten lösten. »Selbst, wenn nichts dazwischenkommt, tun sie doch eigentlich nie das, was sie angekündigt haben.« Sie schnupperte an einem Säckchen, das die Aufschrift »Basilikum« trug. »Die meisten Männer fühlen sich sofort unangenehm festgelegt, wenn sie tatsächlich das tun müssen, was sie angekündigt haben. Lieber machen sie etwas ganz anderes. Am allerliebsten überraschen sie einen mit etwas, das so gar nicht abgesprochen war, und erwarten, dass man sich freut.«

»Meinst du wirklich?« Friederike hatte eine zweifelnde Miene aufgesetzt.

»Vielleicht fand er dich einfach so als Mann ganz attraktiv«, überlegte Josefine laut.

»Schau mal – Indigo!«, rief sie plötzlich begeistert aus. »Damit kann ich mir mein altes Kleid neu färben!« Sie starrte verzückt auf das Säckchen in ihrer Hand.

»Seine Verlobte war heute bei uns am Stand«, erzählte Friederike. Sie war ganz unten in dem Fass bei den Potpourri-Duftmischungen angelangt, die Namen trugen wie »Wo Mond und

Sterne einander begegnen«, »Sturm über Sansibar« oder einfach »Monsun-Regen«.

»Was sagt das schon?«, fragte Josefine achselzuckend, nachdem Friederike ihr die Begebenheit mit Mathilde Leclerc bis ins kleinste Detail geschildert hatte. Sie schob eine aufmüpfige Strähne zurück an ihren Platz und steckte die Haarnadeln fest.

»Wenn der Mann wirklich so einzigartig ist, wie du ihn mir beschrieben hast, wird er sich mit so einer dummen Kuh schon nicht länger einlassen. Glaub mir«, fügte sie hinzu, als sie Friederikes zweifelndes Gesicht sah, »ich kenn mich in solchen Dingen aus!«

»Einzigartig? Hattest du den Eindruck, er sei einzigartig, so wie ich ihn beschrieben habe?«, hakte Friederike nach.

Doch Josefine hörte schon nicht mehr zu. Sie griff sich eine Handvoll Pfefferkörner aus einem der Säckchen, holte den steinernen Mörser vom Küchenbord und begann energisch mit dem Stößel das Gewürz zu zermalmen.

Das wird ein Festmahl werden, dachte Friederike, was immer es heute zu essen geben sollte.

6. KAPITEL

Friederike ließ das Beil sinken. Vor ihr auf dem Axtblock lag ein großer Buchenholzstamm. Über ihrer Nasenwurzel hatten sich zwei steile Falten gebildet. Die Schweißtropfen liefen ihr über das Gesicht, so angestrengt hatte sie gehackt. Fast ein halbes Klafter Holz, ohne ein einziges Mal abzusetzen. Sie drehte sich zu Josefine um, die ihr offenbar schon eine ganze Weile zugesehen hatte.

»Na, wen hast du denn da erschlagen?«, fragte die Freundin spöttisch. »Mit dir stimmt was nicht, das sehe ich doch!«, fügte sie etwas sanfter hinzu. »Wer oder was hat dich so aufgebracht, dass du hier dermaßen herumwüten musst?«

»Wie kommst du denn darauf?«

Friederike hieb das Beil nur ganz leicht in den Buchenstamm, damit sie es später ohne Mühe wieder herausziehen konnte. Trotz der Hitze hatte sie ihre Winterstiefel angezogen, eine reine Vorsichtsmaßnahme, falls sie beim Hacken danebenhauen sollte. Sie trug ein altes Hemd von Josefines Mann mit aufgekrempelten Ärmeln. Eine ausgeblichene Hose schlotterte um ihre Beine.

Josefine hatte sich einen der beiden Ledereimer gegriffen, die neben der Regenwassertonne standen, und ihn randvoll mit Wasser gefüllt. Mit einem Ausdruck von Missbilligung sah sie an Friederike herunter, als sie den Eimer vor ihr abstellte.

»Damit kannst du dich waschen, du Kerl, du! Dass du mal ein vornehmes Meißener Fräulein warst, möchte man wirklich nicht glauben, wenn man dich so sieht. Schau dich doch mal an!«

»Schau dich doch selbst an!«, hätte Friederike am liebsten erwidert.

Die Freundin trug nicht mehr als ein leichtes Mieder und einen alten Unterrock. »Bei der Hitze kann man sich einfach nicht ordentlich anziehen«, hatte sie feierlich verkündet, und mit einem Achselzucken hinzugefügt, dass die Nachbarn wegen der hohen Mauern sowieso keinen Einblick in den Hof hätten. »Es sieht mich doch niemand. Und selbst wenn ...«

Josefine hatte auch den zweiten Ledereimer in die Tonne getaucht und goss nun eine halbe Ladung Wasser auf die ausgetrocknete Erde unter dem Stachelbeerbusch. Der Boden war so hart, dass die Flüssigkeit stehen blieb, statt sofort einzusickern.

»Du läufst rum wie ein Mann, redest wie ein Mann, gestikulierst wie ein Mann – und siehst aus wie ein Mann. Du beherrschst deine Rolle ziemlich gut. Um nicht zu sagen: zu gut!«

»Um so besser«, knurrte Friederike und zog vorsichtig das Beil aus dem Buchenstamm. Für sie war das Gespräch beendet.

Das Beil sauste in das trockene Holz hinein und brach den Stamm in zwei saubere Hälften, als Josefine noch einmal nachlegte:

»Selbst dein Verhalten ist typisch für einen Mann. Du machst einfach weiter und redest nicht über die Dinge.«

Friederike legte die eine Hälfte des Buchenstamms wieder auf den Hackklotz, um ihn zu vierteilen.

»Worauf willst du hinaus, Josefine?«

Diese stopfte sich eine Stachelbeere in den Mund.

»So wie du im Moment aufgelegt bist, könnte ich ja gleich mit einem Mann zusammenwohnen.«

Was sollte das denn bedeuten? Friederike fehlten die Worte, so überrascht war sie.

»Du redest überhaupt nicht mehr mit mir!« Nervös zupfte Josefine an den Blättern des Stachelbeerstrauchs.

»Aber was soll ich denn die ganze Zeit reden?« Friederike versuchte, ihre Stimme nicht allzu gereizt klingen zu lassen.

»Wir haben uns unsere Geschichte hundertmal erzählt. So viel Neues erlebst weder du noch ich jeden Tag, als dass man die ganze Zeit reden könnte. Außerdem hacke ich gerade Holz. Dabei kann ich nicht reden, sonst hacke ich mir in den Fuß.«

Auch Josefines Ton wurde schriller.

»Du verheimlichst mir was, das merke ich ganz genau!«

Wie hatte Josefine ihr das anmerken können? Natürlich hatte ihre Wirtin recht: Sie verheimlichte ihr in der Tat etwas. Dabei war es gar nichts Wichtiges. Nichts jedenfalls, das Josefine sofort hätte wissen müssen. Durfte man nicht mal für ein paar Stunden etwas für sich behalten? Friederike schnaufte empört. Durfte man nicht mal erst über eine Sache nachdenken, bevor man sie weitererzählte? Mit welchem Anspruch verlangte Josefine, sofort über alles informiert zu werden?

»Es ist nichts Wichtiges, ich erzähle es dir später. Lass mich hier nur das Holz fertig hacken. Ich will nachher nicht noch mal damit anfangen müssen – wenn wir kein Holz haben, kannst du nämlich nicht kochen. Es war ja kaum noch was da!«

Der letzte Satz hatte wie ein Vorwurf geklungen, was nicht ihre Absicht gewesen war. Aber Friederike fragte sich manchmal wirklich, wie Josefine gelebt hatte, bevor sie bei ihr eingezogen war. Wer hatte das Holz für sie gehackt? Das konnte Josefine nur selbst erledigt haben. Nun, da sie einen »Mann« im Haus hatte, musste eben dieser alle schweren Arbeiten erledigen – so einfach schien ihre Logik zu sein. Aber dass sie ihr dann auch noch Vorhaltungen machte, zu männlich geworden zu sein!

Friederike hob erneut die schwere Axt über den Kopf und ließ sie mit einem kräftigen Hieb auf den Buchenstamm niedersausen. Sie dachte daran, wie viel sie arbeitete und wie wenig Josefine tat. Den ganzen Tag war sie in der Manufaktur gewesen, hatte sich mit Johannes gestritten, wer das langweilige Streublümchen-Service bemalen musste. In den letzten Monaten hatte sie eine regelrechte Abneigung gegen die kleinen Deutschen Blümchen entwickelt, die so gar nichts Exotisches oder

Herausforderndes an sich hatten. Bei der Auseinandersetzung hatte sie am Ende den Kürzeren gezogen, weil Johannes sich mit anderen Aufträgen herausgeredet hatte. Dann hatte Benckgraff ihnen eröffnet, dass er wegen der zunehmenden Fehlbrände einen der Brenner der Manipulation verdächtige, und sie gebeten, ein Auge auf den Mann zu haben. Schließlich hatte er beiläufig noch erwähnt, dass demnächst ein neuer Mitarbeiter aus Meißen zu ihnen stoßen würde. Er wolle aber noch keinen Namen nennen. Und auch nicht sagen, in welcher Abteilung der neue Kollege tätig werden würde. Und nun fing auch noch Josefine an, sie zu kritisieren! Die Freundin hatte zwar versucht, ihre Vorwürfe zu kaschieren, was ihr aber nicht gelungen war.

Als Friederike wieder einen Korb mit gehacktem Holz gefüllt hatte, war sie klatschnass geschwitzt. Es war Ende Juli und kühlte sich auch gegen Abend kaum ab. Manchmal fragte sie sich, ob sie etwa in die Tropen ausgewandert war. In Meißen waren die Sommer viel angenehmer gewesen. Zart und lau. Tagsüber heiß, aber mit einer angenehmen Abkühlung am Abend. In Höchst war die Hitze so groß, dass sie aus ihrer Dachkammer zum Schlafen in den Hof gezogen war. Dabei war sie doch nach Westen geritten und nicht nach Süden. Oder doch?

Gern hätte sie in einem der großen Atlanten nachgeschlagen, die ihr in ihrem Meißener Zuhause zur Verfügung gestanden hatten. Was wohl ihre Eltern gerade machten?, fragte sie sich kurz. Bestimmt saß ihr Vater, wie immer in seine Bücher versunken, in seinem Kontor, während ihre Mutter bei irgendeinem Kaffeeklatsch weilte. Ob sie sich nach ihnen sehnte? Wahrscheinlich schon, musste sie sich eingestehen. Aber andererseits wäre sie längst mit Per Hansen verheiratet, hätte sie nicht die Flucht ergriffen. Nein, auch wenn trotz Josefines schwunghaftem Gewürzhandel in der Nachbarschaft ein Atlas wohl für immer unerschwinglich für sie bleiben würde, hätte sie ihr neues Leben um keinen Preis gegen ihr altes eintauschen wollen.

Friederike hieb das Beil in den Hackklotz und brachte den

Korb mit den Scheiten in den Schuppen. Dann nahm sie den Ledereimer und goss sich seinen ganzen Inhalt über den Kopf. Das Wasser war lauwarm. Semiramis, die graue Katze, war die ganze Zeit hinter ihr hergeschlichen und stob nun entsetzt davon, als ein paar Wassertropfen auf sie niederregneten.

Friederike tauchte den Eimer gleich noch einmal tief in die Tonne. Das Wasser wusch zwar den Schweiß von ihrem Körper, befreite aber ihren Kopf nicht von den Sorgen, die sie umtrieben. Wer war der neue Kollege, der aus Meißen zu ihnen stoßen würde? Ob es jemand war, den sie von früher kannte? Und wenn ja, würde der Mann sie ebenfalls erkennen? Natürlich sah sie heute anders aus als damals: eben viel männlicher. Und nicht alle Mitarbeiter der Meißener Manufaktur hatten sie überhaupt jemals zu Gesicht bekommen. Aber die Höchster Kollegen würden dem Neuen sicher erzählen, dass auch sie, Friedrich Christian Rütgers, aus Meißen sei, und der Mann würde zu Hause Erkundigungen über sie einholen.

O Gott! Sie lachte kurz auf. Der schlimmste Fall wäre natürlich, wenn es sich um ihren Bruder Georg handelte! Sollte sie vorsichtshalber gleich zu Benckgraff gehen und ihm alles gestehen? Und wenn sie es nicht erzählte: Was wäre, wenn der Neue sie vor allen bloßstellte? Überall herumerzählte, dass sie eine Frau war? Wie würden die Leute in diesem katholischen Nest darauf reagieren? Sie würde weiterziehen müssen, wieder auf der Flucht sein ...

Sie hatte sich so viel Wasser über den Kopf geschüttet, dass sich um sie herum nicht nur eine Pfütze gebildet hatte, sondern ein dünnes Rinnsal schmutzigbrauner Brühe bis zur Küchentür gelaufen war. Josefine steckte missmutig den Kopf zur Tür heraus.

»Schon gut, schon gut!«

Friederike trabte zum Schuppen, nahm sich zwei Holzklötze und verbaute dem Rinnsal den Weg in die Küche. Dann zog sie ihre klitschnasse Kleidung aus und ließ sie einfach auf dem Küchenboden liegen. Als sie wenig später in trockenen Sachen wieder die Treppe herunterkam, sah sie, dass alles weggeräumt war. Hoffentlich würde Josefine ihr nun nicht auch noch deswegen eine Szene machen!

Doch ihre Wirtin drückte ihr nur schweigend eine Schüssel Stachelbeergrütze in die Hand und ging mit zwei Schälchen und Löffeln bewaffnet nach draußen voran. Ein starker Zimtgeruch breitete sich in dem kleinen Hof aus. Letzte Woche hatten sie Johannisbeergrütze gegessen, die nach Ingwer geschmeckt hatte, und in das Kirschkompott hatte Josefine Vanille gegeben.

Zum Glück konnte sie inzwischen fast selbst über die Geschichte mit Carl Bogenhausen lachen. Friederike schmunzelte. Wie dumm sie sich benommen hatte! Aber er selbst hätte auch etwas souveräner reagieren können, statt einfach wegzulaufen und ihr keine Chance zu lassen, ihr Verhalten zu erklären. Na ja, von einem Mann, der einem nicht richtig in die Augen schauen konnte und seinen echten Namen verschwieg, durfte man vielleicht auch nicht mehr erwarten. Ein Mann, der sich vom eigenen Bruder vor dem Personal zur Schnecke machen ließ! Und der obendrein einem in Bonbonfarben gehüllten Zuckerpüppchen verfallen war …

Eine Schar Mücken tanzte über dem Esstisch. Noch waren die Insekten mit sich selbst beschäftigt und hatten ihre beiden Opfer, die gerade Platz genommen hatten, nicht bemerkt. Im Nachbarhof krähte der Hahn ein schlappes Gute-Nacht-Kikeriki, als wäre es auch ihm noch immer viel zu heiß. Die graue Katze saß auf der Mauer und schaute zu den Schwalben hinauf, die sich unter dem Dach an ihrem Nest zu schaffen machten.

Josefine und Friederike blickten von ihren Tellern auf und mussten beide gleichzeitig lachen. Wie dumm von ihnen, sich so zu streiten!

»Bei der Hitze weiß man manchmal gar nicht, was man sagt.«

Josefine goss noch ein wenig flüssige Sahne über ihre Grütze.

»Benckgraff hat uns heute eröffnet, dass wir einen neuen

Mitarbeiter aus Meißen bekommen werden«, kam Friederike gleich zur Sache.

Aus Josefines Gesichtsausdruck konnte sie schließen, dass die Freundin das Problem sofort erfasst hatte.

»Jemand, den du kennst?«

»Er hat noch keinen Namen genannt. Aber das spielt auch keine Rolle: Wenn der Mann mich nicht kennt, wird er sich in seinem ersten Brief nach Hause nach mir erkundigen. Dann wird man ihm sagen, dass es nie einen Friedrich Christian Rütgers in Meißen gegeben hat. Damit wird er zu Benckgraff gehen oder es den anderen erzählen. Dann wird er eine Beschreibung nach Meißen schicken, und die ganze Stadt wird darüber sprechen.«

»Es könnte ja auch jemand sein, der nur für kurze Zeit in Meißen war, sich dort nicht weiter auskennt und gar nicht auf die Idee kommt, an deiner Geschichte zu zweifeln.« Josefine wollte wie immer nicht allzu sehr Trübsal blasen. »Bei Simon Feilner hast du auch Angst gehabt, dass er dir irgendwie gefährlich werden könnte, aber, wie wir wissen, war das völlig unbegründet. Außer vielleicht, dass er dir und Johannes Zeschinger den Obermalerposten vor der Nase weggeschnappt hat, aber den wolltet ihr ja angeblich beide nicht haben«, kicherte sie.

»Du wirst sehen, du regst dich völlig unnötig auf, da passiert schon nichts«, fügte sie, wieder ernsthaft geworden, hinzu.

»Schon möglich.« Friederike ließ sich nicht von ihrer Version überzeugen. »Es kann aber auch ganz anders kommen. Was, wenn es Georg ist? Ich kann mir zwar nicht vorstellen, dass jemand mit Benckgraffs Weitblick einen Hochstapler wie Georg einstellen würde, aber theoretisch möglich wäre es schon. Oder der schöne Caspar? Einen zweiten Modelleur könnten wir hier durchaus gebrauchen. Vielleicht ist dem Alten ja auch ein richtiger Coup gelungen, und er hat Höroldt oder Kaendler abgeworben! Wir sind in allen Abteilungen unterbesetzt – es könnte fast jeder sein.«

»Du solltest morgen noch mal zu ihm gehen und ihn fragen, wer es ist, der da kommt.«

»Ich habe ihn schon gefragt; er will aber einfach nicht raus mit der Sprache. Im Porzellangeschäft ist immer alles geheim. Selbst seinem Schwiegersohn scheint er nicht restlos über den Weg zu trauen.«

Klatsch! Mit voller Wucht hatte sich Friederike auf den Unterarm geschlagen, um eine Mücke zu erlegen, die sich dort niedergelassen hatte. Josefine zuckte vor Schreck zusammen.

»Du könntest die Flucht nach vorn ergreifen und Benckgraff beichten, dass du eine Frau bist. Damit würdest du ihn schonend darauf vorbereiten, dass es möglicherweise Probleme mit dem Meißener Kollegen gibt.«

»Auf keinen Fall!«

»Aber er mag dich doch! Du bist einer seiner besten Mitarbeiter. Er wird zu dir stehen.«

Josefine nahm die leeren Schüsseln mit in die Küche und kam mit der Kaffeemühle in der Hand wieder heraus.

»Ich bin mir bei Benckgraff nicht sicher. Ich bin mir bei niemandem sicher.«

»Und wenn du dich Simon Feilner oder Johannes Zeschinger anvertrauen würdest?«

Der Geruch von frisch gemahlenen Kaffeebohnen stieg den beiden Freundinnen in die Nase. Auch Semiramis schnüffelte interessiert und sprang in einem eleganten Bogen direkt von der Mauer in Friederikes Schoß.

»Was würde das bringen? Ich bin mir auch bei Johannes und Feilner nicht sicher, ob ich ihnen wirklich vertrauen kann. Johannes ist und bleibt der Schwiegersohn des Alten, und Feilner ist einfach noch nicht lange genug da, als dass ich ihn richtig einschätzen könnte. Sie scheinen mich zwar beide zu mögen und meine Fähigkeiten anzuerkennen, aber natürlich bin ich für sie auch Konkurrenz – das ist einfach so.«

»Sie könnten bei Benckgraff doch ein gutes Wort für dich einlegen!«

Josefine ging in die Küche, um Kaffee aufzusetzen.

Nachdenklich blieb Friederike in der brütenden Hitze sitzen. Es dämmerte bereits und war noch kein bisschen frischer geworden. Hoch über ihr flog ein großer Vogel. Das musste einer der Störche sein, die auf dem Turm der Justinuskiche nisteten. Er streckte die Füße schon ein wenig nach vorne, als wollte er gleich landen. Im Kopf verwarf sie sämtliche Vorschläge, die Josefine ihr unterbreitet hatte und die ihr selbst schon durch den Sinn gegangen waren. Sie würde einfach abwarten, was passierte. Die Sache auf sich zukommen lassen. Im schlimmsten Fall musste sie weg aus Höchst. Aber was, wenn sich die Angelegenheit in den anderen Manufakturen herumspreche und ihr vielleicht nirgendwo mehr jemand Arbeit anbieten würde? Da fiel ihr plötzlich Jan van Alphen wieder ein. Hatte er nicht gesagt, dass in China europäische Porzellanmaler gesucht würden? Dort würde niemand wissen, dass sie eine Frau war.

Josefine stellte ein kleines, dampfendes Tässchen vor ihr auf den Tisch. Ihre Geschirrkultur hatte sich in den letzten Monaten merklich verfeinert. Für die geleisteten Überstunden hatte Friederike zwei Kaffeetassen mit nach Hause nehmen dürfen, die sie mit zierlichen ochsenblutfarbenen Drachen bemalt hatte.

»Wenn es ganz schlimm kommt, gehe ich eben nach China.«

Ihre Laune hatte sich schlagartig gebessert, nachdem ihr diese Alternative wieder eingefallen war.

Josefine ließ sich Zeit mit der Antwort. Nachdenklich rührte sie zwei gehäufte Löffel Zucker in ihre Tasse, um den Mokka schließlich in mehreren kleinen Schlucken auszutrinken. Sie stellte das Tässchen zurück auf die Untertasse und hob den Blick. Schalk und Feierlichkeit mischten sich in ihrem Ausdruck.

»Weißt du was?«, verkündete sie langsam. »Dann komm ich mit.«

Die Tür zum Flur, von dem aus man Zugang zur Brennerstube hatte, ließen sie nun immer offen stehen. Friederike hatte ihren Arbeitstisch so gerückt, dass sie die Brenner direkt im Blick hatte. Die Hitzewelle hielt jetzt schon über zwei Wochen an, und durch die offene Tür drang zusätzliche Wärme vom Ofen herein. Es nützte auch nichts, dass sie das Fenster geöffnet hielten. Kein Windhauch zeigte Erbarmen mit ihnen. Heute war es besonders schwül und drückend. Sie stöhnte leise. Bestimmt würde es am Abend ein Gewitter geben. Ihre Hände waren so glitschig, dass ihr manchmal fast die Porzellanteile aus der Hand rutschten. Die Kleidung klebte ihr am Leib. Der Lehrjunge, der beauftragt war, die Farben anzumischen, starrte einfach nur aus dem offenen Fenster, in der Hoffnung, doch noch eine kühle Brise abzufangen. Johannes Zeschinger fächelte sich mit einer Skizze Erfrischung zu, statt sie als Vorlage zu nutzen. Auch er schien in Gedanken versunken.

Der Brenner, den Benckgraff im Verdacht hatte, absichtlich Fehlbrände zu verursachen, ein mürrischer Schweizer mit einem Akzent, den kaum jemand in Höchst verstand, lief über den Flur. Er warf ihr einen misstrauischen Blick zu. Wahrscheinlich glaubte er ihr kein Wort von der Geschichte, dass der Durchzug ihr Zimmer abkühlte, grinste Friederike in sich hinein. Auch der Lehrjunge, der nicht eingeweiht war, schien die Welt nicht mehr zu verstehen; immer wieder mussten Johannes oder sie ihn daran hindern, die Tür zum Flur zu schließen, um den Ofendunst auszusperren.

Ob der Schweizer wirklich ein Verräter war?, fragte sie sich. Wenn ja, für wen sollte er arbeiten? In der Schweiz gab es, soweit sie wusste, noch keine einzige Porzellanmanufaktur.

Das Rattern von Kutschenrädern auf dem Hofpflaster riss sie aus ihren Überlegungen. Für einen Moment setzte ihr Herzschlag aus. Ob das der neue Kollege war?

Betont langsam erhob sie sich von ihrem Arbeitsplatz und trat ans offene Fenster. Der Kutscher sprang vom Bock, riss den

Schlag auf und redete auf den Reisenden ein. Friederike konnte nicht sehen, wer sich hinter den breiten Schultern und dem radförmigen Sonnenhut des Kutschers verbarg. Sie zwang sich, ihren Platz wieder einzunehmen und ruhig weiterzuarbeiten, als wäre nichts geschehen. Wahrscheinlich ein Kunde, der eine neue Bestellung aufgeben wollte, versuchte sie sich einzureden.

»Den habe ich hier aber noch nie gesehen!«, meinte der Lehrjunge, der nicht aufstehen musste, weil er von seinem Arbeitsplatz aus den ganzen Hof überblicken konnte. »Sieht nach einem feinen Herrn aus«, fügte er beeindruckt hinzu.

Als Friederike sich erneut erhob und ans Fenster trat, war der Fremde schon bei der Eingangstür angelangt und von oben nicht mehr zu sehen. Die nass geschwitzten Pferde zogen die Kutsche wieder an. Sie schaute zu Johannes Zeschinger hinüber, der ihren Blick mit verschwörerischer Miene erwiderte, denn außer ihnen beiden und ihrem kürzlich eingestellten Obermaler Simon Feilner wusste niemand, dass ein weiterer neuer Mitarbeiter erwartet wurde.

Federnde Schritte erklangen auf der Treppe, die zu Benckgraffs Bureau führte. Sie kamen ihr vage vertraut vor. Konnte das sein? Dass man jemanden an seinem Schritt erkannte?

Johannes hatte sich längst wieder in seine Skizzen vertieft, der Lehrjunge starrte weiter untätig aus dem Fenster. Friederike spürte, wie ihr Puls raste. Jetzt war er also da, der Moment, den sie seit Wochen fürchtete. Still und ruhig saß sie auf ihrem Stuhl und versuchte, gleichmäßig zu atmen. Noch nie im Leben hatte sie eine solche Panik gespürt. Weder der Überfall bei Hanau noch der Brand im »Anker« hatten dieses lähmende Angstgefühl in ihr verursacht. Auf eine Katastrophe warten zu müssen war viel schrecklicher als die Katastrophe selbst. Dabei war nicht einmal ihr Leben bedroht. Im schlimmsten Fall würde man sie mit Schimpf und Schande aus der Stadt jagen. Sich über sie lustig machen. Sie beleidigen.

Die Zeit verrann unendlich langsam. Am liebsten wäre sie

aufgestanden und ohne einen Ton zu sagen aus dem Raum gegangen, den Korridor entlang zur Tür und auf die Straße hinaus, bis nach Hause, um dann die Stadt zu verlassen. Aber das waren alles bloß Gedankenspiele, sie würde natürlich bleiben und die Sache durchstehen.

Nur noch ein paar Atemzüge, und alles ist anders, schoss es ihr durch den Kopf, als sie die Schritte die Treppe wieder herunterkommen hörte. Aber es war nur einer von Benckgraffs Schreibergehilfen, dessen pockennarbiges Gesicht im Türrahmen erschien.

»Wie können Sie diese Hitze aushalten?«, fragte er statt einer Begrüßung. »Warum machen Sie die Tür nicht zu? Selbst bei uns oben ist es nicht so stickig wie hier.«

»Das lassen Sie mal unsere Sache sein.«

Johannes Zeschingers Stimme klang schlapp. Er hatte nicht einmal mehr die Energie, sich umzudrehen und dem Mann, einfach nur weil es die Höflichkeit gebot, einen Blick zu gönnen.

Als fiele ihm plötzlich wieder der Grund seiner Anwesenheit ein, beeilte sich der Gehilfe, seinen Auftrag auszuführen.

»Herr Direktor Benckgraff möchte Sie sprechen. Jetzt gleich. Sie beide.«

Johannes erhob sich träge. Friederike rührte sich nicht.

»Was ist los mit dir?«, fragte der Maler, als er an ihr vorbei zur Tür schlurfte.

Er trug nur ein Hemd und eine weite Hose. Das Hemd hing über dem Bund. Die Strümpfe hatte er ganz weggelassen, sodass seine stark behaarten Waden sichtbar wurden. Statt Schuhen trug er Bastschlappen. Sein Gesicht war rot vor Hitze, die Haare klebten ihm am Kopf. Als wäre ihm sein Aufzug plötzlich bewusst geworden, schaute er zweifelnd an sich hinunter und fing an, sich das Hemd in die Hose zu stopfen.

»Ob die in Meißen auch so verlottert rumlaufen? Was wird dieser vornehme Herr wohl von uns denken, wenn er uns so sieht?«

Friederike traute ihrer Stimme nicht und beschloss, vorsichtshalber keine Antwort zu geben. Sie war schon froh, dass die Beine ihr gehorchten, als sie wie in Trance hinter Benckgraffs Gehilfen und Johannes Zeschinger den Flur entlang zum Direktorenbureau ging. Da vorne war die Tür nach draußen. Aber sie bog nicht nach links ab, sondern wankte hinter den beiden anderen die Treppe hinauf. Der Gang zum Schafott konnte nicht viel schlimmer sein. Sie wischte ihre feuchten Hände an den Oberschenkeln ab und versuchte, ihren Atem zu kontrollieren. Der Gehilfe drückte die Klinke zu Benckgraffs Stube hinunter und trat zur Seite, um Johannes und sie vorbeizulassen.

Simon Feilner hatte offenbar kurz vor ihnen den Raum betreten; er stand direkt neben der Tür und nickte ihnen mit ernstem Gesicht zu. Wie immer stand das braune Haar des Oberpfälzers in wilden Büscheln von seinem Kopf ab. Im Gegensatz zu Johannes war er aber korrekt gekleidet und schien unter der Hitze kaum zu leiden.

Friederike sah nicht mehr als zwei dunkle Schattenumrisse am Fenster. Die Nachmittagssonne blendete so stark, dass sie keine Einzelheiten unterscheiden konnte. Als sich ihre Augen an die Helligkeit gewöhnt hatten, meinte sie ein Grinsen auf dem Gesicht der rechten Gestalt zu sehen. Man hatte sie erkannt; wer auch immer dieser Meißener Neuankömmling war, er hatte sie erkannt. Sie trat in den Raum hinein und ergriff instinktiv die Flucht nach vorn.

«Welch eine Freude, Sie wiederzusehen, werter Kollege!», rief sie und streckte die Hand aus. »Sie erinnern sich vielleicht an mich: Friedrich Christian Rütgers, ebenfalls aus Meißen. Wir haben kurz zusammengearbeitet.« Ihre Stimme klang weniger aufgeregt als befürchtet.

Caspar Ebersberg nahm ihre Hand in die seine. Trotz der unerträglichen Hitze war sie trocken und fest. Er blickte ihr tief in die Augen, so als hätten sie sich erst am Vortag zuletzt gesehen.

»Wer würde sich nicht an Sie erinnern, lieber Herr Rütgers?«, erwiderte er mit seiner stets ein wenig heiseren Stimme. »Jemanden wie Sie vergisst man nicht so schnell. Noch dazu hat mir Herr Benckgraff bereits berichtet, was für eine ausgezeichnete Arbeit Sie hier leisten.«

»Ja, für Meißener ist es leicht, bei uns in Höchst Arbeit zu finden, seitdem Rütgers da ist. Wenn Ihr alle so tüchtig seid ...«, schaltete sich Benckgraff ein, der schon wieder hinter seinem Schreibtisch stand und in irgendwelchen Akten wühlte.

Caspar hielt ihre Hand noch immer fest und grinste so breit, dass Friederike es wieder mit der Angst zu tun bekam. Waren Benckgraff und die beiden Kollegen wirklich so naiv, dass sie nicht mitbekamen, was hier ablief?, fragte sie sich. Bei der Art von Begrüßung konnte man doch nur misstrauisch werden!

Aber als Caspar ihre Hand nach einer angedeuteten Verneigung losließ und sich dem Obermaler zuwandte, konnte auch sie sich eines Schmunzelns nicht mehr erwehren. Fast hätte sie vor Erleichterung laut aufgelacht, ja sie musste sogar ein Glucksen in der Kehle unterdrücken. Der geheimnisvolle Fremde war niemand anders als Caspar, ihr Freund Caspar, und er schien ihr Spiel ohne jeden Vorbehalt mitzuspielen. Er würde sie nicht verraten, nein, sie hatte keinen Grund mehr, irgendetwas zu befürchten!

»Ihre Wiedersehensfreude scheint durchaus groß zu sein«, wunderte sich Benckgraff. »Sie haben mir ja ganz verschwiegen, dass Sie sich so gut mit Herrn Rütgers verstanden haben, Herr Ebersberg.« Er ließ seinen Blick fragend zwischen Caspar und Friederike hin und her schweifen.

»Ja, es ist etwas Wunderbares, in der Fremde vertraute Menschen wiederzutreffen.« Caspar hatte in einer eleganten fließenden Bewegung seinen Arm um Friederikes Schultern gelegt und sie sanft an sich gedrückt. Strahlend nickte er Benckgraff zu. »Den Kollegen Rütgers hier zu haben ist mir eine große Empfehlung für Ihr Haus, Direktor Benckgraff.«

Tiefe Ernsthaftigkeit schwang in seinen Worten mit. Wenn sie ihn nicht so gut gekannt hätte, wäre auch Friederike auf ihn hereingefallen, aber sie wusste nur allzu gut, dass der schöne Caspar Ebersberg, illegitimer Sohn eines Barons und einer Bäckerstochter, niemals im Leben etwas ernst meinte.

»Herr Ebersberg wird dafür sorgen, dass unsere Modelle endlich etwas mehr *à la mode* aussehen«, wandte sich Benckgraff feierlich an Friederike, Simon Feilner und Johannes Zeschinger. »Ich könnte auch sagen: etwas mehr ›*à la Meißen*‹, aber diese Bemerkung sollte den Raum hier lieber nicht verlassen.« Er kicherte leicht verschämt. »Ihr drei werdet eng mit Herrn Ebersberg zusammenarbeiten. Ich möchte, dass du, Johannes, ihm gleich nachher die gesamte Manufaktur zeigst, allem voran natürlich unsere Modellstube. Meister Kleinmüller wird sich vermutlich erst einmal querstellen und alles komplizierter machen, als es ist, aber das sind Eifersüchteleien, wie sie überall vorkommen, und folglich nicht weiter von Belang. Und jetzt entschuldigen Sie mich bitte, meine Herrschaften ...«

Als hätte er seinen Pflichten damit Genüge getan, versenkte sich Benckgraff wieder in seine Aktenberge und überließ den neuen Kollegen seinen Mitarbeitern.

Noch immer strahlend, stieg Friederike zwischen Johannes Zeschinger und Caspar Ebersberg die Treppe hinunter. Simon Feilner war zurückgeblieben, er schien noch etwas mit dem Direktor besprechen zu wollen.

Plötzlich spürte sie eine Berührung zwischen den Schulterblättern. Caspar! Auf ihren fragenden Blick hin zog er nur leicht die Augenbrauen in die Höhe, ließ die Hand aber auf ihrem nass geschwitzten Rücken liegen.

Was wollte er von ihr? Dieses kleine Zeichen konnte alles Mögliche heißen, von »Wir beide haben ein Geheimnis« bis zu »Lass uns in die erstbeste Kammer gehen, die Tür hinter uns zuschließen und uns die Kleider vom Leib reißen«. Es war auf jeden Fall bedeutungsschwer, auch wenn ihr überhaupt nicht klar war, was er ihr damit sagen wollte.

Sie entschied sich vorsichtshalber für erstere Variante, obwohl sie die Hand zwischen ihren Schulterblättern als äußerst irritierend empfand. Hoffentlich würde Caspar nicht wieder mit seinen Tändeleien anfangen! So etwas konnte sie in ihrer jetzigen Situation nun gar nicht gebrauchen.

»Zeigst du Herrn Ebersberg bitte, wie er zum ›Schwanen‹ kommt? Dort hat er sein Gepäck gelassen. Ich würde ihn ja gern selbst begleiten, aber meine Frau braucht mich zu Hause.«

Johannes Zeschingers Frau war schwanger. Jeden Moment konnte das Kind auf die Welt kommen. Das vierte.

Johannes' Hemd hing wieder einmal aus seiner Hose. Caspar hingegen sah noch immer aus wie aus dem Ei gepellt. Zwar hatte auch er seinen Rock ausgezogen und trug ihn über den Arm gehängt. Aber seine Brokatweste war bis oben hin zugeknöpft, sein Hemd blütenweiß. Keine Schweißperle glitzerte auf seiner hohen Stirn.

»Räumst du bitte meine Sachen auf?«

Der Lehrjunge schreckte aus seiner Lethargie hoch, als Friederike ihn ansprach.

Kaum waren sie und Caspar außer Sichtweite der Manufaktur, legte er ihr auch schon den Arm um die Schultern und brach in schallendes Gelächter aus.

»Mensch, Friederike, das war knapp! Fast hätte ich uns verraten, als du da plötzlich vor mir standst. Wenn es mir nicht vor Überraschung die Sprache verschlagen hätte, wäre mir bestimmt dein Name rausgerutscht.«

Es kam ihr ganz natürlich vor, dass Caspar sie duzte. Obwohl das in Meißen anders gewesen war, selbst nach dem Kuss im Irrgarten. Seinen Arm zog er erst wieder zurück, als ihnen ein hoch mit Heu beladener Eselskarren entgegenkam. Eine Sense über die Schulter gelegt, lief Wanda Hesse, Annas Nachbarin, munter vor sich her singend neben dem Karren her. Die Räder wirbelten Staub auf. Sie hob die Hand zum Gruß. Caspar hustete.

»Ich zeige dir erst, wo ich wohne. Es ist nicht weit. Danach bringe ich dich zum ›Schwan‹.«

»Was für eine Szene!«, fing Caspar wieder an. »Du musst mir alles erzählen, wenn wir bei dir sind.«

Wieder hatte er ihr die Hand leicht auf die Schulter gelegt und sah sie aus seinen dunkelgrünen Augen auffordernd an. Das Grün harmonierte perfekt mit der Farbe seiner Brokatweste. War Caspar so auf Äußerlichkeiten bedacht, dass er den Stoff für seine Weste passend zu seinen Augen ausgesucht hatte? Konnte ein so gut aussehender Mann tatsächlich auch noch so eitel sein?

Als sie in die Kronengasse einbogen, sah Friederike schon von Weitem Anna vor ihrer Haustür stehen, auf dem Arm die kleine Elisabeth, die tagsüber bei Josefine war. Die Freundin stand im Türrahmen und verabschiedete die beiden. Sie trug eine große Schürze über dem Mieder und hatte die Haare auf Papierwickler gedreht. Bei Caspars Erscheinen verstummte Josefine, und Anna wurde rot.

»Das ist ein neuer Kollege aus der Manufaktur. Caspar Ebersberg aus Meißen. Das ist meine Zimmerwirtin Josefine Heller, und das ist Anna Schmidt, eine Bekannte von uns. Und das ist Lisbeth«, schloss Friederike die Begrüßungsrunde ab.

»Ja, dann kommen Sie mal rein! Und herzlich willkommen in Höchst!«, besann sich Josefine ihrer Gastgeberpflichten.

Auch Anna hatte es sich nicht nehmen lassen, noch einmal mit ins Haus zu kommen. Einen neuen Mann am Ort konnte sie sich natürlich nicht entgehen lassen. Friederike wusste nicht, ob sie sich über ihre Aufdringlichkeit ärgern oder sie lustig finden sollte. Als sie in die Küche kamen, hatte Anna ihre natürliche Gesichtsfarbe zurückgewonnen und drückte ihr die kleine Lisbeth in den Arm.

»Diese Hitze ist wirklich entsetzlich!«, stöhnte sie und band ihre Haube auf. Die Haarnadeln flogen nach allen Seiten, als sie ihre rabenschwarzen Locken schüttelte, trotzdem löste sich nur ein Teil der Frisur. Wie ein zerrupftes Vogelnest, dachte Friederike, jedenfalls nicht wirklich verführerisch.

»Puh, das ist schon viel besser«, seufzte Anna.

Warum benahm sie sich nur so unpassend? Wie eine Schlampe sah sie aus. Auch Josefine hätte sich schon längst etwas überziehen sollen oder zumindest die Wickler aus dem Haar nehmen können! Für so einen wie diesen Caspar war das gut genug, dachte sie wohl. Friederike ärgerte sich, dass die Freundinnen sich so gehen ließen.

Doch Caspar schien das nicht im Geringsten zu stören.

»Ja, diese Hitze ist wirklich unerträglich.« Er strahlte die beiden Frauen an. »Die Kutsche, mit der ich aus Frankfurt gekommen bin, musste alle paar Meilen halten, weil die Pferde sich weigerten weiterzugehen, solange sie nichts zu trinken bekamen.«

»Na, dann kommen Sie mal mit in den Garten!« Josefine schob ihren Gast zur Küchentür hinaus. »Hier ist es etwas kühler.« Als sie merkte, dass auch Anna Anstalten machte, ihnen in den Hof zu folgen, fragte sie ungewohnt scharf: »Ach, wolltest du nicht Lisbeth ins Bett bringen, Anna?«

Gekränkt starrte die junge Mutter ihre Freundin an. Zögerlich setzte sie schließlich ihre Haube wieder auf, stopfte sich die Haare darunter und nahm Friederike das an deren Schulter schlummernde Kind ab.

Friederike bückte sich nach den Haarnadeln.

»Also, dann gehe ich mal ...«

Als niemand ihr widersprach, schüttelte Anna Caspars Hand und schlurfte durch den dunklen Flur zur Haustür hinaus.

Caspar und Friederike hatten sich kaum an den Tisch gesetzt, als Josefine auch schon mit einem Krug kühlen Rheinwein aus dem Keller kam.

»Du kannst dir nicht vorstellen, wie erleichtert ich war, als ich Caspar erkannt habe!«, erzählte Friederike.

Sie hielt es für besser zu verschweigen, dass sie diese Erleichterung erst viel später empfunden hatte, denn sie hatte Caspars Reaktion keineswegs abzuschätzen gewusst.

»Auf dich, Friederike!« Caspar hob sein Glas.

»Auf unsere Zusammenarbeit!«

Täuschte sie sich, oder war auch Caspars Lächeln ein wenig verlegen? Ihm war zuzutrauen, dass er selbst »Verlegenheit« spielen konnte, überlegte sie. Aber warum sollte er das tun?

»Das muss gefeiert werden!«, zerstörte Josefine ihre seltsame Befangenheit. Schwungvoll öffnete sie die Klappe zum Hasenstall, griff geschickt nach einem Tier und schlug die Tür wieder zu. Mit dem strampelnden, um sich beißenden Hasen lief sie in die Küche. Kurz darauf war ein dumpfer Schlag zu hören: Sie musste seinen Kopf gegen den Eisenherd geknallt haben. Mit dem schlaff herunterhängenden Tier in der Hand, trat sie in die Hoftür:

»Kümmerst du dich bitte ums Feuer, Friedrich?«

»Ja, ja, mach ich!« An Caspar gewandt, fügte Friederike hinzu: »Das hat wohl noch einen Moment Zeit. Erst will ich wissen, wie die Dinge in Meißen so stehen. Ich weiß ja gar nicht, wie es meinen Eltern geht ... Und Charlotte, was macht Charlotte?«

»Ach, das weißt du gar nicht?« Caspar wirkte ein wenig betreten.

»Was weiß ich gar nicht?« Friederike erschrak. Hoffentlich war nichts mit ihren Eltern! Vielleicht waren sie krank oder ... Nein, weiter wollte sie ihre Fantasie nicht spielen lassen!

»Dass Georg und Charlotte sich verlobt haben?« Er schien ihre Bestürzung bemerkt zu haben und beeilte sich hinzuzufügen: »Deinen Eltern geht es gut, keine Sorge! Abgesehen davon natürlich, dass ihnen die Tochter weggelaufen ist. Ich glaube, sie sind noch immer ein wenig ärgerlich auf dich. Georg erwähnte so etwas. Vor allem wohl deine Mutter.«

»Hm ...« Dieses Thema wollte sie Caspar gegenüber lieber nicht vertiefen. Der andere Schock war fast genauso schwer zu verdauen. »Georg und Charlotte verlobt? Ist das dein Ernst?«

Caspar schien auf seinen alten Freund nicht gut zu sprechen zu sein, denn schon begann er über Georg herzuziehen.

»Ja, das ist wirklich erstaunlich, schließlich hätte Charlotte jeden haben können. Verzeih mir, wenn ich das über deinen Bruder sage, aber Georg ist ja schon ein wenig leichtblütig! Er wäre nicht unbedingt meine erste Wahl für den Gefährten, mit dem ich mein ganzes Leben verbringen wollte.«

»Nicht so leichtblütig wie du«, wäre es fast aus ihr herausgeplatzt.

Aber da redete Caspar schon weiter.

»Vielleicht passt Charlotte ja doch ganz gut zu ihm. Sie scheint ja auch kein Kind von Traurigkeit zu sein, gefallsüchtig, wie sie ist ... Im Gegensatz zu dir«, fügte er leise hinzu. Die langen Wimpern verliehen seinem Gesicht eine naive Unschuld.

Friederike befreite sich aus dem waldseegrünen Blick. Fängt das schon wieder an!, stöhnte sie innerlich. Wie hatte sie nur jemals für diesen Schönling schwärmen können?

»Ach, Caspar, nett von dir, so etwas zu sagen, aber weißt du, das ist jetzt alles schon so lange her.«

Sie stand auf, um sich um das Feuer zu kümmern, aber Caspar packte sie am Handgelenk.

»Ich meine es ernst, Friederike.« Er streichelte ihr über die Innenseite ihres Unterarms. »Und so lange ist es auch wieder nicht her ...« Wieder schienen seine Augen sie verschlingen zu wollen.

In dem Moment streckte Josefine zum zweiten Mal den Kopf aus der Küchentür.

»Gleich ist es so weit. Ist das Feuer bereit?«

Erleichtert über die Unterbrechung, schob Friederike Caspars Arm zur Seite und lief zum Schuppen hinüber. Mit ein paar Holzscheiten und etwas Reisig kehrte sie zurück. Dann holte sie auf einer Eisenschaufel ein wenig Ofenglut aus der Küche, schüttete sie in die Mitte eines aus mehreren Steinbrocken bestehenden Kreises, schichtete Holzscheite und Reisig um die Glut und betätigte den Blasebalg.

Caspar nippte an seinem Glas und schaute ihr amüsiert zu.

»Wer hätte das gedacht! Fräulein Simons kann Feuer machen«, neckte er sie.

»Fräulein Simons kann sogar fechten, schießen und zuschlagen.« Sie baute sich in Kampfstellung vor ihm auf.

»Wirklich, Friederike?«, lachte er. »Du kannst kämpfen? O, dann lass uns das unbedingt ausprobieren. Hol deinen Degen! Wir kämpfen!« Er schien ganz begeistert von seiner Idee. »Und um was kämpfen wir?«, fügte er fast flüsternd hinzu.

Er hatte sich ebenfalls erhoben und stand nun dicht vor ihr. Seine hochgezogenen buschigen Augenbrauen verliehen ihm etwas Anzügliches und Brutales zugleich.

»Ist was?« Josefine war mit dem gevierteilten Hasen in den Hof getreten, hatte den Eisenrost über das Feuer gelegt und verteilte nun die Fleischstücke darauf. Immer wieder sah sie zu Caspar und Friederike hinüber, die voneinander zurückgewichen waren und nun stumm in die Flammen starrten.

Friederike war heilfroh, dass die Freundin ein so gutes Gespür besaß und sie in letzter Sekunde vor Caspars Avancen gerettet hatte. Sie konnte nicht glauben, was sie gerade erlebte. Wegen dieses Mannes hatte sie so gelitten! Hatte sie sich nicht auch deshalb so schnell in das Abenteuer mit Giovanni gestürzt, um ihn zu vergessen? Nein, korrigierte sie sich sofort, das hatte sie allein Giovannis wegen getan, das hatte mit Caspar nicht das Geringste zu tun gehabt. Seit ihrer allerersten Begegnung mit dem Italiener hatte sie nie wieder an Caspar gedacht. Aber was sie fast am meisten an dessen aufdringlichem Verhalten ärgerte, war die Tatsache, dass er garantiert nicht sie, Friederike Simons, persönlich meinte, sondern nur die Frau in ihr. Er war und blieb eben ein Weiberheld. Einer, der einfach immer ausprobieren musste, wie er beim anderen Geschlecht ankam.

»Hilfst du mir noch mit dem Geschirr?« Josefine winkte Friederike, ihr in die Küche zu folgen. »Alles in Ordnung? Das ist ja vielleicht ein Draufgänger!«

Josefine schätzte es durchaus, wenn ein Mann schnell zur Sache kam und nicht lange herumfackelte, aber jetzt hatte ihre Bemerkung eher abfällig als anerkennend geklungen.

Friederike nickte nur und nahm Teller und Brotkorb mit nach draußen. Sie deckte den Tisch so, dass sie und Josefine Caspar gegenübersitzen würden. Nachdem sie den Wein eingeschenkt hatte, forderte sie ihn auf:

»Aber jetzt erzähl doch erst einmal von meinen Eltern, Caspar. Weißt du, ob sie meine Post bekommen haben?«

Statt ihre Frage zu beantworten, fing Caspar an, von sich und seiner eigenen Reaktion auf ihr Verschwinden zu berichten. Große Sorgen habe er sich gemacht, auch um Georg, der ganz verzweifelt gewesen sei. Was für ein Skandal! Die Polizei sei im Hause Simons gewesen und habe überall nach ihr gesucht. In der Manufaktur hätten sie sich natürlich das Maul zerrissen. Zumal der eine oder andere wohl vermutet habe, dass Friederike Georg tatkräftig unterstützt hätte.

»Mir selbst hatte ja Charlotte schon vor deiner Flucht erzählt, dass du der eigentliche Porzellanmaler im Hause Simons bist«, fuhr Caspar fort. »Allerdings hat sie nicht verstanden, warum. Georg sei doch so ein begnadeter Künstler, hat sie immer wieder gesagt. Er hätte das doch gar nicht nötig, sich seine Sachen von jemand anderem malen zu lassen.« Er schenkte ihr ein charmantes Lächeln. »Ich bin da natürlich ganz anderer Meinung, liebe Friederike. Bei Georg sieht man auf den ersten Blick, dass er bestenfalls ein ganz passabler Handwerker ist. Bei dir ist das etwas anderes, du hast Talent, Ausdruck, Esprit! Dich hat wahrhaftig die Muse geküsst – auch das sieht man auf Anhieb.«

Wieder versuchte er, sie mit seinem grünen Blick zu umgarnen. Schnell griff Friederike nach ihrem Glas, um einen großen Schluck zu trinken.

»Aber was war mit meinen Eltern? Wie haben sie erfahren, dass mir nichts passiert ist?«

Ein paar Tage nach ihrem Verschwinden, berichtete Caspar weiter, sei ein Förster zur Wache gekommen, der im Wald hinter Meißen einen alten Landstreicher getroffen habe. Dieser habe irgendetwas von einem jungen Mann gefaselt, der aber wohl gar kein junger Mann gewesen sei. Auf einem Rotfuchs. Der nach dem Weg nach Altenburg gefragt habe. Da sei allen klar geworden, dass sie nicht tot, sondern nur weggeritten sei.

»Dein Vater muss von Anfang an so eine Ahnung gehabt haben«, fügte Caspar hinzu. »Er dachte wohl: Wenn sie irgendwo verletzt liegen würde, dann wäre Tamerlano doch zurück nach Hause gekommen. Zumindest sich selbst hat er anscheinend damit beruhigen können. Deine Mutter hat sich natürlich vor allem gefragt, was sie deinem Verlobten erzählen soll ...«

Unter seinen halb geschlossenen Lidern musterte er sie lauernd.

»Dein Verlobter? Du warst richtig verlobt?«, rief Josefine verblüfft aus. »Ich dachte, du wolltest diesen komischen Kaufmann aus Hamburg gar nicht heiraten!«

»Ach!« Friederike machte eine wegwerfende Handbewegung. »Wollte ich auch nicht. Und ich war auch überhaupt nicht mit ihm verlobt. Das war nur so eine fixe Idee meiner Mutter. Aber erzähl weiter, Caspar!«

»Na ja, sie hat natürlich auch überlegt, ob du wohl entführt worden bist. In einen osmanischen Harem oder so. Und das Pferd gleich mit. Ich glaube, sie hätte das irgendwie romantisch gefunden. Dein Bruder hingegen hat sofort dafür gesorgt, dass der Stallknecht, der dir geholfen hat, entlassen wird. Als dann dein Brief kam, war alles nur noch halb so wild. Dein Vater muss sogar richtig stolz auf dich gewesen sein, dass du unbedingt deinen eigenen Weg gehen wolltest, hat mir Georg verraten.«

Ein Lächeln glitt über Friederikes Gesicht. Ihr Vater! Er hatte sie schon immer verstanden.

»Dass Georg aber auch gleich den Stallknecht rausgeworfen hat! Das ist mal wieder typisch für ihn!«, sagte sie laut.

Auch Josefine musste lachen, als Caspar sich wiehernd auf die Schenkel klopfte.

»Unser Georg, ja, so ist er!«, wiederholte er mehrfach.

»Sag mal«, erkundigte sich Friederike vorsichtig, »wann ist denn mein Brief zu Hause eingetroffen, weißt du das zufällig?«

Caspar musste erst einen Moment nachdenken.

»Ich glaube, das war noch vor Weihnachten«, besann er sich dann. »Ja, genau, Georg sagte zu mir, wenigstens hättest du deiner Familie nicht das ganze Weihnachtsfest versaut, denn immerhin wüssten sie jetzt, dass du nicht tot bist.«

Dann hatte Carl Bogenhausen alias Richard Hollweg also Wort gehalten, überlegte sie. Er hatte tatsächlich ihren Brief aus Hanau während seiner Reise wohin auch immer aufgegeben! Ein Gefühl der Dankbarkeit erfüllte sie. Verlassen kann man sich auf ihn, dachte sie zufrieden, immerhin!

»Und Charlotte?«, erkundigte sie sich bei Caspar. »Was hat sie gesagt?«

»Charlotte, nun, Charlotte ... Dein Bruder war überhaupt nicht begeistert, wie du dir denken kannst. Du würdest Schande über ihn und die ganze Familie bringen, hat er herumgewütet. Das weiß ich von Charlotte; offiziell hat er das natürlich ganz anders dargestellt. Aber Charlotte selbst war auch ziemlich entsetzt. Vor allem hatte sie wohl Angst um ihre Heiratschancen. Wer eine solche Vagabundin zur Freundin hat, wie du eine bist, wird natürlich auch erst mal schief angesehen.«

»Lasst uns jetzt essen! Ihr könnt später noch weiterschwatzen. Der Hase wird sonst kalt!«

Beherzt stach Josefine mit dem Fleischermesser in den knusprigen Braten und legte jedem eine große Portion auf den Teller. Dazu gab es Kartoffeln und grüne Bohnen, die sie selbst gezogen hatte.

Friederike gingen tausend Gedanken durch den Kopf. Sie freute sich über die Reaktion ihres Vaters, während sie die ihrer Mutter und von Georg mehr oder weniger so vorhergesehen hatte. Aber dass Charlotte sich abfällig über sie geäußert hatte, konnte sie nicht recht glauben – trotz allem, was zwischen ihnen vorgefallen war. Sophie, die kleine Cousine, hatte sie immerhin nicht verpetzt. Hoffentlich hatte sie es nicht allzu schwer genommen, dass Georg sich mit Charlotte verlobt hatte!

Es war dunkel geworden. Aus der Ferne erklang ein dumpfes Donnergrollen. Hin uns wieder erhellte ein zuckender Blitz den Himmel. Das Gewitter schien nicht mehr allzu weit entfernt zu sein.

»Georg hat es übrigens trotz allem geschafft, Höroldts wichtigster Mann zu werden.«

In Caspars Stimme schwang unverhohlener Neid mit.

»Er kann doch gar nicht malen, denke ich!«

Josefine blickte verwundert von einem zum anderen.

»Georg hat andere Fähigkeiten. Und natürlich kann er malen, wenn er auch kein großer Künstler ist. Ganz ausgezeichnet übrigens, der Hase, liebe Frau Heller!«

Caspar legte die Gabel zurück auf den Teller und strich seiner Gastgeberin leicht über den Handrücken. Trotz des Dämmerlichts konnte Friederike erkennen, dass sich auf Josefines Unterarmen eine Gänsehaut gebildet hatte.

Caspar hatte sich noch einmal nachgenommen. Mit vollem Mund fügte er hinzu:

»Benckgraff scheint große Stücke auf dich zu halten, Friederike. Auch in seinen Augen bist du eine hervorragende Malerin.«

»Maler!«, korrigierte sie ihn mechanisch.

»Für mich bist und bleibst du eine Malerin.« Caspar lachte.

»Welche Fähigkeiten meintest du, als du eben von Georg sprachst?«

Sie konnte sich nur an eine herausragende Fähigkeit ihres Bruders erinnern: nämlich die, andere Leute für sich einzunehmen. Aber das war zu wenig für eine echte Karriere. Wenigstens ein paar andere Voraussetzungen musste man darüber hinaus noch erfüllen. Zumindest hatte sie das immer geglaubt.

»Er und Höroldt sind ein Herz und eine Seele. Höroldt braucht im Moment alle Unterstützung, die er kriegen kann. Wegen Kaendler. Gegenüber dem Modellmeister sind die Maler in einer schlechten Position. Seine Modelle sind das, was sich in Meißen wirklich verkauft. Dem Hof ist es doch egal, wer die Sachen bemalt, Hauptsache, es ist ein Kaendler.«

Josefine stand auf, um den Tisch abzuräumen. Im Vorbeigehen stupste sie mit der Spitze ihrer Holzpantine gegen die abgesägten Baumstämme an der Feuerstelle, sodass die Glut neue Nahrung bekam.

»Deshalb konnte mich auch nichts mehr in Meißen halten. Überall hieß es nur Kaendler, Kaendler, Kaendler! Neben ihm hast du keine Chance, deine eigenen Ideen zu verwirklichen.«

»Aber Höroldt ist kein Idiot! Er muss doch merken, dass Georg nur Hunde und Katzen malen kann.«

Dass jemand wie ihr Bruder in der bedeutendsten aller Porzellanmanufakturen zum Obermaler aufsteigen konnte, wollte Friederike einfach nicht in den Kopf.

»Georg lässt nach wie vor andere Leute für sich arbeiten. Höroldt merkt das gar nicht. Er kriegt nur mit, dass die Arbeit erledigt wird, aber nicht, von wem. Er hält große Stücke auf Georg.«

Die Glocken der Justinuskirche fingen an zu läuten. Erschrocken zog Caspar seine Uhr aus der Westentasche.

»Schon nach zehn!«, rief er ein wenig lallend. »Ich trenne mich nur ungern von euch, meine Damen, vor allem weil ich noch gar nicht gehört habe, wie es dir hier in der Zwischenzeit ergangen ist, liebe Friederike. Aber ich sollte wohl langsam zum ›Schwanen‹ aufbrechen, nachher lässt man mich dort nicht mehr rein. In Höchst geht man früh zu Bett, habe ich mir sagen lassen.«

»Ich begleite dich.«

Friederike stand auf.

»Aber nein! Das kann ich nicht zulassen. Dann musst du ja allein zurücklaufen! Erklär mir einfach den Weg.«

»Ach, mach kein Theater, Caspar. Ich laufe hier ständig allein im Dunklen herum.«

Sie hatte ihren Degen bereits umgeschnallt und die Laterne vom Haken genommen.

Wieder zog Caspar die Augenbrauen hoch. Diesmal lag Achtung in seinem Blick. Mit einem vollendeten Handkuss bedankte er sich bei Josefine für den Hasenbraten.

Als sie auf der Straße standen, sagte er:

»Dass eine junge Dame einen Herrn nach Hause bringt, habe ich aber auch noch nicht erlebt!«

»Pssst!« Friederike legte ihm die Hand auf den Mund. »Bist du wahnsinnig?«, zischte sie. »Es braucht uns nur einer zu hören, und schon ist alles aus. Höchst ist verdammt klein, hier kennt jeder jeden!«

Schweigend liefen sie durch die dunklen Gassen. Ein böiger Wind kündigte das bevorstehende Gewitter an. Sie würden sich beeilen müssen, um nicht vom Regen überrascht zu werden. Aber die Abkühlung würde gut tun, nicht nur den Menschen, sondern auch der Natur. Seit Wochen hatte es nicht geregnet.

Im »Schwanen« brannte noch Licht. Als Friederike sich von Caspar verabschieden und ihm eine gute Nacht wünschen wollte, beugte er sich zu ihr hinunter. Aber nicht, weil er ihr einen Kuss auf die Wange geben wollte, wie sie erwartet hätte, sondern um ihr seine Zunge in den Mund zu schieben.

Rotwein, ich schmecke Rotwein, er hat zu viel getrunken!, war ihr erster Gedanke, ganz eindeutig. Mit der einen Hand hatte er sie an sich gezogen und die andere auf ihren Po gelegt.

Heftig machte sie sich von ihm los. Ihr fehlten die Worte, so überrumpelt kam sie sich vor. Am liebsten hätte sie ihm in sein grinsendes Gesicht geschlagen.

»Ach, komm, Friederike, ein Kuss, in alter Freundschaft!«

Treuherzig blickte er sie an, die Hände in einer bittenden Geste vor der Brust gefaltet. Gegen ihren Willen musste sie lachen, so zerknirscht sah er plötzlich aus.

»Geh jetzt schlafen, Caspar! Ich muss mich beeilen, sonst komme ich in den Regen.«

Grob schlug sie seine Hände weg, als er erneut Anstalten machte, sie an sich zu drücken. Das ging jetzt aber wirklich zu weit! Nicht nur Caspars Verhalten machte ihr Sorgen: Konnte doch jeden Moment auch der Nachtwächter vorbeikommen und sehen, wie der neue Modellmeister der Porzellanmanufaktur den Maler küsste, der bei der Witwe Heller wohnte. Was würde Josefine sich dann erst von den Leuten anhören müssen!

∞

Giovanni war da! Er lag neben ihr, das Gesicht der anderen Seite zugewandt, als schliefe er. Sie wollte die Hand nach ihm ausstrecken, ihn berühren, aufwecken, mit ihm sprechen, zärtlich sein – und griff ins Leere. Langsam verschwamm das Bild vor ihren Augen, und ein anderes legte sich darüber. Nun befand sich Giovanni nicht mehr bei ihr im Bett, sondern weit fort, in einem dunklen, feuchten Keller, in seltsame Lumpen gehüllt. Um den linken Fußknöchel trug er eine schwere Kette, an der eine Eisenkugel befestigt war. Statt zwischen seidenen Laken lag er auf moderigem Stroh. Sein Gesicht war bleich und abgezehrt, sein Körper ausgemergelt. »Federica, hilf mir!«, stöhnte er mit kaum hörbarer Stimme. Sie wollte zu ihm hinstürzen, ihm Trost zusprechen, seinen Kopf an ihre Brust betten, ihn retten und aus diesem schrecklichen Kerker befreien.
Doch in dem Moment erwachte sie.

∞

Der nächtliche Platzregen hatte nicht wirklich Abkühlung gebracht. Friederike hatte sogar das Gefühl, dass es noch schwüler geworden sei. Wie festgeklebt saß sie an ihrem Malertisch. Es war einfach zu heiß, um auch nur eine unnötige Bewegung zu machen. Außerdem war sie völlig unausgeschlafen. Der nächtliche Traum hatte sie in große Verwirrung gestürzt. Giovanni im Gefängnis – was hatte das zu bedeuten? Wieso träumte sie so etwas? Dass sie ihn im Schlaf herbeisehnte, erstaunte sie nicht weiter, es war nicht das erste Mal. Aber dieser plötzliche Szenenwechsel, vom Liebeslager ins Gefängnis, Giovanni abgemagert und am Ende seiner Kräfte, die schreckliche Kugel an seinem Knöchel – dieses Bild verfolgte sie den ganzen Tag.

Sie glaubte eigentlich nicht an böse Vorahnungen und Hellseherei, aber jetzt wurde ihr doch beklommen ums Herz. Was, wenn ihr Traum der Wirklichkeit entsprach und Giovanni tatsächlich im Gefängnis saß? So unwahrscheinlich war das nicht, führte er doch ein äußerst aufregendes Leben und verbarg mehr als ein Geheimnis. Die seltsamen Andeutungen, die die Contessa und auch die Zofe Marie gemacht hatten, von seiner Schreiberei, seinen Freundschaften mit Theaterleuten, der guten Beziehung zum Papst: All das barg genug Sprengstoff, um den Ärger irgendwelcher einflussreicher Persönlichkeiten auf sich zu ziehen; man hörte doch immer wieder von unbequemen Zeitgenossen, die plötzlich für Jahre in der Versenkung verschwanden, wenn sie überhaupt jemals wieder auftauchten. Mit dieser Wendung wäre außerdem erklärt, warum Giovanni sich all die Monate noch immer nicht bei ihr gemeldet hatte.

Friederike lächelte traurig. Ein schwacher Trost, wenn sie bedachte, dass er womöglich in ernster Gefahr schwebte. Das Schlimmste war, sie konnte nichts für ihn tun, rein gar nichts! Kein einziges Detail aus ihrem Traum, den sie nun schon zum x-ten Mal Revue passieren ließ, konnte darüber Aufschluss geben, an welchem Ort Giovanni sich befand, in welchem Kerker. Wenn der Traum überhaupt der Realität entsprach …

Wie erstaunt war sie, als sie schließlich das Abendgeläut hörte, das den Mitarbeitern der Manufaktur das Ende ihres Arbeitstages anzeigte. Viel geschafft hatte sie nicht, aber wenigstens hatte Caspar Ebersberg sich den ganzen Tag über nicht bei ihr blicken lassen. Das Wiedersehen mit ihm und vor allem sein dreistes Verhalten beim Abschied hatten größte Unruhe in ihr ausgelöst. Ja, vielleicht hing sogar ihr seltsamer Giovanni-Traum, die Bedrohung, die darin geschwelt hatte, irgendwie mit Caspars Auftauchen zusammen. Jedes Mal, wenn sich im Korridor Schritte genähert hatten, war sie zusammengezuckt, vor lauter Angst, der Modelleur könnte gleich in ihr Zimmer treten.

Erleichtert legte sie nun den Deckel der Schmuckdose aus der Hand, an der sie neben einigen anderen Stücken den ganzen Tag über gearbeitet hatte. Heute war Zinnoberrot an der Reihe gewesen, die letzte Farbe, die noch gefehlt hatte. Sie hatte den gemahlenen Cinnabarit in einem kleinen Schälchen mit ein wenig Terpentin vermischt und der Dame mit dem Fächer und dem kleinen Pudel, die so spitzbübisch von der Dose heruntferlächelte, einen knallroten Kirschmund und ein Brusttuch in derselben Farbe verpasst. Fast wären noch zwei Apfelbäckchen dazugekommen, sie hatte sich aber in letzter Sekunde gebremst. Schließlich handelte es sich nicht um eine erhitzte Stallmagd, sondern um ein feines Fräulein, das sich schon die ganze Zeit Luft zugefächelt hatte. Jetzt musste sie nur noch das sechsspeichige kurmainzische Rad, die Marke der Höchster Porzellanmanufaktur, auf die Unterseite der Dose setzen. Fertig!

Friederike reckte die Arme über den Kopf und dehnte ihren schmerzenden Rücken. Der Nacken und die Schultern taten ihr besonders weh. Kein Wunder, hatte sie doch mehrere Stunden hintereinander in immer derselben ungesunden Haltung über der Arbeit gesessen, einmal ganz zu schweigen von der ungemütlichen Nacht. Sie faltete die Hände hinter dem Rücken zusammen und drückte die Arme durch, bis ihre Schulterblätter aneinanderstießen. Das tat gut. Sie sollte öfter ein paar Turnübungen machen; auch Herr Schlosser hatte ihr geraten, sich mehr zu bewegen, zumal sie jetzt nur noch sehr unregelmäßig zum Fechten ging.

Als sie wenig später in das kleine, schiefe Häuschen in der Kronengasse kam, begrüßte Josefine sie mit den Worten:

»Stell dir vor, die Anna denkt, Caspar interessiert sich für sie!«

»Wie kommt sie denn darauf?«, fragte Friederike verblüfft.

»Er hätte sie so bedeutungsvoll angesehen, hat sie mir erzählt. Das würde sie schon von anderen Männern kennen, diesen Blick.«

»Aber Caspar sieht alle Frauen so an!«

»Das weiß die Anna aber nicht. Ich habe ihr natürlich auch gesagt, dass mir das ziemlich unwahrscheinlich vorkommt. Aber sie hat steif und fest behauptet, sie hätte da so was gespürt.«

»Na ja, vielleicht ist es ja so.«

»Quatsch, Friedrich, wir waren doch dabei! Was soll da schon gewesen sein? Die Anna bildet sich mal wieder was ein. Das ist ja nicht das erste Mal.«

»Aber manchmal bildet sie es sich anscheinend so lange ein, bis tatsächlich was passiert ...«

Friederike war an diesem Abend nicht danach, sich länger mit der Freundin zu unterhalten. Sie verzog sich gleich in ihre Dachkammer, so müde war sie. Als sie dann im Bett lag, wollte der ersehnte Schlaf dennoch nicht kommen. Immer wieder hatte sie das schreckliche Bild von Giovanni im Kerker vor Augen, dem erneut im Schlaf zu begegnen sie sich regelrecht fürchtete.

Außerdem hatte der kurze Wortwechsel mit Josefine vor dem Zubettgehen sie wieder an deren Worte vom Vorabend denken lassen. Josefine hatte schon das Geschirr abgewaschen, als sie nach Hause gekommen war, und gerade die letzten Handgriffe in der Küche erledigt.

»Was für ein Kerl!«, hatte sie kopfschüttelnd vor sich hin gemurmelt, zum wiederholten Mal. »Aber er sieht schon gut aus! Und charmant ist er auch. Eigentlich doch sehr nett. Kaum vorstellbar, dass er so windig sein soll.«

»Doch, doch, das ist er, das kannst du mir ruhig glauben«, hatte Friederike erwidert. »Er hat eben versucht, mir seine Zunge in den Hals zu stecken.«

Josefine war in schallendes Gelächter ausgebrochen.

»Der geht aber ran! Endlich mal einer, der weiß, was er will! Nicht so ein Hasenfuß wie dein Fechtmeister, der mir kaum in die Augen sieht, weil er Angst hat, ich könnte deine Geliebte sein.«

»Aber ich will nichts von Caspar«, hatte Friederike protestiert. »Er soll mich in Ruhe lassen!«

Noch lange hatten sie darüber debattiert, ob sie es sich leisten könnten, irgendwelche halbwegs passablen Verehrer abzuwimmeln. »Als ob die Männer uns in solchen Scharen nachlaufen würden, dass man wählerisch sein könnte!«, hatte Josefine ihr vorgehalten. »Ich will sowieso nur einen«, hätte sie ihr am liebsten entgegnet, hatte sich aber gerade noch auf die Zunge gebissen.

Sie verstand selbst nicht ganz, warum sie der Freundin noch immer nichts von ihrer Liebe zu Giovanni erzählt hatte. Eine unerklärliche Angst hielt sie davor zurück, eine Art Instinkt, der sie zur Diskretion mahnte. Wie ihr Gefängnistraum – auch der blieb ihr letztlich unergründlich. Was hingegen klar auf der Hand lag, war die Tatsache, dass Josefine ganz offensichtlich unglücklich war und sich nach einem Mann sehnte. All ihr Reden und Schimpfen über Friederikes falsche Taktik in Sachen Anbändelei wies doch nur daraufhin, dass sie selbst sich nichts sehnlicher wünschte, als sich endlich wieder einmal zu verlieben. Sogar Caspar schien sie zunehmend attraktiver zu finden.

Dem Prasseln des erneut aufgekommenen Regens auf die gerade erst ausgetauschten Dachziegel und dem Klappern der Fensterläden im Gewitterwind zum Trotz spürte Friederike, wie endlich die Müdigkeit sie übermannte, endlich ihre Glieder schwer wurden. Josefine konnte sagen, was sie wollte, war ihr letzter Gedanke, Caspar Ebersberg war einfach nicht zu trauen. Wenn sie ihn nicht so gut gekannt hätte, wäre auch sie gewiss auf ihn und sein vermeintliches Interesse an ihr hereingefallen. So hatte sie nur das Gefühl, in eine Falle zu laufen.

☉

Erst eine knappe Woche später sah sie Caspar wieder. Sie hatte ihr Tagwerk gerade beendet, als sie im Korridor fast mit ihm zusammenstieß.

Caspar hatte die Ärmel seines Arbeitskittels hochgekrempelt, seine Arme waren bis zu den Ellbogen mit Ton verschmiert. Nach einem kurzen verlegenen Schweigen strahlte er sie an.

»Warte auf mich! Ich wasche mir nur rasch den Dreck ab.«

Er lief zum Brunnen im Hof und ließ den Wassereimer in den Schacht hinab. Dann wusch er sich gründlich die Hände. Schon als er wieder auf sie zukam, rief er ihr entgegen:

»Ich habe mir ein Haus gekauft. Komm mit, ich zeig's dir! Es ist nicht weit.«

»Das ging aber schnell!«

»Ja, ich war sehr beschäftigt die letzten Tage. Aber nun ist alles erledigt.«

»Josefine wartet sicher schon mit dem Essen.« Friederike zögerte.

»Das geht ganz schnell. Komm einfach mit! Josefine wird dein Essen ja wohl einen Augenblick warm halten können.«

Sie war zu neugierig auf Caspars Haus, um seiner Aufforderung nicht nachzukommen. Gemeinsam liefen sie in Richtung Schlossplatz, vorbei am »Schwan« und hinunter zum Maintor. Der Wachposten grüßte Caspar schon wie einen alten Bekannten und ließ die beiden ohne ein Wort der Nachfrage passieren.

»Wo ist denn dein Haus? Wir sind ja schon gar nicht mehr in der Stadt!« Verwundert schaute sie sich um.

»Wart's ab! Gleich wirst du es sehen!« Caspar schien es spannend machen zu wollen.

Die Mainfischer waren dabei, sich zum Auslaufen bereit zu machen. Ordentlich legten sie ihre Netze zusammen. Über dem Fluss tanzten Mückenschwärme, und winzige Wellen klatschten leise gegen das Ufer. Hier unten am Wasser wehte eine leichte Brise. Friederike hielt ihr Gesicht in den Wind.

»Gute Idee!«, sagte Caspar und tat es ihr nach.

Eine Herde Schafe kam ihnen blökend entgegengelaufen, nur von einem Hund geleitet, der sie bellend davon abzuhalten versuchte, die Uferbepflanzung anzuknabbern. Der Schäfer stand noch ins Gespräch mit dem Fährmann vertieft, der die Herde übergesetzt hatte. Kurz vor der Niddamündung saßen reglos ein paar Angler. Sie blickten stumm aufs Wasser und beachteten Caspar und Friederike nicht weiter.

Die Nidda etwa zwanzig Schritt flussaufwärts lag ein Boot vor Anker, dessen oberer Aufbau an ein kleines Haus erinnerte. Es war mit zwei dicken Tauen an einer Pappel befestigt und schaukelte leicht vor sich hin. Auf der Reling saßen aufgereiht ein paar Möwen. Wie Wachhunde.

»Das ist mein Haus!« Caspar klang stolz. »Hier kann ich ganz für mich sein. Ohne Nachbarn, die mich stören. Es ist fantastisch ruhig hier!«, schwärmte er.

»Wie schön!« Friederike war ehrlich begeistert.

Caspar streckte die Hand aus, um ihr zu helfen, die Böschung hinunterzuklettern. Mit einem eleganten Sprung landete er auf dem Deck und reichte ihr wiederum die Hand.

»Achtung, du musst den Kopf einziehen!«, warnte er sie, als er durch die kleine Tür voranging. »Das ist meine Küche.«

Die Kombüse war winzig. Es war so eng, dass sie einander fast berührten. Eine zweite Tür führte ins Schlafzimmer. Ein wenig betreten starrte Friederike auf Caspars Bett, das direkt unter einem Bullauge stand. Doch Caspar schien gar nicht mehr an solche Dinge zu denken.

»Und das ist mein Wohnzimmer!« Er zeigte auf das von der Abendsonne beschienene Vorderdeck. »Hier habe ich Ausblick auf die Schiffe auf dem Fluss und auf die Stadt.« Er machte eine weit ausholende Armbewegung und schwieg einen Moment.

»Ich hole uns etwas zu trinken, und wir setzen uns einen Moment, ja?«, fragte er dann.

Wie angenehm es war, sich den frischen Wind um die Nase wehen zu lassen! Hier unten am Fluss ließ es sich gut aushalten.

Mit dem Rücken gegen die Kajütenwand gelehnt, hatte Friederike auf den Planken Platz genommen, als Caspar wiederkam. Er drückte ihr ein Glas Apfelwein in die Hand.

»Mir wurde gesagt, das sei das Nationalgetränk hier, zumindest für uns kleine Leute, das müsste ich als Neu-Höchster jetzt immer trinken. Wie schmeckt es dir — mal ganz ehrlich unter uns Meißenern gesagt?«

Er hatte einen kleinen Schluck von seinem Glas genommen.

»Am Anfang fand ich's zu sauer. Inzwischen trinke ich ganz gern mal einen Äppelwoi.«

Friederike entspannte sich. Was für eine friedliche Abendstimmung! Die Fischer ruderten auf den Fluss hinaus. Die Angler holten einer nach dem anderen ihre Ruten ein, warfen die letzten Fische in die bereitstehenden Eimer und machten sich auf den Weg nach Hause.

»Du hast mir noch gar nicht erzählt, warum du eigentlich weggelaufen bist«, fing Caspar nun an. Ohne ihre Antwort abzuwarten, fügte er hinzu: »Weißt du eigentlich, dass Meißen ohne dich total langweilig ist?«

Als sie erstaunt hochfuhr, lachte er nur. Wie schön das war, den heimatlichen Tonfall wieder einmal zu hören!

»Wie dir Charlotte ja schon erzählt hat — ich wundere mich übrigens noch immer, dass sie dir das anvertraut hat, wo sie mir doch Stein und Bein geschworen hat, den Mund zu halten —, habe ich jahrelang fast alles für Georg gemalt.« Sie lehnte sich bequem gegen die Holzwand. »Dann hat's mir irgendwann gereicht, immer nur im Hintergrund und heimlich zu malen. Ich wollte eigene Sachen machen und das offiziell und nicht immer nur im stillen Kämmerlein. Ich wollte auch dazugehören, jeden Morgen in die Albrechtsburg gehen, mit den Kollegen reden, Teil haben an dem großen Ganzen. Also bin ich zu Helbig gegangen, um ihn zu fragen, ob er mich einstellt. Natürlich hat er abgelehnt. An dem Tag habe ich dich oben auf der Burg getroffen.«

»Daran erinnere ich mich. Du sahst ganz wütend aus. Ich war mir allerdings nicht sicher, auf wen du wütend warst.«

Caspar schenkte ihnen beiden aus dem graublauen Krug nach.

»Außerdem wollten meine Eltern, dass ich diesen Per Hansen heirate.«

Was für ein absurder Gedanke, dachte sie, ich die Ehefrau dieses langweiligen, übergewichtigen Hamburgers! Jetzt einmal mehr. Geradezu lachhaft, fast schon komisch! Sie schmunzelte.

»Wer ist das denn eigentlich? Kenne ich den?«

»Natürlich kennst du ihn! Er war bei einer dieser Soireen im Salon meiner Mutter. Weißt du nicht mehr, dieser kinnlose Hamburger Kaufmann mit der miesepetrigen Schwester?«

»Der? Nicht zu fassen!« Die grünen Augen blitzten belustigt auf. »Aber die Schwester war doch gar nicht so falsch. Nicht gerade hübsch, aber irgendwie temperamentvoll, wie sie an dem Abend Karten gespielt hat.«

Sogar an ihr konnte er noch etwas finden! Unglaublich, dieser Mann.

»Und dann gab es da noch Probleme mit Georg …«

Friederike wollte das Thema Georg nicht weiter vertiefen, zumal sie nicht wusste, ob Caspar und ihr Bruder noch in Kontakt standen.

»Das waren die Gründe für deine Flucht?«

Bildete sie sich das ein, oder klang Caspar enttäuscht? Hatte er wirklich erwartet, dass sie den lächerlichen kleinen Liebeskummer, den sie seinetwegen erlitten hatte, mit als Grund aufzählte?

Caspar stellte sein Glas ab, um sich ausgiebig zu räkeln.

»Lass uns eine Runde schwimmen gehen! Das mache ich hier jeden Abend. Du glaubst gar nicht, wie erfrischend das ist! Komm, du musst keine Angst haben, hier sieht uns niemand.«

Bevor sie reagieren konnte, hatte er schon sein Hemd abgestreift und seine Hose aufgeknöpft. Friederike war wie vor den Kopf geschlagen. Stumm schaute sie zu, wie er sich vollends entkleidete. Sein braun gebrannter Körper erinnerte sie an eine antike Götterstatue. Er lachte sie auffordernd an und kletterte die schmale Strickleiter hinunter, um kopfüber ins Wasser zu springen. Als er wieder auftauchte, schüttelte er sich wie ein nasser Hund.

»Los, Friederike, mach schon! Das ist herrlich kühl hier. Ich drehe mich um, dann kannst du dich in Ruhe ausziehen. Keine Sorge, ich gucke schon nicht!«

Mit ausholenden Zügen schwamm er auf die ins Wasser herabhängenden Weidenäste am gegenüberliegenden Niddaufer zu.

Warum eigentlich nicht?, dachte sie. Das Wasser wirkte in der Tat kühl und einladend. Caspar war hinter dem Vorhang aus Weidenästen verschwunden. Sie schaute sich um, konnte aber nirgendwo eine Menschenseele erblicken. Sie wartete, bis eine Schwanenfamilie vorbeigeschwommen war, dann zog sie sich bis aufs Hemd aus und kletterte die Strickleiter hinunter.

Das Wasser war wunderbar erfrischend. Schnell schwamm sie zu der Stelle, wo Caspar verschwunden war. Als sie die Weidenäste auseinanderschob, befand sie sich in einer Art grünen Grotte. Wo war Caspar?

Plötzlich spürte sie, wie unter Wasser etwas gegen ihre Beine drängte, bis diese sich öffneten: Caspar, der von hinten an sie herangetaucht und zwischen ihren Beinen hindurchgeschwommen war. Prustend drehte er sich zu ihr um. Sein Kopf war ganz nah. Sie merkte, dass der Fluss gar nicht so tief war, wie sie angenommen hatte. Sie konnte problemlos stehen. Ohne Vorwarnung schlang Caspar seine Arme um sie. Sein harter Körper war gegen ihren gepresst, seine Zunge versuchte, sich einen Weg zwischen ihre Lippen zu bahnen. Im ersten Moment war sie so überrascht und so damit beschäftigt, auf den glitschigen Kieselsteinen ihr Gleichgewicht zu halten, dass sie den Mund leicht öffnete. Ermutigt küsste Caspar sie umso leidenschaftlicher.

»Caspar!«

Sie versuchte, sich aus seiner Umklammerung zu befreien. Vor einem Jahr noch hatte sie heftig für diesen Mann geschwärmt, auch wenn sie damals schon gewusst hatte, dass er ein Filou war. Der Kuss im Irrgarten war der erste sexuelle Höhepunkt ihres behüteten Lebens gewesen – bis sie Giovanni kennengelernt hatte. Nun verschlang der Held ihrer Jungmädchenträume sie hier beinah, drängte seinen muskulösen Körper gegen ihren, quetschte sein Knie zwischen ihre Oberschenkel, um sie auseinanderzuschieben – und sie verspürte keinerlei Verlangen nach ihm. Sie war nicht wie Josefine oder Anna, die sich schon aus Prinzip einen solch strahlenden Adonis nie durch die Lappen hätten gehen lassen. Ihre Rede gegenüber Giovanni von der Liebe und der Fleischlichkeit war vielleicht ein wenig naiv gewesen, aber nur ein wenig. Sie stand dazu. Sie wollte Caspar nicht mehr. Und sie würde sich nicht einfach dem erstbesten Mann hingeben, der ihr über den Weg lief, nur weil der Richtige auf sich warten ließ.

Caspars Atem war heftiger geworden. Seine Lippen glitten über ihren Hals, seine Hand suchte ihre Brust.

Friederike versuchte, ihn abzuschütteln, seine Umarmung ekelte sie nun an. Ja, sie hatte ihn halbherzig zurückgeküsst. Aber was hätte sie denn anderes tun sollen in dieser Situation? Nun war es genug! Sie lehnte den Kopf so weit wie möglich nach hinten und spannte den Oberkörper an, um den Abstand zwischen ihnen zu vergrößern. Dann schob sie mit aller Kraft seine Arme zur Seite und stieß sich mit beiden Füßen vom Boden ab. Rasch schwamm sie ein Stück von ihm weg.

»Was soll das, Caspar? Wie kommst du nur auf so eine Idee?«

Caspar schien sich von ihrem wütenden Ton in keiner Weise beeindrucken zu lassen. Mit zwei kräftigen Zügen war er wieder neben ihr, um sie dieses Mal von hinten zu umfassen. Sein Keuchen dröhnte in ihrem Ohr.

»Sei nicht so grausam, Friederike! Halt mich nicht so hin!«

Energisch schob sie seine Hände weg, die sich nun um ihre

Brüste gelegt hatten. Sie wollte nach hinten austreten, traf aber nur ins Leere. Caspar hielt sie wie ein Schraubstock umklammert.

»Wolltest du das nicht auch schon immer?«, flüsterte er heiser. »Sei ehrlich, Friederike: Wenn dein Bruder und deine Mutter uns nicht gerufen hätten, damals in eurem Irrgarten, was wäre dann passiert? Hast du damals nichts gespürt? Wir setzen nur fort, was wir dort begonnen haben ...«

Er versuchte mit der einen Hand, ihren Kopf zu sich zu drehen, um sie erneut zu küssen. Die andere hatte er zwischen ihre Beine gelegt.

Friederike bekam es mit der Angst zu tun. Bisher hatte sie ihn einfach nur für zudringlich gehalten, aber keine Sekunde befürchtet, die Situation nicht mehr im Griff zu haben. Doch Caspar schien sich jetzt in einem Zustand jenseits aller Vernunft zu befinden. Und welche Möglichkeiten hatte sie? So gut wie gar keine, musste sie sich eingestehen. Weder konnte sie es sich erlauben, ihn zu verärgern, da ihre ganze Karriere von seinem Stillschweigen abhing. Noch nützte es ihr, wenn sie hier um Hilfe schrie. Niemand würde sie hören. Einmal ganz abgesehen davon, dass kaum jemand Verständnis für so viel Unvernunft aufbringen würde. »Du bist mit einem Mann, der dich vor ein paar Tagen noch zu küssen versucht hat, ganz allein auf sein Hausboot gegangen, um mit ihm, nur mit einem Hemd bekleidet, in der Nidda schwimmen zu gehen? Wie blöd bist du eigentlich, Friedrich?« Sie konnte förmlich Josefines entrüstete Stimme hören.

Ein Entenpärchen kam ihr zu Hilfe, das sich von dem aufgewirbelten Wasser in seiner Ruhe gestört fühlte. Mit lautem Quaken flog der Erpel flügelschlagend davon, während das Weibchen eilig Richtung Ufer strebte. Sie nutzte die Sekunde der Unaufmerksamkeit Caspars und tauchte unter den Weidenästen hindurch auf die andere Niddaseite bis zu seinem Hausboot. Gerade als sie die erste Sprosse der Leiter erklommen hatte, legte sich von hinten eine Hand um ihre Fessel.

»Lass uns reden, Friederike.«

»Das können wir gern tun, wenn wir oben sind, uns angezogen haben und du zur Besinnung gekommen bist.«

Sie hatte sich bemüht, ihre Stimme möglichst unbefangen, ja sogar ein wenig neckisch klingen zu lassen. Sie wusste nicht, wie sie mit Caspar umgehen sollte. Auf keinen Fall wollte sie Streit. Er sollte nicht vor lauter Wut zu Benckgraff laufen und sie verpetzen. Ob er dazu überhaupt in der Lage war? Auszuschließen war es nicht, überlegte sie.

Doch Caspar ließ ihren Knöchel nicht los, sondern verstärkte nur sein Ziehen, bis sie keinen Widerstand mehr leisten konnte, die Leiter freigeben musste und zurück ins Wasser glitt. Wieder versuchte er, ihren Kopf nach hinten zu biegen, um sie zu küssen. Sie hatte das Gefühl, als würde ihr der Kopf abgerissen. Panik stieg in ihr auf. Wie oft musste sie Nein sagen, bis Caspar sie endlich verstand?

Voller Wucht rammte sie ihm den Ellbogen in die Brust, sodass er einen Schmerzensschrei ausstieß und sie überrascht frei gab. Hastig kletterte sie die Leiter nach oben. An Deck angekommen drehte sie sich um. Er lag rücklings auf dem Wasser, spielte toter Mann und beobachtete sie schweigend. Rasch holte sie ihre Kleider vom Vorderdeck und lief in das kleine Schlafzimmer. Als sie den Riegel vorschieben wollte, stellte sie fest, dass es gar keinen Riegel gab. Wäre sie doch einfach nass, wie sie war, vom Schiff gelaufen, Hauptsache weg!

Da wurde auch schon von außen die Tür aufgestoßen. Vergeblich stemmte sie sich gegen das morsche Holz. Caspar sah verletzt und wütend aus, als er sie endlich zur Seite geschoben und die kleine Koje gestürmt hatte. Tropfend standen sie voreinander. Friederike kam es wie eine Ewigkeit vor. Ohne einen Ton zu sagen, riss er ihr schließlich das Hemd auf und stieß sie aufs Bett. Sein schwerer Körper hatte den ihren völlig unter sich begraben, ihre Hände hielt er rechts und links von ihrem Gesicht auf die Matratze gedrückt. Sie konnte sich nicht bewegen.

»Warum läufst du weg, Friederike? Hast du Angst, dass ich dir wehtue?«

Seine Stimme klang jetzt auffallend ruhig. Fast einfühlsam.

»Du tust mir jetzt schon weh, Caspar. Lass mich los!«

»Stell dich nicht dümmer, als du bist! Du weißt genau, was ich meine. Hast du Angst, dass es wehtut?«

Er war ein wenig zur Seite gerollt und tastete mit der Hand nach ihrer Scham, um sie zu streicheln. Für einen winzigen Moment war sie versucht, die Augen zu schließen und das Ganze über sich ergehen zu lassen. So schlimm würde es vielleicht nicht werden. Dann aber siegte wieder die Empörung in ihr.

»Nicht, dass du denkst, ich sei noch Jungfrau, Caspar! Daran liegt es jedenfalls nicht, wenn ich keine Lust habe, mich dir hinzugeben«, erwiderte sie schnippisch und schob seine Hand zur Seite.

»Du schläfst mit anderen Männern, aber nicht mit mir?«

Er hatte seine Stimme zu einem heiseren Flüstern herabgesenkt.

»Genau, Caspar! Mit dir nicht! Nicht so jedenfalls. Kapier das endlich!«

Auch sie zischte jetzt nur noch.

Minuten vergingen. Oder zumindest kam es ihr so vor, während Caspar weiterhin schwer auf ihr lag und auf sie herunterstarrte. Sein Gesicht verfinsterte sich zusehends. Schließlich stand er wortlos auf und ging hinaus. Krachend fiel die Tür hinter ihm zu.

Zitternd sprang Friederike auf, nahm sich eins von seinen Hemden vom Haken, streifte ihre Hose über und schlüpfte in ihre Schuhe. Ihre Haare, ihre Haut waren noch immer nass, aber das war ihr jetzt egal. An Deck drehte sie sich ein letztes Mal um. Caspar war nirgendwo zu sehen. Sie kletterte ans Ufer und rannte, so schnell sie konnte, in Richtung Stadt. Sie war noch einmal davongekommen.

֍

»Herr Ebersberg hat einige interessante neue Modelle entworfen. Dazu wollte ich gern Ihre Meinung hören, werte Kollegen.«

Benckgraff hatte nicht nur Friederike, Obermaler Feilner und Johannes Zeschinger in sein Kabinett gebeten, sondern auch Modellmeister Kleinmüller dazu eingeladen. Sie hatte als Letzte den Raum betreten und sich mit dem ungepolsterten Stuhl neben Caspar begnügen müssen, weil kein anderer Platz mehr frei gewesen war. In den vollgestopften Raum war ein großer Tisch gestellt worden, um den sie nun alle versammelt saßen. Weiße Leintücher verdeckten die ausgestellten Modelle auf dem Tisch.

Caspar hatte ihr nur zugenickt, als sie ins Zimmer gekommen war. Seit der Szene am Fluss, fast zehn Tage lang, waren sie einander erfolgreich aus dem Weg gegangen. Friederike war seine Nähe unangenehm, völlig verkrampft saß sie auf ihrem Holzstuhl. Doch Caspar beachtete sie gar nicht weiter, sondern starrte wie gebannt zum Direktor hinüber.

»Herr Ebersberg«, wandte dieser sich nun feierlich an seinen neuen Modelleur, »bitte sagen Sie uns noch einmal, wie Ihre Modelle heißen.«

»Diese Szene heißt ›Die Badenden‹.«

Mit einem Ruck zog Caspar das Tuch von dem vordersten Modell, das einen Mann und eine Frau in leidenschaftlicher Umarmung zeigte. Sie trug nur ein Hemd, das eng an ihrem Körper klebte, er einen locker um die Hüften geschlungenen Lendenschurz. Ihre Lippen lagen aufeinander, die Gesichter drückten höchstes Verlangen aus.

Friederike wurde heiß. Der Mann sah aus wie Caspar, die Frau wie sie. Aus den Augenwinkeln warf sie einen verstohlenen Blick in die Runde. Ob irgendjemand die Ähnlichkeit bemerkte? Was für eine Unverschämtheit von Caspar! Wie konnte er es wagen, sie so bloßzustellen!

Simon Feilner lächelte ihr zu, als er ihren Blick auffing. Täuschte sie sich, oder hatte sie ein Funkeln in seinen Augen gesehen?

»Und hier haben wir den ›Schlummer nach dem Bade‹.«

Caspar zog ein weiteres Tuch vom Tisch. Die beiden Liebenden lagen nun noch immer eng umschlungen auf Gras. Ihre Augen waren geschlossen, ein wollüstiges Lächeln umspielte ihre Lippen. Beide waren nackt.

»Das sind zwei einzelne Figuren, die ebenfalls zu der Gruppe der ›Badenden‹ gehören. Eine Nymphe auf einem Schwan reitend. Und ein junger Faun, der am Ufer ruht«, fuhr der Modelleur fort. Auch Faun und Nymphe waren nackt.

Wie kam Caspar auf die Idee, das Ensemble eine Gruppe zu nennen, wenn es sich doch immer um dieselbe Frau und denselben Mann handelte? Friederike hatte sich selten so unwohl in ihrer Haut gefühlt. Jeden Moment konnte einem der Kollegen die frappierende Ähnlichkeit zwischen dem hier anwesenden Porzellanmaler Friedrich Christian Rütgers und der Frauenfigur auffallen. Was war bloß in Caspar gefahren? Hatte er die Situation am Fluss etwa so interpretiert, wie er sie in seiner Kunst wiedergab? So selbstherrlich konnte doch niemand sein, dass er massive Ablehnung mit absoluter Hingabe verwechselte! Aber zugleich musste sie sich eingestehen, dass seine Modelle einfach fantastisch waren. Wahre Kunst. Lebendig, authentisch und schön. Schnörkellos. Viel schöner als alles, was jemals in Höchst entworfen worden war.

Sie rückte näher an das Modell der »Badenden« heran, um es besser studieren zu können. Hätte sie sich nicht selbst in der Frauenfigur erkannt, hätte sie ihre Begeisterung spontan gezeigt. So aber musste sie versuchen, Zeit zu gewinnen, um ihre Gefühle zu sortieren. Bei allem Groll gegenüber Caspar hatte sie nicht vor, ihm persönlich oder der Manufaktur zu schaden. Ja, es war eine bodenlose Frechheit, dass Caspar sie nun auch noch ungefragt als Modell verwendet hatte, aber durften ihre persönlichen Empfindungen der Kunst im Wege stehen?

»Die sind aber schön!«, hörte sie in dem Moment Simon Feilner sagen. »Wirklich, ausgesprochen gelungen!«

Auch er hatte sich über die Modelle gebeugt. Wieder meinte sie, in seinen braunen Augen ein Blitzen gesehen zu haben.

»Das finde ich auch.« Benckgraff sah überaus zufrieden aus. »Ein wenig pikant zwar, aber das verkaufen wir umso besser.«

Johannes Zeschinger nickte nur und strich mit dem Finger sanft über die Rundungen der Frau.

»Mir scheinen sie ein wenig ... wie soll ich sagen ... ein wenig ohne Witz zu sein«, mischte sich nun der Modellmeister ein.

Es war klar, dass Kleinmüller das Werk seines Konkurrenten unmöglich gutheißen konnte. Zwar galt er offiziell als Caspars Vorgesetzter, aber jeder in der Manufaktur wusste, dass dieser sich die untergeordnete Rolle nicht gefallen ließ, zumal er wirklich der bessere Künstler war. Seitdem tobte der Kampf zwischen dem Meißener und dem Höchster.

»Sie wirken so ... ja, sie wirken so ernst«, versuchte Kleinmüller sich zu erklären. »So, als würden sie wirklich meinen, was sie da tun. Ihnen fehlt das Kokette, wenn Sie verstehen, worauf ich hinauswill. Genau das aber suchen unsere Kunden in den Figuren.«

Der Modellmeister war ein blässlicher Hänfling mit schütterem Haar. Friederike hatte sich die ganze Zeit schon gewundert, warum er keine Perücke trug. Seine herausragende Eigenschaft war, dass er Ordnung über alles liebte. Ordnung war ihm wichtiger als gute Arbeit. Solange seine Mitarbeiter nach der Arbeit ihre Tische aufräumten, war er zufrieden. Schon ein am falschen Platz liegendes Bossierholz konnte ihn in Rage bringen.

Kleinmüller räusperte sich und ließ wieder seine leidende Stimme erklingen:

»Und sie sind zu nackt! Unsere Kunden mögen das Drastische nicht. Sie wollen niedliche Figuren, keine schockierenden. Wir wissen natürlich alle, worum es geht ...« Er räusperte sich noch einmal und fuhr fort, ohne irgendjemanden anzusehen: »Aber muss man es so direkt darstellen? So nackt?«

Friederike hatte beobachtet, wie sich Caspars Augen während

Kleinmüllers Rede zu schmalen Schlitzen verengt hatten. Als er ihren Blick auf sich spürte, setzte er sofort wieder ein strahlendes Lächeln auf.

»Und, Friedrich, was meinst du?«, fragte er betont beiläufig.

Alle blickten auf sie. Friederike ließ sich Zeit mit der Antwort.

»Tja, wenn ich ehrlich bin ...« Sie legte eine Kunstpause ein. »Also, wenn ich ehrlich bin, lieber Caspar: Das hätte ich dir nie zugetraut! Du hast dich selbst übertroffen: So viel Chuzpe und ... Fantasie hätte ich sogar von einem Caspar Ebersberg nicht erwartet.«

Voller Genugtuung konnte sie beobachten, wie Caspars Gesicht in sich zusammenfiel. Von Triumph war in seinen Zügen keine Spur mehr zu entdecken, eher von tiefer Verunsicherung. Mit einer Flucht nach vorn ihrerseits hatte er wohl nicht gerechnet.

»Im Übrigen würde ich zu gern wissen, wer dir hierfür Modell gestanden hat«, kartete sie mit zuckersüßem Ton nach.

Der Hieb hatte gesessen. Caspars Gesicht lief dunkelrot an. Er schien etwas erwidern zu wollen, besann sich dann aber offenbar eines anderen.

Kurz fragte sie sich, ob sie zu weit gegangen war. Sie straffte die Schultern. Nein, dachte sie dann, er hat mich fast vergewaltigt. Und die Situation auch noch künstlerisch ausgenutzt. Wenn auch gekonnt. Aber zumindest sollte er wissen, dass sie sein Verhalten keineswegs guthieß und sich zu wehren wusste.

»Ihre Einwände sind natürlich alle richtig, Herr Kleinmüller«, beeilte sich Benckgraff, die Stimmung zu retten. »Aber wir sollten das Risiko dennoch eingehen. Diese Figuren gefallen mir ausgesprochen gut. Wo haben Sie die Vorlagen her, Herr Ebersberg? Das würde mich in der Tat auch interessieren.«

Der Manufakturdirektor hatte die Arme vor der Brust verschränkt und lehnte sich mit einem leichten Wippen gegen die Stuhllehne zurück. Selten hatte Friederike ihn so gut gelaunt erlebt.

»Die Idee dazu hatte ich schon in Meißen.« Caspar hatte sich wieder gefangen. Seine Stimme klang nun äußerst beflissen. »Aber die Meißener wollen ja alles mit vielen Schnörkeln haben, wie Sie wissen, deshalb habe ich das Modell dann letztlich doch nicht dort verwirklicht. Die Frau hat die Züge eines ganz wunderbaren jungen Mädchens, das mir vor nicht allzu langer Zeit das Herz gebrochen hat…«

Den letzten Satz hatte er mit leiser, geknickt klingender Stimme vorgebracht. Friederike schien es, als würden sowohl die beiden Maler als auch Benckgraff sie mit dezenten Seitenblicken mustern. Stur starrte sie geradeaus auf die Modelle und tat so, als wollte sie sich die kleinsten Details genau anschauen.

»Sie müssen natürlich noch bemalt werden…«

Benckgraff war ans Fenster getreten, um frische Luft hereinlassen. Es war noch immer sehr heiß im Raum.

Friederike verspürte nicht die geringste Lust, Caspars Modelle zu bemalen. Sie wollte nicht an die Szene mit ihm am Fluss erinnert werden. Abgesehen davon fand sie die Figuren so gelungen, dass jede Form von Bemalung ihrer Ansicht nach nur gestört hätte. Sie stellte sich die Liebespaare in glänzendem Weiß statt in dem bräunlichen Ton des Rohbrands vor und schüttelte vehement den Kopf.

»Für mein Gefühl sollte man sie lediglich weiß glasieren. Jeder Hauch von Farbe würde hier nur von der vollendeten Gestaltung ablenken.«

»Ein bisschen Rot, Schwarz und Rosé könnten wir schon auftragen, finde ich. Nur ganz zart«, widersprach ihr Simon Feilner. Seine hageren Züge wirkten plötzlich ganz weich.

»Wunderbar!« Benckgraff hatte sich wieder hinter seinem Schreibtisch verschanzt, ein Zeichen, dass die Unterredung für ihn beendet war. »Dann rede ich noch mit Göltz, und wir machen es so. Am besten Sie kümmern sich selbst um die Bemalung, Simon. Wir werden ja sehen, wie die Modelle auf der Michaelismesse laufen. So etwas hat niemand sonst im Programm!

Natürlich können wir die Figuren nicht einfach ausstellen. Wir werden das Ganze ein wenig zelebrieren, die Modelle zunächst zugedeckt präsentieren und dann mit viel Trara enthüllen – das wird die Kunden umso mehr zum Kauf anstacheln.«

Er strahlte über das ganze Gesicht, als er sie mit einer knappen Handbewegung entließ. Auch Caspar hatte sein selbstbewusstes Lächeln wiedergefunden. Kleinmüller hingegen schien noch immer zu überlegen, was er an weiteren Argumenten gegen Caspars Schöpfungen vorbringen könnte. Aber niemand schenkte ihm mehr Beachtung.

Friederike verließ das Zimmer als Erste. Schnurstracks begab sie sich die Treppe hinunter und setzte sich an ihren Arbeitsplatz, ohne sich auch nur einmal umzusehen. Was würde Caspar als Nächstes einfallen? Hatte er nicht schon genügend Unheil angerichtet? Würde sie das von nun an jeden Tag ertragen und ständig gute Miene zum bösen Spiel machen müssen?

An diesem Tag wollte ihr nichts mehr richtig gelingen. Ihre Hände zitterten die ganze Zeit, und sie war viel zu aufgeregt, um vernünftig arbeiten zu können. Johannes warf ihr immer wieder besorgte Blicke zu, aber er bedrängte sie nicht mit Fragen. Als sie ihre Sachen abends zusammenpackte, hatte sie lange genug nachgedacht, um zu wissen, dass sie unbedingt mit Caspar reden musste. So ging es einfach nicht weiter; sie musste ihm irgendwie klarmachen, dass sie zwar seine Freundin, nicht aber seine Geliebte sein konnte.

Caspar war schließlich derjenige, der die Initiative ergriff. Als Friederike am Abend durch das Fabriktor trat, hörte sie schnelle Schritte hinter sich. Sie drehte sich um. Ein wenig außer Atem blieb der Modelleur vor ihr stehen.

»Ja, Caspar ...«, sagte sie gedehnt. Sie hatte die Hände tief in ihren Rocktaschen vergraben und blickte ihm angriffslustig entgegen. Innerlich zitterte sie noch immer, aber das konnte niemand sehen. Sie wirkte wieder ganz gefasst.

»Verzeih mir, Friederike! Wenn ich könnte, würde ich jetzt hier vor dir auf die Knie fallen. Aber das lasse ich lieber, falls uns jemand zusehen sollte.« Er zeigte ihr ein halb zerknirschtes, halb verschmitztes Lächeln. »Es tut mir so leid! Ich hatte gedacht, du zierst dich nur ein bisschen. Ich hätte wissen müssen, dass du keine von diesen albernen Püppchen bist, die einen Mann aus Koketterie erst einmal hinhalten. Sondern dass du alles meinst, was du sagst. Ich bin zu weit gegangen!«

Schuldbewusst senkte er den Blick.

Friederike war fast gerührt. So viel Einsicht und Einfühlungsvermögen hätte sie ihm im Leben nicht zugetraut.

»Aber wie sollte ich wissen, dass das, was zwischen uns war, nicht mehr da ist? Zumindest bei dir nicht ...« In seiner Stimme lag nun ein Vorwurf. »Es kann ja auch wiederkommen, oder? Mach mir Hoffnung, Friederike!«, bettelte er.

»Ach, es tut dir also leid? Und was sollte das dann heute? Wieso sieht die Frau bei den ›Badenden‹ genauso aus wie ich? Wenn das jemand bemerkt hätte!«

Der Anflug von Rührung, den sie verspürt hatte, war schnell wieder vergangen. Sie ärgerte sich über sich selbst. Warum schaffte sie es nicht, ruhig und gelassen mit Caspar umzugehen und seine Frechheiten an sich abprallen zu lassen? Er hatte sie schon wieder aus der Fassung gebracht.

»Es hat aber niemand bemerkt! Und die Frau sieht so aus wie du, weil sie schön sein sollte. Und du bist nun einmal die schönste Frau, die ich kenne!«

»Ach, und der Mann sieht so aus wie du, weil du der schönste Mann bist, den du kennst!«, fauchte sie zurück.

Caspar lächelte bescheiden. Auf falsche Art bescheiden. Erwartungsvoll sah er sie an.

»Es gibt übrigens tatsächlich einen anderen. Du solltest mich lieber vergessen, du hast keine Chance«, sagte sie endlich.

Nur Grobheit würde hier weiterhelfen. Wenn Caspar sie nicht verstehen wollte, musste sie eben härtere Bandagen anlegen.

»Einen anderen? Wen? Und wo ist er?«

Theatralisch ließ er den Blick durch die Gegend schweifen.

»Nicht hier ... Er ist in meinem Herzen.«

Das klang selbst in ihren Ohren ein wenig lächerlich. Aber es stimmte: Giovanni war in ihrem Herzen, er würde für immer dort sein.

Sie hatte sich schon zum Gehen umgewandt, als sie Caspar in ihrem Rücken in schallendes Gelächter ausbrechen hörte. Es war ein gehässiges Lachen, das nicht recht zu seinem schönen Gesicht und seiner charmanten Art passen wollte. Ein Lachen, das sie an die brutale Fratze erinnerte, die er neulich Abend gezeigt hatte.

◌

»Ebersberg behauptet, Sie wären in Wahrheit eine Frau, die sich als Mann verkleidet hat, um ihren Beruf ausüben zu können«, kam Benckgraff wie immer sofort zur Sache.

Das war's, nun ist alles aus, dachte Friederike, als sie das ernste Gesicht des Manufakturdirektors vor sich sah. Von Anfang an hatte sie ein ungutes Gefühl gehabt, nachdem Benckgraff sie für den nächsten Morgen pünktlich um halb zehn in sein Zimmer hatte bestellen lassen. Simon Feilner hatte ihr die Nachricht mit einem mitfühlenden Lächeln überbracht. Einen Moment lang hatte sie überlegt, den Obermaler zu fragen, ob er wisse, warum der Alte sie zu sprechen wünsche, sich dann aber eines Besseren besonnen. Sie wollte Simon aus der Geschichte heraushalten. Ihr Verhältnis war zu gut, als dass sie es damit hätte belasten wollen. Er würde sich eh seinen Teil gedacht haben, nachdem er in den letzten Tagen immer wieder Zeuge von Caspars halb versteckten, halb offenen Zudringlichkeiten geworden war. Auch Johannes hatte bereits mehrfach eine Bemerkung in die Richtung gemacht.

Sie hatte schon den Mund geöffnet, um alles zu gestehen, zu

sinnlos erschien es ihr, etwas zu leugnen, das eindeutig den Tatsachen entsprach, als sie zu ihrem Erstaunen Benckgraff sagen hörte:

»Das ist natürlich eine absurde Verleumdung! Ich glaube kein Wort davon.« Er sah, dass sie etwas erwidern wollte, und kam ihr zuvor: »Nein, sagen Sie nichts, Herr Rütgers. Eine solch infame Lüge muss man nicht weiter kommentieren. Leider ist Herr Ebersberg ein zu guter Modelleur, als dass ich ihn einfach hinauswerfen könnte. Ganz abgesehen davon, dass wir dann überhaupt keinen Modellmeister mehr hätten ...«

Johannes Kleinmüller hatte den Machtkampf gegen Caspar Ebersberg endgültig verloren und zwei Tage zuvor fristlos gekündigt. Er wollte sich nicht mehr jeden Tag gegen einen Jüngeren behaupten müssen, der die Zukunft und die Mode auf seiner Seite hatte. Die Mitarbeiter hatten ihr aufrichtiges Bedauern geäußert, denn Kleinmüller war bis auf seinen Ordnungswahn ein guter Vorgesetzter gewesen. Bei Ebersberg war man sich da nicht so sicher. Der Meißener schien seine Macht zu genießen. Er war voll im Rausch des frisch Gekürten, dessen Macht noch nie in Frage gestellt worden war. Ein Wort, ein Blick, und alle taten schweigend, was er angeordnet hatte.

»Was nicht bedeutet, dass ich die ganze Sache nicht ernst nähme, Herr Rütgers«, ergänzte Benckgraff. »Ich habe Herrn Ebersberg angedroht, er würde seinen Posten verlieren, wenn er diese Behauptung noch einmal wiederholen sollte. Oder wenn ich von irgendwoher höre, dass er sie wiederholt hat. Er würde auch sonst nirgends Arbeit finden, dafür kann ich sorgen. Das habe ich ihm ebenfalls gesagt.« Aufmunternd lächelte er ihr zu. »Ich wollte nur, dass Sie davon erfahren. Machen Sie sich keine Sorgen. Ich habe sehr deutlich mit ihm geredet. Er wird den Mund halten.«

»Danke«, stammelte Friederike. Zögernd erhob sie sich. Der Gedanke, ob Benckgraff nicht womöglich von Anfang an über ihre wahre Identität Bescheid gewusst hatte und nun das Spiel einfach weiterspielte, schoss ihr durch den Kopf.

»Wie kommt er nur auf so eine Idee?«, schimpfte dieser jedoch in dem Moment weiter. »Was für eine absurde Behauptung! Aber die Leute kommen ja täglich zu mir, um die anderen Kollegen anzuschwärzen. Ich bin das gewohnt. So etwas habe ich allerdings noch nie gehört. Das wird wirklich immer schöner! Dabei arbeiten Sie nicht einmal in seiner Abteilung! Ich verstehe gar nicht, warum er es nötig hat, Lügen über einen Malerkollegen zu verbreiten. Ach, wie ich diese Intrigen satt habe!«

Der Manufakturdirektor sah müde aus. Mit einer schlaffen Handbewegung winkte er sie zur Tür hinaus.

»Sie können gehen, Rütgers. Nehmen Sie sich vor Ebersberg in Acht! Und erzählen Sie es niemandem weiter. Auch nicht Johannes oder Simon Feilner! Solche Lügen entwickeln sonst ein Eigenleben, und irgendwann kommen die Leute auf den Gedanken, es könnte doch was dran sein.«

Mit schleppenden Schritten stieg sie die Treppe hinunter. Sie konnte sich Caspars Verhalten nur so erklären: Wenn er sie nicht bekam, sollte auch kein anderer Mann sie haben, ja nicht einmal bewundernd anschauen. Er war eifersüchtig. Er wollte ihr Leben zerstören. Sie hatte ihm eine Abfuhr erteilt, und nun rächte er sich an ihr. Die Geschichte mit Anna, mit der er laut Josefine einen heftigen Flirt begonnen hatte, war wahrscheinlich nicht ernst gemeint. Oder er war so beleidigt, dass er sich einfach nur rächen wollte, obwohl er längst an einer anderen Frau interessiert war. Eine andere Erklärung fiel ihr nicht ein. Sie hatte sich Caspars Feindschaft zugezogen, weil sie nichts mehr von ihm wissen wollte. Das hatte ihn in seiner Ehre gekränkt. Er meinte, ein Recht auf sie zu haben.

Sie hielt sich an Benckgraffs Empfehlung und erzählte nur Josefine von ihrer Unterredung mit ihm.

»Wir müssen die Anna vor diesem Schwein warnen!«, sagte diese, als Friederike mit ihrem Bericht geendet hatte.

Josefines Gesicht drückte Besorgnis aus. Seit Friederike ihr von Caspars Vergewaltigungsversuch erzählt hatte, ließ sie kein gutes Haar mehr an dem Modelleur.

»Anna wird nicht auf uns hören, fürchte ich. Sie muss selbst wissen, was sie tut, sie ist alt genug«, beendete Friederike das Gespräch.

Aber ihr war weniger zuversichtlich zumute, als sie Josefine gegenüber eingestehen mochte. Die fehlgeschlagene Verleumdung nach der Geschichte mit den Nacktmodellen war nicht Caspars letzter Versuch gewesen, ihr zu schaden, so viel war gewiss.

Wenn Friederike in den darauffolgenden Tagen Caspar in der Manufaktur begegnete, grüßte er meist freundlich und lächelte, als wäre nichts geschehen. Als hätte er nie versucht, ihre Karriere zu zerstören. Josefine und Anna zerstritten sich. Anna war empört, dass Josefine schlecht über ihren Verlobten redete. Die kleine Lisbeth kam tagsüber nicht mehr zu ihnen. Stattdessen trug die alte Wanda sie auf dem Rücken mit aufs Feld.

Die Kartoffelernte war schon in vollem Gange, als Josefine Friederike eines Abends wortlos einen Brief überreichte, der an Friedrich Christian Rütgers, Kronengasse, Höchst am Main, adressiert war. In Georgs Handschrift.

Liebste Schwester,
wie froh waren wir alle zu hören, dass es Dir gut geht! Schön, dass Caspar dort bei Dir ist und nach dem Rechten sehen kann. Charlotte und ich planen noch diesen Herbst eine Reise nach Paris, wo ich geschäftlich zu tun habe. Caspar hat Dir sicher erzählt, dass ich in der Manufaktur inzwischen eine hohe Position einnehme. Auf dem Rückweg von Paris werden Charlotte und ich auf jeden Fall bei Dir vorbeischauen.
Auf bald,
Dein sich darauf freuender Bruder Georg

*M*it reichlich Klecksen versehen hatte Charlotte in violetter Tinte daruntergeschrieben:

Liebste Friederike,
Du kannst Dir gar nicht vorstellen, wie sehr wir Dich vermissen! Es gibt so viel Neues zu berichten, ich kann es kaum erwarten, bis wir uns wiedersehen. Werden auch für Dich bald die Hochzeitsglocken läuten? Ich wünsche es Euch beiden so sehr!
    Deine treue Freundin Charlotte

7. KAPITEL

Diesmal suchte sie sich einen Platz möglichst nah am Ofen. Unten in der Blauen Malerstube zog es so sehr, dass sie sich zum Arbeiten in eine Decke hüllte. In Benckgraffs Bureau dagegen war es gemütlich warm. Mit dem Schürhaken in der Hand stand der Direktor vor dem Ofen.

»Guten Morgen, Herr Rütgers. Die anderen werden auch gleich da sein.«

Er bückte sich, öffnete die Ofenklappe und stocherte mit dem Schürhaken im Feuer herum. Der pockennarbige Assistent eilte ihm zu Hilfe und legte ein Scheit Holz nach. Wie ein Kammerdiener lungerte er den ganzen Tag um Benckgraff herum, immer auf dem Sprung, ihm zu Diensten zu sein.

Caspar trat ein. Sein ganzer Habitus hatte etwas Staatstragendes bekommen, seit er offiziell die Funktion des Modellmeisters bekleidete. Nie sah man ihn mehr ohne seine sorgfältig frisierte Perücke. Kein Härchen befand sich am falschen Platz. Er trug einen grünen Samtrock mit goldener Stickerei an Revers und Ärmeln, dazu eine passende Hose. Ein zur Schleife gebundenes Spitzenhalstuch unterstrich sein Künstlertum. Alles nagelneu und bestimmt nicht billig. Für einen kleinen Ort wie Höchst ziemlich übertrieben, dachte Friederike. Caspar wollte eindeutig etwas darstellen. Alle sollten seinen Erfolg sehen. Er war der bedeutendste Mann nach dem Direktor, wenn auch nur in Höchst, nicht in Meißen. Selbst Göltz, der Frankfurter Spiegelfabrikant, dem die Manufaktur gehörte, ein schwieriger Mann, mit dem sich nicht einmal Benckgraff verstand, war begeistert von Caspars Figuren. Er hatte sein Frankfurter Haus damit dekoriert und drängte auf neue Modelle. Und seine Frau sei ganz hingerissen von der Gruppe der »Badenden«, hieß es.

Caspar war in der Eingangstür stehen geblieben. Er schien zu überlegen, welchen Platz er wählen sollte. Am liebsten saß er Benckgraff genau gegenüber, sodass sie beide jeweils ein Tischende einnahmen und Friederike, Simon Feilner und Johannes Zeschinger sich irgendwie an den Seiten platzieren mussten. Heute hatte sich aber Friederike auf Caspars angestammten Platz gesetzt, da dieser dem Ofen am nächsten war. Sie tat so, als wäre das nichts Besonderes. Caspars Augen verengten sich, als er erkannte, dass sie nicht bereit war, den Platz zu räumen. Seine buschigen Brauen zogen sich über der Nase zusammen.

Johannes Zeschinger schob sich von hinten an Caspar vorbei in den Raum. Sein dicker grauer Wollpullover war mit bunten Farbklecksen besprenkelt. In der Hand hielt er noch einen Pinsel. Benckgraffs Schwiegersohn, der immer schon dazu tendiert hatte, sein Äußeres zu vernachlässigen, sah immer mehr aus wie ein Schafhirte. Caspars Anwesenheit schien ihn regelrecht dazu zu ermuntern, sich abzugrenzen. Doch während zwischen Simon Feilner und Caspar inzwischen offene Feindschaft herrschte, hielt Johannes sich in persönlichen Dingen eher zurück. Solange er malen konnte, wie er wollte, und sich nicht allzu sehr bei der Arbeit anstrengen musste, war ihm alles Weitere egal. Als Ehemann von Benckgraffs Lieblingstochter hatte er ohnehin nichts zu befürchten.

Als Simon Feilner kurz darauf mit fliegenden Rockschößen und wie üblich wirr abstehendem Haar den Raum betrat, blickte Caspar demonstrativ aus dem Fenster. Simon grinste kurz in Friederikes Richtung, nickte Benckgraff und Zeschinger zu und setzte sich dann aufreizend langsam auf den Platz direkt gegenüber dem Modelleur. Und zwar so, dass er unweigerlich in dessen Blickfeld kam und Caspar gar nicht anders konnte, als auf seinen betont höflichen Gruß eine Erwiderung zu murmeln.

Caspar schien genau zu wissen, welche Meinung Simon von ihm hatte. Dabei war eigentlich gar nichts vorgefallen, was Simons Abneigung gerechtfertigt hätte, überlegte Friederike. Noch nicht! Simon hielt Caspar für einen skrupellosen Aufsteiger und hatte die Vermutung, dass dieser hinter seinem Rücken gegen ihn intrigierte, ohne jedoch irgendwelche Beweise dafür zu haben. Auch nachdem er sich mit dem alten Modellmeister Kleinmüller getroffen hatte, um zu hören, was zwischen diesem und Caspar vorgefallen war, schien er nicht viel schlauer geworden zu sein. Simon hatte ihr nur erzählt, dass Kleinmüller seltsam verdruckst auf ihn gewirkt hätte, als wüsste er mehr, als er preisgeben wollte.

Benckgraff hängte den Schürhaken zurück an den Ständer neben dem Kamin und begab sich an seinen Platz.

»Dann wollen wir mal ... Herr Ebersberg, setzen Sie sich doch!«, sagte er aufmunternd zu Caspar.

Diesem blieb nichts anderes übrig, als sich auf dem Stuhl gegenüber von Simon Feilner niederzulassen. Der Blick, den er Friederike zuwarf, war mehr als beleidigend. Doch sie hatte beschlossen, sich von Caspar und seinen Drohgebärden nicht mehr beeindrucken zu lassen. Freundlich lächelte sie zurück. Ohne hinzuschauen, wusste sie, dass Johannes und Simon sich kaum das Lachen verbeißen konnten. Auch Benckgraff schien ein Schmunzeln unterdrücken zu müssen.

Ohne das leiseste Geräusch zu verursachen, stellte der Assistent des Manufakturdirektors ein Tablett mit fünf randvoll gefüllten Kaffeetassen, einer Schale Konfekt und fünf kleinen Tellerchen auf dem Tisch ab. Er schien genau zu wissen, wie viele Löffel Zucker sein Herr wünschte, und legte ihm dazu zwei sorgsam ausgewählte Pralinés zurecht.

Ohne ihn weiter zu beachten kippte Benckgraff mit dem Stuhl so weit nach hinten, dass er mit ausgestrecktem Arm auf seinen Schreibtisch greifen konnte. Es dauerte eine Weile, bis er ertastet hatte, was er suchte. Ein paar Blätter segelten gemächlich zu Boden, während er eine bunt bemalte Untertasse unter einem gefährlich schwankenden Stapel hervorzog. Schon war der Assistent herbeigeeilt, um die Papiere aufzuheben. Schwungvoll kippte Benckgraff seinen Stuhl wieder in Richtung Tisch, legte die Untertasse in die Mitte und sagte ernst:

»Das kommt aus Vincennes. Göltz hat es mitgebracht. Er meint, wir sollten uns ein Beispiel daran nehmen. Seiner Meinung nach würden wir deutlich mehr verkaufen, wenn wir diese eleganten Farbmischungen ebenso herstellen könnten wie die Kollegen aus Frankreich. Sie wissen ja, in Vincennes sind sie dabei, sich einen Ruf für ihre leuchtenden Farben zu erarbeiten. Dieses Blau heißt dort *bleu lapis*.«

Simon Feilner und Friederike beugten sich gleichzeitig vor, um den Teller an sich zu nehmen. Lachend überließ Simon ihr den Vortritt. Caspars Miene war so angespannt, als wollte er signalisieren, selten etwas Interessanteres gehört zu haben. Nur Johannes Zeschinger blieb unaufgeregt wie immer und zupfte sich ein paar Flusen von seinem ausgebeulten Pullover.

»Der alte Kleinmüller hätte sicher gesagt, unsere Kunden wollen nichts Drastisches. Und diese Farben sind zu drastisch, keine Frage.«

Zu Friederikes Überraschung hatte Benckgraff eine Art Kichern ausgestoßen. Der gesamte Fond der Untertasse leuchtete in einem dunklen, strahlenden Blau. Vorsichtig fuhr sie mit dem Finger über die glatte Oberfläche.

»Das können wir auch! Wir haben genug Blautöne zur Verfügung. Wir machen einfach den gesamten Fond blau und bemalen erst nach dem Rohbrand«, meldete sich Caspar als Erster zu Wort. »Allerdings ist es schade, wenn alles so mit Farbe vollgeklatscht wird. Man sieht viel weniger vom Modell. Und natürlich lenkt die Farbe von der eigentlichen Intention des Künstlers ab.«

»Das ist schon eine besondere Farbmischung.« Simon schüttelte den Kopf. »So leuchtend bekommen wir das nicht ohne Weiteres hin.«

Mit dem Teller in der Hand drehte er sich zum Fenster, um das Werk der Franzosen bei Licht betrachten zu können.

»Göltz möchte, dass einer von uns nach Vincennes geht und sich die Manufaktur mal von innen ansieht.«

Nachdenklich schaute Benckgraff in die Runde, bis sein Blick an Friederike hängen blieb.

Ja, frag mich, bitte, frag mich, ob ich nach Frankreich will! Vor Ungeduld konnte Friederike kaum an sich halten. Doch sie hielt es für klüger, ihr brennendes Interesse nicht allzu offen zu zeigen. Möglicherweise bewirkte sie damit nur das Gegenteil des Gewünschten, vor allem nachdem sie bei der Frankfurter Messe die Beobachtung der Konkurrenz versäumt hatte, was ja sogar ihre eigene Anregung gewesen war. Benckgraff hatte sie zwar mit keinem Wort getadelt, trotzdem war ihr seine Enttäuschung über ihr mangelndes Engagement nicht entgangen.

»Ich habe an Sie gedacht, Herr Rütgers«, sagte der Direktor langsam.

»Wäre nicht Feilner viel geeigneter? Er hat deutlich mehr Erfahrung als Rütgers!«

Caspar hatte wie aus der Pistole geschossen reagiert. Wie schon seit einiger Zeit hatte er ihren Namen auch jetzt wieder so seltsam betont, dass sich eigentlich jeder Zuhörer fragen musste, ob damit etwas nicht stimmte. Doch weder Benckgraff noch die anderen beiden Kollegen achteten weiter auf die Spitze.

Will er mir etwa die Tour vermasseln?, ging es Friederike durch den Kopf. Egal, um was es sich handelte, Caspar schien ihr nichts zu gönnen. Natürlich musste er seine Meinung mit Argumenten unterlegen, sonst wäre sein Angriff zu plump und zu offensichtlich gewesen. Dabei würde sie so gern nach Frankreich fahren! Immer schon hatte sie davon geträumt, dieses Land kennenzulernen. Und die Aussicht, in Vincennes mit der

Pompadour zusammenzukommen, aus nächster Nähe beobachten zu können, wie diese Frau ihr völlig eigenbestimmtes Leben an der Seite des mächtigsten Mannes von Frankreich lebte, faszinierte sie zutiefst. Abgesehen davon wäre es auf jeden Fall sinnvoll, für einige Monate aus Höchst zu verschwinden: So würde sie auf elegante Weise dem drohenden Besuch Georgs und Charlottes entgehen, ohne dass irgendjemand eine Absicht dahinter vermuten konnte.

»Erfahrung ist nicht alles, worauf es ankommt«, kam Simon Feilner ihr zu Hilfe. »Und auch da bin ich mir nicht sicher, ob das überhaupt stimmt. Rütgers hat wahrscheinlich genauso viel Erfahrung wie ich. Außerdem hat er den großen Vorteil, dass er keine Familie hat, um die er sich kümmern muss.«

Simons Frau hatte vor Kurzem Zwillinge bekommen, sodass seine Familie nun auf fünf Personen angewachsen war. Er konnte sich eine längere Abwesenheit von zu Hause auf keinen Fall leisten. Johannes Zeschinger hatte gleich abwehrend die Hände gehoben. Wahrscheinlich hält der Alte ihn sowieso nicht für geeignet, wägte Friederike ab. Johannes war einfach zu langsam. Ein guter Handwerker, ein sehr guter sogar, aber ihm fehlte es an Esprit und Durchsetzungskraft.

»Es gibt noch einen Grund, warum ich Feilner hier brauche. Und Sie auch, Herr Ebersberg.« Benckgraffs kleine Augen hinter der runden Brille strahlten Autorität aus. »Wir müssen unbedingt das Problem mit den Brennöfen in den Griff bekommen. Dazu brauche ich Sie beide. Rütgers hat keine Ahnung vom Brennen.« Er wandte sich an seine Maler: »Falls Sie es noch nicht gemerkt haben sollten, meine Herren: Herr Ebersberg hat den Brennern nun ganz genaue Vorgaben gemacht. Er kontrolliert jedes Stück, vor und nach dem Brand. Wir müssen abwarten, ob es besser wird.«

Wie aus dem Nichts stand plötzlich der Assistent neben Benckgraff, eine große, dezent geblümte Kaffeekanne mit leicht angeschlagener Tülle in der Hand, um ihnen nachzuschenken.

Er hatte die Tür so leise geöffnet, dass niemand sein Kommen bemerkt hatte. Nicht nur wegen seines pockennarbigen Gesichts ging etwas Gespenstisches von ihm aus.

»Also, was denken Sie, Herr Rütgers?«

Statt seine Frage direkt zu beantworten, stand Friederike auf, nahm ihre Kaffeetasse und trat zum Fenster. Sie ließ ihren Blick über den tristen Hof und die dahinterliegende Gasse schweifen. Kein Mensch weit und breit. An einem Tag wie diesem, grau und diesig, eigentlich auch kein Wunder, dachte sie. Wenn man in den Himmel schaute, konnte man nicht einmal erahnen, dass es dort irgendwo eine Sonne gab, so dicht war die Wolkendecke. Obwohl es früh am Vormittag war, schien es, als hätte die Dämmerung bereits eingesetzt. Kein Tropfen Regen fiel, kein Windhauch bewegte die kahlen Äste der alten Weide. Ein Wetter, das auf die Stimmung schlug. In Frankreich waren die Winter bestimmt angenehmer als in Höchst. Sonniger, lichter, wärmer. Und Paris lockte! Vielleicht würde sie ja sogar die Möglichkeit haben, einen echten Ball zu besuchen, in Versailles oder einem anderen Schloss. Wie lange hatte sie nicht mehr getanzt, in festlicher Atmosphäre mit vornehm gekleideten Menschen geplaudert, raffinierte Speisen genossen und sich die ganze Nacht lang amüsiert! Gedankenverloren nippte sie an ihrem Kaffee. So lauwarm schmeckte er ihr am besten. Aber was, wenn Caspar ihre Abwesenheit dazu nutzte, die Kollegen gegen sie aufzuhetzen?, durchfuhr es sie plötzlich. Nachher kam sie in ein paar Monaten nach Höchst zurück, und ihr würde sogleich die Kündigung präsentiert! Wegen Betrugs. Und wegen Unfähigkeit natürlich sowieso. Spätestens mit Georgs Hilfe, der ihn sicher tatkräftig bei einer Intrige gegen sie unterstützen würde, dürfte Caspar in der Lage sein, sich die infamsten Dinge auszudenken.

Friederike drehte sich zu Benckgraff, Feilner und Zeschinger um. Gespannt schienen sie ihrer Antwort entgegenzublicken. Nein, die Kollegen würden auf jeden Fall hinter ihr stehen, egal was Caspar für einen Unsinn über sie verbreitete.

»Nun, Herr Rütgers, wie lange sollen wir noch warten, bis Sie sich zu einer Antwort bequemen?«

Die Stimme des Modelleurs hatte spöttisch und ungeduldig geklungen. Obwohl Benckgraff ihn mit einem strafenden Blick maß, ließ er sich nicht beirren und setzte noch einmal nach:

»Madame Josefine wird Sie ja wohl gehen lassen, oder? Im Gegensatz zu Feilner haben Sie ja noch keine – gemeinsamen – Kinder, um die Sie sich kümmern müssen.«

Er lachte laut auf, als hätte er etwas ungemein Komisches gesagt, aber weder Benckgraff noch die beiden anderen stimmten in sein Gelächter ein.

»Überlegen Sie es sich ruhig gründlich, Herr Rütgers«, sagte Benckgraff freundlich, an Friederike gewandt. Dann drehte er den Kopf zu seinem noch immer mit der Kaffeekanne hinter ihm stehenden Assistenten. »Ist noch was, Pätzold? Sie können sonst gehen. Wir sind hier sowieso gleich fertig.«

Mit beleidigter Miene schlich sich Pätzold, so leise wie er gekommen war, aus dem Raum. Kaum hatte er die Tür hinter sich geschlossen, sprang Benckgraff auf und drückte die Klinke herunter, als wollte er sich vergewissern, dass niemand hinter der Tür stand und lauschte.

»Den hat Göltz mir geschickt!«, schimpfte er aufgebracht. »Ich bin mir sicher, dieser Spitzel erzählt ihm jede Kleinigkeit, die ihm hier unterkommt.«

»Ein unheimlicher Typ«, stimmte auch Simon zu. Johannes schüttelte nur angewidert den Kopf.

»Solange es bloß Göltz ist, den er informiert, sollten wir uns nicht beschweren. Immerhin ist er einer von uns!«

Caspar schien ehrlich empört. Zusammen mit Benckgraff war er schon mehrfach im Hause Göltz zu Gast gewesen, eine Ehre, die den anderen Mitarbeitern der Manufaktur noch nie widerfahren war. Friederike wusste, dass Benckgraff den Frankfurter Spiegelfabrikanten, im Gegensatz zu Caspar, zunehmend kritischer betrachtete. Der Mann sei durch und durch Kaufmann, hatte Simon Feilner ihr erzählt, jemand, der rein gar nichts von Kunst verstand und dem alles Schöngeistige fremd war. Auch sie hatte schon mitbekommen, dass Göltz immer wieder mit irgendwelchen absurden Vorschlägen kam, wie der Umsatz zu steigern sei, ohne selbst etwas von Porzellan oder Malerei zu verstehen. Jedes Mal, wenn die Konkurrenz irgendetwas Neues machte, was Erfolg versprach, sollten sie es auf der Stelle nachahmen. Göltz interessierte nicht, womit er sein Geld verdiente – Hauptsache, es wurde welches verdient. Ab und zu beorderte er Benckgraff nach Frankfurt, der dann mit sauertöpfischem Gesicht nach Höchst zurückkehrte und ihnen Befehle erteilte, deren Sinn er ganz offensichtlich selbst nicht einsah.

»Schlafen Sie eine Nacht darüber, und sagen Sie mir morgen Bescheid, in Ordnung, Rütgers? Sie würden ohnehin erst nach Weihnachten losfahren.«

Friederike nickte, stellte ihre Tasse auf das Tablett und ging hinter Johannes und Simon zur Tür. Als sie schon fast die Schwelle überschritten hatte, rief Benckgraff sie noch einmal zurück.

»Ach, Herr Rütgers, was ich eben vergaß zu erwähnen: Einer unserer wichtigsten Kunden, ein Herr Bogenhausen aus Frankfurt, hat mich gefragt, ob er Sie persönlich kennenlernen dürfe. Er hat bereits zahlreiche Stücke gekauft, die von Ihnen bemalt wurden, und nun möchte er gern wissen, welcher Mensch sich hinter dem Künstler verbirgt.«

Er lächelte, als empfände er diesen Wunsch als ein wenig naiv.

»Bogenhausen, sagten Sie Bogenhausen?«, brachte Friederike krächzend hervor. Sie hatte unwillkürlich weiche Knie bekommen. Was hatte das nun wieder zu bedeuten? Suchte Carl Bogenhausen etwa auf einmal von sich aus den Kontakt zu ihr?

»Ja, ja, Emanuel Bogenhausen. Er ist in Frankfurt eine hoch angesehene Persönlichkeit. Reich ist er außerdem. Und für einen Kaufmann mit einem erstaunlich Kunstverstand gesegnet – mehr als manch einer, mit dem wir es hier sonst zu tun haben.«

Benckgraffs Miene hatte sich verfinstert, ein Zeichen, dass sie jetzt wohl besser den Raum verließ.

Sie wollte sich schon zum Gehen abwenden, als der Manufakturdirektor mit einem Räuspern hinzufügte:

»Herr Rütgers, eine Frage noch: Sie haben vorhin nachgehakt, als ich den Namen Bogenhausen erwähnte. Kennen Sie die Familie Bogenhausen bereits?«

»Nein, nein«, beeilte sie sich zu erwidern. »Aber es wird mir eine Ehre sein, bald ihre ... ich meine natürlich, bald die Bekanntschaft von Herrn Emanuel Bogenhausen zu machen.«

☼

Fast wäre ihr die Postkutsche vor der Nase weggefahren. Als Friederike in den Weidenhof gelaufen kam, war das Gefährt bereits angerollt und wollte gerade in die Zeil einbiegen. Es war noch stockdunkel draußen, und sie hatte verschlafen. Zwar hatte sie die Wirtin des Gasthofes in der Hasengasse gebeten, sie rechtzeitig zu wecken, aber diese hatte ihren Auftrag zu zaghaft ausgeführt, und so war sie prompt wieder eingeschlafen. Nun winkte sie dem auf dem Deichselpferd reitenden Postillion hektisch zu.

»Ist das die Ordinari-Post nach Straßburg?«

Völlig außer Atem klemmte sie ihren kleinen Koffer zwischen die Beine, um ihn nicht in den Matsch stellen zu müssen, und zückte ihren Reiseschein. Der Postillion hatte die Pferde zum Stehen gebracht und sah sich fragend zum Conducteur um.

Dieser sprang vom Bock und riss Friederike den Schlag auf.

»Viel Platz ist nicht mehr, junger Mann. Den Koffer nehmen Sie mal mit rein. Und das nächste Mal kommen Sie gefälligst pünktlich!«

Sie steckte ihm rasch einen Kreuzer zu, bevor er die Tür wieder hinter ihr zuknallte. Ruckartig fuhr der Wagen an und warf sie auf einen der Fahrgäste.

»Entschuldigung«, murmelte sie und blickte sich in der kaum erleuchteten Kutsche nach einem Platz um.

»Was für eine Unverschämtheit!«, meckerte da auch schon der Mann, auf den sie gefallen war.

Im selben Moment wurde ihr klar, dass es gar keine Sitzmöglichkeit mehr gab; man hatte ihren Platz einfach doppelt verkauft.

»Könnten Sie vielleicht ein Stück zur Seite rücken?«

So gut es ging, hielt sie sich mit den Händen an den beiden von der Decke herabbaumelnden Lederschlaufen fest, um in der schwankenden Kutsche nicht noch einmal das Gleichgewicht zu verlieren.

»Ich habe meinen Platz voll bezahlt, dann will ich ihn auch voll in Anspruch nehmen!«, blaffte die Meckerstimme neben ihr. Dafür rückten die anderen Reisenden auf der Bankseite des Mannes ein wenig zusammen, sodass sie sich in die frei gewordene Lücke klemmen konnte. Ihren Koffer stellte sie vor sich auf den mit Stroh ausgelegten Boden.

»Danke«, raunte sie dem alten Mann links neben ihr zu, der die Augen geschlossen hielt und zu schlafen schien. Er trug einen schwarzen Kaftan und einen hohen schwarzen Hut, hatte Schläfenlocken und einen langen Bart. Die geschlossenen Augen in dem biblisch anmutenden Gesicht ließen ihn einmal mehr aussehen wie eine Heiligenfigur. Neben ihm am Fenster saß eine übertrieben zurechtgemachte Dame mit einem verlebten Gesicht, von der, wie Friederike vermutete, der Amberduft ausging, der die ganze Karosse erfüllte.

Der Mann zu ihrer Rechten hingegen wollte den Platz, den er für seinen gehalten hatte, nicht so leicht aufgeben. Nur widerwillig rückte schließlich auch er zur Seite. Demonstrativ zog er seine Taschenuhr hervor und sagte in die Runde:

»Nun haben wir Verspätung!«

Friederike blickte zu der anderen Bank hinüber. Schräg gegenüber saß ein fettleibiger älterer Herr mit einer riesigen

Allongeperücke, wie sie schon seit Jahrzehnten nicht mehr in Mode war. Seine nicht minder übergewichtige Frau hatte sich bei ihm untergehakt und sich mit einer Pelzdecke zugedeckt. Um ihren feisten Hals gewickelt war eine dreireihige Perlenkette, mit den größten Perlen, die Friederike je gesehen hatte. Selbst in ihrem Haar steckten noch Perlen.

Langsam ließ sie ihren Blick zu dem Mann in der anderen Ecke wandern. Sie konnte nur sein Profil sehen, so angestrengt starrte er aus dem Fenster. Das war er, ja, das war Carl Bogenhausen!

Sein Bruder Emanuel hatte also nicht zu viel versprochen, als er bei seinem Besuch in der Porzellanmanufaktur vor einer Woche erstmals auch die Blaue Malerstube aufgesucht hatte. Benckgraff hatte seinen Stammkunden wunschgemäß mit dessen bevorzugtem Porzellanmaler, Friedrich Christian Rütgers, bekannt gemacht und dabei erwähnt, dass Rütgers in wenigen Tagen Richtung Frankreich aufbrechen werde, er also Glück habe, den Kollegen überhaupt noch in der Fabrique anzutreffen.

»So, Sie fahren also zu Gott nach Frankreich?«, hatte der Gast in dem elegant geschnittenen blauen Rock und den auffällig gelben Schuhen sich direkt an sie gewandt. »Die Bogenhausens haben in Straßburg eine Dependance. Mein Bruder fährt nächste Woche wieder hin. Vielleicht sitzen Sie ja in derselben Kutsche wie er – dieser Verrückte pflegt nämlich die Ordinari-Post unserem eigenen Wagen vorzuziehen!« Er hatte spöttisch aufgelacht. »Mein Bruder liebt den Kontakt mit dem einfachen Volk, müssen Sie wissen.«

Friederike und Simon Feilner hatten einen beredten Blick gewechselt, und sogar Benckgraff schien peinlich berührt gewesen zu sein. Sie wunderte sich noch immer über Emanuel Bogenhausens Wunsch, sie persönlich kennenzulernen, denn außer einem achtlos dahingeworfenen Lob über ihre Dose mit der Pudeldame, offenbar eine seiner letzten Errungenschaften, hatte er sonst kein Wort mehr an sie verloren. Beim Abschied hatte er ihr seine schlaffe Hand hingehalten und ihr noch einmal ins Gesicht gesehen, einen Wimpernschlag zu lange, als glaubte er, sie von irgendwoher zu kennen. Ein merkwürdiger Mensch, wie auch Benckgraff hinterher ungefragt zugegeben hatte, aber das war ihr egal gewesen, schließlich hatte ihr Interesse nicht Emanuel Bogenhausen gegolten, sondern seinem Bruder: Carl Bogenhausen, ihrem Lebensretter, in dessen Kutsche nach Straßburg sie am kommenden Donnerstag steigen würde, um sich im Laufe dieser langen Reise endlich bei ihm für den verfluchten Kuss im Gewürzspeicher zu entschuldigen.

Doch der Mann, dessentwegen sie ihre Abreise um zwei Tage verschoben hatte, schien sie entweder nicht bemerkt zu haben oder wollte sie absichtlich nicht zur Kenntnis nehmen. Den Ledervorhang vor dem Fenster hatte er zur Seite geschoben, sodass sie auf den Fluss schauen konnte. Sie schienen sich auf der Mainbrücke zu befinden. Ein großer Lastkahn mit einem Segel, beladen mit Holz, glitt auf sie zu. Friederike sah den lang gestreckten Schiffsrumpf langsam unter der Brücke verschwinden. Rumpelnd erreichte die Kutsche das Sachsenhäuser Ufer, als sie ein tiefes Schlagloch durchfuhren. Sie wurde gegen den unfreundlichen Herrn zu ihrer Rechten geworfen, der prompt ein unwilliges Grunzen von sich gab und sie unsanft zurück auf ihren Platz schob.

Unauffällig äugte sie zu Carl Bogenhausen hinüber. Er war in einen schlichten dunklen Tuchrock gekleidet, die Uniform der Kaufleute. So im Profil wirkte seine Nase etwas zu lang. Sie rief sich ihre wenigen bisherigen Begegnungen mit ihm in Erinnerung: den Wald bei Hanau, wo er die zwei Banditen in die Flucht geschlagen und die anschließende Nacht einträchtig mit ihr zusammen in dem schmalen Gasthausbett verbracht hatte. Damals hatte er noch Richard Hollweg geheißen, ein Abenteurer, der ihr nicht sagen wollte, wohin seine Reise ihn führte. Und dann Frankfurt, im »Lachenden Abessinier«, mit diesem überdrehten Journalisten an seinem Tisch und dem unterwürfigen Kellner, der dem »werten Herrn Bogenhausen« jeden Wunsch von den Lippen ablas. Waren sie direkt nach dem feudalen Essen in den Gewürzspeicher gegangen, wo sie ihren Aussetzer gehabt hatte? Schnell verdrängte sie jeden Gedanken an den Kuss. Und dann war da noch Carl Bogenhausens Verlobte gewesen, dieses rosa gewandete verwöhnte Püppchen mit dem französischen Namen, das sie am nächsten Tag auf der Messe hatte erleben dürfen. Ob er schon mit ihr verheiratet war?

Sie riskierte einen Blick auf seine Hände. Nein, kein Ehering zierte seine Finger, nicht einmal ein Siegelring, wie man ihn bei einem vornehmen Frankfurter Bürger eigentlich hätte erwarten können. Also war er vielleicht wieder in geheimer Mission unterwegs? Aber dann hätte ja sein Bruder nichts von seiner bevorstehenden Reise gewusst, korrigierte sie sich in Gedanken.

»Es zieht!«, schimpfte der Nörgler neben ihr, sodass Carl Bogenhausen den Ledervorhang zurückfallen ließ und die ganze Reisegesellschaft wieder im Halbdunkel saß.

Sie befanden sich noch immer in Sachsenhausen, als die Kutsche ruckartig stehen blieb. Instinktiv hielt sich der brutal aus dem Schlaf gerissene Jude an Friederike fest, um nicht vom Sitz zu fallen. Die korpulente Dame auf der gegenüberliegenden Sitzbank hatte sich mit einer Hand in den Fleischmassen ihres Ehemannes festgekrallt, während sich die Finger ihrer anderen Hand in das abgewetzte Polster des Sitzes bohrten. Der Lärm draußen schwoll an.

Mit einem Ächzen beugte sich der Perückenträger über seine Gattin und schob den Vorhang an ihrer Seite zurück, um aus dem Fenster zu sehen.

»Von hier aus kann ich nichts erkennen. Schauen Sie mal?«, wandte er sich an Bogenhausen. »Vielleicht sehen Sie ja, warum wir hier anhalten mussten.«

»Ein Fuhrwerk versucht zu wenden, und alle anderen wollen trotzdem passieren. Das klappt aber nicht, und deshalb hat sich ein Stau gebildet. Es wird bestimmt gleich weitergehen.«

Friederike zuckte zusammen. Seine Stimme – sie hatte ganz vergessen, wie warm ihr Timbre klang, wie vertrauenerweckend.

Für einen Moment hatte Carl Bogenhausen den Kopf in Richtung des Perückenträgers gedreht. Seine Augen streiften sie, als er sich nun wieder zum Fenster wandte. Ein Aufflackern in seinem Blick verriet ihr, dass er sie ebenfalls erkannt hatte. Doch er nickte ihr nur kurz zu. Es war die kleinstmögliche Form eines Nickens. Alles an ihm drückte aus: »Ich habe dich gesehen, will aber nichts mit dir zu tun haben.«

Der Mann neben Friederike zog erneut seine Uhr aus der Tasche und überprüfte mit verkniffenem Gesichtsausdruck die Zeit. Zuckelnd ging es weiter, aber schon kurze Zeit später hielten sie wieder an.

»Da ist das Affentor«, vermeldete Carl Bogenhausen ungefragt. »Aber es befinden sich noch drei Fahrzeuge vor uns.«

Stur schaute er aus dem Fenster.

Als sie endlich die Landstraße erreicht hatten, setzte der Postillion die Pferde in Galopp. Friederike hielt sich nun auch an dem schäbigen Polster fest. In einer Kurve legte sich die Kutsche zur Seite, als berührten nur noch zwei Räder den Boden.

»*Mon Dieu!*«, entfuhr es der nach Amber duftenden Dame. »Das darf doch nicht wahr sein!« Sie sprach mit stark französischem Akzent.

»Erst das Gezockel und nun das!«, stimmte ihr der schlecht gelaunte Herr zu und warf erneut einen Blick auf seine Uhr. »Aber auf diese Weise kommen wir vielleicht pünktlich in Basel an.«

»Basel? *Mais non! Bâle? Ce n'est pas vrai! Au moins je l'espère bien* ...« Die Französin wirkte ganz aufgelöst.

»Wenn Sie nach Basel wollen, sind Sie hier falsch«, stimmte der Mann mit der Allongeperücke ihr zu. Er zog einen Picknickkorb unter der Bank hervor und reichte ihn seiner Frau.

Friederikes Sitznachbar schaute nun voller Hoffnung auf sie:

»Wohin fahren Sie, Monsieur?«

»Auf jeden Fall nicht nach Basel.«

Sie hatte nicht die Absicht, ihre Reiseroute zu verraten, obwohl eigentlich völlig klar war, dass diese Post nach Straßburg ging und anschließend weiter nach Paris fuhr.

»Die Kutsche nach Basel fährt erst nach dieser los. Das weiß ich ganz genau. Ich komme nämlich aus Lyon. Aber heute fahre ich nach Paris. *Directement*. Sie sitzen in der falschen Post, Monsieur.« Die Amberduftdame hatte ihre Fassung wiedererlangt.

Der Meckerer wandte sich an den erneut eingeschlafenen Mann mit den Schläfenlocken. Er musste sich über Friederike beugen, um ihn anstoßen zu können.

»Monsieur, das ist doch die Post nach Basel?«

Der Jude fuhr hoch und schaute ihn entgeistert an.

»Basel? Ich fahre nur nach Darmstadt.«

Erschöpft schloss er erneut die Augen. Auch er hatte mit einem Akzent gesprochen.

Schließlich wandte sich Carl Bogenhausen vom Fenster ab. Mit fester Stimme, als wollte er die Diskussion endlich beenden, verkündete er:

»Sie sitzen in der falschen Kutsche, mein Herr.«

Die dicke Frau mit der Pelzdecke hatte inzwischen Pralinen aus ihrem Picknickkorb hervorgeholt und bot ihnen allen davon an. Friederike triumphierte innerlich: Ihr Feind, der ihr den Platz streitig gemacht hatte, saß in der falschen Kutsche!

»Was mache ich dann? Ich muss zu einem Kongress nach Genf. Ich bin Uhrmacher. Ich hätte schon gestern abreisen sollen. Nun muss ich wohl zurück…«

Er drehte sich zu dem kleinen Fenster um, hinter dem der Conducteur auf seinem Bock hockte.

Doch dieser reagierte erst, als der Uhrmacher wütend mit den Fäusten gegen die Wand zu trommeln begann. Sein Gesicht war rot vor Kälte und Wind, als er die Luke öffnete.

»Ja, Monsieur, was ist?«

»Wir müssen umkehren! Ich sitze in der falschen Kutsche. Ich muss nach Basel.« Er wühlte in seiner Rocktasche herum und steckte dem Conducteur eine Münze zu.

»*Mais non, un moment, je vous en prie!*«, rief die Französin aufgebracht. »Zurückfahren kommt überhaupt nicht in Frage!«

»Beruhigen Sie sich, Madame – und Sie auch, Monsieur! –, das ist alles gar kein Problem. Wir halten sowieso in Darmstadt an und wechseln die Pferde. Da steigen Sie, Monsieur, einfach aus und warten auf die Post nach Basel.«

Als würde er kein Wort des Widerspruchs mehr dulden wollen, schloss der Conducteur energisch die Luke und drehte sein rotes Gesicht wieder in Richtung Pferderücken.

Es war dem Uhrmacher anzusehen, wie er hektisch seine Möglichkeiten im Kopf hin und her wälzte.

»Wann etwa werden wir in Darmstadt sein?«, fragte er schließlich in die Runde.

»Gegen zehn«, meldete sich nun der Jude zu Wort. »Die Kutsche ist immer pünktlich. Ich fahre die Strecke jede Woche. Wir sind jedes Mal um zehn Uhr da.«

Sein Akzent klang singend. Offenbar hatte er seine Versuche zu schlafen aufgegeben. Er kramte so lange in seinem weiten Mantel herum, bis er einen Stapel Papier und eine Lupe hervorgezogen hatte, die er sich dicht vor die Augen hielt, um trotz des Dämmerlichts noch seine Dokumente studieren zu können.

Friederikes Magen hatte schon vor einer ganzen Weile zu revoltieren begonnen. Die Straße war extrem holprig; immer wieder hopsten sie alle gleichzeitig in die Höhe, wenn es zum x-ten Mal durch ein Schlagloch ging. Nach der ersten, zugegebenermaßen äußerst köstlichen Praline hatte sie keine weitere mehr angenommen, um ihren Bauch nicht noch zusätzlichen Belastungen auszusetzen. Dafür hatte sie wieder einmal unauffällig zu Carl Bogenhausen hinübergeschielt. Sie fühlte ein immenses Bedürfnis, mit ihm zu sprechen, endlich das dumme Zerwürfnis zwischen ihnen zu beseitigen. Ihm konnte sie vertrauen, das spürte sie, ihm gegenüber konnte sie unbesorgt ihr

Geheimnis lüften und ihm gestehen, dass sie eigentlich eine Frau war. Womit dem fatalen Kuss vielleicht wenigstens im Nachhinein das eigentlich Prekäre genommen wäre ... Carl Bogenhausen war schließlich selbst ein Mann voller Rätsel, ja, bestimmt war er in der Lage, die Geheimnisse anderer Menschen tief in seinem Inneren zu verwahren. Hier in der Kutsche aber konnte sie unmöglich mit ihm reden, hier waren zu viele Lauscher um sie herum. Ob er wohl wirklich nach Straßburg unterwegs war, wie sein Bruder angedeutet hatte? Sie konnte nur hoffen, dass er nicht schon an der nächsten Poststation aussteigen und sie gar nicht dazu kommen würde, ihr Geständnis abzulegen.

Um kurz nach zehn hielten sie in Darmstadt an. Kaum wurde von außen der Schlag geöffnet, sprang der Uhrmacher, noch bevor der Tritt ausgeklappt war, aus dem Wagen. Friederike sah ihm nach, wie er in die Poststation stürmte. Der alte Jude stand ebenfalls auf, nickte grüßend in die Runde und schüttelte dann als Einzigem Carl Bogenhausen die Hand und raunte ihm etwas zu. Sie beschloss, die Kutsche ebenfalls zu verlassen, um sich die Beine zu vertreten, und kletterte ins Freie. Auf den Mann mit den Schläfenlocken wartete ein prächtiger Achtspänner mit einem großen Wappen auf den Türen. Ein livrierter Diener half ihm beim Einsteigen. Das übergewichtige Ehepaar und die Dame aus Lyon liefen, ins Gespräch vertieft, an ihr vorbei zum Gasthof. Ein Stallknecht machte sich daran, die Pferde auszuschirren. Friederike ging zurück zur Kutsche, um nach Carl Bogenhausen zu schauen, aber dieser war nicht mehr an seinem Platz. Sosehr sie sich auch nach allen Seiten umsah, er blieb verschwunden. Nun hatte sie ihn doch verpasst!

Eine blässliche Wintersonne versuchte, hoch in den Himmel aufzusteigen. Weiter als bis zur Hälfte des Horizonts schien sie es jedoch nicht zu schaffen. Es war zu kalt, um draußen herumzustehen, deshalb machte sich auch Friederike schließlich auf in die Gaststube.

»Es geht gleich weiter!«, rief der Conducteur ihr nach.

Im Passagierraum prasselte ein Feuer im Kamin. Sie setzte sich in die Nähe ihrer Reisegefährten an einen langen Tisch. Es dauerte keine Minute, bis der Wirt ungefragt einen Becher Würzwein vor ihr abstellte.

»Essen gibt es noch nicht«, erklärte er. »Sie sind die Ersten, die hier heute durchkommen. Wir haben gerade erst angefangen zu kochen.«

Er warf der dicken Frau mit der dreireihigen Perlenkette, die einen großen Laib Brot aus ihrem Picknickkorb gezogen hatte, einen ungnädigen Blick zu. Zusammen mit der Französin vertiefte sich die Dame kauend in ein voluminöses Buch, alle beide mit einer Scheibe Brot in der Hand. Der Perückenträger zog eine Dose Schnupftabak hervor und streute sich eine Prise auf die Hand. Jeder hatte einen Becher dampfenden Wein vor sich stehen. Friederike traten die Tränen in die Augen, so stark war er gewürzt. Sie konnte ihn kaum trinken, ohne zu husten. Von Carl Bogenhausen fehlte jede Spur.

»Das ist eine besonders feine Atlasseide. Wir färben sie in allen Farben. *Tous ce que vous voulez*«, sagte die Lyoneserin, die Friederike nun für eine Seidenhändlerin oder Stofffabrikantin hielt, zu der Dame mit der Perlenkette. Sie nutzte anscheinend die Pause, um ihre Waren zu verkaufen. Die Seiten des Buches waren mit lauter fröhlich gemusterten kleinen Proben bedeckt. Blütenzweige, Früchte, Stoffe, mit Gold- und Silberfäden durchwirkt, Chinoiserien.

Von draußen rief das Horn des Postillions zur Weiterfahrt. Als Friederike und ihre Reisegefährten zur Kutsche kamen, saßen darin schon Carl Bogenhausen auf seinem Fensterplatz und ein junger Mann in Uniform mit einer Flasche Wein in der Hand, der sich richtig ins Zeug legte, um sein Gegenüber in ein Gespräch zu verwickeln, aber nur auf einsilbige, zwar tadellos höfliche, gleichwohl abweisende Reaktionen stieß. Grobschlächtig, wie er war, dauerte es eine Weile, bis der Soldat verstand, dass Bogenhausens Höflichkeit keineswegs einladend gemeint war.

»Was hat der Kerl nur gegen mich?«, schienen seine Augen zu fragen, als sein Blick zufällig Friederike streifte, die die Szene verstohlen beobachtet hatte. Sie blinzelte dem Mann verschwörerisch zu, der sich daraufhin wie besänftigt nur noch seiner Weinflasche widmete.

Ihre Erleichterung, dass Carl Bogenhausen seine Fahrt weiter fortsetzte, war grenzenlos. Auf keinen Fall durfte sie die Möglichkeit verpassen, mit ihm zu reden. Es fragte sich nur, wann und wie. Er gab sich so verschlossen, dass sie nicht die geringste Ahnung hatte, wie sie es am besten anstellen sollte. Sie konnte ihn doch unmöglich in Anwesenheit ihrer Mitreisenden ansprechen. Nicht auszudenken, wie peinlich das Ganze würde, wenn sie sich vor aller Augen eine Abfuhr einhandelte! Nein, sie musste warten, bis sich eine günstige Gelegenheit bot, bis sie endlich einen Moment allein mit ihm war.

Die korpulente Dame mit der Perlenkette hatte schon wieder das große Musterbuch auf dem Schoß. Die Seidenfabrikantin hielt ein kleines schwarzes Notizheft und einen Stift in der Hand und schrieb eifrig ihre Bestellungen mit. Ihre Hände waren vor Kälte blau angelaufen, ihre Zähne klapperten laut und vernehmlich. Sie trug einen Manteau aus einem cremefarbenen zarten Stoff mit Ranken in Apricot und dazu einen Rock im gleichen Muster. Zwar hatte sie sich in einen Wollumhang gewickelt, aber für die Witterung war sie eindeutig zu dünn angezogen. Ihre leichten Stoffschuhe mit den abgelaufenen Absätzen weckten in Friederike den Verdacht, dass sie zu geizig war, ihre guten Schuhe der Reise zu opfern. Um den Bauch hatte sie eine Geldkatze geschnallt.

»Nehmen Sie ruhig einen ganzen Ballen hiervon! Zarte Streifen mit Blümchen. Das ist sehr *en vogue*. Alle reißen sich um diesen Stoff. Wir wissen noch gar nicht, wie wir sämtliche Kunden beliefern sollen. Aber für Sie würde ich natürlich etwas zurücklegen, Madame!« Ihre Stimme klang schmeichlerisch. Und gleichzeitig so, als duldete sie keinen Widerspruch.

Die Frankfurterin schien zu zögern.

»Mach nur, Karoline!«, mischte sich ihr Mann ins Gespräch. »Wir sind doch immer schon mit der Mode gegangen. Wir machen ja selbst in Mode, müssen Sie wissen«, wandte er sich in breitem Hessisch an die Französin. »Ich bin Peruquier.«

Seine Aussage stand in einem so grotesken Widerspruch zu seiner altmodischen Perücke, dass sogar Carl Bogenhausen für einen kurzen Moment den Kopf drehte, um sich zu vergewissern, dass sein erster Eindruck richtig gewesen war. Der Soldat brach in schallendes Gelächter aus, was ihm einen strafenden Blick der Seidenfabrikantin eintrug. Der Perückenmacher und seine Frau schenkten einander ein verliebtes Lächeln. Nur Friederike war so erschöpft, dass sie kaum mehr ein Schmunzeln zustande brachte, sondern sich sogleich wieder in ihre Ecke schräg gegenüber von Carl Bogenhausen kuschelte und die Augen schloss.

Sie hatte keine Ahnung, wie lange sie geschlafen hatte, als das Posthorn mit seinem dunkel-metallischen Tröten der nächsten Relaisstation ihre Ankunft meldete.

»Was für eine Unverschämtheit, uns hier im Dunkeln sitzen zu lassen!«, hörte sie eine Stimme neben sich, die wohl dem Soldaten gehörte. Irgendjemand auf der gegenüberliegenden Bank schnarchte grunzend.

»Wir sind bestimmt gleich da, und dann bringt uns jemand Licht«, mutmaßte sie schwach und versuchte, noch ein wenig weiter zu dösen.

Tatsächlich brachte der Postillion das armselige Gespann nach wenigen Schritten zum Stehen. Draußen kläfften aufgeregt ein paar Hunde. Der tanzende Lichtschein einer Laterne wies darauf hin, dass sich jemand ihrer Kutsche nähern musste.

»So was, da sitzen die Herrschaften hier im Stockdunkeln!«, rief der Posthalter verwundert und half den Damen beim Aussteigen. »Gehen Sie nur schon rein in die gute Stube, und wärmen Sie sich auf!«

Er schwenkte die Laterne kurz in die Richtung, aus der er gekommen war, sodass Friederike einen Blick auf die Poststation erhaschte. Sie hatte nicht viel von dem Gebäude erkennen können, doch das Wenige, was sie gesehen hatte, erinnerte sie stark an eine Burgruine. Je mehr sie sich dem Haus näherten, umso mehr verfestigte sich ihr Eindruck. Eine schwache Funzel beleuchtete die Eingangstür, die nur noch halb in den Angeln hing. Rohe Holzbalken stützten die Außenmauern des Hauses, aus denen hier und dort Ziegel herausgebrochen waren. Die meisten Fenster waren ohne Glas und nur notdürftig mit ein paar Latten zugenagelt. Von einem hohen Turm auf der anderen Seite des Hofes flatterte aufgeschreckt ein großer Vogel in die Nacht davon.

»Eine Eule«, sagte der Perückenmacher neben ihr heiter. »Das bringt Glück.«

Die Gaststube war eiskalt, schlecht belüftet und nur von einer einzigen dicken Kerze in einem Wandleuchter erhellt. Tief dräute die Kassettendecke über dem Raum. An den holzverkleideten Wänden reihten sich Geweihe und Wildschweinköpfe aneinander. Friederike nahm direkt unter der tropfenden Kerze Platz. Vorsichtig rückte sie zur Seite, um nichts von dem flüssigen Wachs abzubekommen. Neben der Kerze hing eine alte Armbrust. Auf dem Sims über dem leeren Kamin schräg gegenüber standen mehrere ausgestopfte Vögel. Bis auf Carl Bogenhausen versammelte sich die ganze Runde an der langen Tafel. Andere Gäste waren nicht zu sehen, und es tauchte auch niemand auf, um sie zu bedienen.

»Unheimlich ist das hier«, grummelte der Soldat.

»Was für ein Service! *C'est incroyable!*« Die Seidenfabrikantin versuchte, sich ihr Tuch noch enger um den Körper zu wickeln.

Von draußen drang lautes Stimmengewirr in den Schankraum. Friederike meinte die Stimme des Postillions herauszuhören, als eine wütende Beschimpfung zu vernehmen war. Plötzlich kam Carl Bogenhausen mit düsterer Miene in den

Raum. Er hatte seine Zurückhaltung aufgegeben, als er an ihren Tisch trat.

»Es sind keine Ersatzpferde mehr da, und unsere Klepper müssen sich dringend ausruhen, sonst brechen sie zusammen. War ja klar, so mitgenommen, wie die heute Mittag schon aussahen!« Er schnaubte wütend. »Wahrscheinlich haben sie die ganzen letzten Tage nur malocht. Die spannen die Viecher aus der einen Kutsche aus und hängen sie direkt vor die nächste, tun aber so, als hätten sich die Tiere zwischendurch stundenlang ausgeruht.«

»Was soll das heißen?«, entfuhr es dem Soldaten. Seine aufgestaute Wut schien sich nun gegen den Überbringer der schlechten Nachricht zu richten.

Doch dieser zuckte nur mit den Achseln.

»Fragen Sie den Conducteur, wenn Sie Genaueres wissen wollen. Aber ich vermute stark, dass wir heute keinen Schritt weiterkommen werden.«

Der Soldat sah aus, als wollte er jeden Moment aufspringen und ihm an die Gurgel gehen. Doch Carl Bogenhausen lächelte nur spöttisch und wandte sich ab. Der Peruquier legte beruhigend die Hand auf den Arm des Militärs.

»*Mais c'est impossible!*«, rief nun auch die Seidenhändlerin entrüstet.

Mit erhitzten Gesichtern kamen die drei Streithähne von draußen herein. Der Postillion hatte eine aufgeplatzte Lippe.

»Wir übernachten hier. Es gibt ein Problem mit den Pferden«, teilte der Conducteur ohne ein weiteres Wort der Erklärung oder gar Entschuldigung seinen Fahrgästen mit.

»Ich lasse Ihnen etwas zu essen bringen.«

Bevor sich irgendjemand bei ihm beschweren konnte, hatte sich der Posthalter schon in Richtung Küche bewegt.

»Und lassen Sie Feuer machen!«, rief der Perückenmacher ihm hinterher.

»Das geht leider nicht.« Der Mann drehte sich auf der Türschwelle um. »Der Schornstein zieht nicht richtig ab. Irgend so ein Mistvieh hat sein Nest darauf gebaut und ist anschließend abgestürzt. Einen ganzen Tag lang ist der Vogel im Kamin rumgeflattert, hat versucht, wieder rauszukommen, geschrien, gezetert, geschissen natürlich auch« – der Mann zeigte angewidert auf die zahlreichen weiß-schwarzen Kotspuren auf den Ziegeln im Kamin, die Friederike zuvor gar nicht gesehen hatte –, »aber er war wohl zu dumm, sich zu befreien. Wir müssen den Kadaver erst rausholen – oder die ganze Stube ist voller Qualm.«

Er setzte eine bedauernde Miene auf.

Der Perückenmacher sah ihn erstaunt an.

»So etwas habe ich ja noch nie gehört! Ich zahle für das Feuer, kein Problem. Setzen Sie es auf die Rechnung. Aber machen Sie den Kamin an!«

»Das geht wirklich nicht. Ich feilsche nicht mit Ihnen – der Vogel steckt wirklich im Kamin.«

»Das ist doch nicht die Möglichkeit!«, rief die Dame aus Lyon ein weiteres Mal.

»Die halten uns absichtlich hier gefangen, weil kein Mensch freiwillig an einem solchen Ort übernachten würde«, vermutete der Perückenmacher. Zum ersten Mal an diesem Tag wirkte er nicht mehr ganz so gut gelaunt.

Ein pferdegesichtiges Mädchen, das eine vage Ähnlichkeit mit dem Posthalter aufwies, brachte ihnen Schwarzbrot, kalten Braten und einen Krug sauren Wein. Jeder erzählte nun seine Lieblingsanekdote einer wirklich katastrophalen Reise: von stinkenden, zänkischen Reisegefährten, sturztrunkenen Postillionen, diebischen Posthaltern ebenso wie von Raubüberfällen, Achsenbrüchen und langen Zwangsaufenthalten auf matschigen Wiesen. Auch Friederike gab die eine oder andere Geschichte zum Besten, schließlich hatte sie auf ihrer Reise von Meißen nach Höchst genug Abenteuer erlebt. Doch mit ihren Gedanken weilte sie woanders. Immer wieder schielte sie unauffällig zu Carl Bogenhausen hinüber, der am anderen Ende des Tisches saß. Sie hatte absichtlich mit keinem Wort auf ihr gemeinsames

Erlebnis im Hanauer Wald angespielt, als »Richard Hollweg« sie aus den Händen der Wegelagerer befreit hatte. Eine wunderbare Anekdote zwar, die ihre Reisegefährten sicher äußerst unterhaltsam gefunden hätten, aber sie hielt es für besser, Bogenhausen nicht unnötig aufzuregen. Wer weiß, dachte sie, wie er darauf reagiert, wenn ich durchblicken lasse, dass wir uns schon länger kennen. Bestimmt verachtet er mich dann noch mehr ...

Sie nahm einen großen Schluck Wein. Auch wenn das saure Gesöff ihr jedes Mal wieder die Eingeweide zusammenzog, so hatte es immerhin dafür gesorgt, dass ihr nicht mehr ganz so kalt war. Noch dazu hatte der Wein die angenehme Nebenwirkung, dass sie sich zunehmend mutiger fühlte. Und diesen Mut brauchte sie unbedingt, wenn sie mit Carl Bogenhausen endlich Tacheles reden wollte. Sie war dem Posthalter aufrichtig dankbar gewesen, dass er keine frischen Pferde für ihre Reisegruppe mehr zur Verfügung gehabt hatte. Ihr kam die erzwungene Unterbrechung der Kutschfahrt wie gerufen. So würde sich bestimmt eine Gelegenheit finden, allein mit Bogenhausen zu reden, hatte sie sofort gedacht, als die Nachricht verkündet worden war.

Kaum war die Mahlzeit beendet, wollte der Posthalter seinen unfreiwilligen Gästen auch schon ihr Nachtquartier zeigen. In dem mit Stroh ausgelegten Raum gleich neben der Wirtsstube lagen bereits zwei Gestalten am Boden, die lauthals schnarchten. Friederike meinte den Conducteur und den Postillion zu erkennen.

»Ganz frisch!«, pries der Wirt sein Stroh an.

»*Oh non!*«, entfuhr es der Französin.

Nur der Soldat begab sich schnurstracks in eine Ecke, legte seinen Degen ab und schlüpfte in das Stroh.

Die sonnige Miene des Peruquiers hatte sich vollends verdüstert. Er hielt dem Posthalter einen Gulden vor die Nase.

»Vielleicht zeigen Sie uns jetzt die restlichen Zimmer!«, sagte er ungewohnt scharf.

Der Wirt setzte ein schlaues Gesicht auf. Langsam ließ er seinen Blick von der Seidenfabrikantin zu Friederike und von Friederike zu Carl Bogenhausen wandern, als könnte er sich nicht entscheiden, wo er die Schatzsuche fortsetzen sollte.

»Sind Sie verrückt, Mann!«, platzte nun Letzterem der Kragen. »Sie bekommen einen ganzen Gulden dafür, dass Sie uns auf akzeptable Weise unterbringen. Einen ganzen Gulden! Das reicht, um die Unterkunft und Verpflegung für uns alle zu bezahlen. Sie bekommen keinen Kreuzer mehr – erst recht nicht, wenn Sie jetzt nicht endlich voranmachen!«

»*Exactement*«, stimmte die Französin mit wild entschlossener Miene zu. Vorwurfsvoll wandte sie sich an den Peruquier.

»Ein Taler ist viel zu viel. Sie verderben die Preise, Monsieur.«

Der Wirt schien seine Felle davonschwimmen zu sehen, jedenfalls holte er nun eilig eine Laterne, um mit ihnen über den Burghof zum Turm zu gehen. Die eisenbeschlagene Holztür knarrte, als er sie schwerfällig zurückschob. Hintereinander stiegen sie die enge Wendeltreppe mit den ausgetretenen Steinstufen empor, dicht gefolgt von dem Hausknecht und dem pferdegesichtigen Mädchen, die ihr Gepäck schleppten. Mit einem leutseligen »*Voilà!*« stieß der Posthalter auf dem ersten Treppenabsatz einen Bretterverschlag auf und leuchtete hinein.

Der Raum war winzig und ebenfalls nur mit Stroh ausgelegt. Dennoch schien der Peruquier hier seine Chance zu wittern und sagte so schnell, dass die anderen Zimmersuchenden keine Erwiderung mehr hervorbringen konnten:

»Nun gut, den nehmen wir.«

Auf dem nächsten Treppenabsatz öffnete der Wirt wieder eine Tür.

»Wer nimmt diesen Raum?«, fragte er, an Friederike gewandt.

Diese zögerte. Sie wollte erst sehen, wo Carl Bogenhausen übernachtete.

»Erst die Dame«, verneigte sie sich in Richtung der Lyoneserin und machte eine galante Handbewegung.

»Die anderen Zimmer sind wohl auch nicht viel besser?«, fragte die Französin. Resigniert folgte sie dem Wirt in den winzigen Raum, wo dieser sogleich die Kerze in dem Wandhalter anzündete.

Als ahnte er, was sie vorhatte, maß Carl Bogenhausen Friederike mit einem misstrauischen Blick, bevor sie ihren Weg den Turm hinauf weiter fortsetzten. Beim nächsten Raum ließ sie ihm den Vortritt.

Ihr eigenes Zimmer befand sich direkt unter dem Dach. Außer dem Stroh lagen überall ausgerupfte Taubenfedern auf dem Boden. Argwöhnisch schaute sie sich um. Sie hatte keine Lust, ihr karges Nachtlager mit einem Turmfalken oder einer Eule zu teilen. Aber falls hier jemand wohnen sollte, schien er ausgeflogen zu sein. Mit einem »Ich komme Sie morgen früh wecken, sobald die Pferde bereit sind« verabschiedete sich der Posthalter von ihr.

Sie musste sich richtig dagegenstemmen, um die winzige Fensterluke zu öffnen, die wohl einmal eine Schießscharte gewesen war. Eiskalte Luft schlug ihr entgegen. Von unten konnte sie das Rauschen eines Baches hören. Sofort begann die Kerze zu flackern. Schnell warf sie das Fenster wieder zu.

»Jetzt oder nie, Fräulein Simons«, sprach sie sich Mut zu, »es ist deine letzte Chance, ein paar Dinge geradezurücken.«

Das Blut rauschte in ihren Ohren, als sie vorsichtig die Tür aufzog und in das steile Treppenhaus hinunterlauschte. Die Schritte des Wirts verhallten zunehmend, bald konnte sie die Eingangstür ins Schloss fallen hören. Sie versuchte, den Kerzenhalter aus seiner Verankerung zu lösen, aber offenbar war der Wirt aus der Erfahrung mit anderen Gästen schlau geworden und hatte ihn so fest an der Mauer angebracht, dass sie ihn nicht zu lockern vermochte. Selbst die Kerze ließ sich nicht aus dem Halter nehmen. In der Hoffnung, dass ihr genug Licht aus dem Zimmer die Treppe hinab bis zu Carl Bogenhausen folgen würde, beschloss sie, ihre Tür offen stehen zu lassen. Ihr Herz raste.

Sie war sich keinesfalls sicher, ob ihr Vorhaben nicht ein riesiger Fehler war. Langsam tastete sie sich von Stufe zu Stufe. Als sie etwa die Hälfte des Weges zurückgelegt hatte, blieb sie stehen, um tief Luft zu holen. Sollte sie nicht einfach das Missverständnis auf sich beruhen lassen? Welche Wirkung würde ihre Enthüllung wohl auf ihn haben?, fragte sie sich zum dutzendsten Mal. Nein, sie musste es jetzt ein für allemal klären.

Sie fröstelte. Erst jetzt wurde ihr bewusst, wie kalt ihr schon wieder war. Ihre Augen hatten sich an das Dämmerlicht gewöhnt. Sie sah die vielen kleinen Schießscharten in der groben Mauer, durch die der Wind in den Turm pfiff. Wenn sie nicht sofort zur Tat schritt, würde sie sich erstens eine fürchterliche Erkältung einfangen, und zweitens würde sie wahrscheinlich nie mehr den Mut finden, Bogenhausen aufzuklären und damit ihr freundschaftliches Verhältnis wiederherzustellen. Jetzt oder nie!, wiederholte sie in Gedanken.

Leise klopfte sie an seine Tür. Nichts passierte, kein Rascheln, keine Schritte waren zu hören. Erst recht kein freudiges »Herein!«. Hatte er sich etwa schon schlafen gelegt? Sie klopfte noch einmal, nun etwas lauter. Erschrocken fuhr sie zusammen, als plötzlich seine Stimme, offenbar von dicht hinter der Tür ertönte.

»Wer ist da?«

»Ich bin's.«

Eine dümmere Antwort hätte sie sich wohl kaum ausdenken können! Mein Gott, Friederike, was machst du hier eigentlich?, stöhnte sie innerlich.

Quietschend wurde der Riegel zurückgeschoben. Vor ihr stand Carl Bogenhausen in Hemd und langer Unterhose, eine gezückte Pistole in der Hand.

»Mir scheint hier ein Missverständnis vorzuliegen, Herr Rütgers!«

Die Pistole in seiner Hand unterstrich seine patrizische Höflichkeit eher noch. Er lächelte sogar leicht. Doch seine Augen blickten wie immer kühl und abweisend.

»Ja, hier liegt in der Tat ein Missverständnis vor, das ich gerne aus der Welt schaffen würde«, erwiderte sie mit bebender Stimme.

»Das Missverständnis ist, dass Sie partout nicht einsehen wollen, dass ich mit Ihnen nichts zu tun haben möchte. Wie deutlich muss ich Ihnen das noch zeigen? Sie belästigen mich, Herr Rütgers! Ich bin ein sehr geduldiger Mensch, aber irgendwann reicht es auch mir.« Sein Tonfall war noch immer höflich, fast freundlich, als er fortfuhr: »Lassen Sie mich endlich in Ruhe! Ich habe nichts gegen Männer, die andere Männer lieben, aber ich gehöre nun mal nicht zu dieser Spezies. Das sollte Ihnen doch inzwischen klar sein! Wenn Sie nicht endlich aufhören, mich zu belästigen, sehe ich mich leider gezwungen, Sie zum Duell zu fordern. Und jetzt gute Nacht!«

Unversehens hatte er mit der linken Hand der Tür einen kräftigen Stoß versetzt, doch bevor diese zuschlagen konnte, hatte Friederike auch schon ihren Fuß in den Türspalt gestellt. Mit der Stiefelspitze schob sie den Spalt weiter auf und zwängte ihre beiden Schultern zwischen Türblatt und Rahmen. Seine Verblüffung nutzend, erklärte sie hastig:

»Ich bin kein Mann, Herr Bogenhausen. Ich bin eine Frau. *Das* ist das Missverständnis.«

Die höfliche Maske fiel nun endgültig von seinem Gesicht ab.

»Jetzt hören Sie mir endlich mit diesem schwulen Kram auf, Herr Rütgers!«, sagte er mit schneidender Stimme, jedoch ohne sie anzusehen. »Ich bin nicht an Ihnen interessiert, egal, wer oder was Sie sind. Ich bin nicht vom anderen Ufer, verstanden? Und jetzt belästigen Sie mich gefälligst nicht weiter!«

»Ich bin auch nicht vom anderen Ufer, ich bin kein schwuler Mann, ich bin überhaupt kein Mann, ich ...«

Wie sollte sie ihm nur ihre Situation erklären? Offenbar wollte er sie einfach nicht verstehen. Verzweifelt schüttelte sie den Kopf. Eine Strähne löste sich aus ihrer Frisur.

Einer Eingebung folgend streifte sie das Samtband von ihrem

Zopf und fuhr sich mit beiden Händen durchs Haar. In einem dichten Kranz fiel es ihr nun bis auf die Schultern. Sie konnte den Duft riechen, der von ihm ausging.

Carl Bogenhausen hatte die Pistole gesenkt und starrte sie mit offenem Mund an.

»Ich habe mich als Mann verkleiden müssen, um daheim in Meißen einer arrangierten Ehe zu entgehen und allein nach Höchst reisen zu können«, erklärte sie schnell. »Wie Sie wissen, war mein sehnlichster Wunsch, in der dortigen Porzellanmanufaktur zu arbeiten. Als Frau hätte man mich nie eingestellt. Also bin ich eben ein Mann geworden.«

Sie hatte noch immer Angst, er könnte ihr gleich die Tür vor der Nase zuschlagen, aber Carl Bogenhausen schien es nicht nur die Sprache verschlagen zu haben, er wirkte auch sonst wie gelähmt. Perplex starrte er sie an. Ihr kam es wie eine Ewigkeit vor, bis er endlich mit ungläubigem Unterton stammelte:

»Sie … Sie sind gar kein Mann? Sie haben sich nur als Mann verkleidet?«

Sie nickte bestätigend, obwohl eine Antwort gar nicht mehr nötig war: Seinem Gesicht war deutlich anzusehen, dass er endlich begriffen hatte. Aber statt seine Erleichterung und Freude über das geklärte Missverständnis zum Ausdruck zu bringen, sagte er nun schon wieder gefasst und mit kühler Stimme:

»Ich danke Ihnen für Ihre Offenheit, Herr … nein … äh, ich meine, Fräulein Rütgers. Damit wäre die Sache ja jetzt geklärt, und wir können endlich schlafen gehen. Gute Nacht also!«

Er klang wie ein Geschäftsmann, den man mit einer nicht eben angenehmen Nachricht überrascht hatte, der aber gewohnt war, stets die Contenance zu wahren und auch bei noch so verblüffenden Wendungen so zu tun, als verliefe alles nach Plan. Mit seinem bestrumpften Fuß schob er langsam, aber bestimmt ihren Stiefel aus dem Türspalt.

»Gehen Sie jetzt bitte! Gute Nacht!«, wiederholte er etwas freundlicher.

Die schwere Holztür war schon fast ins Schloss gefallen, als er noch einmal den Kopf durch die Lücke steckte.

»Und erklären Sie mir bitte, warum Sie mich damals geküsst haben.« Er grinste sie an. »Aber nicht jetzt – wir müssen beide dringend schlafen. Wir werden ja vielleicht noch ein Stück zusammen weiterreisen.«

Damit hatte sich die Tür endgültig geschlossen. Einen Moment blieb sie noch reglos im Treppenhaus stehen und lauschte dem herzhaften Lachen, das aus dem Zimmer drang.

∽

Das Hämmern gegen ihre Tür riss sie aus dem Schlaf.

»In einer Stunde geht's los!«, rief eine Stimme, die sie nicht zuordnen konnte.

Wie elektrisiert sprang sie von ihrem Lager auf. Noch halb im Dämmerzustand konnte sie sehen, wie eine fette Wanze über ihren Unterarm krabbelte. Durch die Schießscharte fiel ein schmaler Lichtstreifen, in dem nun sie hektisch ihren Körper nach Bissen und Einstichen absuchte. Zum Glück hatten die Viecher sich nur an ihren Händen zu schaffen gemacht, die mit kleinen roten Pusteln übersät waren. Schnell schlüpfte sie in Rock und Stiefel und trat zu der kleinen Luke.

Die winzige Fensterscheibe war mit Eisblumen überzogen. Es hatte über Nacht gefroren, die Bäume rings um die Burgruine und die Wiese vor dem Haus waren mit Raureif bedeckt. Alles war weiß, nur das dunkle Grün einer mächtigen Tanne blinkte hier und da unter den funkelnden Kristallen hervor. Amseln und Spatzen suchten zwischen den weißbestäubten Grashalmen nach Körnern. Ein paar Stare ließen sich auf einer Birke nieder, deren Äste durch den Raureif genauso weiß schimmerten wie ihr Stamm. Ohne dass Friederike einen Grund dafür erkennen konnte, flogen die Stare in einer seltsamen Formation wieder davon. Zu den Amseln, die mit ihren orangefarbenen Schnäbeln auf der gefrorenen Wiese herumhackten und den zeternden grauen Spatzen hatte sich ein Rabe gesellt. Er hielt sich ein Stück von seinen Artgenossen fern und ging majestätisch seiner Nahrungssuche nach. Weit oben am Himmel kreiste ein Raubvogel.

Mit dem Koffer in der Hand stieg sie vorsichtig die steile Treppe hinunter. Kein Geräusch war aus den übrigen Zimmern zu vernehmen. Ob die anderen schon aufgestanden waren? Die Gaststube war noch immer kalt. Außer Carl Bogenhausen saßen alle wieder auf denselben Plätzen wie am Abend zuvor. Auf dem Tisch standen eine große Schlachtplatte, die schon zur Hälfte leer gegessen war, und ein Korb mit Brot. Sie fragte das Mädchen mit dem Pferdegesicht, das zur Arbeit dicke Wollhandschuhe trug, nach einem Kaffee, und zu ihrer Überraschung sagte diese nur:

»Kein Problem, kommt sofort.«

Als das Mädchen sich noch einmal umdrehte, schlossen sich auch das Frankfurter Ehepaar, die Lyoneserin und der Soldat aus Darmstadt an. Und dann hörte Friederike von der Treppe Carl Bogenhausens tiefe Stimme:

»Und für mich bitte auch, Mademoiselle.«

Er schien nicht viel besser geschlafen zu haben als sie selbst. Schwarze Ringe umkränzten seine Augen. Aber er lächelte freundlich und grüßte leutselig in die Runde, als er sich zu ihnen an den Tisch gesellte.

Alle taten so, als wäre seine plötzliche Herzlichkeit völlig selbstverständlich, nur der Soldat raunte Friederike zu: »Was ist denn in den gefahren?«

Sie zuckte nur mit den Schultern. Der Kaffee war erstaunlich gut, dickflüssig und stark.

»Wir sind eben fast schon *en France*. Das schmeckt man einfach, *c'est le gout du bien-être*«, seufzte die Französin. Sie roch noch stärker nach Amber als am Tag zuvor.

Sie fuhren mit denselben Pferden los, mit denen sie am Vorabend gekommen waren. Nur sahen die Tiere jetzt wesentlich frischer aus. Die Frau des Perückenmachers und die Seidenfabrikantin teilten sich schwesterlich die Pelzdecke. Schon wieder blätterten sie das dicke Musterbuch mit den Stoffen durch und sprachen über Seide. Der Soldat hatte sich durch Carl Bogenhausens Geselligkeit ermutigt gefühlt und ihn gebeten, den Platz mit ihm zu tauschen, damit er mit dem ihm gegenübersitzenden Perückenmacher Karten spielen könne.

Nun saß Friederike neben Bogenhausen. Sie wechselten kein Wort miteinander, aber mehr als einmal meinte sie während der Fahrt bemerkt zu haben, wie er sie verstohlen von der Seite musterte. Einmal war sie bei einem Schlagloch fast auf ihn geworfen worden: Mit einem freundlichen »Hoppla« hatte er sie galant aufgefangen. Bei den Pferdewechseln blieb er jetzt immer bei der Gruppe. Einmal hatte sie den Eindruck gehabt, dass er mit ihr reden wollte. Langsam waren sie hinter ihren Reisegefährten her zum Eingang der Poststation gebummelt, er hatte angesetzt, etwas zu sagen, aber da hatte sich die Seidenhändlerin, die wenige Schritte vor ihnen gelaufen war, auf der Türschwelle umgedreht und gerufen:

»Nun beeilen Sie sich doch, *vite, vite*! Hier drinnen ist es angenehm warm.«

Einen Moment hatte Friederike die Frau in Gedanken verflucht, weil sie ihr in die Parade gefahren war, doch sie hatte sich schnell wieder beruhigt und zusammen mit den anderen ein ausgesprochen wohlschmeckendes Mittagessen eingenommen. Es war noch genug Zeit, mit Carl Bogenhausen zu sprechen, hatte sie beschlossen. Er würde ihr schon nicht weglaufen, neugierig, wie er ganz offensichtlich war. Ja, er schien geradezu darauf zu brennen, mehr über sie und ihr Geheimnis zu erfahren.

»Der Rhein!«, rief der Perückenmacher begeistert. »Gleich setzen wir über.«

Friederike rieb sich die Augen. Sie musste eingeschlafen sein. Als sie sich an Carl Bogenhausen vorbei, der sie mit einem amüsierten Blick bedachte, zum Fenster beugte und auf den vor ihr liegenden grüngrauen Strom mit der gekräuselten Oberfläche schaute, wurde ihr ganz warm ums Herz. Der Rhein – sie hatte schon viele Geschichten über diesen mythischen Fluss gehört, nun würde sie ihn gleich überqueren und sich in Frankreich befinden, dem Land, dessen Sprache ihr bereits so lange vertraut war, das zu besuchen sie aber nie die Gelegenheit gehabt hatte.

In dem Moment öffnete der Conducteur den Schlag neben ihr, um seine Fahrgäste auf dem Laufenden zu halten.

»Es wird noch einen Moment dauern, bis die Fähre da ist. Sie befindet sich noch am anderen Ufer. Sie können entweder hier sitzen bleiben oder aussteigen, wie es Ihnen beliebt. Das Fährgeld beträgt drei Kreuzer pro Person.«

»Aber es hieß doch, alles ist inklusive!«, dröhnte angriffslustig der Soldat. »Und dann gleich drei Kreuzer! Das ist die teuerste Fähre, mit der ich je gefahren bin.«

»Ach ja«, seufzte der Peruquier und zückte seine Börse. »So ist das nun mal, wenn man reist, jeder schlägt noch was drauf und kassiert doppelt und dreifach.«

Seine zufriedene Miene strafte seine Worte Lügen; offenbar fand er es überhaupt nicht schlimm, so ausgenommen zu werden.

Beim Aussteigen reichte Bogenhausen Friederike höflich den Arm, was verwunderte Blicke der anderen Reisenden nach sich zog. Gemeinsam stellten sie sich ans Ufer und warteten. Der Strom war breiter, als sie gedacht hatte. Breiter als der Main und breiter als die Elbe. In der Dämmerung konnte man die an einem Seil hängende Fähre näher kommen sehen. Ein feuchtkalter Wind blies vom Fluss her. Sie schlug ihren Mantelkragen hoch und versuchte, sich warm zu halten, indem sie von einem Bein aufs andere hüpfte. Josefine hatte ihr zu Weihnachten dicke Strümpfe mit einem Zopfmuster geschenkt, weshalb ihre Stiefel nun ein wenig eng saßen. Seit Anna von Caspar getrennt und mit dem Schäfer liiert war, hatte es keinen Mangel mehr an Wolle in der Kronengasse gegeben. Josefine war tagelang mit der Spindel in der Hand herumgelaufen. Zu ihrem guten dunkelblauen Rock hatte Friederike sich eine passende gefütterte Hose schneidern lassen. Aber die Kälte drang ihr trotzdem durch Mark und Bein.

»Fräulein Rütgers...«, hob Carl Bogenhausen so leise an, dass die Umstehenden seine Worte nicht hören konnten.

Aber da trat der Perückenmacher neben sie und begann voller Pathos, ein Gedicht über den Rhein zu zitieren. Die Damen lauschten ergriffen, während der Offizier sich eher zu langweilen schien. Bogenhausen schnitt eine Grimasse und lächelte ihr verschwörerisch zu.

Als die Fähre endlich angelegt hatte, weigerten sich die Pferde, auch nur einen Schritt vorwärts zu tun. Mit Engelszungen redete der Postillion auf sie ein, gab ihnen die Peitsche, als sie noch immer bockten, um sich schließlich achselzuckend abzuwenden und seine Bemühungen scheinbar aufzugeben.

Plötzlich besannen die Tiere sich eines anderen und rasten wie angestochen auf die Fähre zu. Fast wäre die Kutsche umgekippt, wenn Carl Bogenhausen und der Soldat sich nicht geistesgegenwärtig dagegengestemmt hätten, während der Postillion das Gespann beruhigte. Noch immer schnaubten die Tiere unruhig und stapften hin und her. Immer wieder sah es so aus, als wollten sie mitsamt der Kutsche ins Wasser springen.

Am anderen Ufer befand sich sogleich eine Zollstation, und nachdem endlich sämtliche Pässe kontrolliert und alles Gepäck durchsucht worden war, begaben die Reisenden sich zurück an ihre Plätze. »Höchstens noch vier Stunden, dann sind wir da«, hatte der Postillion ihnen versichert – vier Stunden, in denen die Damen selig schlummerten, die Herren Karten spielten und Friederike aus Carl Bogenhausens gänzlich verändertem Verhalten schlau zu werden suchte. Täuschte sie sich, oder hatten die zufälligen Berührungen ihrer Hände und Knie während der ruckelnden Fahrt zugenommen? Was besagte dieses verschmitzte Funkeln in seinen dunklen Augen? Wohin war der kühle

Frankfurter Patriziersohn verschwunden, der ihr die ganze Zeit aus dem Weg gegangen war und die kalte Schulter gezeigt hatte? Der Mann neben ihr benahm sich höchst zuvorkommend ihr gegenüber, ja, er schien geradezu erpicht darauf zu sein, seinen Charme sprühen zu lassen und ihr die lange Fahrt mit amüsanten Anekdoten zu versüßen. Selbst mit dem kameradschaftlichen »Richard Hollweg« oder dem freundlich-interessierten Carl Bogenhausen von vor dem Kuss wies er kaum mehr Ähnlichkeit auf. Nein, so wie er benahm sich nur ein Mann, der sich in der eindeutigen Absicht einer Frau genähert hatte, den allerbesten Eindruck bei ihr zu hinterlassen.

Die Stadttore waren bereits geschlossen, als sie Straßburg erreichten. Aus den versprochenen vier Stunden waren sechs geworden, weil eins der Pferde plötzlich zu lahmen begonnen hatte und ausgetauscht werden musste. Immerhin besteht die Chance, dass sie uns zumindest ein Dach über dem Kopf bieten werden, hatte Friederike beim Anblick der hell erleuchteten Fenster des unmittelbar neben dem Tor gelegenen Gasthofs gedacht, was Carl Bogenhausen, der vorausgegangen war, um nach Zimmern für die ganze Reisegesellschaft zu fragen, zur allgemeinen Erleichterung bestätigen konnte.

Schon kam ein Knecht des »Goldenen Storchen« mit einem Karren angelaufen, auf den er in Windeseile ihre Gepäckstücke lud. Ein anderer begann, sich um die Pferde zu kümmern. Einen Moment standen sie ratlos da, zu erschöpft, sich noch weiter über die erzwungene Reiseunterbrechung zu empören, dann betraten sie im Gänsemarsch die überfüllte und völlig überhitzte Gaststube.

Gleich vier Serviermädchen drängelten sich mit dampfenden Schüsseln über den Köpfen durch die teils stehenden, teils an Tischen sitzenden Gäste. Überall standen Koffer, Taschen und Körbe herum, die den auf die Nachtpost wartenden Gästen gehörten. Ein als Harlekin verkleideter Geiger spielte mitten in dem Durcheinander heitere Volksweisen auf. Der Wirt wies ihnen eine Art Separee zu, das durch dunkle, bis unter die Decke reichende Balken vom Schankraum abgeschirmt war.

»Für unsere besten Gäste«, hatte er ihnen mit einem Augenzwinkern zugerufen und war gleich wieder im Gedränge verschwunden, um kurz darauf, beladen mit einem Tablett dickbauchiger Weinkelche und einem Krug Pinot blanc, zurückzukehren.

»Dann ist das wohl unser letzter Abend ...« Der Perückenmacher hob traurig sein Glas. »Unsere Tochter wohnt in einem kleinen Dorf außerhalb von Straßburg. Wir mieten morgen einen Wagen, der uns zu ihr bringt.«

»Auf Ihr Wohl!«

Carl Bogenhausen schaute Friederike tief in die Augen. Das Braun seiner Iris bildete einen faszinierenden Kontrast zu dem dunkelblonden Haar. Wieder meinte sie, aus seinem Blick etwas anderes zu lesen als rein freundschaftliches Interesse.

»Dann fahren Sie also morgen alle nicht mehr mit, *n'est-ce pas?*«, fragte die Seidenfabrikantin bedauernd in die Runde.

»Ja, kaum trifft man nette Menschen, muss man schon wieder auseinandergehen.« Auch der Frau des Perückenmachers schien der Abschied schwerzufallen.

Die Seidenfabrikantin kramte in ihrer Geldkatze und drückte jedem eine Geschäftskarte in die Hand. Alle Karten waren mit einem hübschen Stoffmuster beklebt.

»Da finden Sie mich, *si vous voulez.*« Sie wischte sich eine Träne aus dem Augenwinkel.

Friederike betrachtete die von der Decke hängenden Schinken und Würste. Die Wände waren mit Zinntellern und Krügen dekoriert. Über der Theke hingen kleine Emailleschilder mit Sinnsprüchen wie »Morgenstund' hat Gold im Mund« oder »Was du heute kannst besorgen, das verschiebe nicht auf morgen«. Ein kräftiger junger Mann, wohl der Sohn des Wirts, beförderte unter dem Gejohle und Geklatsche der übrigen Gäste unsanft einen Betrunkenen vor die Tür. Die Serviermädchen trugen schwarze, gezackte Hauben, die offenbar typisch für die Gegend waren.

Friederike nahm einen letzten Bissen von ihrer Gänseleber. Ihr fielen fast die Augen zu, so müde war sie.

»Es ist Zeit für mich, ins Bett zu gehen, ich kann einfach nicht mehr«, sagte sie entschuldigend in die Runde. Ihr war nicht entgangen, dass Carl Bogenhausen, der in ein angeregtes Gespräch mit dem Soldaten vertieft war, sie die ganze Zeit nicht aus den Augen gelassen hatte. Jetzt tat er so, als müsste er ebenfalls ein Gähnen unterdrücken.

»Ich bin auch furchtbar müde«, erklärte er, an die anderen gewandt. »Wenn ich jetzt nicht schlafen gehe, ist der ganze morgige Tag für mich ruiniert.«

Gemeinsam verabschiedeten sie sich von dem Perückenmacherpaar, dem Soldaten und der Seidenfabrikantin, die noch ein wenig beieinandersitzen und ihre Freundschaft begießen wollten. Carl Bogenhausen nahm zu seinem Tornister auch Friederikes Koffer in die Hand. Der Wirt legte seine Schürze ab, kramte in einer Schublade nach den Zimmerschlüsseln und eilte ihnen voraus die Treppe hinauf. Gleich im ersten Stock zeigte er ihnen zwei nebeneinanderliegende Zimmer. Beide waren mit einem Bett, einem Waschstand und einem kleinen Tischchen ausgestattet. Karg, aber sauber und ein unerhörter Luxus verglichen mit den Löchern der letzten Nacht.

»Es ist noch ein bisschen laut, aber keine Sorge, nach Mitternacht wird's leiser. Die Leute unten reisen gleich ab. Eine gute Nacht wünsche ich Ihnen!«

Beide lauschten sie dem Klappern seiner Absätze erst auf dem Holzboden, dann auf den Treppenstufen, bis sie ganz verklungen waren. Carl Bogenhausen hielt noch immer seinen Tornister und ihren Koffer in den Händen. Ein leises Ploppen ertönte, als er die Gepäckstücke sacht abstellte. Friederike reichte ihm eine der beiden dicken gelben Kerzen, die der Wirt ihnen da gelassen hatte. Schweigend blickten sie einander an.

»Welches Zimmer möchten Sie haben, Fräulein Rütgers?«, fragte er nach einer Ewigkeit. Seine Stimme klang belegt.

»Ich heiße Simons«, räusperte sie sich. »Friederike Simons.«

»Welches Zimmer möchten Sie haben, Mademoiselle Simons?«

Das Licht der Kerze spiegelte sich in seinen Augen, die unruhig über ihr Gesicht flackerten. Obwohl es ihr völlig gleichgültig war, welches der beiden Zimmer sie bekam, zeigte sie auf die linke Tür. Seine seltsame Miene irritierte sie. Was wollte er von ihr?

Entschlossen nahm er ihren Koffer und trat auf die Tür zu. Friederike folgte ihm in das Zimmer und stellte vorsichtig die Kerze auf dem einbeinigen Konsoltischchen ab. Als sie sich umdrehte, stand Carl Bogenhausen noch immer mitten im Raum.

»Na dann: Gute Nacht!«, sagte er, machte aber keinerlei Anstalten zu gehen.

»Gute Nacht«, erwiderte sie langsam.

Sie verstand sein Verhalten nicht. Den ganzen Tag über war er so aufgeräumt gewesen. Und jetzt benahm er sich wieder so rätselhaft, so verstockt, als stimmte etwas nicht mit ihm.

Plötzlich trat Carl Bogenhausen einen Schritt auf sie zu. Langsam beugte er sich zu ihr herab und drückte ihr einen Kuss auf den Mund.

»Das war ich Ihnen noch schuldig«, lächelte er ein wenig unsicher. »Und nun schlafen Sie wohl!«

☙

Als sie am nächsten Morgen reichlich verspätet nach unten in die Gaststube kam, war von ihren Reisegefährten niemand mehr zu sehen. Nur Carl Bogenhausen saß in einer Ecke. Er war aufgesprungen, als sie den Raum betreten hatte, als hätte er voller Ungeduld auf sie gewartet. Die Gaststube war genauso stickig und voll wie am Abend zuvor. Mehrere Kutschen, die auf der

Durchfahrt waren, hatten ihre Passagiere während des Pferdewechsels im »Goldenen Storchen« geparkt. Und auch bei den Bauern und Händlern aus der Umgebung schien die Schenke ein beliebter Treffpunkt zu sein. Die von innen beschlagenen Butzenscheiben verhinderten, dass man das Geschehen im Hof genauer verfolgen konnte.

Als Friederike etwas beklommen gegenüber von Bogenhausen Platz genommen hatte, wurde rasch eine üppige Mahlzeit um sie herum aufgebaut, die aus Schinken, Winzerkäse und ofenwarmem Graubrot bestand. Auf einem Holzbrett servierte man ihr außerdem einen vor sich hin brutzelnden Flammkuchen mit Zwiebeln und Speck.

»Na, gut geschlafen?«, begrüßte Carl Bogenhausen sie munter. Er selbst schien bereits gefrühstückt zu haben.

Wahrheitsgemäß verneinte sie die Frage. Allerdings verschwieg sie ihm den Grund für ihre durchwachte Nacht. Sie konnte ihm ja schlecht erzählen, dass sein verändertes Verhalten vom Vortag und erst recht sein Kuss mehr Verwirrung in ihr gestiftet hatten, als ihr lieb war. Sie hatte noch lange vor sich hingegrübelt und sich jede kleinste Begebenheit in Erinnerung gerufen. Nachdem der Schlaf sie endlich übermannt hatte, war sie immer wieder aufgewacht, weil sie entweder von Giovanni oder ihm, Carl Bogenhausen, geträumt hatte. Lauter wirres Zeug: von langen Kutschfahrten mit dem einen oder dem anderen, von einem Duell zwischen ihnen beiden, dessen Ausgang ungewiss geblieben war, von einem Schatten, der erst stumm neben ihrem Bett gesessen hatte, um dann zu ihr unter das Laken zu kriechen. Sie hatte das Gesicht der schwarzen Gestalt nicht erkennen können, aber am Ende war sie aus dem Schlaf hochgeschreckt und tatsächlich aus dem Bett gesprungen, um sich davon zu überzeugen, dass ihre Zimmertür abgeschlossen war – es hätte ja sein können, dass irgendjemand in der Nacht heimlich in ihr Zimmer geschlichen wäre. Dass dieser Jemand nur ihr Zimmernachbar Carl Bogenhausen hätte sein können, war ihr erst später klar geworden, als der Schlaf wieder nicht kommen wollte. Aber ob er die geheimnisvolle Schattengestalt gewesen war, vermochte sie dennoch nicht mit Sicherheit zu sagen. Jedes Mal, wenn sie versucht hatte, das Traumbild zurückzuholen und die Gestalt zu identifizieren, hatten sich die Gesichtszüge von Giovanni über die von Carl Bogenhausen geschoben. Fast wie damals im Gewürzspeicher, hatte sie schon wieder halb im Dämmer überlegt, aber trotzdem ganz anders.

»Ich habe auch nicht gerade gut geschlafen«, erklärte ihr Gegenüber mit einem Anflug von Missmut in der Stimme. »Und wissen Sie, warum?« Er zeigte mit dem Finger auf ihre Brust. »Sie sind schuld!«

»Wie, ich bin schuld?«, fragte sie verblüfft.

Sie würde aus diesem Mann nie schlau werden. Jetzt machte er ihr auch noch Vorwürfe, weil er nicht gut geschlafen hatte!

»Ja, Sie sind schuld! Die ganze Nacht habe ich an Sie gedacht. Friedrich Christian Rütgers ist also eine Frau, habe ich gedacht. Warum hat er – ich meine natürlich, sie – mir das nicht gleich gesagt, habe ich mich gefragt. Dann hätten wir eine Menge Zeit gespart.«

Ihr blieb fast der Bissen im Halse stecken. Was sollte das jetzt wieder? Was meinte er mit ›Zeit gespart‹? Sie beschloss, einfach darüber hinwegzugehen, und fragte, kaum dass das Serviermädchen eine weitere Runde Kaffee gebracht hatte:

»Sie sind wirklich nie auf die Idee gekommen, dass ich eine Frau sein könnte? Zum Beispiel im Hanauer Wald, als wir uns zum ersten Mal begegnet sind? Oder später in der Herberge? Da spätestens hätten Sie doch etwas merken können!«

»Nein, ich habe nie etwas bemerkt, wirklich nie!«, erwiderte Carl Bogenhausen fröhlich. »Im Hanauer Wald habe ich mich höchstens darüber gewundert, dass Sie allein und noch dazu unbewaffnet unterwegs waren.«

»Und in Frankfurt, da auch nicht?«

Sie nahm ein neues Stück Flammkuchen in die Hand.

»Nein, aber ich fand Sie interessant, weil Sie einfach von zu Hause weggelaufen sind. Und gleichzeitig hat es mich ein wenig befremdet, dass da jemand so entschieden gegen seine Familie vorgegangen ist.« Er sah ihr tief in die Augen. »Wenn Sie es genau wissen wollen: Ich habe mich vom ersten Moment an zu Ihnen hingezogen gefühlt, aber das konnte ja nicht sein. Und als Sie mir dann auch noch den Kuss gaben, habe ich gedacht: O Gott, nun finde ich plötzlich einen Mann attraktiv!«

Als Friederike schwieg, nahm er ihr den Flammkuchen aus der Hand und legte ihn zurück auf das Holzbrett. Sanft fuhr er über ihre Finger, die reglos vor ihm lagen.

»Die sind mir schon immer als besonders wohlgeformt aufgefallen. Malerhände, habe ich gedacht, daher sind sie so zartgliedrig und fein ...« Er nahm ihre beiden Hände in die seinen. »Seit ich weiß, dass Sie in Wirklichkeit eine Frau sind, finde ich Sie erst recht attraktiv, wissen Sie das, Friederike?«

Nun war es also heraus: Carl Bogenhausen fand sie attraktiv. Und sie ihn?, fragte sie sich sofort. Ja, auch er gefiel ihr. Zunehmend, wie sie sich eingestehen musste. Vor allem fühlte sie sich in seiner Anwesenheit vollkommen wohl, so geborgen und sicher wie selten. Das war schon in Hanau so gewesen, nachdem er sie vor den Wegelagerern gerettet hatte, und dann auch in Frankfurt. Zudem hatte sie das Gefühl, ihn schon ewig zu kennen und sehr vertraut mit ihm zu sein – vielleicht, überlegte sie, ja, vielleicht, weil sie einen ähnlichen familiären Hintergrund hatten, wenngleich die Bogenhausens natürlich viel wohlhabender und einflussreicher waren als ihre Familie.

»Sie haben mir immer noch nicht erzählt, warum Sie mich damals eigentlich geküsst haben.«

Carl Bogenhausen hatte den Druck seiner Hände verstärkt. Ein Lächeln umspielte seine Mundwinkel.

»Hm, ich habe Sie geküsst, weil ... weil ich zu viel getrunken hatte ... Und dann diese Gerüche und diese seltsame Bohne ... Oder war es das Pulver, das ich probiert habe? Na ja, und ...«

Friederike brach ab. Sie wollte ihm nicht sagen, dass sie ihn eigentlich nur verwechselt hatte, dass sie Giovanni hatte küssen wollen, ihren Sultan, für den sie den Schleiertanz getanzt hatte.

Er hatte ihr Zögern bemerkt und zog sie nun ein Stück näher an sich heran, sodass sich ihre Gesichter über dem Tisch fast berührten.

»Wenn Sie es jetzt noch einmal tun, brauchen Sie mir den Grund nicht zu verraten«, lächelte er verschwörerisch.

Unauffällig blickte sie sich in der Gaststube um. Niemand schien in dem Durcheinander auf sie zu achten, das Serviermädchen war eben erst in der Küche verschwunden. Langsam näherte sie sich Carl Bogenhausen und legte zaghaft ihre Lippen auf die seinen.

Und schon spürte sie, wie sein Mund von ihr Besitz nahm und seine Hände seitlich ihren Oberkörper umfassten, sodass seine Fingerspitzen ihren Brustansatz berührten.

»Friederike!« Carl Bogenhausen atmete schwer, als er sie endlich losließ. »Du machst mich verrückt. Man könnte sogar sagen, du hast mir den Kopf verdreht. Seit ich dich kenne, wollte ich nichts anderes, als dich zu küssen und dich zu berühren, überall, am ganzen Körper ... Aber es ging ja nicht!«, lachte er nun frei heraus. »Diese Nacht mit dir in Hanau, in dem engen Bett: Schon damals habe ich angefangen, an mir zu zweifeln.«

Wieder lachte er. Dann wurde sein Blick dunkel.

»Friederike, musst du wirklich schon heute weiterfahren? Oder versprichst du, mir noch eine Nacht zu schenken – ich meine, eine richtige Nacht?«

Friederike wurde es heiß. Sie musste aus der engen Gaststube hinaus, nach draußen an die frische Luft. Sie brauchte Zeit, um ihre Gedanken zu sortieren, um herauszufinden, was sie eigentlich wollte. Eine solche Frage konnte man nicht einfach mit Ja oder Nein beantworten – zu viel stand auf dem Spiel.

Carl Bogenhausen schien zu verstehen, was in ihr vorging;

auch er war aufgestanden und reichte ihr schweigend ihren Mantel.

Draußen im Hof herrschte ein noch bunteres Treiben als im Inneren der Schenke. Wohin man auch schaute, überall waren Kutschen, Pferde, Strohballen, Wassereimer, Gepäckstücke, Männer in Postuniform und Reisende allein oder in Grüppchen, die kamen und gingen. Wortlos nahm er sie bei der Hand. Mitten durch das Durcheinander führte er sie quer über den Hof, bis hinein in eine dunkle Ecke unter dem Dach. Ein kurzer kontrollierender Blick, dann zog er sie hinter einen Stapel Holz.

Sie wollte etwas sagen, sich gegen diesen Überfall wehren, doch da hatte er ihr auch schon die Lippen mit einem Kuss verschlossen. Sie spürte, wie seine Zunge ihren Mund erkundete, wie seine Erregung auf sie überging und auch sie allmählich vom Taumel der Gefühle gepackt wurde. Seine Hände fuhren unter ihren Mantel, nestelten ungeduldig an ihrem Justeaucorps, als wollte er schon jetzt das Versprechen einlösen, das sie ihm noch gar nicht gegeben hatte.

Doch sie würde es ihm geben, das wusste sie nun. Sie würde ihm eine Nacht schenken, leichten und frohen Herzens, eine richtige Nacht.

*D*er Wirt hatte ihnen eine offene Kalesche besorgt, die zwar schon einmal bessere Tage gesehen hatte, sie aber dennoch sicher durch das alte Gerberviertel zu dem mächtigen Münster brachte. Rötlich schimmernd hob sich der kunstvoll gemeißelte Sandstein gegen den blauen Himmel ab. Seite an Seite mit Carl Bogenhausen saß Friederike unter dem muffigen Plaid und bestaunte die Fachwerkhäuser mit ihren reichen Schnitzfassaden und steilen Dächern rund um das Münster.

Sie fühlte sich wohlig und aufgehoben. An ihrer Seite saß der Mann, dem sie vom ersten Moment ihrer Bekanntschaft an vertraut hatte und mit dem sie sich in jeglicher Hinsicht gut verstand. Ein Mann aus gutem Hause, mit Manieren und Prinzipien, ein Mann wie aus der Vorstellungswelt ihrer Mutter, ehrlich, reich und gut beleumundet, jemand, auf den sie wohl auch in Zukunft bauen konnte, wenn sie wollte.

Wollte sie denn? Friederike fröstelte mit einem Mal. Bisher war es ihr gelungen, jeden Gedanken an Giovanni zu unterdrücken, doch nun war er plötzlich wieder da, wieder in ihrem Kopf. Giovanni – ja, sie würde ihm untreu werden, bald schon, sie würde sich einem anderen Mann hingeben, mit einem anderen die Leidenschaft teilen, die sie mit ihm so intensiv erlebt hatte, so ausschließlich, wie sie vermeinte. Doch konnte man hier wirklich von Betrug sprechen? Schließlich war sie durch nichts an Giovanni gebunden, sie war weder mit ihm verlobt noch verheiratet, ja, sie wusste nicht einmal, wo er sich aufhielt, ob er überhaupt noch an sie dachte, sie nicht schon längst mit unzähligen anderen Frauen betrogen hatte ... Mit Sicherheit hatte er das, Marie hatte doch davon gesprochen, das Weimarer Fräulein war bestimmt nur die Erste in einer langen Reihe gewesen! Und die Contessa als seine Verlobte dürfte ohnehin auf ihre Rechte gepocht und ihn bei jeder Gelegenheit in ihr Bett gezerrt haben. Nein, mit Giovanni hatte das, was sie hier mit Carl Bogenhausen erlebte, nichts zu tun. Giovanni war nicht da, sie war ihm zu nichts verpflichtet. Aber was war mit Carls Verlobter?

Die blonde Botticelli-Schönheit mit dem Sonnenschirmchen tauchte vor ihrem geistigen Auge auf. Sie wollte Carl gerade fragen, ob er keine Skrupel hatte, Mathilde Leclerc mit ihr, Friederike, zu hintergehen, da hielt die Kalesche auch schon in der schmalen Gasse direkt hinter dem Münster an.

Das Hotel bestand aus drei ineinander übergehenden Fachwerkhäusern. Ein eleganter Herr fortgeschrittenen Alters eilte die Stufen des mittleren Hauses herab, offenbar der Hoteldirektor. Falls er sich über Carls Begleitung wunderte, ließ er sich jedenfalls nichts anmerken.

»Herr Bogenhausen, herzlich willkommen!«

»Lassen Sie uns bitte eine Flasche gut gekühlten Weißwein und etwas Brot und Käse bringen, Monsieur Boulot. Und dann möchten wir nicht gestört werden. Mein Assistent und ich haben eine lange Fahrt hinter uns und müssen uns ausruhen«, kommandierte Carl, während er den Meldezettel ausfüllte.

»Selbstverständlich, die Herrschaften, selbstverständlich.«

Der Direktor begleitete sie persönlich zu der prächtigen Suite im zweiten Stock. Ein Hausdiener schnaufte mit ihren Koffern in der Hand hinter ihnen hinauf. Nur an den schiefen Wänden und niedrigen Decken erkannte man noch die alte Bauweise des Hotels. Die großen neuen Fenster gingen auf die Gasse hinaus. Die taubenblauen Samtvorhänge passten perfekt zu den dezent gemusterten Tapeten. Ein Kronleuchter aus venezianischem Glas hing von der Decke herab, ein Feuer prasselte in dem gekachelten Eckkamin, vor dem ein wertvoller orientalischer Teppich lag. In der Mitte des Zimmers stand ein breites Himmelbett mit vergoldeten Pfosten, einem Baldachin im gleichen Blau wie die Vorhänge und blütenweißer Bettwäsche. Zwei Mägde schleppten unaufhörlich Wassereimer ins Zimmer, deren dampfenden Inhalt sie in die hinter einem indischen Paravent verborgene Badewanne schütteten.

»Falls Sie oder Ihr Assistent ein Bad nehmen möchten, Monsieur Bogenhausen ...«

Der Hoteldirektor nahm dem herbeigeeilten Pagen die Weinflasche mit dem umgebundenen weißen Leintuch ab und hielt sie Carl zur Begutachtung hin.

»Unser bester Pinot gris, Monsieur Bogenhausen.«

Carl nickte nur und sagte mit Blick auf die Mägde:

»Das reicht, glaube ich.«

»Dann einen guten Aufenthalt, Monsieur Bogenhausen! Läuten Sie bitte, wenn Sie noch etwas brauchen.«

Mit einem ehrerbietenden Nicken auch in Friederikes Richtung verließ der Direktor katzbuckelnd das Zimmer, die knicksenden Mägde im Schlepptau.

Kaum waren sie draußen, schob Carl den Riegel von innen vor und zog die Vorhänge zu. Währenddessen schenkte Friederike Pinot gris in die beiden Weinkelche und stellte diese neben der Badewanne auf einem kleinen Tischchen ab. Mit der einen Hand hielt sie die üppigen Rüschen ihres Jabots zurück, während sie die andere ins Wasser tauchte, um die Temperatur zu prüfen. Schnell zog sie die Hand zurück.

»Heiß!«, rief sie fast empört.

»Lass doch, Friederike«, murmelte Carl, der hinter sie getreten war, in ihrem Nacken. »Wir baden später.«

Er hatte ihr schon halb das Hemd aufgeknöpft, während er sie gleichzeitig sanft zum Bett dirigierte.

»Aber dann ist das Wasser kalt!«, protestierte sie schwach.

»Was interessiert mich das Wasser ...«

Carl hatte ihr das Hemd über die Schultern gestreift und begonnen, ihre Brüste durch das Leinen ihres Leibchens zu liebkosen. Sein Atem war heiß auf ihrer Haut, sein Gesicht gerötet. Wieder schien er alles um sich herum vergessen zu haben.

Ein Schauer durchrieselte Friederike. Sie half ihm, sich auszuziehen, und krabbelte schnell unter das weiße Linnen. Und schloss abermals die Augen, als er sich über sie beugte.

*A*m Abend saß sie allein vor einer üppigen Platte mit Würstchen, Speck und Sauerkraut. Sie hatte es vorgezogen, im Zimmer zu bleiben, während Carl seinem Geschäftstermin nachging. Sie hatte die Kissen in dem großen Himmelbett so zurechtgestopft, dass sie bequem essen konnte.

Carl hatte ihr nicht gesagt, mit wem er sich traf. Noch nackt in seinem Arm hatte sie irgendwann leichthin das Gespräch auf den Abend gebracht und sich ohne jeden Hintergedanken erkundigt, was sie denn mit dem Rest des Tages noch anfangen würden. Er hatte nur die Stirn gerunzelt und gemurmelt, dass er eine wichtige Verabredung wahrnehmen müsse. Auf ihre Nachfrage hatte er ein unwirsches »Kennst du nicht« gebrummt, um sich sogleich wieder hingebungsvoll ihren Brüsten zu widmen. Was sie aber umso mehr irritiert hatte, als sie einander mittlerweile ihre jeweilige Lebensgeschichte erzählt und sie eigentlich den Eindruck gehabt hatte, kein Geheimnis sei mehr zwischen ihnen unerwähnt geblieben.

Carl hatte von seiner Kindheit und dem strengen Regiment des despotischen Vaters berichtet. Er habe sich nicht zum Kaufmann berufen gefühlt, habe studieren und in die Fremde gehen wollen, hatte er ihr anvertraut, sei aber mit diesen Vorstellungen bei seiner Familie nur angeeckt. Von klein auf hatte er ökonomisches Wissen einpauken müssen. Er kannte die Gewichte, Maße und Münzen von ganz Europa. In welchem Verhältnis die Amsterdamer zur Leipziger Elle stand, die Breslauer zur St. Galler, die Lütticher zur Florentiner. Wie viel Gold welche Münze enthielt und was der Wechselkurs zwischen einem Berliner Taler und einem Nürnberger Gulden war. Die doppelte Buchführung barg für ihn kein Geheimnis, und er wusste ein jedes größere Handelshaus auf seine Kreditwürdigkeit einzuschätzen. Er konnte Geschäftsbriefe auf Deutsch, Französisch, Italienisch, Niederländisch, Portugiesisch und Englisch verfassen. Ihm war bekannt, welche Wechselbriefe man akzeptierte und welche lieber nicht. Während seiner Lehrzeit in Mailand, immerhin ein Zugeständnis der Familie an sein nicht zu stillendes Fernweh, hatte er sich in die Tochter des Hauses verliebt, eine Katholikin, die nicht bereit war, zum lutherischen Glauben überzutreten. Für ihn, Carl, kein Problem, aber seine Familie hatte schließlich alles daran gesetzt, ihn diese Verbindung beenden zu lassen, indem sie ihn mehr oder weniger über Nacht nach Amsterdam geschickt hatten. Dort hatte er dann zwar durchaus erfolgreich an der Börse spekuliert, nach einigen Monaten sogar halbwegs begonnen, sich in der Wasserstadt wohlzufühlen und Freunde zu finden, doch nach dem Tod des Vaters hatten Mutter und Bruder über seinen Kopf hinweg beschlossen, dass sein Platz in der Heimat sei, und ihn zurück nach Frankfurt beordert.

»Das war auch gut so, sonst hätte ich dich ja gar nicht kennengelernt«, hatte Carl seinen Bericht geschlossen, als hätte nun endlich alles einen Sinn bekommen.

Friederike nahm sich noch ein Würstchen und tunkte es in den groben, braunkörnigen Senf. Wahrscheinlich sollte sie die Situation ganz einfach so nehmen, wie sie war, und genießen, statt sich dumme Gedanken zu machen, überlegte sie. Sie war in Frankreich, in der herrlichen Handelsstadt Straßburg, und lernte an der Seite eines charmanten, wohlerzogenen Mannes die Freuden des Lebens und der Liebe kennen. Was machte es da schon, wenn dieser Mann sie einmal für zwei Stunden allein ließ, um einen wichtigen Termin wahrzunehmen? Außerdem würde sie ja selbst in den nächsten Tagen geschäftlichen Dingen nachgehen müssen, fiel ihr ein. Einmal ganz abgesehen von ihrem Spionageauftrag in Vincennes.

Benckgraff hatte sie gebeten, sich auf dem Weg dorthin den in Haguenau ansässigen Zweigbetrieb der Straßburger Porzellanmanufaktur genauer anzusehen. Bisher hatte der Tabakpfeifenfabrikant Paul Anton Hannong nur Fayencen hergestellt. Allerdings sehr schöne Waren, die bei den Kunden ziemlich beliebt waren. Aber nicht nur der Maler Adam Friedrich von Löwenfinck, der sowohl in Meißen als auch in Höchst gearbeitet hatte, war inzwischen in Straßburg und leitete den Betrieb in Haguenau, nein, auch der Ofenbauer Josef Jakob Ringler war dorthingegangen, nachdem er Höchst so fluchtartig verlassen hatte. Lisbeths Vater, dachte sie, der immerhin mit Benckgraff zusammen aus Wien gekommen war. Die Welt des Porzellans war klein. Es kam ihr vor, als würde sie die beiden Männer persönlich kennen, so oft hatte sie von ihnen gehört. Benckgraff hatte es für klüger gehalten, dass sie sich in der Haguenauer Niederlassung umsah, nicht in der Straßburger Zentrale, weil sie dort höchstens auf den leichtfertigen von Löwenfinck stoßen würde statt auf den misstrauischen Geschäftsmann Hannong. Ihm war zugetragen worden, dass die Straßburger Manufaktur

Probleme mit der französischen Krone hatte, weil diese Vincennes protegierte.

Friederike merkte, dass ihr die Augen zufallen wollten. Sie hatte einfach zu wenig Schlaf abbekommen in den letzten Tagen! Sie lächelte in sich hinein. Carl hatte gesagt, dass er direkt wieder zurück nach Frankfurt reisen wolle, sobald seine Angelegenheiten in Straßburg erledigt seien. Viel Zeit hatten sie also nicht mehr. Aber was sind wohl diese Angelegenheiten?, fragte sie sich wieder, während sie sich in die Kissen kuschelte und sich ihrer Müdigkeit überließ.

○

Am nächsten Morgen brachen sie zeitig auf, um nach Haguenau zu fahren. Carl hatte sich von seinen Geschäftsfreunden, über die er noch immer keine weiteren Auskünfte erteilt hatte, außer, dass auch sie im Bankgeschäft tätig seien, ein Cabriolet geliehen, vor das zwei edle Rappen gespannt waren. Außerdem war es beheizt: Die Glut eines Kohlebeckens hielt ihre Füße warm. Die Sonne schien über ihren Köpfen, und da die Straßen im Königreich Frankreich um einiges besser waren als im Heiligen Römischen Reich Deutscher Nation, kamen sie zügig voran. Carl ließ die Pferde traben, und gegen Mittag erreichten sie den kleinen Ort nördlich von Straßburg.

Friederike hatte sich den Kopf darüber zerbrochen, wie sie wohl am besten in die Manufaktur eindringen konnte, ohne sich verdächtig zu machen, bis Carl vorgeschlagen hatte:

»Ich gebe mich einfach als interessierter Käufer aus. Und du bist mein Begleiter ... Oder vielmehr mein Assistent«, hatte er grinsend hinzugefügt. »Wir handeln mit so vielem. Warum nicht auch mit Porzellan?«

Die Köpfe drehten sich nach ihnen um, als sie mit klappernden Hufen durch den kleinen Ort fuhren. Ein halbwüchsiger Junge, dem Carl einen Sou versprochen hatte, saß neben ihnen und zeigte ihnen den Weg. Zu Friederikes Erstaunen sprach er von der einstigen Bedeutung der Stadt, die einige Jahrzehnte zuvor von den Truppen Louis' XIV. gründlich zerstört worden war, als wäre er Geschichtsschreiber und kein Lumpenkind.

Kaum waren sie in dem Hof der Manufaktur vorgefahren, kam ein Mann auf sie zu, offenbar der Hausdiener. Bevor Carl auf seine Begrüßung einging, winkte er einen Knecht heran, der gerade mit vollgeladener Mistkarre den Hof überquerte, und befahl ihm, die Pferde zu versorgen. Dann wandte er sich in herrischem Ton an den noch immer geduldig wartenden Hausdiener.

»Ich komme aus Frankfurt und möchte sehen, was Sie an Waren da haben. Ich bin auf der Suche nach hochwertigen Porzellangütern und hoffe, dass Ihr Haus mir weiterhelfen kann.«

»Tut mir leid, Monsieur, der Herr Direktor ist nicht da.«

Der Mann klang nun etwas misstrauisch.

»Irgendjemand wird ja wohl da sein!«

Carl zückte eine Geschäftskarte, auf der in großen blauen Lettern »Bogenhausen und Söhne, Bankiers und Überlandhandel seit 1672« stand.

Der Hausdiener kratzte sich am Kopf. Immer wieder blickte er von der Karte zu Carl und zurück.

»Warten Sie einen Moment!«, sagte er schließlich und verschwand in einer Tür.

Es dauerte nicht lange, und eine imposante dunkelhaarige Frau in einer farbbeklecksten Kittelschürze trat heraus. Sie hatte einen Pinsel hinter dem Ohr klemmen und hielt eine Tonpfeife in der Hand.

Das musste Maria Seraphia sein, durchfuhr es Friederike. Die Frau Adam Friedrich von Löwenfincks und Tochter eines Fuldaer Porzellanmalers war selbst Künstlerin und schien tatsächlich auch in ihrem Beruf zu arbeiten.

»Mein Mann ist nicht da – den wollten Sie wahrscheinlich sprechen, nicht wahr?«, begrüßte die Frau ihre Besucher.

Sie war etwa in Friederikes Alter, und ihr mächtiger Bauch unter der Schürze zeigte, dass sie ein Kind erwartete. Sie machte ihnen ein Zeichen, ihr in den spärlich eingerichteten Empfangsraum zu folgen, und schickte den Hausdiener, Kaffee zu holen.

»Wissen Sie, unser Haus hat den Auftrag erhalten, in großem Stil Porzellan und Fayencen einzukaufen – für einen äußerst wichtigen Kunden, der dabei ist, sich in Frankfurt neu einzurichten.« Carl beugte sich vor, um mit wichtigtuerischer Miene fortzufahren: »Sie werden verstehen, dass ich Ihnen keine Namen nennen kann, der Kunde wünscht äußerste Diskretion. Aber je zufriedener er mit der Warenlieferung ist, desto größer natürlich die Wahrscheinlichkeit, dass es Folgeaufträge geben wird ...«

Friederike konnte Maria Seraphia ansehen, dass ihr Carls Geschichte ziemlich unglaubwürdig vorkam, doch der redete, ohne mit der Wimper zu zucken, weiter. Er wirkte so entspannt, als würde er in seinem eigenen Wohnzimmer sitzen. Und als Maria Seraphia Einwände hervorbrachte, wischte er diese mit pompöser Geste einfach zur Seite.

»Ich kann mir kaum vorstellen, dass Ihr Gatte es gutheißen würde, wenn Sie sich einen solchen Auftrag durch die Lappen gehen ließen, gnädige Frau«, bedrängte er die Porzellanmalerin weiter.

Wenn ich nicht wüsste, dass er nur Theater spielt, dachte Friederike, wäre er mir jetzt richtig unsympathisch geworden. Wie arrogant er sein kann!

Als sie aufstehen wollte, um den Rückzug einzuleiten, weil ihr die ganze Sache allmählich zu heikel wurde, gab Maria Seraphia schließlich nach.

»Nun gut, ich kann Ihnen ein paar Sachen zeigen. Aber wenn Sie Porzellan suchen, sind Sie bei uns falsch! Hier wird nur Fayence hergestellt.«

»Das ist natürlich schade!« Bedauernd verzog Carl das Gesicht. »Mein Auftraggeber nimmt zwar auch Fayence, aber Porzellan wäre fraglos besser.«

»Da müssen Sie sich nach Meißen wenden. Oder nach Höchst

oder Wien. Bei uns bekommen Sie kein Porzellan – noch nicht jedenfalls. Vielleicht ja eines Tages; man kann nie wissen.«

Sie zuckte mit den Achseln, wie um anzudeuten, dass man auch in Haguenau nicht von vorgestern war.

»Wann rechnen Sie denn damit?«, hakte Carl prompt nach. Er hatte sich noch weiter zu ihrer Gastgeberin vorgebeugt, das Gesicht in die Hand gestützt, als hörte er jetzt besonders intensiv zu.

»Warum interessiert Sie das so sehr? Ich habe doch gesagt, der Zeitpunkt ist offen.«

Das Misstrauen in Maria Seraphias Stimme war unüberhörbar.

In dem Augenblick kamen zwei Manufakturmitarbeiter mit einem Tablett in den Raum, auf dem sich mehrere Terrinen in den unterschiedlichsten Formen befanden. Nachdem die Männer das Geschirr vor ihnen aufgebaut hatten, erhob sich Maria Seraphia schwerfällig und nahm den Deckel von einer Terrine in Form eines Wildschweinkopfes ab.

»Für Pasteten. Die verkaufen wir in großen Stückzahlen. Das hier ist unser beliebtestes Modell.«

Das Wildschwein hatte kleine Augen und furchterregende Hauer. Die Zunge hing ihm dunkel aus dem Maul. Es gab Gänse, Enten und Truthähne als Terrinen, außerdem Salat- und Kohlköpfe.

Einer der Mitarbeiter brachte nun ein Tablett mit Tonpfeifen herein, die genauso aussahen wie das Modell, aus dem Maria Seraphia kleine Kringel in die Luft paffte.

»Nein, nimm das wieder mit, Hans!« Sie hob abwehrend den Arm. »Die brauchen wir jetzt nicht.« An Friederike und Carl gewandt erklärte sie: »Wir sind in erster Linie natürlich Tabakpfeifenproduzenten.«

Zum x-ten Mal las sie die Aufschrift auf Carls Visitenkarte.

Nun brachten die Männer Teile aus einem Service herein, das mit Indianischen Blumen bemalt war.

»Sehr schön!«, lobte Friederike die gräuliche Keramik.

»Danke.« Die Malerin schien sich aufrichtig über das Kompliment zu freuen. Sie stellte sich neben Friederike. »Ja, diese Platte finde ich auch besonders gelungen.« Höflich, aber bestimmt fügte sie nach einer Weile hinzu: »Kann ich noch etwas für Sie tun? Es ist wohl besser, wenn Sie sich direkt an Herrn Hannong in Straßburg wenden. Auch wegen des Auftrags. Warum dachten Sie, dass es besser sei, hier nach Haguenau zu kommen?«

»Weil wir dachten, dass hier die Manufaktur sei.«

Carls Antwort klang in Friederikes Ohren etwas lahm, aber Frau von Löwenfinck nahm sie ohne weitere Nachfrage hin.

»Vielleicht haben Sie einen Katalog?«, versuchte es Friederike dann.

»Auch dafür wenden Sie sich am besten an Herrn Hannong.«

Aus mir wird nie eine gute Spionin, dachte Friederike, als Maria Seraphia sie nach draußen begleitete. Die Frau wich nicht von ihrer Seite, sodass sie keine Möglichkeit hatte, sich noch ein wenig umzuschauen. Keiner der Mitarbeiter der Manufaktur ließ sich mehr sehen, dabei hätte sie so gern einen Blick auf Ringler geworfen, wenn schon von Löwenfinck selbst nicht vor Ort war. Beide Männer waren schließlich Legenden der Porzellanwelt.

Selbst als die zwei Rappen schon wieder angeschirrt waren, blieb Maria Seraphia, immer noch rauchend, neben ihnen stehen.

»Sie klingen gar nicht wie ein echter Frankfurter«, sagte sie zu Friederike. Sie nahm einen tiefen Zug aus ihrer Pfeife. Der Qualm verbarg für einen Moment ihr Gesicht. »Wissen Sie, dass ich selbst aus Fulda komme?«

Sie schien keine Antwort von ihrem Gegenüber zu erwarten. Es war klar, dass man bei von Löwenfincks Erfahrung mit Spionen aller Art hatte, schließlich war der Hausherr selbst einer. Kaum jemand hatte so oft die Seiten gewechselt wie Adam Friedrich von Löwenfinck.

Sie fuhren im Galopp zurück, weil Carl sich Sorgen machte, dass sie den Torschluss verpassen könnten. Die Glut in dem Kohlebecken zu ihren Füßen war erloschen, sodass es unangenehm kühl in dem offenen Cabriolet war. Erst als sie den hohen Nordturm des Straßburger Münsters von Weitem erkennen konnten, ließ Carl die Pferde endlich Schritt gehen.

»Eine interessante Frau, diese Maria Seraphia! Vielleicht solltest du auch einen Porzellanmaler heiraten. Das würde wahrscheinlich alle deine Probleme auf einen Schlag lösen.«

Mit einem feinen Lächeln um die Mundwinkel sah er sie von der Seite an.

Was sollte das jetzt? Ob sein Vorschlag ernst gemeint war? Friederike wusste nicht, was sie darauf antworten sollte. Stumm erwiderte sie seinen Blick. Wie konnte er sie, nachdem sie zwei so schöne Tage und Nächte miteinander verbracht hatten, mal eben so mit einem anderen verheiraten wollen? Oder wollte er sie nur auf die Probe stellen, um zu prüfen, wie stark ihre Gefühle für ihn waren?

»Wieso willst du unbedingt, dass ich heirate?«, fragte sie schließlich ein wenig pikiert. Sie vermochte nicht zu verhehlen, dass ihre gute Laune schlagartig verflogen war.

»Das will ich ja gar nicht! Vergiss, was ich gesagt habe. Es war wohl eine dumme Idee von mir ...«

Carl wirkte betreten, als wäre ihm bewusst geworden, etwas Taktloses gesagt zu haben. Er schwang die Peitsche, um die beiden Rappen wieder in eine schnellere Gangart zu versetzen, als von hinten ein Gespann heranraste und sie mit einem riskanten Manöver auf der gerade einmal zwei Wagenspuren breiten Straße überholte. Fast stieß der Wahnsinnige mit einem entgegenkommenden Gefährt zusammen, dessen Fuhrmann die vorderen zwei Kaltblüter gerade noch zur Seite dirigieren konnte. Das Fuhrwerk war der erste Wagen einer langen Kolonne von etwa zehn schwer beladenen Karren, und die Pferde des dahinter fahrenden Wagens scheuten prompt und brachten die anderen

Pferde dazu, ebenfalls nervös zu werden. Carl fiel fast die Peitsche aus der Hand, und Friederike musste sich an ihren Sitz festklammern, um nicht herunterzufallen. Sie konnte ihm ansehen, dass er innerlich mit sich kämpfte, ob er dem Raser hinterhergaloppieren und ihn zur Rede stellen sollte. Schließlich sagte er nur: »Was für ein Dummkopf!« und lenkte die beiden Rappen langsam an dem Fuhrmann vorbei, der seine Tiere beruhigte, während ein Knecht mehrere heruntergefallene Bündel erneut auf dem Wagen festband.

»Man heiratet doch nicht nur, weil jemand beruflich zu einem passt!«, nahm Friederike den Faden wieder auf. Ihre Stimme klang noch immer verschnupft.

»Warum bist du so empfindlich?«

Carls Miene wirkte besorgt.

»Heiratest du Mathilde etwa nur aus beruflichen Gründen?«

Sie wusste nicht genau, was sie lieber hören wollte, ein Ja oder ein Nein. Beide Antworten würden ihr nicht wirklich behagen, das war klar, wollte sie doch auf keinen Fall, dass Carl und Mathilde mehr als nur strategisches Denken zusammengeführt hatte, aber ein gefühlloser, berechnender Carl, der aus reinem Kalkül heiratete, das wusste sie, ein solcher Carl würde ihr ebenso wenig gefallen.

»Natürlich, nur!« Er sah sie verwundert an. »Es gibt keinen anderen Grund für mich, Mathilde zu heiraten. Sie ist die perfekte Bankiersgattin. Ihre ganze Erziehung ist darauf ausgerichtet gewesen, dass sie eines Tages Kaufmanns- oder Bankiersgattin sein wird. Sie wird diese Rolle hervorragend ausfüllen. Sie wird unsere Gäste bewirten, Klavier spielen, in die Kirche gehen, mit den Damen des Frankfurter Patriziats Kaffee trinken, kurz: das ganze gesellschaftliche Leben um ihren Mann herum organisieren.«

Als Friederike keine Antwort gab, sondern nur die Zähne zusammenbiss, sodass sie ein leise knirschendes Geräusch von sich gaben, hakte er nach.

»Du willst mich doch nicht etwa heiraten – oder, Friederike? Eine Frau, die ihre Freiheit so liebt wie du, die ihren ganz eigenen Weg geht, denkt an so etwas? Das kann doch nicht dein Ernst sein!« Er schüttelt den Kopf. »Lass das Mathilde machen, Friederike! Die hält das durch. Dich würde dieses Leben sofort langweilen. Bemal du nur weiter dein Porzellan. Wir werden uns oft genug sehen, glaub mir!«

Seine Worte wirkten auf sie wie ein kalter Regenguss. Natürlich, er hatte ja vollkommen recht. Sie wusste selbst nicht, was plötzlich in sie gefahren war. Hatte sie ihm jetzt etwa auch noch einen Heiratsantrag gemacht? Was für eine absurde Vorstellung! Carl und sie würden bestimmt kein gutes Ehepaar abgeben, auch wenn sie sich bestens verstanden und eine ganze Reihe von Gemeinsamkeiten hatten. Aber die Hausfrauenrolle in einem gutbürgerlichen Haushalt würde ihr garantiert nicht liegen. Genau davor war sie ja davongelaufen. Wenngleich Carl gewiss ein anderes Kaliber war als Per Hansen. Nein, was sie ärgerte, war die Tatsache, dass er offenbar nicht zu ihr stand! Seine nüchterne Art, die Rolle der Gattin und die der Geliebten zwischen ihr und Mathilde aufzuteilen, war, bei Licht betrachtet, eine Frechheit – und zwar beiden Beteiligten gegenüber. Sie hatte die glücklich lächelnde Mathilde mit ihrem Sonnenschirmchen und dem Kussleuchter noch genau vor Augen: Nie im Leben würde diese Frau eine Geliebte an der Seite ihres Mannes dulden! Einmal ganz abgesehen davon, dass sie, Friederike, eines Tages auch selbst Kinder haben wollte. Wozu natürlich ein Ehemann gehörte. Der ihren Beruf guthieß und sie nach allen Kräften darin unterstützte. Wie hatte Maria Seraphia das nur geschafft, einen Mann zu finden, der sie als das akzeptierte, was sie war: Künstlerin, Mutter, Ehefrau und Geliebte?

»Außerdem kann ich diese Hochzeit mit Mathilde auch gar nicht mehr abwenden«, fuhr Carl ungerührt fort. »Sie ist für den Sommer geplant, das wurde schon vor Ewigkeiten so beschlossen.«

Friederike hatte das Gesicht von ihm weggedreht. Sie wollte nicht, dass er ihre Enttäuschung mitbekam. Auch wenn es völlig albern war, dass sie so fühlte.

»Mathilde wird uns nicht stören«, sagte Carl noch einmal. Er schien nun bemerkt zu haben, wie es um sie stand. Die Stadttore waren schon in Sicht, als er das Cabriolet an den Straßenrand lenkte und die Pferde anhielt. Er legte die Peitsche zur Seite und nahm ihre Hände in die seinen.

»Friederike, das hat doch mit uns nichts zu tun! Eine Hochzeit ist eine rein rechtliche und finanzielle Angelegenheit. Man legt Vermögen zusammen. Es geht dabei nicht um Liebe, zumindest nicht in meinen Kreisen!«

»Warum willst du jemanden heiraten, den du nicht liebst?«, schnaubte sie. »Du wirst dein ganzes Leben mit dieser Person verbringen müssen. Wie kannst du tagein, tagaus jemanden um dich haben wollen, der dir vollkommen egal ist? Wie kannst du mit so jemandem das Bett teilen?«

»Aber ich würde meine Zeit ja nicht mit Mathilde verbringen! Sie wäre einfach nur da. Wie eine Art Möbelstück.« Er zog sie an sich und küsste sie.

Geschickt, wie er sich über das gemeinsame Ehebett ausgeschwiegen hat!, dachte sie unter seinen Liebkosungen. Sie fühlte sich wie ein trotziges, ungezogenes Kind und konnte seine Berührungen einfach nicht erwidern.

Plötzlich veränderte sich Carls Gesichtsausdruck.

»Du würdest mich ernsthaft heiraten wollen?«, fragte er. »Du bist wütend, weil ich schon verlobt bin? Das ist süß!«

Wieder küsste er sie, aber diesmal so voller Inbrunst, dass sie keinen Zweifel mehr hegte, die Einzige in seinem Herzen zu sein. Erst als von einem der vorbeifahrenden Wagen ein lautes »*Oh là là!*« und ein lang gezogener Pfiff ertönte, wurden sie sich bewusst, dass sie sich mitten auf einer Landstraße befanden.

Zurück im Gasthof, konnten sie es kaum erwarten, endlich ihrer Leidenschaft nachgeben zu können. Hastig rissen sie einander die Kleider vom Leib und liebten sich mit der Begierde der frisch Versöhnten auf dem Teppich vor dem Kamin.

»Wenn ich wirklich die Wahl hätte, Friederike, dann würde ich dich heiraten«, sagte Carl ernst, als sie nachher eng umschlungen in das wärmende Feuer starrten, jeder ein Glas Crémant vor sich, den die Hoteldirektion ihnen aufs Zimmer hatte bringen lassen.

»Als freier Mann würde ich mich sicher für dich entscheiden. Aber so geht das leider nicht – das verstehst du doch, oder?«

Er schien keine Antwort von ihr zu erwarten, sondern legte die Stirn in tiefe Falten.

»Nicht auszudenken, was passieren würde, wenn wir es uns mit Mathildes Familie verderben würden! Die Leclercs hätten garantiert nichts Besseres im Sinn, als den Bogenhausens zu schaden, wo sie nur könnten. Mein Bruder ... tja, Emanuel würde mir schon aus Prinzip eine riesige Szene machen und sich dann wohl vor allem um seine Nobilitierung sorgen. Und du, Friederike, du hättest eine Aufgabe am Hals, die du eigentlich gar nicht willst, und könntest deinen Beruf höchstens nebenher noch ausüben. Es wäre wirklich keine gute Idee, wenn wir heiraten würden«, lächelte er versonnen. »Auch wenn mir die Vorstellung schon gefallen könnte ...«

Sie kuschelte sich an ihn. Das war alles, was sie hatte hören wollen. Sie beabsichtigte ja gar nicht, Carl zu heiraten; es reichte ihr völlig zu wissen, dass er sie theoretisch zur Frau nehmen würde. Die ganze Geschichte war sowieso unglaublich schnell gegangen: Vor zwei Tagen hatte sie ihm nur erklären wollen, warum sie ihn mehr oder weniger aus Versehen geküsst hatte, und nun schmiedeten sie fast schon gemeinsame Zukunftspläne.

»Du hast recht«, lenkte sie ein, »lass uns nicht mehr davon sprechen. Es war dumm von mir, die beleidigte Leberwurst zu spielen. Wir kennen uns kaum, und überhaupt habe ich ja ganz andere Pläne ...«

Nun war es an Carl, sich gekränkt zu zeigen.

»Wie, nun willst du etwa nicht mehr?«, fragte er.

Sie war sich nicht sicher, ob seine Empörung gespielt oder echt war.

»Komm, essen wir erst mal was«, lenkte sie vom Thema ab, »ich habe fürchterlichen Hunger.«

Den ganzen Tag hatten sie nichts Richtiges gegessen, nach dem Schaumwein merkte sie erst, wie ausgehungert sie war.

»Na gut«, knurrte Carl, um sie gleich wieder zurück an seine Brust zu ziehen. »Aber erst, wenn du mir versprichst, noch einen weiteren Tag bei mir zu bleiben. Einverstanden?«

Aus großen braunen Kulleraugen schaute er sie bettelnd an, wie ein Hund, der auf eine Belohnung wartete.

»Fehlt nur noch, dass du Männchen machst!«, lachte sie und gab ihm einen Kuss auf die Wange. »Einverstanden, du hast mich überzeugt: Ich bleibe. Aber nur noch eine einzige Nacht, dann muss ich wirklich weiterziehen.«

8. KAPITEL

Friederike fröstelte in ihrem schweren Wollmantel. Das rechte Kutschenfenster musste undicht sein, anders konnte sie sich den Zug, der im Wageninneren herrschte, nicht erklären. Auch ihre beiden Mitreisenden, zwei ältere Herren, die als Einzige von der ursprünglich siebenköpfigen Belegschaft übrig geblieben waren, hatten sich tief unter den mitgebrachten Decken vergraben. Wie lange die Fahrt wohl noch dauern mochte? Hoffentlich erkältete sie sich nicht – eine Grippe war das Letzte, was sie jetzt gebrauchen konnte. Zumal sie ja noch nicht einmal wusste, wo sie die nächsten Tage übernachten sollte. Sie konnte nur beten, dass sie sofort in Vincennes angestellt und eine preisgünstige Unterkunft vor Ort finden würde. Oder wohnten die Mitarbeiter der Manufaktur im Schloss? Wahrscheinlich nur die höheren, dachte sie dann. So war es in Meißen schließlich auch gewesen.

Sie würde keinen Zwischenhalt in Paris einlegen, hatte sie beschlossen, sondern sich direkt nach Vincennes begeben. Paris konnte warten; wenn alles gut lief, würde sie ohnehin mehrere Monate in der Region der Île-de-France verbringen, da blieb auch noch Zeit genug für einen Abstecher in die Hauptstadt. Benckgraff hatte gesagt, vor Johannis wolle er sie nicht wiedersehen; bis dahin habe sie ja wohl Gelegenheit genug, das Geheimnis des berühmten französischen Blaus herauszufinden.

Dieser Benckgraff, schüttelte sie in Erinnerung an ihr letztes Gespräch den Kopf, manchmal stellte er sich die Dinge wirklich zu einfach vor! Viel an hilfreichen Informationen hatte der Alte ihr nicht mit auf den Weg gegeben. Sie wusste kaum mehr über die Manufaktur, als dass es sich um eine Gesellschaft handelte, die zu einem Viertel dem französischen König Louis XV. gehörte. Und dass der Halbbruder des Finanz- und Bauministers, ein gewisser Marquis d'Orry de Fulvy, maßgeblich an ihrer Gründung beteiligt gewesen war. Ziel sei es gewesen, so hatte Benckgraff erzählt, selbst Porzellan herzustellen und die zahlreichen Importe aus Meißen zu unterlaufen.

»Allerdings haben sie es bis heute nicht geschafft, echtes Hartporzellan herzustellen«, hatte der Höchster Manufakturdirektor mit einem schadenfrohen Grinsen hinzugefügt. »Frittenporzellan nennt man das, was die da machen. Nicht unhübsch und von einem wirklich bezaubernden Elfenbeinton, aber viel zu weich und stoßempfindlich. Es scheint in ganz Frankreich kein Kaolin zu geben, jedenfalls finden sie nichts. Und ohne Kaolin kein Hartporzellan, wie wir wissen ...«

Zum Abschied hatte er ihr noch einen Beutel mit ein paar Livres für ihre Reisespesen in die Hand gedrückt.

Sie befühlte den Geldbeutel in ihrer Westentasche. Viel war nicht mehr drin. Obwohl Carl ihren ganzen Aufenthalt in Straßburg bezahlt hatte, war sie schon wieder knapp bei Kasse.

Carl – was er wohl gerade machte? Sie versuchte, den kalten Luftzug zu ignorieren, und schloss die Augen. Erst eine knappe Woche war es her, dass sie in Frankfurt die Ordinari-Post bestiegen hatte. Und so viel war seitdem passiert! Nicht im Traum hätte sie je daran gedacht, eines Tages ein Liebesverhältnis mit Carl Bogenhausen anzufangen. Und als solches musste man ja wohl bezeichnen, was da in Straßburg zwischen ihnen vorgefallen war! Sogar übers Heiraten hatten sie am Ende gesprochen, wenn auch nur als eine ferne Möglichkeit, die sie, Friederike, gleich wieder verworfen hatte. Bei Carl war sie sich im Nachhinein nicht mehr so sicher. Vielleicht hätte er ihr ja doch noch einen Antrag gemacht, wenn sie länger in ihn gedrungen wäre. Falls er überhaupt in jemanden verliebt war, dann in sie und nicht in seine zukünftige Frau, das stand fest. Aber Liebe zählte nicht, hatte Carl gesagt. War er wirklich so vernunftgesteuert, wie er immer tat? Warum war sie nicht einfach noch ein paar Tage bei ihm geblieben, um ihn besser kennenzulernen und sich über ihre eigenen Gefühle klar zu werden? Sie wusste inzwischen überhaupt nicht mehr, was sie denken sollte, ob sie nun in Carl Bogenhausen verliebt war oder nicht. Jedenfalls waren die Tage mit ihm alles in allem sehr schön gewesen; sie hatte sich einfach nur wohlgefühlt, aufgehoben und in äußerst angenehmer Gesellschaft. Und die gemeinsamen Stunden im Bett mochte sie auch nicht mehr missen. Begehrt zu werden und sich der eigenen Lust und der des anderen hinzugeben, sich geradezu auszuliefern, jene absolute Körperlichkeit zu erleben, war etwas, das sie bisher nur ein einziges Mal erlebt hatte, mit Giovanni, und dem sie zunehmend mehr abgewinnen konnte. Wenn sie Giovanni schon nicht haben konnte, dann eben wenigstens Carl ...

Sie spitzte die Ohren. Hörte sie da Hufgetrappel? Oder bildete sie sich das wieder nur ein? Schon mehrmals hatte sie gedacht, ein Reiter würde sich ihrer Kutsche nähern. Und gelegentlich war es ja auch tatsächlich der Fall gewesen. Das Rattern der Wagenräder auf dem unebenen Pflaster verursachte so viel Lärm, dass man sich nie sicher sein konnte. Jedes Mal hatte sie insgeheim gehofft, dass Carl auf seinem Pferd hinter ihnen auftauchen möge, weil er es einfach nicht mehr ausgehalten hatte, von ihr getrennt zu sein. Alte Träumerin!, hatte sie sich gescholten. Carl Bogenhausen war viel zu nüchtern für solche spontanen Ideen. Wider besseres Wissen machte sie sich an dem kleinen Fenster zu schaffen und schob den Riegel zur Seite.

»Was ist passiert?«, fragte Monsieur Panier und wickelte sich noch enger in seine Decke. Nur sein schmaler Kopf mit der ein wenig zu sehr ins Bläuliche gehenden Perücke schaute aus dem kokonartigen Wollpaket hervor.

Friederike hatte sich lange mit dem schmächtigen Schneidermeister und seinem umso massigeren Gefährten unterhalten, der ihm die Bücher führte und ihm auch sonst zur Seite stand. Irgendwann war sie zu dem Schluss gekommen, dass Monsieur Panier und Monsieur Lirac ein Paar sein mussten; vor allem die zierlichen Handbewegungen und das übertriebene Kichern des Schneiders hatten sie auf diesen Gedanken gebracht. Monsieur Lirac in seiner zerfließenden Üppigkeit wirkte hingegen fast mütterlich; wahrscheinlich kümmerte er sich rührend um seinen Freund und bekochte und umsorgte ihn den ganzen Tag. Um ein Haar hätte sie den beiden von sich und Carl erzählt, der sie immerhin auch eine Weile für einen homosexuellen Mann gehalten hatte, aber in letzter Sekunde hatten ihr Taktgefühl und ihre Vernunft sie glücklicherweise davon abgehalten.

So weit es ihr möglich war, lehnte Friederike sich aus dem Fenster, um nach hinten zu schauen. Tatsächlich war gerade ein Reiter dabei, ihre Kutsche auf der anderen Wagenseite zu überholen. Sie konnte nur das Pferd sehen und einen hohen Stiefelschaft, den Mann selbst vermochte sie nicht zu erkennen. Und auch er schien sie nicht zu bemerken. Er würde doch wohl nicht an ihr vorbeireiten? Nein, wenn das wirklich Carl wäre, der nach ihr suchte, würde er jede Kutsche anhalten, die ihm begegnete, um sich zu vergewissern, ob sie darin saß oder nicht – so gut kannte sie ihn dann doch.

Sie hielt ihr Gesicht weiter in den eiskalten Wind, statt die Frage des Schneidermeisters zu beantworten. Sie wollte jetzt nicht reden, zu gespannt war sie auf die nächste Handlung des fremden Reiters. Obwohl sie damit gerechnet hatte, dass der Mann nicht Carl war, breitete sich die Enttäuschung in ihrem ganzen Körper aus, als er an einer Stelle der Straße, die etwas breiter war, schließlich endgültig an ihnen vorbeiritt. Schnell zog sie den Kopf ein und klappte das kleine Fenster zu.

»Der Falsche?«, schmunzelte der Schneider.

Friederike lächelte bloß ausweichend und schloss gleich wieder die Augen. Was hatte Monsieur Panier mit seiner Frage wohl gemeint? Ob er ahnte, wie nahe er der Wahrheit gekommen war?

Als sie nach ihrer Einschätzung nur noch wenige Meilen vom Bois de Vincennes entfernt sein konnten, nahm Monsieur Lirac einen neuen Anlauf, die Konversation anzukurbeln.

»Als Meißener, lieber Monsieur Rütgers, müssten Sie sich in Vincennes eigentlich sehr wohlfühlen«, bemerkte er freundlich. Sein Doppelkinn zitterte, als die Kutsche durch ein Schlagloch holperte. »Bei euch gibt es doch auch so eine große Burg, in der die Porzellanmanufaktur untergebracht ist, nicht wahr?«

»Nur dass unsere Burg nicht so ein Riesenmonstrum ist«, murmelte sie mit einem Anflug von Entsetzen. Schon seit einer geraumen Weile hatte sie zwischen den Bäumen immer wieder das Kalksteingelb der mächtigen Befestigungstürme und des noch gigantischeren Vier-Turm-Donjons hervorblitzen sehen, in dem das Staatsgefängnis untergebracht war, wie Monsieur Panier ihr gleich zu Beginn der Reise stolz erklärt hatte. Auch die Spitze der Kathedrale hatte sie schon gesehen und die Silhouetten der anderen neun Türme.

»Sie werden begeistert sein.« Der Schneider überhörte ihre despektierlichen Worte geflissentlich. »Nicht nur vom Schloss selbst, sondern auch von dem ganzen Areal. Wissen Sie, schon vor sechshundert Jahren war der Bois de Vincennes Jagd- und Aufenthaltsort unserer Könige. Natürlich wurden hier die Feste gefeiert, wie sie fielen, aber es gibt auch ein großes Gefängnis hinter diesen Mauern, das schon so manch bedeutende Persönlichkeit zu seinen Gästen zählen durfte.« Er kicherte fröhlich. »Zuletzt einen gewissen Denis Diderot, einen Übersetzer und Philosophen, der derzeit wohl dabei ist, eine Art Lexikon zu verfassen. Er steht unter dem Schutz der Pompadour, habe ich mir sagen lassen.«

»Sonst wäre er wohl auch nicht so schnell wieder aus dem Turm herausgekommen, gottlos, wie er ist!«

Sein Gefährte schien keine hohe Meinung vom Herausgeber der »Encyclopédie« zu haben. Sein fülliges Gesicht hatte sich missbilligend verzogen.

Friederike erinnerte sich, dass ihr Vater von dem großen Vorhaben des französischen Gelehrten gesprochen hatte, in das auch ein ihm bekannter Literaturwissenschaftler und Philosoph aus Regensburg eingebunden war. Von einem Gefängnisaufenthalt Diderots hatte er ihr jedoch nie etwas erzählt. Wie demütigend für einen Mann dieses Kalibers, in einen solchen Kerkerturm eingesperrt zu sein! Für einen Moment schweiften ihre Gedanken zu Giovanni, zu dem Albtraum, den sie von ihm gehabt hatte. Ob auch er ... Schnell verscheuchte sie die Erinnerung an die Szene mit dem abgezehrten Italiener in Ketten und beeilte sich, dem Gespräch eine andere Wendung zu geben.

»Ist es wahr, dass die Marquise de Pompadour die wahre Herrin der Manufaktur ist?«, wandte sie sich an den Schneidermeister.

Benckgraff hatte ihr mehrfach nahegelegt, sich unbedingt an die Mätresse des Königs zu halten, »die graue Eminenz von Vincennes«, wie er sich ausgedrückt hatte.

»Nicht nur der Manufaktur«, erwiderte Monsieur Panier augenzwinkernd. »Sie ist die Herrin des ganzen Landes. Wir haben zwar auch eine Königin, aber die Pompadour ist viel mächtiger als sie.« Er zögerte kurz. »Zumindest war sie es bislang.«

»Wieso bislang?«, fragten sein Gefährte und Friederike wie aus einem Mund.

»Nun, in Versailles wird gemunkelt, die Pompadour könne die Unersättlichkeit des Königs nicht mehr erfüllen.« Der Schneider war jetzt voll in Fahrt. »Sie müssen wissen, Monsieur Rütgers, ich habe öfter bei Hofe zu tun, die Damen dort belieben, sich unter anderem von mir ihre Roben schneidern zu lassen. Hin und wieder bestellen sie mich direkt nach Versailles – da erfährt man schon eine ganze Menge an Klatsch und Tratsch. Bei meinem letzten Besuch hieß es, die Pompadour würde ständig nach Trüffeln und Krebsen verlangen und ihre heiße Schokolade mit einer dreifachen Portion Vanille und Amber würzen.«

Lauter Aphrodisiaka, wusste Friederike. Carl hatte ihr davon erzählt. Sie konnte sich nicht mehr erinnern, wie sie auf dieses Thema gekommen waren – jedenfalls nicht, weil sie selbst dergleichen Aufputschmittel nötig gehabt hätten.

Sie drehte den Kopf zur Seite, um ihr Schmunzeln zu verbergen, als ihr Blick zufällig zum Fenster ging: die Marne! Ja, das Flüsschen unter der Brücke, die sie gerade überquerten, musste die Marne sein. Immer wieder hatte ihr Weg von Straßburg nach Paris sie an dem Fluss vorbeigeführt. Vor ihren Augen ragte nun eine hohe Mauer auf.

»Na ja, ein paar Fehlgeburten hatte sie auch ...« Monsieur Panier schien nicht bemerkt zu haben, dass Friederike abgelenkt gewesen war. »Und Tuberkulose, sagte man mir, zumindest spuckt sie wohl seit ein paar Wochen Blut. Außerdem ist sie innerhalb kürzester Zeit so abgemagert, dass ihr Leibschneider, ein alter Freund von mir, ihre Frühjahrsgarderobe ein gutes Stück kleiner anlegen musste.«

Ein Hauch von Neid auf den Kollegen hatte in seiner Stimme mitgeschwungen.

»Aber ... soll das heißen, der König hat schon wieder eine neue Mätresse?«, fragte Monsieur Lirac entgeistert.

Seinem betrübten Gesicht war anzusehen, dass ihn das tragische Schicksal der Pompadour berührte. Er drückte sich in die Ecke der Kutsche, die gerade eine scharfe Kurve hinter sich gebracht hatte. Sie fuhren nun parallel zu der hohen Mauer.

»Offiziell nicht«, beruhigte ihn der Schneider. »Aber er scheint sich anderweitig ›umzusehen‹ – um es mal so zu nennen. Was nicht heißt, dass er die Pompadour nicht mehr lieben oder schätzen würde! Er begehrt sie einfach nicht mehr – oder sie ihn nicht. Nichtsdestotrotz ist ihr Einfluss weiterhin immens, wenn nicht gar größer als je zuvor.«

»Und was hat sie mit der Porzellanmanufaktur zu tun?«, stellte Friederike sich unwissender, als sie war.

Möglicherweise hatte der gut informierte Monsieur Panier ja

noch Neuigkeiten zu berichten, die ihr weiterhelfen würden. Es konnte nun nicht mehr weit bis zum Schloss sein. Sie wusste, dass es mehrere Portale gab, die Einlass in den Bois de Vincennes boten. Der König selbst hatte sie in die Mauer schlagen lassen, um den Wald nach Jahrhunderten der Abschottung für sein Volk zu öffnen. Das hatte ihr der Kutscher erzählt, als sie sich bei ihm während der letzten Rast nach der besten Ausstiegsmöglichkeit erkundigt hatte.

»Die Pompadour interessiert sich sehr für kulturelle Dinge. Sie spielt selbst Theater, wussten Sie das? In ihrem Privattheater, das sie in Versailles einrichten ließ«, mischte sich nun Monsieur Lirac wieder ins Gespräch. Die Farbe war in sein Gesicht zurückgekehrt. »Ihre Lieblingsbeschäftigung scheint aber zu sein, Schlösser zu bauen und einzurichten. Dazu gehören natürlich auch Möbel, Teppiche, Gemälde und eben Porzellan.«

»Ja, und weil ihr Meißener so teuer seid, haben sie und der König beschlossen, die Franzosen ihr eigenes Porzellan herstellen zu lassen. In dem Marquis d'Orry de Fulvy hatten sie jemanden gefunden, der ihnen eine Manufaktur aufbaut. Dann waren da noch diese beiden Brüder, die Dubois', die das Arkanum angeblich aus Chantilly mitgebracht hatten. Und ein gewisser Gravant. Er ist derjenige, der wohl tatsächlich die Formel für unser Frittenporzellan gefunden hat; ein paar Jahre ist das jetzt her. Nach Fulvys Tod schien das Ganze einen Moment lang in Schieflage zu geraten, man hatte wohl Probleme mit der Nachfolge. Aber mittlerweile heißt es, der neue Direktor genieße das volle Vertrauen von Louis und Madame.«

Henri Panier lächelte selbstzufrieden, als gehöre auch er dem Kreis der Auserwählten an.

»Fulvy ist tot?«, vergewisserte sich Friederike ein wenig erschrocken. Die Nachricht vom Ableben des königlichen Schatzmeisters und Manufakturbegründers war noch nicht bis nach Höchst vorgedrungen, sonst hätte Benckgraff ihr bestimmt davon erzählt.

»Ja, wussten Sie das nicht? Er war schon längere Zeit krank und ist im vergangenen Jahr elendig eingegangen. Wahrscheinlich irgendeine Seuche, die er sich auf seinen vielen Reisen geholt hat. Und was meinen Sie, was man alles in seinen Gemächern gefunden hat! Er hatte ja das Privileg, im Schloss eine Wohnung unterhalten zu dürfen. Über drei Etagen, stellen Sie sich das einmal vor!« In Monsieur Liracs ein wenig zu hoher Stimme schwang Entrüstung mit. »Auf Unmengen an Champagner und jede Menge anderer Schätze sind die Bediensteten des Königs gestoßen, als sie die Wohnung leer geräumt haben! Und auf eine riesige Sammlung Meißener Porzellan.«

»Außerdem hatte er sich ein eigenes Atelier eingerichtet, in dem er selbst Entwürfe angefertigt und an der richtigen Formel für Hartporzellan getüftelt hat.« Monsieur Panier schmunzelte. »Ein seltsamer Vogel muss das gewesen sein. Jeder wusste, dass er ohne seinen mächtigen Bruder niemals vom König mit der Manufakturgründung beauftragt worden wäre. Er hat eine Gesellschaft gebildet und sie die ›Charles Adam Aktiengesellschaft‹ genannt. Und wissen Sie, wer Charles Adam war?«

Als würde er sich wirklich für ihre Antwort interessieren, blickte er sie herausfordernd an.

»Na, ein Strohmann! Es gab wohl tatsächlich einen Mann dieses Namens – man munkelt, es hätte sich um Fulvys Kammerdiener gehandelt –, aber natürlich stand niemand anders als Fulvy selbst dahinter! Doch aus irgendeinem Grund wollte er mit der Sache nicht in Verbindung gebracht werden. Seltsam, oder? Ich könnte Ihnen noch mehr Geschichten erzählen, lieber Frédéric, zum Beispiel, was er da immer in China gemacht hat …«

Friederike schwirrte der Kopf. Sie war erleichtert, als der Wagen nach wenigen Meilen endlich in einem kleinen Weiler zum Stehen kam und der Kutscher ihr bedeutete, nicht näher an das Schloss heranfahren zu können.

»Das ist La Pissotte. Vielleicht finden Sie hier eine Unterkunft. Oder Sie gehen direkt zum Schloss. Von hier aus bis zum

Tour du Village, dem großen Eingangstor, ist es nicht mehr weit. Wenn ich die beiden Herrschaften noch vor Anbruch der Dunkelheit nach Paris bringen soll, müssen Sie jetzt aussteigen, Monsieur.«

Gegen den Protest ihrer Reisegefährten, die den Kutscher vergeblich zu überreden versuchten, Friederike bis zur Manufaktur vorzufahren, kletterte sie aus dem Wagen und schnallte ihren Koffer von der Karosse. Sie ließ sich noch die Anschrift der beiden Herren geben, versprach, bei ihrem geplanten Parisbesuch auf jeden Fall in der Schneiderei vorbeizuschauen, und stand schließlich allein auf dem schlammigen Zufahrtsweg zum Schloss.

Nun war ihr doch ein wenig mulmig zu Mute. Nicht nur erschien ihr der ganze Plan von Benckgraff mit einem Mal äußerst tollkühn – wie sollte sie jemals hinter die Mauern der Porzellanmanufaktur vordringen, ohne dass irgendjemand Verdacht schöpfte und sie sofort der Spionage verdächtigte? Auch erkannte sie mit Schrecken, dass das Gelände so gigantisch war, dass sie wahrscheinlich Tage brauchen würde, die Manufaktur überhaupt zu finden. Ganz zu schweigen von der Frage, wie sie an den Wachposten rechts und links des Eingangstors vorbeikam, das ihr in dem riesigen Turm fast wie ein Mauseloch erschien. Und der Festungsgraben: breiter als der Main bei Höchst!

Schon war die Kutsche mit ihren neuen Freunden hinter der nächsten Abbiegung verschwunden. Friederike sah sich um. Bald würde die Sonne hinter dem kleinen Eichenwald untergehen. Ob sie sich erst im Dorf nach einer Bleibe erkundigen sollte? Aber was nutzte ihr ein Bett, wenn sie keine Arbeit fand? Sie wusste ja noch nicht einmal, ob man sie in der Manufaktur überhaupt beschäftigen würde.

Unschlüssig blieb sie mitten auf der Straße stehen. Nicht einmal ihren Koffer konnte sie der vielen Pfützen wegen absetzen. So ein Elend, da stand sie nun! Wenn doch Carl jetzt da gewesen wäre! Er hätte ihr einen Rat geben oder ihr in dieser unwirtlichen Gegend zumindest Gesellschaft leisten können. Wie er wohl vorgegangen wäre, um in die Manufaktur zu gelangen? So kaltblütig, wie er Theater gespielt hatte, um sie ins Wohnzimmer von Maria Seraphia von Löwenfinck zu schleusen, wäre ihm bestimmt auch in dieser Situation etwas eingefallen. Kaufleute waren bieder und langweilig, hatte sie geglaubt – dabei hatten sie es faustdick hinter den Ohren.

Ein vertrautes Geräusch, das immer näher kam, ließ sie aufschauen. In atemberaubendem Tempo kam ein Sechsspänner auf sie zugerast. Nach allen Seiten spritzte der Schlamm auf, die sechs Rappen prusteten und warfen die Köpfe zur Seite. Schnell trat sie zurück in den noch unbestellten Acker, um nicht von den aufgeworfenen Matschklumpen getroffen zu werden. Zwei ineinander verschlungene große *L* zierten die Wagenschläge.

Das Wappen des Königs! Friederike erstarrte vor Ehrfurcht. Genau diese beiden Buchstaben hatten den Boden der Untertasse geziert, die Benckgraff ihr und den anderen Kollegen in Höchst gezeigt hatte. Allerdings standen sie dort blassblau auf Weiß und nicht golden auf glänzendem Schwarz.

Die Kutsche war nur noch wenige Schritt von ihr entfernt, als sie den kleinen weißen Hund bemerkte, der neben dem Kutscher auf dem Bock saß und in ihre Richtung kläffte.

Dort, wo sie eben noch gestanden hatte, machte die Straße einen leichten Schlenker nach links, und als der Wagen sich in die Kurve legte, konnte der kleine Hund sich nicht mehr am Polster festkrallen und flog in hohem Bogen von seinem Sitzplatz, geradewegs auf sie zu.

Instinktiv ließ Friederike ihren Koffer fallen und streckte die Hände nach dem kleinen Fellknäuel aus. Kaum sicher in ihren Armen gelandet, stieß das Hündchen ein kurzes Wimmern aus, um gleich darauf nach ihr zu schnappen.

»He, du kleiner Gauner!«, rief sie belustigt. »Noch keinen einzigen Zahn im Maul, aber schon den starken Max markieren, was?«

Endlich hatte der Kutscher das Gespann zum Stehen gebracht. Seine lange Peitsche wirbelte durch die Luft. Das Geschirr klirrte, die Rösser schnaubten und scharrten mit den Hufen. Fast gleichzeitig begannen die beiden mittleren sich wie auf Kommando zu entleeren. Dampfende Pferdeäpfel fielen in den Matsch.

Zögernd trat Friederike auf das Gefährt zu, das knurrende Fellbündel eng an die Brust gepresst. Ein livrierter Lakai sprang vom Trittbrett, um das Tier in Empfang zu nehmen.

»Was ist denn los? Warum halten wir hier mitten auf der Straße an?«

Ein blonder Schopf mit einer kaum gebändigten Lockenmähne spähte aus dem Kutschenfenster hervor. Friederike schätzte das Mädchen auf etwa zehn Jahre. Als die Kleine den Lakaien mit dem Hund im Arm sah, riss sie sofort den Schlag von innen auf und stolperte in ihrem weiten Rock aus der Karosse. Gleich beim ersten Schritt blieb einer ihrer Seidenpantoffeln im Matsch stecken. Ungerührt zog sie den Fuß aus dem Schuh und eilte auf Strümpfen weiter dem geliebten Hündchen entgegen, das sich von seinem Schock erholt zu haben schien und ihr freudig entgegenbellte.

»Bleiben Sie, wo Sie sind, Mademoiselle, wir kommen zu Ihnen!«, versuchte der Lakai sie aufzuhalten.

Ein Frauenkopf mit einer schlichten, grau gepuderten Hochfrisur zeigte sich in dem halb geöffneten Schlag. Die Dame hatte die Augenbrauen über der Nase zusammengezogen und beäugte den Anblick, der sich ihr bot, mit einem Ausdruck, in dem sich Missfallen und Amüsement die Waage hielten.

»Alles in Ordnung, Madame la Marquise, kein Grund zur Sorge!«

Der Lakai hatte etwas Gehetztes in der Stimme. Er drückte den kläffenden Schoßhund in die Arme seiner kleinen Besitzerin, hob sie vorsichtig vom Boden und trug sie zu der Stelle, an der sie ihren Schuh verloren hatte. Ohne die Kleine abzusetzen, bückte er sich und zog den triefenden Pantoffel aus dem Schlamm.

»Ist schon gut, Pierre! Pass nur auf, dass dieser Dreck uns nicht die ganze Kutsche beschmutzt!«

An das Mädchen gewandt, fügte die Dame hinzu:

»Und du, Antoinette, lernst endlich, dich zu mäßigen! Es gehört sich nicht für ein junges Fräulein, so spontan zu sein! Einmal ganz zu schweigen davon, dass du dir gerade deine neuen Schuhe ruiniert hast.«

Die Pompadour! Das musste sie sein! Der prächtige Wagen, das königliche Wappen, der selbstsichere Gestus der Frau – um niemand anderen konnte es sich hier handeln. Friederike war sich selten einer Sache so sicher gewesen. Nicht zuletzt das ovale, leicht abgezehrte Gesicht, dessen Schönheit noch immer ins Auge fiel, hatte sie – nach dem ausführlichen Bericht von Monsieur Panier – in ihrer Annahme überzeugt.

»Was ist denn eigentlich passiert?«, erkundigte sich die Dame nun leicht gereizt bei dem Lakaien.

»Chérie ist vom Bock gefallen, und der Mann da« – das Mädchen hatte anstelle des Lakaien geantwortet und zeigte auf Friederike, die noch immer mit einem Bein im Feld stand – »dieser freundliche junge Mann da hat ihn aufgefangen und vor dem Ersticken im Matsch gerettet, liebe Tante.«

Über die Schulter des Lakaien strahlte sie Friederike an.

»Und mit wem haben wir die Ehre, Monsieur?«

Trotz ihres strengen Blicks war der Tonfall der Marquise freundlich und charmant.

»Madame …«

Friederike war aus dem Feld getreten und in eine tiefe Verbeugung versunken. Die Pompadour hatte die Kutschentür ein Stück weiter geöffnet, sodass Friederike auf ihre knochigen Schlüsselbeine blicken konnte, die über dem lose um die Schultern geschlungenen Pelzumhang und der rosafarbenen Seidencontouche hervorsahen.

»Friedrich Christian Rütgers, Porzellanmaler aus Meißen.« Sie fiel erneut in einen Kratzfuß. »Ich suche Arbeit, deshalb bin ich hier. Mir wurde gesagt, in Vincennes sei das Können von uns Sachsen sehr gefragt ...«

»In der Tat, in der Tat«, lächelte die Pompadour ironisch. »Und da kommen Sie einfach so vorbei, in der Hoffnung, wir würden Sie hier mit offenen Armen empfangen ... Ganz schön mutig, junger Mann, um nicht zu sagen: reichlich naiv! Was meinen Sie wohl, warum der König die Manufaktur in dieser gewaltigen Festung untergebracht hat?«

Das kleine Mädchen war an der Marquise vorbei zurück in die Kutsche geklettert, während der Lakai den schlammüberzogenen Pantoffel notdürftig mit seinem Rock zu säubern versuchte. Schon halb im Sitzen drehte sie sich um und warf Friederike eine Kusshand zu.

»Vielen Dank, Monsieur!«, lachte sie vergnügt.

Ohne Friederikes Antwort abzuwarten, die eine Erklärung hervorstammeln wollte, fuhr die Pompadour fort:

»Mir wurde gesagt, in Meißen sei das nicht anders als hier – da arbeitet ihr doch auch hinter dicken Mauern und habt Angst, dass euch einer euer Arkanum entlockt!«

Bescheiden senkte Friederike den Kopf. Ihr war klar, dass nun alles auf der Kippe stand: Wenn sie sich jetzt im Ton vergriff, konnte sie Vincennes und ihren Auftrag ein für allemal vergessen.

»Ja, das war in der Tat reichlich naiv von mir, Madame«, bestätigte sie kleinlaut. »Das habe ich auch gerade gedacht, als ich hier im Matsch stand, meine Kutsche sich immer weiter entfernen sah und ich plötzlich nicht mehr ein noch aus wusste.«

Das Mädchen beugte sich wieder aus dem Wagen.

»Der Mann soll mitkommen, Tante!«, quengelte sie.

Der kleine Hund leckte ihre Hand.

Statt ihrer Nichte zu antworten, musterte die Mätresse des Königs Friederike von oben bis unten. Einen Moment starrten sie einander schweigend an. Friederike schlug als Erste die Augen nieder.

»Sie haben Glück, dass Sie mich getroffen haben«, sagte die Marquise schließlich kühl. »Ich hoffe, Sie wissen das zu schätzen! Blumen malen können Sie doch sicher, oder? Deutsche Blumen, wohlgemerkt!«

Friederike nickte eifrig. Geschafft! Sie hatte die Pompadour von sich überzeugt – was auch immer den Ausschlag dazu gegeben hatte. Ihr war ein wenig blümerant zumute, fast glaubte sie zu träumen. Sollte ihr Entree in der Manufaktur des französischen Königs wirklich so einfach gewesen sein?

»Gut. Wäre ja sonst noch schöner gewesen. Figürliches beherrschen Sie ebenfalls?«

Die Marquise hatte sich in einer anmutigen Bewegung auf die oberste Trittbrettstufe geschwungen und blickte auf Friederike herab. Ihre Stimme klang nun ganz geschäftsmäßig.

»Sie haben vielleicht mitbekommen, dass unser Verkaufsschlager der letzten Jahre die plastischen Porzellanblumen waren. Buketts, Gestecke, aber auch Verzierungen bei Uhren, Kronleuchtern etcetera. Für meinen Geschmack hat sich das ein wenig totgelaufen, daher möchte ich gern mehr auf Figuren gehen. Tiere, Kinder, Schäferszenen, vielleicht ein paar Musikanten, außerdem Chinesen ...«

Friederike musste sich beherrschen, ihr nicht ins Wort zu fallen. Chinesen waren noch immer ihre Spezialität, nur hatte sie in Höchst kaum mehr Gelegenheit gehabt, die niedlichen kleinen Porzellanfiguren zu bemalen. Die einzige Ausnahme war ein rauchender Chinese gewesen, ein weniger gelungenes Werk von Caspar.

Die Pompadour hatte ihre Regung bemerkt. Nickend fuhr sie mit ihren Ausführungen fort:

»Ich möchte gern, dass wir uns in der Malerei ein wenig mehr an den Werken der großen Meister wie Boucher oder Lemoyne orientieren. Was die Modelle betrifft, haben wir schon angefangen, die Skulpturen aus den Parks von Versailles oder den Jardins des Tuileries nachzuempfinden. Aber in der Malerei sollten diese Motive auch mehr Verwendung finden, und zwar nicht nur bei den Figuren, sondern auch beim Gebrauchsgeschirr. Wissen Sie, was ich meine?«

Unter dem freudigen Kläffen des Schoßhündchens und den vergnügten Zwischenrufen der kleinen Antoinette hatten die Pompadour und Friederike ihre Fachsimpelei schließlich in der Kutsche fortgesetzt, bis der Sechsspänner vor den Türen der Manufaktur haltgemacht hatte. Friederike war es kaum gelungen, während der Fahrt einen Blick auf die Schlossanlage innerhalb der Festungsmauern zu werfen, so gefangen war sie von ihrer Unterhaltung mit der Mätresse des Königs. Sie konnte gut verstehen, dass Louis XV. dieser Frau einst verfallen war. Schönheit, wenn auch ein wenig verblichen, Charme und ein außerordentlich wacher Geist schienen sich in ihr zu vereinen. Noch dazu hatte die Pompadour ihr nicht einen Moment mehr zu verstehen gegeben, dass sie gesellschaftlich weit unter ihr stand. Von gleich zu gleich hatte sie mit ihr gesprochen und ihr, im Gegenteil, sogar bedeutet, dass sie größten Respekt vor ihrem Berufsstand hatte.

»Liebe Tante, ich glaube, wir sind da!«, unterbrach das Mädchen den Redefluss der Marquise.

Der Wagen hatte bereits vor einer ganzen Weile vor dem Pavillon du Roi Halt gemacht. Nun riss der Kutscher beide Türschläge auf. Verängstigt starrte er aus der zu großen Livree auf seine Herrin, als hätte er Angst, etwas falsch gemacht zu haben.

Schon eilte ihnen ein älterer Mann entgegen, der Manufakturdirektor, wie Friederike annahm.

»Madame …«, versank er in einen tiefen Kratzfuß.

»Mein lieber Boileau, ich bringe Ihnen einen neuen Mitarbeiter. Einen Porzellanmaler aus Meißen!« Die Pompadour ließ ein glockenhelles Lachen erklingen. »Sie haben es ja nicht geschafft, einen zu finden – mir laufen sie einfach über den Weg.«

Plötzlich schien sie es sehr eilig zu haben. Sie raffte ihre Röcke zusammen und machte sich daran, aus der Kutsche zu steigen.

Ohne Friederike anzusehen, erklärte sie ihr hastig, dass sie sich am nächsten Morgen in aller Ruhe die Räumlichkeiten ansehen und fürs Erste im Donjon übernachten solle, in dem auch das Gefängnispersonal logiere, alles andere werde man dann sehen.

Mittlerweile waren einige weitere Mitarbeiter der Manufaktur aus dem Gebäude gekommen, um die Marquise zu begrüßen. Der Direktor winkte einen jüngeren Mann heran, der Friederike wegen seines ebenso eleganten wie lässigen Kleidungsstils entfernt an Caspar erinnerte. Boileau murmelte ihm etwas ins Ohr und zeigte dann auf sie.

»Ja, ja, gehen Sie nur mit Bachelier, er ist unser Obermaler!«, rief die Marquise ihr zu.

Hinter ihr war das kleine Mädchen mit dem Hund im Arm vom Trittbrett gesprungen.

»Auf Wiedersehen, Frédéric!«, verabschiedete sich Antoinette mit einer lustigen Grimasse, warf ihr eine letzte Kusshand zu und schloss rasch zu ihrer Tante auf, die am Arm des Direktors zielstrebig auf die Manufaktur zugesteuert war und bereits die Schwelle übertreten hatte.

Nur der Duft ihres Parfums lag noch in der Luft, als Friederike aus dem Gebäudeinneren ein spöttisches »Auf bald, lieber Rütgers!« erklingen hörte.

☙

Sechs Wochen später beglückwünschte Friederike sich noch immer zu dem Zufall, die Pompadour vor den Toren des Schlosses von Vincennes getroffen und sich dank ihrer Empfehlung Zutritt in die Manufaktur verschafft zu haben. Sie bezweifelte, dass sie auf anderem Wege das Vertrauen sowohl des Direktors Boileau als auch seines sehr von sich eingenommenen Obermalers Bachelier hätte erringen können. Letzterer war zwar in der Tat ein Künstler herausragenden Ranges, aber mit dem entscheidenden Nachteil, dass er niemanden neben sich duldete und seine Untergebenen nur streng nach seinen Vorlagen malen ließ. Gemessen an ihrem Alltag in Höchst war das Leben in dem kleinen Örtchen La Pissotte zwar weit weniger vergnüglich, aber sie war ja schließlich nicht in Vincennes, um sich zu amüsieren, sondern um für Benckgraff das Geheimnis der französischen Farben zu ergründen. Bisher hatte sie allerdings erst herausgefunden, dass ein gewisser Pierre-Antoine-Henri Taunay, der eigentlich Goldschmied war, seit Jahren schon mit Farben experimentierte und immerhin ein Purpurrot zustande gebracht hatte, das sich mit dem aus Meißen auf jeden Fall messen konnte. Auch der Erfinder des Frittenporzellans und neuerdings ihr Zimmerwirt, François Gravant, beschäftigte sich nicht nur mit der Optimierung der Porzellanmasse, sondern ebenso mit der Kunst der Pigmentherstellung.

»Weißt du, Frédéric«, hatte er eines Tages beim Abendessen geseufzt, »dieser ewige Wettstreit zwischen den Porzellanmanufakturen geht mir ganz schön auf die Nerven. Wieso müssen wir jetzt unbedingt die leuchtendsten und schönsten Farben aller Zeiten herstellen? Macht ihr in Meißen doch eure Sache, und wir machen unsere! Der Markt ist groß genug, um ihn sich zu teilen. Euer König soll eure Waren kaufen und unserer das, was wir hier in Vincennes herstellen. Schließlich gehört ihm die Manufaktur zu einem Viertel.«

Seine Frau Henriette hatte ihm besänftigend übers Haar gestrichen und ihm noch ein Glas Rotwein eingeschenkt. Um Brust und Bauch hatte sie ein buntes Tragetuch gebunden, in dem ihr neugeborener Sohn schlummerte. Ein Strahlen schien von ihr auszugehen, ihr Gesicht leuchtete regelrecht, obwohl sie allen Grund hatte, Erschöpfung zu zeigen. Kaum dem Kindbett entstiegen, hatte sie auch an diesem Tag wieder von Hand mehrere Dutzend Porzellanblumen geformt.

Friederike wohnte gern bei den Gravants. Hier fühlte sie sich heimisch, hatte sie doch in den feuchten Mauern des Donjon irgendwann einen richtigen Koller bekommen. Die Räume der Gefängniswärter und somit auch ihre Kammer lagen zwar in der obersten Etage des Turms, und man hatte einen fantastischen Ausblick von dort, ja sogar die Verpflegung des Personals und die Stimmung waren verhältnismäßig gut gewesen, aber trotzdem war sie den Eindruck nie losgeworden, ständig mindestens ein Augenpaar auf sich zu fühlen, als zählte sie selbst zu den Inhaftierten und als müsste jeder ihrer Schritte argwöhnisch beobachtet werden. Sie hatte François Gravant nach einer abermals durchwachten Nacht ihr Leid geklagt, und dieser hatte ihr spontan angeboten, zu ihm und seiner Familie zu ziehen. Immer wieder musste sie an die von Löwenfincks denken, seit sie in dem engen Zimmerchen bei den Gravants untergekommen war. Wie Maria Seraphia schien auch Henriette Gravant ihrem Ehemann trotz der beiden Kinder in der Ausübung ihres Handwerks ebenbürtig. Noch dazu war sie in alle seine Geschäfte eingeweiht und hatte sogar Teil an seinen geheimen Abmachungen mit Fulvy gehabt. Viel mehr, als dass die Gesellschaft ihnen für die Überlassung des Rezeptes zur Herstellung von Frittenporzellan alljährlich eine stattliche Summe Geld zahlte, hatten sie Friederike zwar nicht sagen wollen, aber es war klar, dass die Gravants gemeinsam für eine Sache einstanden und einander bedingungslos vertrauten.

Mit einem Mann wie Carl wäre so etwas wohl kaum möglich, überlegte Friederike. Henriette hatte ihr den kleinen Louis-François in den Arm gedrückt und machte sich nun am Herd zu schaffen, während ihr Mann an seinem Schreibtisch saß und im Schein einer Öllampe einen faustdicken blau glänzenden Stein untersuchte. Eine Ehe mit Carl würde zweifellos bedeuten, dass die Frau die traditionelle Rolle als Hausfrau und Mutter einzunehmen hatte, während der Mann seinen Geschäften nachging und sich nur hin und wieder zu Hause blicken ließ. Verschlossen, wie Carl in beruflichen Dingen war, würde seine Frau vermutlich auch selten erfahren, was ihn im Innersten bewegte, wenn er unterwegs war und mit immer wieder anderen Leuten in Kontakt kam.

Sachte strich Friederike dem Säugling über den Kopf. Sie fühlte sich nach wie vor ein wenig unsicher im Umgang mit dem strampelnden Windelpaket, genoss es aber, das winzige Kind auf dem Schoß zu halten, zumal auch Louis-François – sofern sie sein zahnloses Grinsen und fröhliches Gebrabbel richtig deutete – nichts dagegen zu haben schien, sie für einen Moment gegen seine Mutter einzutauschen.

Aber trotz allem vermisste sie Carl, das musste sie sich immer wieder eingestehen. Und Josefine! Die lebenskluge Freundin hätte sicher gewusst, wie sein hartnäckiges Schweigen auf ihren Brief unmittelbar nach ihrer Ankunft in Vincennes zu interpretieren wäre. Und wenn sie sie nur mit ein paar Höchster Tratschgeschichten von ihrem zunehmenden Unmut abgelenkt hätte. Carl hatte sich mit keinem Sterbenswort bei ihr gemeldet – wie Giovanni seinerzeit. Ob das ihr Schicksal war, dass sie immer wieder mit Männern zusammenkam, die sie einfach nur benutzten? Sich mit ihr ein, zwei Nächte vergnügten, um dann nie mehr einen Laut von sich zu geben? Aber Carl doch nicht, rief sie sich in Erinnerung, Carl war viel zu ernsthaft und solide für ein solches Verhalten. Selbst wenn er in Hochzeitsvorbereitungen mit seinem albernen Püppchen schwelgte, so würde er doch zumindest so viel Anstand besitzen, auf ihren Brief zu reagieren. Und sei es mit der Bitte, ihn für alle Zeiten in Ruhe zu lassen. Wenn doch nur Josefine da wäre, der sie ihr Herz ausschütten könnte! Sie hörte förmlich, wie die Freundin mit verschwörerischer Miene lästerte: »So sind die Männer eben: Erst gehst du mit ihnen ins Bett, und dann melden sie sich nie wieder bei dir!«

Das Krähen des kleinen Gravant zwang sie, ihren Blick vom Kaminfeuer zu lösen und sich dem Kind in ihren Armen zuzuwenden. Auch François hatte seinen Stein Stein sein lassen und sich zu ihr und dem Säugling gesellt.

»Lustig«, sagte er lachend, als er seinen Sohn betrachtete, »er scheint dich für eine Frau zu halten.«

»Wieso das denn?« Friederike überlief es heiß und kalt.

»Merkst du nicht, wie er mit der Nase immer wieder gegen deinen Oberkörper stößt? Als würde er nach deinen Brustwarzen suchen. Er hat Hunger, der Kleine! Ganz wie der Papa.«

Er streckte die Hände aus, um ihr das Kind abzunehmen.

Sie war froh, dass in dem Moment Henriette zum Essen rief. François war so mit seinem Sohn beschäftigt, dass er ihre plötzliche Verunsicherung nicht bemerkt hatte. Der strenge Geruch der Speisen stieg ihr in die Nase.

»Ich hoffe, du magst, was ich gekocht habe!«

Henriette hatte ihre vierjährige Tochter Henriette-Rosalie auf ihren Stuhl verfrachtet, den Deckel vom Topf genommen und damit begonnen, das Essen auf die Teller zu verteilen.

»Eine Spezialität aus der Normandie, der Heimat meiner Familie: *boudin aux pommes au cidre*.«

»Blutwurst mit Kartoffeln in Apfelwein? Das erinnert mich an ...«

Friederike biss sich auf die Lippen. Sosehr sie den neuen Freunden vertraute: Es war wohl dennoch besser, nichts von Frankfurt, Höchst und den dortigen Spezialitäten zu erzählen. Um von sich abzulenken, erkundigte sie sich nach dem blauen Stein, den François untersucht hatte.

»Ein Lapislazuli. Fulvy hat ihn aus Asien mitgebracht, wir haben ihn in seinem Nachlass gefunden. Du weißt, er ist sehr oft nach China gefahren. Offenbar ist er auch zum Hindukusch gekommen, da stammt der Stein nämlich her. Er war überzeugt, dass wir mit den Pigmenten von diesem Stein ein noch intensiveres Blau für die Grundierung hinbekommen würden, so wie die Chinesen.«

»Und was meinst du?«, fragte sie neugierig.

»Keine Ahnung, kann schon sein. Das, was wir bisher probiert haben, hat jedenfalls nicht wirklich funktioniert. Wir haben sogar mit Stofffarben, also Färberwaid und Indigo, herumexperimentiert. Und natürlich mit Kobalt.«

»Ja, Kobalt nehmen wir in Meißen auch. Für die Blaumalerei. Er muss noch nicht einmal chemisch rein sein und wird je nach gewünschtem Helligkeitsgrad mit Kieselerde versetzt.«

Je mehr sie von ihren Geheimnissen preisgab, umso größer wäre die Wahrscheinlichkeit, dass auch François sich nicht zurücknahm und von seinen Laborerfahrungen berichtete. Eigentlich tat es ihr leid, ihren freundlichen Gastgeber so auszuhorchen, aber was sollte sie machen: Das war *die* Gelegenheit, mehr über das kostbare Blau zu erfahren.

Sie pickte mit der Gabel in ihrem Blutwurstgericht herum. Dichte Dampfschwaden stiegen von dem Teller auf. Sie verströmten einen Geruch, den sie nur als ekelhaft bezeichnen konnte. Doch weder die beiden Gravants noch das kleine Mädchen schienen sich daran zu stören. Eifrig schaufelte Henriette-Rosalie das rötlich gefärbte Apfelkompott in sich hinein.

»Frédéric, du isst ja gar nichts!«

Vorwurfsvoll blickte die Kleine sie aus ihren dunklen Augen an.

»Doch, doch, ich denke nur nach«, beeilte sich Friederike, der Aufforderung des Mädchens nachzukommen. Sie musste sich regelrecht zwingen, die blutige Masse hinunterzuschlucken.

»Ich habe gehört, hier in Vincennes, aber auch in Chantilly würde zur Herstellung des Blaufarbtons ein bestimmtes Erz verwendet, das aus Kobalt und Wismut besteht ...«

Fragend blickte sie zu François hinüber.

»Ja, man muss dieses Kobalterz bloß in einer Säure auflösen, Wasser dazugeben und warten, bis der Wismutkalk sich absetzt. Auf diese Weise erhältst du reines Kobaltoxyd, das du trocknest und mit präparierter Kieselerde versetzt. Aber wie gesagt, wirklich überzeugt bin ich davon nicht.«

François gestikulierte wild mit dem Löffel. Er hatte seinen Teller schon fast leer gegessen.

»Ich glaube, wir müssen uns mehr an die Chinesen halten«, fuhr er fort. »Neben dem Lapislazuli haben sie angeblich noch ein anderes Mineral, das dem römischen Vitriol nahekommen soll. Fulvy hat mir noch kurz vor seinem Tod davon erzählt. Tsiu nennt sich dieser Stein. Offenbar ist er bleihaltig und wird nur für die Unterglasurmalerei gebraucht. Er wird zu einem feinen Pulver zerstoßen, das du in einem Gefäß ganz leicht mit Wasser verrührst. Dann schüttest du das Wasser weg, hältst aber die Kristalle zurück. Sie sind jetzt nicht mehr blau, sondern aschfarben. Aber einmal gebrannt, erhält der Tsiu seine schöne ins Violett gehende Farbe wieder, heißt es. Und du kannst die Kristalle immer wieder neu gebrauchen. Ein bisschen Wasser oder vielleicht auch ein bisschen Rindsleim genügt, um sie wieder neu anzurühren. Fantastisch, oder?«

Aufrichtige Begeisterung schwang in seiner Stimme mit.

Friederike hatte sich nach Kräften bemüht, seinem Vortrag aufmerksam zu lauschen. Doch sie hatte zunehmend gegen ihre aufsteigende Übelkeit ankämpfen müssen und kaum etwas davon mitbekommen. Schweißtropfen hatten sich auf ihrer Stirn gebildet, ihre Hände zitterten. Das Unwohlsein, das sie schon die ganze Zeit beschlichen hatte, war stärker geworden. Sie hatte das Gefühl, sich jeden Moment übergeben zu müssen.

»Frédéric, was ist los? Du bist ganz blass!«

Besorgt schaute Henriette zu ihr hinüber.

»Entschuldigt mich«, stammelte Friederike. »Ich kann nicht mehr weiteressen. Mir ist übel, ich glaube, ich muss ...«

Sie sprang auf und stürzte zur Tür hinaus, um sich hinter einem Busch zu erbrechen. Auf wackeligen Beinen kehrte sie nach einigen Minuten in das kleine, dunkle Esszimmer der Gravants zurück. Henriette brachte sie sofort in ihr Kämmerchen und half ihr, die Stiefel auszuziehen und sich ins Bett zu legen.

Lange drehten sich ihre Gedanken im Kreis, als sie in dem abgedunkelten Raum lag und Schlaf zu finden versuchte. Hin und wieder hörte sie gedämpftes Kinderlachen oder das leise Krähen des Neugeborenen. Blau, gelb, rot, grün, gold – lauter Farben verschwammen vor ihren Augen. Ihre Nase nahm Gerüche auf, die ihr völlig ungewohnt erschienen, obwohl sie ganz alltäglich waren: der leichte Gestank nach Terpentin, der ihrer achtlos über den Stuhl geworfenen Arbeitsjacke entstieg, der Lavendelduft, der in dem frisch gewaschenen Bettzeug hing, der Geruch nach Blutwurst und feuchten Kleidern, der aus dem Nachbarzimmer drang.

Was war nur mit ihr los, dass sie sich so schwach fühlte? Und dann noch diese Übelkeit! So erschöpft war sie lange nicht mehr gewesen, eigentlich noch nie, wenn sie länger darüber nachdachte. Sicher, die letzten Wochen waren vollgestopft gewesen mit neuen Eindrücken. Sie hatte sich in ihre Arbeit einfinden und die Kollegen kennenlernen müssen, stets auf der Hut, sich weder als Frau noch als Spion aus Höchst zu verraten, sie hatte von morgens bis abends Französisch sprechen müssen, und überdies hatte sie immer wieder mit ihren Gefühlen zu kämpfen gehabt: Auf der einen Seite war da die an manchen Tagen kaum auszuhaltende Sehnsucht nach Carls starker Schulter und seinem herzlichen Lachen gewesen, gepaart mit einer zunehmenden Wut auf ihn, weil er sich einfach nicht bei ihr meldete. Und auf der anderen Seite hatte sie vermehrt wieder an Giovanni gedacht, hatte der ständige Anblick des Donjons sie fast jeden Tag an den schrecklichen Gefängnistraum erinnert.

Friederike kannte sich selbst nicht wieder. Was ist nur mit mir los?, fragte sie sich zunehmend verzweifelter. Ihre Übelkeit war beinah völlig verschwunden, dafür musste sie jetzt gegen die Tränen ankämpfen. Durch den Spalt zwischen den Vorhängen konnte sie in die schwarze Nacht draußen schauen. Sie wollte noch einmal aufstehen, um sich bei den Gravants zu entschuldigen, ihnen wenigstens Gute Nacht sagen, nachdem sie den Abendbrottisch so fluchtartig verlassen hatte. Doch bevor sie nur ein Glied rühren konnte, war sie schon in einen tiefen, traumlosen Schlaf gesunken.

☙

»Der König kommt!«

Der sonst so auf seine Unerschütterlichkeit bedachte Etienne-Henri Le Guay fuhr sich mit der farbverschmierten Hand nervös durchs Haar. Er stand auf der Schwelle zur Malerstube und genoss sichtlich die plötzliche Aufmerksamkeit der Kollegen. Manche waren von ihren Stühlen aufgesprungen und auf ihn zugetreten. Andere zeigten sich, wie Friederike, nur mäßig beeindruckt und blieben an ihren Arbeitsplätzen in dem hohen Raum mit den vielen Vorlagebildern an den Wänden sitzen. Immerhin hatte sie den Blick von der eiförmigen Teekanne gehoben, an der sie gerade arbeitete, und den rot getränkten Pinsel vorsichtig auf das Ablagetellerchen gelegt. Fröstelnd zog sie ihren Schal enger um ihren Körper.

»Was heißt das, der König kommt?«, fragte der junge Sioux wissbegierig, ein noch recht unerfahrener Blumenmaler, der als Erster auf Le Guay zugestürzt war.

»Also, ich war bei Boileau im Büro, wegen irgendeiner Kleinigkeit. Hellot war auch da. Sie warteten auf Bachelier. Als ich anklopfte, dachten sie wohl, da käme der Herr Obermaler endlich. Jedenfalls machten sie eine ziemlich verdutzte Miene, als sie mich sahen. Da hatte ich aber schon den Brief mit dem aufgebrochenen Siegel auf Boileaus Schreibtisch entdeckt. Der Direktor muss meinem Blick gefolgt sein, jedenfalls meinte er auf einmal, dass ihm der König persönlich geschrieben und seinen Besuch angekündigt hätte.« Listig blickte er in die Runde. »Ihr wisst, was das bedeutet, oder?«

»Wahrscheinlich will er eine größere Bestellung aufgeben«, mutmaßten der junge und der alte Sioux im Chor. Im Gegensatz zu seinem eher mittelmäßig begabten Sohn war der Vater in der Lage, Randornamente zu produzieren, die selbst für die Verhältnisse in Vincennes außerordentlich kunstvoll waren.

»Vielleicht will er uns ja auch einfach mal besuchen ...«

Jean-Jacques Anthaume konnte zwar wunderbare Landschaften und Tiere malen, aber für besonders geistreich hatte Friederike ihn noch nie gehalten.

»Ich glaube eher, er will hier Ordnung schaffen«, schaltete sich nun der alte Jean-Adam Mathieu ein. Er war eigentlich Hofemailleur in Versailles und entwarf lediglich die Dekorentwürfe für die Porzellanmanufaktur. Friederike hatte ein ganz besonderes Verhältnis zu ihm entwickelt, seit er ihr erzählt hatte, dass er in Stralsund geboren war. Mit ihm konnte sie Deutsch sprechen und Scherze machen, die die anderen Kollegen nicht verstanden. Für ihren Geschmack weilte Mathieu viel zu selten in Vincennes. Gleichzeitig war er natürlich eine gute Quelle für den neuesten Tratsch vom Hof.

»Ordnung?«, fragte Le Guay gedehnt. Er schien gar nicht damit einverstanden zu sein, dass ihm jemand die Schau zu stehlen drohte. »Hier ist doch alles in bester Ordnung – was willst du denn? Seit Boileau die Geschäfte übernommen hat, geht es doch in jeder Hinsicht bergauf.«

»Das mag ja sein ...« Der alte Mathieu ließ sich nicht beirren. Sein zerfurchtes Gesicht unter dem weißen Haarschopf strahlte große Ruhe aus. »Aber es ist doch eine Tatsache, dass der König das Gefühl hat, nicht genug Einblick in die Manufaktur zu haben. Und zwar sowohl in kaufmännischen Belangen als auch, was die Produktion selbst betrifft. Ich habe gehört, dass er nach neuen Räumlichkeiten Ausschau hält, und zwar in der Nähe von Versailles. Vincennes ist ihm einfach zu weitab vom Schuss.«

Die Männer zogen lange Gesichter. Ein Umzug – das würde für die meisten von ihnen einen großen Einschnitt in ihr Leben bedeuten. Fast alle Mitarbeiter der Manufaktur hatten Familie in La Pissotte und Umgebung.

»Außerdem«, nahm Mathieu den Faden wieder auf, »außerdem habe ich gehört, er sei ganz begeistert von einer Zuckerdose *en bleu lapis* gewesen, die ein gewisser Friedrich Christian Rütgers aus Meißen bemalt haben soll. Und jetzt möchte er den jungen Künstler aus Sachsen unbedingt persönlich kennenlernen.«

Schmunzelnd hatte er sich zu Friederike umgedreht, die jedoch ganz und gar nicht begeistert von seinem Vorstoß war, sondern am liebsten im Erdboden versunken wäre. Auf keinen Fall wollte sie hier in der Manufaktur auffallen! Sie warf einen verstohlenen Blick in die Runde. Auf den meisten Gesichtern las sie unverhohlenen Neid. Die Kollegen arbeiteten alle seit Jahren in der Manufaktur, und noch nie hatte der König sich für die Arbeit einer der Ihren interessiert. Alle wussten sie natürlich, auf wessen Empfehlung Friederike ihre Anstellung bekommen hatte. Und jetzt auch noch der König!

Doch bevor die Kollegen auf sie losgehen konnten, drangen schon Schritte und Wortfetzen aus dem Korridor in die Malerstube, und sämtliche Anwesenden spitzen die Ohren.

»Tretet ein, Sire«, war in dem Moment die Stimme des Direktors zu vernehmen, die einen ungewohnt unterwürfigen Tonfall angenommen hatte.

Wie auf Kommando stoben die Maler, die sich um Le Guay geschart hatten, zurück an ihre Plätze. Der Vergolder selbst schien zu perplex, um an seinen Arbeitstisch zu eilen. Als Louis XV., dicht gefolgt von Boileau, Bachelier und zwei Lakaien, den Raum betrat, blieb ihm nichts anderes übrig, als in einen tiefen Kniefall zu versinken.

»Stehen Sie auf, Messieurs!«, ertönte die sonore Stimme des Königs. »Ich kann zwar leider nicht behaupten, dass ich heute inkognito unterwegs wäre und Sie mich ruhig wie einen der Ihren behandeln könnten, dazu ist mein Konterfei in diesem Land zu bekannt, aber immerhin ist es mir gelungen, bis auf diese beiden Vertreter hier« – mit einem leutseligen Grinsen wies er auf die zwei Diener an seiner Seite – »meinen gesamten Hofstaat abzuschütteln und mich sozusagen als Privatier auf die Reise zu begeben. Also verzichten wir auf die Honneurs, Messieurs, einverstanden?«

Für einen Mann seines Standes war Louis XV. in der Tat einfach gekleidet. Er hatte sogar auf seine Perücke verzichtet und trug die braunen Locken zu einem lockeren Pferdeschwanz gebunden. Der perfekte Schnitt seines Rocks aus dem schimmernden dunkelvioletten Wollstoff verriet jedoch einen ausgezeichneten Schneider und einen erlesenen Kleidergeschmack.

Ob die Pompadour da ihre Finger im Spiel hatte?, fragte sich Friederike unwillkürlich. Sie hatte bei jeder ihrer Begegnungen in den letzten Wochen gedacht, dass diese Frau einfach die Stilsicherheit in Person war. Stets nach dem letzten Schrei und in die edelsten Materialien gewandet, hatte sie jedoch nie ausstaffiert oder dem Anlass nicht angemessen gekleidet gewirkt. Ganz im Gegensatz zu Mathilde Leclerc, diesem affektierten Püppchen, hatte Friederike mit zunehmendem Groll Carl Bogenhausen gegenüber gedacht. Ihre Gedanken an den Frankfurter Kaufmann waren zwar noch immer von Sehnsucht erfüllt, aber je länger ihre Straßburger Liebesnächte zurücklagen, desto weniger verklärt betrachtete sie ihn. Natürlich, er war gewissen Zwängen unterworfen, ganz erheblichen sogar, aber wenn er es wirklich ernst mit ihr gemeint hatte oder sei es auch nur in alter Verbundenheit als ihr Lebensretter, hätte er sich doch wenigstens mit einer kurzen Notiz bei ihr zurückmelden können. Oder hatte ihr unglücklich verlaufenes Gespräch übers Heiraten ihn so verschreckt, dass er lieber von vorneherein einen Rückzieher gemacht hatte?

Sie hatte gar nicht mitbekommen, dass der König bei seinem Rundgang durch die Malerstube an ihrem Tisch stehen geblieben war. Erst das Hüsteln Boileaus brachte sie zur Besinnung. Als sie von der Vase aufsah, auf die sie lustlos ein paar gelbe Streublümchen gepinselt hatte, schaute sie genau in das lächelnde Gesicht Louis' XV. Trotz seines Kummers über den Tod seiner wenige Wochen zuvor verstorbenen Tochter Anne-Henriette, die mit vierundzwanzig Jahren einer Blatterninfektion erlegen war, wirkte er heiter und gelöst.

»Sie sind also der junge Mann, dem ich diese wunderschöne blaue Zuckerdose verdanke«, schmunzelte er. »Die Marquise hat mir erzählt, dass ihr Schöpfer gar keiner von uns, sondern ein Meißener gewesen sei. Sie hat mir im Übrigen in den höchsten Tönen von Ihnen vorgeschwärmt!«

Die Zuckerdose gehörte zu den Stücken, die Friederike an Obermaler Bachelier vorbei angefertigt hatte, eine Auftragsarbeit der Pompadour. Die Marquise hatte sie gebeten, frei nach ihrem Lieblingsmaler Boucher ein Landschaftsmotiv auf blauem Fond mit einer goldenen Umrahmung zu variieren. Der Einzige, der noch von ihrem geheimen Pakt gewusst hatte, war François Gravant gewesen, der Friederike sowohl den Rohling als auch die blaue Farbe beschafft hatte. An seinem Küchentisch hatte sie sorgsam und in mehreren Schichten die Farbe aufgetragen, die François zuvor in einem äußerst langwierigen Prozess gewonnen hatte. Er hatte Fulvys Lapislazuli dafür geopfert und tagelang an einer Art Teig herumgeknetet, in den er neben dem zermahlenen Stein auch noch Harz, Wachs und Leinöl hineingerührt hatte. Warum die Pompadour niemanden sonst in ihr Geheimnis um die blaue Zuckerdose eingeweiht hatte, war sowohl Friederike als auch François schleierhaft gewesen.

»Vielleicht traut sie Bachelier nicht mehr so wie früher«, hatte Letzterer gemutmaßt. »Ich weiß, dass sie fürchterliche Angst davor hat, ausspioniert und verraten zu werden. Das ist geradezu eine Manie von ihr«, hatte er kopfschüttelnd hinzugefügt und weiter andächtig in seiner blauen Paste herumgerührt.

Friederike war froh gewesen, dass er ihr nicht ins Gesicht geschaut hatte – vor ihm und seiner Frau schämte sie sich besonders für ihren Betrug.

»Du scheinst ja nicht gerade stolz auf dein Werk zu sein! Statt dich zu freuen, dass die Marquise dich damit betraut hat und es dem König noch dazu so gut gefällt…«, bemerkte der junge Sioux harmlos.

Am liebsten wäre sie ihm an den Hals gesprungen. Musste dieser Dummkopf sie vor allen anderen so bloßstellen? Bachelier würde ihr bestimmt nie verzeihen. Und der Marquise war es sicher auch nicht recht, dass nun die ganze Manufaktur von ihrer geheimen Sonderproduktion erfahren hatte ...

Sie wusste nicht, was sie sagen sollte, als ihr Blick zufällig auf den Obermaler fiel. Zu ihrer Überraschung schien Bachelier jedoch ganz und gar nicht verärgert zu sein, sondern sich, im Gegenteil, in ihrem plötzlichen Glanz zu sonnen. Als wäre die Leistung eines seiner engsten Mitarbeiter allein die Frucht seines eigenen Könnens. Mit selbstzufriedener Miene und vorgestrecktem Bauch stand er neben Boileau, der sich mit dem einen der beiden Lakaien unterhielt.

»Wissen Sie was, mein Lieber« – der König hatte sich zu ihr hinuntergebeugt –, »wir setzen unsere Unterhaltung ein andermal fort. Hier scheint mir nicht der richtige Moment und auch nicht der richtige Ort zu sein. Ich möchte gern mehr über Sie – und über Meißen – erfahren«, lächelte er verschwörerisch. »Was halten Sie davon, wenn Sie mich und die Marquise demnächst einmal in Schloss Bellevue besuchen? Wenn mich nicht alles täuscht, findet dort auch bald wieder eine kleine Festivität statt, nicht wahr, Henri?«

Er hatte mit seiner behandschuhten Rechten ungeduldig nach dem zweiten Kammerdiener gewinkt, der auch sofort an seine Seite gesprungen war.

»Jawohl, Majestät«, hauchte der Mann. »In acht Tagen bereits. Ein Kostümball.« Er hüstelte diskret. »Und nicht wirklich klein, Sire: Madame erwartet etwa einhundert Gäste.«

»Sie haben es gehört, Monsieur Rütgers. Kommen Sie also am nächsten Wochenende zu uns ins Schloss. Dort können wir ganz *entre nous* miteinander plaudern. Ich weiß, Ihr Deutschen seid da anders, aber bei uns Franzosen heißt es gern: ›Erst das Vergnügen, dann die Arbeit.‹ Lassen Sie uns also zunächst ein wenig feiern und vielleicht ja auch zusammen auf die Jagd gehen – man wird Ihnen erzählt haben, dass ich ein leidenschaftlicher Jäger bin, nicht wahr? – und anschließend über Meißen plaudern. Dann zeige ich Ihnen auch meine Pläne für den Bau der neuen Manufaktur in Sèvres. Das hier« – er machte eine ausladende Armbewegung, die den ganzen Raum umfassen sollte – »ist ja alles ganz nett, aber ich möchte, dass unser Porzellan mindestens einen solchen Stellenwert wie das Ihrige erhält. Und das kann man in diesen alten Gemäuern einfach nicht erreichen. Schon lange nicht, wenn die Marquise und ich allein wegen der Entfernung von Versailles so wenig Einfluss auf die Entwicklung der Manufaktur nehmen können wie bisher.«

Die letzten Sätze hatte er eher zu sich selbst als zu Friederike gesprochen. Ihr war jedoch nicht entgangen, dass sowohl Boileau als auch Bachelier jedes Wort mitbekommen hatten. Bachelier wirkte deutlich weniger begeistert als noch vor wenigen Minuten, während der Direktor gleich die Gelegenheit beim Schopf ergriff und eilfertig versicherte:

»Natürlich wird Monsieur Rütgers Euch in Meudon besuchen, Majestät. Und euch ausführlich alles über Meißen erzählen, was Ihr wissen wollt, nicht wahr, lieber Rütgers?«

»Vielleicht gelingt es mir ja sogar, ihm das Arkanum zu entlocken«, lachte der König nun wieder vergnügt.

»Bis bald also!«, wandte er sich an Friederike, bevor er seine Gefolgsleute mit einem herrischen Kopfnicken aufforderte vorauszugehen und den Raum verließ.

Wenn das ihre Mutter erführe! Endlich hätte sie Grund gehabt, restlos stolz auf ihre Tochter zu sein. Wer wurde schon vom König von Frankreich zu einem Ball geladen? Der Adel von ganz Frankreich, ja von ganz Europa würde sich um eine solche Einladung reißen. Auch wenn es sich wohl nur um eine kleine, eher private Veranstaltung handelte. Ausgerechnet sie war nun eingeladen! Eine Bürgerliche! Ein einfacher Porzellanmaler! Nur weil dem König ihre blaue Zuckerdose so gut gefallen hatte. Das war kaum zu glauben.

Doch so glamourös die Einladung einerseits war, jagte sie

Friederike andererseits auch Angst ein. Der König hatte deutlich zu verstehen gegeben, was ihn eigentlich an ihr interessierte: nicht sie als Person, sondern das Geheimnis um die Herstellung des Meißener Porzellans, das zu kennen er ihr offenbar unterstellte. Zum Glück verstand sie von den technischen Vorgängen, dem Modellieren oder Brennen viel zu wenig, als dass sie ihm gegenüber irgendwelche Einzelheiten hätte ausplaudern können, geschweige denn, dass sie im Besitz des Arkanums war. Aber ein noch größeres Problem als die fachliche Auseinandersetzung mit dem König und seiner Mätresse stellte der Kostümball selbst dar und die Frage, was sie dort anziehen und wo sie übernachten sollte. Auch hatte sie keinen blassen Schimmer von der Hofetikette. Und die angekündigte Jagd für den nächsten Morgen würde ebenfalls kein Zuckerschlecken werden. Zumal sie sich nach wie vor ziemlich angeschlagen fühlte und allein der Gedanke, sich auf einen Pferderücken zu setzen, nachdem sie seit Tamerlanos Tod kein einziges Mal mehr geritten war, sie mit Schrecken erfüllte. Sie war noch nie auf der Jagd gewesen – wo und bei wem auch? Selbst wenn ihre Mutter immer so vornehm getan hatte: Das waren nun wirklich andere gesellschaftliche Kreise! Allein die Einladungskarte, die eine Gesellschafterin der Marquise, in einer pompösen Kutsche vorfahrend, für sie abgegeben hatte, war in der Manufaktur zum Gesprächsthema des Tages geworden. Alle hatten sich um die kleine Karte aus ägyptischem Papyrus gedrängt und gerätselt, ob die zierliche Handschrift wohl der Pompadour selbst oder bloß einer ihrer Untergebenen gehörte.

Der alte Mathieu schmunzelte nur, als sie ihm ihre Sorgen anvertraute.

»Über deine Unterbringung mach dir mal keine Sorgen, Frédéric, darum kümmert sich schon die Dienerschaft der Marquise. Und was das Kostüm betrifft: Hast du mir nicht erzählt, du würdest einen Schneider aus Paris kennen, der einige unserer Hofdamen einkleidet? Er kann dir doch bestimmt weiterhelfen!«

»Aber die Jagd, Jean-Adam!«, beharrte sie. »Wie komme ich um diese verdammte Jagd herum?« Ihr fiel selbst auf, wie mutlos ihre Stimme klang.

»Halte dich an die Pompadour, Frédéric! Sie wird dir helfen. Und wenn sie dir einen Ehrenplatz in ihrer Sänfte anbietet ...« Ein verschmitztes Lächeln huschte über seine Lippen. »Aber jetzt solltest du rasch eine Depesche an deine Pariser Freunde aufgeben und ihnen deinen Besuch ankündigen!«

☙

Zwei Tage später saß Friederike in der Postkutsche nach Paris. Boileau hatte sie kurz vor ihrer Abreise noch in sein Bureau zitiert und ihr das Versprechen abgenommen, sich auf jeden Fall alle Zeit der Welt zu nehmen und dem König und der Pompadour ausführlich sämtliche Fragen zu beantworten.

»Es geht um alles oder nichts, lieber Rütgers«, hatte er mit strenger Miene gesagt. »Wir sind nun einmal abhängig von der Gunst Seiner Majestät. Er kann den Laden auch dichtmachen, wenn er will. Zwar sind da noch die anderen Gesellschafter, die auch ein Wörtchen mitzureden haben, wenn es um die Zukunft der Manufaktur geht, aber de facto hat der König die Macht und das Geld. Je mehr Sie ihm das Gefühl geben, dass eine Investition in die Fabrique sich lohnt und dass die Franzosen den Deutschen durchaus Konkurrenz machen können, umso größer wird sein Ehrgeiz sein. Wir haben uns verstanden, nicht wahr?«

Sie hatten sich schon per Handschlag voneinander verabschiedet, als Boileau noch etwas eingefallen war. Er hatte umständlich die Tür zu seinem Bureau wieder verschlossen, sich mit dem Rücken gegen seinen Schreibtisch gelehnt und nach einer kurzen Schweigepause hinzugefügt:

»Herr Rütgers, das wollte ich Ihnen noch mit auf den Weg geben: Sobald Sie wieder zurück sind, sprechen wir zwei noch einmal über Ihre Zukunft hier bei uns in der Manufaktur. Ich habe durchaus den Eindruck, dass Sie sich in Vincennes wohlfühlen und gar keine große Sehnsucht nach Ihrer Heimat verspüren. Auch gefällt mir, was Sie für rasche Fortschritte in der französischen Maltechnik machen und wie Sie gleichzeitig die Kollegen an Ihren speziellen Kenntnissen teilhaben lassen. Dass Sie es wissen: Bachelier muss nicht für immer und ewig Ihr Vorgesetzter bleiben ...«

Während die Postkutsche über das holprige Pariser Pflaster schaukelte, ließ sie die Unterredung mit dem Manufakturdirektor noch einmal Revue passieren. Du bist in Paris, meine Liebe, schau aus dem Fenster!, rief sie sich immer wieder in Erinnerung, aber sie war mit ihren Gedanken zu abgelenkt, um die Sehenswürdigkeiten der Hauptstadt wirklich wahrzunehmen. Obermaler in der Manufaktur des französischen Königs zu werden war eine Aussicht, die sie durchaus reizen konnte. Zumal sie das Geheimnis der leuchtenden Farben noch lange nicht endgültig gelüftet hatte. Benckgraff würde sich so oder so noch ein paar Monate gedulden müssen, wenn er wissen wollte, wie neben dem *bleu lapis* die anderen Grundierungsfarben hergestellt wurden. François hatte durchblicken lassen, dass Hellot und er bei der Erforschung des Gelb, Grün und Violett schon recht gute Fortschritte gemacht hätten, sie aber noch immer weit davon entfernt seien, eine preisgünstigere und vor allem nicht so aufwendige Methode der Pigmentherstellung zu finden.

»Weißt du, Frédéric«, hatte er hinzugefügt, »ich glaube, die Intensität der Farbe hängt auch vom Untergrund ab, auf den sie aufgetragen wird. Unser Frittenporzellan ist nun einmal sehr weich, es könnte also gut sein, dass ein kaolinhaltiges Porzellan wie eures die Farbe ganz anders annimmt und sich weniger gut mit ihr verbindet. Außerdem, aber das weißt du ja selbst, hängt das Farbergebnis immer vom Brand ab – je nach Temperatur und Dauer bekommt man die unterschiedlichsten Ergebnisse.«

Er hatte ihr zugezwinkert, wie um ihr zu bedeuten, dass er ihre scheinbar harmlose Fragerei durchschaute, und ihr herzlich eine gute Reise und die »allerreizendsten Damenbekanntschaften« beim Kostümball gewünscht.

Friederike hatte seine Bemerkung zuerst gar nicht verstanden, dann aber, als sie sein Grinsen bemerkt hatte, war sie zu ihrem heimlichen Ärger dunkelrot angelaufen.

»Steht dir gut, dieses kräftige Purpur!«, hatte François herzhaft lachend gesagt und ihr einen Klaps auf die Schulter versetzt. »Nichts für ungut, alter Junge, aber es wird höchste Zeit, dass du dir die Hörner abstößt. Sogar Henriette ist der Meinung, du solltest dich mal etwas näher mit dem weiblichen Geschlecht befassen, statt von morgens bis abends diese dummen Scherben hier zu bemalen. Ich glaube fast, vor lauter Sitzen und wegen der guten französischen Küche hast du in den letzten Wochen ordentlich zugelegt – kann das sein?« Sein Blick war prüfend über ihren Körper geglitten. »Du wirst sehen, wenn du deine Männlichkeit erst mal erprobt hast, werden die weichen Pölsterchen von ganz alleine wieder verschwinden.«

Friederike war sich da nicht so sicher. Auch jetzt in der Kutsche kämpfte sie schon wieder gegen die Übelkeit. Seit jenem Abendessen bei den Gravants, als sie Henriettes Blutwurstgericht nicht vertragen hatte, nistete ein unheimlicher Verdacht in ihrem Hinterkopf. Bisher hatte sie es tunlichst vermieden, ihn an die Oberfläche ihres Bewusstseins dringen zu lassen, aber allein die Tatsache, dass sie ihre Blutungen schon seit mehreren Wochen nicht bekommen hatte, war eigentlich Hinweis genug. Einmal ganz abgesehen von diesem ständigen morgendlichen Brechreiz. Sie war schwanger, kein Zweifel, sie trug Carls Kind unter dem Herzen; es hatte keinen Sinn, wenn sie sich weiterhin etwas vormachte. Bald vier Monate war es jetzt her, dass sie sich in Straßburg getroffen und geliebt hatten. Wie dumm sie gewesen war, sich von Carls plötzlicher Leidenschaft mitreißen zu lassen und nicht eine Sekunde lang darüber nachzudenken, dass zwei erwachsene Menschen, die miteinander ins Bett gingen, ganz schnell einen dritten kleinen Menschen erzeugen konnten!

Anna und ihr Töchterchen hätten ihr Beispiel genug für diese Möglichkeit und Gefahr sein müssen. Ein Wunder, dass sie nicht schon von Giovanni schwanger geworden war.

Sie lehnte den Kopf gegen die Scheibe. Die Augen hielt sie vorsichtshalber geschlossen, um so wenig Sinneseindrücke wie möglich von der Kutschfahrt und dem mit Sicherheit höchst faszinierenden Anblick der Pariser Bauten, Alleen und Plätze mitzubekommen und auf diese Weise ihr Schwindelgefühl in Grenzen zu halten. Am liebsten hätte sie sich auch noch die Finger in die Ohren gestopft, um das Geplapper ihrer Mitreisenden nicht mit anhören zu müssen, aber das wäre wohl ein zu großer Affront gewesen. Ständig gaben die beiden Damen, offenbar ein Schwesternpärchen aus Brüssel, das von einem schweigsamen älteren Herrn begleitet wurde – ihr gemeinsamer Verlobter? –, abwechselnd grelle Entzückensschreie von sich. Auch sie hätte gern mehr von der Stadt gesehen, aber sie wusste genau: Wenn sie jetzt die Augen öffnete und aus dem Fenster blickte, würde sie sich sofort übergeben müssen.

Sie legte die Hand auf ihren Bauch. Eine leichte Rundung war bereits zu spüren, bildete sie sich ein. Jedenfalls spannten ihre Hosen schon seit Längerem. Und auch ihre Brüste schmerzten empfindlich, insbesondere wenn sie, wie jetzt in der Kutsche, ruckartigen Bewegungen ausgesetzt waren. Was Carl wohl dazu sagen würde, wenn sie ihm eröffnete, dass sie ein Kind von ihm erwartete? Wenn sie es ihm überhaupt sagen sollte. Sie hatte noch immer nichts von ihm gehört, und mit jedem Tag, der verging, schwand ein Stückchen Hoffnung dahin. Wahrscheinlich würde Carl auf eine solche Neuigkeit noch viel entsetzter reagieren als auf ihren unziemlichen Kuss im Gewürzspeicher, als er sie noch für einen Mann gehalten hatte, überlegte sie mit aufsteigender Panik. Sein Ruf, seine Familie, seine Verlobte – sie konnte sich schon vorstellen, was er auf ihr Geständnis hin vorbringen würde. Aber bestimmt würde am Ende doch sein Ehrgefühl siegen, und er würde ihr einen Heiratsantrag machen, pflichtbewusst, wie er war, beruhigte sie sich dann. Ja, er musste sie heiraten, es gab gar keine andere Möglichkeit! Als ledige Mutter wäre sie geliefert, man würde sie ächten und verdammen, sowohl in Meißen als auch in Höchst. Und in Vincennes könnte sie sicher auch nicht bleiben. Geschweige denn, dass Boileau sie zu seinem neuen Obermaler küren würde! Ob sie ihren Aufenthalt in Frankreich abbrechen sollte, um zu Carl nach Frankfurt zu fahren und ihm die Neuigkeit zu überbringen? Je eher er es erfuhr, desto besser wahrscheinlich. Sonst war er womöglich schon mit seinem Püppchen verheiratet, wenn sie zurückkam.

Friederike straffte den Oberkörper und richtete sich auf. Für einen Moment öffnete sie die Augen und riskierte einen Blick nach draußen. Das musste Notre-Dame sein! Monsieur Panier hatte ihr von der majestätischen Kirche erzählt, die sich von einer der beiden Seine-Inseln erhob. Und das war die ehemalige Königsresidenz! Ihre Gedanken schweiften zu dem bevorstehenden Ball bei der Mätresse des derzeitigen Königs. Sobald sie aus Meudon zurück war, würde sie zu Boileau gehen und sich verabschieden. Sie würde irgendetwas von einer kranken Mutter erfinden, als Begründung, warum sie so eilig aus Vincennes abreisen müsste. In Frankfurt angekommen, würde sie sofort Carl aufsuchen und ihm von ihrer Schwangerschaft berichten. Er mochte zwar in Straßburg noch davon gesprochen haben, dass er Mathilde gegenüber zur Heirat verpflichtet sei und sie, Friederike, doch ruhig seine Geliebte werden könne, aber ein Kind stellte die Verhältnisse ja wohl auf den Kopf. So eine natürliche Verbindung war viel stärker, als es die bloß auf dem Papier geschlossene Verlobung mit der Holzhändlertochter sein konnte. Hoffte sie zumindest.

Wieder tastete sie unauffällig über ihren Bauch. Ihre Zukunft war zwar ungewiss, aber nicht aussichtslos. Carl Bogenhausen würde sie schon nicht hängen lassen, er nicht. Bei Giovanni hätte sie da eher ihre Zweifel gehabt. Obwohl es schön sein musste, ein Kind mit ihm zu haben. Er wäre bestimmt ein wunderbarer Vater – wenn er sich einmal auf ein Kind eingelassen hätte. Aber warum dachte sie jetzt schon wieder an Giovanni? Carl war ihr ja bereits fern, wie aus einer anderen Zeit, aber der Italiener doch erst recht! Sie wusste ja nicht einmal, ob er noch lebte. Und wenn doch? Wenn ihn irgendetwas anderes daran gehindert hatte, nach ihr zu suchen? Vielleicht hatte er sich längst in Höchst gemeldet und nach ihr gefragt, aber Benckgraff und die Kollegen hatten ihm nicht sagen wollen, dass sie sich in Vincennes aufhielt. Bestimmt sogar, sie kannten ihn ja nicht und hielten ihn mit seinem selbstsicheren Auftreten und seiner spöttischen Art garantiert für äußerst zwielichtig. Schließlich hätte er ja seinerseits ein Spion sein können, der Erkundigungen über andere potenzielle Spione einholte. Wenn Giovanni also doch noch an sie dachte und nach ihr suchte – wie konnte sie dann Carls Frau werden? Was für eine Zwickmühle, in die sie da hineingeraten war!

Sie hatten eine Brücke überquert und fuhren jetzt am rechten Seine-Ufer entlang. Über die Köpfe der beiden Brüsseler Damen hinweg konnte Friederike einen flüchtigen Blick auf das imposante Stadtschloss werfen. Aber sie sah lieber zum anderen Fenster hinaus, zum Fluss, auf das schillernde Grün des ruhig dahinfließenden Gewässers. Und wenn sie gar nicht schwanger war? Wie ein Lichtblick erschien ihr plötzlich diese Möglichkeit, die sie vor lauter Angst völlig außer Acht gelassen hatte. Natürlich, es konnte ja immer noch sein, dass sie sich ihre Schwangerschaft nur einbildete! Jeden Moment konnten ihre Blutungen einsetzen. Wie damals in Höchst, als Josefine an dem riesigen roten Fleck auf ihrem Bettlaken erkannt hatte, dass sie eine Frau war. Damals hatte eine ähnlich strapaziöse Zeit hinter ihr gelegen wie jetzt, sodass vielleicht auch diesmal die ganze Aufregung und der Druck, der auf ihr lastete, ihren Körper verrückt spielen ließen. Ja, sie würde schon sehen: Wenn sie sich bei Monsieur Panier und seinem Freund ein wenig von den Anstrengungen in der Manufaktur erholt hatte, würden ihre Blutungen auch wieder einsetzen, wahrscheinlich sogar schneller und heftiger, als ihr lieb war.

◌

Die beiden Herren hatten sie empfangen wie einen verlorenen Sohn. Als Friederike von den näheren Umständen des bevorstehenden Maskenballs erzählt hatte, waren sie völlig aus dem Häuschen gewesen, so außergewöhnlich war ihnen diese Einladung erschienen. Ein Porzellanmaler, der vom König empfangen wurde? Der das neue Schloss der Pompadour besuchen durfte? Monsieur Panier war um sie herumgehüpft wie ein aufgeregter kleiner Junge, während Monsieur Lirac immer nur »Unglaublich, unglaublich!« gehaucht hatte.

Drei Tage hatte sie sich in dem geräumigen Wohnatelier unweit des Rive Droite aufgehalten, ohne – zum ersten Mal seit Langem – irgendwelchen Zwängen oder Pflichten ausgesetzt zu sein, und sich nach Strich und Faden verwöhnen lassen. Sie hatte morgens lange geschlafen, ausgedehnte Erkundungstouren durch Paris unternommen und sich während der von Monsieur Lirac hingebungsvoll zubereiteten Mahlzeiten nach Herzenslust den Magen vollgeschlagen. Jegliche Übelkeitsanflüge waren verschwunden. Nur auf ihre Blutungen wartete sie noch immer, mit jedem Tag weniger zuversichtlich.

»Lieber Frédéric, was ist nun mit dem Kostüm für den Ball im Hause Pompadour?«, fragte Monsieur Panier schließlich am vierten Tag ihres Aufenthalts beim Frühstück.

Sein hageres Gesicht hatte sich in kummervolle Falten gelegt. Mit einem kurzen Hieb schlug er seinem Fünf-Minuten-Ei den Kopf ab. Den kleinen Finger spreizte er geziert ab.

»Wissen Sie, es ist nicht gesagt, dass ich etwas auf Lager habe, das Ihnen gefällt und auch noch passt. Ich weiß ja gar nicht, in welche Richtung Sie Ihr Kostüm haben möchten, ob Sie etwas Heiteres, um nicht zu sagen: Frivoles wünschen oder ob Sie lieber ganz seriös – zum Beispiel als römischer Feldherr – gehen möchten.«

»O Gott, ja!« Friederike war der Schreck in die Glieder gefahren. »Das hätte ich fast vergessen. Übermorgen muss ich in Meudon sein!«

Was war sie doch für eine Meisterin im Verdrängen geworden!

»Nun, dann wird es ja höchste Zeit!«

Monsieur Lirac lächelte sein mütterlichstes Lächeln und erhob sich schwungvoll vom Kaffeetisch. Mit einem Kopfnicken bedeutete er dem herbeigeeilten Dienstmädchen, die Teller abzuräumen. Ohne dem Protest von Monsieur Panier Beachtung zu schenken, der noch nicht einmal seinen Kaffee ausgetrunken, geschweige denn sein Ei fertig gegessen hatte, wandte er sich fragend an Friederike.

»Ich hoffe doch, mein Lieber, Sie beherrschen die gängigen Tänze? Sonst gebe ich Ihnen gern ein wenig Nachhilfeunterricht. Ich habe mir berichten lassen, außer dem Passepied sind unsere guten alten Tänze gar nicht mehr *à la mode*. Man tanzt jetzt Quadrille bei Hof – kennen Sie das aus Meißen? Und natürlich Menuett, die ›Königin aller Tänze‹«, fuhr er eifrig fort und stellte sich in Positur, die kräftigen Arme graziös in die Taille gestützt. »Ich liebe diesen Tanz! Zu schade, dass ich hier so selten Gelegenheit zu tanzen habe. Wissen Sie, in meiner Jugend war ich beim Corps de Ballet von Versailles. Und später dann Ballettmeister ...« Er hielt inne, um einen herzzerreißenden Seufzer auszustoßen. Mit dem rechten Arm hatte er einen anmutigen Bogen geschlagen und sich die Hand auf die Brust gelegt. »*Tempi passati*, leider ist das alles sehr, sehr lange her. Wie gern würde ich wieder einmal tanzen oder wenigstens zuschauen, wenn meine jungen Kollegen ihre Kunst zum Besten geben! Aber Henri nimmt mich ja nie mit, wenn er bei Hofe weilt ...«

»Wie stellst du dir das vor, Serge? Du weißt doch, dass das nicht geht!« Monsieur Panier hätte sich fast an seinem Kaffee verschluckt. Vorwurfsvoll blickte er zu seinem Gefährten hinüber, der gerade eine zweifache Pirouette probierte.

Friederike war überrascht, wie elegant sich Serge Lirac trotz seiner enormen Körperfülle bewegen konnte. Ehe sie sich's versah, hatte der alte Ballettmeister ihre Hände ergriffen, sie von ihrem Stuhl hochgezogen und um die eigene Achse gewirbelt.

»Nun reicht es aber, Serge!«, kam Monsieur Panier ihr zu Hilfe. »Komm, Frédéric, wir verlassen diesen Ort. Das ist lebensgefährlich, was Serge da treibt. Außerdem müssen wir arbeiten. Auf nach oben ins Atelier, mein Lieber!«

Leicht benommen folgte sie ihrem Gastgeber die engen Stiegen des Pariser Wohnhauses hinauf. Während sich das Ladengeschäft, in dem Monsieur Panier Stoffe, Kurzwaren und Accessoires feilbot, im Erdgeschoss befand, hatte er sein Atelier im Dachgeschoss eingerichtet, dessen ungewöhnlich große Fenster helles Tageslicht in den Raum dringen ließen. Der ganze Boden war bedeckt mit Stofffetzen in sämtlichen Farben, Qualitäten und Mustern, in den tiefen Regalen stapelten sich die Ballen, und Stoffbahnen unterschiedlichster Couleur waren auf den langen Arbeitstischen ausgebreitet. In einer Ecke entdeckte sie mehrere lebensgroße Puppen, die in kostbare Gewänder gehüllt waren. Sie hatten Perücken auf und waren so gruppiert, als wären sie in ein Gespräch vertieft, eine Dame hielt sogar einen Fächer in der Hand. Auf einem niedrigen Bord unter dem größten Fenster des Ateliers standen mindestens zehn Köpfe nebeneinander, die die ausgefallensten Perücken und Masken trugen, Masken, die entweder nur die Augen oder das ganze Gesicht bedeckten. Ein halb geöffneter Samtvorhang gab den Blick auf ein Kabuff frei, in dem in hohen Messingvasen Degen, Schwerter und sonstige Waffen steckten. An zwei Stangen, die an der Decke aufgehängt waren, hingen unzählige Kleider, Mäntel und Röcke, ein Stück prächtiger als das nächste.

»Haben Sie denn gar keine Idee, als was Sie gehen möchten?«

Henri Panier musterte sie fragend. Sein Blick wanderte von

ihrem Kopf zu ihren Füßen und zurück. »Oder vielleicht nehme ich erst einmal Maß, und wir schauen dann, was ich so dahabe, einverstanden?«

Flugs hatte er sich ein Maßband geschnappt, das auf einem der Arbeitstische lag, und begann ihre Körperteile abzumessen.

»Lieber Frédéric ...« Er erhob sich schließlich ächzend aus seiner knienden Haltung, nachdem er auch noch ihre Schuhgröße festgestellt hatte. Ein paar lange, bunte Fäden hingen verloren an seiner bestrumpften Wade. Um das Handgelenk hatte er ein kleines rotes Samtkissen gebunden, in dem ein Dutzend Nadeln steckten. Er beugte sich über seinen Tisch und notierte ein paar Zahlen auf ein Blatt Papier.

»Lieber Frédéric, ich möchte Ihnen ja nicht zu nahe treten«, er drehte sich schließlich leicht verlegen zu ihr um, »aber für einen jungen Mann sind Ihre Maße nicht eben ...«

Ihre Blicke trafen sich im Spiegel. Hinter Monsieur Panier sah Friederike das hohe Fenster mit dem blauen Stück Himmel, in dessen gewölbtem Rahmen sich die Dächer der Nachbarhäuser rot in rot voneinander abhoben. Eine schwarze Katze rieb ihren Rücken gegen einen Schornstein. Tauben setzten zur Landung auf den Ziegeln an oder flatterten flügelschlagend davon. Alles war in ein mildes Frühlingslicht getaucht, die Luft war klar und doch seltsam milchig.

Friederike senkte als Erste den Blick. Sie wusste nicht, was sie sagen, wie sie sich erklären sollte. Sie wusste nur eins: Sie hatte keine Lust, länger Versteck zu spielen. Es war sowieso alles vergebliche Liebesmüh, früher oder später würde jeder Blinde an ihrem dicken Bauch und üppigen Busen erkennen, dass sie eine Frau war.

»Also hat Serge doch recht gehabt!«, rief Monsieur Panier in einer Mischung aus echter Verblüffung und gespielter Empörung, als sie ihr Geständnis beendet hatte.

»Er hat vom ersten Tag Ihres Besuches gemutmaßt, dass Sie eine Frau sind. ›Der gute Frédéric hat neuerdings so weiche Züge‹, hat er gesagt. ›Na, die kochen eben gut in Vincennes!‹, habe ich geantwortet. ›Mein Lieber‹, hat er mir widersprochen, ›über deine Naivität kann ich einmal mehr nur staunen: Frédéric ist eine Frau, und sie erwartet ein Kind!‹ Sie glauben gar nicht, wie wütend ich da geworden bin, lieber Fré... Äh, Sie heißen ja gar nicht mehr Frédéric, ach... Also, wissen Sie, meine Liebe, ich bin ganz durcheinander. Aber irgendwie freue ich mich auch. Eine attraktive junge Frau, die ihr erstes Kind erwartet – etwas Schöneres kann es doch gar nicht geben!« Er lächelte ein wenig verschämt. »Eigentlich dürfte ich Ihnen das wohl gar nicht sagen, aber... Mir kommt es fast so vor, als würden Sie mich zum Großvater machen, wissen Sie das? Sie sind Serge und mir sehr ans Herz gewachsen in diesen wenigen Tagen. Schon auf der Fahrt nach Vincennes waren wir beide ganz begeistert von Ihnen. Und jetzt diese Neuigkeit!« Unbeholfen tätschelte er ihren Arm. »Wir beide haben ja leider nie Kinder bekommen, umso mehr füllen Sie – und jetzt auch noch das Kleine in Ihrem Bauch – diese Leere in unserem Leben aus... Aber«, riss er sich zusammen, »genug der schönen Worte: Ich glaube, wir haben einiges zu tun, denn Sie wollen ja gewiss nach wie vor auf den Ball nach Meudon, nicht wahr?«

Was für ein Glück, dass er so gelassen reagiert hatte! Friederike atmete erleichtert auf. Henri Panier und sein Gefährte Serge Lirac waren natürlich selbst nicht gerade bürgerlich, sicher hatten die beiden Homosexuellen vor allem in jungen Jahren oft genug unter der Häme und Ablehnung ihrer Umgebung zu leiden gehabt. Trotzdem – jetzt hatte sie ihr Geheimnis gelüftet, und das gleich in zweifacher Hinsicht. Wenn nur alle anderen auch so gelassen auf ihre Schwangerschaft und ihr Frausein reagieren würden! Boileau, die Gravants, Benckgraff, Simon Feilner... Bei Josefine und Anna machte sie sich keine Sorgen, im Gegenteil, sie würden sich sicher beide auf das Kind freuen. Aber Caspar, was würde ihm wohl dazu einfallen? Und Carl nicht zu vergessen! Ja, Carl...

Sie stöhnte so laut auf, dass Henri Panier verwundert von seinen Notizen aufblickte. Nun, sie würde es bald wissen. Spätestens in zehn Tagen würde sie den jungen Vater mit der Neuigkeit überraschen. Und wenn er sie dann doch im Stich ließ, um seine Mathilde zu heiraten, dann würde sie bis zur Geburt des Kindes noch immer genug Zeit haben, sich eine andere Lösung zu überlegen, wie sie ihr Leben als ledige Mutter gestalten konnte.

*F*riederike und Monsieur Panier hatten lange hin und her überlegt, welches Kostüm sie am besten auswählen sollte, um ihren schwangeren Zustand zu kaschieren. Etwas eng Anliegendes – etwa ein schickes Pagenkostüm, das ihr gut gefallen hätte – kam überhaupt nicht in Frage. Auch eine Ritterrüstung oder etwas ähnlich Gepanzertes konnte sie sich nicht vorstellen. Zu beengt hätte sie sich darin gefühlt.

»Ich hab's!«, hatte der Schneider schließlich seinen genialen Einfall heraustrompetet. »Wir machen aus der Not einfach eine Tugend.«

»Aus der Not eine Tugend?« Sie hatte ihn verständnislos angeblickt.

Doch er hatte sich um ihre verwunderte Miene keinen Deut geschert, sondern war geschäftig in der großen Mansarde hin und her gelaufen, bis er nach ein paar Minuten über und über mit Kleidern und Accessoires beladen wieder vor ihr gestanden hatte.

»Und jetzt, Verehrteste, werden Sie in eine Zauberin verwandelt. Eine geheimnisvolle Magierin, aus einer fremden exotischen Welt.«

»Aber ...«, stammelte Friederike, »ich kann doch nicht als Frau gehen! Der König hat einen Mann eingeladen, Friedrich Christian Rütgers, Porzellanmaler aus Meißen. Wie soll das funktionieren?«

»Niemand wird Sie erkennen, liebe Friederike«, schnitt Henri Panier ihr mit einem spitzbübischen Grinsen das Wort ab. »Erstens tragen Sie eine Maske über den Augen, und zweitens noch darüber einen Schleier, der Ihr Gesicht fast vollständig verdeckt. Außerdem kennt Sie doch keiner als Frau! Man wird sich höchstens wundern, wo denn der Meißener Maler abgeblieben ist, der sein Kommen doch angekündigt hatte. Aber niemand wird die schöne unbekannte Magierin mit ihm in Verbindung bringen. Sie werden sehen, man wird Sie ganz bezaubernd finden. Allen voran Seine Majestät!«. Er rieb sich vergnügt die Hände.

Eine halbe Stunde später stieg Friederike in einem nachtblauen, tief ausgeschnittenen Gewand, das unter ihren deutlich üppiger gewordenen Brüsten eng zusammengerafft war und in weichen Falten locker zu Boden fiel, gemessenen Schrittes die Treppe hinab. Auf dem Kopf trug sie einen hohen, spitzen Hut, von dem ein dunkler Schleier mit eingewirkten Diamanten über ihr Gesicht herabfiel. Schultern und Dekolleté blieben frei. Ihre Augen hatte sie unter einer an den Seiten spitz zulaufenden goldenen Maske verborgen, ihre Arme steckten bis zu den Ellbogen in Seidenhandschuhen in demselben Goldton.

Monsieur Lirac, der ihre Schritte gehört hatte und aus der Küche herbeigeeilt war, stand mit offenem Mund am Fuß der Treppe.

»Meine Liebe ...«, flüsterte er ehrfürchtig, als sie den untersten Absatz erreicht hatte, und versank in einen tiefen Kniefall.

»Ich habe also recht gehabt: Frédéric ist eine Frau! Eine schöne junge Frau, die ein Kind erwartet.«

In seinen Augen standen Tränen, während er sie sanft in die Arme nahm, um schließlich vorsichtig ihren Schleier zu heben und sie auf beide Wangen zu küssen.

»Meine Liebe, ich beglückwünsche Sie zu Ihrer Schönheit, Ihrem Mut und ganz besonders zu dem heranwachsenden Glück unter Ihrem Königinnenkleid. Sämtliche Herzen werden Ihnen zufliegen, da bin ich ganz sicher. Dass es Ihnen gut ergehen möge, bei allem, was Sie tun werden!«

Seine Stimme war bei seinen letzten Worten so leise geworden, dass sie ihn kaum mehr hatte verstehen können. Doch plötzlich ging ein Ruck durch den Körper des alten Mannes, seine Stimme wurde fest.

»Ich muss schon sagen, Henri« – Serge Liracs Blick wanderte zur Treppe, auf der mit stolzgeschwellter Brust und triumphierendem Gesicht noch immer wartend sein Gefährte stand – »dieses Mal hast du dich selbst übertroffen. So schön war noch keine der Frauen, die du in all den Jahren eingekleidet hast.«

∞

Schon von Weitem hatte Friederike das hell erleuchtete Schloss sehen können, das auf einer Anhöhe lag. Es war umgeben von Parkanlagen und ging auf der einen Seite hinaus auf die Seine. Am Ende des weiten Ehrenhofs erhob sich ein imposantes einstöckiges Gebäude mit mehreren Erkern und einem ausgebauten Dachgeschoss, das von einem spitz zulaufenden Giebel gekrönt wurde. Rechts und links wurde das Haupthaus von zwei niedrigen, lang gezogenen Pavillons eingerahmt, offenbar die Wirtschaftsräume und Zimmer für Dienerschaft und Gäste. Überall im Hof standen Kübel mit weiß blühenden Bäumchen, und über dem Entree hing eine üppige Girlande aus Tannenzweigen, in die Rosen in allen Rotschattierungen hineingeflochten waren. Flackernde Fackeln steckten dicht an dicht in Rasen und Beeten, oder sie klemmten in eigens dafür vorgesehenen Haltern entlang der Außenwände des Gebäudes. Alles strahlte eine schlichte, vornehme Ruhe aus, aber zugleich konnte man spüren, dass hier das Leben pulsierte und die Besitzerin des Anwesens es verstanden hatte, aus dem Ort einen illustren Treffpunkt zu machen.

Monsieur Lirac hatte Friederike erzählt, dass der König, wenn er sich nicht gerade auf Reisen befand, fast häufiger in diesem Lustschloss als zu Hause in Versailles weilte und dass die Marquise eigens für ihn das ganze erste Stockwerk hatte einrichten lassen.

Und Henri Panier hatte darauf bestanden, sie persönlich nach Meudon zu begleiten. Seine Kutsche war zwar weitaus bescheidener als die nacheinander vorfahrenden Wagen der anderen Gäste, aber sie rechnete es dem alten Schneidermeister hoch an, dass er nicht nur die Mühe der langen Fahrt auf sich genommen hatte, sondern im Moment des Abschieds auch so einfühlsam war, genau zu erfassen, was in ihr vorging.

»Nur keine Angst, meine Liebe!«, hatte er ihr Mut zugesprochen, bevor er seinem Kutscher das Zeichen zum Aufbruch gegeben hatte. »Sie werden sehen: Niemand schöpft auch nur einen Funken Verdacht. Alles ist ganz normal, nichts ist irgendwie außergewöhnlich. Sie sind eine schöne junge Frau, die zu einem Ball eingeladen ist und sich fest vorgenommen hat, das Fest in vollen Zügen zu genießen.«

Sie war schon halb ausgestiegen, als er ihr noch hinterhergerufen hatte:

»Und nicht vergessen: Heute sind Sie die Königin der Nacht!«

Der herbeigeeilte Diener hatte ihren leichten Lederkoffer entgegengenommen und sie zu einem der beiden Seitenflügel gebracht, wo sie wie alle Gäste von außerhalb in einem der Besucherzimmer übernachten sollte. Sie hatte sich ein wenig frisch gemacht, Maske und Schleier so gerichtet, dass wirklich niemand mehr sie zu erkennen vermochte, und war dem Lakaien zum Haupthaus gefolgt.

Nun stand sie eingereiht in die lange Schlange in der Eingangshalle und wartete darauf, vorgelassen und offiziell empfangen zu werden. Ihr Blick wanderte von den beiden Statuen, die ihren Accessoires zufolge »Musik« und »Poesie« darstellen sollten, zu der weit geöffneten Flügeltür, welche zum Vorzimmer führte. Eine Tafel mit unzähligen Gläsern und Weinflaschen sowie mehreren Tabletts mit Kanapees stand an der einen Wand, während die gegenüberliegende Seite von einem ausladenden blauen Sofa beherrscht wurde, auf dem drei kichernde Grazien saßen, eine freizügiger gewandet als die andere. Ein schlanker, nicht sonderlich hoch gewachsener Mann mit einer Vogelmaske, die sein Gesicht vollständig verdeckte, und einem bunt schillernden Rock mit langen Schößen stand neben dem Sofa und schaute auf die drei Damen herab. Friederike konnte seine Miene unter der Maske nicht sehen, aber seine Haltung drückte deutlich erkennbar eine gelangweilte Unruhe aus.

Ihr Blick wanderte weiter zur nächsten Tür, hinter der die Gesellschaftsräume der Marquise liegen mussten: Gedämpfte Streichermusik und ein Gewirr aufgekratzter Stimmen drangen an ihr Ohr. Für einen Moment meinte sie, ein schrilles Lachen aus der Menge herauszuhören, das ihr seltsam bekannt vorkam, das sie aber nicht näher einzuordnen wusste.

Nur noch wenige Leute standen vor ihr in der Schlange, als sie einen dunklen Blick auf sich ruhen fühlte. Nervös schaute sie sich um. Die Menge hatte sich gelichtet, fast alle Gäste waren bereits an ihr vorbei in den Festsaal geschritten. Einige Bedienstete und ein paar verspätete Neuankömmlinge tummelten sich noch im Entreebereich. Über die Schulter eines Dieners am Eingang konnte sie in den Vorraum spähen. Das blaue Sofa war nun leer. Auch die Tabletts mit den Kanapees waren abgeräumt, lediglich ein paar verlassene Weingläser standen noch auf dem Tisch. Das ganze Zimmer schien ausgefüllt von dem Mann mit der Vogelmaske, der breitbeinig und mit vor der Brust gekreuzten Armen unter dem riesigen Kronleuchter in der Mitte stand. Sein Blick schien sie durchbohren zu wollen.

»Madame, würden Sie mir bitte Ihren Namen nennen?«

Die Feder des Kammerdieners in der farblich genau auf das blaue Sofa abgestimmten Livree schwebte nur einen Finger breit über der aufgeschlagenen Seite des Gästebuchs. Fast hinter jedem Namen in der langen Liste der Eingeladenen war ein Häkchen verzeichnet.

Friederike konnte die auf dem Kopf stehenden Buchstaben ihres eigenen Namens entziffern: *Friedrich Christian Rütgers, Porzellanmaler, Meißen/Vincennes.* Nur leider war es ihr falscher Name, ihr Männername. Und heute Abend war sie eindeutig eine Frau. Eindeutiger konnte man sich gar nicht als Frau zu erkennen geben. Wie also sollte sie diesem Lakaien klarmachen, dass es sich bei ihr, der »Königin der Nacht«, wie Monsieur Panier so schön formuliert hatte, und dem Meißener Maler mit dem Männernamen um ein und dieselbe Person handelte? Sie fühlte, wie ihre Achseln feucht wurden, auf ihrer Stirn bildeten sich Schweißtropfen. Damit, dass sie ihren Namen nennen musste, um Einlass in den Ballsaal zu bekommen, hatte sie nicht gerechnet.

»Nun?«

Der Tonfall des Bediensteten war noch immer höflich, wenn auch eine Spur ungeduldiger. Sie konnte hören, wie im Festsaal die Streichinstrumente gestimmt wurden. Gleich würde der Eröffnungstanz intoniert werden. Hinter ihr begannen die letzten Wartenden unruhig mit den Füßen zu scharren. Erste Stimmen des Unmuts wurden laut.

Ihre Gedanken überschlugen sich. Warum hatte sie sich bloß von Henri Panier zu diesem Kostüm überreden lassen? Sie hatte doch geahnt, dass es Probleme geben würde, wenn sie als Frau verkleidet ging. Nur weil ihr selbst nichts Besseres eingefallen war, hatte sie sich in diese Sache hineinverwickeln lassen. Was sollte sie nur tun? Sie brauchte eine schnelle Lösung, sonst würde sofort und auf der Stelle alles auffliegen.

»Madame, Sie verstehen ... Wir haben nicht ewig Zeit. Gleich werden die Marquise und der König den Ball eröffnen ... Sagen Sie mir jetzt bitte Ihren Namen ...«

Noch bevor sie eine Antwort stammeln konnte, spürte sie, wie eine harte Hand ihren Oberarm umfasste. Erschrocken sah sie auf. Der Vogelmann!

Mit einem eisigen Blick brachte er den Lakaien zum Schweigen und zog sie, ohne ein Wort zu sagen, in den großen Ballsaal, in dessen Mitte ein als Jägerin und Nadelbaum verkleidetes Paar sich anschickte, den Tanz zu eröffnen. Die übrigen Gäste hatten, teils auf zierlichen Stühlchen sitzend, teils an den großen

Fenstern lehnend, einen großen Kreis um die beiden gebildet. Die Marquise trug ein jagdgrünes, schmal geschnittenes Kleid, das an beiden Seiten hoch geschlitzt war. Sie hatte einen Köcher mit drei Pfeilen umgehängt, deren Abschluss jeweils ein rotes Herz bildete. Der König trug enge Beinkleider in demselben Grün wie das Kleid seiner Mätresse. Sein Oberkörper steckte in einem turmartigen Aufbau, der mit seinen wie Fischschuppen übereinanderliegenden Filzblättern offenbar eine Eibenkrone symbolisieren sollte. In einer Ecke saß auf einem halbhohen Podest das Orchester, ein Dutzend Streicher und einige Blechbläser. Friederike und ihr Retter – oder Entführer, dachte sie mit leichtem Schauern – standen in der Nähe der Terrassentür, von wo aus sie einen guten Überblick über den gesamten Saal hatten. Der milde Schein Hunderter von Kerzen tauchte die ganze Gesellschaft, die Jagd- und Liebesszenen darstellenden großformatigen Gemälde und die Wandmalerei der Sopraporten in ein gelbliches Licht. Fast alle Gäste hatten sich an das Gebot des Abends gehalten und waren kostümiert gekommen.

»Der König und die Marquise – sie zitieren sich selbst!«, hörte Friederike die als Katze verkleidete Dame zu ihrer Rechten ihrem Begleiter zuraunen, der als Hofnarr ging.

»Ja, erstaunlich, dass sie an den Beginn ihrer Liebschaft erinnern, obwohl diese bekanntlich längst vorbei ist«, lästerte der Mann. »Ich weiß es noch wie heute, sieben Jahre ist es her, dass der Dauphin die spanische Infantin geheiratet und der König mit diesem dahergelaufenen Fischweib angebandelt hat.«

»Etienne«, wies ihn die Katzendame zurecht, »sie ist kein ›Fischweib‹! Auch wenn ihr Mädchenname sehr wohl eine fischige Anmutung hat, das gebe ich gern zu.« Ihr hübsches Schnäuzchen hatte sich zu einem mitleidig-verächtlichen Lächeln verzogen. »Poisson – so möchte ich bei Gott auch nicht heißen! Aber wir sollten dennoch nicht vergessen, was sie für uns getan hat. Sie ist eine gute Frau, trotz allem.«

Und eine gute Tänzerin, dachte Friederike, deren Herz noch

immer bis zum Halse klopfte. Der Vogelmann hatte seinen Griff um ihren Oberarm zwar etwas gelockert, aber nach wie vor war kein Wort über seine Lippen gedrungen. Sie hatte gemerkt, wie er sie fast die ganze Zeit während des Eröffnungstanzes aus den Augenschlitzen seiner Maske beobachtet hatte. Der krumme Schnabel und die dunklen blau-grün changierenden Federn auf seiner Stirn verliehen ihm etwas Dämonisches, das durch sein Schweigen noch unterstrichen wurde.

Unter heftigem Applaus beendeten der König und die Marquise ihre Courante. Während das Paar die Tanzfläche verließ und die Musiker eine langsamere Sarabande anstimmten, ließ Friederike ihre Blicke durch den Raum schweifen. Die Mehrzahl der Gäste war in der Tat so verkleidet, dass man kaum ein Gesicht erkennen konnte. Viele Damen hatten die Gunst der Stunde genutzt, um inkognito mit ihren Reizen zu prunken, wo sie nur konnten – noch nie hatte sie so viele mehr oder weniger blanke Brüste gesehen und auch nicht so viel nacktes Bein. Eine Frau, die sich als Pavian verkleidet hatte, war sogar so weit gegangen, ihr wohlgeformtes Hinterteil unter dem beinah durchsichtigen Seidenumhang zu entblößen. Auch ihr Verhalten deutete daraufhin, dass sie von exzentrischem Naturell war. Immer wieder fuhr sie mit ihren langen Fingern, die in pelzigen braunen Handschuhen steckten, über Brust und Geschlecht ihres Begleiters, der in ein Hahnenkostüm gewandet war und ihre Berührungen sichtlich genoss. Friederike konnte sehen, dass die Frau sich ausschüttete vor Lachen, aber das Paar war zu weit weg, als dass sie Einzelheiten hätte erkennen können.

»*Et maintenant le Menuet en huit!*«, ertönte in dem Augenblick das Kommando des Tanzmeisters.

Sie fühlte sich mitgezogen von ihrem stummen Begleiter, der ihre Hand umfasst hatte und sich mit ihr im Schlepptau einen Weg auf die Tanzfläche bahnte. Durch den Stoff ihrer Handschuhe fühlte sie die Hitze, die von seinen Fingern ausging. Die anderen drei Paare hatten sich ebenfalls in Aufstellung begeben.

Als sie sich umdrehte, erhaschte sie einen Blick auf das letzte Paar, die Pavianin und den Hahn. Schon erklangen die ersten Takte des Menuetts. Sie war froh, dass Serge Lirac ihr Nachhilfeunterricht im Tanzen erteilt hatte. Insbesondere bei der komplizierten Abfolge dieses Contredanse hätte sie sonst völlig versagt. Was der alte Ballettmeister jedoch versäumt hatte ihr zu erzählen, waren die besonderen Regeln beim Tanz im Kostüm: Nicht nur ein Handkuss gehörte offenbar zum Repertoire, sondern auch das Lüften des Hutes, wie sie mit Schrecken bei den beiden Paaren vor sich beobachten konnte. Der Vogelmann schien jedoch keine Neigung zu verspüren, seine Maske abzunehmen und damit seine Identität zu offenbaren. Er gab ihr einen formvollendeten Handkuss und vollführte weiterhin seine eleganten Reverenzen und Schritte.

Mit einem Mal veränderte sich der Rhythmus der Musik. Immer schneller folgten die Töne aufeinander. Ratlos blickte sie ihren Partner an, der ungerührt weitertanzte, sein Tempo aber beschleunigt hatte. Ihr blieb nichts anderes übrig, als es ihm gleichzutun und an seinem Arm eine möglichst gute Figur zu machen. Wie dankbar sie ihm war, diesem schweigsamen Unbekannten, dass er sie aus der unangenehmen Situation im Entree befreit hatte! Sie mochte sich gar nicht ausmalen, was geschehen wäre, wenn er sie nicht hineingelotst und sie den Kammerdienern der Marquise Rede und Antwort hätte stehen müssen. Aber warum sagte er nichts, warum blieb er so verstockt und zugeknöpft?

Bei einer ihrer unfreiwillig rasanten Drehungen konnte sie sehen, wie sich aus dem hinteren Teil des Ballsaals etwa zehn als Eiben verkleidete Männer in schleichendem Chassé an sie und die anderen drei Paare heranpirschten. Rasch hatten die Maskierten einen Kreis um sie gebildet. Die Musik war inzwischen so schnell, dass Friederike unter ihrem dichten Schleier kaum mehr Luft bekam. Ihr Herz raste, ihre Lungen schmerzten. Ihre Füße führten nur noch mechanisch die Tanzschritte aus, von denen sie glaubte, dass sie am ehesten der Situation angemessen waren. Ein Kreischen gellte über die Melodie hinweg durch den Raum, dicht gefolgt von einem hysterischen Lachen. Dieses Lachen, woher kannte sie es bloß?

Aus den Augenwinkeln sah sie, dass sich eine der Eiben die Paviandame gegriffen und begonnen hatte, sich in wildem Galopp mit ihr im Kreis zu drehen. Ihr Seidenmantel schwebte fast waagerecht um sie herum, sodass ihre Hinterbacken frei lagen und im Takt der Musik lustig wackelten. Plötzlich fühlte sich auch Friederike von hinten umfasst. Dem Vogelmann blieb nichts anderes übrig, als sie freizugeben: Eine der Eiben hatte die Hände fest um ihre Taille gelegt und schien partout nicht lockerlassen zu wollen.

Sie flog mehr, als dass ihre Füße noch den Boden berührten. »Ich kann nicht mehr!«, wollte sie schreien, doch kein Wort drang über ihre Lippen. Ihr war schwindelig, ihr Schleier hatte sich an der einen Seite gelöst, ihr Dekolleté war gefährlich verrutscht. Doch die Eibe kannte kein Erbarmen. Der Mann hatte sie zu sich herumgedreht und beide Arme eng um ihren Körper geschlungen. Ihr langes Kleid verhedderte sich in seinen Beinen, die sich zwischen die ihren gedrängt hatten. Laut und aufdringlich schrammte die Musik gegen ihre Ohren, dann hörte sie wieder das hysterische Lachen, das ihr so seltsam bekannt vorkam, Stimmen, ein heiserer Schrei – »Federica!«

Das Nächste, was sie mitbekam, war, dass sie sich draußen auf der Terrasse an der kühlenden Abendluft befand. Die steinerne Bank, auf der man sie abgelegt hatte, stand im Schutz eines üppig blühenden Magnolienbaums. Der Vollmond leuchtete fahl gegen die weißen Blüten. Aus der Ferne konnte sie Musik und Stimmen hören, von irgendwoher schien gebrochen ein sattgelbes Licht, wahrscheinlich aus den Fenstern des Ballsaals. Ein Gesicht hatte sich über das ihre gebeugt, eine Hand umfasste ihre Linke, die andere lag stützend unter ihrem Nacken.

»Federica, *tesoro mio* ... Was machst du bloß für Sachen?«

Der Vogelmann hatte seine Maske zurückgeschoben. Wie ein hoher Hut saß sie nun über seinem Gesicht, einige blau-grüne Fransen hingen ihm in die Stirn. Die dunklen Augen glänzten. Besorgnis war auf seinen Zügen zu erkennen, aber auch Wiedersehensfreude. Und unendliche Zärtlichkeit.

»Giovanni ...«, keuchte sie atemlos.

Nein, das konnte nicht sein! Giovanni hier? An diesem Ort? Nach so langer Zeit? Schon wieder hatte sie das Gefühl, jeden Moment das Bewusstsein zu verlieren. Sie schloss die Augen. Das konnte doch nicht wahr sein: Der Vogelmann war Giovanni? Ihr Giovanni? Der sie erst vor den Lakaien der Pompadour gerettet und ihr Zutritt zum Ballsaal verschafft hatte, um sie anschließend, als sie offenbar ohnmächtig geworden war, erneut in Sicherheit zu bringen?

Als sie nach einer Weile, die ihr wie eine halbe Ewigkeit erschien, die Augen erneut zu öffnen wagte, schwebte das Gesicht des Italieners nur noch wenige Fingerbreit über dem ihren. Seine Lippen hatten sich zu einem Lächeln verzogen, das ebenso sanft wie spöttisch war.

»Federica, mein Herz, endlich habe ich dich wiedergefunden!«

Er hatte ihre Hand losgelassen und fuhr ihr nun zart über Gesicht und Haar. Immer wieder murmelte er ihren Namen, als könnte auch er nicht glauben, dass er sie vor sich hatte, leibhaftig, aus Fleisch und Blut.

»Alle diese Monate ohne dich – kannst du dir vorstellen, was für Qualen ich ausgestanden habe? Diese Angst, dich nie wiederzusehen, dich zu verfehlen, wieder und wieder ... Und dann hast du plötzlich vor mir gestanden, schöner denn je und in den Kleidern einer Frau ... Erst war ich mir nicht sicher, ob du es wirklich bist, aber dann, als du in dieser Schlange standest und nicht mehr weiterwusstest – deine Haltung, dein fragender Blick, sie haben dich verraten ...«

Sie wusste nicht, was sie denken, geschweige denn, was sie

erwidern sollte. Ihr war übel, ihr Kopf drehte sich, am liebsten hätte sie sich irgendwo verkrochen, um sich nie mehr zu zeigen. Da lag sie nun in den Armen des Mannes, von dem sie lange genug geglaubt hatte, dass er ihre ganz große Liebe sei. Den sie, kaum gefunden, schon wieder verloren hatte. Für immer, wie sie gefürchtet hatte. So viel war geschehen seit ihrer Flucht aus Meißen, seit jenen ersten Tagen ihrer Reise, seit Rochlitz, Altenburg, Köstritz ... Köstritz: Niemals in ihrem Leben würde sie die Nacht im »Güldenen Kranich« vergessen, ihre wundervolle Liebesnacht mit Giovanni, ihre erste Nacht mit einem Mann überhaupt. Aber dann? Dann hatte er sie fortgeschickt, mit dem Versprechen, sie überall auf der Welt zu suchen, ein Versprechen, das er jedoch nicht gehalten hatte. Und jetzt war er hier, neben ihr, so dicht, dass ihre Nasenspitzen sich fast berührten.

Ihre Augen glitten über sein Gesicht, nahmen jedes winzige Detail in sich auf: die hohe Stirn, die dunklen Augen unter den kühnen Brauen, die starken Wangenknochen, die schmale, gebogene Nase, den weichen Mund mit der üppigen Unterlippe ... Er schien ihr verändert, älter geworden, gezeichnet, als hätte er Dinge erlebt, die ihm nicht wohl bekommen waren, Entbehrungen und Leid.

»Federica ...«

Giovannis Finger fuhren über ihre Lippen, glitten ihr Kinn, ihren Hals hinab bis zu der Mulde zwischen ihren Schlüsselbeinen. Sie bemerkte, dass ihr Ausschnitt noch immer verrutscht war, ihre Brust lag fast frei, weiß glänzte sie im Mondlicht.

Auch Giovannis Blick war von ihrem Gesicht nach unten gewandert. Seine Züge hatten sich verändert, waren härter geworden, leidenschaftlicher. Seine Hand unter ihrem Nacken hatte sich in ihrem Haar vergraben. Ein leichtes Beben umspielte seine Mundwinkel.

»Du fragst dich sicher, warum ich mein Versprechen nicht gehalten, warum ich nicht nach dir gesucht habe – *vero*, Federica?«

Er räusperte sich und fuhr fort, ohne ihre Antwort abzuwarten:

»Erinnerst du dich an den Gefängnisturm, den Donjon, in dem du deine ersten Nächte in Vincennes verbrachtest, nachdem die Pompadour dir Zutritt zur Manufaktur des Königs verschafft hatte? Diderot und manch anderer illustrer Zeitgenosse haben dort eingesessen, wie du vielleicht weißt – und so auch ich.«

Ihr Traum ... Giovanni in Ketten ... Das wurde ja immer unglaublicher! Friederike hielt den Atem an. Sie wollte etwas sagen, doch der Italiener kam ihr zuvor.

»Ja, ich war inhaftiert im Donjon, und zwar schon lange Zeit, bevor du dort zu logieren beliebtest.«

Er lachte heiser, als er ihre fragende Miene bemerkte.

»Du möchtest wissen, woher ich meine ganzen Kenntnisse habe? Nun, das Leben im Donjon ist nicht ganz so erbärmlich, wie die meisten ehemaligen Gefangenen es gern beschreiben. Es ist bei weitem kein ›Ort des Horrors‹ und auch kein ›Grab‹, in dem man bei lebendigem Leibe begraben würde, man hat genug Hofgang dort und bekommt relativ viel und gut zu essen. Aber dennoch ist es natürlich kein Vergnügen, in diesem Turm einzusitzen, das kannst du mir glauben. Man ist vollkommen abgeschnitten von der Welt, und die Einsamkeit, die du dort erleidest, ist schwärzer als jede dunkle Höhle, in die du dich verirren könntest.«

Sein Blick hatte sich in die Ferne verloren. Er schwieg einen Moment, bevor er fortfuhr:

»Aber einer der Wächter wurde mein Freund. Ein kluger Mann, und vor allem jemand mit Herz und einem Blick für die Dinge, die außerhalb seiner kleinen Welt liegen. So kam es, dass er mir von dir erzählt hat, von dem jungen Porzellanmaler aus Meißen, der in der Manufaktur des Königs zu arbeiten begonnen und im Donjon sein Lager aufgeschlagen hatte.«

Was erzählte Giovanni ihr da? Hatte er die ganze Zeit im Gefängnis gesessen, während sie auf eine Nachricht von ihm gewartet hatte? War das der Grund für sein Schweigen gewesen? Auf den Ellbogen gestützt, hatte Friederike sich aufgerichtet. Mechanisch zupfte sie ihren Ausschnitt zurecht und schob sich notdürftig ein paar Haarsträhnen in ihre Frisur zurück. Ihre Maske und ihr Schleier lagen neben ihr, vergewisserte sie sich. Sie mochte nicht glauben, dass es einen solchen Zufall geben konnte, dass Giovanni und sie offenbar tagelang im selben Gebäude übernachtet hatten, nur durch ein paar dicke Mauern voneinander getrennt. Das konnte doch alles nicht wahr sein! Was für ein grausames Spiel trieb das Schicksal da mit ihnen ...

»Hat dein Wächterfreund dir auch erzählt, dass ich heute hier sein würde?«, brachte sie schließlich stockend hervor.

»Ja, dank Benoît habe ich von dem Ball hier erfahren«, nickte Giovanni. »Er ist mit einem deiner Kollegen verwandt, einem älteren Maler, der wohl häufiger in Versailles zu tun hat. Ich glaube, sein Name ist Maurice. Oder Mathieu ... Er hat ihm jedenfalls davon erzählt, dass dir die seltene Ehre zuteil wurde, vom König auf einen Ball geladen zu werden.«

»Aber du bist ein Gefangener – wie kommt es, dass du heute hier sein kannst?«

Sie hatte ihre Fassung noch immer nicht wiedererlangt. Ihr Atem ging stoßweise, ihr Herz klopfte wild.

Giovanni lachte auf. Die blau-grünen Fransen der Vogelmaske hingen wippend in seine Stirn.

»Sie haben mich entlassen. Vorgestern. Aber mit der Auflage, das Land sofort zu verlassen und nie wieder zu betreten. Sonst ...« Sein Griff um ihre Hand wurde stärker. »Verstehst du, was das bedeutet, Federica?«

Wieder hatte sie das Gefühl, von seinem dunklen Blick durchbohrt zu werden. Ja, sie verstand, was das bedeutete: Giovanni würde fliehen müssen, sofort. Anderenfalls würde er Gefahr laufen, erneut inhaftiert zu werden. Oder Schlimmeres. Wieder würde es also keine Möglichkeit für sie beide geben, Zeit miteinander zu verbringen. Die Zeit, die sie gebraucht hätte, um sich über ihr Verhältnis klar zu werden. Unwillkürlich hatte sie seine Hand weiter nach oben zu ihrem Mund geführt. Tastend fuhren ihre Lippen über seine Finger, mit weit geöffneten Nasenflügeln sog sie den Geruch ein, der von ihnen ausging.

»Federica …«

Giovannis Stimme erstarb. Langsam beugte er sich über sie. Doch bevor er dazu kam, seine Lippen auf die ihren zu legen, zerriss gellendes Gelächter die Stille. Es schien aus ihrer unmittelbaren Nähe zu kommen.

Woher kannte sie bloß dieses aufreizende Lachen, das sie den ganzen Abend wieder und wieder gehört hatte? Ein Blick auf Giovannis Miene, die sich schlagartig verdunkelt hatte, genügte ihr, um zu wissen, um wessen Organ es sich handelte: Die Contessa, natürlich! Sie war die Paviandame, die ihr schon mehrfach aufgefallen war – warum war sie bloß nicht eher darauf gekommen? Ein so gewagtes Kostüm, ein so unverfrorenes Verhalten, das erlaubte sich nur eine einzige Frau auf der Welt! Und ihr Begleiter, auf dessen beim Menuett enthülltes Gesicht sie im Vorbeischweben einen kurzen Blick erhascht hatte, das sie wiedererkannt hatte, ohne es sofort einsortieren zu können: Dieser Mann war niemand anders als Emilias Verehrer aus Köstritz. Jener vornehm gekleidete ältere Mann mit den gut geschnittenen Zügen, jener Betrunkene, der sie in ihrer Nacktheit, in dieser schrecklichen kompromittierenden Situation in der Dachkammer des »Kranich« so lüstern angestiert hatte.

Mit einem Ruck hatte sich Giovanni die Vogelmaske wieder übers Gesicht gezogen. Er war aufgesprungen und streckte die Hände nach ihr aus, um ihr beim Aufstehen behilflich zu sein. Stumm reichte er ihr Maske und Schleier.

»Verehrteste, ich sehe, es geht Ihnen wieder besser«, bemerkte er schließlich kühl, als sie Auge in Auge voreinander standen.

»Sie sollten sich allerdings ein wenig zurechtmachen, bevor Sie wieder in den Ballsaal zurückkehren.« Er stockte kaum wahrnehmbar. »Ich nehme an, der König erwartet Sie dort.«

»Was, der König?«

Entgeistert starrte Friederike den Italiener an. Warum war er plötzlich so förmlich? Wo war der zärtliche, leidenschaftliche Giovanni geblieben, den sie eben erst wiederentdeckt zu haben glaubte? Und was sollte diese Bemerkung mit dem König bedeuten?

»Wer, glauben Sie, hat Sie da wohl vorhin so wild durch die Lüfte geschleudert, dass Sie die Besinnung verloren haben?«

Langsam zog er seine Handschuhe aus den Taschen seines Rockes und streifte sie über.

»Diese Eibe, das war niemand anders als Seine Majestät, meine Liebe. Die Geschichte wiederholt sich, wie es scheint... Und nun gehen Sie«, fügte er mit einem rätselhaften Lächeln hinzu, »Sie werden erwartet.«

Die Musik hatte aufgehört zu spielen, als sie, noch immer ein wenig wackelig, aus den Waschräumen in den Ballsaal zurückkehrte. Auf der Tanzfläche waren während ihrer Abwesenheit mehrere große Tafeln aufgebaut und über und über mit kalten und warmen Köstlichkeiten beladen worden. Um sie herum verteilt standen lauter kleine Tischchen, an denen die ersten Gäste bereits Platz genommen und zu essen begonnen hatten. Friederike stellte sich in der Schlange zum Büfett an. Sie hatte keinen Hunger, das unerwartete Wiedersehen mit Giovanni hatte ihr jeglichen Appetit genommen, aber sie wollte Zeit gewinnen, ihre Erregung in den Griff bekommen. Außerdem wusste sie nicht, wie sie sich am besten verhalten, an welchen Tisch sie sich setzen sollte. Warum war Giovanni jetzt nicht hier, um ihr zur Seite zu stehen?, fragte sie sich zunehmend aufgebrachter. Was hatte er vor? Sie wurde einfach nicht schlau aus diesem Mann. Hatte die Contessa noch immer eine solche Macht über ihn wie damals in Köstritz, oder wie sollte sie sich seinen urplötzlich erfolgten Sinneswandel erklären? Seine Wiedersehensfreude, die Zärtlichkeit und Leidenschaft, die sie noch vor wenigen Minuten auf der Terrasse in seinem Blick gelesen und in seiner Stimme gehört hatte, all das konnte sie sich doch nicht eingebildet haben! Und dann hatte Giovanni sie wie bei ihrer ersten Begegnung auch jetzt wieder ohne ein Wort der Erklärung fortgeschickt, kaum dass er Emilias Stimme gehört hatte ...

Aber, fiel ihr ein, war die Contessa überhaupt darüber im Bilde, dass Giovanni sich auf dem Fest befand, waren sie gemeinsam zu dem Ball gekommen? Immerhin konnte man ihn unter seiner Maske nicht erkennen. Und Emilias offizieller Begleiter war auf jeden Fall der Mann im Hahnenkostüm, jener geheimnisvolle Fremde, den sie auf dem Weg nach Köstritz kennengelernt hatte. Für die Verhältnisse der Contessa gewiss eine außergewöhnlich lange währende Verbindung. Aber der Mann war reich, jedenfalls hatte seine Prachtkutsche darauf schließen lassen. Und wahrscheinlich war er auch mächtig und bedeutend – wie sonst wäre er von der Pompadour oder sogar vom König selbst auf den Ball eingeladen worden? Dann brauchte Giovanni vielleicht Geld, dachte Friederike, erleichtert über ihren Geistesblitz. Ja, bestimmt hoffte er, seine Beziehungen zu Emilia spielen lassen zu können, um über ihren wohlhabenden Freund an Geld zu kommen. Doch wozu sollte Giovanni Geld brauchen? Hing das möglicherweise mit seiner Haft im Donjon zusammen? Warum war er überhaupt im Kerker gewesen?

Sie war schon fast bis zu den Vorspeisen vorgerückt, als sich von hinten eine Hand schwer auf ihre Schulter legte.

»Madame, darf ich bitten? Seine Majestät hat mir befohlen, Sie an seinen Tisch zu führen.«

Friederike zuckte zusammen. Der König verlangte nach ihr!

Der Kammerdiener machte eine galante Verbeugung und hielt ihr auffordernd den Arm hin.

»Wenn Sie mir bitte folgen möchten?«

Giovanni hatte recht behalten, durchfuhr es sie: Louis XV. schien die unbekannte Dame, mit der er so wild getanzt hatte, tatsächlich näher kennenlernen zu wollen. Mechanisch tastete sie nach der Maske über ihren Augen. Ja, sie saß noch fest an ihrem Platz. Den Schleier würde sie beim Essen heben müssen, das war auch klar. Was, wenn der König sie erkannte? Zum x-ten Mal an diesem Abend verfluchte sie in Gedanken Henri Panier und seine Idee mit dem Kleid. Warum war sie nicht als Mann gekommen? Das hätte alles viel einfacher gemacht.

»Madame ...«

Noch immer hielt der Kammerdiener ihr seinen Arm hin. Ihr blieb nichts anderes übrig, als sich einzuhängen und mit ihm den Ballsaal zu durchqueren.

Während sie auf den Tisch des Königs zusteuerten, fühlte sie, wie sich die Blicke auf sie richteten. Ungeniert starrten die Leute ihr hinterher. In was für eine Situation war sie da bloß geraten? Fieberhaft überlegte sie, welche Identität sie sich zulegen sollte, falls der König mehr über sie wissen wollte. Über kurz oder lang würde er an ihrem Akzent hören, dass sie keine Französin war, und nachfragen, was sie auf das Fest der Marquise geführt hatte, zumal sie offenkundig ohne Begleitung war.

Die acht Plätze an der Tafel Seiner Majestät waren nur teilweise besetzt. Flüchtig registrierte sie, dass die Pompadour nicht an dem Tisch saß. Dafür ein Paar, das sich als Harlekin und Columbine kostümiert hatte, und die Katzendame mit dem Hofnarren, die ihr ganz am Anfang schon aufgefallen waren.

Als der König sie kommen sah, sprang er auf, um ihr eigenhändig den Stuhl zu seiner Linken zurechtzurücken. Er hatte das turmartige Oberteil seines Eibenkostüms abgelegt und trug über den grünen Beinkleidern nur einen leichten kurzen Rock aus braunem Samt. Seine Haare waren ein wenig zerzaust; er sah jünger und weniger gediegen aus als bei ihrer ersten Begegnung in der Manufaktur.

»Meine Liebe, geht es Ihnen wieder besser? Sie tanzen wunderbar! Wo haben Sie gelernt, sich so anmutig zu bewegen?«, eröffnete er die Konversation, kaum dass sie beide auf ihren Stühlen saßen.

Ein Teller mit Meeresfrüchten, geröstetem Weißbrot und zwei verschiedenen Saucen wurde von dem herbeieilenden Maître de Cuisine vor ihr abgestellt, während der hinter ihr postierte Lakai ihr ein Glas Perlwein einschenkte.

»In Paris«, antwortete sie möglichst unbefangen und schlug vorsichtig ihren Schleier zurück. Auch wenn sie damit ihr Gesicht bis auf die Augenpartie zeigte, die weiterhin von der kleinen Maske verborgen bleiben würde, war dies noch immer weniger auffällig, als wenn sie mit Schleier zu essen und zu trinken versucht oder ganz darauf verzichtet hätte.

»In Paris, ich verstehe ... Und Ihr reizendes Kostüm, das haben Sie wohl auch in Paris anfertigen lassen?«

Sein Blick war prüfend über ihr Gesicht geglitten und hatte sich dann in ihren Ausschnitt versenkt. Mit der linken Hand streichelte er über ihren Unterarm.

»Ja, Majestät«, sagte sie verschämt. Sie hatte beschlossen, das schüchterne junge Mädchen zu spielen und so wenig wie möglich zu sprechen. Sollte er ruhig denken, dass die Anwesenheit Seiner Majestät Louis XV. sie so in Verlegenheit brachte, dass sie kaum ein Wort über die Lippen brachte.

Unter dem Tisch fühlte sie, wie sich das Knie des Königs gegen ihren Schenkel presste. Scheinbar unbeabsichtigt nahm sie ihr Bein ein wenig zur Seite und ließ ihr Mundtuch zu Boden fallen, damit sie einen Vorwand hatte, ein Stück von ihm abzurücken, wenn sie nach der Serviette fischte. Doch sie hatte nicht mit der aufmerksamen Dienerschaft der Pompadour gerechnet: Schon stürzte ein Lakai herbei, um ihr auf einem Teller ein neues Mundtuch zu bringen.

»Und was treiben Sie so in Paris, wenn ich fragen darf? Eine schöne junge Frau wie Sie ist doch sicher ...«

»*Eccellenza!*«, wurde der König von einer rauchigen Frauenstimme unterbrochen. »*Che bello che proprio al tavolo Suo ci siano ancora due posti liberi!*«

Mit der ihr eigenen Unverfrorenheit hatte die Contessa, die ihre wallende rote Mähne längst aus der Affenkappe befreit hatte, den frei gebliebenen Stuhl zur Rechten des Königs zurückgezogen und ihren nackten Hintern darauf platziert. Den Seidenmantel drapierte sie mit einem koketten Augenaufschlag gekonnt um sich herum. Ihr Begleiter, der Mann aus Köstritz, wie Friederike sogleich erkannt hatte, wies trotz seines angetrunkenen Zustands deutlich bessere Manieren auf. Mit einer respektvollen Verbeugung begrüßte er den König, bevor auch er sich an ihrem Tisch niederließ.

Das Essen schien kein Ende nehmen zu wollen. Immer wieder brachten die drei Pagen, die vom Maître de Cuisine mit kurzen gebellten Befehlen hin und her dirigiert wurden, dem König und seinen Tischnachbarn neue Köstlichkeiten von der großen Tafel oder direkt aus der Küche. Die ganze Mahlzeit hindurch hatte Friederike das Gefühl, unter Beobachtung zu stehen. Und zwar nicht nur durch die Pompadour, die zwei Tische von ihnen entfernt saß und ihrem grüblerischen Gesichtsausdruck nach zu schließen herumrätselte, wer diese unbekannte Konkurrentin wohl war, der der König so viel mehr Aufmerksamkeit schenkte als ihr, der Favoritin, sondern auch durch die anderen Gäste. Neugierig blickten sie zu ihnen herüber, tuschelten oder lachten hinter vorgehaltener Hand, zumal die Contessa zu großer Form aufgelaufen war und den sichtlich amüsierten König mit einer Albernheit, mit einer Zote nach der anderen zu beeindrucken trachtete.

Nur einen ließ die unangenehme Situation, in die sie da geraten war, offenbar völlig gleichgültig: Giovanni. Er war wie vom Erdboden verschluckt. Immer wieder sah Friederike sich unauffällig in dem großen Ballsaal zwischen den vielen Menschen um, doch sie konnte ihn einfach nicht entdecken. Kein Vogelmann weit und breit. Er hatte das Fest doch wohl nicht verlassen?, fragte sie sich mit zunehmender Bangigkeit. War die Gefahr, in der er sich befand, so groß, dass er hatte fliehen müssen, ohne sich von ihr zu verabschieden? Oder hatte ihm diese kurze Begegnung mit ihr auf der Terrasse genügt, um sich über seine Gefühle klar zu werden? Seine plötzliche Kälte ... Ja, warum hatte er sie überhaupt weggeschickt, direkt in die Fänge des Königs? ›Die Geschichte wiederholt sich‹, hatte er gesagt. Hatte er damit gemeint, dass es nun an ihr war, die Mätresse des Königs zu werden, wie seinerzeit die Pompadour? Und dass er ohnehin keine Veranlassung sah, um sie zu kämpfen?

Friederike schaute zu dem Tisch hinüber, an dem die Marquise saß und sichtlich bemüht war, gute Miene zum bösen Spiel zu machen. Sie schien den langatmigen Ausführungen ihres als Beduinen verkleideten Gesprächspartners mit größtem Interesse zu lauschen, aber Friederike glaubte zu erkennen, dass sie sich unendlich langweilte und zugleich beunruhigt war wegen der Gästekonstellation an der königlichen Tafel. Wie gern hätte sie sich jetzt mit ihr unterhalten, statt neben dem König zu sitzen, ihr die völlig unbegründete Sorge genommen, dass ausgerechnet sie ihre Nachfolgerin in dessen Bett werden würde, mit ihr über den aktuellen Stand bei der Entwicklung der Porzellanfarben geplaudert und neue Maltechniken erörtert. Vielleicht hätte die Pompadour sogar Verständnis für ihre Situation als unverheiratete Schwangere gehabt? Und sicher hätte sie einen Rat gewusst, wie Giovannis merkwürdiges Verhalten zu interpretieren sei und wie sie, Friederike, am besten darauf reagierte.

»Madame, Sie müssen verzeihen«, riss der Mann an der Seite der Contessa sie aus ihren Grübeleien, »aber mir scheint, wir kennen uns von irgendwoher!«

Er hatte mit schwerer Zunge gesprochen, aber so laut, dass auch die anderen am Tisch aufmerksam geworden waren. Obwohl er seine Frage auf Französisch gestellt hatte, war sein sächsischer Akzent deutlich herauszuhören gewesen.

Friederike hatte zwar registriert, dass er sie die ganze Zeit schon unverhohlen von der Seite angestiert hatte, während er ein Glas Wein nach dem anderen in sich hineingekippt und kaum etwas Festes zu sich genommen hatte, aber nun war sie doch zutiefst erschrocken.

»Monsieur, Sie müssen entschuldigen, aber ich kann mich beim besten Willen nicht erinnern, Ihnen je zuvor in meinem Leben begegnet zu sein«, sagte sie und bemühte sich einen höflichen, aber deutlich reservierten Ton anzuschlagen, um bloß keine weiteren Fragen aufkommen zu lassen.

»*Sì, sì*, ich glaube auch, ich habe sie schon mal gesehen«, mischte sich nun die Contessa ins Gespräch, die Friederike einfach überging und direkt zu ihrem Begleiter sprach. »*Ma chissà dove? Una bella come lei non si vede ogni giorno, vero?*«

Als wollte sie seinen Widerspruch herausfordern, blickte sie den König aus großen grünen Augen treuherzig an.

»Findet Ihr nicht auch, Majestät, dieses Küken neben Euch ist wirklich ganz entzückend, nicht wahr?«

»Entzückend ist gar kein Ausdruck!« Der König hatte Friederike unterm Kinn gefasst und ihr Gesicht zu sich hingedreht. »Schauen Sie sich die elegante Linienführung ihrer Wangenknochen an! Wunderschön! Und dieser schlanke Hals erst!«

Wie ein Kunstsachverständiger, als wäre sie eine Marmorskulptur, deren vollendete Gestaltung es zu erklären galt, war er mit Zeige- und Mittelfinger sacht über ihr Profil gefahren. Scheinbar ohne jeden Hintergedanken ließ er dann seine Hand über ihren Hals hinabgleiten und wie absichtslos auf ihrem ausladenden Dekolleté ruhen.

»Ganz zu schweigen von diesen beiden prachtvollen Äpfelchen ...«

Die Contessa und ihr Begleiter brüllten vor Lachen, als hätte der König einen besonders guten Witz gemacht. Schon wieder drehten sich alle Köpfe zu ihnen um.

Friederike bekam es nun wirklich mit der Angst zu tun. Was erlaubte er sich da? So eine Unverschämtheit! Aber was sollte sie tun? Sie konnte doch nicht einfach die Hand des Königs mit einer brüsken Geste wegstoßen, wie sie es bei jedem anderen gemacht hätte, der so zudringlich geworden wäre! Aber wenn sie ihn gewähren ließ, würde sie ihn dann nicht nur noch mehr ermutigen? Hilfesuchend schaute sie in Richtung der Pompadour. Doch in dem eisgrauen Blick der Marquise las sie nichts als Ablehnung und Verachtung.

Als der König nun vor aller Augen Anstalten machte, mit beiden Händen ihre Brüste zu umfassen, war das Maß jedoch voll: Wie von der Tarantel gestochen sprang sie auf.

»Was bildet Ihr Euch ein? Nur weil Ihr der König seid ...«

Bebend vor Zorn raffte sie ihre Röcke und wollte davonstürzen, als eine eiserne Hand ihren Arm umfasste.

»Jetzt weiß ich, woher ich Sie kenne, meine Liebe! Dieses Gesicht, diese panikerfüllten Züge habe ich doch schon einmal gesehen ...«

Der Mann hatte kaum die Stimme gehoben, aber Friederike hatte das Gefühl, der ganze Ballsaal würde jedes einzelne Wort mitbekommen.

»In Köstritz nämlich, fast zwei Jahre ist das jetzt her«, grinste der Sachse. »Im ›Kranich‹. Die Dachkammer. Bianconi ...«

Er schnalzte genüsslich mit der Zunge und sah Beifall heischend in die Runde.

»Ja, und auch an die zwei Äpfelchen erinnere ich mich gut ...«

»*Certo*, warum bin ich nicht gleich darauf gekommen!«, kreischte die Contessa nun auf. »Federico! Friedrich! Mein Freund, der Porzellanmaler! Der eigentlich eine Frau war und mir meinen Verlobten gestohlen hat ...«

Wiehernd schlug sie sich auf die Schenkel; sie schien sich gar nicht mehr beruhigen zu können vor Lachen.

Die ganze Zeit hatte der Fremde ihr Handgelenk umfasst gehalten, sodass Friederike sich nicht von der Stelle rühren konnte. Der König hatte seinen Stuhl mit einem lauten Scharren auf dem glänzenden Parkett zurückgeschoben und sich in seiner ganzen Länge vor ihr aufgebaut. Sein Gesicht war blass. Aus zusammengekniffenen Augen starrte er sie an. Keine Spur von Freundlichkeit oder gar Begeisterung lag mehr in seinem Blick.

»Wer sind Sie?«, fragte er kühl.

Auch die Pompadour hatte sich erhoben und war an ihren Tisch geeilt.

»Eine Spionin, das ist sie!«, zischte sie, als hätte sie nur darauf gewartet, ihre angestauten Hassgefühle gegenüber ihrer Widersacherin endlich zeigen zu können. »Unter falschem Namen hat sie sich in die Manufaktur eingeschlichen. Und nun hat sie auch noch versucht, Euch den Kopf zu verdrehen, Sire.«

Ihre ebenmäßigen Züge waren wutverzerrt, ihr Hals mit roten Flecken übersät.

»Sagen Sie mir sofort Ihren wahren Namen!«, herrschte sie Friederike an.

Diese war wie gelähmt. Keinen Ton brachte sie hervor. Gehetzt blickte sie um sich. Die Lakaien hatten in ihrem geschäftigen Treiben innegehalten; beladen mit Stapeln von Tellern und Tabletts, mit Flaschen in den Armen standen sie da und starrten zu ihnen herüber. Die meisten Gäste hatten ihre Masken beim Essen abgenommen und gafften sie aus hämischen, schadenfrohen oder einfach nur interessierten Mienen an.

Nur ein Mann hatte sich seiner Verkleidung nicht entledigt. Wie aus dem Erdboden gewachsen stand er plötzlich vor der kleinen Gruppe, die Hand am Portepé, den sehnigen Körper gespannt. Seine ganze Gestalt drückte höchste Wachsamkeit und zugleich etwas unterschwellig Bedrohliches aus.

»Lassen Sie sofort die Frau los!«, fuhr er den Sachsen an.

Der Mann war so verblüfft, dass er dem Befehl widerstandslos gehorchte. Auch die anderen Umstehenden schienen wie unter einem Bann zu stehen.

»Und du kommst mit!«, sagte er leise zu Friederike. Er schaute sie nicht an, sondern ließ seinen Blick wie ein Krieger auf dem Schlachtfeld aufmerksam über die Reihen, durch den Saal schweifen.

Noch war die Tür zur Eingangshalle offen, erriet sie seine Überlegungen, noch hatten die Bediensteten des Königs und der Marquise die Brisanz der Situation nicht erkannt und keine

Vorsichtsmaßnahmen ergriffen, um die Flucht der Verräterin und ihres Komplizen zu vereiteln.

Als wäre alles in bester Ordnung, versank Friederike in einen tiefen Hofknicks.

»Sire ... Madame la Marquise ...«

Ernst nickte sie ihren beiden sprachlosen Gastgebern zu, bevor sie Giovanni Ludovico Bianconis ausgestreckte Hand ergriff und gemessenen Schrittes mit ihm den Ballsaal verließ.

9. KAPITEL

Giovanni hatte an alles gedacht: Sie musste den Ort so schnell wie möglich verlassen, brauchte also ein Pferd; sie würde sicher ihren kleinen Handkoffer mitnehmen wollen, den sie im Gästehaus gelassen hatte; und sie verkleidete sich am besten wieder als Mann, weil sie dann am wenigsten auffiel. Kaum hatte Friederike an seiner Hand das Hauptgebäude verlassen und, eng an die Fassade des Seitenpavillons gedrückt, den Ehrenhof Richtung Park durcheilt, trat ihnen aus dem Schatten der ihr wohl bekannten Kalesche Giovannis Kutscher Ernesto entgegen, ein gesatteltes und gezäumtes Pferd am Zügel führend.

»*Signora, ecco! È un cavallo molto buono*, ein gutes Pferd, das hat man mir hoch und heilig versprochen«, brachte er atemlos hervor.

Ob der alte Neapolitaner wohl in ihr den Meißener Porzellanmaler Friedrich Christian Rütgers erkannt hatte?, fragte sie sich unwillkürlich. Und woher hatten er und Giovanni in einer solchen Windeseile Kleidung und Ross für sie besorgt? Wie war Giovanni überhaupt auf die Idee gekommen, dass sie in Gefahr sein könnte und möglicherweise würde fliehen müssen?

Ihr war klar, dass sie jetzt keine Zeit haben würde, ihm all diese Fragen zu stellen. Jeden Moment konnten die Bediensteten des Königs sie aufstöbern, sie musste fort von hier, so rasch wie möglich. Sie hatte die Pompadour und Louis XV. menschlich tief enttäuscht und ihr Vertrauen missbraucht. Von nun an würde sie als verräterischer Spion gelten. Welche Konsequenzen das haben mochte, wollte sie sich lieber gar nicht erst ausmalen. Hastig schlüpfte sie aus ihrem Kostüm und zog sich die Beinkleider samt Wams und Rock über, die Giovanni ihr wortlos reichte. Mit einem Fetzen ihres Unterkleids wischte sie sich notdürftig die Schminke vom Gesicht und stülpte sich den ebenfalls von Giovanni herbeigezauberten Schlapphut übers Haar.

Sie hatte schon die Zügel des Schimmels in der Hand und den Fuß in den Steigbügel gesetzt, als ihr bewusst wurde, dass nun erneut der Moment des Abschieds gekommen war. Eines Abschieds womöglich für lange Zeit. Langsam drehte sie sich um.

»Giovanni…«

Sie wusste nicht, was sie sagen sollte. Ihr Kopf war wie leer geblasen. Schweigend blickte sie ihr Gegenüber an.

Er hatte die Vogelmaske längst abgenommen und stand mit hängenden Armen vor ihr. Etwas seltsam Mutloses ging von ihm aus, er schien mit dem Krieger von eben, der durch seine pure, vibrierende Präsenz den ganzen Ballsaal in Schach gehalten hatte, nichts mehr gemein zu haben.

»Federica…«

Auch ihm schienen die Worte zu fehlen. Sie wusste nicht, wie lange sie einander einfach nur angeschaut hatten, bis er ihr sanft, aber bestimmt die Zügel aus der Hand nahm und sie an Ernesto weiterreichte. Er fasste sie unterm Arm und zog sie mit sich auf die dem Schloss abgewandte Seite der Kutsche.

»Schon wieder müssen wir uns trennen, Federica. Es scheint unser Schicksal zu sein…«

Er lächelte, doch seine Stimme klang bedrückt. Mit dem Rücken lehnte er gegen den Wagen. Er blickte sie nicht an, sondern sah hinunter ins Tal.

»Aber es ist besser so«, seufzte er schließlich. »Du schwebst in großer Gefahr. Mit dem König ist nicht zu spaßen. Wenn er sich von jemandem hintergangen fühlt, kennt er kein Pardon. Ich weiß, wovon ich rede, nicht von ungefähr bin ich im Donjon gelandet.«

Ein Beben ging durch seinen Körper, als wollte er die Erinnerung an seine Zeit im Gefängnis von sich abschütteln.

»Ich muss sagen, die Vorstellung von dir im Kerker behagt mir gar nicht ... Genauso wenig gefällt mir allerdings der Gedanke, dass wir uns nun schon wieder trennen müssen.«

Er strich ihr mit dem Handrücken über Wangen und Stirn.

Friederike hatte die Augen geschlossen. Sie stand ganz still und spürte der Berührung nach. Als sie die Lider hob, sah sie direkt in das warme, weiche Braun seiner Iris. Sie schlang die Arme um seinen Hals. Ihre Lippen trafen aufeinander, vereinigten sich.

Giovanni hielt sie so fest umfasst, als wollte er sie nie mehr loslassen. Seine Zärtlichkeiten wurden drängender, schon war er mit den Händen unter ihr Wams gefahren, um ihr über den bloßen Rücken zu streicheln. Plötzlich riss er sich von ihr los. Atemlos stand er da, sein Brustkorb hob und senkte sich wie nach einem anstrengenden Lauf. Er starrte sie an, als müsste er sich ihren Anblick für immer in die Erinnerung einbrennen.

»Federica«, keuchte er, »das ist Wahnsinn, was wir hier machen. Du musst weg! So schnell wie möglich! Und auch ich bringe mich in Gefahr, wenn man mich entdeckt.«

Wieder zog er sie an sich, um erneut ihren Mund, ihre Zunge, ihre feuchte, wohlige Wärme zu suchen, dann machte er sich gewaltsam von ihr los.

»Leb wohl, *amore mio*, leb wohl! Versprich mir, dass du vorsichtig bist, was immer du tust!« Er hatte die Hände auf ihre Schultern gelegt und blickte sie ernst und traurig an. »Und glaub mir, es zerreißt mir das Herz, dass ich dich schon wieder fortschicken muss. Aber wir haben keine andere Wahl, verstehst du? Wir werden uns wiedersehen, keine Angst! Alles wird gut – vertrau mir!«

Er lächelte und hob ihr Kinn, um ihr in die Augen zu schauen.

»Mein Versprechen aus Köstritz habe ich doch auch gehalten, oder? Ich habe dich gefunden, wenn uns auch keine Zeit miteinander vergönnt war. Aber es wird nicht noch einmal so lange dauern, bis ich mich bei dir melde, ich bin nicht noch einmal so dumm, den falschen Leuten zu vertrauen. Das verspreche ich dir, hörst du? Das verspreche ich dir ...«

Sie wollte etwas erwidern, ihn fragen, wen er mit den falschen Leuten gemeint hatte, wollte ihm sagen, dass sie ihn liebte, dass sie niemals einen anderen Mann so geliebt hatte und so würde lieben können wie ihn, dass sie ihr ganzes Leben mit ihm verbringen wollte, egal wo und wie, trotz des Kindes eines anderen, das sie unter dem Herzen trug, trotz ihrer großen Leidenschaft, der Malerei, die sie notfalls auch aufgeben würde für ihn, ja, nur für ihn, Giovanni Ludovico Bianconi, von dem sie nichts weiter wusste, als dass er italienischer Herkunft war, ein Hallodri, wie es hieß, ein Lebemann, vielleicht sogar ein Spion, ja, bestimmt sogar, warum hatte er sonst im Gefängnis gesessen, ein Frauenheld sowieso. Mein Vogelmann, dachte sie, du hast mich gerettet, wieso verlässt du mich jetzt schon wieder, warum folgst du mir nicht, fliehst gemeinsam mit mir, statt mich schon wieder allein ins Ungewisse zu schicken ...

Vom Schloss her waren Stimmen zu hören. Türen schlugen, Schritte knirschten auf dem Kies.

»Signora, sie kommen! *Forza*, beeilen Sie sich, es ist höchste Zeit! *Si sbrighi, si sbrighi*, machen Sie schnell, *La prego!*«

Der alte Ernesto war mit dem Schimmel um die Kutsche herumgekommen; mit zwei, drei geschickten Handgriffen half er ihr, den Sattel zu besteigen, hinter dem er ihren kleinen Koffer mit zwei Lederriemen befestigt hatte, drückte ihr den Schlapphut in die Hand, gab dem Pferd einen kräftigen Klaps aufs Hinterteil, und schon galoppierte es fort, über den gepflegten Rasen entlang der Rabatten und Obstbaumspaliere, in Richtung Wald.

Das Letzte, was sie von Giovanni sah, als sie sich auf dem Rücken des Schimmels noch einmal umdrehte, beide Hände fest um den Sattelknauf gekrallt, die Beine gegen die Flanken des Tieres gepresst, war sein mondbeschienenes bleiches Gesicht mit dem aufgerissenen Mund. Er ruft mich, doch ich kann ihn nicht hören, dachte sie, ein stummer Schrei ...

Dann schien ein Ruck durch ihn zu gehen, die Vogelmaske glitt wie das Visier eines Ritterhelms vor sein Gesicht, seine Brust straffte sich, sein ganzer Körper wirkte mit einem Mal seltsam steif und aufrecht, wie bei einem Soldaten, der Haltung angenommen hatte.

Fast gleichzeitig wandten sie sich ab: sie, um dem Schimmel, der in wenigen Sekunden den Waldrand erreicht haben würde, die Sporen zu geben – er, um den Häschern des Königs entgegenzutreten, die durch den hell erleuchteten Ehrenhof auf ihn zueilten.

3

Die Sonne war bereits aufgegangen, als sie Paris endlich erreichte. Bis auf eine Viertelstunde Rast an einem Bach hatte sie sich und dem Schimmel keine Pause gegönnt, zu sehr hatte die Angst sie vorangetrieben. Schon nach wenigen Meilen war sie zwar sicher gewesen, dass sie ihre Verfolger entweder abgeschüttelt oder dass der König gar keine Wachmänner nach ihr ausgeschickt hatte, dennoch hatte sie so schnell wie möglich Abstand zwischen sich und alles bringen wollen, was mit dem verhängnisvollen Abend im Schloss Bellevue zusammenhing.

Außer Giovanni ... Dass sie ihn wieder getroffen hatte! Ausgerechnet auf dem Ball des Königs! Immer wieder waren ihr in der langen dunklen Nacht während ihres halsbrecherischen Ritts Zweifel gekommen, ob sie nur geträumt hatte und ihre Begegnung mit dem Italiener vielleicht gar nicht echt gewesen war. In der Erinnerung war sie jede einzelne Szene noch einmal durchgegangen, hatte sie sich den geheimnisvollen Vogelmann vergegenwärtigt, hinter dessen Maske plötzlich Giovanni aufgetaucht war, ein vom Leben gezeichneter Giovanni mit einem düsteren Geheimnis und seltsamen Stimmungswechseln, aber auch der zärtliche, leidenschaftliche Giovanni, den sie geliebt hatte und den sie noch immer liebte, wie sie nun ein für allemal wusste. Und Giovanni, der Soldat, der sich den Häschern des Königs entgegengestellt hatte, um sie zu retten. Ja, so musste es gewesen sein, war es ihr mit einem Mal wie Schuppen von den Augen gefallen: Giovanni hatte sich den Wachen ausgeliefert, damit sie von ihr abließen.

Die Sorge um ihn hatte schließlich fast jeden anderen Gedanken in ihr verdrängt. Nur flüchtig war ihr irgendwann gedämmert, dass sie nun wohl niemals mehr einen Fuß in die Manufaktur von Vincennes würde setzen können, dass sie Benckgraff folglich würde enttäuschen müssen, weil sie dem Geheimnis der leuchtenden Farben nicht auf die Spur gekommen war. Vielleicht würde François Gravant es ihr ja in vielen Jahren einmal verraten, wenn sie beide alt und weise geworden waren und es entweder in jedem Kuhdorf eine Porzellanmanufaktur gab oder nirgendwo mehr eine einzige. So hatte sie sich am Ende getröstet und sich vorgenommen, wenn sie wieder in Höchst wäre, dem Freund zu schreiben und ihm alles zu erklären. Um ihn und Henriette tat es ihr leid, wohingegen ihr mittlerweile fast gleichgültig war, dass der König und die Pompadour sich von ihr getäuscht und missbraucht fühlen mochten.

Als sie langsam durch die engen Gassen des trotz der frühen Morgenstunde schon belebten Pariser Viertels ritt, in dem Henri Panier und Serge Lirac wohnten, fühlte sie sich vollkommen zerschlagen: Alle Knochen taten ihr weh, ganz zu schweigen von ihrem geschundenen Sitzfleisch. Der Krach auf der Straße war ohrenbetäubend. Die Marktfrauen und Fischhändler schienen in einen Wettstreit getreten zu sein, wer den anderen mit seinem Geschrei übertönte. Die Marktbuden standen dicht an dicht, sodass kaum ein Durchkommen war. Mühsam bahnte sich der Schimmel seinen Weg. Immer wieder musste Friederike aufpassen, dass sie nicht gegen einen der überladenen Obst- und Gemüsestände stieß oder einen Wasserbottich umwarf, in dem die morgendliche Ausbeute aus der Seine vor sich hin dümpelte. Ein Bettler, aus dessen Lumpen die nackten Armstümpfe ragten, hatte sich mitten auf die Gasse gehockt, offenbar in der Annahme, von dieser Position aus am besten an Almosen heranzukommen. Ihr blieb nichts anderes übrig, als ihrem Pferd die Sporen zu geben und in einem gewagten Sprung über den Mann hinwegzusetzen.

Die meisten Besitzer der kleinen Geschäfte und Handwerksbetriebe in den anliegenden Häusern bauten bereits ihre Stellagen auf dem Trottoir auf. Auch Monsieur Panier war dabei, unterstützt von seinem Lehrjungen, umständlich die grün lackierten Fensterläden vor dem großen Schaufenster seines Geschäfts zu öffnen. Er war so beschäftigt, sie zu sichern, damit sie nicht beim kleinsten Windstoß wieder aus den Angeln gerissen würden, dass er erst aufschaute, als der Schimmel mit einem leisen Prusten direkt vor ihm haltmachte.

»Aber, aber ... Frédéric! Sind Sie es wirklich? Um Himmels willen, was ist passiert? Sie sehen ja fürchterlich aus! Und das Kostüm ... Wieso sind Sie überhaupt schon wieder zurück? Wir haben Sie nicht vor morgen erwartet!«

Erschrocken blickte er zu ihr auf. Doch Friederike war zu schwach, sich auf all seine durchaus berechtigten Fragen eine vernünftige Antwort einfallen zu lassen. Mit letzter Kraft schwang sie ihr Bein über den Sattel und ließ sich vom Pferderücken gleiten, direkt in die Arme des alten Mannes, der seinen Lehrling sofort losschickte, erst seinen Gefährten zu benachrichtigen und dann unverzüglich einen Arzt zu holen.

∞

»Sie wollen doch Ihr Kind nicht verlieren – oder, Madame? Habe ich Ihnen nicht schon einmal gesagt, dass Sie unter keinen Umständen das Bett verlassen dürfen? Was heute passiert ist, hätte nicht passieren müssen, wenn Sie auf mich gehört hätten!«

Docteur Dupagne musterte sie mit strafendem Blick, als bezweifelte er, dass sie jemals ihre Rolle als Mutter würde ausfüllen können.

»Für die nächsten zehn Tage verordne ich Ihnen die allerstrengste Bettruhe«, fügte er streng hinzu. »Haben wir uns verstanden? Sonst kann ich für nichts garantieren, aber auch für gar nichts!«

Friederike drehte den Kopf zur Wand, während der Arzt das Zimmer verließ. Sie wollte nicht mit diesem schrecklichen Menschen sprechen, der sie behandelte, als wäre sie eine Kindsmörderin. Sie wollte sich keine Vorhaltungen anhören müssen, die nur dazu führten, dass sich ihre Stimmung noch mehr verschlechterte. Fast vier Wochen lag sie nun schon darnieder, vier Wochen, die sie in der kleinen Dachkammer neben Henri Paniers Atelier verbracht hatte, ohne sich einen Schritt aus dem Bett zu bewegen. Heute Morgen, nachdem sie die Stille um sich herum, die in heftigem Gegensatz zu dem Aufruhr in ihrem Kopf stand, nicht mehr ausgehalten hatte, war sie so wagemutig gewesen, erstmals wieder die Treppe nach unten in die Küche zu steigen, um ein wenig mit Serge Lirac zu plaudern. Der ehemalige Ballettmeister war dabeigewesen, die Obsternte der letzten Tage einzukochen, und hatte sich entzückt gezeigt, ihr den jüngsten Tratsch aus Versailles berichten zu können, als plötzlich ein stechender Schmerz ihren Unterleib durchzuckt hatte. Erst der Anblick seines entsetzten Gesichts hatte sie auf die kleine Blutlache unter ihrem Stuhl aufmerksam gemacht. Und erst in diesem Augenblick war ihr schlagartig klar geworden, wie sehr der mögliche Verlust des Kindes ihr zusetzen würde. So lang war es nun schon in ihrem Bauch, jeden Tag wurde es ein winziges Stückchen größer, mehr und mehr zu einem richtigen Menschen. Es war kein Wunschkind, beileibe nicht, und es würde in einem denkbar ungünstigen Moment ihrens Lebens auf die Welt kommen. Aber trotzdem: Sie wollte dieses Kind nicht verlieren! Es war schon viel zu sehr mit ihr verwachsen, viel zu sehr Teil von ihr geworden. Und außerdem würde es ihr Trost sein, das spürte sie, in den schweren Stunden, wenn sie um Giovanni bangte, es würde sie ablenken von ihrer Angst um ihn.

»Muss dieser Mensch immer so tun, als wollte ich mein Kind umbringen?«, schimpfte sie, als Serge Lirac ihr das Mittagessen brachte, ein Schinken-Käse-Omelett mit Salat und einem großen Glas Orangensaft.

»Ach, Kindchen, er macht sich doch nur Sorgen um dich!« Das sonst so fröhliche Gesicht des Ballettmeisters wirkte bekümmert. »Und ich mir auch, weißt du? Du hast so viel Blut verloren nach diesem fürchterlichen Ritt von Meudon nach Paris. Das kann gar nicht gut für das Kleine gewesen sein! Sei froh, dass du es damals nicht verloren hast. Du musst jetzt wirklich vorsichtig sein – der Schreck von heute Morgen sitzt mir noch immer in den Gliedern.«

Friederike wusste, dass die Sorgen des alten Mannes nicht ganz unberechtigt waren. Sie hatte riesiges Glück gehabt, dass sich ihr Unterleib nach der ersten großen Blutung, die sie unmittelbar nach ihrer Ankunft in Paris erlitten hatte, beruhigt zu haben schien. Das lange Liegen war offenbar tatsächlich die einzig wirksame Kur gewesen, um das Leben des Kindes zu retten. Mittlerweile war ihr Bauch schon richtig dick. Sie hatte auch bereits mehrfach ein seltsames Kullern tief in ihrem Inneren gefühlt, als rollten dort kleine Kugeln umher.

»Ein gutes Zeichen«, hatte der Arzt mit einem Anflug von Freundlichkeit in der Stimme gemurmelt, als sie ihm bei seinem letzten Besuch davon berichtet hatte. »Das heißt, das Kind bewegt sich. Es scheint also nicht zu Schaden gekommen zu sein, ein zäher kleiner Charakter. Aber bleiben Sie weiterhin liegen – ich warne Sie!«, hatte er mit erhobenem Zeigefinger hinzugefügt.

»Ja, ja, es stimmt schon, was du sagst«, tätschelte sie die dicklichen Finger des Ballettmeisters. »Ich werde besser aufpassen, versprochen!«

Zwischen ihr und den beiden Männern hatte sich seit ihrer Rückkehr aus Meudon ein Verhältnis entwickelt, das von großer

Zuneigung und Vertrauen geprägt war. Monsieur Panier hatte bei einem seiner Geschäftsbesuche in Versailles sogar unauffällig Erkundigungen eingezogen, ob man dort etwas von einem deutschen Spion in der Königlichen Porzellanmanufaktur mitbekommen habe. Doch er hatte lediglich erfahren, dass der Kostümball der Pompadour nach einem vielversprechenden Beginn mit einem Eklat und einer Festnahme geendet habe, der Mann jedoch kein Deutscher gewesen sei und wohl auch mit der Manufaktur nicht in Verbindung gestanden habe.

»Du kennst den Mann?«, hatte er Friederike mit hochgezogenen Augenbrauen gefragt, als sie hörbar nach Luft geschnappt hatte, war aber nicht weiter in sie gedrungen, nachdem sie nur stumm den Kopf geschüttelt hatte. Einen Moment lang hatte sie erwägt, die Freunde auch über Giovanni ins Vertrauen zu ziehen, aber den Gedanken schließlich wieder verworfen. Es würde Giovanni eher schaden als nutzen, wenn durch irgendeinen dummen Zufall herauskäme, dass er sie kannte; besser war, niemand wusste davon, dass Friedrich Christian Rütgers und Giovanni Ludovico Bianconi ein Liebespaar waren. Vor allem, wenn Giovanni wieder im Donjon einsitzen sollte, in unmittelbarer Nachbarschaft zur Manufaktur.

»Übrigens, was ich bei der ganzen Aufregung fast vergessen hätte ...« Serge Lirac zog einen Brief aus seiner Schürzentasche. »Der kam heute Morgen schon. Ich glaube, er ist von deiner Freundin aus Höchst ...«

Er stand auf und strich seine Schürze glatt.

»Ich lasse dich jetzt besser allein, du willst sicher lesen, was sie schreibt. Ruf mich, wenn du fertig bist mit dem Essen, ja?«

Noch bevor er zur Tür hinausgetänzelt war, hatte Friederike den Brief bereits aufgerissen. Josefine! Endlich hatte sie ihr geschrieben! Fast ein Monat war vergangen, seit ihre Gastgeber der Freundin eine kurze Nachricht hatten zukommen lassen, dass sich Friederike in ihrer Obhut befinde, es ihr gesundheitlich nicht allzu gut gehe, aber Aussicht auf baldige Genesung bestehe.

Lieber Friedrich,

was muss ich da lesen: Du bist krank? Was machst Du für Sachen? Wie geht es Dir mittlerweile? Wer sind diese Leute, bei denen Du Dich da einquartiert hast? Und warum in Paris? Ich dachte, Du wärst in Vincennes ... Anscheinend hat sich in Deinem Leben eine Menge getan – wie in meinem übrigens auch, aber das erzähle ich Dir, wenn Du endlich wieder hier bist.

Apropos: Wann kommst Du??? Hier ist es unendlich langweilig ohne dich, trotz allem.

Übrigens: Stell Dir vor, wer mich neulich besucht hat! Ja, genau, Dein Freund Carl Bogenhausen. Offenbar hat er sich unter irgendeinem Vorwand in der Manufaktur nach Dir erkundigt, und Simon Feilner hat ihn zu mir geschickt. Er wollte wissen, ob ich Neuigkeiten von Dir hätte. Hat der lange gebraucht, um diese Worte rauszubringen! Natürlich hatte ich leider keine Neuigkeiten von Dir – Du treulose Tomate, Du hättest mir ruhig mal öfter schreiben können! –, aber so viel habe ich immerhin in Erfahrung gebracht: Der Herr scheint Dich zu vermissen. Weil Du mir in einer Deiner seltenen Episteln ja netterweise angedeutet hattest, dass ihr beide in Straßburg ein paar aufregende Stunden zusammen verbracht habt, habe ich mir gedacht, Du würdest dich sicher sehr für seine Heiratspläne interessieren, und also ganz scheinheilig gefragt, wann denn die Hochzeit mit Fräulein Mathilden stattfinden würde, ich hätte ja doch von Dir gehört, dass sie einiges an Hausrat in der Manufaktur bestellt hätte. Du hättest sein Gesicht sehen sollen! »Finster« ist gar kein Ausdruck! In sechs Wochen ist der große Tag. Aber ein stolzer Bräutigam, der es gar nicht mehr erwarten kann, die Geliebte endlich sein nennen zu können, sieht mir anders aus. Na ja, vielleicht kommt der Appetit ja auch im Falle Carl Bogenhausen noch beim Essen ...

Die gute alte Josefine, wie schön es war, ihre Worte zu lesen! Fast kam es Friederike vor, als könnte sie ihre Stimme hören oder sie am Küchentisch sitzen sehen, wie sie umständlich die Feder in das Tintenglas tauchte, um ihre großen Buchstaben auf das

Papier zu malen. Aber was sie da schrieb, war alles andere als erfreulich! In sechs Wochen, hatte Josefine angekündigt, würde Carl seine Verlobte Mathilde heiraten.

Friederike ließ ihre Hände mit dem Brief in den Schoß sinken. Mutlosigkeit machte sich in ihr breit. Wenn sie mit einberechnete, dass der Brief schon eine ganze Weile unterwegs war, würde die Eheschließung unmittelbar bevorstehen. Hastig überflog sie die krakeligen Zeilen ein weiteres Mal, auf der Suche nach einem Hinweis, wann Josefine sie geschrieben haben mochte, denn natürlich hatte die Freundin versäumt, ein Datum aufzusetzen. Zehn Tage war er mindestens schon unterwegs, rechnete sie, wenn nicht länger. Das bedeutete: Sie musste etwas tun, eine Entscheidung stand an – und zwar sofort! Wenn sie Carl Bogenhausen dazu überreden wollte, zu seiner Vaterschaft zu stehen und sie zu heiraten, dann musste sie bald handeln, sonst war es zu spät.

Ihre Kehle war trocken. Sie konnte den Brief kaum mehr halten, so sehr zitterten ihre Hände. Diese ganze Aufregung war bestimmt nicht gut für das Kind! Schnell schob sie den Gedanken wieder beiseite. Dafür hatte sie jetzt keine Zeit, sie musste sich konzentrieren, musste herausfinden, was sie wirklich wollte. Immerhin hatte Carl sich nach ihr erkundigt, wie Josefine schrieb, Mathilde hin oder her. Noch vor wenigen Wochen hätte diese Nachricht sie wohl überglücklich gemacht. Wie sehr hatte sie gehofft, von ihm zu hören! Aber nun war alles anders, nun war Giovanni wieder da. Doch war er wirklich da, fragte sie sich. Nein, wenn sie ehrlich war, musste sie sich eingestehen, dass Giovanni in diesem Moment wahrscheinlich weiter von ihr entfernt war denn je, zumindest wenn man seine Verfügbarkeit in Betracht zog. Sollte er tatsächlich im Donjon oder in irgendeinem anderen Kerker von Louis XV. festsitzen, war nicht davon auszugehen, dass er so bald wieder freikam und nach ihr suchen konnte. Friederike schluckte. Und selbst dann, überlegte sie, wer garantierte ihr, dass er sein unstetes Leben wirklich für sie aufgeben würde? Bei Carl wäre sie auf jeden Fall auf der sicheren Seite, so furchtbar man dieses Gegeneinanderaufrechnen auch finden konnte. Und immerhin war er der Vater ihres Kindes und nicht Giovanni.

Sie schüttelte ihr Kopfkissen auf und stopfte es sich in den Rücken, um sich bequemer anlehnen zu können. Ihr Blick wanderte zum Fenster. Draußen schien die Sonne, der Himmel war bis auf ein paar weiße Federwolken, die gemächlich vorbeizogen, strahlend blau. Sie konnte die Vögel zwitschern hören. Amseln, dachte sie, vielleicht auch Schwalben. Der Duft des Omeletts drang an ihre Nase. Es war bestimmt schon kalt!

Sie merkte erst jetzt, wie hungrig sie war. Rasch legte sie Josefines Brief zur Seite und widmete sich ihrem Essen. Nach wenigen Minuten hatte sie Ei und Salat verzehrt und das Glas Orangensaft ausgetrunken.

Gestärkt beschloss sie, Josefines Brief ein drittes Mal zu lesen und nach Hinweisen auf das Datum von Carls Hochzeit zu suchen. Vielleicht stand ja zwischen den Zeilen irgendeine Information, die sie zuvor überlesen hatte. Und tatsächlich: Erst jetzt fiel ihr auf, dass die Freundin am unteren Rand des Blattes einen kleinen Pfeil eingezeichnet hatte, der sie offenbar dazu bewegen sollte, auch die Rückseite des Schreibens zu beachten. Hastig überflog sie das Postskriptum.

P.S. Wahrscheinlich interessiert es Dich auch zu hören, dass Dein Bruder neulich hier war. Mit seiner entzückenden jungen Frau, wie ich aus gut unterrichteten Kreisen erfuhr. Er und Caspar haben zwei lange Abende miteinander im »Goldenen Adler« verbracht. Die Anna hat es mir erzählt, sie arbeitet jetzt dort in der Küche. Sie haben die Köpfe zusammengesteckt und immerzu geflüstert. Wenn die Resel, ihre Kollegin, an den Tisch kam, um neue Getränke zu bringen, hätten sie immer sofort geschwiegen. Ich fürchte fast, sie führen nichts Gutes im Schilde ...

*F*riederike ließ das Blatt sinken. War sie eben noch mutlos und verzweifelt gewesen, spürte sie nun, wie die Empörung in ihr aufstieg. Georg und Caspar, das bedeutete wohl in der Tat nichts Gutes! Im Zweifelsfall planten sie irgendeinen Coup, der sich gegen Benckgraff und die Höchster Kollegen richtete. Sie musste den Manufakturdirektor warnen. Genauso wie Helbig und Höroldt in Meißen würde sicher auch Benckgraff auf die Schaumschlägerei ihres Bruders hereinfallen und ihm wer weiß welche Betriebsgeheimnisse anvertrauen.

Unwillkürlich hatte sie die Schultern gestrafft, sie saß jetzt kerzengerade in ihrem Bett. Ihre Wangen waren heiß, neue Energie durchströmte sie. Sie musste etwas tun, das stand fest, sie konnte nicht länger untätig auf ihrem Pariser Krankenlager herumliegen und sich vor Sorgen um ihr Kind verzehren. Dieses ständige Grübeln und Verzagen, ihr Herzklopfen und ihre Unruhe würden ihm sicher auch nicht gut tun, mochte Docteur Dupagne sagen, was er wollte. Abgesehen davon wurde sie in Höchst dringend gebraucht. Nur sie konnte Benckgraff davor bewahren, geradewegs in die Falle zu laufen, nur sie konnte ermessen, zu welchen Schandtaten Georg und Caspar in der Lage waren, und das Unglück vielleicht gerade noch abwenden. Und wenn sie wollte, dass ihr Kind einen Vater bekam und es ihm auch in materieller Hinsicht an nichts fehlen würde, dann war es ebenfalls an der Zeit, sich auf den Weg nach Frankfurt zu machen. Ja, sie musste mit Carl sprechen, sie musste ihm klarmachen, dass er seine Verlobung mit Mathilde zu lösen hatte, um sie zu heiraten. Damit ihr Kind einen Vater hatte. Und sie einen Ehemann.

»Adieu, Giovanni, adieu, mein Geliebter«, murmelte sie leise, während sie sich ankleidete, um nach unten in die Küche zu gehen. »Verzeih mir bitte, aber ich muss es tun.«

∞

»Madame, entschuldigen Sie bitte die Störung, aber wir sind gleich da!«

Das Klopfen des Conducteurs gegen die Trennscheibe über ihrem Kopf hatte sie jäh aus dem Schlaf gerissen.

»Was, wir sind schon da?«, murmelte sie verwirrt.

Hastig stopfte sie ihr Wolltuch in die große Tasche und fuhr sich übers Haar. Durch das Kutschenfenster leuchteten ihr die sonnenbeschienenen Prachtfassaden der Zeil entgegen. Sie musste die ganze Nacht geschlafen haben, tief und fest. Dem Licht und dem geschäftigen Treiben auf der Straße zufolge war es spät am Morgen oder vielleicht sogar mittags. Da war auch schon der »Weidenhof«, wo sie die erste Nacht würde logieren können, bevor sie nach Höchst zu Josefine und zu Benckgraff fuhr. Aber zunächst hatte sie noch etwas anderes zu erledigen …

Jeder Rest von Müdigkeit war verflogen, als sie wenig später die Treppen des Gasthofs hinuntereilte, in dem sie ihr Gepäck deponiert und sich frisch gemacht hatte. Es war ein richtiger Spätsommertag, sonnig, aber die Luft war bereits deutlich abgekühlt. Sie freute sich, wieder in Frankfurt zu sein und sich in der vertrauten Kulisse der alten Reichsstadt zu bewegen. Nachher würde sie zum Main hinuntergehen, zum Hafen am Fahrtor und dann zur Brücke mit dem Brickegickel. Von dort aus konnte man fast bis Höchst sehen, hatte sie manchmal gedacht, wohl wissend, dass der unregelmäßige Flussverlauf eine so weite Sicht gar nicht zuließ.

Als sie den hohen Torbogen am Großen Kornmarkt erreicht hatte, hinter dem der Bogenhausen'sche Hof mit seinen Wirtschaftsgebäuden lag, war jede Beklommenheit von ihr gewichen. Sie musste ihr Vorhaben jetzt hinter sich bringen, war ihr einziger Gedanke, danach konnte man weitersehen. Nur die Aussicht, dass sie Carl womöglich überhaupt nicht antraf, sondern stattdessen seinem älteren Bruder in die Arme lief, dämpfte ihren Elan ein wenig. Zu gut hatte sie die unschöne Szene zwischen Carl und Emanuel Bogenhausen noch in Erinnerung, deren Zeugin sie geworden war, nachdem sie Carl mit dem unglückseligen Kuss im Gewürzlager überfallen hatte. Würde Emanuel Bogenhausen nicht sofort eins und eins zusammenzählen, wenn er sie in schwangerem Zustand auf seinem Grundstück auftauchen und nach seinem Bruder fragen sah? Selbst die erlesene Schneiderkunst von Monsieur Panier, der ihr einige dunkle, weite Kleider mit hoher Taille aus seinen Lagerbeständen geschenkt hatte, vermochte die Tatsache nicht zu verbergen, dass unter dem raffinierten Faltenwurf deutlich ein Siebenmonatsbauch zu erkennen war, zumal sie wegen der wärmenden Sonne ihren Manteau nicht hatte anlegen mögen.

Sie hatte den Hof schon fast überquert und das Comptoir erreicht, in dem sie sich zuerst nach Carls Verbleib erkundigen wollte, als hinter ihr Hufgetrappel und ratternde Wagenräder das Herannahen einer Kutsche verkündeten. Erschrocken drehte sie sich um. Es war zu spät, sich noch zu verstecken: Der Ziehbrunnen mit der mächtigen Kastanie in der Mitte des Hofes war zu weit entfernt, als dass sie sich dahinter hätte ducken können. Und bis zum Comptoir waren noch mehrere Schritte zurückzulegen, die sie ohne schwangeren Bauch vielleicht in einem kühnen Satz hätte überwinden können, nicht aber in ihrem derzeitigen Zustand. Es half nichts: Sie musste sich den Insassen der Kalesche stellen, wer auch immer dem eleganten Gefährt in wenigen Sekunden entsteigen würde.

Mit einem lauten »Brrrrr!« hielt der Kutscher die Pferde an, um noch im Rollen eilfertig vom Bock zu springen und rechts und links die Wagenschläge aufzureißen.

Friederike rieb sich die Augen. Hatte sie nicht genau die gleiche Situation schon einmal erlebt? Vor über einem Jahr, während der Frühjahrsmesse? Wieder zeigte sich erst der zierliche rosafarbene Schuh, dann ein zartbestrumpfter, perfekt geformter Fußknöchel, neben dem die Spitze eines Sonnenschirmchens aufgetupft wurde – bis schließlich die ganze puppenhafte Gestalt der Mathilde Leclerc auf dem Trittbrett stand und fragend von der fremden Frau mit dem vorgewölbten Bauch zu ihrem männlichen Begleiter blickte.

Es dauerte einen Moment, bis Carl Bogenhausen, der mit einem federnden Sprung direkt vor Friederike gelandet war, die Situation in ihrem vollen Ausmaß begriff. Dann aber wurde sein Gesicht schlagartig aschfahl. Zum ersten Mal bemerkte sie, dass er Sommersprossen hatte, winzige Sommersprossen um die Nasenwurzel herum, die ihn noch jungenhafter machten, als er ohnehin schon war. Sprachlos starrte er auf ihren Bauch, unfähig, auch nur die kleinste Regung zu tun. Die Sekunden vergingen.

»Carl!« Mathildes Stimme klang schrill. »Willst du mich der Dame nicht vorstellen? Ich nehme an, ihr kennt euch ...«

Friederike hatte sich als Erste wieder gefangen. Der Anblick von Carls Sommersprossen hatte ihr ihre Sicherheit zurückgegeben. Sie musste die Situation retten, sie musste sich irgendetwas ausdenken, damit Mathilde keinen Verdacht schöpfte, sie aber trotzdem die Gelegenheit fand, mit Carl unter vier Augen zu sprechen.

»Herr Bogenhausen, Sie erinnern sich sicher an mich«, begann sie forsch. »Wir sind uns vor ein paar Monaten in Straßburg begegnet, als Sie bei den von Löwenfincks eine größere Menge Fayencen bestellen wollten und ich auf dem Weg nach Paris war. Mein Name ist ...«

Sie stockte. Welchen Namen sollte sie um Himmels willen angeben? Jetzt befand sie sich schon wieder in dieser peinlichen Situation! Bei der Pompadour, als die Wachleute ihren Namen hatten wissen wollen, hatte Giovanni sie aus ihrer Zwickmühle befreit, aber jetzt ... Sie konnte doch in Mathildes Anwesenheit nicht ihren Künstlernamen nennen, unter dem sie ihr schon so manches wertvolle Stück verkauft hatte – einmal ganz davon abgesehen, dass sie ja nun sichtlich kein Mann mehr war. Spätestens, wenn sie sich als Friedrich Christian Rütgers vorstellte, würde es selbst im Kopf des Fräulein Leclerc zu klingeln beginnen und sie würde den jungen Porzellanmaler von der Frühjahrsmesse wieder erkennen. Aber ihren Frauennamen preiszugeben, wäre sicher genauso gefährlich; man konnte nie wissen, wer in dieser kleinen Welt über wen tratschte und wer wessen Namen schon einmal gehört hatte.

Aus den Augenwinkeln sah sie, wie sich zwei nur schemenhaft zu erkennende Silhouetten hinter der Fensterscheibe des Comptoirs die Nase platt drückten. Der dicke Commis und der blonde Lehrling, dachte sie mechanisch. Plötzlich musste sie an Josefine denken. Sie hätte sich vor Lachen sicher schon am Boden gewälzt, wenn sie Zeugin dieser Szene geworden wäre.

»... äh, mein Name ist Josefine Heller, ich komme gerade aus Frankreich und bin auf dem Weg nach Hanau, da dachte ich mir, Sie würden sich bestimmt für den Stand Ihres Auftrags interessieren, und habe spontan beschlossen, hier in Frankfurt Station zu machen ...«

Sie holte tief Luft. Erleichtert strahlte sie Carl an. Allmählich begann die Komödie ihr Spaß zu machen. Sie musste nur aufhören, an Josefine zu denken, sonst war es mit ihrer Beherrschung gleich vorbei.

»Leider habe ich es nicht mehr geschafft, Ihnen mein Kommen anzukündigen, Herr Bogenhausen«, fuhr sie bemüht ernsthaft fort. »Sie müssen wissen, es ging in den letzten Wochen ziemlich hoch her bei mir. Ich hoffe, Sie können mir noch einmal verzeihen. Ich hatte wirklich keine freie Minute, all diese Aufträge, die wir zu erledigen hatten ... Na ja, und Sie sehen ja, ich meine, in meinem Zustand ... nun, da ist alles etwas ... wie soll ich sagen, anstrengend ... und wissen Sie, die viele Arbeit ...«

Nicht mit einem Wimpernschlag verriet die versteinerte Miene Carl Bogenhausens, was in ihm vorging. Noch immer stand er nur knapp zwei Schritt von ihr entfernt, die Hände in den Taschen seines Rocks vergraben, die Schultern hochgezogen, die Knie durchgedrückt.

»Also, diese geschäftlichen Dinge interessieren mich nicht! Dann lasse ich euch lieber allein und fahre noch ein wenig spazieren«, erlöste Mathilde Friederike von ihrem Gestammel.

Sie machte Anstalten, die Kutsche erneut zu besteigen; ihren kleinen Fuß hatte sie bereits auf das Trittbrett gesetzt und die mit einem schlichten Diamantring geschmückte Hand auf den Türgriff gelegt.

»Es sei denn«, zwitscherte sie, »es handelt sich um Geschirr, das du für unser neues Zuhause bestellt hast, Liebling.«

Mit zuckersüßem Lächeln an Friederike gewandt, sagte sie:

»Wir heiraten nämlich bald, müssen Sie wissen, Frau Heller, aber das hat mein Verlobter Ihnen sicher schon in Straßburg erzählt. Wir können es ja beide kaum mehr erwarten, endlich Mann und Frau zu werden und unser eigenes Heim zu beziehen. Nicht wahr, Liebster?«

Sie hatte den Kopf ein wenig zur Seite gelegt und himmelte den noch immer schweigsamen Carl aus ihren großen, hellblauen Augen an. Wie sie dort stand, den einen Fuß auf dem Trittbrett, den anderen in der Luft, mit ihren von einem Blumenreif gebändigten blonden Locken, dem bestickten weißen Rock und dem hochgeschlossenen Mieder unter dem Sommermanteau, den eine frische Brise lustig aufblähte, sah sie wirklich aus wie ein Feenwesen. Friederike kam sich mit ihrem dunklen, den dicken Bauch nur notdürftig verbergenden Kleid und der strengen Hochfrisur, auf die sie am Morgen noch so viel Mühe verwendet hatte, wie eine steife Matrone vor.

»Ich wollte wirklich nicht ungelegen kommen«, versuchte sie ein letztes Mal, die Situation zu retten, während Carl den Einwurf Mathildes einfach überging und weiterhin seinen Blick von ihrem Bauch zu seinen Schuhspitzen und wieder zurück wandern ließ, noch immer in eisiges Schweigen gehüllt.

Wenn er jetzt nicht gleich etwas sagt, drehe ich mich um und gehe! Friederike wusste nicht, ob sie sich mehr über Carls Verstocktheit oder ihre eigene Unbedarftheit aufregen sollte. Warum hatte sie sich nicht vorher einen vernünftigen Plan zurechtgelegt, wie sie Carl am besten abpassen konnte, sodass sie ihn allein und unter günstigen Umständen erwischte? Wahrscheinlich hatte sie mit ihrem unbedachten Verhalten einmal mehr alles vermasselt. Aber dass Carl auch so unbeweglich war! Warum sagte er nichts? Warum schickte er seine Verlobte nicht einfach weg? Sie machte es ihm doch schon so leicht, indem sie fast von allein den Rückzug anzutreten bereit schien.

»Mathilde, lass uns allein!«

Eine gereizte Ungeduld lag in Carl Bogenhausens Stimme.

Gekränkt starrte die junge Frau ihren Verlobten an. Ihr Kinn begann leicht zu zittern.

»Nun geh schon, lass uns allein! Hast du nicht verstanden, was ich gesagt habe? Lass uns allein!«

Sein Ton hatte nun gar nichts Verbindliches mehr.

Friederike musste an seinen Bruder Emanuel denken und die Gardinenpredigt, die dieser seinerzeit dem Jüngeren am selben Ort gehalten hatte. Sie wagte nicht, Mathilde ins Gesicht zu schauen, aus Angst, auch noch ihre Tränen mit ansehen zu müssen.

Mit einem großen Schritt war Carl plötzlich neben ihr und packte sie am Arm. Ohne seiner Verlobten noch einen Blick zu gönnen, zog er sie mit sich ins Comptoir. Friederike wäre fast gestolpert, so überrascht war sie von seinem Vorstoß. Doch Carl schien weder auf ihren schwangeren Zustand noch auf ihren zaghaften Protest Rücksicht nehmen zu wollen. Türenschlagend stürmte er an seinen beiden Angestellten vorbei, die bei ihrem Eintreten vom Fenster zurückgewichen und in Habachtstellung gegangen waren. Friederike noch immer im Schlepptau, polterte er durch die zweite Tür, die schmale Holztreppe hinunter ins Magazin. Erst als sie unten in der letzten Ecke des großen Raumes angelangt waren, vorbei an den hohen Apothekerschränken mit den vielen kleinen Schubladen, in denen die Gewürze aus aller Welt lagerten und ihre aufregenden Gerüche verströmten, vorbei an den groben Säcken voller Kaffee, Reis und Hülsenfrüchten, blieb er stehen und ließ ihren Arm los.

»Ist das Kind von mir?«, blaffte er sie an. Seine Brust hob und senkte sich in schneller Folge, sein Atem keuchte.

»Wie bitte?«

Friederike glaubte ihren Ohren nicht zu trauen.

»Ob du mein Kind da austrägst, will ich wissen!«

Er blickte sie nicht an, seine Augen fixierten einen Schrank mit lauter kleinen Schubfächern hinter ihr. Er hatte die Arme vor der Brust verschränkt, das Gewicht auf ein Bein verlagert und tippte mit dem anderen Fuß ungeduldig auf den Fußboden.

»Was meinst du wohl, warum ich hier bin, Carl Bogenhausen? Denkst du etwa, ich käme zu dir, wenn ich das Kind eines anderen im Bauch hätte?«, fragte sie nach außen hin völlig ruhig. Doch sie merkte, wie es in ihrem Inneren allmählich zu brodeln begann.

»Weißt du eigentlich, in was für eine Lage du mich gebracht hast, indem du hier einfach so aufgekreuzt bist? Wenn Mathilde etwas gemerkt hätte! Oder mein Bruder! Du scheinst vergessen zu haben, in welchen Kreisen du dich bewegst!«

Ein hochmütiger Ausdruck war auf sein Gesicht getreten. Noch immer schaute er an ihr vorbei.

Friederike kam sich vor wie in einer Schmierenkomödie. Das war ihr Carl? Der Mann, mit dem sie in Straßburg drei so innige Tage verbracht hatte, jene drei Tage, in deren Verlauf ihr gemeinsames Kind gezeugt worden war? Dieses winzige, noch unfertige Wesen, das aber schon jetzt, lange Wochen vor seiner Geburt, so viel Platz in ihrer Gedankenwelt einnahm ... Sie konnte es nicht glauben. Am liebsten wäre sie aufgestanden und gegangen. Wortlos. Und hätte für den Rest ihrer Tage jeglichen Kontakt mit ihm verweigert.

Aber sie musste an das Kind denken, riss sie sich zusammen. Ihm war sie es schuldig, dass sie jetzt nicht den Kopf verlor. Und natürlich würde es auch für sie selbst besser sein, wenn sie ihren

Stolz hinunterschluckte und noch einmal vernünftig mit ihm zu reden versuchte. Sich mit einem Säugling, aber ohne Mann und Geld durchzuschlagen war kein Vergnügen, das hatte Anna ihr deutlich genug vor Augen geführt. Die immerhin noch ihre Nachbarin hatte, die sich um das Kind kümmerte, und keine Skrupel kannte, sich jedem erstbesten Kerl, der ihr über den Weg lief, an den Hals zu werfen. Aber sie hatte keine Nachbarin, die ihr zur Seite stehen würde. Und wenn es überhaupt noch einmal einen Mann in ihrem Leben geben würde, dem sie ihre Liebe schenkte, dann wäre das Giovanni, den jemals wiederzusehen sie freilich kaum zu hoffen wagte.

»Die Lage, in die ich dich hätte bringen *können*, lieber Carl!«

Sie hatte nun ebenfalls die Arme vor der Brust verschränkt. Ihre Stimme zitterte vor unterdrückter Wut.

»Deine reizende Verlobte hat nichts gemerkt, weil ich Theater gespielt habe, damit sie nichts merkt – das dürftest du doch wohl mitbekommen haben! Abgesehen davon ist mir deine persönliche Befindlichkeit im Moment ziemlich egal. Im Gegensatz zu dem Kind in meinem Bauch. Deinem Kind! Ich will, dass dieses Kind einen Vater hat. Dass es versorgt ist. Nur aus dem Grund bin ich hier. Nicht deinetwegen!« Bitter lachte sie auf. »Du hast es ja noch nicht einmal für nötig befunden, meine Briefe zu beantworten! Nachdem du mich zu deiner Geliebten gemacht hast! Was ist das für eine Art, frage ich dich! Von jemandem, der aus deinen ›Kreisen‹ stammt, wie du so schön sagst, hätte ich mir mehr erwartet. Vor allem mehr Mut. Du bist ein Feigling, Carl Bogenhausen, ein Drückeberger und ein mieser kleiner Feigling!«

Mit einem prüfenden Blick in sein Gesicht vergewisserte sie sich, dass er ihre Worte wirklich gehört hatte. Er starrte an ihr vorbei zu Boden. Seine Haltung signalisierte noch immer Unbeugsamkeit. Aber an dem Zucken seiner Kiefernmuskeln konnte sie sehen, dass seine glatte Fassade allmählich Risse bekam.

»Ich frage dich jetzt zum ersten und letzten Mal«, fuhr sie

mit zunehmender Lautstärke fort, »ob du dieser Rolle, deiner Rolle als Erzeuger des Kindes in meinem Bauch, gerecht werden willst – oder ob du es vorziehst, mich und deinen Sohn nie wieder in deinem Leben zu sehen!«

Sie fühlte sich, als wäre sie die weibliche Hauptfigur einer antiken Tragödie. Die Hände in die Seiten gestützt, hatte sie ihre Worte mit einer solchen Verve hervorgestoßen, dass ihr fast die Luft weggeblieben war. So hatte sie sich ihr Wiedersehen mit Carl nicht vorgestellt! Es war seine Schuld, dass die Sache aus dem Ruder gelaufen war, nicht ihre. Wenn es nach ihr gegangen wäre, hätte sie ihm alles ganz ruhig erklärt und sich ebenso ruhig und abwartend seiner Reaktion gestellt.

»Nun? Ich warte, Carl Bogenhausen! Zumindest eine Antwort bist du mir schuldig.«

Sie spürte erst jetzt, wie ihr Puls raste. Und auch das Stechen in ihrem Unterleib war wieder da. Es durchfuhr sie mit einer solchen Heftigkeit, dass sie aufstöhnte und sich die Hand in die Flanke presste.

»Friederike!«

Mit einem Satz war Carl neben ihr, beide Hände ausgestreckt, um sie zu stützen. Sein Gesichtsausdruck hatte sich völlig verändert; Besorgnis und noch etwas anderes, das sie nicht zu deuten wusste, zeichneten sich auf seinen Zügen ab. Er half ihr, sich auf einem Reissack niederzulassen, der in der Ecke stand, und hielt ihr sein blütenweißes Taschentuch entgegen, damit sie sich den Schweiß von der Stirn abtupfen konnte. Schweigend blickte er auf sie herab.

»Ein Sohn, sagtest du, ein Sohn?«, fragte er tonlos, als ihr Atem wieder regelmäßig ging. »Woher weißt du das?«

»Ich weiß es einfach, Carl, genügt dir das nicht?« Müde blickte sie zu ihm auf. »Aber das spielt ja nun sowieso keine Rolle mehr. Leb wohl, Carl, ich werde jetzt gehen.«

Sie erhob sich schwerfällig, als Carl plötzlich seine Arme um ihre Hüften schlang, um sie festzuhalten. Als wäre er ein Ertrinkender und sie der rettende Baumstamm in den Fluten, hielt er sie eng umklammert. Endlich, nach einer langen Weile schob er sie ein Stückchen von sich weg und sah ihr, ohne ihre Schultern loszulassen, direkt in die Augen.

»Es tut mir leid, Friederike. Ob du mir noch einmal verzeihen kannst? Es tut mir unendlich leid, dass ich mich so schroff verhalten habe. Aber ich stand völlig unter Schock, als ich dich so plötzlich vor mir sah, noch dazu mit dickem Bauch.«

Bereitwillig ließ sie geschehen, dass er wieder die Arme um sie legte und sie an sich zog. Ein Sonnenstrahl drang von irgendwoher in den dämmerigen Raum und brach sich in seinen Augen. Ob er überhaupt noch etwas sieht?, fragte sie sich unwillkürlich. Doch zugleich spürte sie die Bedeutung dieses Moments, die Aufrichtigkeit, die er plötzlich zeigte.

»Natürlich werden wir heiraten, Friederike, aber versteh bitte, dass diese Entscheidung für mich nicht so einfach ist. Ich weiß nicht, wie viel du dir schon zusammengereimt hast – ich bin sicher, du ahnst mehr, als ich dir bisher erzählt habe.«

Er seufzte und zog sie unwillkürlich ein wenig enger an sich.

»Du hast meinen Bruder erlebt, du weißt, er ist der Ältere von uns beiden, ihm gehört der ganze Bogenhausen'sche Besitz. Mein Vater hat ihm alles vererbt. Das ist bei den Bogenhausens so, der Älteste bekommt alles, die jüngeren Geschwister werden mit einem mageren Auskommen abgespeist, damit sie nicht in Armut leben müssen und der Familie Schande machen. Wenn sie etwas werden, wenn sie ihren Platz in der Frankfurter Gesellschaft behaupten oder überhaupt erst erwerben wollen, bleibt ihnen nichts anderes übrig, als sich entweder dem ältesten Sohn zu unterwerfen oder sich völlig von ihm und der Familie loszusagen. Du kannst dir vorstellen, dass beides nicht so einfach ist ...«

Er suchte ihren Blick. Sein Ausdruck zeigte jetzt nichts Verlorenes mehr, sein Gesicht wirkte klar und konzentriert.

»Du erinnerst dich, bei unserer ersten Begegnung trug ich einen anderen Namen – wie du.« Er lachte leise und schüttelte den Kopf. »Aber aus anderen Gründen. Und leider war ich auch nicht so erfolgreich in meiner Mission wie du.« Seine Stimme wurde wieder ernst. »Hast du schon einmal von der Loge ›Zur Freiheit‹ gehört?«

Als sie den Kopf schüttelte, fuhr er fort:

»Vor etwa zehn Jahren, im Zuge der Krönung Karls VII., haben sich ein paar Kaufleute, Gelehrte, Künstler und Vertreter sonstiger Berufe zusammengetan und diese Loge gegründet. Ihre Ziele waren nicht zuletzt der Einsatz für die Achtung politisch und religiös Andersdenkender, die Wahrung der Menschenwürde und die Beförderung des Fortschritts. Mein Vater war einer der Gründungsväter, nach seinem Tod wurden sowohl Emanuel als auch ich aufgenommen, sozusagen in Vertretung für ihn, obwohl wir beide noch sehr jung waren. Seit Ende 1746 haben sich die Logenmitglieder nun schon nicht mehr getroffen – offiziell. Es sei nicht genug Geld da, den Betrieb aufrechtzuerhalten, hatte es damals geheißen. Unter der Hand laufen jedoch schon seit einiger Zeit wieder Bestrebungen, die Loge neu aufleben zu lassen. Das Problem ist aber: Die Männer, die hier mittlerweile federführend sind, vertreten die alten Ideale nicht mehr, insbesondere was die Achtung religiös Andersdenkender betrifft, namentlich der Juden ... sagt dir die Zeitschrift *L'Avant Coureur* etwas? Ein Freund von mir, Josef Kornfeld, seines Zeichens Jude, ist für dieses Blatt zuständig ... ja, stimmt, du hast ihn kennengelernt, damals im ›Lachenden Abessinier‹«, unterbrach er sich, als er eine Regung in ihrem Gesicht bemerkte. »Ich bin auch nicht immer einer Meinung mit Josef, manchmal schießt er wirklich übers Ziel hinaus. Aber im Prinzip hat der Mann recht. So wie der Rat die Juden behandelt, wie überhaupt jeder Andersdenkende oder auch -gläubige in dieser sogenannten freien Reichsstadt behandelt wird, ist ein Skandal!«

Aufrichtige Empörung schwang in seiner Stimme mit, er hatte seine Hände aus der Umarmung gelöst und gestikulierte wild in der Luft herum. Winzige Staubkörnchen wirbelten auf und tanzten in dem schmalen Zwischenraum, der ihre Körper voneinander trennte, einen aufgeregten Reigen. Der Sonnenstrahl zeigte nun genau auf seinen Adamsapfel, der sich bewegte, während er sprach.

»Als mir klar wurde, dass meine alte Loge anfing, in dasselbe Horn zu stoßen – natürlich immer schön im Verborgenen, offiziell gab es sie ja gar nicht mehr –, habe ich Kontakt zu einigen Leuten aufgenommen, die vom Rat aus der Stadt verbannt worden waren und nun vom Exil aus versuchten, eine neue Loge zu gründen. Eine Loge, die tatsächlich den Idealen der Freimaurer entspricht! Du erinnerst dich, ich war damals nach Norden unterwegs, als ich dich aus den Klauen dieser Wegelagerer befreite ...«

Er grinste kurz in Erinnerung ihrer ersten denkwürdigen Begegnung, dann verdüsterte sich seine Miene wieder.

»Mein Bruder ist dahintergekommen; irgendjemand muss ihn nach meiner Rückkehr aus Straßburg – wohin ich natürlich in derselben geheimen Mission unterwegs war – informiert haben, womit ich mich neben meiner üblichen Arbeit sonst noch so beschäftige. Du hättest die Szene erleben müssen, die er mir gemacht hat! Abgekanzelt wie einen kleinen Jungen hat er mich! Er hat mir sogar gedroht, mich beim Rat zu verpfeifen – mich, seinen eigenen Bruder! Du hast vielleicht davon gehört: Der Vatikan hat letztes Jahr schon wieder eine Bulle herausgebracht, in der die Freimaurerei aufs Schärfste verurteilt wird. Und nicht nur die Freimaurer selbst, sondern eben auch die Mitwisser werden neuerdings massiv unter Strafandrohung gestellt, bis hin zur Todesstrafe – wenn auch vorerst nur in den päpstlichen Gebieten wie Spanien oder Portugal. Aber wahrscheinlich ist es nur eine Frage der Zeit, bis diese Welle auch zu uns herüberschwappt.«

Wütend stieß er seine Schuhspitze in die breite Rille zwischen den grob geschliffenen Bohlen unter seinen Füßen. Erneut wirbelte der Staub auf.

»Ich bin also nicht nur materiell von meinem Bruder abhängig, sondern er hat mich auch insofern in der Hand, als er mich ins Gefängnis bringen kann, wenn er will. Natürlich behauptet er, ihm ginge es nur darum, die Familie zu schützen. Schließlich hätte er als ihr Oberhaupt die heilige Pflicht, sämtlichen Schaden von ihr abzuwenden, und um das tun zu können, müsste er vor allem seine eigene Haut retten.« Er lachte böse. »Aber ich weiß genau, dass er eigentlich nur ein Ziel hat: nämlich mich zu schikanieren.«

»Aber warum, was hat er bloß gegen dich?«, fragte Friederike verständnislos.

Ihr Zorn war verraucht. Hier war der Carl, den sie kannte, eine starke, eigenständige Persönlichkeit, wenn auch mit Schwächen und Problemen, aber gerade die machten ihn ja wiederum so liebenswert. Der Gedanke, an seiner Seite zu stehen, gemeinsam mit ihm dem Rest der Welt die Stirn zu bieten, war ihr nun nicht mehr so fremd.

»Ach, das ist eine alte Geschichte ... Seit ich denken kann, hat er etwas gegen mich. Ich glaube fast, er nimmt mir übel, dass meine Mutter nie einen Hehl daraus gemacht hat, dass ich ihr Lieblingssohn bin. Weißt du, ich war sehr krank als kleiner Junge, monatelang musste sie um mein Leben bangen – so etwas schweißt Mutter und Kind zusammen. Emanuel, er war damals fünf oder sechs, ist in dieser Zeit natürlich zu kurz gekommen, sie scheint sich kaum um ihn gekümmert zu haben. Jedenfalls behauptet er das. Ich kann es mir im Übrigen lebhaft vorstellen – meine Mutter ist nämlich weiß Gott nicht ohne.« Er verzog das Gesicht und fuhr sich mit der Hand über die Stirn. »Seit ich meine eigenen Wege gehe, habe ich es mir auch mit ihr mehr oder weniger verscherzt. Erst recht, seit Vater tot ist. Ihre Besitzansprüche mir gegenüber sind ungeheuerlich. Dazu kommt ihr Dünkel ... Na ja, lassen wir das.«

Er machte eine abwehrende Handbewegung, als wollte er das Thema ein für alle Mal von sich abschütteln.

»Tatsache ist: Seit ich Mathilde kenne – ironischerweise hat uns ein Freund, der auch Freimaurer ist, miteinander bekannt gemacht, was Mathilde aber nicht weiß – und einmal mehr seit unserer Verlobung, habe ich sowohl bei meinem Bruder als auch bei meiner Mutter wieder einen besseren Stand. Die Leclercs sind ja sehr einflussreich, sozusagen per Du mit dem Kaiserhaus, und noch dazu extrem reich – das hat meine Mutter sogar darüber hinwegsehen lassen, dass sie keine Lutheraner sind. Und Emanuel hat sowieso nur noch unsere Nobilitierung im Kopf; er hofft, dass Mathildes Vater hier seinen Einfluss geltend machen kann. Angeblich ist der Adelsbrief schon geschrieben und wartet nur noch auf seine Unterzeichnung ...«

Der Sonnenstrahl war an Carl vorbeigewandert und beleuchtete die Backsteinwand hinter seinem Kopf. Ein ins Orange gehender Flecken hob sich von dem gleichmäßigen Rot der Ziegel ab. Carl hatte die Hand gehoben und strich ihr vorsichtig über die Wange. Als sie seinen Blick, in dem noch immer eine gewisse Verunsicherung lag, einfach nur stumm erwiderte, fasste er Mut und zog sie an sich, um sie zu küssen, erst sanft, doch dann immer drängender, bis sie fast keine Luft mehr bekam. Aber sie wollte sich nicht von ihm lösen, sie wusste, jede falsche Geste, jedes falsche Wort hätte jetzt nur alles kaputt gemacht.

Schließlich ließ er von ihr ab. Mit der Hand fuhr er sich übers Haar. Er schien sich gesammelt zu haben.

»Friederike, du bist eine kluge Frau, die klügste, die ich kenne. Und die schönste und begehrenswerteste sowieso, aber das steht auf einem anderen Blatt ...« Er lächelte kurz, wurde aber sofort wieder ernst. »Somit wirst du auch ermessen können, was es heißt, wenn ich mich gegen meine Familie stelle, um dich zu heiraten. Und zwar nicht nur für mich, sondern auch für dich und unser Kind. Das weißt du doch, oder?«

Eindringlich blickte er sie an. Friederike nickte bloß.

»Gut, ich habe auch nichts anders erwartet.« Seine Stimme veränderte kaum merklich ihre Tonlage. »Du gefällst mir sehr.

Vom ersten Moment an, als ich dich sah, in diesem Wald bei Hanau, hast du mich fasziniert. Und dann dein Kuss, hier an dieser Stelle … Ich habe dir erzählt, was damals in mir vorging: So, jetzt ist es um dich geschehen, Carl Bogenhausen, habe ich gedacht, jetzt weißt du, dass du zu allem Überfluss auch noch schwul bist und deine Familie dich eigentlich nur noch enterben und verstoßen kann – nun, du kennst die Geschichte.« Ein Grinsen flackerte über sein Gesicht. »Und dann Straßburg, unsere wunderschönen Tage und Nächte dort … Dass so etwas möglich ist, dass man sich mit einer Frau so gut unterhalten und sich zugleich mit ihr vergnügen kann: Ich hätte mir das nie vorstellen können! Aber du hast mir gezeigt, dass es geht. Und trotzdem habe ich dich verletzt, als ich nicht auf deinen Heiratsantrag eingegangen bin …« Er hielt ihre Hände fest, als sie Anstalten machte, ihm ins Wort zu fallen. »Nein, bitte lass mich ausreden, Friederike, mir ist klar, du siehst das anders als ich, aber es ist doch so: Du als Frau hast mich mehr oder weniger direkt gefragt, ob wir nicht heiraten sollen – wenn das kein Heiratsantrag ist! So war es doch, oder?«

Befriedigt registrierte er ihr zögerliches Nicken. Der Druck seiner Hände hatte sich gelockert, seine Daumen strichen über ihre Handflächen.

»Ich schäme mich sehr, wenn ich daran zurückdenke, dass ich dir angeboten habe, neben Mathilde meine Geliebte zu werden. So etwas tut man nicht, so ein Angebot kann man allenfalls einem einfachen Mädchen aus dem Volk machen, das sowieso keinen Stolz im Leib hat – aber nicht einer Frau wie dir! Wahrscheinlich habe ich dich mit meiner Reaktion damals genauso verletzt wie eben, als ich dich gefragt habe, von wem das Kind in deinem Bauch ist.« Einen winzigen Moment hielt er inne, dann fuhr er fort: »Friederike, dennoch – trotz allem, was ich dir angetan habe, trotz allem, was ich dir in meiner vertrackten Situation *nicht* bieten kann – wage ich es, dich zu fragen: Willst du meine Frau werden?«

Jetzt war es ausgesprochen, jetzt hatte er ihr die Frage aller Fragen gestellt. Die Frage, auf die sie gewartet hatte, die Frage, die jedes junge Mädchen herbeisehnte. Nun war der Antrag gemacht, nun versprach alles nur noch gut zu werden.

Doch war das wirklich so?, zweifelte sie plötzlich. Würde jetzt tatsächlich alles gut werden? Würde eine Heirat mit Carl Bogenhausen, den sie zwar schätzte und trotz seiner Schwächen von Herzen gern hatte – ja, vielleicht würde sie ihn eines Tages sogar aufrichtig lieben können –, würde eine Heirat mit Carl Bogenhausen sich für sie wirklich als richtig erweisen? Sie war zu ihm gegangen, um genau das von ihm zu fordern, was er ihr nun zu Füßen legte, aber sie hatte die Folgen nicht bedacht. Sie würde ihre Freiheit aufgeben müssen, das wurde ihr nun schlagartig bewusst. Ihre Freiheit als Künstlerin und ihre Freiheit als Frau. Was, wenn Carl sie nicht mehr malen ließe, wenn er ihr verbieten würde, als seine Gattin weiterhin in Höchst zu arbeiten? Und was war, wenn Giovanni eines Tages wieder auftauchte?

Friederike spürte, wie alles in ihr erstarrte. Wenn Giovanni wieder auftauchte ... Nun, dann wäre sie an Carl gebunden, ganz einfach! Wenn sie und Giovanni feststellen sollten, nach wie vielen Jahren der Trennung auch immer, dass sie einander nach wie vor liebten und begehrten, dann würde sie nicht mit ihm gehen können, sondern müsste bei Carl bleiben, das war völlig klar.

Aber hatte sie denn eine Alternative?, fragte sie sich zunehmend verzweifelt. Da war das Kind, Carls Kind, das früher oder später seine Rechte einfordern würde. Sie konnte ihm nicht zumuten, in Armut und Schande aufzuwachsen, jetzt erst recht nicht mehr, da Carl ihr tatsächlich einen Heiratsantrag gemacht hatte und sie einfach nur noch »Ja« sagen musste.

Sie wünschte sich plötzlich, weit weg zu sein, weg von Carl, der sie mit großen Augen anstarrte, dessen Händedruck wieder fester geworden war, als müsste er sie halten. Sie wollte fort für eine Minute, ein paar Sekunden nur, damit sie das Rad, das in ihrem Kopf ratterte und bald durchdrehte, zum Stillstand bringen, damit sie für einen kurzen Moment zur Besinnung kommen konnte.

Sanft entzog sie ihm ihre Hände.

»Ich muss mich hinsetzen, mir ist schwindelig«, brachte sie hervor und tastete nach dem Reissack in ihrem Rücken. Schwer atmend ließ sie sich darauf niedersinken und stützte den Kopf in die Hände. Sie blickte nach unten auf ihre Fußspitzen, die unter dem Saum des dunklen Kleides hervorlugten. Ihre Schuhe waren wie die von Carl mit Staub überzogen; ein getrockneter Grashalm, wo auch immer er herkam, baumelte an der Spitzenborte ihres Unterrocks. Sie wollte Carl jetzt nicht ansehen, sie wollte nicht erneut mit anschauen müssen, wie sich Angst und Unsicherheit auf seinen Zügen ausbreitete, nein, sie wollte nachdenken, einen winzigen Augenblick nur für sich sein, in sich hineinhorchen, um ganz gewiss sein zu können, dass sie jetzt keinen Fehler machte, dass sie die richtige Entscheidung fällte, die richtige Entscheidung für sich und ihr Kind.

»Friederike!« Carl war auf sie zugetreten und stand nur noch einen halben Schritt von ihr entfernt, unschlüssig, was er tun, wie er sich verhalten sollte.

Sie hob den Kopf, aber nun blickte sie an ihm vorbei auf den orangefarbenen Sonnenfleck an der Wand, der jetzt fast das Regal mit den zahllosen Schubladen voller Gewürze erreicht hatte. Die Luft war schwer und roch nach Vanille und Zimt. Giovanni, wo war er? Was tat er gerade?

Friederike biss sich auf die Unterlippe. Sie schloss die Augen, stützte die Ellbogen auf die Knie, den Kopf auf die Fäuste. Giovanni, Geliebter, wo bist du, warum bist du nicht hier, bei mir, warum sagst du mir nicht, was ich tun soll ...

Tief atmete sie ein und aus, die Augen noch immer geschlossen, den süßlichen Duft inhalierend, ganz allmählich zur Ruhe kommend.

Einem merkwürdigen Impuls folgend, den sie sich selbst nicht erklären konnte, straffte sie schließlich den Oberkörper und richtete sich auf. Ihre Hände fuhren zu ihrem Dekolleté und begannen die schier endlos erscheinende Knopfreihe an ihrem Kleid aufzuknöpfen und die Haken unter dem darunterliegenden Mieder zu lösen, bis ihre Brust frei lag, bis ihr Bauch weiß und dick und glänzend aus dem dunklen Stoff hervordrang.

»Hier, Carl – dein Kind …«

Sie konnte hören, wie blechern ihre Stimme klang. Ihr Blick war zu dem Mann ihr gegenüber gewandert, aber noch immer schaute sie ihm nicht in die Augen, sondern auf seinen Adamsapfel, der bebte und vibrierte, als wäre er ein nervöses Tier.

Eine Ewigkeit verharrten sie beide schweigend in dieser Stellung – sie halb nackt, fast liegend auf dem Reissack, er dicht vor ihr stehend und auf sie hinuntersehend, mit einem Gesichtsausdruck, in dem sich Andacht und Faszination und Verlangen mischten. Schließlich ging Carl ganz langsam vor ihr in die Knie. Vorsichtig legte er den Kopf auf ihren Bauch, sodass seine Wange sich an ihre nackte Haut schmiegte. Seine Arme umfassten ihre Hüften.

»Mein Sohn, hast du gesagt«, flüsterte er. »Mein Sohn …«

Er hob den Kopf und sah sie an. Endlich trafen sich ihre Blicke. Sie legte die Hände um seinen Hinterkopf, ihre Finger gruben sich in seine Haare.

»Carl …« Auch sie sprach leise, als traute sie ihrer Stimme nicht. »Ich möchte gern deine Frau werden. Ich weiß, du …«

Ein lautes Poltern, das von oberhalb der Treppe zu ihnen hinunterschallte, dicht gefolgt von schweren Schritten auf frei schwebenden Holzplanken, ließ sie verstummen.

»Carl!«, ertönte eine wütende Männerstimme. »Carl, was ist hier los? Wo bist du? Was fällt dir …?«

Die Schritte über ihren Köpfen brachen ab.

Friederike und Carl blickten gleichzeitig zur Treppe hinauf. Der Mann, der auf der obersten Stufe stehen geblieben war, hatte ein zornrot gefärbtes Gesicht. Sein Mund stand offen, die Augen quollen aus ihren Höhlen.

Langsam richtete sich Carl aus seiner knienden Haltung auf. Er wirkte wie ausgewechselt, eine seltsame Unbeteiligtheit ging von ihm aus. Seelenruhig klopfte er sich den Staub von der Hose. Dann erst reichte er Friederike die Hand.

Auch sie erhob sich nun. Das Kleid klaffte über ihrem nackten Oberkörper auf. Sie achtete nicht weiter darauf, als sie an Carls Hand auf die schmale Treppe zuging, die nach oben zum Comptoir führte. Sie fühlte sich erschöpft und leer, aber zugleich auch stark. Kurz vor dem Treppenabsatz blieben sie stehen.

»Darf ich vorstellen«, sagte Carl so formvollendet, als befänden sie sich bei einem gesellschaftlichen Ereignis. »Mein Bruder Emanuel« – er zeigte mit der freien Hand nach oben – »und meine künftige Frau Friederike Simons, die Mutter meines Sohnes.«

Er hatte den Arm um ihre Schultern gelegt. Seine andere Hand fuhr sanft über ihren nackten Bauch, der in dem Dämmerlicht des Gewürzlagers cremefarben schimmerte. Er achtete nicht weiter auf seinen Bruder, sondern spürte traumverloren den kaum merklichen Schwingungen in ihrem Leib nach.

»Mein Sohn«, murmelte er. Ein Lächeln lag auf seinen Lippen.

Friederike hatte den Kopf gehoben. Sie hatte Ablehnung erwartet, hasserfüllte Blicke oder üble Beschimpfungen. Stattdessen sah sie einen Mann, der ihr wie besiegt erschien.

Die Farbe war aus Emanuel Bogenhausens Gesicht gewichen. Seine Augen glänzten fiebrig, als sie ihren nackten Körper abtasteten. Immer wieder wanderte sein Blick von ihrem Gesicht zu ihrem Bauch hinunter.

»Ich kenne Sie ...«, brachte er schließlich fast keuchend hervor. »Ich kenne Sie, irgendwoher kenne ich Sie ...«

Sie hatte schon den Mund geöffnet, um ihn an ihre letzte Begegnung in der Höchster Porzellanmanufaktur zu erinnern.

Doch Emanuel Bogenhausen schien sich für ihre Antwort gar

nicht zu interessieren. Apathisch nickte er ihr zu und trat den Rückzug an. Das Letzte, was sie von ihm vernahm, waren seine schlurfenden Schritte, bis die Tür zum Comptoir hinter ihm zufiel.

○

Es nieselte leicht, als der Bogenhausen'sche Zweispänner in der Kronengasse in Höchst vorfuhr, um Friederike abzuholen. Carl selbst war nicht mitgekommen, sondern hatte seinen alten Diener Gustav geschickt, seine Braut auf dem Weg in die Frankfurter Katharinenkirche zu begleiten. Sie hatten ausgemacht, ihre Hochzeit im kleinen Kreis zu feiern. Außer Josefine, die ihre Trauzeugin sein würde, und Gustav, der den Part auf Carls Seite übernehmen sollte, war niemand eingeladen.

»Friedrich, Friedrich, ich bin immer noch ganz verdattert«, japste Josefine, als sie in ihrem schönsten Sommerkleid, einer Française aus sattgelbem Seidentaft mit aufgestickten bunten Blumen, die Kalesche bestieg.

»Dass du mit einem Kind im Bauch zurück nach Höchst kommst, lass ich mir ja noch gefallen, aber dass du gleich heiraten musst ... Und mich, kaum bist du wieder da, schon wieder verlässt! Meine Liebe, daran werde ich schwer zu knapsen haben. Ich hatte mich so auf deine Rückkehr gefreut!«

Friederike, die eine besonders weite und prächtige lachsfarbene Contouche zusammen mit einer Jupe und einem Mieder aus weißer Spitze, alles aus der Kollektion von Monsieur Panier, kurzerhand zu ihrem Hochzeitskleid erkoren hatte, tätschelte der Freundin die Hand. Ihr war nicht entgangen, dass Josefine schon den ganzen Morgen um Fassung rang. Auch ihr selbst war nicht wohl bei dem Gedanken, sich so schnell wieder von ihr trennen zu müssen. Die fünf Tage, die sie jetzt in ihrem Höchster Häuschen verbracht hatte – so lange hatte Carl veranschlagt, um das Aufgebot zu bestellen und den von ihm bewohnten Flügel im Bogenhausen'schen Stammsitz ehetauglich zu machen, sprich: ein gemeinsames Schlafzimmer, zwei Gesellschaftsräume und eine Privatbibliothek für Friederike einzurichten –, waren viel zu kurz gewesen, als dass sie einander alles hätten erzählen können, was in den letzten Monaten in ihrer beider Leben vorgefallen war. Josefine hatte ihr noch nicht einmal in allen Einzelheiten von dem geheimnisvollen Fremden berichtet, mit dem sie eine kurze, aber wohl umso leidenschaftlichere Affäre gehabt hatte. Dafür hatte sie sich ausführlich über Georg und seine junge Ehefrau Charlotte ausgelassen, die ebenfalls schwanger und mit ihrem Gatten zu seiner »Erkundungsreise« nach Höchst gekommen war, wie Georg seine Schnüffelfahrt vornehm umschrieben hatte.

»Also, wie diese Charlotte jahrelang deine beste Freundin sein konnte!«, hatte sich Josefine an ihrem ersten gemeinsamen Abend beim Essen ereifert. »So ein dummes Stück! Kichert in einem fort, himmelt deinen Bruder an, dass es schon weh tut ... Jedenfalls hat man mir das so berichtet«, hatte sie auf Friederikes fragenden Blick schnell hinzugefügt, offenbar nicht gewillt, zu verraten, woher sie so gut unterrichtet war.

»Übrigens fand ich ihn gar nicht so unsympathisch, weißt du das?«, hatte sie sofort weitergeplappert. »Ich bin ihm ja nur einmal ganz kurz begegnet, zufällig, auf der Straße, als er mit Caspar zum ›Goldenen Adler‹ ging. Caspar hat uns einander vorgestellt – und weißt du, was er gesagt hat?«

In Erinnerung an die Begegnung war erneut die Wut auf den Modelleur in ihr hochgestiegen.

»Er hat gesagt, ›das ist Georg, der Bruder unserer lieben Freundin *Friedrich*‹, und dabei hämisch gelacht! Dein Bruder, ganz Gentleman, ist darauf aber gar nicht eingegangen, sondern hat mir nur einen formvollendeten Handkuss gegeben und ›Sehr erfreut, Madame‹ gesagt.«

Friederike seufzte. Sie hatte sofort nach dem Einsteigen in die Kalesche den Vorhang vor das kleine Fensterchen gezogen, weil sie befürchtete, im Vorbeifahren womöglich erkannt zu werden. Höchst war klein, ihre Rückkehr, noch dazu unter den aktuellen Umständen als schwangere Frau, würde sich wie ein Lauffeuer herumsprechen und Benckgraff binnen kürzester Zeit zu Ohren kommen. Die ganzen fünf Tage, die sie in Josefines Haus verbracht hatte, war sie nicht auf die Straße gegangen, vor lauter Angst, entdeckt zu werden. Josefines Vorschlag in die Tat umzusetzen, doch am besten gleich zu Benckgraff oder zumindest zu Simon Feilner zu gehen und eine Generalbeichte abzulegen, hatte sie nicht über sich gebracht.

»Erst muss ich diese Hochzeit hinter mich bringen, danach sehen wir weiter«, hatte sie der Freundin erklärt. Sie hatte sich wirklich nicht dazu in der Lage gefühlt, neben der bevorstehenden Konfrontation mit Carls Familie auch noch einen Benckgraff'schen Wutausbruch über sich ergehen zu lassen. Denn dass der Fabrikdirektor alles andere als begeistert über ihre Schwangerschaft und ihre spektakuläre Flucht vor dem französischen König und seiner Mätresse sein würde, war mehr als gewiss. Aber sie musste ihn sprechen, allein, um ihn vor Georg zu warnen, daran führte kein Weg vorbei.

»Was seufzt du so, Friedrich? Du bist auf dem Weg zu deiner Hochzeit, vergiss das nicht! An so einem Tag hat eine junge Frau glücklich zu sein und nicht zu seufzen. Ach, wenn ich an deiner Stelle wäre ...«

Träumerisch hatte Josefine den roten Vorhangstoff angehoben, um einen Blick aus dem Fenster zu riskieren. Sofort ließ sie ihn wieder fallen, als hätte sie sich verbrannt.

»Was ist los?«, fragte Friederike verwundert.

»Äh ... äh, nichts. Nichts, nichts, da war niemand ...«

Josefine hatte rote Flecken am Hals und einen starren Blick bekommen.

»Josefine! Was ist denn mit dir los? Du willst mir doch nicht weismachen, da war nichts! Für wie dumm hältst du mich?«, rief Friederike aufgebracht. Von Josefine, ihrer liebsten und besten

Freundin, angelogen zu werden, noch dazu am Tag ihrer Hochzeit, war ja wohl das Allerletzte.

»Da war doch jemand – jemand, den du kennst und von dem du nicht gesehen werden wolltest. Also, jetzt sag sofort, wer das war!«

Statt zu antworten, brach Josefine in Tränen aus. Erschrocken nahm Friederike sie in den Arm. So aufgelöst hatte sie die Freundin noch nie erlebt. Vorsichtig strich sie ihr über den Kopf mit der kunstvoll gelegten Lockenfrisur, in der ein kleiner Blütenkranz steckte. Josefine wimmerte jetzt fast. Friederike betrachtete ihren bebenden Rücken. Die Freundin war furchtbar dünn geworden, das fiel ihr jetzt erst auf. Kein einziges Speckröllchen zeichnete sich unter dem dünnen gelben Stoff mehr ab.

»Josefine, sag mir sofort, was los ist! Sonst befehle ich dem Kutscher anzuhalten, und wir kommen zu spät zu meiner Hochzeit. Was meinst du, wie Carl das findet, wenn er da vor der Kirche steht wie bestellt und nicht abgeholt!«

Bei der Vorstellung von einem verzweifelt wartenden Bräutigam, der in seiner Ungeduld immer panischer wurde, weil seine Braut nicht kam, musste selbst Josefine lachen. Vorsichtig, um ihren Ausgehstaat nicht noch mehr zu ruinieren, setzte sie sich auf und zupfte ihre Kleidung zurecht.

»Ach, Friedrich ...« Sie holte tief Luft. »Weiß du, wer das eben war?«, stieß sie, ohne ihre Begleiterin anzusehen, aus. »Das war Simon, Simon Feilner.«

»Simon Feilner? Und?« Verständnislos schüttelte Friederike den Kopf. »Das ist doch wohl nicht schlimm – außer natürlich, wenn er mich entdeckt hätte. Aber die Gefahr bestand ja nicht, er hätte höchstens dein Gesicht gesehen und sich allenfalls gewundert, warum du in so einer vornehmen Kutsche sitzt.«

Josefines Augen hatten sich wieder mit Tränen gefüllt.

»Hast du es denn immer noch nicht begriffen?«, schluchzte sie jetzt fast aggressiv. »Simon Feilner ist der Mann, mit dem ich die Affäre hatte! Der geheimnisvolle Fremde, von dem ich dir erzählt habe ...«

»Was, Simon Feilner? Du hattest eine Affäre mit Simon Feilner?« Friederike war zutiefst verstört. »Aber Simon ist doch verheiratet und hat Kinder!«

»Ja, eben ...«, heulte Josefine auf. Ihre Nase lief, das Rot ihrer pomadegefärbten Lippen war verschmiert.

»O nein, du Arme!«

Friederike nahm Josefines gelb behandschuhte Hand in die ihre. Als der Tränenstrom nach einer Weile noch immer nicht versiegen wollte, fragte sie mitfühlend: »Dich hat es wohl sehr erwischt, was?«

»Das kann man wohl sagen!« Josefine schniefte. »Simon ist der Mann meines Lebens, so viel ist sicher. Und ich glaube, ihm ist es ähnlich ergangen. Aber dann hat er sich doch für seine Frau entschieden.«

Wieder zog sie die Nase hoch. Friederike reichte ihr stumm ihr Spitzentuch.

»Er hat gesagt, er kann das nicht, mit zwei Frauen gleichzeitig. Und Höchst wäre zu klein für eine Liebschaft außerhalb der eigenen vier Wände, das wäre zu gefährlich. Und außerdem wollte er mir mein Herz nicht stehlen, damit ich frei wäre, um nach einem anderen Mann Ausschau zu halten, der mich heiratet und mir fünf Kinder macht.«

Behutsam tupfte sie ihr verschmiertes Gesicht ab, das sich in der Kutschenscheibe spiegelte, verteilte großzügig neuen Talkpuder darauf und gab Pomade auf die Lippen.

»Geht es so?« Sie drehte sich zu Friederike um, die noch immer schwieg. »Dabei will ich doch gar keinen anderen, sondern nur ihn! Er ist wunderbar, weißt du? Einfühlsam, lustig, sinnlich ...« Ihre Augen leuchteten auf. »Was haben wir für einen Spaß miteinander gehabt! Im Bett, aber auch sonst. Und reden konnte ich mit ihm auch. Im Garten oder in der Küche, stundenlang! Ich hab uns was Leckeres gekocht, und er hat erzählt.

Natürlich viel von der Manufaktur – daher hatte ich übrigens auch alle meine Weisheiten, über Georg und Caspar und so weiter, jetzt weißt du's.«

Friederike war sprachlos. Josefine und Simon: dass sie nicht eher darauf gekommen war! Natürlich, die beiden passten hervorragend zusammen. Sie selbst schätzte Simon ebenfalls sehr, als Mensch, nicht unbedingt als Mann, dafür war er ihr zu bodenständig. Aber sie hatte ihn auch mit seiner Frau und den Kindern erlebt. Sicher ein wunderbarer Vater, hatte sie damals gedacht, als sie ihn mit den Jungen am Mainufer hatte herumtollen sehen. Zu seiner Frau, einer eher farblosen Person, war er weniger aufmerksam gewesen, aber immerhin war sie die Mutter seiner Kinder. Die arme Josefine! Friederike konnte gut verstehen, dass das erzwungene Ende dieser Liebe sie so unglücklich machte.

Nachdenklich starrte sie auf die lange Perlenkette, ein Geschenk von Carl, die von ihrem Hals herabhing, und ließ die dicken, glatten Perlen durch ihre Finger gleiten. Carl war sicher nicht der Mann ihres Lebens, jedenfalls nicht in dem Sinne, wie Simon es für Josefine schien. Der Freundin nahm sie ohne Weiteres ab, dass sie in dem Obermaler die ganz große Liebe gefunden zu haben meinte, nur eben leider eine, die keine Zukunft hatte. Sie hingegen hatte wider Erwarten tatsächlich eine Zukunft mit Carl vor sich – aber ob es eine glückliche werden würde? Seit ihrem Wiedersehen hatten sie sich nur drei Mal getroffen, zwei Mal bei Josefine in der Küche und im Garten und einmal am Sachsenhäuser Ufer auf einen langen Spaziergang. Mehr Zeit war einfach nicht gewesen, nicht zuletzt, weil Carl darauf gedrängt hatte, die Hochzeit so bald wie möglich zu halten. Nun, sie hatte keine andere Wahl gehabt, als ihn zu heiraten; ob ihre Ehe eine glückliche werden könnte, würde sie erst wissen, wenn sie ihn besser kennengelernt hatte. Josefine hatte Simon ja im Alltag erlebt, im Gegensatz zu ihr, die Carl immer nur in Ausnahmesituationen mitbekommen hatte, und das auch nur selten. Aber was spielte das jetzt noch für eine Rolle: Carl war der Vater ihres Kindes und der Mann, der sie vor einem Leben in Schande bewahrt hatte, nur das zählte. Noch dazu war er nett zu ihr und eine gestandene Persönlichkeit. Was wollte sie eigentlich mehr?

»Friedrich, ich glaube, wir sind gleich da! Da vorne dürfte schon die Hauptwache sein«, riss Josefine sie aus ihren Gedanken. Sie schien sich wieder gefangen zu haben.

»Sag mal, freust du dich eigentlich auf deine Hochzeit? Oder habe ich dir mit meiner unglücklichen Liebesgeschichte die Stimmung verdorben?«, fügte sie mit schuldbewusster Miene hinzu, als Friederike keine Anstalten machte, sich zum Aussteigen bereit zu halten. »Du siehst mir nicht wirklich aus wie eine glückliche Braut ...«

»Nein, nein, keine Sorge«, beruhigte Friederike sie. »Ich bin nur etwas nervös, das ist alles.« Sie schob den roten Vorhang zur Seite. »Da, tatsächlich, ich sehe die Kirche. Aber es stehen so viele Leute davor – die wollen doch nicht etwa alle zu meiner Hochzeit?«

Auch Josefine schaute nun zum Fenster hinaus.

»Ich sehe Carl ... Und jemanden, der eine leicht verfettete ältere Ausgabe von ihm sein könnte – wahrscheinlich Emanuel Bogenhausen, oder?« Ohne sich zu Friederike umzudrehen, der die plötzliche Anspannung alle Farbe aus dem Gesicht genommen hatte, fuhr sie mit ihrer Aufzählung fort: »Außerdem eine ältere Dame, die eigentlich nur die Mutter sein kann. Und eine jüngere mit einem missmutigen Gesicht, vielleicht die Frau des Bruders? Und ... ich glaube, mich trifft der Schlag: Das kann doch nicht wahr sein, das ist doch ...«

Ihre letzten Worte waren in dem Gerumpel des Wagens untergegangen, der nun unter lautem Gewieher der beiden Zugpferde zum Stehen kam. Schon wurde der Schlag von außen aufgerissen.

»Friederike, endlich!«

Umständlich kletterte sie an Carls Arm aus dem Wagen. Ihre

Knie waren weich, sie hatte Angst, ihr Magen könnte jeden Moment revoltieren.

»Schau dir an, wer alles gekommen ist! Ich hatte gar keine Gelegenheit mehr, dir zu erzählen, dass ich mich mit meinem Bruder ausgesöhnt habe. Gestern, in einem langen Gespräch unter Männern, wie man so schön sagt ...«

Carl deutete auf das kleine Grüppchen vor der Kirche und beugte sich hinunter zu ihrem Ohr.

»Emanuel scheint mir ziemlich angetan von dir zu sein. Er hat zwar erst einen furchtbaren Aufstand gemacht, dass ich nicht Mathilde heirate, wegen der Nobilitierung und des guten Rufs der Familie, aber irgendwann hat er zugegeben, dass er meine Entscheidung wegen des Kindes nachvollziehen könne, zumal es der Familie ja bisher an Nachkommen gefehlt hat.«

Über Carls Schulter hinweg schielte Friederike zu den Wartenden, die mit unverhohlenem Interesse zu ihnen herüberstarrten. Josefine und Gustav hielten sich diskret im Hintergrund.

Carls Stimme senkte sich noch ein wenig mehr.

»Und das will etwas heißen, weißt du? Emanuel spricht sonst nie so gut von anderen Frauen. Ich glaube fast, er ist eifersüchtig. Seine eigene Ehe ist nicht sehr glücklich, du verstehst. Zumal Luise einfach nicht schwanger wird, seit Jahren schon nicht.«

Er fasste ihre beiden Hände und hielt sie ein Stück von sich ab, um sie besser betrachten zu können.

»Schön siehst du aus! Wie es sich für eine Bogenhausen gehört!«

»Dem kann ich nur beipflichten!«, ertönte es in einem merkwürdig schnarrenden Ton in seinem Rücken.

Als hätte man ihn bei etwas Ungehörigem ertappt, fuhr Carl herum. Er wollte das Wort ergreifen, doch sein Bruder kam ihm zuvor.

»Gestatten? Emanuel Bogenhausen, das Oberhaupt der Familie. Aber wir kennen uns ja bereits ...«

Friederike reckte die Schultern. Der Mann vor ihr war in ein für das schöne Wetter viel zu warmes dunkelbraunes Justeaucorps gezwängt. Kleine Schweißperlen hatten sich unter dem Ansatz seiner Perücke gesammelt. Er beugte den Oberkörper vor, um ihr einen Kuss auf den Handrücken zu drücken. Seine Augen hatten sich jedoch nicht gesenkt: Mit derselben fiebrigen Intensität im Blick, die ihr bereits im Gewürzlager aufgefallen war, starrte er auf einen Punkt unterhalb ihres Halses, genau auf die Stelle, an der sie auf Josefines Anraten hin noch in letzter Sekunde vor der Abfahrt ein Schönheitspflästerchen angebracht hatte.

»Sehr erfreut«, murmelte sie verwirrt. Was wollte er von ihr, warum starrte er sie so an? Der Abdruck seiner Lippen brannte auf ihrem Handrücken.

»Und das ist meine Mutter, Margarethe Bogenhausen, geborene Klettenberg – Mama, das ist Friederike, meine Braut.«

Eine elegante ältere Dame am Arm, trat Carl auf sie zu. Stolz und ein wenig Verlegenheit waren aus seiner Stimme herauszuhören. Hinter ihm ragte hoch die Katharinenkirche mit ihrer gelb-roten Sandsteinfassade auf, vor einem Himmel, der bis auf ein paar kleine Wölkchen nicht blauer hätte sein können. Carl sah fantastisch aus in dem bordeauxfarbenen Rock mit den langen Schößen, der schimmernden Brokatweste und der farblich abgestimmten Culotte, die seine wohlgeformten Beine erahnen ließ. Zur Feier des Tages hatte er eine weiß gepuderte Perücke aufgesetzt, die das Braun seiner Augen unterstrich. Fast ein wenig fremd kam er ihr vor, als er sie nun am Ellbogen fasste und der älteren Dame zuführte.

»Liebe Friederike – ich darf Sie doch so nennen? – willkommen in unserer Familie!« Frau Bogenhausen hielt ihr beide Wangen hin, die Friederike pflichtschuldig küsste. »Es ging zwar alles ein wenig schnell«, fuhr sie fort, »aber ich freue mich wirklich, Sie und bald auch den Kleinen bei uns aufnehmen zu dürfen.«

Carls Mutter war zwar nicht mehr schlank, aber sie hielt sich kerzengerade in ihrem schwarzen Gewand, das ihren Witwenstatus bekundete, obwohl der Tod Eduard Bogenhausens bereits mehrere Jahre zurücklag. Sie hatte freundlich, doch ohne Wärme gesprochen, was Friederike nicht entgangen war. Nur bei ihrer Anspielung auf das bald zu erwartende Enkelkind hatte ehrliche Freude in ihren Augen aufgeleuchtet.

Friederike wollte erwidern, dass es ihr eine Ehre sei, von der Familie so herzlich aufgenommen zu werden, dass sie sich freute, schon am selben Abend ihre Räumlichkeiten im Stammhaus beziehen zu dürfen, aber sie brachte kein Wort hervor. Ihr Blick wanderte hinauf zu dem Kirchturm, dessen Uhr in wenigen Minuten die volle Stunde anzeigen würde. Der Hahn auf der Kirchturmspitze schaukelte leicht im Wind.

»Ähm …« Ein Räuspern ertönte hinter ihr, dem ein kurzes, wie einstudiertes Schweigen folgte. Diesmal wusste sie sofort, wem die Stimme gehörte.

»Wie freue ich mich, liebste Schwester, dir nun auch endlich zu deiner Hochzeit gratulieren zu dürfen!«

Schwungvoll hatte Georg sie in die Arme gerissen und ihr einen Kuss auf beide Wangen gedrückt.

»Einen besseren Fang hättest du wohl kaum machen können! Maman ist ganz hingerissen, wie du dir vorstellen kannst. Ich soll dir schöne Grüße bestellen, sie wird dich schon bald in deinem neuen Heim besuchen kommen.«

»Georg, was machst du denn hier?« Sie bemühte sich, ihre Überraschung zu verbergen.

Eine Wolke, die wer weiß woher aufgetaucht war, hatte sich über die Sonne geschoben. Friederike zog ihr Brusttuch über der Schulter zurecht. Die Kirchturmuhr zeigte drei Minuten vor vier Uhr an, schon fingen die Glocken an zu läuten.

Der Coup war ihm gelungen! Ihr Bruder hatte bereits als kleiner Junge ein Händchen für theatrale Effekte besessen, nun zeigte sich sein Talent in voller Entfaltung. Aber irgendwie freute sie sich auch, ihn zu sehen. Immerhin war er Teil ihrer Familie und dies ihr großer Tag. Es war nur richtig, dass wenigstens einer der Simons bei ihrer Hochzeitsfeier anwesend war.

»Liebe Schwester, ich kann dich doch in einer solchen Schicksalsstunde nicht allein lassen!«, erwiderte Georg jovial. »Caspar hat mir alles erzählt – von deiner bevorstehenden Heirat, von dem Kind und überhaupt ...« Er grinste vielsagend. »Und da ich mich zufällig gerade auf der Durchreise hier in der Gegend befand, dachte ich mir, du würdest dich bestimmt freuen, von deinem Bruderherz zum Altar geführt werden. Nicht wahr?«

Friederike schwieg. Sie schaute nach vorn zum Kirchenportal. Dort stand Carl, der seine Mutter untergehakt hatte, und blickte ungeduldig in ihre Richtung. Die anderen Hochzeitsgäste hatten sich im Spalier rechts und links des Eingangs aufgereiht. Sie sah Josefine, die ihr ein bemüht fröhliches Lächeln schenkte; sie sah Emanuel Bogenhausen mit einer verhärmten Frau am Arm, bei der es sich wohl um ihre künftige Schwägerin handelte; sie sah die verlegene Miene des alten Gustav und einen Mann, den sie mitsamt seinem selbstherrlichen Grinsen am liebsten zum Teufel geschickt hätte.

»Hast du gesehen, Caspar ist auch da!«, raunte Georg ihr zu. »Charlotte hat mich gebeten, ihn an ihrer Statt mitzunehmen. Sie konnte ja nicht kommen, das arme Ding! Ihr Bauch ist nämlich noch dicker als deiner!«

Nicht einmal das Tosen der Orgelklänge, die in diesem Moment eingesetzt hatten, vermochte Georgs meckerndes Gelächter zu übertönen. Schlagartig kam Friederike zur Besinnung.

»Gehen wir, Georg! Bringen wir es hinter uns«, sagte sie mehr zu sich selbst als zu ihm und legte die Hand in seine Armbeuge.

10. KAPITEL

»Friederike, Friederike ...! Ah, ist das gut ...«
Mit einem tiefen Stöhnen ließ Carl von ihr ab und rollte sich auf den Rücken. Seine Hand tätschelte ihre nackte Hüfte. Über ihre Schulter hinweg blickte sie in sein gerötetes, glänzendes Gesicht. Mit geschlossenen Augen lag er da, ein glücklicher Ausdruck hatte sich auf seinen Zügen breitgemacht. Wie ein Säugling, der satt und zufrieden ist, dachte sie. Gleich schläft er ein ...

Sie drehte den Kopf wieder nach vorn und schaute herab auf ihren Bauch, der dick und schwer neben ihr lag. Als gehörte er nicht zu ihr, als wäre er etwas Eigenständiges, von ihr Unabhängiges. Sie spürte, wie das Kind in ihr strampelte. Es war nicht nur seinetwegen gewesen, dass sie auf Carls Avancen im ehelichen Himmelbett nicht richtig eingegangen war. Gewiss, sie waren noch nicht lange verheiratet, und es war wohl ganz normal und natürlich, dass er sich fast jede Nacht oder jeden Morgen vor dem Aufstehen auf sie stürzte, um mit ihr zu schlafen. Aber sie selbst hatte schon eine ganze Weile nicht mehr das Bedürfnis danach verspürt. Sie war viel zu erschöpft, schwebte in der Tat in ständiger Angst um das kleine Wesen in ihrem Leib, doch vor allem empfand sie keine Leidenschaft für ihn. Seine Küsse und Berührungen ließen sie seltsam kalt. Nur mühsam hatte sie auch dieses Mal die Form gewahrt und ein freundliches, wenn auch eher lahmes Interesse vorgegeben, um ihn nicht vor den Kopf zu stoßen und ihren Widerwillen anmerken zu lassen. Kränken oder verunsichern wollte sie ihn auf keinen Fall.

Das leise Schnarchen hinter ihrem Rücken sagte ihr, dass Carl tatsächlich wieder eingeschlafen war. Es war ein langer, anstrengender Tag gewesen, auch für ihn. Die Tage vor der Hochzeit hatte er noch dazu unter großer Anspannung gestanden, weil nicht abzusehen gewesen war, wie seine Familie auf die bevorstehende Hochzeit mit ihr reagieren würde. In den Augen seiner Mutter und seines Bruders hatte sie doch nur als Eindringling gelten können, eine ketzerische Fremde, die ihrem Carl ein Kind angedreht und noch dazu die vielversprechenden Bande zu einer der vornehmsten Frankfurter Familien, den Leclercs, zerstört hatte. Seine Erleichterung, nachdem sich sowohl die Mutter als auch Emanuel ihr gegenüber bei der ersten offiziellen Begegnung vor der Katharinenkirche freundlich und wohlwollend gezeigt hatten, war fast schon rührend gewesen. Außerdem hatte er tagelang geschuftet wie ein Berserker, bis die Renovierungsarbeiten in ihrem künftigen Heim endlich abgeschlossen waren. Den ganzen linken oberen Flügel des Hauses hatte er persönlich neu in Stand gesetzt, zusammen mit dem treuen alten Gustav. Nur bei den Maurer- und Schreinerarbeiten hatte er Hilfe von Handwerkern in Anspruch genommen.

Das Ergebnis konnte sich sehen lassen. Friederike war in regelrechte Begeisterungsstürme ausgebrochen, als Carl sie nach dem Hochzeitsessen im Gasthof »Zum Roten Haus« auf der Zeil endlich zu Fuß nach Hause gebracht und in der ersten Etage über die Schwelle getragen hatte.

»Carl, das ist ja fantastisch!«, hatte sie beim Anblick der vier großzügigen Räume mit den hellblauen, zartgrünen oder altrosafarbenen Blumentapeten ausgerufen, die sich frisch und freundlich von den glänzenden dunklen Bohlen des Fußbodens abhoben. Jedes Zimmer war mit einem Kachelofen ausgestattet – Delfter Fayencen, hatte sie auf den ersten Blick erkannt – und mit zierlichen Holzmöbeln, deren Paradestück das rote Baldachinbett im Schlafzimmer darstellte, Carls ganzer Stolz, wie er grinsend zugegeben hatte, denn er hatte den schimmernden Stoff selbst ausgesucht und sogar, unter Anleitung des Schreiners, eigenhändig angebracht. Ihr Lieblingsplatz aber, das hatte sie sofort gewusst, würde der alte Ledersessel in der kleinen Bibliothek werden, der dicht neben dem Fenster stand und von dem aus man einen wunderbaren Blick auf das mit üppigen Hortensiensträuchern bestückte Gärtchen zwischen den efeubewachsenen Ziegelmauern hatte. Hier würde sie Stunden und Tage verbringen, das hatte von Anfang an festgestanden.

Friederike schaute zum Fenster. Draußen war es noch dunkel. Lediglich ein schwacher Lichtschein drang von der Laterne am Kornmarkt zu ihrem Haus herüber und ließ sie die Umrisse im Zimmer erkennen. Der dünne weiße Vorhangstoff bauschte sich am offenen Fenster. Wie viel Uhr es sein mochte? Sie hatte Benckgraff versprochen, dass sie an diesem Montagmorgen so früh wie möglich in Höchst sein würde. Es gab eine Menge zu tun; in knapp zwei Monaten war Weihnachten, die Kollegen in der Manufaktur kamen gar nicht mehr nach mit dem Abarbeiten ihrer Bestellungen. Vielleicht sollte sie einfach jetzt schon aufstehen? An Schlaf war sowieso nicht mehr zu denken. Dabei hätte sie ihn durchaus nötig gehabt, so schlapp und müde, wie sie sich seit ein paar Wochen fühlte. Dass Carl auch einfach so über sie hergefallen war! Eigentlich ziemlich rücksichtslos von ihm, er wusste doch, dass sie an diesem Montag so früh aufstehen und nach Höchst fahren musste. Mitten aus dem Tiefschlaf hatte er sie gerissen, sie hatte nicht einmal geträumt, wie so oft in letzter Zeit, wenn sie nur unruhig schlafen konnte. Entweder war ihr in diesen halb durchwachten Nächten das Kind oder Giovanni erschienen, in den unterschiedlichsten Lebenslagen und oft in Kombination mit irgendwelchen Porzellanfiguren, die das Traumgeschehen mit ihren unbewegten Gesichtern und eingefrorenen Gesten auf seltsame Weise zu kommentieren schienen. Was das wohl zu bedeuten hatte? Auf jeden Fall war es ein Zeichen dafür, dass ihre Arbeit sie nicht nur tagsüber beschäftigte, sondern sie bis in die Nacht hinein verfolgte.

Vielleicht sollte sie Benckgraff demnächst einmal davon berichten, überlegte Friederike, dann würde er ihr womöglich auch mehr Lohn bezahlen. So dankbar sie ihm war, dass er sie weiterhin für die Manufaktur tätig sein ließ – obwohl sie eine Frau und noch dazu schwanger war –, so unverschämt hatte sie seine Argumentation in Sachen Gehalt gefunden, als sie sich zu ihrem zweiten Bewerbungsgespräch in die Höchster Porzellanmanufaktur aufgemacht hatte. Josefine hatte sie bei ihrem Antrittsbesuch in Friederikes neuem Zuhause wenige Tage nach der Hochzeit zu diesem Schritt überredet.

»Du muss jetzt endlich in die Manufaktur gehen und dich dort vorstellig zeigen, Friedrich!«, hatte die Freundin sie gedrängt, kaum dass sie die Räumlichkeiten im Hause Bogenhausen besichtigt und in Friederikes Bibliothek zur Teestunde Platz genommen hatte. Wie lange sie damit noch warten wolle, hatte sie gefragt, einmal mehr, da es doch gelte, den Alten vor Caspar und Georg zu warnen. Josefine hatte ihre Begründung nicht akzeptiert, dass sie seit ihrer Hochzeit einfach noch keine Zeit gefunden habe, sich nach Höchst aufzumachen. Sie hatte so lange insistiert, bis Friederike misstrauisch geworden war, vor allem als Josefine über eine kleine Ewigkeit hinweg emsig versucht hatte, einen nicht vorhandenen Fleck von ihrer Jupe wegzureiben, um ihr nur ja nicht in die Augen sehen zu müssen. Irgendwann war herausgekommen, dass Benckgraff längst Bescheid wusste, und zwar nicht durch Caspar oder Georg, wie ihr erster Verdacht gewesen war, sondern durch Josefine und Simon Feilner.

»Josefine, du willst mir doch nicht sagen, dass du dich wieder mit Simon triffst?«, hatte sie die Freundin angefahren.

Doch diese hatte ihr nur ein strahlendes Lächeln geschenkt und schließlich von ihrer neu entfachten Liebe berichtet. Irgendwann sei zwischen Simon und ihr natürlich auch das Stichwort »Friederike« gefallen, sodass peu à peu alles ans Licht gekommen sei.

So war Friederike letztlich nichts anderes übrig geblieben, als in Lachen auszubrechen und sich tatsächlich gleich am nächsten Tag auf den Weg in die Manufaktur zu machen. Carl hatte sie wohlweislich nichts davon erzählt. Als Begründung für ihren Tagesausflug hatte sie behauptet, noch ein paar Dinge bei Josefine abholen zu müssen. Ein wenig blümerant war ihr dann doch gewesen, als sie schließlich vor Benckgraffs Tür gestanden und zögernd angeklopft hatte. Zum Glück war sie auf dem Weg in den ersten Stock der Porzellanfabrik weder Caspar noch sonst einem ehemaligen Kollegen begegnet, der ihr unangenehme Fragen hätte stellen können.

»Herein, wenn's kein Schneider ist!«, hatte der Alte hinter der Tür geknurrt. Er hatte selbstverständlich längst gewusst, dass sie es sein würde: Simon Feilner hatte ihr Kommen verabredungsgemäß angekündigt.

»Allenfalls eine Schneiderin ...«, hatte sie erwidert und die fünf Schritt bis zu seinem Schreibtisch mit den riesigen Papierstapeln rechts und links forschen Schrittes zurückgelegt.

»Da bin ich wieder, Herr Benckgraff«, hatte sie mit fester Stimme gesagt, »allerdings leicht verändert, wie Sie sehen. Und mit einer Warnung, die auszusprechen mir zwar schwerfällt, aber ich denke, zumindest das bin ich Ihnen schuldig.«

Benckgraff hatte beim Anblick ihres dicken Bauches nicht mit der Wimper gezuckt, sondern ihr nur stumm die Hand gereicht. Drei Stunden hatte ihre Unterredung gedauert, in allen Einzelheiten hatte sich der Direktor der Höchster Porzellanmanufaktur erzählen lassen, wie der Arbeitsalltag in dem französischen Konkurrenzunternehmen ablief, welche Rolle die Pompadour und der König dabei spielten, was es denn nun mit der berühmten blauen Farbe auf sich habe und wie sie hergestellt und auf das Porzellan appliziert würde. Auch von ihrem Besuch bei den von Löwenfincks in Hagenau berichtete sie. Zwischendurch war Simon hinzugestoßen, eine gute Stunde später hatte sich wie zufällig ebenso Benckgraffs Schwiegersohn Johannes Zeschinger zu ihnen gesellt – nur Caspar Ebersberg hatte sich nicht blicken lassen. Wahrheitsgemäß hatte Friederike jede Frage beantwortet, selbst die für den Grund ihrer überstürzten Abreise aus Vincennes oder vielmehr von Schloss Bellevue. Allein die Begegnung mit Giovanni hatte sie ihren Höchster Kollegen verschwiegen.

»Nun …«, hatte Benckgraff trocken geschlussfolgert, als sie ihren Bericht völlig erschöpft beendet hatte. »Hat sich ja doch gelohnt, Ihr kleiner Ausflug nach Frankreich. Den französischen König für sich einnehmen kann nicht jeder – weder als Porzellanmaler noch als Frau. Kompliment, Kompliment …« Sein Tonfall hatte sich ein wenig verändert, als er noch einmal nachgefragt hatte: »Aber was hat es mit dieser geheimnisvollen Warnung auf sich, von der Sie vorhin sprachen?«

Friederikes Herz hatte plötzlich wie verrückt zu klopfen begonnen.

»Also, es ist mir etwas unangenehm, darüber zu sprechen, zumal es sich bisher bloß um eine Vermutung handelt – aber der Name Georg Armin Simons sagt Ihnen doch etwas, nicht wahr?«

Benckgraff hatte sie stirnrunzelnd angeblickt.

»Natürlich sagt mir der Name etwas! Der junge Mann hat einen ausgezeichneten Ruf. Caspar Ebersberg hat ihn mir vorgestellt; sie scheinen alte Freunde zu sein. Wir befinden uns in Vertragsverhandlungen – jetzt, so kurz vor Weihnachten, brauchen wir dringend noch einen erfahrenen Porzellanmaler, zumal wir mit Ihnen ja wohl kaum mehr rechnen können.«

Der Manufakturdirektor war aus allen Wolken gefallen, als sie ihm von ihrem Verdacht berichtet hatte, dass sein Modelleur Caspar Ebersberg und ihr Bruder Georg Armin Simons dabei waren, ein Komplott auszuhecken, um Höchster Betriebsgeheimnisse an die Meißener Konkurrenz weiterzugeben.

»Unter diesen Umständen«, hatte Benckgraff schockiert vor sich hingemurmelt, »kann ich Simons natürlich auf keinen Fall einstellen. So ein Elend aber auch, gerade jetzt, wo hier alles unter der Masse an Bestellungen zusammenbricht!«

»Ähm, ich ... ich ... Herr Benckgraff, bis zur Geburt meines Kindes ist noch viel Zeit ... Vielleicht ... vielleicht könnten Sie mich an Georgs Stelle gebrauchen ...«

Sie hatte sich verflucht, dass sie plötzlich so unsouverän ins Stottern geraten war. Und ein wenig schäbig war sie sich auch vorgekommen, den eigenen Bruder so auszubooten – immerhin war er auf der Hochzeitsfeier richtig charmant gewesen, sodass sie sich über sein ungebetenes Auftauchen am Ende fast doch noch gefreut hatte.

Benckgraff, der alte Fuchs, hatte sie noch eine ganze Weile am langen Arm verhungern lassen, bis er schließlich mit seinem Angebot herausgerückt war.

»Sie müssen wissen, liebe Friederike – ich darf Sie doch so nennen, nicht wahr?«, hatte er sie unter seinen hochgezogenen Augenbrauen spöttisch angeblickt, »nun, da Sie eine Frau sind, kann ich Sie natürlich nicht mehr so gut bezahlen wie früher. Noch dazu, weil Sie ein Kind erwarten und weniger belastbar sind als vorher. Außerdem ist das Ganze ja ohnehin nur eine Sache auf Zeit. Sobald das Kind da ist, werden Sie gewiss andere Dinge im Kopf haben, als Teller und Tassen und Figurinen zu bemalen.« Interessiert hatte er nachgehakt: »Übrigens, was sagt eigentlich Ihr Mann dazu, dass Sie hier vorstellig werden? Erlaubt er Ihnen überhaupt zu arbeiten?«

Friederike hatte schon hochfahren wollen, was ihm einfallen würde, eine solche Frage zu stellen, natürlich würde sie arbeiten, wenn sie das wolle, als Simon Feilner ihr begütigend die Hand auf den Arm gelegt und an ihrer Statt die Frage des Direktors beantwortet hatte.

»Sie wissen doch, Benckgraff«, hatte er sich mit seiner tiefen Stimme an ihn gewandt, »manche Männer mögen eben Frauen, die nicht nur ein Püppchendasein führen und die Hände in den Schoß legen. So einer wird auch Carl Bogenhausen sein, sonst hätte unser Friedrich ihn sicher nicht geheiratet. Oder, Friedrich?«

Grinsend hatte er sich zu ihr umgedreht, und Friederike hatte aus den Augenwinkeln gesehen, dass auch Benckgraff ein Schmunzeln nicht hatte unterdrücken können.

»Ich bin sicher, Friederike kann unter der Woche nach wie vor bei ihrer alten Wirtin übernachten«, hatte Simon ausgeführt, »sodass sie sich den täglichen Weg von Frankfurt hin und zurück ersparen kann und weder sie noch das Kind in irgendeiner Weise Schaden davontragen werden, wenn sie uns hier in der Porzellanfabrik noch ein paar Wochen zur Hand geht. Und am Samstag darf der Herr Kaufmann sie dann persönlich mit seiner Kutsche abholen kommen, damit sie ihm am Sonntag ganz die liebende Ehefrau sein kann. Nicht wahr, Friedrich?«

Sie hatte sich kurz gefragt, ob Simon wohl von Josefine die Angewohnheit übernommen hatte, sie weiterhin bei ihrem Männernamen zu rufen, aber irgendwie passte das auch zu ihm. Er war schon immer ein besonders netter Kerl gewesen, ein echter Freund, der genau der richtige Mann für Josefine war – oder hätte sein können. Wie sie die Geschichte mit der wieder aufgeflammten Affäre finden sollte, wusste sie noch nicht genau, aber Tatsache war: Simon Feilner hatte die Situation in Benckgraffs Arbeitszimmer eindeutig gerettet, sodass sie auch nicht weiter wegen des zu niedrigen Lohns hatte herumfeilschen wollen. Gerade einmal die Hälfte ihres alten Gehalts würde sie am Monatsende in ihrer Lohntüte haben.

Friederike seufzte und drehte sich schwerfällig auf ihrer Matratze um. Die Bettfedern quietschten geräuschvoll. Carl an ihrer Seite schlief weiterhin den Schlaf der Gerechten. Sein Atem ging tief und regelmäßig. Ab und zu gab er ein leises Stöhnen von sich. Natürlich hatte er nicht annähernd so euphorisch auf ihre Ankündigung reagiert, dass sie wieder arbeiten wolle, wie Simon Feilner es Benckgraff gegenüber dargestellt hatte.

»Was soll meine Familie dazu sagen, wenn meine Frau arbeitet und noch dazu außer Haus wohnt, statt hier an meiner Seite zu sein?«, war seine erste Reaktion gewesen.

»Es ist doch nur bis zur Geburt«, hatte sie besänftigend erwidert und sich an ihn geschmiegt. »Sie brauchen mich dort, weißt du? Dringend! Ich kann sie doch jetzt nicht hängen lassen, mitten im Weihnachtsgeschäft. Du weißt doch, wie fatal das ist, wenn man wichtige Kunden nicht beliefern kann.«

Dieses Argument hatte ihn schließlich überzeugt. Auch sein Bruder Emanuel hatte sich erstaunlich einsichtig gezeigt, zumal er schon seit Längerem den Plan hegte, wie er ihr in einer stillen Stunde anvertraut hatte, nicht nur auf privater Ebene mit den Höchstern Geschäfte zu machen, sondern das Warenangebot der Firma Bogenhausen langfristig auch um Porzellan zu bereichern, wobei sie ihm ja sicher eine gute Beraterin sein könne. Allein die beiden Frauen im Haushalt waren gar nicht einverstanden mit der neuen Regelung gewesen. »Das Kind, wenn dem armen Kind etwas passiert ...«, hatte Margarethe Bogenhausen immer wieder vor sich hin gemurmelt, war aber schließlich von ihren beiden Söhnen zum Schweigen gebracht worden. Auch sie war Kaufmannswitwe genug, um die Notwendigkeit von Friederikes Einsatz für die Porzellanfabrik zu verstehen. Nur Luise hatte die Lippen aufeinandergepresst und sich wortlos auf dem Absatz umgedreht, nachdem sowohl ihr Hinweis auf das Gerede der Nachbarn als auch auf das bevorstehende Bankett der Bogenhausens, das sie ja nun wohl ganz allein vorzubereiten hätte, bei den Brüdern auf taube Ohren gestoßen war.

Ding dong, ding dong ... Friederike zählte die Schläge der alten Pendeluhr im Flur. Sechs Uhr schon! Jetzt hatte sie doch die ganze Zeit vertändelt. Wenn sie um acht in Höchst sein wollte, musste sie sich beeilen. Das Marktschiff würde um sieben Uhr ablegen, wenn es denn ausnahmsweise einmal pünktlich abfuhr. Sie hatte vergessen, Carl am Vorabend noch einmal daran zu erinnern, dass sie die nächsten drei Tage bei Josefine nächtigen würde, aber wenn sie ihn jetzt aufweckte, um ihm das zu erzählen, würde sie mit Sicherheit zu spät zum Mainufer kommen und das Schiff verpassen. Sie würde ihm einen Zettel schreiben und ihn bitten, sie am Mittwochabend bei Josefine abzuholen.

Ein leises Ächzen ging über ihre Lippen, als sie sich aus dem Baldachinbett hievte. Dieser dicke Bauch war aber allmählich wirklich unhandlich! Sogar beim Malen störte er sie, wenn er sich zwischen sie und den Arbeitstisch schob, sodass sie nur mit ausgestrecktem Arm an ihre Malutensilien kam. Zum Glück war es ja nur noch eine Frage der Zeit, bis dieser Zustand ein Ende hatte. »Noch gut vier Wochen« hatte die Hebamme bei ihrer letzten Untersuchung am Vortag gesagt.

Was danach kam? Friederike wusste es nicht. Sie hatte es bisher auch eher vermieden, sich groß Gedanken über ihre Zukunft als Mutter zu machen. Sie freute sich auf das Kind, das stand fest, und hoffte inständig, dass es ein Junge sein würde – zum einen, weil sie diesbezüglich Carl gegenüber den Mund so voll genommen hatte, zum anderen, weil ein Junge einfach bessere Chancen im Leben haben würde, das zu tun, was ihm wirklich lag und behagte. Davon konnte sie, alias Friedrich Christian Rütgers, schließlich ein Lied singen. Ihre Schwiegermutter hatte es jedenfalls längst aufgegeben, sich mit ihr über Kinderkleidung, die richtige Wiege und die bestmögliche aller Ammen zu unterhalten. Sie wollte ohnehin keine Amme, sie wollte ihr Kind selbst stillen. Immer wieder hatte sie gehört und gelesen, dass die eigene Muttermilch das Beste für das Kind sei. Außerdem konnte man nicht erneut schwanger werden, solange man stillte – und ein zweites Kind wollte sie vorerst auf keinen Fall. Ihr war klar, dass sie mit diesem Wunsch eine Grenze überschritt, ja sogar ein Tabu brach, wie die Schwägerin ihr einreden wollte, aber das war ihr gleich. Es stimmte einfach nicht, dass nur Bäuerinnen ihre Kinder stillten, selbst in den großen Städten ging man mehr und mehr dazu über, zumal die Vorteile des Stillens so eindeutig auf der Hand lagen. Auch wenn die Kinder größer wurden, pflegten die Frauen der besseren Gesellschaft sich zunehmend um ihre Aufzucht zu kümmern, das hatte sie ebenfalls gehört und auch schon mit eigenen Augen gesehen. Mochten die Leclercs hier anders verfahren – eine mit Kindern tobende

Luise war in ihrer ganzen Sprödigkeit auch nur schwer vorstellbar, genauso wenig wie sich die hübsche, aber eben nicht besonders intelligente Mathilde als Hauslehrerin denken ließ –, sie, Friederike Bogenhausen, geborene Simons würde jedenfalls tun, was sie für richtig hielt. Zum Glück hatte sich Carl in dieser Frage ganz auf ihre Seite gestellt. Während ihre eigene Mutter ihr in den Rücken gefallen war und in das gleiche Horn wie die Frankfurter Verwandtschaft getrötet hatte. Allerdings nur schriftlich und aus ganz anderen Gründen: »Kind, du musst an deinen Busen denken«, hatte sie geschrieben. »Du glaubst doch nicht, dass er seine Form behalten wird, wenn du monatelang einen Säugling daran nuckeln lässt!«

Friederike schmunzelte in Gedanken an ihre Mutter. Sie hatte kurz vor ihrer Eheschließung den Kontakt zu ihren Eltern wieder aufgenommen und ihnen einen langen Brief mit zahlreichen Erklärungen und Rechtfertigungen geschrieben. Constanze Simons hatte sich in ihrem Antwortschreiben nicht lange mit Vorwürfen aufgehalten, sondern sich vor allem entzückt über die Nachricht gezeigt, dass ihre Tochter nicht nur gut heiraten, sondern ihrem »offenbar aus bester Familie stammenden Gatten, dies entnehme ich sehr erfreut Deinen lang erwarteten Zeilen« auch noch so bald ein Kind schenken würde. »Das festigt die Bindung«, hatte ihre Begründung gelautet, »und stärkt deine Stellung im Haus.« Sie hatte ihren Besuch bereits angekündigt: Sobald das Wochenbett vorüber sei und das Wetter die lange Reise erlaube, wolle sie den langen und beschwerlichen Weg von Meißen nach Frankfurt gern auf sich nehmen, um die geliebte Tochter endlich wieder an ihr Mutterherz drücken zu können.

Ihr Vater hatte nur zwei Sätze unter die lange Epistel der Mutter gesetzt: »Was haben die Frankfurter Kaufleute, was die Hamburger nicht haben??? Hoffentlich wirst Du glücklich, mein Mädchen, und lässt Dir Deinen Dickkopf nicht austreiben!«, hatte sein ironisch-liebevoller Kommentar gelautet, der

Friederike noch Tage danach Tränen der Rührung in die Augen getrieben hatte. Und der Sehnsucht – da erst wieder war ihr richtig klar geworden, wie sehr sie ihren Vater vermisste.

Jetzt musste sie sich aber wirklich beeilen! Hastig schlüpfte sie in ihre Kleider – zum Glück konnte sie schon seit ein paar Wochen kein Korsett mehr tragen und musste sich nicht lange mit dem lästigen Schnüren und Knöpfen aufhalten –, stopfte etwas Wechselwäsche in ihre Tasche, kritzelte eine Nachricht für Carl auf einen Zettel und schlich sich aus dem Haus.

Draußen auf der Straße war es noch dämmerig. So schnell ihr Zustand es erlaubte, lief sie die Buchgasse hinunter zum Leonhardstor, an dem der Posten sie mit einem respektvollen Nicken durchwinkte, vorbei an dem mächtigen Turm und der Stiftskirche, bis sie das Ufer erreicht hatte. Am Main herrschte bereits ein buntes Treiben. Fußgänger, Kutschen und Fuhrwerke wuselten durcheinander. Das Marktschiff aus Mainz hatte am Kai festgemacht, kleinere und größere Fischerboote legten im Hafen an oder fuhren hinaus auf den Fluss.

Friederike atmete tief durch. Die kühle Luft erfrischte sie nach dem anstrengenden Lauf. Nicht mehr lange, und der Winter würde kommen. Ein leichter Nebel lag über dem Main. In dem milchigen Licht schimmerten die Blätter an den Bäumen auf dem gegenüberliegenden Sachsenhäuser Ufer in sanften Gelb- und Rosttönen. Plötzlich begannen die Glocken vom Kaiserdom ihr sonores Läuten anzuschlagen. Sieben Uhr. Der Treidler winkte ihr zu.

»Wollen Sie mit, Madame? Dann mal rauf mit Ihnen!«

Er gab seinem Kollegen auf dem Schiff ein Zeichen, dass er ihr an Deck helfen sollte.

Sie schaute sich um. Außer ihr befand sich nur eine Handvoll anderer Passagiere an Bord. Wie lange war es her, dass sie zum ersten Mal das Marktschiff bestiegen und sich nach Höchst aufgemacht hatte? Es kam ihr wie eine halbe Ewigkeit vor. Sie warf einen letzten Blick zurück zum Mainufer, ließ ihre Augen über die Häuserfassaden am Weinmarkt, zwischen Fahr- und Leonhardstor schweifen. Ob Carl schon aufgewacht war? Er würde sicher alles andere als begeistert sein, wenn er das leere Bett neben sich entdeckte. Aber was sollte sie machen, sie musste zur Arbeit. Er würde es schon verstehen – hoffte sie zumindest.

Langsam zogen die Treidelpferde an, setzten das Schiff in Bewegung. Auf nach Höchst! Ein neuer Tag konnte beginnen.

○

»Nun, meine Liebe, sieht man dich auch mal wieder?«

Friederike fuhr zusammen. Dicht hinter ihr stand Caspar Ebersberg und blickte neugierig über ihre Schulter auf die Suppenterrine, die sie gerade bemalte. Sie hatte nicht mitbekommen, wie er den Raum betreten hatte, so versunken war sie in die Gestaltung des komplizierten Rosenmusters gewesen. Er hatte die Hand neben ihrem Ellbogen auf der Tischplatte aufgestützt und sich zu ihr hinuntergebeugt. Sein heißer Atem streifte ihre Wange.

»Was soll das heißen ›mal wieder‹?«, fragte sie irritiert.

Sie ärgerte sich, dass Caspar gleich bei ihrer ersten Begegnung in der Manufaktur wieder seine Grenzen überschritt, statt sie wie eine ganz gewöhnliche Kollegin zu behandeln und sich zu bemühen, ein normales Verhältnis zu ihr aufzubauen. Gut, er würde sich erst an den Gedanken gewöhnen müssen, dass sie nun eine verheiratete Frau war, die noch dazu ein Kind erwartete, aber trotzdem konnte er doch ein Minimum an Anstand wahren. Sie versuchte ein Stück von dem Modelleur abzurücken.

»Ich bin schon seit ein paar Tagen hier – im Gegensatz zu dir«, fuhr sie fort. »Bei der Versammlung, die Benckgraff nach meiner Rückkehr einberufen hat, waren alle Kollegen da – nur du nicht. Benckgraff erzählte, du wärst nach Straßburg gefahren, aber Josefine meinte, Anna hätte dich an dem Abend mit einem Mann gesehen, der ihrer Beschreibung nach nur mein

Bruder Georg gewesen sein konnte. Obwohl der doch eigentlich in Meißen genug zu tun haben dürfte ...«

Sie biss sich auf die Lippen, als Caspar die Stirn runzelte und sein Gesicht einen Hauch fahler wurde. Warum hatte sie nicht den Mund gehalten? Wahrscheinlich hatte sie mit ihrer vorlauten Bemerkung schon wieder zu viel gesagt. So würde sich die Beziehung zwischen ihr und Caspar niemals normalisieren, wenn sie – genau wie er – die erstbeste Gelegenheit dazu nutzte, ihn zu provozieren. Immerhin hatte sie mit ihrem Vorstoß erreicht, dass der Modelleur von ihr abließ und zurücktrat, um sich rittlings auf den freien Stuhl vor ihrem Arbeitstisch zu setzen.

Sein Aufzug war elegant wie immer, und doch machte er einen seltsam fahrigen Eindruck auf sie. Seine Züge zeigten auch nicht die übliche Selbstzufriedenheit, sondern wirkten irgendwie verstört. Sie musterte ihr Gegenüber fragend.

»Stimmt was nicht mit dir? Du wirkst ein wenig ... nun, ich würde sagen: angeschlagen.«

»Teuerste, mir scheint, du weißt nicht, mit wem du es zu tun hast!«, raunzte Caspar zurück. »Wo ich die letzten Tage war und wie ich aussehe, ob angeschlagen oder nicht, geht dich einen feuchten Kehrricht an! Immerhin bin ich dein Vorgesetzter – schon vergessen?« Grinsend lehnte er sich vor, die Hände auf die Oberschenkel gestützt. »Jetzt einmal mehr, wo du als Frau zu uns zurückgekehrt bist. Noch dazu mit dickem Bauch ... Lass mich raten: Von wem ist das Balg?«

Friederike starrte ihn an. Sie war unfähig, ein Wort hervorzubringen. Wie konnte er ihre freundlich gemeinte Nachfrage nach seinem Befinden so missverstehen?

Als sie nicht reagierte, verschärfte sich sein Tonfall noch.

»Na, mit wem hast du dich alles rumgetrieben? Mit dem ein oder anderen Kollegen aus Frankreich? Oder ist das Kind vielleicht sogar vom König persönlich? Es heißt, du sollst gewaltigen Eindruck auf ihn gemacht haben ...«

Er hatte die Augen zusammengekniffen, seine Mundwinkel

zeigten in einer abfälligen Grimasse nach unten. »Geschickter Schachzug jedenfalls, es diesem reichen Frankfurter Schnösel unterzuschieben und dich von ihm heiraten zu lassen! Unsereiner ist ja nicht gut genug für dich ... Und dabei bist du nichts als eine Hure, eine ganz gewöhnliche Hure, die es mit jedem treibt, der Geld und Macht zu haben scheint!«

Die letzten Worte hatte er fast geschrien. Er war aufgesprungen, sein Stuhl war krachend nach hinten gekippt.

»Was fällt dir ein, Caspar, so mit mir zu reden? Du magst mein Vorgesetzter sein, aber das berechtigt dich noch lange nicht, mich derart zu beleidigen!«

Auch Friederike war nun aufgestanden, langsam und schwerfällig. Sie konnte es noch immer nicht fassen. Was war nur in Caspar gefahren? Sie hatte doch bloß ein freundschaftliches Gespräch beginnen, an ihre gemeinsame Meißener Vergangenheit anknüpfen wollen.

Aus schmalen Augen starrte der Modelleur sie an.

»Weißt du, was Georg mir erzählt hat? Dass du es immer schon darauf angelegt hättest, Karriere zu machen, statt dich in deine Rolle als Frau zu fügen – auf Teufel komm raus und mit Methoden, die jede Straßendirne erröten lassen würden. Erst hast du ihn missbraucht, indem du dich bei ihm schlau gemacht hast, wie man überhaupt malt. Dann hast du dich hinter seinem Rücken an Helbig rangeschlichen, weil du ihn, deinen eigenen Bruder, kaltstellen wolltest. Als Helbig nicht angebissen hat, musstest du nach Höchst fliehen, wo du dich schließlich mir an den Hals geworfen hast, weil Benckgraff sowieso schon jenseits von Gut und Böse ist und Feilner offenbar mehr auf Kurven steht – wie man ja an seiner Liebschaft mit deiner Freundin Josefine sieht. Und dann, als du bei mir nicht landen konntest, hast du wieder die Flucht nach vorn ergriffen und die Kollegen in Frankreich heiß gemacht ...«

Das also war seine Version der Ereignisse jenes Sommers! Erst versuchte er, sie zu vergewaltigen, dann behauptete er, sie habe sich an ihn herangemacht, noch dazu ohne Erfolg. So etwas Lächerliches hatte sie noch nie gehört. Sie musste sich zwingen, ihre Empörung zu zügeln.

»Ist ja interessant, lieber Caspar, wie es dir gelungen ist, deinen Vergewaltigungsversuch so umzudeuten, dass ich die Hure und du der Heilige bist! Aber lassen wir das Thema, deine männliche Eitelkeit scheint mir zu angekratzt zu sein, als dass ich dich weiter damit quälen wollte.«

Sie hatte die Hände vor der Brust verschränkt und schaute ihn herausfordernd an.

»Was ich viel spannender finde: Du scheinst mit meinem Bruder ja in einem ziemlich regen Austausch zu stehen. Ich weiß aus sicherer Quelle, dass Georg ständig hier in Höchst Station macht – aber doch wohl kaum, um sich mit Benckgraff auszutauschen, nachdem dieser ihm einen Korb gegeben hat und Georg ihn jetzt eigentlich nur noch hassen kann. Nein, mein Bruder kommt nach Höchst, um seinen alten Freund Caspar Ebersberg zu treffen! Und bestimmt unterhaltet ihr euch bei euren Saufabenden nicht die ganze Zeit über mich und meine Undankbarkeit euch beiden gegenüber. Sondern über die Manufaktur und Benckgraffs Pläne für die Zukunft!« Sie senkte ihre Stimme um eine winzige Nuance. »Ich möchte wetten, Georg bezahlt dich dafür, dass du ihm Höchster Betriebsgeheimnisse anvertraust...«

Die letzte Bemerkung hatte sie aufs Geratewohl gemacht. Sie hatte keinerlei Anhaltspunkt dafür, dass Caspar tatsächlich Betriebsgeheimnisse weitergab, aber er hatte sie mit seinen infamen Unterstellungen so in Rage gebracht, dass sie es ihm nun mit gleicher Münze heimzahlen wollte.

Caspar war bei ihren Worten kreidebleich geworden.

»Woher weißt du das?«, zischte er. »Wer hat dir davon erzählt? Georg etwa?« Seine dunklen Augen hatten einen ungesunden Glanz angenommen, sein Blick flackerte.

Sie hatte also ins Schwarze getroffen mit ihrer Bemerkung. Fast tat Caspar ihr leid, wie er so vor ihr stand, unruhig, nervös und sich immer bewusster werdend, dass sie ihn in der Hand hatte und ihr Wissen jederzeit gegen ihn verwenden konnte. Aber sie hatte jetzt keine Lust, Milde zu zeigen, sie wollte ihn noch ein wenig zappeln lassen. Schließlich hatte er sich ihr gegenüber extrem unverschämt verhalten und wahrscheinlich nicht nur in Georgs Anwesenheit jede Menge Lügen über sie verbreitet. Sie verlagerte ihr Gewicht von einem Fuß auf den anderen. Ihre Beine waren dick und schwer. Aber sie konnte sich jetzt nicht hinsetzen und die Füße hochlegen – erst musste sie diesen Kampf zu Ende bringen.

»Georg hat mir noch viel mehr erzählt«, pokerte sie weiter. »Er hat damit geprahlt, du würdest ihm Kopien deiner Höchster Arbeiten verkaufen, die er – mit leicht veränderter Bemalung, sodass der Betrug zumindest für Laien nicht sofort erkennbar ist – als Meißener Modelle ins Ausland verkaufen würde. Deutlich preisgünstiger, als wir das hier tun, versteht sich. Und dann hat er noch gesagt, du hättest ihm den Kontakt zu einem unserer Brenner vermittelt, den er dafür bezahlen würde, absichtlich Fehlbrände herbeizuführen ...«

Sie wunderte sich über sich selbst, dass sie so kaltblütig lügen konnte. Aber offenbar hatte sie mit ihren blinden Verdächtigungen schon wieder einen Volltreffer gelandet. Caspars Gesicht glich jetzt einer hassverzerrten Fratze. Er war dicht an den Schreibtisch herangetreten, die Hände zu Fäusten geballt. Seine Halsschlagader war angeschwollen, Friederike konnte das Blut unter seiner Haut pochen sehen.

»Wenn du auch nur ein Wort davon weitererzählst ...«

»Was dann?«, entgegnete sie leichthin. »Du willst mir doch nicht etwa drohen?«

»Dann, dann ...«

Nun war sein Gesicht dunkelrot angelaufen.

»Es scheint dir die Sprache verschlagen zu haben, lieber Caspar, du bist doch sonst nicht auf den Mund gefallen ... Einen ›Schönschwätzer‹ nennen sie dich hier, wusstest du das?«

Noch bevor ihr Gegenüber auch nur eine Regung getan hatte, wusste sie, dass sie diesmal zu weit gegangen war. Sie wollte zurückweichen, den Abstand zwischen sich und Caspar vergrößern, aber der Modelleur war schneller: Seine Hände flogen über den Tisch und legten sich um ihren Hals. Fest und unnachgiebig drückten seine Finger zu.

Sie versuchte, sich aus der Umklammerung zu befreien, den entsetzlichen Druck auf ihrer Kehle zu mildern, indem sie an seinen Händen riss. Doch schon spürte sie, wie ihr das Atmen schwerer fiel, wie ihre Kräfte nachließen.

»Caspar«, keuchte sie, »Caspar, bist du verrückt ... Caspar, hör auf, du bringst mich um ...«

Sie hatte keinerlei Gefühl dafür, wie lange sie schon miteinander gerungen hatten, als der Modelleur plötzlich von ihr abließ und mit zwei Sätzen aus dem Raum eilte.

Er hatte sie so unvermutet losgelassen, dass sie die Balance verlor und, vom Gewicht ihres Bauches nach unten gezogen, mit dem Unterarm voran schwer auf der Tischplatte aufschlug.

Wie durch ein Wunder hatte die Terrine durch ihren Sturz keinen Schaden genommen, das zarte Rosé der Blütenblätter mit den hellgrünen Ranken ergab noch immer einen anmutigen Kontrast zu dem weiß glasierten Grund. Dafür war das Wasserglas umgekippt und sein Inhalt in die Palette mit den Farben gelaufen, die sich nun langsam zu einer bräunlichen Soße vermischten.

Friederike rappelte sich hoch. Der Arm tat ihr weh, ihr Kleid war über und über mit Farbspritzern besprenkelt. Das Schlimmste aber war der Schreck, der ihr in die Glieder gefahren war. Mit einem solchen Ausbruch an Gewalt hatte sie nicht gerechnet. Sie wusste gar nicht, wie sie damit umgehen sollte. Wut und Angst vermengten sich in ihr.

Ein leises Plätschern ließ sie aufhorchen. Sie blickte auf das umgekippte Wasserglas auf dem Tisch, schaute hinunter auf die Pfütze, die sich am Boden gebildet hatte. Doch die Pfütze war viel zu groß, als dass sie sich allein aus dem Wasser hätte speisen können. Noch dazu wollte das Plätschern gar nicht mehr aufhören. Da erst bemerkte sie die Flüssigkeit, die ihr die Beine herabrann.

Entsetzt ließ sie sich auf den Stuhl sinken und umfasste mit beiden Händen ihren Bauch. Das Kind! Dieses Wasser, das aus ihr herausfloss, als wäre ein Damm in ihr gebrochen, konnte nur eines bedeuten: Die Geburt stand bevor, gleich ging es los.

Was sollte sie jetzt tun? Aufstehen und Hilfe holen? Oder lieber sitzen bleiben und warten, bis zufällig jemand vorbeikam?

Ein Schmerz, der in einer Welle von oben nach unten ihren Unterleib durchflutete, ein Schmerz, wie sie ihn noch nie zuvor empfunden hatte, nahm ihr die Entscheidung ab.

»O Gott, nein!«, keuchte sie laut. »Hilfe! Simon, Johannes – Hilfe!«

Kaum war die erste Wehe verebbt und ließ sie wieder halbwegs normal atmen, kündigte sich auch schon die nächste an. Wieder hatte sie das Gefühl, als würde sie in Stücke gerissen.

Warum half ihr denn keiner? Wo blieben sie denn alle? Und warum hatte ihr niemand gesagt, dass es so fürchterlich weh tat, ein Kind zu bekommen? Warum kam dieses Kind überhaupt jetzt schon – es war doch noch viel zu früh?

Erneut entfuhr ihr ein lautes Stöhnen. Sie war kaum mehr in der Lage, einen klaren Gedanken zu fassen, in immer kürzeren Abständen folgten die Wellen des Schmerzes aufeinander, die ihren ganzen Körper durchdrangen, ihren Unterleib zusammenzogen, ihr den Atem nahmen. Nur am Rande hatte sie mitbekommen, wie sie von ihrem Stuhl zu Boden geglitten war, in die Wasserlache unter dem Schreibtisch.

Jetzt nur nicht ohnmächtig werden, dachte sie mechanisch, du musst jetzt alle deine Sinne beisammenhalten! Konzentrier dich, Friederike, andere Frauen kriegen ihre Kinder auch zu früh und ohne fremde Hilfe, noch dazu auf dem Feld oder im Stall ...

Und wieder rollte der Schmerz von oben nach unten durch ihren Leib. Sie schrie jetzt, so laut sie konnte.

»Friedrich! Um Himmels willen!«

»Simon, ach, Simon, wie gut, dass du gekommen bist!«

Friederike schluchzte und lachte zugleich. Grenzenlose Erleichterung überkam sie. Jetzt war Simon da, ihr Freund, jetzt konnte nichts mehr schief gehen!

Simon Feilner hatte sie unter den Achseln gepackt und in die Mitte des Raumes gezogen. Blitzartig hatte er sein Hemd abgestreift und ihr unter den Kopf gelegt. Mit zwei Handgriffen schob er ihre feuchten Röcke zurück, sodass sie halb nackt vor ihm lag.

»Beine breit, Friedrich, mach schon, jetzt ist keine Zeit mehr für langes Herumgefackel!« Er grinste kurz, dann brüllte er über seine Schulter in den Flur hinaus:

»Benckgraff, Zeschinger – holt Hilfe, schnell! Hier wird gerade ein Kind geboren.«

Aus den Augenwinkeln sah sie, wie Johannes Zeschinger den Kopf durch die Tür steckte und sofort wieder verschwand, als er mit einem Blick die Situation erfasst hatte.

Auch Simon hatte ihn bemerkt.

»Wir brauchen eine Hebamme! Schnell! Und sag Josefine Bescheid!«, rief er dem Maler hinterher.

»Geht's, Friedrich?«, fragte er nun wieder an sie gewandt.

»Als ich diesen Schurken, diesen grässlichen Ebersberg, mit hochrotem Gesicht zur Tür rausrennen sah, dachte ich mir gleich, dass das was mit dir zu tun hatte. Aber erst als ich deinen Schrei hörte, wurde mir klar, wie ernst die Lage sein musste.« Er tätschelte ihren nackten Oberschenkel. »Mach dir keine Sorgen, meine Liebe, wir schaffen das auch so! Vergiss nicht, ich habe schon drei Kinder auf die Welt geholt, zweimal sogar ganz alleine: Bei der Geburt von meinem Ältesten war die Hebamme so besoffen, dass ich sie gar nicht erst an meine Frau rangelassen habe. Und beim zweiten Mal hat es dermaßen geschneit, dass sie erst eingetrudelt ist, als alles längst vorbei war. Atmen, Friedrich, tief durchatmen, das ist jetzt das Wichtigste!«

Er warf einen prüfenden Blick zwischen ihre Beine.

»Ich werd verrückt, der Kopf ist schon zu sehen! Pressen, Friedrich, pressen!«

Friederike hätte nicht gedacht, dass ihre Schmerzen sich noch steigern könnten. Weiße Blitze zuckten vor ihren Augen auf, sie atmete, hechelte, keuchte, presste, krallte ihre Fingernägel in Simons Hand, bemerkte kaum, dass mittlerweile mehrere Leute um sie herumstanden oder neben ihr hockten, bis eine freundliche fremde Frauenstimme irgendwann zu ihr sagte:

»Gleich haben Sie es geschafft, Frau Bogenhausen, gleich ist das Kind da.«

Ein letztes Mal nahm sie ihre ganzen Kräfte zusammen. Dann wurde alles um sie herum schwarz.

∞

Was war geschehen? Was hatte das Rot über ihrem Kopf zu bedeuten? Wo war sie? Und – was war mit dem Kind?

Friederike brauchte eine Weile, bis sie erkannte, dass sie sich in ihrem eigenen Frankfurter Schlafzimmer befand, unter dem roten Himmel des ehelichen Baldachinbetts. Neben ihr auf einem Stuhl saß Carl, ein in weiße Tücher gewickeltes Bündel im Arm. Er schien nicht zu bemerken, dass sie aufgewacht war, so versunken war er in die Betrachtung des kleinen Gesichtchens, das aus dem Windelpaket hervorsah. Sein Zeigefinger war von einer winzigen Faust umschlossen, mit der freien Hand fuhr er immer wieder zärtlich über die runzelige rote Stirn des Neugeborenen. Ein leises, regelmäßiges Atemgeräusch sagte ihr, dass das Kind schlafen musste. Ihr Kind, erinnerte sie sich. Ihr und Carls Kind.

Sie hatte noch immer kein Wort gesagt, die Kehle war ihr wie zugeschnürt. Eine bleierne Müdigkeit lag über ihr, ihre Glieder fühlten sich an, als wären sie von schweren Eisenketten ans Bett gefesselt. Erst als sie irgendwann den Kopf drehte, um einen Blick aus dem Fenster zu werfen, registrierte Carl, dass sie nicht mehr schlief.

»Du hast recht gehabt, meine Liebe, es ist ein Junge!«, lächelte er stolz. »Ich habe ihn Ludwig genannt, nach meinem Großvater ...«

Sein Gesicht drückte tiefe Zufriedenheit aus. Und Liebe, dachte sie. So hatte er sie noch nie angesehen, nicht einmal in Momenten höchster Intimität. Er schien ihr wie von einem inneren Strahlen erleuchtet, geerdet, ohne eine Spur von seiner üblichen Gespanntheit.

»Carl ...«, begann sie zögernd.

»Du hast doch nichts dagegen, oder?«, unterbrach er sie eifrig. »Du kannst ihm ja den zweiten Namen geben ... Ach, Friederike, ich freue mich ja so!«

Er beugte sich über das Kind nach vorne, um ihr einen Kuss zu geben, den sie mechanisch erwiderte.

»Auch wenn ich zugeben muss, dass ich natürlich alles andere als beglückt war, als der Kurier aus Höchst gestern Morgen hier ins Comptoir gestürzt kam, um mir die Geburt meines Sohnes zu verkünden. Das hatte ich mir, ehrlich gesagt, etwas anders vorgestellt!«

Ein vorwurfsvoller Blick streifte sie, der aber sofort wieder milde wurde, als das Neugeborene seine fein geschwungenen Lippen zu einem herzhaften Gähnen öffnete.

»Hast du das gesehen, Friederike? Ist er nicht wundervoll, unser Sohn? Er wird sicher Hunger haben, weißt du? Die Amme, die ich bestellt habe, ist noch nicht da. Du musst ihn also bei dir anlegen, Friederike; hier versuch's mal!«

Ehe sie sich's versah, lag der Säugling schon an ihrer Brust. Carl hatte ihr weißes Batisthemd einfach zur Seite geschoben und das Köpfchen des Kindes so zurechtgerückt, dass es nur noch den Mund zu öffnen brauchte, um gierig nach ihrer Brustwarze zu schnappen. Seine Augen waren noch immer geschlossen, das zarte Händchen mit den perfekt geformten Miniaturfingernägeln krallte sich tastend in ihr Fleisch.

»Bitte, Carl, ich ... Bitte, lass mich doch erst mal ...«

Friederike wusste nicht, wie ihr geschah. Es ging alles so schnell! Erst die überstürzte Geburt, dann fand sie sich plötzlich zu Hause in ihrem Bett wieder, und nun war da dieses kleine Wesen in ihrem Leben, das so selbstverständlich von ihr Besitz ergriff, als wäre sie ausschließlich dafür bestimmt, seinen Bedürfnissen nachzukommen. Dabei hatte sie ihm, ihrem neugeborenen Sohn, noch nicht einmal einen Namen geben, geschweige denn, ihn richtig betrachten und sich an die Vorstellung gewöhnen können, dass er nun nicht mehr in ihrem Bauch, sondern auf der Welt war.

»Schau mal, wie er saugt!«, rief Carl begeistert. »Ludwig kann schon trinken, ist das nicht großartig?«

Ein unangenehmes Ziehen ging von ihrer Brustwarze aus, die fest zwischen den Lippen des Neugeborenen klemmte. Sie sah auf das kleine Köpfchen an ihrem Busen hinab. Mit ihren Blicken maß sie die Linien seines Profils, die geschwungenen Wangenknochen, das winzige Ohr, die langen schwarzen Wimpern, die gewölbte Stirn, die in einen wohlgeformten Hinterkopf auslief. Als hätte er nie etwas anderes getan, hatte ihr Sohn in einem regelmäßigen Rhythmus zu saugen und zu schlucken begonnen. Vorsichtig strich sie über die leichte Delle unter dem hellbraunen Haarflaum.

»Da bist du ja endlich!«, flüsterte sie, so leise, dass sie ihre eigenen Worte kaum verstand. Der Kloß in ihrer Kehle hatte sich gelöst. Mit dem Mund berührte sie vorsichtig die Schläfe des Kindes. Sie konnte seine Schlagader unter ihren Lippen pochen spüren, sein warmer, weicher Geruch stieg ihr in die Nase. Fest legten sich ihre Arme um den kleinen Körper.

»Ludwig, mein kleiner Ludwig – wie froh ich bin, dass es dich gibt!« Tränen erstickten ihre Stimme.

Auch Carls Augen schimmerten feucht. Er hatte sich neben

das Bett auf den Boden gekniet und sie und das Kind mit beiden Armen umschlungen.

«Jetzt sind wir eine Familie», murmelte er und suchte ihren Blick.

»Ja«, nickte sie auf ihn herab. Jetzt waren sie eine Familie.

○

»Liebe Friederike, willst du dir nicht doch eine Amme nehmen? Ich sehe, der Kleine raubt dir die letzten Kräfte!«

In einer begütigenden Geste hatte Margarethe Bogenhausen die Arme ausgestreckt, um ihrer Schwiegertochter das quietschende Kleinkind abzunehmen. Schon zum zweiten Mal an diesem Tag hatte Ludwig mit seinem ewigen Strampeln und Händefuchteln eine volle Tasse Kaffee umgestoßen. Friederike konnte ihn während des Essens kaum mehr auf ihrem Schoß bändigen, so sehr zappelte er herum und wollte nach allem greifen, was sich in seiner Reichweite befand. Aber wenn man ihn in sein Körbchen legte, kam er auch nicht zur Ruhe, sondern fing sofort an zu brüllen. Trotz seines verfrühten Starts ins Leben hatte der Junge sich prächtig entwickelt, war zunehmend lebhafter geworden und hatte stetig an Gewicht und Größe zugelegt. Carl hatte sich als begeisterter Vater entpuppt, der sich rührend um seinen Sohn kümmerte, wenn er nur einen Moment Zeit dafür fand. Der Rest der Familie, allen voran die Großmutter, war völlig verzückt von dem neu auf den Plan getretenen Stammhalter, der sein freundliches Lächeln gleichmäßig auf alle seine Bewunderer verteilte.

Allein die junge Mutter schien in die allgemeine Euphorie nicht aus vollem Herzen einstimmen zu können. Seit Ludwig auf der Welt war, hatte Friederike sich Tag für Tag schwächer und ausgelaugter gefühlt. Das Stillen strengte sie mehr an, als sie sich jemals vorgestellt hätte – und als sie den anderen gegenüber zugeben mochte. Zudem hatte sie das irritierende Gefühl befallen, nicht mehr sich selbst zu gehören, sondern ausschließlich den Willensäußerungen eines kleinen, gefräßigen Wesens gehorchen zu müssen, das ihre armen Brustwarzen malträtierte und ihre Nächte mit seinem fordernden Hungergeschrei auf ein Minimum an Schlaf verkürzte. Um nichts in der Welt hätte sie ihren Sohn wieder abgeben wollen, sie liebte ihn mit jeder Faser ihres Körpers und ertappte sich immer wieder dabei, dass sie mit Gott, dessen Existenz sie bis dahin eher in Frage gestellt hatte, am liebsten einen Pakt abgeschlossen hätte, damit Ludwig nur ja kein Unheil geschah – aber sie konnte einfach nicht mehr. Nie in ihrem Leben war sie so erschöpft gewesen, so jeglicher Energien beraubt.

»Ich denke auch, Friederike, es ist an der Zeit, dass du dich wieder mehr nach außen zeigst. Du kannst nicht immer nur Mutter sein und dich von deinem Kind terrorisieren lassen!«

Luise Bogenhausens Ton war deutlich forscher als der ihrer Schwiegermutter, aber auch auf ihrem hageren Gesicht hatte sich so etwas wie Mitgefühl abgezeichnet.

»Ich habe von einer jungen Kupferstecherwitwe aus der Nachbarschaft gehört, die ihren knapp zweijährigen Sohn noch immer stillt, weil sie so viel Milch hat, dass es pure Verschwendung wäre, die Quelle frühzeitig versiegen zu lassen. Sicher hat sie in ihren gewaltigen Brüsten auch noch ein wenig Milch für Ludwig übrig«, lächelte sie leicht verschämt. »Sie wohnt gleich um die Ecke, in der Buchgasse – wenn du willst, erkundige ich mich für dich!«

So war Maria Hesse in ihren Haushalt gekommen, eine patente, herzliche Frau etwa in Friederikes Alter, die sie bei ihrer ersten Begegnung sofort an Josefine erinnert hatte, wenngleich in einer brünetten und etwas burschikoseren Ausführung. Sie hatte auch von Anfang an klipp und klar gesagt, dass sie nicht in die Villa Bogenhausen ziehen, sondern ihre Unabhängigkeit bewahren und nur stundenweise zur Verfügung stehen wolle, worüber Friederike insgeheim sehr erleichtert gewesen war, denn so gern sie die Amme ihres Sohnes mochte, so sehr war auch ihr daran gelegen, keine weiteren Abhängigkeiten zu irgendjemandem aufzubauen. Der Nachteil des Arrangements mit Maria Hesse war freilich, wie sie wenige Wochen später feststellen musste, dass sie sich nun völlig nutzlos vorkam und geradezu überflüssig fühlte, zumal Ludwig ihr seine Amme mitsamt dem zweijährigen Milchbruder bald vorzuziehen schien und in Anwesenheit der Fremden seine ersten Laute gebrabbelt und sich zum ersten Mal allein auf den Bauch gedreht hatte. Und Carl war fast immer auf Reisen; sie wusste nicht, ob geschäftlich oder in Freimaurerbelangen, weil sie kaum mehr Gelegenheit hatten, in Ruhe miteinander zu sprechen, denn entweder nahm der Kleine ihre ganze Aufmerksamkeit gefangen oder irgendein Familienmitglied war anwesend.

Die einzige Abwechslung, die sich ihr jetzt bot, waren die Vorbereitungen für den großen Frühjahrsempfang, den die Bogenhausens alljährlich für ihre besten Kunden gaben und dessen Organisation und Durchführung seit einigen Jahren in den Händen ihrer Schwägerin lag.

»Du kannst mir gern helfen«, hatte Luise anfangs noch freundlich, später zunehmend ungeduldiger gesagt, wenn sie Friederike schon wieder, in ihren Pelz gewickelt mit in die Ferne gerichtetem Blick, im Geräms vor dem Haus sitzen sah, einer Art riesigem Vogelbauer, in dem viele Bürgersfrauen ihre Tage an der frischen Luft und doch geschützt verbrachten, um zu sticken oder zu nähen oder sonstige nützliche Dinge zu tun und zugleich am Leben draußen auf der Straße teilzunehmen.

Doch Friederike verrichtete keine Handarbeiten und saß auch immer allein in ihrem Käfig, die Hände im Schoß, die Gedanken überall, nur nicht bei dem bevorstehenden gesellschaftlichen Ereignis. Dabei hatte sie sich mehr als einmal bemüht, Luise bei den Planungen der Festivität zur Hand zu gehen, aber es immer wieder aufgegeben, weil die Schwägerin und auch die gelegentlich mitredende Schwiegermutter, die selbst jahrzehntelang dieser wichtigen Aufgabe nachgegangen war, so ganz andere Vorstellungen von der Ausstattung des Banketts hatten als sie selbst, sodass es immer wieder Streit gegeben und sie um des lieben Friedens willen nicht auf ihren Ansichten beharrt, sondern sich mehr und mehr in sich zurückgezogen hatte.

Seltsamerweise war die rettende Hilfe, die Friederikes wachsender Unzufriedenheit ein Ende bereitete, aus einer Richtung gekommen, aus der sie sie niemals vermutet hätte.

Eines Spätnachmittags, Carl befand sich wieder einmal auf Reisen, klopfte es an die Tür ihrer kleinen Bibliothek, und Emanuel Bogenhausen stand auf der Schwelle, einen Stapel roh gebrannter Porzellanteller unter dem Arm.

»Du hier?«

Sie rieb sich die Augen. In dem Dämmerlicht war die Silhouette des Schwagers kaum zu erkennen. Außerdem war sie noch ganz benommen – sie hatte keine Ahnung, wie lange sie schon in ihrem Lieblingssessel am Fenster gesessen und sich ihren Tagträumereien hingegeben hatte. Wie so oft in den vergangenen Monaten hatte sie vor allem an Giovanni gedacht. Obwohl die letzte Begegnung mit ihm schon so lange zurücklag, konnte sie noch immer jedes kleinste Detail seiner Erscheinung in ihrer Erinnerung abrufen. Sogar seine Stimme vermeinte sie noch im Ohr zu haben, sein zärtliches Lachen, in dem fast immer ein wenig Spott mitgeklungen war. Ob sie es jemals wieder hören würde? Manchmal war ihre Sehnsucht nach dem Italiener so groß, dass sie sie kaum mehr zu ertragen glaubte. Anfangs hatte sie noch gehofft, dass die Ehe mit Carl sie über den Verlust Giovannis hinwegtrösten würde, aber allmählich musste sie sich eingestehen, dass dem nicht so war. Auch wenn sie mit Carl eine herzliche Sympathie verband: Sie liebte ihn einfach nicht. Er war ihr zu fremd, nie hatte sie das Gefühl, wirklich bis zu seiner Seele vorzudringen. Falls er überhaupt eine besaß, hatte sie manches Mal sogar schon bitter konstatiert, wenn sie mit Erschütterung hatte wahrnehmen müssen, wie kühl und gleichgültig er anderen Menschen gegenüber sein konnte. Maria Seraphia, dachte sie dann, genauso hat er sich in dem von Löwenfinck'schen Wohnzimmer in Straßburg verhalten. Abgesehen davon war Carl fast immer abwesend, er konnte ihr gar nicht Giovanni ersetzen, weil er nie zu Hause war.

Allein Ludwig vermochte sie von ihrer Traurigkeit abzulenken. Sosehr der Junge sie auch anstrengte, er war und blieb ihr großes Glück. Sie brauchte ihn nur anzuschauen, sein verschmitztes rundes Gesichtchen, den kleinen, wendigen Körper, dann wusste sie, dass es richtig war, jedes Opfer, das gefordert war, für ihn zu erbringen.

»Was verschafft mir die Ehre, lieber Emanuel?«

Friederike hatte versucht, ihrer Stimme einen munteren Beiklang zu verleihen, obwohl sie sich weder so fühlte noch sonderlich erpicht auf ein Gespräch mit dem Schwager war. Sie wusste nie genau, wie sie sich ihm gegenüber verhalten sollte, zu gut entsann sie sich noch der seltsamen Situation, als er sie an jenem alles entscheidenden Tag im Gewürzspeicher mit entblößtem Oberkörper gesehen hatte und mit diesem verstörten Ausdruck im Gesicht wieder verschwunden war.

»Hier!« Mit zwei energischen Schritten war er zu ihr vorgetreten. »Die habe ich aus Höchst mitgebracht. Wie du siehst, müssen sie noch bemalt werden.«

Vorsichtig stellte er den Stapel Teller auf dem runden Tischchen neben ihrem Sessel ab. Als er ihren verwunderten Blick bemerkte, fügte er hinzu:

»Nicht dass du denkst, Benckgraff würde dahinterstecken – nein, nein, in diesem Fall bin ich dein Auftraggeber! Wie du weißt, findet hier demnächst ein Firmenbankett statt, und dafür brauchen wir vernünftiges Geschirr.«

»Aber, aber ...«, stotterte Friederike, »wieso überlässt Benckgraff dir Rohlinge? So etwas hat er noch nie getan! Das verstößt gegen seine Ehre. Ich verstehe nicht, wieso ...«

»Liebe Schwägerin, erstens weiß Benckgraff ganz genau, wer diese Teller sozusagen in seinem oder vielmehr: dem Namen der Höchster Porzellanmanufaktur bemalen wird. Und zweitens habe ich ihn bestochen, wenn du so willst, indem ich ihm einen Großauftrag zugeschanzt habe, für den er mir die nächsten zehn Jahre noch dankbar sein muss.«

Ein zufriedenes Lächeln glitt über sein Gesicht.

»Aha«, nickte Friederike.

Sie war noch immer völlig verdutzt. Erst als die ganze Tragweite des Unternehmens ihr Bewusstsein erreicht hatte, wagte auch sie ein Lächeln. Um schließlich über beide Backen zu strahlen und ihrem sichtlich verwirrten Schwager um den Hals zu fallen.

»Danke, Emanuel, das vergesse ich dir nie!«, rief sie begeistert.

Nachdem sie ihm mehrere Vorschläge für das Dekor unterbreitet hatte — man einigte sich schließlich auf ein Muster aus exotischen Gewürzpflanzen, das in verschiedenen Farben variiert wurde —, war Emanuel am nächsten Morgen losgezogen, die entsprechenden Malutensilien und Farben zu besorgen, und sie hatte ihre Bibliothek in eine Werkstatt umgewandelt. Täglich in den frühen Abendstunden kam er nun bei ihr vorbei, um Nachschub zu bringen, die fertigen Teile zum Brennen abzuholen oder sich »von ihren Fortschritten zu überzeugen«, wie er behauptete. Aber sie wusste genau, dass er in Wirklichkeit nur einen Vorwand suchte, sich mit ihr unterhalten zu können. Auch sie war dankbar für die Abwechslung, die der blitzgescheite Gesprächspartner ihr bot, wenngleich er die Dinge des Lebens aus einer rein kaufmännischen Perspektive betrachtete. Doch zumindest schien er ihr, anders als Carl behauptet hatte, von keinerlei Vorurteilen geleitet und war überdies sowohl politisch als auch gesellschaftlich immer bestens unterrichtet. Nur die merkwürdigen Blicke, die er ihr gelegentlich zuwarf, irritierten sie, vor allem, wenn sie sich — was gelegentlich in ebendiesen Abendstunden vorkam — den kleinen Ludwig selbst an die Brust legte und Emanuel zufällig Zeuge dieses intimen Aktes wurde.

Aber das würde schon nichts weiter zu bedeuten haben, versuchte sie sich dann einzureden, denn auch Carl machte immer große Augen, wenn er sie beim Stillen überraschte. Das war nun einmal ein ungewohnter Anblick, erst recht für einen Mann, der selbst keine Kinder hatte und sich plötzlich mit diesem Wunder der Natur konfrontiert fand.

*E*ines Morgens klopfte Emanuel ungewöhnlich früh an ihre Zimmertür. Carl war bereits ins Comptoir vorausgegangen, wo es in diesen Tagen besonders viel zu tun gab, Ludwig schlummerte selig in seiner Wiege, und auch Friederike war noch nicht lange aus den Federn gekrochen. Sie hatte sich lediglich ihr Negligé übergeworfen; ihr Haar war noch nicht frisiert und fiel ihr ungebändigt über Schultern und Rücken.

»Entschuldige die frühe Störung, liebe Schwägerin«, begrüßte Emanuel sie mit leicht belegter Stimme, »aber es ist ein Brief für dich abgegeben worden, der mir nicht ganz unwichtig erscheint. Immerhin trägt er Siegel und Anschrift des sächsischen Kurfürsten.«

Mit einem Gefühl, als würde ihr der Boden unter den Füßen weggerissen, griff sie nach dem Brief, den er ihr reichte. Schweigend starrte sie auf das gefaltete Büttenpapier, das mit rotem Lack versiegelt war. In der Mitte des Siegels prangte ein Adler mit ausgebreiteten Schwingen und heraushängender Zunge – sie konnte sich noch gut an das Wappen des Kurfürsten erinnern, schließlich zierte es auch ihr eigenhändig gefälschtes Reisedokument. Die großen, geschwungenen Buchstaben formulierten eindeutig ihren Namen: »Madame Carl Bogenhausen, née Simons«.

Wer um Himmels willen mochte ihr diesen Brief geschrieben haben?, fragte sie sich beunruhigt. Hoffentlich bedeutete er nichts Böses, etwa ein Unglück, das ihren Eltern geschehen war. Oder vielleicht beinhaltete er die Nachricht, dass Georg wegen seiner betrügerischen Machenschaften in Meißen zu lebenslanger Festungshaft verurteilt worden war?

»Danke, Emanuel«, flüsterte sie kaum hörbar und ließ sich auf den Hocker vor ihrem Frisiertisch fallen.

Sie achtete nicht weiter auf den Schwager, der unschlüssig noch einen Moment im Raum stehen geblieben war, bevor er zögerlich dem Ausgang entgegenstrebte. Mit fliegenden Fingern brach sie das Siegel und faltete den mit derselben eleganten Handschrift gefüllten Bogen auseinander.

»*Carissima* ...«

Nein, das konnte nicht sein! Der Schweiß trat ihr aus allen Poren, der Atem stockte ihr. »*Carissima*« – ein einziger Mensch auf der ganzen Welt pflegte sie so anzureden ... Nein, das konnte nicht sein!

Ihre Finger zitterten, als sie das eng beschriebene Blatt überflog. Sie verstand kaum die Bedeutung der Worte, so aufgewühlt war sie, so sehr drehten sich ihre Gedanken im Kreis. Aber der Brief war tatsächlich von ihm, von Giovanni, zweifellos. Wie hatte er sie gefunden? Warum meldete er sich auf einmal bei ihr? Ausgerechnet jetzt, nach so einer langen Zeit?

»Wann werden wir uns wiedersehen, Geliebte?«, hieß es in dem Brief. Und dass er, Giovanni Ludovico Bianconi, ihr sein Herz schenken wolle, wenn sie zu ihm käme, nach Corvey. In die Nähe von Fürstenberg, wo der Herzog von Braunschweig wenige Jahre zuvor eine Porzellanmanufaktur hatte einrichten lassen ...

Friederike hob den Kopf. Sie starrte ihr Spiegelbild an, ohne irgendetwas zu sehen.

»*Ardentissimamente*, Giovanni«, endete die Nachricht. Sie verstand kaum Italienisch, aber so viel konnte sie vom Französischen ableiten: »Leidenschaft«, »Sehnsucht«, »Verzehren«, »Brennen«, all dies schwang in seinem Abschiedsgruß mit.

»*Ardentissimamente*, Giovanni« – wiederholte sie laut. Sie lauschte dem Klang der Worte nach, las sie noch einmal, zweimal, zum Schluss jubelte sie sie geradezu heraus, wie einen Freudenschrei. Er hatte sie gefunden, Giovanni hatte sie gesucht und gefunden, weil er ohne sie nicht sein konnte, weil er sie liebte und sich nach ihr verzehrte. Giovanni, Giovanni, Giovanni!

Wieder hob sie den Kopf, als sie ein leises Geräusch hinter sich hörte. Sie sah ihr Spiegelbild, ihre aufgelöste Frisur, die geröteten Wangen, den glänzenden Blick.

Und noch etwas sah sie in dem angelaufenen Kristall: dass die Tür zu ihrem Schlafzimmer nicht fest verschlossen war, wie sie angenommen hatte, sondern einen Spaltbreit offen stand.

Und durch diesen Spalt erkannte sie die dunkle Silhouette jenes Mannes, der schon die ganze Zeit hinter der Tür gestanden und sie beobachtet haben musste. Der Zeuge erst ihres Erschreckens, dann ihrer Verzückung geworden war, der gehört hatte, wie sie den fremden Männernamen immer wieder vor sich hin gesprochen hatte, zunächst leise und stockend, später laut und jubilierend quer durch den Raum.

»Warte, ich erkläre es dir!«, wollte sie rufen, aber da hatte sich der Schatten schon zurückgezogen, und die Tür zum Korridor fiel endlich ins Schloss.

☼

Die nächsten drei Tage sah sie weder Carl noch Emanuel. Carl befand sich wieder einmal auf einer Geschäftsreise. Friederike hatte vergessen, wohin er gefahren war, während ihr niemand Näheres über Emanuels Verbleib gesagt hatte. Es war ihr auch vollkommen gleichgültig, sie befand sich noch immer gänzlich im Bann von Giovannis Brief und seinen Worten, die ihre längst begrabenen Hoffnungen schlagartig wieder hatten wach werden lassen. Giovanni lebte, er war frei, und er liebte sie, nur sie allein. Und er wollte sie so bald wie möglich wiedersehen ...

Aber ob sie ihn auch sehen wollte? Oder besser: Ob sie ihn sehen durfte? Sie wandte den Blick von den kahlen Hortensienzweigen in dem kleinen Innenhof ab und drehte sich in ihrem Ledersessel vom Fenster weg in den Raum hinein. Sie ließ ihre

Augen über die zierlichen Möbel wandern, die Carl für sie ausgesucht hatte, über die im ganzen Zimmer verteilten Kerzenleuchter und die Pflanzen- und Landschaftsstiche an den altrosa tapezierten Wänden. Ihr Blick glitt über die hohen Regale rechts und links neben Fenster und Tür, in denen seit einigen Wochen keine Bücher mehr standen, sondern unzählige Porzellanteile in den unterschiedlichsten Formen und Stadien: roh gebrannte Teller, halb bemalte Figuren, fertige Tassen und Kaffee- oder Teekannen, die nur darauf warteten, von ihrem Auftraggeber Emanuel abgeholt zu werden. Der Sekretär, an dem die Dame des Hauses, so war es gedacht, ein paar höfliche Briefe hätte schreiben sollen, war überladen mit Malutensilien. Sogar auf dem Boden standen die Gefäße mit den Pigmenten; mehr als einmal war sie schon über ein solches gestolpert und hatte das Pulver auf dem Boden verstreut, wo es trotz heftigen Scheuerns bunte Flecken auf dem hellen Holzboden hinterlassen hatte.

Wenn sie Giovanni wiedersah, würde sie all das aufgeben müssen – mit einer Gewissheit, die sie selbst erstaunte, wusste sie plötzlich, dass es keine Alternative dazu gab. Sie würde ihn nicht treffen können, um sich dann ein drittes Mal von ihm zu verabschieden, nein, eine neuerliche Begegnung mit Giovanni würde sie endgültig in seine Arme treiben. Für immer und alle Zeiten. Sie brauchte sich nichts vorzumachen: Jeder zweite Gedanke, den sie seit Erhalt seines Briefes gehegt hatte, galt ihm, mit jeder Faser ihres Körpers sehnte sie seine Berührung herbei. Mit fliegenden Fahnen würde sie das Lager wechseln, die Seine werden, Mann und Kind vergessen.

Friederike erschrak. Was stellte sie da für Überlegungen an? Würde sie wirklich Ludwig aufgeben können, um mit Giovanni zusammenzuleben? Ihren über alles geliebten Sohn?

Ihr Blick fiel auf die kleine Holzkutsche unter ihrem Schreibtisch, mit der Ludwig am Vormittag gespielt hatte. Wie verlassen sie dalag, ein lebloser kleiner Gegenstand, der nur dann seine Berechtigung zu entfalten schien, wenn ein Kind mit ihm spielte. Ihre Finger nestelten an der Kette um ihren Hals. Ja, sie würde gar keine andere Wahl haben, als ihren Sohn aufzugeben, wenn sie zu Giovanni ginge, dämmerte es ihr. Sie würde Ludwig zurücklassen müssen – die Bogenhausens würden niemals erlauben, dass sie ihnen den Stammhalter nahm. Allen voran die Schwiegermutter, die völlig vernarrt in den Jungen war und mittlerweile sogar mehr Zeit mit ihm verbrachte als Friederike und die Amme zusammen. Aber auch Carl liebte seinen Sohn abgöttisch, wenngleich er viel zu selten da war, um seine Vaterrolle wirklich auszufüllen.

Sie drehte sich wieder zum Fenster. Was für ein trostloser Anblick sich ihr da bot! Alles war grau und tot, jeder Tupfen Farbe war aus dem kleinen Gärtchen verschwunden. Noch immer spielten ihre Finger mit der Kette um ihren Hals; so eng waren die beiden Stränge nun ineinander verdreht, dass sie ihr fast die Luft abschnürten. Wenn sie doch nur wüsste, was sie tun sollte!

Aber – wusste sie denn nicht genau, was sie zu tun hatte? Gab es überhaupt irgendetwas zu entscheiden? Ihr Platz war an der Seite von Carl, ihrem Ehemann, den sie geheiratet hatte, damit ihr Kind einen Vater haben würde. Und weil sie ihn schätzte und mochte und sich von ihm gleichermaßen respektiert und ... ja, auch geliebt fühlte. Obgleich er selten Gelegenheit hatte, ihr seine Zuneigung zeigen.

Oder die Gelegenheit nur selten suchte? Sie spürte wieder jene Bitterkeit in sich aufsteigen, ein wohlbekanntes Gefühl des Grolls, das sie in letzter Zeit immer öfter überkam. Carl ließ sie wirklich ständig allein, er war mehr unterwegs als daheim! Ob das tatsächlich nötig war, um die Geschäfte der Gebrüder Bogenhausen am Laufen zu halten? Manchmal kam es ihr fast so vor, als befände er sich auf der Flucht. Aber auf der Flucht wovor? Doch nicht etwa vor ihr? Oder kam er mit seiner Rolle als verheirateter Familienvater weniger gut zurecht, als sie annahm? Vielleicht, schoss es ihr plötzlich durch den Kopf, vielleicht ging er ja auch gar nicht freiwillig? Sondern Emanuel schickte ihn auf

Reisen, um ihn loszuwerden, ja um ungestört so viel Zeit wie möglich mit ihr verbringen zu können ... Natürlich, warum war sie noch nicht eher darauf gekommen!

Friederikes Puls raste, als wäre sie gerade im Laufschritt die Treppe hinaufgeeilt. Emanuel wollte Carl aus dem Weg haben, um sich in aller Ruhe mit ihr treffen zu können! Sein zuvorkommendes Verhalten ihr gegenüber und vor allem die seltsamen, viel zu langen Blicke, mit denen er sie so auffällig oft bedachte, all das schien in der Tat darauf hinzuweisen, dass er mehr in ihr sah als nur die Frau seines Bruders. Auch Luises zunehmende Sprödigkeit, ihre spitzen Bemerkungen über die »eigenwillige Schwägerin« waren gewiss damit zu erklären, dass sie einfach nur eifersüchtig auf sie war. Aber warum kam Emanuel sie dann nicht mehr besuchen, wenn seine Gefühle ihn doch so zu ihr hinzogen? Schon seit Tagen war er nicht mehr in ihrem Arbeitszimmer aufgetaucht, ganz gegen seine Gewohnheit.

O Gott! Friederike schnappte nach Luft. Entsetzt schlug sie sich die Hand vor den Mund. Das letzte Mal, dass sie ihn gesehen hatte, war ja genau an dem Tag gewesen, als er ihr Giovannis Brief überreicht hatte! Emanuel hatte mitbekommen, dass der Brief aus ihrer alten Heimat, aus Dresden, kam und dass sie nach seiner Lektüre völlig aufgelöst gewesen war – schließlich hatte er die ganze Zeit vor der angelehnten Tür gestanden und sie belauscht. Er hatte alles mitbekommen, er hatte ihre Reaktion beobachtet, und er hatte mit angehört, wie sie Giovannis Namen wieder und wieder vor sich hin gesprochen, ja, am Schluss bald mehr oder weniger hinausgebrüllt hatte. Sie hatte doch sogar noch versucht, ihn aufzuhalten, um ihm alles zu erklären!

Friederike stand auf. Sie schob den Ledersessel zur Seite, um das Fenster weit aufzureißen. Kalte, feuchte Luft drang herein. Sie meinte die Glocken von der Leonhardskirche zu hören – hatten sie fünf oder sechs Mal geschlagen? Nicht einmal mehr richtig zählen konnte sie! Hatte der Brief sie tatsächlich so durcheinandergebracht, dass sie sogar verdrängt haben konnte, dass Emanuel zum Mitwisser in Sachen Giovanni geworden war? Er hatte gehört, wie sie den Namen des Italieners immer wieder gerufen hatte, und er hatte das Dresdener Siegel gesehen. Wenn er nicht völlig weltfremd und unbedarft war, hatte er sicher längst eins und eins zusammengezählt: Seine Schwägerin hatte einen Brief von einem Mann bekommen, der ganz offensichtlich ausländischer Herkunft war, aber in Dresden lebte und bei Hof verkehrte. Ein Liebhaber, zweifelsfrei, sonst hätte sie nicht so euphorisch reagiert.

Friederike schüttelte den Kopf. Nein, Emanuel war nicht weltfremd und unbedarft! Sie kannte niemanden, der mehr Weitblick besaß als er, wenn auch vor allem in ökonomischen Dingen.

Sie lehnte sich noch ein wenig mehr aus dem Fenster hinaus. Wie gut die frische Luft tat! Allmählich wurden ihre Gedanken wieder klarer. Sie befand sich in einer äußerst heiklen Lage, so viel stand fest. Emanuel kannte nun ihr Geheimnis, er wusste, dass es in ihrem Leben bereits vor seinem Bruder einen Mann gegeben hatte – und noch immer gab. Das war das eigentlich Entscheidende, nicht unbedingt die Tatsache, dass Carl nicht der Erste für sie gewesen war. Wenngleich eine junge Frau von Stand natürlich keine vorehelichen Beziehungen zu pflegen hatte. Schlimm genug, dass sie als Unverheiratete schwanger geworden war! Eigentlich musste sie den Bogenhausens bis ans Ende ihrer Tage zutiefst dankbar sein, dass sie sie trotz Kind im Bauch in ihrer Mitte aufgenommen hatten. Es gab genug Mädchen, gerade aus besseren Kreisen, die verstoßen wurden, weil sie durch ihre Schwangerschaft Schmach über die Familie gebracht hatten. Sie hatte sogar von einem Fall gehört, in dem eine junge Frau ihr Kind unmittelbar nach der Geburt ertränkt hatte, weil sie nicht mehr ein noch aus gewusst hatte. Draußen vor den Toren der Stadt hatte man sie, die Kindsmörderin, schließlich an den Galgen gehängt, nach wochenlangem Martyrium im Kerker in der Katharinenpforte.

Aber nein, davon war sie weit entfernt, rief sie sich zurück.

Emanuel war ihr Freund, er würde ihre Situation womöglich sogar verstehen, vor allem, wenn sie ihm erklärte, dass sie beabsichtigte, Giovanni nicht wiederzusehen. Sie musste ihm nur das Versprechen abnehmen, seinem Bruder kein Sterbenswort von der ganzen Sache zu sagen. Es würde Carl nur unnötig beunruhigen, wenn er von der Existenz des Italieners erfuhr. Er würde sich hintergangen fühlen, weil sie ihm nicht die ganze Wahrheit über ihr Vorleben offenbart hatte.

Friederike schlotterte vor Kälte. Erst jetzt bemerkte sie den eisigen Wind, der durch den dünnen Stoff ihres Hauskleides drang. Sie hatte schon die Arme gehoben, um das Fenster wieder zu schließen, als eine Stimme direkt in ihrem Rücken sie zusammenfahren ließ.

»Friederike, was machst du da am offenen Fenster? Ist dir nicht gut?«

Dicht hinter ihr stand Emanuel, ein in grobes, braunes Papier gewickeltes Paket von sperrigen Ausmaßen im Arm.

Sie musste sein Klopfen völlig überhört haben. Hastig klappte sie die beiden Fensterflügel zu, schob den Riegel vor und drehte sich zu ihm um. Mit beiden Händen rieb sie sich über die Oberarme. Wie kalt ihr war – sie zitterte ja richtig!

»Nein, nein, schon gut«, murmelte sie. »Ich wollte nur nach der Katze schauen. Sie ist schon seit ein paar Tagen verschwunden. Ich dachte, ich hätte ein Miauen gehört.«

Sie trat zu dem Stuhl vor ihrem Sekretär, über dessen Lehne ihr Wolltuch hing.

»Lange nicht gesehen!«, zwang sie sich, möglichst unbefangen zu klingen.

»Ja, ja, ich war in den letzten Tagen viel unterwegs«, erwiderte Emanuel ebenso leichthin.

Sie konnte sehen, dass seine Gelassenheit nur gespielt war. Emanuel war zwar ein Mann von großem Weitblick und Geschäftssinn, aber ein umso schlechterer Schauspieler, wenn es darum ging, seine Gefühle zu verbergen.

»Unter anderem war ich in Höchst, um neue Rohlinge zu besorgen. Du weißt ja, dieser Auftrag, für den du die ganze Zeit schon gearbeitet hast. Der Kunde hat seine Bestellung vergrößert und auch davon gesprochen, dass er ins Ausland exportieren will, und zwar bald, noch vor Ostern. Ich weiß gar nicht, wie wir das in der kurzen Zeit alles schaffen sollen ... Aber Benckgraff war leider nicht da«, fuhr er betont beiläufig fort. »Er musste kurzfristig verreisen, wie man mir berichtete. Dafür habe ich eine andere interessante Bekanntschaft gemacht.«

Seine Augen verengten sich kaum merklich.

»Du kennst den Mann ebenfalls, habe ich mir sagen lassen ...«

Umständlich hievte er sein Paket auf das runde Tischchen neben dem Ledersessel.

»Pack aus, das ist für dich!«, befahl er unerwartet barsch.

Einer inneren Eingebung folgend tat sie widerspruchslos, was er von ihr forderte: Dieser unerklärliche Stimmungswandel verhieß nichts Gutes. Noch bevor ihre bebenden Finger die Kordel aufgeknotet hatten, die das Packpapier zusammenhielt, wusste sie, was sich unter der Umhüllung befand.

»Los, mach schon, worauf wartest du noch?«, herrschte Emanuel sie an, als er ihr plötzliches Zögern bemerkte.

Sie versuchte, Gelassenheit in ihren Blick zu legen, während ihre Hände nun gefügig den Knoten lösten und das Papier von dem Gegenstand darunter abschälten.

»Sieh dir genau an, was ich dir mitgebracht habe!«, raunte Emanuel heiser.

Friederike konnte seine Anspannung spüren. Sein ganzer Körper schien zu vibrieren.

»Ist sie nicht wunderschön, diese Skulptur? Du kennst sie, nicht wahr?«

Er war so dicht neben sie getreten, dass ihre Arme sich berührten.

»Und du kennst auch die beiden Liebenden, die Modell für sie gestanden haben, wenn mich nicht alles täuscht ...«

Wie gebannt starrte sie auf Caspars Meisterwerk. Sie hatte ganz vergessen, wie fantastisch gelungen »Die Badenden« waren. Dass sie beeindruckt von Caspars Modellierkunst gewesen war, als Benckgraff vor Monaten die beiden Entwürfe seines neuen Mitarbeiters präsentiert hatte, erinnerte sie wohl, aber nicht das tiefe Gefühl von Ergriffenheit, das sie nun überkam. Zumal Simon Feilner ihren Rat beherzigt und die Figuren lediglich weiß glasiert hatte, statt sie zu bemalen.

»Woher hast du das?«, fragte sie tonlos. Ihre Lippen bewegten sich kaum.

»Da staunst du, was?«, rief Emanuel verächtlich. »Dein Liebhaber persönlich hat mir das Modell verkauft! Für viel Geld im Übrigen! Benckgraff war, wie gesagt, nicht da, also hat dieser Ebersberg mich empfangen und meine Bestellung entgegengenommen. Wir sind ins Gespräch gekommen, und irgendwann erkundigte er sich nach dir. Er wusste natürlich, dass du meine Schwägerin bist. ›Soll ich Ihnen etwas ganz Besonderes zeigen?‹, hat er mich untertänigst gefragt und zu einem Raum geführt, in dem ich noch nie zuvor gewesen bin. Nach rechts und nach links hat er sich umgeschaut, als wir im Flur vor der verschlossenen Tür standen, damit auch ja niemand mitbekommt, wie wir dieses Zimmer betreten. Dann hat er von innen den Schlüssel im Schloss umgedreht und mit einem Ruck die Tücher von den beiden Tischen gerissen, um die darunter lagernden Modelle zu entblößen ... Ja, entblößen!«, lachte er böse. »Denn die Figuren waren alle nackt, Friederike! Lauter Frauen und nur ganz wenige Männer, und auch die nur in Kombination mit einer Frau – so wie dieser ›Badende‹ hier. Und weißt du, was?«

Er hatte mit beiden Händen ihre Oberarme gepackt und sie so dicht an sich gezogen, dass sie seinen Atem auf der Haut spüren konnte.

»Und weißt du, was? Alle diese Frauen hatten dein Gesicht! Dein Gesicht, verstehst du? Und sie waren nicht nur nackt, nein, sie waren mehr als das: Sie ... sie ließen alles von sich sehen, Friederike, alles erahnen, wozu sie bereit sein würden ...« Er schien sich einen Ruck geben zu müssen, um die Worte über die Lippen zu bringen:

»Ja, sie hatten die Beine weit geöffnet, hatten ihre Hintern rausgestreckt, sie berührten sich an allen möglichen Stellen ...«

Mit einem Mal ließ er sie los und stieß sie von sich, als könnte er ihre Nähe nicht mehr ertragen. Friederike musste sich an der Sessellehne festhalten, um nicht zu Boden zu fallen.

»Du schamloses Weib, du! Nicht nur, dass du dich mit einem Italiener herumtreibst – oder wer ist jener Giovanni, der dir neulich geschrieben hat? –, nein, dann musst du dich auch noch diesem Gecken aus Höchst an den Hals werfen! Er hat mir Dinge über dich erzählt: Du würdest vor Scham im Boden versinken, wenn du wüsstest, was er mir alles gesagt hat ...«

Emanuels Stimme hatte sich zu einem Flüstern herabgesenkt. Er war wieder auf sie zugetreten und hatte sie an den Schultern gepackt, um sie zu schütteln.

»Und dann hast du meinem Bruder ein Kind angedreht und dich in unsere Familie eingeschlichen, du Betrügerin, du ...«

Friederike hielt ganz still. In seinem Atem roch sie den Alkohol, den er getrunken haben musste, in seinem Gesicht sah sie die Empörung, aber auch die Verzweiflung, die ihn antrieb.

»Nur mich hast du bisher verschmäht ...«

Er war zurück an das runde Tischchen getreten, um das Modell der »Badenden« zu betrachten, das im Schein der Kerzen in einem satten, weichen Glanz schimmerte: als wären die beiden Liebenden mit den hingebungsvollen Gesichtern lebendig, als würde sich unter der cremefarbenen Porzellanoberfläche das sanfte Spiel ihrer Muskeln abzeichnen.

Vorsichtig strich Emanuel über die Rundungen der Frau. Seine Zunge fuhr über seine Lippen, bevor er in neutralem Ton weitersprach:

»Ich möchte dir ein Geschäft vorschlagen, liebe Schwägerin. Ein Geschäft, das ... zu unser beider Gunsten ist.«

Er blickte auf und sah zu ihr herüber. In dem diffusen Licht konnte Friederike seine Miene nur undeutlich erkennen.

»Wir werden einen Vertrag abschließen, wir beide: Du tust mit mir all die Dinge, die du mit deinen anderen Männern treibst und die dein Freund, der Modellmeister, so kongenial nachzubilden wusste.« Wieder stieß er sein höhnisches Lachen aus. »Und im Gegenzug dazu werde ich weder Carl noch sonst jemandem ein Sterbenswörtchen von dem verraten, was ich über dein sittenloses Vorleben in Erfahrung gebracht habe.«

Er hielt einen Moment inne. Tonlos fuhr er fort:

»Ja, auch die Tatsache, dass dich mit diesem Italiener offensichtlich mehr verbindet als mit meinem Bruder Carl, ja, sogar das soll unser süßes Geheimnis bleiben, wenn du mir, wann immer mich danach gelüstet, zu Willen bist.«

Friederike hatte die Lider gesenkt, um seinem Blick nicht länger begegnen zu müssen. Sie sah auf ihre Hände herab, die sich so fest um die Sessellehne gekrallt hatten, dass ihre Knöchel weiß hervortraten. Die Gedanken überschlugen sich in ihrem Kopf, sie hatte das Gefühl, ihre Schädeldecke würde gleich zerspringen, wenn sie nicht sofort etwas unternahm, um ihrem Entsetzen, ihrem Abscheu Ausdruck zu verleihen. Aber das Schlimmste war die Enttäuschung, die sie empfand, diese maßlose Enttäuschung über das unsagbar schäbige Verhalten eines Menschen, dem sie vertraut, den sie für ihren Freund gehalten hatte und der sie jetzt auf eine Art und Weise erpresste, wie sie es nicht einmal Caspar Ebersberg oder ihrem Bruder Georg zugetraut hätte.

Lange sprachen weder sie noch er ein Wort. Nur ihre Atemzüge waren zu hören, seine ruhig und gleichmäßig, als wäre jede Aufregung von ihm abgefallen, ihre flach und schnell.

Erst als eine der Kerzen mit einem lauten Zischen in ihrem eigenen Wachs ertrank, erhob sich Friederike aus ihrer noch immer halb über der Sessellehne hängenden Haltung.

Sie drehte sich zu dem Tischchen mit dem hingegossenen Liebespaar um, dessen milchfarbener Schein einen perfekten

Kontrast zu dem dunkel polierten Holz bildete. Langsam streckte sie die Hand aus, bis ihre Finger das kühle Porzellan berührten. Stumm schaute sie ihrem Schwager in das ausdruckslose Gesicht.

»Du Schwein«, sagte sie leise, während ihre Finger sich noch ein winziges Stück weiter vorbewegten.

Klirrend zersprang die Statue auf dem Boden, als sie vor seinen Füßen ausspuckte und ohne ein weiteres Wort den Raum verließ.

☙

»Friedrich, du hier? Um diese Uhrzeit? Was für eine Überraschung! Komm rein, ich freu mich, dich zu sehen!«

Friederike hatte sofort gemerkt, dass ihr Besuch der Freundin nicht gelegen kam. Ein Blick auf ihr gerötetes Gesicht und die aufgelösten Locken über dem nachlässig zugeknoteten Hausmantel hatte genügt, sie erkennen zu lassen, dass Josefine nicht allein war. Die Tür zu ihrem Schlafzimmer stand angelehnt, und schon nach kürzester Zeit trat mit einem leicht verlegenen Grinsen auf den Lippen Simon Feilner aus dem Raum.

»Na, Frau Bogenhausen«, er stopfte sich umständlich das Hemd in die Kniebundhose, um dann aufmerksam ihre Züge zu studieren, »was ist passiert? Alles in Ordnung mit dir?«

»Komm, setz dich erst mal!«, fügte er hinzu, als sie nicht sofort reagierte, sondern nur apathisch vor sich hin starrte. »Du siehst aus, als wäre dir eine Laus über die Leber gelaufen.«

Er nahm sie bei der Hand und zog sie hinunter auf die Küchenbank neben dem halb erloschenen Herdfeuer, auf das Josefine rasch ein paar neue Scheite gelegt hatte. Geschäftig trat sie an den bunt bemalten Hängeschrank und entnahm ihm drei Becher, ein Holzbrett und ein großes, scharfes Messer. Aus der winzigen Speisekammer, die eigentlich mehr ein Verschlag war, holte sie einen angeschnittenen Leib Brot, eine prall gestopfte Wurst, ein Stück Käse und eine Flasche Rotwein.

Friederike stützte den Kopf in die Hände. Die ganze Zeit während der Fahrt auf dem Marktschiff, dem letzten, das an dem Abend noch nach Höchst gefahren war, hatte sie ihre Tränen zurückhalten können, aber jetzt merkte sie, wie die Gefühle sie zu übermannen drohten.

»Trink erst mal was!« Josefine streichelte ihr über die zuckenden Schultern. »Und dann erzähl, wenn du magst. Ich glaube, es sind ein paar mehr Läuse, die dir da über die Leber gelaufen sind …«

Simons Hand griff nach ihrer, als Josefine auf dem abgesägten Buchenstamm gegenüber von Friederike Platz nahm. Sie wechselten einen Blick, der so innig, so liebevoll war, dass Friederike fast neidisch wurde. Sie setzte ihren Becher an die Lippen und trank ihn mit einem Zug leer, dann hatte sie sich halbwegs wieder gefangen und begann zu erzählen.

»Keine Ahnung, was ich jetzt machen soll«, schloss sie ihren Bericht. Mehrmals war Josefine zwischendurch aufgestanden, um Nachschub an Wurst, Käse und Wein zu holen.

»Morgen kommt Carl von seiner Reise zurück, und am Abend soll dann dieses gottverdammte Bankett stattfinden. Spätestens, wenn das vorbei ist, wird Emanuel zu Carl gehen und ihm alles erzählen, wenn ich ihm nicht ›zu Willen‹ bin, wie er es so schön genannt hat.«

»Dieses Schwein!«, schimpfte Simon. »So etwas Abgefeimtes, so ein geschmackloses, unverschämtes Verhalten hätte ich ihm nie zugetraut. Ich habe ihn ja ein paar Mal in der Manufaktur erlebt, wenn er bei Benckgraff war, um neue Rohlinge für dich zu holen oder neue Geschäfte zu besprechen, aber ich hatte immer einen relativ guten Eindruck von ihm. Obwohl …« – er hatte sich an dem Brotlaib zu schaffen gemacht und eine dicke Scheibe heruntergesäbelt –, »wenn ich es mir richtig überlege, bei unserer allerersten Begegnung vor ein paar Monaten, als ich ihn beim Alten im Zimmer sitzen sah, war mein spontaner Gedanke gewesen, dass er irgendwie verschlagen aussieht …« Er nahm einen kräftigen Bissen von seinem Brot. »Ja, ich weiß noch, ich habe gedacht, wie guckt der denn? Warum sieht der mich nicht richtig an, wenn er mit mir spricht? Das habe ich gedacht, jetzt erinnere ich mich wieder. Später ist mir das nicht mehr so aufgefallen.«

Friederike sah zu Josefine und wusste sofort, dass die Freundin das Gleiche dachte wie sie.

»Ja, bei Carl ist das genauso«, musste sie lachen. »Das war auch das Erste, was mir an ihm aufgefallen ist. Scheint in der Familie zu liegen ... Aber trotzdem, was soll ich denn jetzt tun?«, fragte sie, wieder ernsthaft geworden. »Ich kann doch nicht zurückkehren und so tun, als wäre alles in bester Ordnung!«

»Doch, kannst du wohl!«, entgegnete Simon fest. »Das ist die beste Strategie, die du jetzt fahren kannst – lass ihn auflaufen! Glaub mir, dann sitzt nämlich du wieder am längeren Hebel. Der wird doch jetzt nur darauf warten, dass du zu Kreuze kriechst und auf sein sauberes Geschäft eingehst! Wenn du den Spieß aber umdrehst, kriegt er kalte Füße, dann verunsicherst du ihn!«

»Simon, wie raffiniert du bist!« Josefine schenkte ihrem Geliebten einen bewundernden Blick. »Ich bin ja richtig stolz auf dich – so ein kluger Mann in meinem Bett!«

Sie lachte ein wenig beschämt, als sie Friederikes irritierten Seitenblick bemerkte.

»Komm, Friedrich, du mit deinem Giovanni bist ja wohl auch nicht von schlechten Eltern!« Sie boxte der Freundin scherzhaft gegen den Arm. »Irgendwie habe ich ja immer schon gedacht, du verschweigst mir was und bist lange nicht so unschuldig und keusch, wie du getan hast. Aber auf einen feurigen Italiener, eine flüchtige Reisebekanntschaft noch dazu, wäre ich im Leben nicht gekommen!«

»Er ist keine flüchtige Reisebekanntschaft«, erwiderte Friederike düster. »Das ist es ja gerade! Ich habe euch doch erzählt, wie meine Gefühle völlig verrückt spielten, als ich ihn während dieser verunglückten Ballnacht bei der Pompadour so unvermutet wieder getroffen habe. Immerhin kannte ich da bereits Carl und war sogar schwanger von ihm. Keine Ahnung, warum Giovanni so eine Macht über mich hat!«

Ihr Blick blieb an Simons und Josefines Händen auf dem Küchentisch hängen, die einander noch immer umfasst hielten.

»Wahrscheinlich nennt man so etwas Liebe ... Auch wenn es völlig absurd ist: Ich kenne ihn kaum, muss davon ausgehen, dass er in irgendwelche verbrecherischen Machenschaften verwickelt oder vielleicht sogar ein Staatsfeind ist, dass er jede Menge Frauen hatte, wahrscheinlich mit der Contessa verlobt ist ... Abgesehen davon bin ich verheiratet und habe ein Kind. Und er hat sich verdammt viel Zeit gelassen, nach mir zu suchen! Hätte er sofort nach unserem Wiedersehen damit angefangen, wäre es vielleicht nie so weit gekommen, dass ich Carl geheiratet hätte.«

Sie schaute erst Josefine, dann Simon an.

»Aber seit ich diesen Brief erhalten habe, seit er mir geschrieben hat, dass er demnächst in der Nähe von Fürstenberg sein wird und mich dort erwartet, seitdem bin ich wieder völlig gefangen von ihm. Meine Sehnsucht nach Giovanni ist so stark ...« – sie suchte nach einem Bild, um sich den Freunden besser verständlich zu machen – »sie ist so stark, dass ich manchmal meine, sie mit Händen greifen zu können, ja, sie ist wie ein Körper, der vor mir in der Luft schwebt und den ich nur festzuhalten brauche. Aber dieser Körper entgleitet mir immer wieder.«

»Bist du sicher, dass Giovanni nicht alles dran gesetzt hätte, sofort nach dir zu suchen, wenn es ihm möglich gewesen wäre, Friedrich?«, entgegnete Simon langsam. »Du hast ja selbst erzählt, die Häscher des Königs hätten sich auf ihn gestürzt, nachdem dir die Flucht aus Meudon geglückt war. Vielleicht haben sie ihn wieder monatelang ins Gefängnis gesteckt! Oder er musste irgendwo untertauchen. Und dann dieser Brief aus Dresden: Das offizielle Siegel weist ziemlich eindeutig darauf hin, dass er irgendein höheres Tier beim Kurfürsten sein muss. Wer weiß, was für eine seltsame Mission das ist, von der er dir geschrieben hat ... Und dann ist da noch die Contessa – auch von ihr scheint er ja in einer gewissen Abhängigkeit zu stehen.« Er grinste leicht. »Und offenbar nicht nur in erotischer Hinsicht ...«

Auch Friederikes Laune hatte sich deutlich gebessert, trotz Simons letzter Bemerkung. Der Gedanke, dass Giovanni mit der Contessa das Bett geteilt hatte, erfüllte sie nach wie vor mit Befremden. Aber sie war unendlich froh, sich endlich alles von der Seele geredet zu haben. In der kleinen Küche mit dem runden Holztisch, Seite an Seite mit Simon und Josefine fühlte sie sich einfach unsagbar wohl. Das Feuer prasselte im Herd, die Scheiben waren beschlagen von ihrem Atem, Josefines Leckereien mundeten köstlich, und der Wein trug das Seine dazu bei, die finsteren Erinnerungen an die Geschehnisse in ihrem Arbeitszimmer zu vertreiben. Ihre Gedanken schweiften zu Ludwig, der jetzt wohl schon längst von seiner Großmutter zu Bett gebracht worden war. Margarethe Bogenhausen würde sich bestimmt einen Moment gefragt haben, wo sie, die Mutter des Kleinen, denn steckte. Aber dann würde sie schnell auf die Idee gekommen sein, dass sie in Höchst bei ihrer Freundin weilte, zumal sie ja wusste, dass Friederike wegen des bevorstehenden Banketts in der Manufaktur zu tun hatte.

»Ich muss dir etwas sagen, Friedrich«, erklärte Simon plötzlich in einem fast feierlichen Tonfall. »Etwas, das auch Josefine noch nicht weiß und das ich euch bitte, unbedingt für euch zu behalten. Ich komme in Teufels Küche, wenn, auf welche Weise auch immer, durchsickert, dass ich nicht dichtgehalten habe.«

Eindringlich blickte er erst Friederike, dann Josefine in die Augen. Beide nickten stumm.

»Emanuel hat dir ja erzählt, dass Benckgraff verreist ist, nicht wahr, Friederike? Caspar und ich halten schon seit ein paar Tagen in der Manufaktur allein die Stellung – wenn man das, was Caspar da mit deinem Schwager gemacht hat, überhaupt als ›Stellung halten‹ bezeichnen kann ... Ich bin mir sicher, er hat das Geld, das er für die ›Badenden‹ bekommen hat, in die eigene Tasche gesteckt! Auch die Tatsache, dass er deinem Schwager überhaupt Einblick in Benckgraffs Giftschrank – so nennt der Alte seine Erotika-Sammlung – gewährt hat, ist absolut gegen die Abmachung.«

Als er Friederikes entsetzten Blick bemerkte, beeilte er sich hinzuzufügen:

»Keine Angst, selbst ich kenne nur einige wenige Stücke aus dieser Sammlung, zumal den Manufakturmitarbeitern der Zutritt zu dem Raum strengstens untersagt ist und nur Benckgraff persönlich ausgesuchte Kunden dorthin führt. Ich glaube im Übrigen auch nicht«, führte er seinen Gedanken weiter aus, »dass die Frauenfiguren alle dein Gesicht tragen, Friedrich. Da hat Emanuel sich entweder getäuscht, oder er wollte dich absichtlich quälen. Caspar hat in den letzten Monaten, ungefähr seit seiner Verlobung mit Anna, halb Höchst mit seinen Liebhaberfähigkeiten beglückt, vorzugsweise die reiferen Damen, wie er mir stolz erklärt hat, weil die weniger Besitzansprüche an ihn stellen, dafür aber umso mehr Leidenschaft an den Tag legen würden. Ich nehme an, bei diesen Gelegenheiten wird sich manch anderes Modell gefunden haben, dessen Züge jetzt in porzellanener Verzückung erstarrt sind ... Aber was ich euch eigentlich erzählen wollte«, kam er auf sein Thema zurück: »Benckgraff ist nach Fürstenberg gefahren.«

»Was?« Friederike war wie vom Donner gerührt.

Auch Josefine schien die Bedeutung von Simons Worten auf Anhieb begriffen zu haben.

»Was heißt das? Will er wechseln? Und dich nimmt er mit?«

»Halt, halt, nicht so schnell, meine Liebe! Natürlich ist Benckgraff nicht aus Jux und Tollerei mal eben so nach Fürstenberg gefahren – ihr kennt doch den Alten, solch einen Luxus würde er sich nie erlauben! Nein, er ist dort, um mit von Langen zu sprechen. Du weißt, wer das ist, oder?«, wandte er sich fragend an Friederike.

Als diese zögernd verneinte und Josefine heftig den Kopf

schüttelte, holte Feilner weiter aus: »Herzog Carl I. von Braunschweig hat Anfang 1747 seinen Berater, den Oberjägermeister Georg von Langen, angewiesen, in dem leer stehenden Schloss Fürstenberg in der Nähe eines kleinen Städtchens namens Höxter, das an der Weser liegt, eine Porzellanmanufaktur einzurichten. Was dieser auch getan hat. Das Problem ist: Sein selbst ernannter Arkanist, ein gewisser Johann Christof Glaser aus Bayreuth, hat in seinem Labor bisher offenbar nicht ansatzweise die gewünschten Ergebnisse erzielt. Jedenfalls ist die Qualität des Porzellans, das die Fürstenberger bis heute produzieren, äußerst dürftig. Was ich bislang zu sehen bekommen habe, war entweder extrem graustichig oder von einer schrecklichen gelblichen Färbung. Ganz zu schweigen von den schwarzen Flecken überall und den auffälligen Fehlern in der Glasur. Deshalb sind die Muster auf den Erzeugnissen der Fürstenberger auch immer so engmaschig. Du hast das bestimmt schon mal gesehen, Friedrich: Man sieht kaum mehr Weiß vor lauter Blümchen und Ranken und Gittern und Muscheln – alles nur, um die Macken zu vertuschen!«

Er lachte leise und schüttelte den Kopf.

»Jedenfalls hat von Langen dem Alten vor ein paar Wochen einen Brief geschrieben und ihn zu einem unverbindlichen Gespräch nach Fürstenberg eingeladen. Weil Benckgraff sowieso stinksauer auf Göltz ist, der sich auf immer rabiatere Weise in die Geschäfte einmischt und ohne Rücksprache irgendwelche Großaufträge vergibt oder storniert – frag mal deinen Schwager, Friedrich!«, grinste er vielsagend –, »ist er im Prinzip also durchaus geneigt, über einen Wechsel nachzudenken. Aber er muss natürlich erst sehen, was die Fürstenberger ihm so bieten und ob es ihm da oben im Norden gefallen könnte.«

Beiden Frauen war die Aufregung anzusehen, die sie während Simons Rede befallen hatte. Josefine hatte ihre Hände um seinen Unterarm gekrallt.

»Und du? Sag mir bitte, wirst du mit umziehen? Ich will es lieber sofort wissen, wenn es zu Ende geht mit uns beiden, sofort!«

»Josefine!« Simon hatte ihre Hände ergriffen und schaute halb tadelnd, halb belustigt in ihr aufgelöstes Gesicht.

»Es ist doch noch gar nichts passiert! Weder hat von Langen Benckgraff ein richtiges Angebot gemacht, noch hat dieser sich für irgendetwas entschieden. Und selbst wenn er nach Fürstenberg ginge, wäre ja noch lange nicht gesagt, dass er mich mitnimmt. Und dass ich mitgehen würde, falls er mich fragen sollte!«

Er hatte ihre Hände mit einem gewissen Nachdruck zurück auf den Tisch gelegt und sich erneut an Friederike gewandt.

»Ich dachte, es ist besser, wenn du das weißt. Für alle Fälle. Was auch immer kommen mag. So oder so ist es gut, den Dingen ins Auge zu blicken und sich mit der Zukunft auseinanderzusetzen, statt vor lauter Panik den Kopf in den Sand zu stecken. Und was deinen Freund Caspar betrifft: Ich glaube, seine Tage in Höchst sind gezählt. Ich weiß zwar noch nicht genau, wie ich dem Alten die Geschichte von seinem Einbruch in den Giftschrank erzählen kann, ohne dich zu kompromittieren, aber mir wird schon was einfallen, keine Sorge. So geht das nicht! Wahrscheinlich hat Caspar deinem Schwager ›Die Badenden‹ auch noch als wertvolles Unikat verkauft – in Wirklichkeit hat er bestimmt Hunderte von den Dingern angefertigt und wer weiß wohin verscherbelt.«

Der sonst so besonnene und freundliche Simon Feilner wirkte auf einmal richtig zornig.

Die arme Josefine!, dachte Friederike. Die Freundin würde es in den nächsten Wochen, bis Benckgraffs Entscheidung in Sachen Fürstenberg gefallen und damit auch Simons Schicksal besiegelt war, nicht leicht haben. Denn dass der Manufakturdirektor seinen besten Mitarbeiter an seine neue Wirkungsstätte mitnehmen würde, stand für sie außer Frage.

Was wird dann aus Josefine und ihrer Liebe?, fragte sie sich beklommen. Und was wird aus mir?

Als sie am nächsten Morgen, direkt vom Marktschiff kommend, durch das Tor in den Innenhof des Bogenhausen'schen Anwesens schritt, sah sie dort Carl, der zusammen mit dem Knecht seinen Zweispänner entlud.

»Carl!«

Sie raffte die Röcke zusammen und stürzte sich in seine Arme.

»He, he, nicht so stürmisch, meine Liebe!« Verwundert über ihre Überschwänglichkeit, befreite sich Carl vorsichtig aus ihrer Umklammerung. »Du tust ja gerade so, als wäre ich monatelang weg gewesen. Alles in Ordnung mit dir?«

Leichte Besorgnis schwang in seiner Stimme mit. Er hatte den Finger unter ihr Kinn gelegt und ihr Gesicht angehoben, um es aufmerksam zu studieren.

»Ach, Carl…«

Sie schluckte. Ein dicker Kloß saß in ihrem Hals. Nein, sie durfte jetzt nicht die Beherrschung verlieren. Was hatte Simon ihr beim Abschied noch mit auf den Weg gegeben: »In der Ruhe liegt die Kraft, Mädchen, lass dich nicht verrückt machen – weder von anderen noch von dir selbst!«

»Nichts ist los, nichts Besonderes jedenfalls«, zwang sie sich, möglichst unbefangen zu antworten, »ich habe dich einfach nur vermisst! Irgendwie kam es mir so vor, als hätten wir uns schon seit Ewigkeiten nicht mehr gesehen.«

Carl legte den Arm um sie und lachte.

»Schön, dass du noch immer Sehnsucht nach mir verspürst! Wir sind ja jetzt schon ein uraltes Ehepaar – und noch dazu glückliche Eltern. Apropos: Wo ist denn Ludwig? Wie geht es ihm? Was machen die Zähnchen?«

Ein Schatten huschte über Friederikes Gesicht. Immer stand Ludwig an erster Stelle von Carls Interesse! Sie hatte sich wirklich gefreut, ihn zu sehen, hatte bei seinem unerwarteten Anblick die alte Verbundenheit erneut in sich aufflackern gefühlt. Aber gleich musste er ihr wieder einen Dämpfer verpassen.

»Ludwig geht es gut«, erwiderte sie flach. »Zumindest glaube ich das. Ich habe ihn auch seit gestern Nachmittag nicht gesehen, weil ich dringend nach Höchst musste und eben erst zurückgekommen bin.«

Carl runzelte die Stirn und wollte etwas entgegnen, als Luise aus dem Kontor gestürzt kam und mit missmutigem Unterton in der Stimme erklärte, dass Emanuel überraschend zu einem wichtigen Kunden gerufen worden sei und erst abends zum Bankett wieder nach Hause kommen würde.

»Immer wenn es ernst wird, ist er nicht da«, murrte die Schwägerin. »Dabei ist dieser Abend doch so wichtig für ihn und das Unternehmen!«

Friederike fühlte sich hin und her gerissen: Einerseits würde Luise dringend ihre Hilfe benötigen, um das abendliche Ereignis vorzubereiten, andererseits hätte sie jetzt endlich einmal Gelegenheit, in Ruhe mit Carl zu sprechen. Ludwig war bei seiner Amme, wie jeden Vormittag, und sie und Carl könnten ausnahmsweise einmal ein paar Stunden allein miteinander verbringen. Vielleicht gibt es ja doch noch einen Weg für mich zurück zu ihm, dachte sie. Wenn wir jetzt wieder zueinanderfinden, bevor Emanuel ihm von Giovannis Brief und Caspars Skulpturen erzählt, ist es vielleicht noch nicht zu spät ...

Als wäre er ein Fremder, den sie zum ersten Mal erblickte, musterte sie das gut geschnittene Gesicht ihres Mannes unauffällig von der Seite, sein zurückgebundenes welliges Haar, die hohe Gestalt mit den breiten Schultern, den eleganten Reiserock. Sie beobachtete, wie er mit einem nachsichtigen Lächeln auf den Lippen auf Luise einredete, ihr mit wenigen Worten die Sorge um den ihrer Meinung nach zum Scheitern verurteilten Abend nahm und Emanuels Abwesenheit zu erklären verstand, als wäre es nicht eine bodenlose Frechheit, dass der eigentliche Gastgeber sich einfach aus dem Staub gemacht und die Verantwortung für seine Veranstaltung gänzlich in die Hände anderer gelegt hatte.

»Du wirst sehen, alles wird gut«, sagte Carl in dem Moment besänftigend zu seiner Schwägerin und legte ihr die Hand auf die Schulter. »Dieses Fest wird in die Geschichte eingehen – zumindest in die der Bogenhausens, wenn nicht gar in die der Stadt Frankfurt. Nicht wahr, Friederike?«, wandte er sich mit einem strahlenden Lächeln zu ihr um.

Friederike nickte stumm. Warum kümmerte sich Carl immer um alle anderen Leute und nur nicht um sie? Warum spürte er nicht die drohende Gefahr, der ihre Ehe ausgesetzt war? Er konnte doch nicht so gefühllos sein, dass er von ihrer Not, ihrem inneren Zwiespalt nichts mitbekam?

»Weißt du was, Luise?«, hörte sie ihn zu der Schwägerin sagen. »Wenn Emanuel dich im Stich lässt, helfen wir dir eben. Wozu hat man schließlich eine Familie! Außerdem ist es ja auch unser Fest, nicht wahr, Friederike?«

Er nahm ihre Hand, um sie sanft, aber bestimmt auf seinen Arm zu legen, hakte mit der anderen Hand Luise unter, und zu dritt schritten sie auf das Kontor zu, hinter dessen Tür bereits Alessi und der Lehrjunge auf ihre Anordnungen warteten.

»Lulu, jetzt ist aber wirklich Schluss! Du musst jetzt endlich schlafen! Und Mama muss nach unten zu Papa und Oma und zu all den anderen Leuten, die schon auf mich warten.«

Wie auf Kommando bogen sich Ludwigs Mundwinkel wieder nach unten. Weinend lag er in seinem Gitterbett und streckte die Ärmchen nach ihr aus.

Was war nur los mit dem Kind?, fragte Friederike sich gereizt. Er war doch sonst nicht so anhänglich. Oder spürte er einfach nur, wie nervös sie war? Sie hasste sich dafür, dem Jungen ausgerechnet jetzt die nötige Aufmerksamkeit nicht geben zu können. Aber es musste sein, sie durfte nicht noch später nach unten kommen – die Gäste waren mit Sicherheit schon längst alle eingetroffen, und sie war noch nicht einmal angekleidet.

Mit Nachdruck stopfte sie die Ärmchen ihres Sohnes unter das Plumeau. Wie ein kleiner Hund jaulte er auf und machte prompt Anstalten, sich wieder freizustrampeln und an den Gitterstäben seines Bettchens hochzuziehen. Aber sie konnte sich jetzt nicht länger um ihn kümmern, sie musste so schnell wie möglich in ihr Ankleidezimmer laufen, ihre Abendrobe anlegen und ihr Haar irgendwie bändigen.

Wo war die Zofe, warum half sie ihr nicht, das Korsett zu schnüren? Hastig stieg Friederike in den langen Rock aus goldfarbener Seide und hakte das fliederfarbene Oberteil mit den aufgenähten Blütenblättern über der Brust zu. Über Schultern und Ausschnitt drapierte sie einen weißen Spitzenschal, schlüpfte in ihre hochhackigen Pantoffeln, steckte sich rechts und links zwei Kämme ins Haar, gab ihrem endlich schlafenden Sohn einen Kuss auf die feuchte Stirn und eilte die Stufen ins Erdgeschoss hinunter.

Das Foyer und die beiden Salons rechts und links der großen Freitreppe, die in die oberen Stockwerke führte, brummten vor Menschen in feierlicher Robe. Aus einem der hinteren Räume drang leise Cembalomusik. Die Kandelaber an den Wänden verbreiteten ein angenehm mildes Licht, und die zahlreichen Vasen mit den üppigen Blumensträußen auf dem Boden oder den eigens dafür vorgesehenen Säulenhaltern täuschten eine Witterung vor, die das plötzliche Schneetreiben vom frühen Abend nachträglich Lügen strafte.

Friederike, die auf dem untersten Treppenabsatz stehen geblieben war, um sich einen Überblick über die Gesellschaft zu verschaffen, zog im Stillen den Hut vor ihrer Schwägerin, die es tatsächlich geschafft hatte, aus der düsteren Eingangshalle des Bogenhausen'schen Anwesens ein anheimelndes Ambiente zu zaubern. Die Gäste schienen sich bestens zu amüsieren. Auf den ersten Blick vermochte sie niemanden zu entdecken, den sie kannte. Die meisten Damen wirkten älter als sie selbst, aber vielleicht lag das auch nur an ihrer Kleidung, die fast in allen Fällen steifer und gesetzter als die ihre war. Die Herren, die durchweg wie Geschäftsfreunde des verstorbenen Firmenchefs wirkten, jedenfalls kamen sie ihr noch älter als die Damen vor, trugen ausnahmslos Perücke. Zwischen all den Menschen hindurch drängten sich livrierte Diener mit großen Tabletts, die mit randvoll gefüllten Gläsern oder Appetithäppchen beladen waren.

Sie merkte auf einmal, wie hungrig sie war. Seit dem Mittagessen hatte sie nichts gegessen, so beschäftigt war sie gewesen, das Personal zu beaufsichtigen, das die beiden großen Tafeln im Speisesaal mit dem von ihr bemalten Geschirr eindeckte. Gleichzeitig hatte sie sich um den quengelnden Ludwig kümmern müssen, der ständig von ihr auf den Arm genommen werden wollte, statt in seinem Bettchen zu schlummern. Unschlüssig blickte sie auf die beiden schweren Vorhänge aus dunkelgrünem Filz, hinter denen die Eingangstür mit dem Vorraum zur Straße lag und durch deren ledergesäumten Spalt immer neue Gäste in den Saal strömten.

Plötzlich erstarrte sie: Sie hatte Emanuel entdeckt, der sich offenbar möglichst unauffällig Eintritt in sein wie ein Bienenstock summendes Haus verschaffen wollte und seinen schneebedeckten Dreispitz und den Redingote einem vorbeieilenden Diener in den Arm drückte, ohne Rücksicht auf das Tablett mit den leeren Gläsern zu nehmen, die dieser nur durch einen gekonnten Balanceakt vor dem Herunterfallen bewahrte.

Mit beiden Händen fuhr sich Emanuel über die ungepuderten Haare und versuchte nachlässig, sie in das Samtband in seinem Nacken zu schieben. Fasziniert beobachtete Friederike sein von Kälte gerötetes Gesicht. Wo er wohl gerade herkam?

In dem gelben Licht der Kandelaber sah ihr Schwager weniger saturiert aus als gewöhnlich. Die Tatsache, dass er im Gegensatz zu allen anderen Männern keine Perücke trug und dass sein dunkler Rock trotz des modernen Schnittes dem festlichen Anlass kaum angemessen war, gab ihm fast etwas Verwegenes.

In dem Moment hob ihr Schwager den Blick. Seine Miene verriet keinerlei Bewegung, als er sie auf dem Treppenabsatz stehen sah. Ohne den vorbeieilenden Kellner eines Blickes zu würdigen, nahm er sich ein Glas Rotwein von dessen Tablett. In einem Zug stürzte er die Flüssigkeit hinunter, um gleich nach einem zweiten Glas zu greifen, das er ebenso schnell leerte. Achtlos stellte er das Glas neben einer Vase mit Narzissen ab und bahnte sich einen Weg zu ihr nach vorn.

Je mehr er sich ihr näherte, desto unheimlicher erschien ihr das Leuchten, das von seinen Augen ausging, desto enger wurde ihr ums Herz. Nur noch wenige Schritte trennten sie voneinander, als sie plötzlich nur noch einen Impuls verspürte: Fort, sie musste fort von hier! Sie konnte es jetzt nicht ertragen, mit ihm zu reden, sich seiner Gier, seinem Wahnsinn auszusetzen. Drei Stufen auf einmal nehmend, sprang sie die Treppe hinunter, verhedderte sich in ihrem Rock, stieß gegen einen verdutzten älteren Herrn, entschuldigte sich und quetschte sich durch die langsam dem Speisesaal zustrebende Menschenmenge, bis sie genügend Abstand zwischen sich und Emanuel gebracht hatte.

An die Tür zum Speisesaal gelehnt, dessen Fenster noch geöffnet waren, um den Raum mit frischer Luft zu füllen, spürte sie, wie ihr Atem sich allmählich beruhigte, wie das Gefühl der Enge in ihrer Brust wieder verschwand. Fröstelnd zog sie den Schal um ihre Schultern. Von ihrem Standort aus konnte sie beobachten, wie sich die Gäste allmählich an den ihnen zugedachten Plätzen niederließen. Unter anderen Umständen hätte sie sich vielleicht sogar einen Spaß daraus gemacht, die Gesichter derjenigen zu studieren, die ihre Köpfe über die Platzkarten beugten, um zu lesen, wen ihnen die Gastgeber als Tischnachbarn zugedacht hatten. Doch sie war einfach nicht in der Lage, einen klaren Gedanken zu fassen, der nicht um Emanuel und ihre verfahrene Situation kreiste, einmal mehr, als sie plötzlich mit Schrecken erkannte, dass fast alle Stühle in den beiden ineinander übergehenden Räumen schon belegt waren.

Erleichtert entdeckte sie Carl am Kopf der größeren Tafel, der ihr mit beiden Armen Zeichen machte, sich zu ihm zu gesellen. Doch kaum wollte sie sich an der Seite ihres Ehemannes niederlassen, der angeregt mit einer schmuckbehangenen Dame zu seiner Rechten plauderte, fuhr ihr erneut der Schrecken in die Glieder: Während Carl laut Platzkarte seine Schwägerin Luise zur Tischdame hatte, die jedoch noch in der Küche zu sein schien, befand sich ihr Platz offenbar am anderen Kopfende des Tisches, an dem sie nun auch schon Emanuel entdeckte, der mit einem feinen Lächeln auf den Lippen auf den freien Stuhl neben sich deutete.

»Nun, liebe Friederike, hast du doch noch zu mir gefunden?«, empfing er sie freundlich, nachdem sie ihre Schritte widerstrebend an der langen Tafel mit den vielen grüßenden Köpfen vorbei bis zu ihm gelenkt hatte.

Trotz ihres Hungers konnte sie während des gesamten Essens kaum einen Bissen hinunterbekommen, all die sieben Gänge hindurch, die von Luise sorgsam aufeinander abgestimmt waren und sowohl dem Fisch- wie dem Fleischfreund Genüge taten und eine breite Palette an Geschmacksfreuden, mal raffiniert, mal rustikal, abdeckten. Stumm beobachtete sie, wie der gleichermaßen schweigsame Emanuel ein Glas Wein nach dem anderen in sich hineinkippte, bis seine Augen immer glasiger und seine Bewegungen immer fahriger wurden.

Sie musste ihn stützen, als die ganze Gästeschar nach dem Dessert Margarethe Bogenhausens Aufforderung nachkam, sich zum Mokka in den Salon zu begeben. Die alte Dame hatte mit einem einzigen Blick auf ihren älteren Sohn erkannt, dass dieser nicht in der Lage sein würde, die Tafel aufzuheben, und selbst mit dem Obstmesser gegen ihr Weinglas geschlagen, um die Aufmerksamkeit der Anwesenden auf sich zu ziehen. Mit unbeweglicher Miene hatte sie die Erinnerung an ihren verstorbenen Gatten wachgerufen, der, würde er noch unter ihnen weilen und seiner Rolle als Firmen- und Familienvorstand nachkommen können – hier hatte sie ihre Augen, in die ein Ausdruck von unverhohlener Missbilligung getreten war, von ihrem einen Sohn zum anderen schweifen lassen –, in seiner Tischrede gewiss darauf bestanden hätte, die Damen beim Kaffee nicht von den Herren zu trennen und umgekehrt, wie es in manchen Häusern unsinnigerweise Sitte sei.

Unter dem freundlichen Applaus der Gäste hatte Friederike ihren Schwager von seinem Stuhl hochgezogen, um den roten Salon jenseits der großen Treppe anzusteuern, in dem sich auch das Cembalo befand. Ihr war noch immer unwohl in Emanuels Gegenwart; sie achtete darauf, so viel Abstand wie möglich zwischen ihren Körpern zu wahren, während sie ihn notgedrungen in den anderen Raum bugsierte. Aber mittlerweile hatte sich auch ein Gefühl des Zorns zu ihrem Widerwillen hinzugesellt, Zorn auf ihn, auf Carl, auf die ganze Gesellschaft, die sie in diese Situation gebracht hatte. Was mache ich hier, fragte sie sich mit wachsender Empörung, wozu spiele ich diese Komödie überhaupt noch mit?

»Lllie... liebe Schwww...ägerin, du ... du sssiehst ... umwwwerfend aussss«, lallte Emanuel in ihr Ohr, als hätte er in seinem trunkenen Zustand ihre Gefühlslage erraten.

Mehr als einmal brachte er sie fast zum Straucheln, weil er sich mit seinem ganzen Gewicht gegen sie lehnte.

Als sie endlich den in schummriges rotes Licht getauchten Salon mit den niedrigen Tischchen und bequemen Sofas und Fauteuils erreicht hatten, warteten dort bereits Luise und Carl auf sie. Während dieser nach ihrem, Friederikes, Arm griff, um sie an eines der Tischchen zu führen, erkannte sie aus den Augenwinkeln, dass auf den Fensterbänken mehrere Porzellanobjekte aufgereiht waren, die am Nachmittag noch nicht dort gestanden hatten. Alle waren lediglich weiß glasiert, etwa eine Elle lang und zwei, drei Handbreit hoch.

»He, was sssoll das, Brrruder? Dddie ... die Dame gehhhört mir!«

Wie eine Trophäe hielt Emanuel ihr Schultertuch in der Hand. Er musste es einfach festgehalten haben, als sie sich von ihm gelöst hatte. Friederike spürte den kühlen Lufthauch, der ihre entblößten Schultern umwehte. Doch noch bevor sie etwas sagen konnte, war Emanuel mit einem Satz, der für einen Mann seines Zustandes erstaunlich behände war, hinter sie gesprungen und legte besitzergreifend die Hände um ihre Taille.

»Lass mich los!«, raunte sie so leise, dass nur er sie hören konnte. »Sofort – oder ich schreie!«

»Was willst du – schreien? Nur weil ich dich anfasse? Du willst doch nichts anderes, als dass dich einer anfasst, du verkommenes Weib ...«

Auch er hatte seine Stimme zu einem Flüstern herabgesenkt, wie er ihr überhaupt schlagartig ernüchtert schien. So unauffällig wie möglich versuchte sie sich aus seinem Griff zu winden.

Doch Emanuel war stärker. Wie ein Schraubstock hielten seine Hände ihre Taille umfasst.

»Eins rate ich dir, liebe Schwägerin: Mach jetzt keine Szene, du wirst es bitter bereuen! Komm lieber mit, ich zeige dir was Schönes.«

Er machte Anstalten, sie mit sich in eine Ecke des Zimmers zu ziehen, doch da stand schon Carl neben ihnen, ihr Schultertuch in der Hand.

»Was geht hier vor, Friederike? Warum liegt dein Schal auf dem Fußboden? Merkst du nicht, wie unsere Gäste unruhig werden, wenn du dich so gehen lässt?«

Anklagend wies er auf das weiße Stück Stoff, das sich wie eine Fahne im Wind vor ihnen bauschte. Auch er hatte mehr als genug getrunken, wie sie an seinem flackernden Blick erkannte.

»Was hier vorgeht?«, erwiderte sie langsam. »Das solltest du lieber deinen Bruder fragen ...«

Was fiel ihm ein, ihr Vorwürfe zu machen? Das war jetzt wirklich der Gipfel! Statt sie vor seinem zudringlichen Bruder zu beschützen, putzte Carl sie vor aller Augen herunter wie ein kleines Kind! Friederike war nun alles egal. Sollte sich doch ein Streit zwischen den Brüdern entzünden, sollten sie doch die legendäre Ehre der Bogenhausens mit einem hübschen kleinen Skandal ein für alle Mal zunichte machen!

Ohne ihr weiter Aufmerksamkeit zu schenken, packte Emanuel nun Carl beim Handgelenk und zog ihn mit sich zur Fensterbank.

»Siehst du diese reizenden Figuren hier, Bruderherz?«, fragte er so laut, dass die beiden Paare, die an einem der Fenstertische ihren Mokka schlürften, reflexartig die Köpfe in ihre Richtung drehten. »Eine Höchster Rarität, musst du wissen! Ich habe die besten Stücke aus der Werkstatt des ursprünglich aus Meißen stammenden Modelleurs erst vor Kurzem erstanden – für teuer Geld im Übrigen. Du kennst den Mann: Caspar Ebersberg ist sein Name, er war Zaungast auf deiner Hochzeit.«

Er hatte sich in Friederikes Richtung umgewandt und seine Stimme noch mehr erhoben, sodass auch die anderen Anwesenden im Raum auf sie aufmerksam wurden. Wie beim Jeu de Paume flogen ihre Köpfe von Emanuel zu Carl, von Carl zu ihr und von ihr wieder zu Emanuel.

»Leider hat deine entzückende Frau, die diesen Ebersberg noch viel besser kennt als wir alle zusammen, sein schönstes Stück vor ein paar Tagen einfach zu Boden fallen lassen.«

Emanuel lachte aus vollem Halse auf. »Es gefiel ihr wohl nicht recht. Und weißt du, warum, Carl?«

Dieser hatte die Lippen aufeinandergepresst und schwieg. Grau stachen seine Sommersprossen aus der plötzlichen Blässe seines Gesichtes hervor.

»Dir hat es wohl die Sprache verschlagen, was, Bruder?«, höhnte Emanuel nun. »Ich will dir sagen, warum deine reizende Gattin das beste Stück aus Meister Benckgraffs Giftschrank mutwillig zerschlagen hat: Weil sie selbst Modell dafür gestanden hat!«

Anklagend zeigte er mit der ausgestreckten Hand zur Fensterbank.

»Da, schau dir die Figuren an, eine wie die andere: Diese Nackte da, diese Hure mit dem wollüstigen Blick, das ist niemand anders als deine Ehefrau!«

Dicht an dicht standen die Figuren die Fensterbank entlang.

In dem roten Licht glühten sie in einem fast fleischlichen Ton. Friederike bemerkte erst jetzt, wie viele es waren – Emanuel musste Caspars ganze Produktion aufgekauft haben. Und genau wie er es ihr vor wenigen Tagen geschildert hatte: Jede der Plastiken zeigte eine Frau, die eine mehr oder weniger sündige Pose eingenommen hatte, und alle diese Frauen trugen unzweifelhaft ihre Gesichtszüge.

Wie gelähmt verharrte sie an ihrem Platz, unfähig, ein Wort herauszubringen oder irgendeine Regung zu tun.

»Und weißt du was, lieber Carl?«, führte Emanuel seine Anklage fort, mit heiserer Stimme, aber noch immer deutlich genug, um jedes seiner Worte im ganzen Zimmer hörbar zu machen.

»Dieser Meißener Erotikexperte ist beileibe nicht der einzige Freier deiner Gattin: Sogar mit einem Italiener hat sie es getrieben! Und treibt es noch immer – wie man an den Episteln sieht, die dieser Papist ihr schickt!«

Noch immer schweigend nahm Carl die Figur, die ihm am nächsten stand, vom Fensterbrett. Im Raum war es so still, als hätten sämtliche Anwesenden auf Kommando den Atem angehalten. Er hielt die Porzellanfrau ein wenig in die Höhe, um sie besser anschauen zu können. Die eine Hand auf ihre Scham gepresst und mit der anderen ihre Brust wie eine reife Frucht darbietend, sah sie ihren Betrachter ernst und ein wenig spöttisch an.

»Ich habe dich geliebt, weißt du das?«, sprach Carl leise zu der Figur. »Vielleicht habe ich es dir nicht oft genug gezeigt, aber ich habe dich geliebt. Weil du so anders warst als alle anderen.«

Sein Blick wanderte von der Porzellanfrau zu Friederike, die keine zwei Schritte von ihm entfernt stand, noch immer vollkommen reglos. Schemenhaft nahm sie ihre Schwiegermutter und Luise wahr: Beide hatten in fast identischer Haltung entsetzt die Hand vor den Mund geschlagen.

»Du hast mich reingelegt, Friederike«, sagte Carl nun an sie gewandt. Seine Stimme klang bedrückt. »Wahrscheinlich muss ich meinem Bruder sogar dankbar sein, dass er mir die Augen geöffnet hat. Wenn auch in einem denkbar ungünstigen Moment...«

Müde blickte er von ihr zu Emanuel, der ihr mit einem Mal einen ähnlich gebrochenen Eindruck machte wie damals im Kontor. Als würde die Situation ihn hoffnungslos überfordern.

Doch sie verspürte kein Mitleid mehr mit dem Mann, der gerade ihr Leben zerstört hatte.

»Und nun geh, Friederike!«, hörte sie Carl wie durch einen Schleier sagen. »Bitte geh! Ich kann deinen Anblick nicht mehr ertragen.«

Er hatte kaum das letzte Wort ausgesprochen, da hatte er ihr bereits den Rücken zugedreht.

Die kleine weiße Porzellanfigur hatte er achtlos auf dem nächstgelegenen Tischchen abgestellt.

11. KAPITEL

Ein Wiehern schreckte Friederike aus dem Schlaf. Carl, das musste Carl sein!, durchzuckte es sie.

Sie schauderte vor Kälte in dem dünnen Abendkleid. Längst schon war das Feuer heruntergebrannt, die Kerze erloschen. Mit steifen Gliedern erhob sie sich aus dem Ledersessel und taumelte in der Dunkelheit zum gegenüberliegenden Salon, der auf den Innenhof hinausging. Der von unten heraufdringende Fackelschein leuchtete ihr den Weg zum Fenster. Die Stirn an das kühle Glas gepresst, konnte sie sehen, wie Carl einen Fuß in den Steigbügel setzte, um sich auf den Rappen zu schwingen. Rasch schob sie das Fenster hoch und reckte den Kopf in die eisige Luft. Jede Benommenheit war von ihr abgefallen.

»Carl, warte!«

Gustav, der das Pferd am Zaumzeug hielt, und eine Küchenmagd, die offenbar gerade damit beginnen wollte, den Hof zu kehren, blickten zu ihr herauf. Nicht so ihr Mann.

Friederike sah, wie Gustav leise auf Carl einredete und mit ausgestrecktem Arm in ihre Richtung zeigte. Doch dieser schüttelte nur den Kopf, nahm seinem Knecht die Zügel aus der Hand und gab dem Rappen die Sporen. Ohne sich noch einmal umzublicken, galoppierte er durchs offene Hoftor hinaus.

Auf den Gesichtern der Dienstboten zeichnete sich Verblüffung ab. Achselzuckend warf Gustav ihr noch einen Blick zu. Anscheinend hatte sich der Skandal vom Vorabend noch nicht bis zum Personal herumgesprochen.

So enttäuscht sie über das Verhalten ihres Mannes war, so wenig überraschte es sie. Schließlich war Carl nach der Szene im roten Salon einfach verschwunden, ohne noch ein Wort an sie zu richten. Er musste in den Räumen seiner Mutter übernachtet haben. Vor dem Getuschel der Gäste, vor der ganzen Peinlichkeit hatte er sich einfach gedrückt. Noch immer fragte sie sich, wie sie es eigentlich geschafft hatte, den Rest des Abends zu überstehen. Von den Gästen hatten sich viele früher verabschiedet als erwartet.

Eine jüngere Bankiersgattin mit schmal gezupften Augenbrauen hatte der kreidebleichen, aber gefassten Margarethe Bogenhausen zugelispelt:

»Ein wunderbarer Abend, wie immer bei Ihnen, Verehrteste, aber Konstantin muss morgen leider früh raus. Er fährt nach Basel. Da wollen wir ein bisschen eher gehen als sonst.«

»Natürlich, danke, dass Sie gekommen sind, Madame. Ich freue mich, dass der Abend Ihnen gefallen hat«, hatte ihre Schwiegermutter todernst erwidert.

Ein älterer Bankier, dem die Szene im Salon offenbar entgangen war, hatte das höfliche Schweigen nichts ahnend gebrochen und sich lauthals erkundigt:

»Wo ist denn der junge Herr Bogenhausen abgeblieben? Ich wollte mich doch noch von ihm verabschieden!«

Seine Frau hatte nur entschuldigend in Margarethes Richtung gelächelt und ihm etwas ins Ohr geflüstert.

»Ich höre doch auf dem Ohr nichts!«, hatte der Mann unwirsch gerufen. »Sprich lauter, Elisabeth!«

Mit suchendem Blick war er stehen geblieben, bis es seiner Frau schließlich gelungen war, ihn unter fortwährendem Lächeln und Grüßen zur wartenden Kutsche nach draußen zu bugsieren.

Margarethe Bogenhausen hatte bis zur Verabschiedung des letzten Gastes gute Miene zum bösen Spiel gemacht. Sie war so perfekt in ihrer Rolle gewesen, dass einige Gäste am Ende tatsächlich überzeugt zu sein schienen, sich den ganzen Eklat nur eingebildet zu haben. Zumindest diejenigen, die zuviel getrunken hatten, würden am nächsten Morgen nicht mehr sicher sein, was wirklich passiert war, hatte Friederike mit einer gewissen Befriedigung festgestellt.

Luise indessen war nicht mehr von der Seite Emanuels gewichen, der ohne ihren festen Arm wahrscheinlich irgendwann umgekippt wäre. Wie ein Schäferhund neben einem kranken Schaf hatte sie bei ihrem Mann gestanden und darüber gewacht, dass er kein weiteres Unheil anrichtete. Immer wieder hatte Friederike ihre strafenden Blicke aufgefangen: »Ich habe so viel Arbeit mit diesem Fest gehabt, und du bist schuld, dass alles umsonst war«, hatte die Schwägerin ihr wohl zu signalisieren versucht.

Als endlich die letzten Kaleschen vom Hof gefahren waren und sie erschöpft und aufgewühlt in ihr Schlafzimmer gelangt war, hatte Friederike feststellen müssen, dass das Bett mit dem roten Baldachinhimmel unberührt geblieben war. Sie hatte den Kopf in die Bibliothek gesteckt, war von dort in den Salon hinübergelaufen, dann zu Ludwig, der selig schlummerte, doch nirgendwo hatte sie Carl entdecken können. Schließlich hatte sie sogar in Erwägung gezogen, auch im restlichen Haus nach ihm zu suchen, die Idee aber schnell wieder verworfen, weil sie nicht wusste, was schlimmer gewesen wäre: einem betrunkenen Emanuel in die Arme laufen, sich dem Zetern ihrer Schwägerin auszusetzen oder mit der Schwiegermutter, die sich vermutlich eher ein Bein ausgerissen hätte, als den Skandal des Abends anzusprechen, über Belanglosigkeiten zu plaudern.

Statt sich in das leere Ehebett zu legen, hatte sie sich in ihrem geliebten Ledersessel in der kleinen Bibliothek niedergelassen und auf den Globus gestarrt, der auf einem Podest mitten im Zimmer stand. Was hätte sie dafür gegeben, weit weg, am besten auf einem anderen Erdteil zu sein! Wie hatte ihr in kürzester Zeit ihr Leben nur so entgleiten können? Was sollte sie Carl sagen? Wie sich in Zukunft Emanuel gegenüber verhalten?

Ihre Ehe war am Ende, darüber musste sie sich wohl keine Illusionen machen. Carls Reaktion war mehr als eindeutig gewesen. Dabei war sie sich – zumindest im Hinblick auf Caspar oder die »Badenden« – keinerlei Schuld bewusst. Sie hatte als junges Mädchen ein wenig für den Modelleur geschwärmt. Na und? Konnte man ihr deswegen etwa einen Vorwurf machen? Alles Weitere, was nun als Anklage gegen sie im Raum stand, hatte Caspar frei erfunden. Es war vielleicht ein wenig naiv gewesen, mit ihm schwimmen zu gehen. Und sicherlich nicht gerade schicklich. Ja, sie hätte definitiv nicht mit ihm baden sollen! Aber, mein Gott, wie hätte sie denn voraussehen können, dass Caspar die Situation so ausnutzte? Das musste Carl doch verstehen! Sie war einfach leichtfertig gewesen und hatte nicht an die Folgen ihres Tuns gedacht. Sie hatte Caspar völlig falsch eingeschätzt, ja, dummerweise nicht in Rechnung gestellt, dass er so grundverdorben war.

Friederike hatte ihre müden Beine ausgestreckt und mit dem Fuß leicht gegen den Globus getippt. Nach ein paar Umdrehungen war die Weltkugel bei Europa stehen geblieben. Wie ein Uhrzeiger hatte ihre Schuhspitze auf Italien zeigt. Ja, dort, in diesem herrlichen Land lag das eigentliche Problem begründet!, hatte sie mit einem Anflug hysterischer Heiterkeit gedacht. Bei Licht betrachtet war nämlich gar nicht Caspar ihr Problem. Über ihn würde sie mit Carl reden können. Nein, in ihren Gefühlen für Giovanni lag das Dilemma. Darin, dass sie ihn einfach nicht vergessen konnte. Ihre Ehe mit Carl war ein Irrweg gewesen, eine Sackgasse, in der sie nun feststeckte. Hätte sie in Straßburg geahnt, dass sie Giovanni eines Tages wiedersehen würde, hätte sie nie etwas mit Carl angefangen, dann wäre sie nicht schwanger geworden und hätte ihn nicht heiraten müssen.

Sie hatte die Beine wieder angezogen und die Absätze ihrer hochhackigen Pantoffeln in die Sesselkante gebohrt. Die Knie unter dem weiten Rock mit den Armen umschlungen, hatte sie das Kinn auf den gelben Seidenstoff gelegt. Natürlich gäbe es dann auch Ludwig nicht, ihren über alles geliebten süßen kleinen Sohn, hatte sie ihre Überlegungen fortgeführt. Und wegen Ludwig war sie froh, diesen Weg gegangen zu sein. Um ihre Ehe zu retten, um ihrem Kind weiterhin ein gutes Zuhause zu bieten, würde sie Carl folglich anlügen müssen. Aber eine so gute Lügnerin war sie nicht, dass sie über Giovanni hätte reden können, ohne dass man ihr angemerkt hätte, welche Gefühle sie für ihn hegte. Zumindest traute sie sich das nicht zu. Zwar hatte ihr ganzes Dasein als Friedrich Christian Rütgers aus einer einzigen großen Lüge bestanden, aber das war immer noch etwas anderes, als zu behaupten, dass dieser Italiener, mit dem sie es laut Emanuel angeblich »ständig trieb«, ihr nichts bedeutete. Aber war ihre Ehe denn überhaupt zu retten? Konnte sie nach dem heutigen Abend ihr altes Leben an Carls Seite in dem Haus seiner Familie weiterführen?

Immer wieder war Friederike hochgeschreckt, wenn ihr der Kopf auf die Brust gefallen war, immer wieder hatte sie ihre schweren Gedanken hin und her gewälzt, bis sie irgendwann eingeschlafen war.

Sie würde Carl die ganze Giovanni-Geschichte von ihren Anfängen in der Rochlitzer Poststation bis hin zu ihrem vorläufigen Ende auf Schloss Bellevue einfach schonungslos berichten, musste sie irgendwann im Laufe der Nacht beschlossen haben – jedenfalls war ihr dieser Gedanke am deutlichsten in Erinnerung, als sie nun in der kühlen Morgenluft am offenen Fenster stand. Obwohl Carl längst nicht mehr zu sehen war, hatte sie bestimmt noch eine halbe Stunde reglos in der Kälte ausgeharrt. Gustav war wieder im Haus verschwunden, nur die Küchenmagd schwang ihren großen Besen nach wie vor emsig auf dem gepflasterten Teil des Hofes hin und her.

Als der erste schwache Lichtstreif am Horizont zu sehen war, schob Friederike das Fenster wieder nach unten. Immerhin hatte Carl ihr mit seiner Flucht eine Art Gnadenfrist gewährt, versuchte sie das Beste aus ihrer Situation zu machen. So wie sie ihn kannte, würde er sicher mindestens drei Tage wegbleiben. Vielleicht reichte die Zeit ja, dass sie die nötige Klarheit fand.

Im Dämmerlicht zog sie sich die Kämme aus dem Haar und schleuderte endlich die engen Schuhe von den Füßen. Ein letztes Mal lief sie in Ludwigs Zimmer, um nach ihm zu sehen. Tastend trat sie an das Bettchen heran und legte ihr Ohr auf den runden Bauch ihres Sohnes, um seinen regelmäßigen Atemzügen zu lauschen. Einen Moment überlegte sie, ob sie ihn nicht einfach mit in ihr leeres Ehebett nehmen sollte. Es gab kaum etwas, das sie mehr besänftigte, als seinen kleinen schlummernden Körper neben sich zu spüren, wenngleich die Qualität ihres eigenen Schlafes dadurch ziemlich beeinträchtigt wurde. Nein, sie brauchte ihre Ruhe, wenigstens ein paar Stunden wollte sie sich allein Gott Morpheus überlassen. Vielleicht erschien ihr im Traum ja die Lösung für ihr Problem.

Sie ließ Rock und Manteau vor ihrem Bett einfach zu Boden gleiten. Nur mit ihrem Hemd bekleidet schlüpfte sie unter das Plumeau und war sofort eingeschlafen.

◦

»*E*inen wunderschönen guten Morgen, gnädige Frau!«

Immerhin hatte Agnes noch so viel Anstand besessen, einen Knicks anzudeuten, wenn sie schon unangekündigt in ihr Schlafzimmer kam, war Friederikes erste Gedanke gewesen, als sie ein paar Stunden später mit dickem Kopf erwachte und zwischen den halb geöffneten Lidern ihre Zofe herannahen sah. Dem Klappern, das an ihr Ohr drang, konnte sie entnehmen, dass Agnes das Tablett mit ihrem Frühstück auf dem kleinen Tischchen neben dem Bett abstellte. Aus dem Nachbarzimmer hörte sie Ludwig fröhlich krähen und die Amme beruhigend auf ihn einreden. Alles schien zu sein wie immer.

Ein lautes Klatschen, als würde jemand die Hände über dem Kopf zusammenschlagen, belehrte sie eines Besseren.

»Wie sieht es denn hier aus, Madame?«, rief Agnes theatralisch. »Überall liegen Ihre Sachen auf dem Boden herum. Was ist denn passiert, um Gottes willen? Und wo ist der gnädige Herr – doch nicht etwa schon ausgeritten?«

Bevor Friederike Zeit hatte, sich über die Unverfrorenheit ihrer Zofe zu ärgern, kam ein weiterer ungebetener Gast ins Schlafzimmer gestürmt. Zwar hatte der Besucher einmal kurz geklopft, aber statt ihr »Herein« abzuwarten, hatte er einfach die Türklinke heruntergedrückt.

Emanuel! Der Ursprung allen Übels! Der Grund ihres Zerwürfnisses mit Carl! An ihn hatte sie gar nicht mehr gedacht. Was wollte er noch von ihr? Warum konnte er sie nicht wenigstens jetzt in Ruhe lassen? Wie sollte sie sich ihm gegenüber verhalten, nach alldem, was vorgefallen war?

»Guten Morgen, liebe Schwägerin! Wie geht's uns denn so heute Morgen?«

Obwohl er sich bemüht hatte, einen forschen Ton anzuschlagen, konnte Friederike ihm ansehen, dass ihm ganz und gar nicht wohl in seiner Haut war. Mit der einen Hand hielt er sich einen kleinen, durchweichten Lederbeutel an die Stirn, in dem sich offenbar zerstoßenes Eis befand, mit der anderen nestelte er nervös an seinem Jabot.

Langsam hob Agnes Friederikes Blütenkämme vom Boden auf, um sie in ihren Händen hin und her zu wenden, als müsste sie untersuchen, ob ihnen auch nichts passiert wäre. Ihr war anzusehen, dass sie die Szene im Schlafzimmer ihrer Herrin hochinteressant fand und Zeugin weiterer dramatischer Ereignisse zu werden hoffte.

Sie weiß Bescheid, dachte Friederike, wahrscheinlich weiß jeder hier im Haus inzwischen, was gestern passiert ist.

»Du kannst gehen!«, entließ Emanuel Agnes mit einer ungeduldigen Handbewegung.

Als das Mädchen erschrocken zur Tür hastete, rief er ihr nach: »Und bring mir auch einen Kaffee!«

Er griff nach dem zierlichen Holzstuhl, der vor Friederikes Frisiertisch stand, und platzierte ihn dicht vor ihrem Bett.

Sie konnte den Alkohol riechen, der noch immer scharf aus seinen Poren drang. Unauffällig zog sie sich die Decke bis zum Hals hoch, damit ihr Schwager nicht sehen konnte, dass sie nur mit einem Unterhemd bekleidet war.

»Guten Morgen, Emanuel«, erwiderte sie steif. »Ich wäre dir dankbar, wenn du dir deinen Kaffee in die Bibliothek bringen lassen und dort auf mich warten würdest, damit ich mich in Ruhe anziehen kann.«

»Warum auf einmal so prüde, liebe Schwägerin?«

Er schien selbst bemerkt zu haben, wie fehl am Platz seine Bemerkung war. Eilig schob er hinterher:

»Ich wollte sowieso nur rasch hereinschauen, um dir zu sagen, dass es mir leid tut, falls ich mich gestern Abend ein wenig danebenbenommen habe. Luise will nicht recht mit der Sprache heraus, was da eigentlich vorgefallen ist. Wenn man sie hört, denkt man ja immer, die Welt müsste schon längst untergegangen sein.« Er lachte kurz auf. »Mutter ist ausgegangen, und Carl kann ich nirgends finden.«

Schwer ließ er sich auf seinen Stuhl plumpsen. Scheinbar unbeabsichtigt kickte er einen ihrer Pantoffeln unter das Bett.

Bemüht, möglichst wenig von ihrem nackten Arm sehen zu lassen, goss Friederike umständlich ein wenig Kaffee in ihre Untertasse. Prompt rutschte die Decke bis zu ihrer Schulter herab. Vorsichtig pustend führte sie die Untertasse zum Mund. Sie konnte noch immer nicht klar denken. Was meinte Emanuel mit »ein wenig danebenbenommen«? Konnte er sich etwa nicht mehr daran erinnern, was er ihr angetan hatte?

«Sag mir endlich, was gestern Abend passiert ist, Friederike!«

Gewaltsam riss er seinen Blick von ihrem nackten Arm los. »Ich kann mich wirklich an nichts mehr erinnern. Wir saßen am Tisch, haben ein paar Weinchen getrunken – und mehr weiß ich nicht. Was ist passiert? Bitte sag's mir!« Ein Ausdruck von Verzweiflung war auf seine verquollenen Züge getreten.

»Geh bitte sofort in die Bibliothek, damit ich mir etwas anziehen kann!«, wiederholte sie betont sachlich. »Dann erzähle ich dir auch, was gestern vorgefallen ist.«

Hätte sie besser »überziehen« sagen sollen, fragte sie sich? »Anziehen« klang so, als hätte sie überhaupt nichts an, als wäre sie völlig nackt unter dem Plumeau. Ein wenig fühlte sie sich ja auch so. Er hatte sie tatsächlich entblößt gestern Abend, vor allen anderen hatte er sie um eine Schutzschicht nach der anderen entblättert. Ihr war mulmig zumute. Wenn er doch nur endlich ginge! Hatte er tatsächlich alles vergessen, oder spielte er bloß Theater? Vielleicht erschien es ihm ja bequemer, das Ganze als unangenehmen Ausrutscher darzustellen, der ihm nur passiert war, weil er zu viel getrunken hatte.

In dem Moment klopfte es an der Zwischentür, die von Ludwigs Zimmer zu ihrem führte, und Maria Hesse brachte den Kleinen herein. Sosehr Friederike sich sonst freute, ihren Sohn zu sehen: An diesem Morgen war ihr alles zu viel.

Sie hatte schon den Mund geöffnet, um Kind und Amme wieder des Raumes zu verweisen, als Emanuel sich seinen Neffen schnappte:

»Komm, Lulu, deine Mama muss sich anziehen. Und wir Männer dürfen leider nicht zusehen!«

Kichernd warf er den Jungen hoch in die Luft, um ihn mit lautem Trara wieder aufzufangen, während Ludwig begeistert vor sich hingluckste.

Endlich war der kleine Tross, bestehend aus ihrem Schwager, der Ludwig auf dem Arm trug, und Maria Hesse nach draußen verschwunden. Friederike hatte sich von Agnes ihr züchtigstes Hauskleid bringen und notdürftig die Haare machen lassen. Nun saß sie allein vor ihrem Frisierspiegel und musterte ihr fahles Gesicht. Wem konnte sie in diesem Haus noch trauen? Ihrer Zofe sicher nicht. Die ganze Zeit hatte sie das Gefühl, dass Agnes jeden ihrer Schritte lauernd beobachtete. Sicher wartet sie nur darauf, mich in flagranti mit einem meiner zahlreichen Liebhaber zu erwischen, dachte sie. Maria Hesse, Ludwigs Amme, von der sie vor langer Zeit einmal gedacht hatte, sie könnte ihre Vertraute werden, interessierte sich nur für den Kleinen. Und Emanuel? Was für ein seltsames Spiel trieb er mit ihr? Am liebsten hätte sie sich für immer in ihrem Zimmer verkrochen und mit niemandem mehr geredet. Sie fühlte sich leer und ausgelaugt. Aber es half nichts, sie musste sich der Situation stellen und zumindest herausfinden, was ihr Schwager im Schilde führte.

»Um Gottes willen!«, stieß Emanuel hervor, nachdem sie ihm den Verlauf des Bankettabends geschildert hatte.

Schonungslos hatte sie jedes Detail, jedes Wort, das gefallen war, in seiner ganzen Tragweite vor ihm ausgebreitet. Seine massige Gestalt, die ihren Ledersessel fast gänzlich ausfüllte, schien ihr immer kleiner geworden zu sein, seine Schultern immer eingefallener. Das Wasser tropfte aus dem Lederbeutel mit den Eisbröckchen, den er sich noch immer an die Stirn gepresst hielt. Für einen Moment verbarg er sein Gesicht in den Händen. Schließlich blickte er zu ihr auf.

»Es tut mir wirklich leid, Friederike. Das habe ich nicht gewollt. Im Gegenteil, du weißt, dass ich etwas ganz anderes gewollt habe!«

Ein bedauerndes Lächeln, das eine winzige Spur zu anzüglich war, flackerte über seine Züge. Dann atmete er tief durch.

»Wo ist Carl?«, fragte er. »Er wird mein besoffenes Gelalle doch wohl nicht ernst genommen haben, oder? Man weiß ja nie bei meinem Herrn Bruder. Er ist so humorlos manchmal.«

Friederike, die aufgestanden war, die Arme über der Brust verschränkt, drehte sich zum Fenster um. Sie schaute in den verlassenen Hortensiengarten hinaus.

»Er ist heute Morgen weggeritten.«

»Hm.« Emanuel kratzte sich an seinem unrasierten Kinn. »Was sollen wir jetzt machen, Friederike?«

Er starrte auf einen Farbklecks, der sich leuchtend gelb von den dunklen Dielen abhob.

Das konnte doch nicht wahr sein, dass er sie jetzt um Rat fragte! Er war derjenige, der das ganze Unheil angerichtet hatte, sollte er doch sehen, wie er den Schaden repariert bekam!

Am liebsten hätte Friederike ihm eine Ohrfeige verpasst, aber dann hob er den Blick und sah sie an wie ein verstörter kleiner Junge, der etwas ausgefressen hatte und sich allmählich seiner Schuld bewusst wurde, sodass ihr Zorn sofort wieder verflog.

»Und unsere Gäste, haben sie das alle mitbekommen?«, sorgte Emanuel sich nun.

»Alle!«

Wie sollte sie jemals wieder unbefangen durch die Stadt laufen? Für den Rest ihres Lebens würde sie jetzt wohl das Getuschel, ob eingebildet oder nicht, in ihrem Rücken spüren, jeden Blick als aufdringlich empfinden. Es war ja nicht so, dass die Frankfurter Gesellschaft sie jemals wirklich als eine der Ihren aufgenommen hätte, dachte sie bitter. Niemand hatte vergessen, dass sie als Schwangere mit Carl vor den Altar getreten war und dass sie der unschuldigen Mathilde Leclerc den Verlobten ausgespannt hatte. Und nun das! Man würde sie nirgends mehr empfangen.

Wieder verbarg Emanuel das Gesicht in den Händen.

»Dann können wir die Nobilitierung wohl vergessen«, murmelte er undeutlich. »Das hat ein Heidengeld gekostet. Ich habe sogar schon Geschäftspapier mit ›von Bogenhausen‹ drucken lassen. Das werde ich jetzt wohl einstampfen lassen müssen ...« Er hob den Kopf. »Obwohl der Kaiser natürlich weit weg ist und ihn wahrscheinlich ganz andere Dinge interessieren als so ein kleiner Skandal. So etwas kommt schließlich in den besten Familien vor.«

Er kicherte freudlos. »In den allerbesten Familien!« Angestrengt runzelte er die Stirn.

»Ist es nicht geradezu ein Zeichen von Adel, solche Skandale zu produzieren? Vielleicht sollten wir einfach noch mehr Geld in die Hand nehmen, statt die Sache kampflos aufzugeben.«

»Das darf ja wohl nicht dein Ernst sein, Emanuel, dass du nur an deine verfluchte Nobilitierung denkst!«

Nun war sie wirklich gleich so weit, ihm in sein aufgequollenes Gesicht zu schlagen.

Schwerfällig wuchtete Emanuel sich aus dem Sessel. Mit hängenden Schultern stand er so dicht vor ihr, dass sie wieder seinen alkoholgetränkten Atem riechen konnte. Den tropfenden Eisbeutel hielt er in der Hand. Eine kleine Wasserlache hatte sich zu seinen Füssen gebildet. Er versuchte seinem Gesichtsausdruck etwas Heiteres zu verleihen.

»Es wird Gras über die Sache wachsen, Friederike. Du wirst sehen, in einer Woche interessiert sich niemand mehr dafür. Und Carl wird es auch vergessen haben, wenn er wieder zurückkommt.«

Aber irgendwie klang seine Stimme so, als glaubte er selbst nicht an seine Worte.

☽

Schwägerin und Schwiegermutter redeten nur noch das Nötigste mit ihr. Die gemeinsamen Mahlzeiten verliefen in kaltem Schweigen. Der Einzige, der nicht so tat, als wäre sie nicht vorhanden, war Emanuel. Selbst bei Maria Hesse vermeinte Friederike Missbilligung herauszuhören, auch wenn sie nur über Ludwig sprach. Und eins der Dienstmädchen hatte sich ihr gegenüber eines Tages so im Ton vergriffen, dass Margarethe sie ohne viel Federlesens sofort entlassen hatte. Ihr einziger Trost war wieder einmal Ludwig, dessen Anhänglichkeit umso mehr zunahm, je älter und verständiger er wurde. Und Giovanni, an den zu denken sie besonders an ihren langen, einsamen Abenden ausreichend Zeit fand. Carl hatte sich weder gemeldet, noch war er nach Hause zurückgekehrt, und keiner schien genau zu wissen, wo er sich aufhielt. Doch sie wurde den Verdacht nicht los, dass Emanuel und Margarethe sehr wohl im Bilde darüber waren, wo er steckte und was er trieb, denn niemand schien sich Sorgen um ihn zu machen, weil er einfach wegblieb. Länger als sonst.

Als sie es gar nicht mehr aushielt, schickte sie Gustav mit der Kutsche nach Höchst, um Josefine zu holen, die auch prompt kam. Aber es war eine schweigsame Josefine mit ungewohnt ernstem Blick, die ihr bei ihrer Ankunft im Hof des Bogenhausen'schen Anwesens in die Arme fiel. Als sie schließlich behaglich vor dem prasselnden Kaminfeuer in ihrer Bibliothek saßen, berichtete Friederike von dem Frühjahrsempfang. Josefine sagte nur wenig dazu. Keine muntern, tröstenden Worten wollten ihr über die Lippen kommen. Friederike hatte sich so erhofft, dass die Freundin in ihrer gewohnt heiteren Art über die ganze Angelegenheit einfach nur kichern und ihr damit etwas von ihrem Ernst würde nehmen können. So wie damals, als sie Carl im Gewürzlager geküsst hatte. Stattdessen saß Josefine in dem großen Ohrenfauteuil, den Agnes aus dem Salon geholt hatte, starrte ins Feuer und gab ab und zu ein »Hm« von sich, als interessierte sie sich kein Stück für das, was Friederike ihr zu erzählen hatte.

»Was ist los mit dir, Josefine? Hörst du mir überhaupt zu?«

Friederike war gekränkt, weil ihrer Geschichte so wenig Beachtung entgegengebracht wurde, aber zugleich auch besorgt, da sie Josefine noch nie so apathisch erlebt hatte. Als die Freundin schließlich den Blick vom Feuer losriss und sie anschaute, erkannte sie, dass Josefine Tränen in den Augen hatte.

»Benckgraff ist vor ein paar Tagen aus Fürstenberg zurückgekehrt. Sie werden alle dorthin gehen: er, Simon und Johannes Zeschinger.« Schnell fügte sie hinzu: »Das darfst du aber eigentlich gar nicht wissen, und ich weiß es auch nicht offiziell.«

»Das hat Simon dir erzählt?«

»Anfangs war er noch hin und her gerissen, ob er mitgehen soll«, nickte Josefine heftig. »Aber dann hat er sich dafür entschieden, ohne es mit mir zu besprechen. Er hat mir seine Entscheidung einfach mitgeteilt. Und nun kann ich sehen, wie ich damit fertig werde ... Und dabei behauptet er, dass er mich liebt!«, fügte sie unter Schluchzen hinzu.

Friederike beschloss, die Freundin einfach reden zu lassen.

»Alles war so wunderbar, nachdem wir uns wieder versöhnt hatten. Es hat gar nicht gestört, dass er schon verheiratet ist. Im Gegenteil, das war sogar irgendwie praktisch. Und die ganze Zeit klang er so, als wäre es gar nicht sicher, dass er mitgehen würde, sollte Benckgraff wirklich Höchst verlassen. Und seine Familie nimmt er natürlich mit!«

Das Feuer war fast heruntergebrannt. Friederike klingelte nach Agnes, damit sie neues Holz auflegte.

Die Zofe warf einen hochmütigen Blick auf Josefine, die in ihren Augen gesellschaftlich weit unter ihr stand, hatte sich aber schnell wieder im Griff, als sie Friederikes empörte Miene sah. Sie legte ein paar Scheite nach und knickste.

»Bring uns bitte noch zwei heiße Schokoladen, ja, Agnes?«

An Josefine gewandt, ergänzte sie aufmunternd: »Das ist genau das Richtige jetzt!«

Sie wickelte sich fester in ihr wollenes Tuch.

Zurückgelehnt in ihre Sessel, starrten sie trübsinnig vor sich hin, jede mit ihren eigenen Problemen und denen der anderen beschäftigt. Als Friederike den Blick hob, sah sie, dass der Globus noch immer mit der Europaseite und dem Italien-Stiefel in ihre Richtung gedreht war. Wo bist du, Giovanni?, seufzte sie innerlich.

Endlich sagte Josefine klagend:

»Was ist bloß aus uns geworden, Friederike?«

Sie streckte den Arm aus, um dem Globus einen Schubs zu geben. Geistesabwesend drehte sie ihn weiter und weiter. Die Erdteile flogen an ihnen vorüber.

Nachdem Agnes mit dem Kakao zurückgekommen war, tauchte Friederike den Quirl in die Kanne, um das heiße Getränk schaumig zu schlagen.

»Stell dir vor, wie schön es wäre, wenn wir wieder zusammen in deinem Haus wohnen könnten! Mit Ludwig natürlich.«

»Und mit Simon und Giovanni«, fügte Josefine hinzu.

»Aber ohne all die anderen. Ohne Carl und seine Familie. Und ohne Simons Familie.«

Vorsichtig goss Friederike Josefine etwas Kakao in die Tasse, als diese nun endlich mit einem Kichern in der Stimme bemerkte:

»Vor lauter Trübsal habe ich ganz vergessen, dir eine andere wichtige Neuigkeit mitzuteilen: Benckgraff hat Caspar gefeuert. Das wird dich doch sicherlich freuen, oder?«

»Was sagst du da?« Ein Strahlen breitete sich auf Friederikes Zügen aus. Genüsslich nahm sie einen tiefen Schluck Kakao. »Das wurde ja auch Zeit!«

»Simon hat ihm erzählt, dass Caspar nebenbei Kopien der ›Badenden‹ verkauft. Das hat das Fass zum Überlaufen gebracht.«

»Er hätte ihn schon längst rauswerfen sollen! Ich verstehe nicht, warum er so lange damit gewartet hat.«

Zum ersten Mal seit langer Zeit fühlte Friederike sich richtig heiter gestimmt. Zwar würde sich an ihrer Situation durch Caspars Rausschmiss nichts ändern, aber dass derjenige, der so viel Unglück über sie gebracht, der sie mehrfach bedroht und ihr das Leben schwer gemacht hatte, endlich bestraft wurde, erfüllte sie mit großer Genugtuung.

»Benckgraff war sich wohl nie so ganz sicher, ob Göltz ihn wirklich darin unterstützen würde. Er hat so lange gebraucht, um genügend Beweise gegen Caspar zu sammeln. Und weil er sowieso vorhat zu gehen, hat er es jetzt riskiert. Dass er aus Höchst weg will, weiß Göltz natürlich noch nicht.« Glucksend fügte Josefine hinzu: »Natürlich hätte er Caspar am liebsten schon rausgeschmissen, nachdem er dich beinah erwürgt hat. Eigentlich sogar noch viel früher. Das hat Simon mir erzählt. Schon als Caspar ankam und behauptet hat, du wärst eine Frau, wollte Benckgraff ihn feuern.«

»Wo Caspar jetzt wohl hingeht?«

Gedankenverloren tunkte Friederike einen Keks in ihren Kakao.

»Die Porzellanbranche kommt mir ein bisschen vor wie die Seefahrt. Immer sind alle unterwegs. Auch den Seemann hält es nie lange an einem Ort. Wie ein Abenteurer, der von einem Ort zum anderen zieht, ohne jemals ein festes Ziel zu haben.«

Josefine wischte sich eine Träne aus dem Augenwinkel.

»Ja, ohne festes Ziel, heute hier, morgen dort ...«

Friederike musste bei ihren Worten an Giovanni denken. Wenn Giovanni sein Vagabundendasein nicht aufgeben wollte, wenn auch er wie ein Seefahrer immer wieder einen neuen Hafen ansteuerte, würde wohl aus ihnen beiden nie etwas Ernstes werden können. Schnell schob sie den Gedanken wieder beiseite.

»Ich vermute, dass Caspar nach Meißen zurückgeht«, sagte sie laut. »So, wie er mit Georg gekungelt hat ...«

Sie war froh, dass der Modelleur bald weit weg sein würde. Hoffentlich musste sie ihm nie wieder unter die Augen treten. Kaum zu glauben, dass sie sich als junges Mädchen so in ihn verguckt hatte. Wie naiv und dumm sie gewesen war! Jegliche Menschenkenntnis hatte ihr gefehlt. Aber ob sie jetzt so viel mehr davon besaß?, fragte sie sich zweifelnd. Schließlich war ihre derzeitige Lage auch nicht viel besser: verliebt in ein Phantom, das sie weder richtig kannte noch wirklich einschätzen konnte, und verheiratet mit einem Mann, der zwar ehrenwert und noch dazu der Vater ihres Kindes war, der aber eindeutig nicht der Richtige für sie zu sein schien. Wieso war Carl einfach weggelaufen? Er hatte ihr noch nicht einmal die Möglichkeit zu einer Aussprache gegeben. Sollte man nicht wenigstens versuchen zu retten, was zu retten war? Hatte Carl ihre Ehe noch schneller abgehakt als sie selbst? Die Vorstellung versetzte ihr, wie jedes Mal, wenn sie über sein Verhalten sinnierte, einen Stich, was ihr zugleich völlig absurd vorkam. Wie konnte sie beleidigt sein, dass ihr Ehemann ihr die kalte Schulter zeigte, wenn sie doch die ganze Zeit von ihrem fernen Geliebten träumte?

Josefine streifte ihre Schuhe ab und zog die Knie unter den Rock. Friederike konnte sehen, dass sie ein kleines Loch im Strumpf hatte, als sie die Füße auf dem Polster des Ohrenfauteuils ablegte. Staunend ließ die Freundin ihren Blick über die hohen Regale mit den Farben, Pinseln und roh gebrannten, weiß glasierten oder bereits fertig bemalten Porzellanteilen wandern. Bei einer kleinen Terrine in Rebhuhnform, die neben einer Reihe von bunten Kinder- und Tierfigürchen stand, blieb ihr Blick hängen.

»Was du alles kannst, Friedrich!«, rief sie ehrfürchtig aus. »Der Vogel sieht tatsächlich so aus, als könnte er jeden Moment davonfliegen. Ich bin immer wieder platt, wenn ich diese Teile, von denen du und Simon ständig erzählt, dann tatsächlich einmal vor mir sehe. Unsereins kann sich so was ja leider nicht leisten ...«

Mit einer bedauernden kleinen Grimasse beugte sie sich zu dem Tischchen mit dem Kakaotablett hinüber und schenkte sich nach. Die Tasse mit dem heißen Getränk vorsichtig in der Hand balancierend, kuschelte sie sich zurück in ihren Sessel.

»Was willst du jetzt machen, Friedrich?«, fragte sie ernst.

Doch Friederike achtete nicht weiter auf ihre Frage. Ein seltsamer Argwohn hatte sie beschlichen. Sie legte den Finger auf den Mund, damit Josefine nicht weitersprach, und stellte behutsam ihre Tasse ab. Leise schlich sie sich zur Tür, um diese mit einem Ruck aufzureißen. Und tatsächlich: Agnes stand dahinter, das Ohr noch vorgereckt.

Keck sah das junge Mädchen ihr ins Gesicht und schwenkte die Hand, in der sie eine Dochtschere hielt.

»Ich wollte mich gerade um den Leuchter mit den springenden Hirschen kümmern«, knickste sie devot.

»Nicht jetzt!«, erwiderte Friederike barsch und nahm ihr die Dochtschere aus der Hand. »Lass uns jetzt bitte in Ruhe miteinander reden, Agnes! Ich will dich nicht noch einmal mit dem Ohr an der Tür erwischen.«

Also hatte sie sich nicht nur eingebildet, dass die Zofe sich ein wenig zu sehr für ihre Angelegenheiten interessierte! Wahrscheinlich saß sie jeden Tag nach Feierabend mit den anderen Dienstboten in der Küche zusammen und erzählte ihnen brühwarm, was die junge Frau Bogenhausen wieder alles getrieben hatte. Und das restliche Personal tratschte weiter an Verwandte und Bekannte, bis die ganze Stadt auf dem Laufenden war.

Sie legte die Dochtschere neben dem Tablett ab.

»Wenn ich nur wüsste, was ich tun soll«, sagte sie niedergeschlagen zu Josefine. »Aber eigentlich kann ich gar nichts tun, weil Carl einfach nicht zurückkommt. Und angeblich wissen auch die anderen alle nicht, wo er sich aufhält.«

»Dann zeig mir doch erst mal Giovannis Brief«, schlug Josefine in ihrer praktischen Art vor.

Friederike öffnete den Bücherschrank mit den verglasten Türen und griff zu einem Band von Vergil, der in der Mitte des untersten Regals stand. Sie hatte gehofft, dass niemand im Bogenhausen'schen Haushalt Latein lesen konnte, auch wenn die Familie sonst mit allen Sprachen vertraut schien. Daher hatte sie sich für den römischen Dichter als Hüter ihres Geheimnisses entschieden. Der Brief befand sich zwischen den Seiten 34 und 35.

Bevor sie ihn Josefine überreichte, faltete sie das Büttenpapier auseinander. Giovannis Gruß mit den großen, sinnlichen Buchstaben fiel ihr ins Auge: »*Ardentissimamente*, Giovanni«.

Schnell reichte sie das Papier an Josefine weiter. Wie oft hatte sie in den letzten Tagen diese Zeilen gelesen! Wohl wissend, dass ihr das keineswegs gut tat, verstärkten Giovannis Worte doch nur ihre unermessliche Sehnsucht nach ihm. Und noch dazu konnte sie nie sicher sein, dass sie wirklich allein war und niemand ihr Tun beobachtete. Mittlerweile vermochte sie den Brief fast auswendig zu zitieren, dennoch trieb sie irgendetwas dazu, ihn immer wieder durchzulesen. Der Anblick von Giovannis Schriftzügen tröstete sie über ihr Unglück hinweg, redete sie sich ein. Aber was, wenn jemand den Brief fand? Die Szene mit der lauschenden Agnes an der Zimmertür gab ihr zu denken. Wenn Carl den Brief zu sehen bekam! Oder Emanuel, der ja sogar einzelne Fragmente daraus kannte, die sie dummerweise laut vorgelesen hatte.

Sorgfältig faltete Josefine den Brief wieder zusammen. Doch statt ihn erneut seiner Besitzerin zu überlassen oder wenigstens einen Kommentar abzugeben, behielt sie ihn weiterhin in der Hand. Ihr Blick war starr auf das Kaminfeuer gerichtet.

»Was meinst du, was soll ich tun?«, unterbrach Friederike schließlich die Stille.

»Was willst du denn tun, Friedrich? Was sind deine Gefühle?«, fragte die Freundin seltsam tonlos.

»Am liebsten würde ich mir Ludwig schnappen und auf der Stelle zu Giovanni nach Fürstenberg reiten.«

»Bist du dir ganz sicher?«, hakte Josefine nach. Sie hatte Friederike noch immer nicht angeschaut.

»Wie kann man sich jemals sicher sein? Meine Gefühle sind einfach so. Ich will zu Giovanni! Ich will nicht hierbleiben. Ich will nicht weiter auf Carl warten, der mich seit Wochen schmoren lässt. Was soll ich ihm schon sagen – falls er überhaupt jemals wieder mit mir redet.«

»Du wirst mit ihm reden müssen! Du kannst nicht einfach weglaufen, so wie du es damals in Meißen gemacht hast!«

Josefines Gesichtsausdruck war streng, als sie jetzt endlich den Kopf in Friederikes Richtung drehte.

»Wenn Ludwig nicht da wäre, würde ich das tun, darauf kannst du dich verlassen. Mein Mann läuft einfach weg und lässt mich hier alleine! Niemand redet mit mir. Nur weil ich irgendwann als junges Mädchen mal eine falsche Entscheidung getroffen habe, soll ich den Rest meines Lebens dafür büßen?«

Aufgebracht hatte Friederike den Vergil-Band wieder zugeschlagen.

»Warum hast du überhaupt eine Affäre mit Carl angefangen, wo du doch eigentlich nur Giovanni geliebt hast?«

Josefine ließ nicht locker. Friederike wunderte sich, dass die Freundin, die sie in Liebesdingen immer relativ gelassen erlebt hatte, ihr auf einmal so unerbittliche Fragen stellte.

»Wie hätte ich denn wissen können, dass ich Giovanni jemals wiedersehen würde?«, verteidigte sie sich. »Kaum, dass ich ihn bei dem Fest der Pompadour wieder getroffen hatte, war mir ja klar, dass er derjenige ist, mit dem ich mein Leben verbringen will. Giovanni – nicht Carl! Aber ich war schwanger von Carl, wenn du dich bitte erinnern möchtest.«

»Leidenschaftliche Briefe schreiben kann jeder! Und was nützt dir das nun?«

In Josefines Stimme schwang Missbilligung mit.

»Wie meinst du das?«

Friederike hörte selbst, dass ihre Erwiderung schärfer geklungen hatte als angebracht. Aber wieso griff Josefine plötzlich Giovanni so an? War sie vielleicht gekränkt, dass sie ihr den Italiener so lange verheimlicht hatte?

»Das ist doch von Anfang an alles seltsam gelaufen!«

Josefine schien jetzt wirklich keinen Spaß mehr zu verstehen.

»Warum hat er dich nach eurer ersten Nacht überhaupt weggeschickt? Und warum hat er dich nach dem Kostümball bei der Pompadour schon wieder weggeschickt? Immer schickt er dich weg – und dann schreibt er dir so einen Brief ...«

»Er war im Gefängnis!«, verteidigte Friederike ihren Geliebten. »Er hat nach mir gesucht. Aber natürlich erst, nachdem er freigelassen wurde. Vorher konnte er ja wohl schlecht.«

Josefine schnaubte verächtlich.

»Wenn du mich fragst: Bleib lieber bei dem, was du hast, Friedrich! Du hast es doch gut hier – was willst du eigentlich?«

Mit einem Blick, den Friederike nur als neidisch bewerten konnte, musterte die Freundin das wertvolle Mobiliar, die kostbaren Tapeten, die porzellanenen Gegenstände überall.

»Die ganze Geschichte klingt mir höchst zweifelhaft«, fuhr Josefine anklagend fort. »Was macht dein Giovanni mit der

Contessa? Wieso reisen sie immer zusammen? Was hatte diese Frau auf dem Kostümball zu suchen? Natürlich haben die beiden was miteinander! Das kann doch gar nicht anders sein. Du glaubst doch nicht etwa, dass da zwischen den beiden nie was gewesen ist, oder?«

»Ich bin mir sicher, dass es dafür eine Erklärung gibt«, blieb Friederike hartnäckig.

»Du fällst auch wirklich auf alles rein, Friedrich! Da macht dir einer ein paar Komplimente, erzählt dir, du wärst die Frau seines Lebens, und behauptet, er hätte die ganze Zeit nicht nach dir suchen können, weil er im Gefängnis saß. Also wirklich!«

Missmutig gab Josefine dem Globus einen weiteren Schubs.

»Du solltest diesen Brief ins Feuer werfen und dich um dein Leben hier in Frankfurt kümmern, statt ständig von deinem fernen Liebhaber zu träumen. Das ist meine Meinung. Abgesehen davon: Was willst du mit einem, der im Gefängnis war? Wer weiß, was der alles auf dem Kerbholz hat! Ganz zu schweigen von den Macken, die er aus seiner Haft mitgebracht hat ... Sieh lieber zu, dass dein Carl wieder an dich glaubt!«

Den Brief ins Feuer werfen? Das kam überhaupt nicht in Frage! Dieser Brief war das einzige Andenken, das sie von Giovanni besaß. Friederike merkte, dass ihr Gesicht von der ansteigenden Wärme aus dem Kamin ganz erhitzt war. Sie rückte den Ledersessel, zurück an seinen alten Platz am Fenster.

»Dieser Brief von Giovanni ist mein einziger Trost, Josefine!«

Sie war kurz davor, ernsthaft böse auf die Freundin zu werden, die ihr noch nicht einmal ihre Giovanni-Fantasien zu gönnen schien. Doch plötzlich besann sie sich eines anderen: Vielleicht war Josefine nach der Enttäuschung mit Simon einfach nur schlecht auf Männer zu sprechen?

»Und was wirst du jetzt tun?«, erkundigte sie sich sanft.

»Wenn ich nur mit nach Fürstenberg gehen könnte!« In Josefines Stimme klang die Verzweiflung durch. »Ich habe schon überlegt, ob ich es einfach so mache wie du und mich als Mann verkleide. Aber – würde mir das jemand abnehmen?«

Friederike warf einen zweifelnden Blick auf die üppigen Kurven der Freundin und schüttelte bedauernd den Kopf.

»Außer dir hält mich eigentlich nichts in Höchst«, klagte Josefine. »Natürlich habe ich hier mein Haus, meine Nachbarn, meine zwei, drei Freunde. Und man würde mich sicher komisch anschauen, wenn ich einfach so in Fürstenberg auftauchen würde. Man würde fragen, was ich da will, und mir den Aufenthalt vielleicht gar nicht gestatten. Ich würde verdächtigt werden, als Spion oder so etwas. Und natürlich würde Simons Frau sich sehr wundern. Sie fragt sich ja jetzt schon, warum ihr Mann so selten zu Hause ist.«

»Irgendwie kann ich nicht glauben, dass das bloß ein Zufall ist«, sagte Friederike bedächtig, ohne auf Josefines Worte einzugehen. »Ich meine, dass die beiden Männer, die du und ich lieben, bald beide in derselben Gegend hocken – das ist doch ein Wink des Schicksals, oder?«

Josefine kam nicht mehr dazu, ihr zu antworten. Ein Klopfen ertönte, und Gustav steckte seinen Kopf ins Zimmer herein.

»Entschuldigen Sie die Störung, meine Damen, aber wenn wir vor Einbruch der Dunkelheit noch nach Höchst zurückfahren wollen, dann wird es Zeit aufzubrechen.«

»Willst du nicht hierbleiben, Josefine?«, drängte Friederike.

»Noch ist Simon ja da.« Die Freundin schüttelte mit nachsichtigem Lächeln den Kopf. »Da will ich jede Minute auskosten, die wir zusammen verbringen können. Das verstehst du doch, oder?«

Aber als sie zum Abschied einander umarmten, flüsterte sie ihr ins Ohr:

»Wenn du zu Giovanni gehst, dann nimmst mich mit, versprochen?«

Friederike fühlte sich zunehmend eingesperrt. Niemand kam sie mehr besuchen, und sie hatte keinen Grund, das Haus zu verlassen und irgendwo hinzugehen. Wie schön war es gewesen, als sie noch als Mann verkleidet durch die Straßen hatte streifen können! Nun war sie eine feine Dame, die sich in der Sänfte zu anderen Damen der Gesellschaft zum Teetrinken tragen lassen konnte. Nur dass die Frankfurter Gesellschaft mit ihr nichts mehr zu tun haben wollte und die Einladungen zum Tee oder Ähnlichem seit dem verhängnisvollen Bankettabend gänzlich ausgeblieben waren. Sogar Luise, die sie in den ersten Monaten ihrer Ehe geradezu bedrängt hatte, sie zu irgendwelchen gesellschaftlichen Ereignissen zu begleiten, schien nun eher froh, wenn sie allein losziehen konnte.

So erklärte Friederike sich sofort einverstanden, als Emanuel ihr ein paar Tage nach Josefines Besuch vorschlug, auf dem zugefrorenen Main Schlittschuh zu laufen. Ein Vergnügen, dem sich die ganze Stadt hingab.

»Da können wir allen zeigen, dass wir eine Familie sind! Dass wir zusammenhalten! Dass alles wieder gut ist!«, hatte Emanuel ihr verschwörerisch ins Ohr geflüstert.

Friederike war davon nicht ganz so überzeugt, schließlich war Carl noch immer nicht zurückgekehrt und hatte sich auch nicht gemeldet. Aber alles war besser, als ständig Trübsal blasend zu Hause zu sitzen. Sie zog das dunkelrote Samtkleid an, mehrere Unterröcke und ihre alten Stiefel. Der Pelzumhang, den sie schließlich umlegte, war zwar schwer, und sie konnte sich auch nicht sonderlich gut darin bewegen, aber zumindest würde ihr nicht kalt werden. Ludwig wurde in dicke Decken gehüllt. Geschmeidig glitt der Schlitten durch die sonntäglich ruhigen Straßen bis zum Mainufer.

Die Schneedecke auf dem zugefrorenen Fluss glitzerte in der Sonne. Nur eine kleine Eisfläche um die Brücke herum hatte man für die Schlittschuhläufer frei geräumt: spiegelglatt, tiefschwarz und undurchdringlich. Bis auf einen alten Kahn, der nicht rechtzeitig aus dem Wasser geholt worden war und festgefroren im Eis lag, befanden sich die Boote und Schiffe sicher alle im Hafen. Ein paar Fischer debattierten eifrig, wie sie den Kahn am besten befreien sollten – ein Unterfangen, das wenig aussichtsreich erschien. Ein paar halbwüchsige Jungen mit langen Stöcken in der Hand spielten sich gegenseitig eine flache Scheibe über die spiegelglatte Fläche zu. Eine Frau in einem Fuchspelz drehte kunstvolle Pirouetten auf ihren Kufen, die langen Mantelschöße flatterten um sie herum.

Bildete sie sich das nur ein, oder starrten alle Leute zu ihr her?, fragte sich Friederike, während sie unter Luises Anleitung die scharfen Eisen unter ihren Stiefeln befestigte. Wahrscheinlich wusste die ganze Stadt, was bei Bogenhausens vor sich ging.

An der Hand ihrer Schwägerin balancierte sie vorsichtig aufs Eis. Sofort verlor sie das Gleichgewicht und musste sich auf Luise stützen, um nicht der Länge nach hinzufallen. Kaum hatte sie ein paar vorsichtige Schritte getan – das schwerelose Gleiten wollte ihr einfach nicht gelingen –, rannte einer der Jungen mit den langen Schlägern sie unter lautem Gebrüll fast um. Der Junge hatte nur auf die Scheibe vor ihm und auf seine Kameraden geschaut und sie erst im letzten Moment gesehen. Die junge Dame, die mit eleganten langen Schwüngen an ihnen vorbeisegelte, war Mathilde Leclerc. Weiße Flocken stoben unter ihren Kufen auf. Eine große Pelzmütze bedeckte ihr blondes Haar. Lachend fiel sie einem gut aussehenden Kavalier in die Arme.

Luise verlor nun die Geduld und machte sich von Friederike los.

»Versuch es mal einen Moment alleine!«, überließ sie sie ihrem Schicksal. Eilig glitt sie hinter Mathilde her.

Hilflos stand Friederike auf dem Eis, das wie ein glatter, tiefschwarzer Spiegel vor ihr lag. Als wäre der Fluss bis zu seinem Grund gefroren, so undurchdringlich kam er ihr in seiner dunklen, harten Materie vor. Sie blickte hinüber zum Sachsenhäuser Ufer. Wie sie wohl je wieder von dieser heimtückischen Eisfläche herunterkam? Warum hatte sie sich bloß auf Emanuels Vorschlag eingelassen? Wo war er überhaupt – lockte sie erst in die Gefahr und ließ sie dann allein in ihrem Unglück sitzen!

Ein harter Stoß traf sie von hinten. Prompt verlor sie das Gleichgewicht und stürzte zu Boden.

»O Verzeihung!«, flötete eine helle Stimme in ihrem Rücken, die sich rasch wieder entfernte.

Auf allen vieren hockte sie auf dem Eis und wusste nicht, wie sie aufstehen sollte, ohne erneut hinzufallen. Die empfindliche Stelle an ihrem linken Knie, die noch von dem Überfall im Hanauer Wald herrührte, pochte unangenehm.

Mit einer geschickten Drehung kam Luise neben ihr zum Stehen und griff ihr unter die Arme.

»Wie ungeschickt von Mathilde! Und wie rücksichtslos, nicht einmal anzuhalten!« Sie schien ehrlich empört zu sein. »Hast du dir wehgetan?«

»Es geht schon wieder«, erwiderte Friederike tapfer, als sie wieder aufrecht auf ihren Kufen stand, und ignorierte den Schmerz in ihrem Bein.

»Dann drehe ich noch schnell ein paar Runden. Und dann sind meine Füße auch so kalt, dass ich aufhören muss.«

Mit weit ausholenden, gleitenden Bewegungen stieß Luise sich ab und verschwand hinter den Brückenpfeilern.

Als Friederike ihre Blicke erneut zum Ufer schweifen ließ, um die Entfernung zum Festland abzumessen, sah sie auf der Sachsenhäuser Seite einen Reiter auf einem Rappen sitzen, der sie zu beobachten schien.

Das war doch ... ja, das war Carl auf seinem Hengst!

Sie legte die Hand an die Augen, um sie vor der Sonne zu schützen. War das tatsächlich Carl? Sie verengte ihre Lider zu einem schmalen Schlitz. Ja, kein Zweifel, das war er.

Ihr erster Reflex war, so zu tun, als würde sie ihn nicht erkennen. Obwohl sie seit Wochen auf diesen Moment gewartet hatte, war ihr nun gar nicht wohl bei dem Gedanken an die bevorstehende Aussprache mit ihm. Dabei hatte sie sich genau zurechtgelegt, was sie ihm sagen wollte. Vor lauter schlechtem Gewissen hätte sie ihn am liebsten ignoriert. Aber wie sehr hätte sie sich später vor sich selbst geschämt, wenn sie sich aus purer Feigheit jetzt einfach abgewendet hätte! Nein, entschied sie schnell, sie musste mit Carl reden, je eher, desto besser.

Mit unsicheren Trippelschritten wankte sie langsam auf den Reiter zu. Je näher sie zum Ufer kam, desto unebener war das Eis an zahlreichen Stellen. Äste, die im Wasser getrieben waren, ragten hier und da aus der weiß bestäubten Oberfläche hervor. Einmal knackte es so laut unter ihren Füßen, als wollte sich gleich ein Loch vor ihr auftun und sie verschlingen. Stur hielt sie die Augen auf den Boden gerichtet. Nur ab und zu sah sie auf, um sich zu vergewissern, dass der Reiter auf dem Rappen noch immer da war.

Endlich war sie nah genug am Ufer, um seine Gesichtszüge zu erkennen. Seine Miene wirkte wie versteinert. Sie hob den Arm, um ihm zuzuwinken, was sie prompt aus der Balance brachte. Mühsam stellte sie ihr Gleichgewicht wieder her.

Carl, der vom Pferd abgestiegen war, rutschte vorsichtig den vereisten Abhang zu ihr herunter aufs Eis.

Stumm standen sie einander gegenüber.

»Es tut mir so leid, Carl!«, stammelte Friederike schließlich.

Über ihre Schulter blickte er zu den kreischenden Jungen hinüber, deren Scheibe auf einer der kleinen Maininseln gelandet und nun nicht mehr auffindbar war. Er blinzelte im Gegenlicht.

»Wer sind alle diese Männer, Friederike?«, fragte er mit abgewandtem Gesicht. »Was hast du mit ihnen zu schaffen? Was bedeuten sie dir? Und warum wolltest du mich heiraten? Das wolltest du doch, oder?« Er zuckte resigniert mit den Achseln. »Das passt alles überhaupt nicht zusammen. Es kommt mir so vor, als würde ich dich gar nicht kennen.«

»Es gibt nur einen anderen Mann, Carl«, brach die Wahrheit plötzlich aus ihr heraus. »Er heißt Giovanni, und ich dachte, ich würde ihn nie wiedersehen, als ich dir begegnet bin.«

Sie sah, wie einer der Eiszapfen, die von der Brücke herabhingen, sich löste und klirrend auf dem Eis aufschlug.

Alarmiert von dem Geräusch drehte Carl sich um.

»Und dann hast du ihn wiedergesehen?«, hakte er nach.

»Ja, in Frankreich.«

»So ist das also.«

Er blickte wieder über ihre Schulter. Nach einer Weile fragte er: »Ist Ludwig mein Sohn?«

Er hatte die Stimme gesenkt, damit die Losverkäuferin, die auf sie zugeschlittert kam, ihn nicht hören konnte.

»Natürlich ist Ludwig dein Sohn!«

»Wollen Sie vielleicht ein Los für Ihre Frau kaufen, Monsieur?«, krächzte die Alte. Auffordernd hielt sie Carl ihren großen Korb mit den vielen bunten Losen entgegen.

»Nein, danke.«

Sie hatten beide gleichzeitig den Kopf geschüttelt, aber die Frau war einfach stehen geblieben. Ein säuerlicher Geruch ging von ihrer zerlumpten Kleidung aus.

»Wir möchten nichts kaufen«, wiederholte Carl.

Doch noch immer bewegte die Losverkäuferin sich nicht von der Stelle. Gereizt griff er in seine Tasche und zog eine Münze hervor.

»Du bekommst sie nur, wenn du versprichst zu gehen!«

Ein zahnloses Grinsen breitete sich auf dem Gesicht der Losverkäuferin aus. Sie schnappte sich die Münze und schlitterte davon.

Vorsichtig versuchte Friederike, ihr Gewicht vom rechten auf das linke Bein zu verlagern. Das Knie tat ihr weh. Doch sie hatte ihre unstabile Position nicht bedacht und knickte mit dem Fuß um, sodass sie erneut ins Schwanken geriet.

»Du lässt wirklich nichts unversucht, Friederike!«, bemerkte Carl kühl, der ihr beigesprungen war und sie im letzten Moment aufgefangen hatte.

»Mein Fuß ist umgeknickt!«, verteidigte sie sich entrüstet.

»Kein Wunder, dass selbst Emanuel sich einbildet, bei dir landen zu können! Und was ist mit diesem Schönling da aus Höchst?«

»Mit dem ist nichts gewesen. Ich habe ihn abblitzen lassen, und seitdem rächt er sich an mir.«

»Und das ist alles? Wieso sehen die Porzellanfiguren dir so ähnlich?«

Erst auf ihren ausführlichen Bericht hin verlor er etwas von seiner kalten Gelassenheit.

»Er hat dich gewürgt?«, rief er aufgebracht. »Du hättest sterben können und Ludwig auch! Warum hast du mir nichts davon erzählt?« Er fasste sie an den Schultern und schüttelte sie leicht. »Mein Gott, was für ein Schwein das sein muss! Und du erzählst nichts davon ... Wie konntest du ihm das nur durchgehen lassen?«, fügte er anklagend hinzu.

»Benckgraff hat ihn entlassen.«

»Na und, das hat doch mit dir nichts zu tun! Ich glaube, ich werde mir diesen Burschen mal vorknöpfen.«

Er hatte die Zähne zusammengebissen und den Blick erneut in die Ferne gerichtet.

»Da kommt Emanuel!«, rief er plötzlich. »Ich habe keine Lust, jetzt mit ihm zu reden. Ich werde nach Höchst reiten und mich mit diesem Caspar unterhalten; im Moment habe ich ohnehin nichts Besseres vor.« Ernst und traurig sah er sie an. »Das kommt mir ganz gelegen ...«

Ohne ihre Antwort abzuwarten, drehte er sich um und kletterte trotz der von einer Eisschicht bedeckten Oberfläche behände die Böschung hinauf.

»Lass das, Carl!«, versuchte Friederike ihn aufzuhalten. »Caspar ist unberechenbar und gefährlich. Mach dir keine Mühe, er wird sowieso bald nicht mehr hier sein.«

Aber Carl war schon oben angelangt und hatte sich auf den Rappen geschwungen, bevor sie das Ufer erreicht hatte.

»Sei vorsichtig!«, rief sie ihm nach, als er davongaloppierte, wohl wissend, dass er sie nicht mehr hören würde. Sie konnte sich nicht erklären, was er von Caspar wollte. Sein eigentlicher Widersacher war doch Giovanni! Sie bückte sich vor und schnallte die Kufen von ihren Stiefeln, um endlich wieder festen Boden unter den Füßen zu haben. Wenn ihm nur nichts passierte!, dachte sie.

»War das Carl?« Emanuel stand nun neben ihr.

»Ja, aber er ist schon wieder unterwegs nach Höchst, weil er Caspar zur Rede stellen will. Ich werde nach Hause gehen und mir den Schimmel holen, um ihm nachzureiten. Ich muss ihm helfen – Caspar ist nicht zu unterschätzen.«

»Mach dich nicht lächerlich, Friederike! Carl kann auf sich selbst aufpassen, du wärst ihm höchstens im Weg. Wenn mein Bruder so schwachsinnig ist, auf andere Männer loszugehen, nur weil sie was mit seiner Frau hatten, dann muss man ihn lassen. Aber sei bitte wenigstens du vernünftig!«

Er starrte in die Richtung, in die Carl verschwunden war.

»Ich hatte nichts mit Caspar!«

»Es muss ja einen Grund geben, warum Carl ihn unbedingt zur Rede stellen will ... Lass uns jetzt nach Hause fahren! Die anderen warten schon.«

○

Längst hatten die Flammen Giovannis Brief verschlungen. Friederike hielt den Vergil-Band noch immer auf den Knien und sah zu, wie die Holzscheite in sich zusammenfielen. Immer wieder ertönte ein lautes Knacken, wenn einer der kleineren Zweige vom Feuer erfasst wurde.

Draußen dunkelte es bereits. Bald würde zum Glück der Frühling kommen und mit ihm die Helligkeit.

Carls widersprüchliche Reaktion hatte sie in Panik versetzt. Sie konnte sich nicht erklären, warum er einerseits so kühl reagiert hatte, aber andererseits sofort nach Höchst geeilt war, um sich Caspar vorzuknöpfen. So kannte sie ihn gar nicht – er war doch sonst so besonnen.

Nach dem Mittagessen, als Ludwig endlich eingeschlafen war, hatte sie sich als Erstes die »Aeneis« geschnappt, die Seite mit dem Brief aufgeschlagen und das schon ganz zerlesene Papier ins Feuer geworfen. Sie würde Carl nicht enthüllen, wer Giovanni war und wo er sich aufhielt. Nachher würde er auch noch ihn zur Rede stellen wollen. Der Brief war das einzige Beweisstück, das ihn hätte verraten können.

Von draußen ertönten aufgeregte Schreie. Friederike legte das Buch auf den Boden und lief zum Salon, um in den Hof hinunterzuschauen. In dem dämmerigen Licht erkannte sie zwei Reiter, von denen der eine wie ein nasser Sack über dem Widerrist seines Pferdes hing. Als Gustav dem Mann mit seiner Laterne ins Gesicht leuchtete, sah sie, dass es sich um Carl handelte.

Seine Züge waren schmerzverzerrt. Dunkle Flecken hatten sich auf seinem Mantel ausgebreitet – Blut. Die Magd, die das Eis auf dem Ziehbrunnen mit einer langen Eisenstange hatte zerbrechen wollen, stieß einen gellenden Schrei aus.

Friederike raffte ihre Röcke zusammen und flog die Treppenstufen hinunter. An der Hoftür stieß sie mit Emanuel zusammen.

»Was ist passiert?«

»Carl ist verletzt!«

Hastig rannten sie über den Hof, wo Gustav und der zweite Reiter, in dem sie nun Josef Kornfeld, den jüdischen Journalisten, erkannte, den Verletzten vorsichtig vom Pferd hoben.

»Carl?«

Friederike beugte sich über ihren Mann. Aber Carl reagierte nicht. Als sie sich wieder aufrichtete, klebte Blut an ihrer Hand.

»Er hat einen Messerstich abbekommen«, rief Kornfeld aufgeregt. »Vorsicht, nicht am Rücken anfassen! Da ist die Wunde.«

Ruhig und gefasst übernahm Emanuel nun das Kommando.

»Hier rein! Bringt ihn in den Salon. Wir brauchen sofort einen Arzt.« Er musterte die Anwesenden mit scharfem Blick und zeigte schließlich auf Agnes. »Du gehst zu Doktor Winter auf die Zeil. Du weißt doch, wo er wohnt, oder?«

Die Zofe nickte und deutete einen Knicks an.

»Sag ihm, es ist dringend! Sag ihm, dass mein Bruder durch einen Messerstich verletzt wurde und viel Blut verloren hat.«

»Das mache ich!«, mischte sich Friederike ein.

Bevor Agnes ins Haus eilen konnte, um ihren Mantel zu holen, hatte sie sich schon rittlings auf Carls Rappen geschwungen. Ungeduldig schob sie Rock und Unterkleid zur Seite, um die Zügel unter dem Stoffwust hervorzuwühlen.

»Was machst du da? Bist du verrückt geworden?«

Emanuel wollte ihr entgegentreten, um sie aufzuhalten, aber da hatte sie dem Rappen schon die Sporen gegeben und war zum Tor hinausgeprescht.

»Das ist ja die Höhe!«, brüllte ein Betrunkener ihr nach und schüttelte drohend die Faust, als sie das Pferd in halsbrecherischem Tempo durch die enge Katharinenpforte jagte, wo der Mann Unterschlupf gesucht hatte. Sie duckte sich, um nicht mit dem Kopf an die Decke des Durchgangs zu stoßen.

»Zum Teufel mit Ihnen!«, hörte sie den Mann hinter sich her brüllen, während sie in die Zeil einbog.

Als sie endlich vor dem Haus des Arztes stand, hatte sie einen ihrer Pantoffel verloren und so steif gefrorene Hände, dass ihr die Zügel fast von selbst entglitten. Sie schob die Dienstmagd, die ihr mitteilen wollte, dass der Herr Doktor gerade zu Tisch sei und nicht gestört werden wolle, einfach zur Seite und stürmte immer dem Bratenduft nach ins Esszimmer.

Verwundert schauten der Arzt und seine Frau zu ihr auf.

»Bitte kommen Sie sofort mit, Doktor! Mein Mann ist schwer verwundet«, keuchte sie atemlos.

»Kann man denn hier nie mal in Ruhe zu Ende essen?«, seufzte der Mann und schob resigniert seinen Teller zur Seite.

»Nein, es ist dringend! Sie wollen doch wohl nicht schuld daran sein, wenn mein Mann stirbt, oder?«

Sie hatte drohend klingen wollen, aber mehr als ein weinerliches Piepsen hatte sie nicht zustande gebracht.

»So schlimm steht es?«

Mit einem bedauernden Lächeln erhob sich Doktor Winter von seinem Stuhl.

»Bring mir meinen Mantel und meinen Koffer, Lisbeth!«, wies er die Dienstmagd an, während er sich mit seiner großen Serviette den Mund abwischte.

»Und du, meine Liebe, lass es dir noch gut schmecken!«, fügte er an seine Frau gewandt hinzu, die mit stoischer Miene das Fleisch auf ihrem Teller zersäbelte, als wären solche Vorfälle in einem Medizinerhaushalt an der Tagesordnung.

Carl war noch immer nicht bei Bewusstsein, als Friederike und der Arzt das Bogenhausen'sche Anwesen erreichten.

Mit einer stumpfen kleinen Schere schnitt Doktor Winter ihm das blutgetränkte Hemd vom Leib.

»Er hat viel Blut verloren«, murmelte er vor sich hin, während er sorgfältig die Wunde reinigte.

»Der Stich scheint tief zu sein …« Friederike starrte auf die klaffende Wunde zwischen Carls Schulterblättern.

»Wie ist das denn eigentlich passiert?« Sie drehte sich zu Josef Kornfeld um, der nichts mehr von dem aufgeweckten Dandy aus dem Kaffeehaus an sich hatte, sondern einfach nur sehr jung und zu Tode erschrocken aussah.

»Wir haben diesen Caspar Ebersberg im ›Schwanen‹ gefunden, und Carl hat ihm so richtig die Meinung gesagt. Ebersberg hatte wohl schon einiges getrunken und ist schimpfend und tobend auf ihn losgegangen.«

Kornfelds Gesichtsausdruck wirkte so verstört, dass Friederike sich unwillkürlich fragte, was Caspar wohl alles über sie gesagt haben mochte. Anscheinend war sein Urteil so vernichtend gewesen, dass der Journalist nicht wagte, die Worte des Modelleurs vor den Umstehenden zu wiederholen.

»Carl hat ihn gestoßen, sodass er zu Boden fiel, und sich zum Gehen umgewandt. Und plötzlich ist Ebersberg aufgesprungen, hat ihm von hinten das Messer in den Rücken gejagt und ist abgehauen. Carl konnte noch alleine auf sein Pferd steigen. Alles nicht so dramatisch, hat er gesagt. Aber irgendwann unterwegs hat er dann das Bewusstsein verloren.«

»Dieses Schwein! Den werden wir kriegen!«, stieß Emanuel hervor.

»Sie müssen das Feuer die Nacht über brennen lassen. Und dann sollten wir beten, dass die Wunde sich nicht entzündet.«

Der Doktor schaute mit ernstem Gesicht in die Runde.

»Mehr können wir im Moment leider nicht tun. Ich werde jetzt gehen, aber holen Sie mich, wann immer Sie es für nötig halten. Ich komme auf jeden Fall morgen früh wieder.«

»Wird er gesund werden?«, wandte sich Friederike hoffnungsvoll an den Arzt.

»Schwer zu sagen. Kommt darauf an, wie gut die Wunde verheilt. Lassen Sie uns das Beste hoffen!«

Der alte Mann sah skeptisch aus, während er seine Tasche zusammenpackte.

»Hat er Schmerzen?«

»Im Moment sicher nicht. Aber wenn er wieder zu sich kommt, wird ihm die tiefe Wunde garantiert Qualen bereiten.«

»Was ist mit Ihnen?«, fragte Emanuel den Journalisten. »Die Tore zur Judengasse sind bestimmt schon geschlossen? Wo wollen Sie dann übernachten?«

»Er bleibt natürlich bei uns!«, schaltete sich Friederike ein.

»Ich wäre Ihnen sehr verbunden.« Dankbar lächelte Kornfeld ihr zu. »Sich nach der Sperrstunde noch in der Stadt blicken zu lassen steht für unsereinen nämlich unter Strafe.«

Entgeistert musterte Emanuel erst den Journalisten und dann seine Schwägerin.

»Ich lasse das Gästezimmer für Sie herrichten«, riss er sich zusammen. »Aber erzählen Sie bloß niemandem davon!«

Emanuel begleitete den Arzt die Treppe hinunter, während Margarethe und Luise Josef Kornfeld unter ihre Fittiche nahmen.

Erst jetzt bemerkte Friederike, dass Agnes schon die ganze Zeit mit warmen Pantoffeln und Wollstrümpfen in der Hand an der Tür gewartet hatte. Sie blickte auf ihren nassen linken Strumpf und sah, dass ihr Rock der Länge nach eingerissen war. Auf einmal war ihr trotz des Feuers fürchterlich kalt. Sie winkte dem Mädchen, sie in ihre Bibliothek zu begleiten, und rollte die nassen Strümpfe herunter.

»Was haben Sie nur gemacht, gnädige Frau?«, eiferte sich Agnes und rieb ihr die blau gefrorenen Füße warm. »Einfach so bei dieser Kälte loszureiten, ohne sich warm anzuziehen! Hoffentlich werden Sie nicht krank. Man kann sich auch den Tod holen von so was!«

Nur Gustav stand noch an Carls Bett und blickte auf seinen Herrn hinunter, als Friederike, den Ledersessel aus der Bibliothek vor sich herschiebend, ins Schlafzimmer zurückkam.

Sie platzierte den Sessel neben dem Bett und schickte Agnes eine Wolldecke holen.

»Ich werde die Nacht über hierbleiben«, erklärte sie dem alten Diener entschlossen.

Schleichend vergingen die Stunden. Carl lag auf der Seite und schien zu schlafen. Friederike machte kein Auge zu. Immer wieder beugte sie sich über sein Gesicht, um seinen Atem zu kontrollieren, oder legte frisches Holz nach. Regelmäßig kamen Margarethe Bogenhausen oder Gustav vorbei; auch sie fanden vor Sorgen kaum Schlaf.

Lange bevor die Dämmerung eingesetzt hatte, war Emanuel aufgetaucht. Er hatte seinem Bruder, der noch immer wie ein Toter dalag, die Hand auf die Stirn gelegt.

»Zumindest scheint er kein Fieber zu haben«, hatte er erleichtert festgestellt, »seine Stirn ist ganz kühl.«

Sie war froh gewesen, wieder allein mit Carl zu sein. Die Stunden zogen sich dahin, sie war todmüde, aber selbst wenn sie in ihrem Bett gelegen hätte, wäre sie wohl kaum eingeschlafen, so blank lagen ihre Nerven. Nie würde sie sich das verzeihen, wenn Carl nicht wieder gesund würde! Warum hatte sie ihn nicht aufgehalten, warum hatte sie ihn sehenden Auges in die Höhle des Löwen ziehen lassen? Sie hatte doch ganz genau gewusst, wie skrupellos und unberechenbar Caspar war!

Unwillkürlich faltete sie die Hände, um zu beten. Ob es einen Gott gab, war sie sich zwar immer noch nicht sicher, aber es konnte auch nicht schaden, ihn für alle Fälle um Hilfe zu bitten. Vielleicht nützte es etwas, sie hatte ja sonst keine Möglichkeit, irgendetwas zu tun.

»Was machst du da, Friederike?«, hörte sie plötzlich eine Stimme leise flüstern.

Sie drehte sich um, aber da war niemand. Die Tür war zu, niemand konnte unbemerkt ins Zimmer hereingekommen sein. Hatte sie sich verhört? War sie schon so herunter mit den Nerven, dass sie sich einbildete, Stimmen zu hören? Sie blickte auf Carl, der noch immer mit geschlossenen Augen dalag.

»Carl?«

Sie beugte sich zu ihm hinunter.

Kaum merklich bewegten sich seine Lippen. Ja, auch seine Augenlider flackerten!

Aufgeregt brachte sie ihr Ohr näher an seinen Mund. Und wieder hörte sie ein leises »Was machst du da, Friederike?«.

Tränen schossen ihr in die Augen. Carl redete mit ihr!

»Ich bete dafür, dass du gesund wirst«, erwiderte sie heiser.

Ein leises Glucksen ertönte, fast wie ein Kichern. Machte Carl sich etwa über sie lustig?

Doch mehr war aus ihm nicht herauszulocken. Er hatte den Kopf zur anderen Seite gedreht und war tief und fest eingeschlafen.

»Sie sollten sich jetzt besser hinlegen, Frau Bogenhausen! Nicht, dass Sie uns auch noch zusammenbrechen – nach dem Gewaltritt, den Sie da unternommen haben.«

Mit besorgter Miene hatte Doktor Winter den blutgetränkten Verband gewechselt und war dabei, das Ende der frischen Bandage mit einer kunstvollen Schleife zu sichern.

»Wie geht es ihm?«, erwiderte Friederike angstvoll, ohne auf die Worte des Arztes einzugehen.

»Es sieht nicht schlecht aus, aber Genaueres kann ich noch nicht sagen. Sie müssen Geduld haben!«

»Ich werde mich zu ihm setzen«, mischte sich Margarethe Bogenhausen in das Gespräch ein.

Auch ihr sah man deutlich an, dass sie in der vergangenen Nacht kaum geschlafen hatte. Nichts an der erschöpften alten Frau mit dem kummervollen Gesicht und dem zerzausten Haar erinnerte mehr an die hochmütige Frankfurter Kaufmannswitwe, als die Friederike sie kennengelernt hatte.

Sie versprach, ihre Schwiegertochter gegen Mittag zu wecken, und obwohl Friederike gedacht hatte, nicht eine Sekunde die Augen schließen zu können, war sie auf dem notdürftigen Lager, das Gustav und Agnes ihr in der Bibliothek bereitet hatten, sofort eingeschlafen.

Als sie, halbwegs ausgeruht, wenige Stunden später wieder an Carls Krankenbett trat, war dieser zwar wach, aber zu schwach, die Lider offen zu halten. Sie wollte ihn um Verzeihung bitten für all das Unheil, das sie angerichtet hatte, doch immer war jemand um sie herum, nie war sie mit ihm allein. Erst am späten Abend zog sich Margarethe Bogenhausen, die den ganzen Tag kaum einen Schritt vom Bett ihres Sohnes getan hatte, endlich in ihre Gemächer zurück.

»Verzeih mir, Carl«, sagte Friederike leise in den nur von zwei Kerzen erhellten Raum hinein.

Sie hatte seine Hand in ihre Linke genommen und die Rechte wie ein schützendes Dach darüber gebreitet.

Carl lag auf der Seite und atmete flach. Seine Augen versanken fast in ihren Höhlen, auf seinem schmerzverzerrten Gesicht hatte sich ein seltsam in sich gekehrter Ausdruck abgezeichnet, wie entrückt.

Sie betrachtete ihren Mann, als hätte sie ihn noch nie zuvor gesehen. Die lange Gestalt mit den breiten Schultern unter der Daunendecke, die wie immer viel zu kurz war, sodass auch jetzt der eine Fuß wieder darunter hervorlugte. Seine Zehen mit den winzigen braunen Haarbüscheln wirkten wächsern in dem matten Licht.

Sie ließ ihren Blick erneut nach oben zu seinem Kopf wandern. So sieht jemand aus, dessen Seele sich darauf vorbereitet, den Körper zu verlassen, erkannte sie plötzlich. Aber er wollte doch jetzt nicht ... Nein, Carl durfte nicht sterben, nicht jetzt, nein, auch nicht später, nein, das konnte er ihr nicht antun, nein ...

»Carl, Carl!«

Panik verzerrte ihre Stimme. Am liebsten wäre sie aufgesprungen, aber sie durfte jetzt keine hektischen Bewegungen machen, sie durfte ihn nicht erschrecken. Sie zwang sich, ruhig auf ihrem Stuhl sitzen zu bleiben, gleichmäßig ein- und auszuatmen, ihre Gelassenheit wiederzuerlangen.

»Einundzwanzig, zweiundzwanzig ...«, zählte sie langsam.

Auch Carls Atem hatte sich verändert. Er war tiefer geworden. Und nicht mehr so flackernd. Sein Gesicht sah nun aus wie das von Ludwig, wenn er schlief. Und wenn sie nicht alles täuschte, war da eben ein leichter Druck seiner Finger auf ihrer Handfläche zu spüren gewesen ...

Früh am nächsten Morgen wurde Friederike davon wach, dass Carl mit belegter, aber klarer Stimme sagte:

»Ich habe Durst.«

Schlaftrunken starrte sie auf den Verwundeten. Erst als in dem Moment Agnes mit einem Korb unter dem Arm das Zimmer betrat, um Holz aufs Kaminfeuer zu legen, besann sie sich hastig und schenkte Wasser aus dem Krug auf dem Nachttisch in einen Becher. Vorsichtig hob sie Carls Kopf, um ihm die Flüssigkeit einzuflößen.

Er versuchte sich aufzurichten, verzog aber sogleich das Gesicht vor Schmerzen und überließ sich ihren Händen.

»Diesem Kerl werden wir es zeigen, Friederike«, seufzte er, als sein Kopf erschöpft zurück aufs Kissen fiel.

»Das ist doch jetzt unwichtig. Hauptsache, du wirst wieder gesund, Carl!«

»Ja, und dann werde ich mir als Allererstes diesen Ebersberg vorknöpfen. Die Firma Bogenhausen wird dafür sorgen, dass er nie wieder eine Stelle bekommt. Und ins Gefängnis werden wir ihn auch bringen.«

»Dann wird Caspar längst über alle Berge sein ...«

»Darum kümmert sich Emanuel.«

»Woher weißt du das?«

»Weil er es mir gesagt hat«, grinste Carl. »Er dachte allerdings, ich würde ihn nicht hören.«

»Können wir das nicht alles vergessen?«

»Nein, die Bogenhausens vergessen nie etwas.«

Seine Miene hatte sich verdüstert. Finster schaute er sie an.

Friederike senkte als Erste den Blick. Redete er immer noch von Caspar Ebersberg? Oder war diese letzte Bemerkung auf sie gemünzt gewesen? Aber sie konnte doch jetzt nicht anfangen, mit dem schwer verletzten Carl über ihre verkorkste Ehe zu sprechen! Er musste doch erst einmal gesund werden!

Je mehr Tage ins Land zogen und je weiter Carls Genesung voranschritt, umso klarer wurde Friederike, dass sie den Zeitpunkt für ein klärendes Gespräch mit ihrem Mann offenbar verpasst hatte. Carl selbst schien keinerlei Bedürfnis zu verspüren, den Grund für seine lange Abwesenheit und seinen verhängnisvollen Ritt nach Höchst noch einmal zu thematisieren. Er hängte sich lediglich an Caspar Ebersberg auf, dem Mann, der seine

Frau beinah vergewaltigt, sie in hochschwangerem Zustand gewürgt und dann ein weiteres Mal als Vorlage für seine obszönen Porzellanfiguren missbraucht hatte. Aber Ebersberg würde seine gerechte Strafe bekommen, so wie das Problem mit den »Badenden« und den anderen Friederike-Statuen ebenfalls gelöst war: Emanuel hatte alle Abgüsse aufgekauft und Göltz und Benckgraff gedroht, ihr Geschäft für immer zu ruinieren, sollten sie jemals weitere Kopien in Umlauf bringen. Vor seinen Augen hatte Benckgraff daraufhin sämtliche Formen eigenhändig zertrümmert.

Als Friederike eines Morgens, das Frühstückstablett vorsichtig vor sich her balancierend, das Schlafzimmer betrat, saß Carl bereits aufrecht im Bett und las in seinen Papieren. Vor ihm auf dem Plumeau lag ein Brief, dessen großes rotes Siegel ihr schon von der Tür aus entgegenleuchtete.

»Den hat mir Emanuel gebracht«, erklärte Carl, als er ihren fragenden Blick bemerkte. »Aber er ist an dich adressiert. Keine Ahnung, warum er ihn mir und nicht dir direkt gibt ...«

Friederike wurde schwindelig. »Madame Carl Bogenhausen, neé Simons«, entzifferte sie die geschwungenen Buchstaben auf dem schweren Büttenpapier, dem gleichen wie beim letzten Mal. Warum musste Giovanni ihr ausgerechnet jetzt schreiben? Jahrelang hätte er ihr schreiben können – wie glücklich wäre sie gewesen, in Höchst einen Brief von ihm zu erhalten. Und was für ein empörendes Verhalten von Emanuel, den Brief nicht ihr, sondern Carl auszuhändigen! In den letzten Wochen war ihr bewusst geworden, dass die beiden Brüder sich zwar ständig stritten wie die Kesselflicker, aber dass sie zusammenhielten wie Pech und Schwefel, wenn sie sich von außen bedroht fühlten.

»Danke, Carl«, erwiderte sie betont unbefangen und stellte das Tablett auf dem Hocker neben seinem Bett ab, um den Brief entgegenzunehmen.

Wie großzügig von ihm, ihr Giovannis Nachricht ungeöffnet zu überreichen! Nun stand sie noch mehr in seiner Schuld. Aber was sollte sie jetzt tun – sie konnte ja schlecht das Siegel vor seinen Augen brechen. Oder würde sie sich erst recht verdächtig verhalten, wenn sie den Brief nicht sofort las? Hilfesuchend schaute sie zu dem Gobelin an der Wand, einer venezianischen Kanalszene mit gewölbten Steinbrücken und langen, schmalen Gondeln. Sie brannte darauf, Giovannis Worte zu lesen.

»Wie fühlst du dich heute Morgen?«, versuchte sie schließlich, ein unverbindliches Gespräch mit ihrem Mann anzufangen, während sie den Brief unauffällig in ihre Rocktasche gleiten ließ. Doch es gelang ihr nur, mit halbem Ohr zuzuhören, als Carl ihr begeistert von seinen Plänen berichtete, wie er vom Bett aus seine Arbeit wieder aufzunehmen gedachte.

Ein lautes Klopfen an der Tür erlöste sie.

»Sie wollen doch nicht schon gehen, Frau Bogenhausen?«, begrüßte Josef Kornfeld sie fröhlich, als sie von ihrem Stuhl aufgesprungen und ihm entgegengetreten war.

Er schien sich von seinem Schock nach Caspars Anschlag auf Carl völlig erholt zu haben. Einem Wirbelwind gleich stürzte er in den Raum hinein, um sich rittlings auf dem zierlichen Stühlchen vor dem Bett niederzulassen.

»Stell dir vor, Carl: Dein Bruder will nicht, dass ich durch den Haupteingang ins Haus komme!«

Prustend schlug er sich auf die Schenkel, zog umständlich die neueste Ausgabe des *L'Avant Coureur* aus seinem Rock und hielt Carl die Schlagzeilen unter die Nase.

Friederike nutzte die Aufregung, um unauffällig aus dem Zimmer zu verschwinden. Kaum hatte sie ihre Bibliothek erreicht, brach sie das Siegel.

Federica,
warum lässt Du nichts von Dir hören? Bedeute ich Dir so wenig? Oder untersagt Dein Ehemann Dir, mir zu schreiben?

Seit Wochen weile ich nun hier in Corvey als Gast des Fürstbischofs. Vor Kurzem habe ich sogar einen Vertreter der Porzellanmanufak-

tur aus dem benachbarten Fürstenberg kennengelernt. Vielleicht sagt Dir der Name Benckgraff etwas?

Ein paar Worte von Dir würden mir unendlich viel bedeuten! Aber auch, wenn Du nicht schreibst: Ich weiß, wir werden immer miteinander verbunden sein. Spätestens seit ich Dich in Meudon wiedergesehen habe, ist mir klar geworden, dass es nur eine Frau in meinem Leben gibt: Dich.

Ti amo,
Giovanni

○

Besuch für Carl?, fragte sich Friederike flüchtig, als ihr Blick durch das große Fenster des Speisesaals auf die bescheidene Kutsche fiel, die gerade in den Hof gebogen kam. Es war noch diesig draußen, aber immerhin schien der launische April ihnen an diesem Tag ein wenig Sonne gönnen zu wollen.

Sie nippte an ihrem Morgenkaffee und betrachtete Ludwig, der in einer Ecke des Zimmers auf einer Decke lag und mit einem Stoffball spielte.

»Ein Herr Benckgraff möchte Sie sprechen«, verkündete Agnes, die schon eine ganze Weile in der offenen Tür gestanden haben musste. »Er wartet im Salon.«

Der ehemalige Direktor der Höchster Porzellanmanufaktur war in ein angeregtes Gespräch mit Margarethe Bogenhausen vertieft, als Friederike den Raum betrat. Sein struppiges Haar stand so wirr vom Kopf ab wie eh und je, doch von seinem Gesicht ging ein ungewohntes Leuchten aus. Er wirkte viel ausgeglichener und heiterer, als sie ihn in Erinnerung hatte.

»Friederike, wie schön Sie zu sehen!« Er ergriff ihre Hand und drückte sie fest.

»Was führt Sie zu mir?«, fragte sie nach der Begrüßung.

Sie musste sich beherrschen, ihn nicht gleich auf seine Begegnung mit Giovanni anzusprechen.

»Ich komme, um mich von Ihnen zu verabschieden. Auch im Namen von Simon Feilner und Johannes Zeschinger. Nächste Woche werden wir Höchst endgültig verlassen.«

»Nach Fürstenberg?«

»Ja, nach Fürstenberg. Dort brauchen sie uns, und hier weiß Göltz ja sowieso immer alles besser. In Fürstenberg werden wir mehr Freiheiten haben und, wie es aussieht, ein äußerst angenehmes Leben führen können. Es ist ein kleines Städtchen direkt an der Weser. Bei Höxter. Sehr schön.«

»Dann wünsche ich Ihnen viel Glück!«

Friederike hatte einen Kloß im Hals. Sosehr sie Benckgraff, Johannes und Simon die neuen Aussichten gönnte, so wenig konnte sie den Gedanken ertragen, dass sie für immer fortgingen. Und mich lassen sie hier allein, dachte sie voller Wehmut.

»Ich habe Neuigkeiten von Caspar Ebersberg, die sicher auch Ihr Mann gern hören wird.«

»Dann lassen Sie uns zu ihm hinaufgehen.«

Carl saß aufrecht gegen sein Kissen gelehnt, als Benckgraff und Friederike das Schlafzimmer betraten. Alessi hatte sich einen Stuhl vors Bett gerückt. Die Beine weit von sich gestreckt lag er mehr auf dem Stuhl, als dass er saß. Auf dem Schoß balancierte er ein großes Kontenbuch, aus dem er Carl die Geschäftvorgänge vorlas. Die Morgensonne leuchtete hell ins Zimmer. Carl hielt einen Stapel Briefe in der Hand, die noch seine Unterschrift benötigten.

»Herr Benckgraff, guten Morgen!«

Vorsichtig streckte er dem Besucher die Hand entgegen. Die Wunde auf seinem Rücken war zwar fast verheilt, aber seine alte Form hatte er noch nicht wiedererlangt. Jede ruckartige Bewegung ließ ihn vor Schmerz zusammenzucken.

Alessi klappte das Kontenbuch zu und erhob sich ächzend von seinem Stuhl.

»Kommen Sie nachher noch mal wieder!«, verabschiedete Carl den Commis.

»Es scheint Ihnen deutlich besser zu gehen, Herr Bogenhausen!«, bemerkte Benckgraff freundlich, nachdem er Alessis Platz eingenommen hatte.

Carl nickte nur kurz und blickte sein Gegenüber erwartungsvoll an.

»Was gibt es Neues aus Höchst?«

»Caspar Ebersberg sitzt im Kerker. Der Kurfürst ist gar nicht gut darauf zu sprechen, wenn jemand in seiner Manufaktur Spionage betreibt. Er hat Göltz gehörig eingeheizt, dass er die Ermittlungen gegen Ebersberg beschleunigt. Und dann natürlich dieser Anschlag auf Sie! Man wird ihm den Prozess machen. Ich denke nicht, dass er so schnell wieder freikommt.«

Mit einem triumphierenden Lächeln schaute Carl zu Friederike hinüber. »Siehst du, hat sich doch gelohnt«, schien sein Blick zu sagen.

»Ich habe meine Aussage zu Protokoll gegeben, aber ich stehe natürlich auch weiterhin für Rückfragen zur Verfügung«, fuhr Benckgraff fort. »Obwohl ich ab sofort in Fürstenberg sein werde. Doch Sie können sich ganz auf Göltz verlassen: Seit hier jeder weiß, dass Caspar Ebersberg ein Spion war, tut er alles, um seinen einstigen Günstling aus dem Verkehr zu ziehen.«

»Emanuel hat ihm sein Exemplar der ›Badenen‹ abgekauft, hatte ich das schon erwähnt?« Carl verzog keine Miene, als hätte der Skandal nie stattgefunden.

»Frau Göltz soll gar nicht einverstanden gewesen sein, habe ich gehört. Aber Ihr Bruder ist wohl recht rabiat vorgegangen. Ich weiß nicht, womit er Göltz gedroht hat, aber es scheint gewirkt zu haben«, lächelte Benckgraff mit feinem Spott.

Dann drehte er sich um und schaute zu Friederike hinüber, die am Fußende des Bettes stehen geblieben war.

»Ihr Bruder Georg ist noch einmal glimpflich davongekommen. In Meißen sieht man die Dinge natürlich etwas anders als hier, man schützt ihn dort. Sie hätten sich mir von Anfang an anvertrauen sollen, Friederike! Dann wäre das alles nicht passiert!

Caspar Ebersberg hat sich nur Ihnen gegenüber so unverschämt benommen. Seit dem Tag, als er zu mir kam, um mir zu verkünden, dass Sie eine Frau seien, hatte ich ein ungutes Gefühl. Spätestens da habe ich vermutet, dass er ein Intrigant ist und irgendeinen Groll gegen Sie hegt. Aber dass die ›Badenden‹ etwas mit Ihnen zu tun haben, darauf wäre ich im Leben nicht gekommen!«

»Sie haben die Ähnlichkeit nicht bemerkt?«, wunderte sich Friederike. »Ich dachte, Sie hätten alle sofort gesehen, wer für die beiden Figuren Modell gestanden hat.«

Benckgraff schüttelte den Kopf. Er stand von seinem Stuhl auf und trat auf sie zu.

»Wie schade, dass Sie nicht mit nach Fürstenberg kommen!«

Er nahm ihre Hände in die seinen. »Sie sind der beste Porzellanmaler, den ich kenne. Wenn Sie jemals wieder malen werden, dann tun Sie das bitte für uns!«

Bei seinen letzten Worten hatte er nicht sie angeblickt, sondern Carl. Dieser zog umständlich ein paar Blätter unter seinem Körper hervor, auf denen er gesessen hatte. Mit gerunzelter Stirn überflog er eines der verknitterten Papiere, dann sah er auf und bemerkte beiläufig:

»Vielleicht will meine Frau Ihr Angebot ja annehmen, Herr Benckgraff. Was hältst du davon, Friederike: Willst du mit nach Fürstenberg gehen?«

Was sagte Carl da? Das konnte doch nicht wahr sein: Ihr eigener Ehemann fragte sie, ob sie nach Fürstenberg gehen wollte? Und damit weg aus Frankfurt, weg von ihm und seiner Familie?

Im ersten Moment glaubte Friederike sich verhört zu haben. Aber auch Benckgraff starrte Carl mit offenem Mund an, als hätte dieser etwas ganz und gar Erstaunliches gesagt.

»Was zahlen Sie denn, Herr Benckgraff?«, fragte Carl geschäftsmäßig, als wäre ihm die Verblüffung seiner Gesprächspartner entgangen. An Friederike gewandt fügte er hinzu:

»Du hast doch nichts dagegen, wenn ich dein Gehalt verhandele, nicht wahr, Schatz?«

Der Manufakturdirektor erholte sich als Erster von seiner Überraschung.

»Wir würden auf das letzte Gehalt Ihrer Frau natürlich noch etwas drauflegen, keine Frage, Herr Bogenhausen.«

»Sagen wir, Sie zahlen ihr das Doppelte – dann können Sie sie haben«, beendete Carl die Verhandlung. »Aber erst muss Ludwig noch etwas älter werden. Die lange Reise würde ihn jetzt sicher überfordern. Ich hoffe, Sie können sich noch ein wenig gedulden, Herr Benckgraff! Was denkst du, Friederike: im Herbst, wenn Ludwig seinen ersten Geburtstag feiert?«

Friederike nickte nur. Sie war noch immer unfähig, einen Ton hervorzubringen. Hätte Carl mit seinem Vorstoß nicht ihren sehnlichsten Wunsch erfüllt, wäre sie ihm wohl an den Hals gesprungen, weil er ohne jede Rücksprache einfach ihr Leben bestimmte. Er scheint alles geplant zu haben!, durchfuhr es sie, als er nun ausführlich begann, ihr und Benckgraff seine Zukunftsvisionen darzulegen.

»Wir werden in Fürstenberg ein Kontor eröffnen. Emanuel wollte ja die ganze Zeit schon in den Porzellanhandel einsteigen.« Missbilligend verzog er die Lippen. »Wenn es nach mir ginge, würden wir unsere Handels- und Kommissionsgeschäfte einstellen und uns nur noch um die Geldangelegenheiten der Fürsten kümmern. Aber mein Herr Bruder weiß es natürlich wieder einmal besser. Nun ja, so ist es eben, er ist das Familienhaupt ... Abgesehen davon«, lenkte er ein, »dürfte es auch da oben im Norden den ein oder anderen Fürsten geben, der unsere Finanzberatung gebrauchen kann. Wenngleich Fürstenberg natürlich nicht gerade der Nabel der Welt ist! Es wird also sicher nicht unsere größte Niederlassung werden, meine ich damit. Mal sehen, was sich machen lässt. Immerhin ist es kein großer Umweg, wenn man von Frankfurt nach Hamburg muss.«

Nachdem Benckgraff sich strahlend verabschiedet hatte, schob Friederike die Papierknäuel auf Carls Matratze zur Seite und setzte sich zu ihm auf die Bettkante.

»Ist das dein Ernst, Carl? Meinst du wirklich, was du da vorhin gesagt hast?«, fragte sie vorsichtig.

»Natürlich! Was denn sonst? Du willst doch dorthin, oder? Ich denke, das ist für uns alle die beste Lösung. Hier würdest du dich nur langweilen und früher oder später eine neue Katastrophe anrichten.« Er lachte lauf auf. »Du würdest die Firma Bogenhausen mit deinen Eskapaden über kurz oder lang in den Ruin treiben, Friederike, garantiert!«

Sie wollte empört auffahren, doch dann besann sie sich eines Besseren. Es hatte keinen Sinn, sich mit Carl anzulegen. Ebenso wenig wie mit Emanuel. Die Brüder hatten ein ganz bestimmtes Bild von ihr, vielleicht entsprach es ja sogar der Wahrheit. Einer Bogenhausen'schen Wahrheit. Aber eines konnte sie nicht auf sich sitzen lassen.

»Ich habe dich geliebt in Straßburg«, sagte sie ernst. »Ich will, dass du das weißt, Carl.«

»Ach, wärm doch diese alten Kamellen nicht noch mal auf!«, wehrte ihr Ehemann ab.

»›Alte Kamellen‹ nennst du das?«

»Man muss im Leben nach vorne schauen, Friederike! Verluste sind dazu da, dass man sie abschreibt. Es bringt doch nichts, immer wieder darin herumzurühren.«

»Aber wir haben noch kein einziges Mal wirklich über die ganze Geschichte geredet!« Friederike wusste nicht, ob sie eher wütend oder nur tief enttäuscht sein sollte.

»Für mich ist die Sache sonnenklar: Caspar Ebersberg mag irgendein Idiot gewesen sein, der hinter dir her war. Vielleicht auch ein Krimineller, meinetwegen. Aber der Italiener, der dir immer diese Briefe schreibt, an dem hängst du! Du hättest mal dein Gesicht sehen sollen, als ich dir neulich seinen Brief gegeben habe!«

Er hielt einen Moment inne und blickte sie schweigend an. Dann holte er tief Luft, als müsste er sich auf einen anstrengenden Lauf vorbereiten.

»Du weißt, Friederike, ich habe dich auch geliebt. In Straßburg und auch danach, als wir geheiratet haben. Aber irgendwann ist mir klar geworden, dass das wohl ein Fehler war: Wir passen einfach nicht zusammen. Du und ich, das ist wie Feuer und Wasser! Dass du unglücklich an meiner Seite warst, ist mir nicht entgangen. Aber wie hätte ich dir denn helfen können – ich war doch der Grund für dein Unglück! Was mich auch nicht gerade glücklich gemacht hat, wie du dir vorstellen kannst. Deshalb hatte ich gar nichts dagegen, so viel unterwegs zu sein. In der Hoffnung, über den räumlichen Abstand könnten wir vielleicht eines Tages diesen Idealzustand einer Ehe erreichen, in dem man nur noch miteinander befreudet ist, aber keine übertriebenen emotionalen Ansprüche mehr an den anderen stellt. So wie ich mir das mit Mathilde vorgestellt hatte.«

Sein Lächeln drückte leises Bedauern aus – Friederike wusste nicht genau, ob es ihr oder Mathilde galt.

»Diese Sache mit den Porzellanfiguren«, fuhr Carl in einem nüchternen Ton fort, »hat meinen Abschied natürlich beschleunigt, keine Frage! Danach war der Ofen bei mir erst mal aus, und zwar komplett. Meine Frau schläft mit anderen Männern, habe ich gedacht. Und hat mich nur geheiratet, weil ich ihr Geld und einen Namen biete. Während meiner Krankheit habe ich dann gemerkt, dass du doch an mir hängst. Aber lass es die Todesnähe gewesen sein, die ich erfahren habe – irgendwann ist mir klar geworden, dass ich dich freigeben muss. Langfristig gesehen zumindest. Zu unser beider Wohl.« Er tätschelte ihre Hand. »Deshalb fände ich es durchaus vernünftig, wenn du eine Zeit lang nach Fürstenberg gehen würdest. Du wirst unsere Niederlassung dort leiten. Höxter soll ja ganz nett sein, habe ich mir sagen lassen. Klingt fast wie Höchst – du wirst dich dort zu Hause fühlen! Wir werden hier schon ohne dich klarkommen«, grinste er spöttisch, »mach dir keine Sorgen um uns.«

Friederike schwieg. Dankbarkeit machte sich in ihr breit. Da war sie wieder, jene alte Verbundenheit zwischen ihnen, das

Gefühl, sich hundertprozentig auf Carl verlassen zu können, jenes Gefühl, das sie bereits bei ihrer ersten Begegnung im Hanauer Wald verspürt hatte. Nur wenige Male in ihrer kurzen Ehe war Carl so aufrichtig zu ihr gewesen wie jetzt, hatte er so ausführlich über seine Gefühle gesprochen. Wenn sie mehr Zeit miteinander verbracht, wenn sie sich beide wirklich bemüht hätten, einander von Grund auf kennenzulernen und die Persönlichkeit des anderen zu verstehen, wäre vielleicht alles anders gelaufen, hätte ihre Ehe womöglich doch eine Chance gehabt ...

Sie blickte auf, sah seinen forschenden Blick, der auf ihr ruhte. Oder auch nicht – wer wusste das schon? Aber in einem hatte Carl nun einmal unumstößlich recht: Giovanni war der Mann, den sie liebte, nicht er. Und er gab sie frei – frei für Giovanni.

»Du bist ein guter Freund, Carl«, sagte sie langsam. »Das warst du immer.«

»Dann sei du mir auch eine gute Freundin, und lass die Wogen, die dein Lebenswandel in Fürstenberg sicher schlagen wird, nicht bis hierher nach Frankfurt schwappen und unsere Geschäfte ruinieren!«

Er lächelte in mildem Spott, während Friederike spürte, wie ihr das Blut in die Wangen stieg.

»Und kümmere dich gut um unseren Sohn!«, fuhr er, wieder ernsthaft geworden, fort. »Ich will, dass es ihm an nichts fehlt, dass er ...«

In dem Moment wurde die Tür aufgerissen. Emanuel stürmte mit hochrotem Kopf in den Raum hinein.

»Wir haben es geschafft!«, brüllte er triumphierend und schwenkte ein Blatt Papier in der Luft. »Wir haben es geschafft: Die Nobilitierung ist durch! Wir können uns ab sofort ›von Bogenhausen‹ nennen!«

»Dann kannst du dich ja endlich wieder um unsere Geschäfte kümmern«, bemerkte Carl trocken. »Schau dir die Sachen gleich mal an!«

Auffordernd streckte er ihm den Stapel Dokumente entgegen, die Alessi dagelassen hatte.

Friederike hörte nicht mehr, was die beiden Brüder sich weiterhin gegenseitig an den Kopf warfen. Sie stand in der ehemaligen Bibliothek, die erst ihr Arbeits- und nun ihr Schlafzimmer geworden war, und meinte, vor Glück zerplatzen zu müssen.

»Bald werden wir uns wiedersehen, Giovanni«, flüsterte sie leise und gab dem Globus einen sanften Stups.

Diesmal stand niemand hinter der Tür, um sie zu belauschen.

Epilog

Schnaufend stapften die vier Kaltblüter den steilen Abhang hinauf. Obwohl dem Anschein nach in Josefines handtuchschmales Höchster Häuschen kaum Möbel hineingepasst hatten, war das Fuhrwerk mit ihren Habseligkeiten voll beladen. Josefine selbst saß mit Ludwig in einer bequemen großen Kutsche, die Carl extra für den Umzug angemietet hatte. Er hatte auch Friederike davon zu überzeugen versucht, in dem Wagen Platz zu nehmen, aber sie hatte die lange Reise lieber auf einem Pferderücken antreten wollen.

Josefines Mobiliar war bei Carl nicht gut angekommen.

»Was wollt ihr mit all dem Schrott?«, hatte er genörgelt. »Ich will, dass mein Sohn in einer anständigen Umgebung groß wird!«

Doch dann war er nach Straßburg gefahren und hatte das Thema bis zu ihrem Umzug nicht wieder aufgegriffen.

Josefine war auf keinen Fall bereit gewesen, sich von ihren Sachen zu trennen, und Friederike war es egal gewesen.

»Wir können ja ein paar neue Stücke anfertigen lassen, wenn wir was brauchen«, hatte sie Luise beschwichtigt, als diese auch noch angefangen hatte, sich für ihre künftige Einrichtung zu interessieren.

»Ihr werdet garantiert neue Sachen brauchen«, hatte die Schwägerin spitz erwidert und war in Tränen ausgebrochen, weil sie sich so bald von Ludwig würde trennen müssen.

Benckgraffs plötzlicher Tod im Juni 1753 war ein Schock für Friederike gewesen. Aber Simon Feilner und Johannes Zeschinger hatten ihr in einer Depesche unverzüglich mitgeteilt, dass sein Angebot an sie weiterhin gültig sei: Sie solle trotzdem nach Fürstenberg kommen, am besten so schnell wie möglich.

Der Anführer der zehn Bewaffneten, die Carl angeheuert hatte, den kleinen Zug sicher auf der langen Reise in den Norden zu begleiten, hob die Hand, um den Konvoi zum Stehen zu bringen. Von dem Hügel aus hatte man eine gute Aussicht über das Land. Ein Reiter näherte sich ihnen in halsbrecherischem Tempo.

»Was ist los?«

Josefine hatte ihren blonden Schopf aus dem Kutschenfenster gesteckt. Die weiße Haube hatte sie in den Nacken geschoben. Sie hatte es sich in dem geräumigen Wagen richtig gemütlich gemacht. Bei Friederikes letztem Kontrollblick hatte sie die Beine auf dem gegenüberliegenden Sitz abgelegt und an einer roten Männersocke herumgestrickt. Und Ludwig und Semiramis hatten auf dem dick mit Decken ausgelegten Kutschenboden mit dem Wollknäuel gespielt.

Einer der Berittenen beugte sich zu Josefine herab, um sie zu beruhigen. Der Hauptmann nestelte an seinem Gürtel herum, an dem eine riesige Pistole hing.

»Wenn das ein Raubüberfall werden soll, dann sind die anderen Halunken verdammt gut getarnt!«, sagte er, an Friederike gewandt. »Der Mann scheint mir aber alleine zu sein«, gab er kurz darauf Entwarnung.

Mit der flachen Hand schirmte sie ihre Augen ab, um besser sehen zu können. Die dunkle Silhouette des Reiters kam ihr seltsam bekannt vor. Konnte das sein? Ihr Herz machte einen Sprung.

Den Arm zum Gruß gehoben, galoppierte der Fremde mit wehendem Umhang auf sie zu. Bald würde er den Fuß des Hügels erreicht haben.

Sie drückte die Fersen in die Flanken ihres Pferdes.

»Wir sehen uns später!«, rief sie jubelnd in Josefines Richtung und machte sich auf, Giovanni entgegenzureiten.

Statt eines Nachworts

Wie bei allen historischen Romanen sind auch in diesem Buch historische Tatsachen und Fiktion eng miteinander verwoben. Friederike ist eine erfundene Figur, ebenso wie Carl Bogenhausen. Den Bologneser Arzt, Diplomaten und *Homme de Lettres* Giovanni Ludovico Bianconi (1717–1781) hingegen hat es tatsächlich gegeben. Allerdings habe ich ihn Abenteuer erleben lassen, die ihm in dieser Form höchstwahrscheinlich nicht passiert sind. Von den Mitarbeitern der Porzellanmanufakturen in Meißen, Höchst, Vincennes und Fürstenberg sowie der Fayencemanufaktur in Hanau habe ich mir ihre Namen geliehen, um aus den kargen Lebensdaten der historischen Persönlichkeiten »echte« Figuren zu machen. Manche von ihnen – wie Caspar Ebersberg – habe ich auch dazuerfunden.

Die Porzellanteile, die im Roman beschrieben werden, sind in der Mehrzahl Stücken nachempfunden, die tatsächlich existieren oder existiert haben. Es gibt aber auch Teile, wie zum Beispiel die »Badenden«, die reine Erfindung sind.

Im Übrigen ist mir natürlich bewusst, dass der Name der Porzellanmanufaktur heute »Meissen®« lautet und in dieser Form ein eingetragenes Markenzeichen ist. Aus Gründen der Einheitlichkeit habe ich mich jedoch dafür entschieden, die Stadt und die Manufaktur beide gleichermaßen »Meißen« zu nennen, zumal in älteren Publikationen zur Manufaktur diese Schreibweise vorherrscht.

Ohne meine Freundinnen Petra Hermanns, Waltraud Berz und Katja Boeddinghaus wäre dieses Buch nie entstanden. Sie haben es mit kreiert und mich während des Schreibens begleitet. Vielen Dank für Eure Ausdauer und Euren Humor!

Mein Dank gilt auch meinen Lektorinnen Carola Fischer und Britta Hansen, ohne deren Engagement das Buch ebenso wenig hätte geschrieben und veröffentlicht werden können.

Regina Eisele, Zivojin Lazarevic, Lila Oishi und Silke Querfurth kann gar nicht genug für ihre wertvollen Ratschläge gedankt werden, wenn etwa der Schreibfluss ins Stocken geriet oder wertvolle Informationen beschafft werden mussten. Und Jens Petersen und Patricia Klobusiczky sind die besten Mutmacher, die ich mir vorstellen kann.

Meiner Familie – vor allem Carl Ferdinand – sei innig gedankt für ihre Geduld, ihr Verständnis und ihr Mit-Erleben.

Helena Marten im Sommer 2009

Diana Verlag

HELENA MARTEN
Die Kaffeemeisterin

Frankfurt 1729. Nach dem Tod ihres Mannes gelingt es Johanna mit Mut, Einfallsreichtum und der Hilfe des jüdischen Musikers Gabriel, das Kaffeehaus der Familie zum besten der Stadt zu machen. Bis eine üble Intrige sie aus Frankfurt vertreibt. Über Venedig flieht sie nach Konstantinopel, wo sie zur Kaffeemeisterin des Sultans aufsteigt. Doch nie kann Johanna die Heimat vergessen – und auch nicht ihre geheime Liebe zu Gabriel...

Sinnlich, mitreißend, geheimnisvoll:
eine Reise in die Heimat der Kaffeehäuser

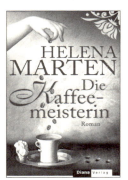

Ab Mai 2011 im
Diana Hardcover

978-3-453-29060-0
www.diana-verlag.de